KB236942

한국남북문학100선

때 까 치

최일남／지음

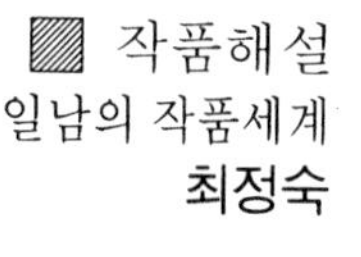 작품해설
최일남의 작품세계
최정숙

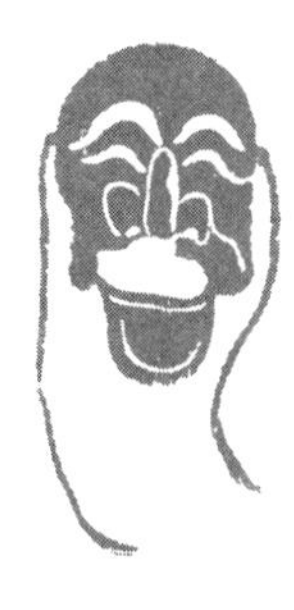

일신서적출판사

책머리에

언어는 인간만이 유일무이하게 구사할 수 있는 사상의 전달매체이다. 말은 시간적인 의미의 매체이며 글은 시간을 초월하는 공간적인 의미의 매체이다. 문자가 발명되어 기록으로 전해짐으로써 비로소 사상은 고금을 잇는 연결고리를 갖게 되었다. 이렇게 문자를 통해 선조의 사상과 지혜가 후세에 전달됨으로써 인류문명은 비약적으로 발전하게 되었던 것이다.

우리 나라도 세종대왕께서 세계에서 가장 훌륭한 문자인 한글을 창제하시어 우리만의 문자를 갖게 되었다. 그러나 안타깝게도 한자 문화의 영향권에 오랫동안 머물러 있었던 것이 개화기를 맞아 우리 글에 대한 새로운 시각에 눈을 뜨게 되자, 비로소 우리 글로 씌어진 문학작품이 물밀듯이 쏟아져 나오게 되었다. 그러나 이처럼 많은 작품들을 여러분이 모두 읽을 수는 없는 실정이다. 따라서 한국문학사에 길이 남을 훌륭한 작품들을 신중히 선택하여 수록함과 더불어 여러분에게 실질적인 도움을 주고자 교과서에 나오는 작품들을 위주로 하여 《한국남북문학 100선》이라는 표제를 붙여 발간하고자 한다. 여기에는 납북작가들의 작품까지도 자료가 보충되는 대로 수록하여 여러분에게 편중된 작가의 작품만 읽는 우를 범하지 않도록 배려하였다.

이 《한국남북문학 100선》이 학생들뿐만 아니라 일반인에게도 널리 읽혀 우리 문학작품의 흐름과 이해에 많은 도움이 되었으면 하는 마음 간절하다.

최일남 단편집

차례

작가소개

최일남(崔一男 : 1932~   )

　소설가. 전북 전주 출생. 1953년 《쑥 이야기》가 〈문예〉지에 추천되어 작가 생활을 시작하였다. 56년 서울대 문리대 국문학과를 졸업하고 이듬해에 《진달래》《감나무골 낙수(落穗)》를 발표했다. 이후 각 지면에 꾸준히 작품을 게재하다가 75년에 《어디로 가시나요》를 〈신동아〉에, 《흔들리는 성(城)》을 〈세대〉지에, 《둘째 사위》를 〈창작과 비평〉지에 발표하였고, 이해 제10회 월탄문학상을 수상했다. 또 78년에는 《茶마시는 소리》《가난을 이기는 법》《철호 선배》, 콩트집 《생활 속으로》를 간행하였고, 동아일보 문화부장, 조사부장, 편집부국장을 역임했다. 이듬해에는 단편 《춘자의 사계》《손꼽아 헤어보니》《춤추는 버마재미》《가위》를 발표했고, 단편 《떫은 여름》으로 제6회 한국 소설가협회상을 수상했다. 80년에 장편 《거룩한 응달》과 단편 《편지》《달리는 거위들》《세 고향》《두 고향》《제 혼자 부는 바람》을 발표했으며, 81년에는 단편 《홰치는 소리》《골방》《냄새》를 발표했고 제14회 창작문학상을 수상했다. 82년에 《거룩한 응달》을 간행했고, 단편 《읍내 사람들》《고향에 갔더란다》《어머니의 냄새》《탱자》《누님의 거울》을 발표했고, 84년에는 단편 《놀이》《장씨의 수염》을 발표했으며 86년에 단편 《깊은 밤 길의 끝》《헛기침 소리》《실험실의 올챙이》《흐르는 북》, 대담집 《오늘을 살며 내일을 바라며》, 수필집 《함께 걸으며 홀로 생각하며》를 간행하였고 《흐르는 북》으로 제10회 이상문학상을 수상했다.

　그의 문학의 특징은 음과 양의 탁월한 대조와 반전법이라 할 수 있다. 즉 그의 이러한 소설적 수법은 인물과 상황을 단순화시키기 때문에 그의 문학 작품이 갖는 묘미와 완결성은 더욱 두드러지게 나타난다. 그의 문학이 문단에서 꾸준히 주목받는 것은 바로 이러한 문학적 특징 때문인 것이다.

장씨의 수염

아직 초저녁이라선지, 포장마차 '왔다집'에는 딱 두 사람의 손님이 앉아 있었다. 사십을 넘어선 것 같은 두 사람의 등판은 어지간히 넓어보였다. 엊그제 동지를 지난 초겨울 바람이, 돌멩이로 붙잡아 맨 포장의 한 자락을 미친년 치마 걷어올리듯 살짝 치켜올리고, 그 사이를 비집고 들어온 마른 바람이, 요염하게 하늘거리고 있는 칸델라불을 은밀하게 핥았다. 퍽 앳돼뵈는 주모는 꼭 다문 입모양과는 달리 손놀림이 무척 재빨랐다. 몰려올 손님들에 대비하는 것인지, 무를 설겅설겅 썰기도 하고, 더 손볼 것도 없는 미나리를 다시 다듬는 시늉을 해보이기도 하였다. 그 손끝에는 손님이 적게 오면 어떡하나 하는 걱정과 어떤 기대가 반반씩 묻어 있는 것도 같았다. 그런 분위기는 이 손바닥만한 공간에 이상한 적요를 갖다주고도 있었다. 천막의 한 치 바깥에는 자동차와 사람들의 발걸음이 자아내는 오만 가지 소란이 덮쳐 누르고 있음에도 불구하고, 포장마차 안은 입 다문 세 사람이 만들어내고 있는, 착 가라앉은 느낌으로 가득 차 있었다. 다만 오뎅국물에서 모락모락 피어오르고 있는 더운 김이 수선거림의 징후처럼 포장마차 안을 덮혀주고 있었다.

"설 부장선생, 오늘은 뭘 하고 지내셨습니까?"

말없이 술잔을 기울이고 있던 두 사람 중의 하나, 턱수염이 많이 나고 어딘지 깐깐해보이는 사내가 감색 잠바의 지퍼를 끌어내리며 물었다. 그러자 설 부장선생이라고 불린 사내, 역시 덩치는 크면서도 얼굴이 비교적 해맑아뵈는 사내가 피식 웃으면서 대꾸했다.

"원고지나 메꾸면서 보냈지요."

"원고지라면."

수염이 많은 사내는 설 부장이라는 사람의 말뜻을 잘 알아듣지 못하는 모양이었다. 설 부장이라는 사내는 그것을 설명하기가 난처한지, 다시 애매한 웃음을 흘렸다.

"장 선생한테 어떻게 설명을 하면 좋을까. 영어책을 갖다놓고 우리말로 베끼는 작업인데."

"또 선생 소리. 그냥 장씨라고 불러달라구요. 미장이 신세에 선생은 무슨 얼어죽을 선생입니까. 우리처럼 한데서 사는 놈들은 씨자 붙이는 것도 과분하다구요."

"그럴 수야 있습니까."

"참 답답하네. 그러니까 떨려났지, 하하."

"허허."

둘은 허탈하게 웃었다. 주모는 그러나 그들이 그런 수작에는 전혀 관심을 내비치지 않고, 마치 못난 여자의 주둥아리처럼 가지런히 놓인 닭똥집의 수를 눈어림으로 세고 있었다.

"그건 그렇고, 요컨대 붓대 놀리는 일이다 이거구먼."

"말하자면 그렇지요."

"배운 사람들은 그래서 좋다니까. 소위 먹물들은. 아이구, 실례했소이다. 말이 막 나오네."

"괜찮아요."

"지식깨나 있는 사람들은 실직을 해도 여전히 할 일이 있으니까 얼마나 좋습니까."

"마지못해 하는 거지요."

"누구는 얼씨구 지화자 소리를 하면서 일을 합니까."

장씨는 삶은 계란 위에 구멍이 빵빵 뚫린 소금병을 뿌리면서 히죽거렸다.

"배운 도적질이 그것밖에 없으니 도리있습니까."

"아무튼 붓대 놀리고 먹고 사는 사람은 부럽습디다. 그것도 돈이 되지요?"

"그렇지 않다면야 왜 합니까?"

"일당이 얼마나 됩니까?"

"일당이 아니라 원고지의 장수로 계산합니다."

"그건 또 무슨 소리?"

"원고지 한 장을 메꾸면 얼마를 주겠다, 이런 계약이 성립되어 있는 거죠."

"나는 벽돌 한 장 쌓는 데 일분에서 일분 일, 이십초가 걸립니다. 그 원고진가 뭔가를 메꾸는 데는 시간이 얼마나 걸립니까?"

여기서 설 부장은 약간 곤혹스런 표정을 지었다. 딱히 몇 분이라고 못박기도 힘들었거니와, 원고를 쓰는 일과 벽돌을 쌓는 것의 비교가 도무지 구체적인 실감으로 파악되지 않는 때문인 모양이었다.

"대중없지요. 한 장 쓰는 데 이, 삼분이 걸릴 수도 있고, 일, 이십분이 걸릴 수도 있으니까요."

"무슨 일이 그래요?"

"그게 그렇습니다."

"그러나 저러나, 붓대만 놀리고 있으면 밥이 들어온다는 것은 축복받은 일입니다. 더구나 설 부장선생처럼 직장을 그만두고도 일거리가 있다는 것은 얼마나 다행스런 일입니까. 일당에 매이지 않으니까 하고 싶으면 하고 싫으면 그만두면 될 것 아닙니까. 비가 오든 눈이 오든 상관이 없을 테고. 우리는 눈비 오면 파장이거든요."

"실직자 앞에 놓고 너무 비행기 태우지 마십쇼."

"이치가 안 그렇습니까."

"술이나 듭시다."

설 부장은 술잔을 높이 들었고, 장씨는 그 잔에 잔을 부딪치고 나서는 단숨에 입 안으로 털어 넣었다.

설 부장이 장씨를 만난 것은 석 달 전, 바로 지금의 포장마차에서였다. 80년의 숙정 때, 20년 가까이 다니던 신문사 외신부장 자리를 물러나 하릴없이 빈둥거리면서, 그는 동네 어귀에 있는 포장마차집을 발견했던 것이다. 아니, 발견한 것이 아니라, 그 전부터 그 자리에 있던 포장마차를 새삼스럽게 거들떠보았다는 표현이 옳았다. 아침에 집을 나갔다가 대강 술을 한 잔씩 걸치고

들어오는 그의 잘 단련된 생활에서는 그런 것이 있는지 없는지조차 모르고
있다가, 처지가 바뀌면서 그것의 존재에 퍼뜩 눈을 떴던 것이다. 그는 포장
마차뿐만 아니라, 자기가 살고 있는 동네의 모습이나 냄새까지도 다시 맡기
시작했다. 그것은 참으로 이상한 일이었다. 일찍 나가고 늦게 들어오는 그의
생활 속에, 자기 동네에 대한 느낌이 구체적으로 자리를 잡은 일은 거의 없
었다. 직장과의 거리나 동네의 생김새가 어렴풋이만 짐작되었을 뿐이지, 그
것이 어떤 형태로 도시의 한 구석을 차지하고 있는가를 생각해본 일은 별로
없었다. 물론 그의 시계(視界) 안에 들어오는 동네의 윤곽까지를 파악하지
못하는 것은 아니었다. 늦잠을 자고 난 일요일 아침, 마당에 나와 팔운동을
하면서 후이후이 살펴본 동네의 생김새가, 그의 머릿속에 나름대로 자리잡
고는 있었다. 앞뒷집의 담이나 벽이 장애가 되어 눈앞이 확 트이지는 않았지
만, 그런대로 어떤 모습을 거머잡을 수는 있었다. 그러나 전체적으로 어떤
모양새를 갖추고 있는가를 파악하기는 어려웠다. 낯익은 골목과 이웃집 대
문이 따로따로 머리에 와박혔다. 잡화상의 코뿔갱이 아저씨, 노상 머리에 포
마드칠을 하고 있는 세탁소 주인의 얼굴 같은 것이 제각기 떠오르면서, 자기
가 사는 동네의 영상을 막연하게 형성해놓고 있었다. 그랬는데, 그가 직장을
그만두고 난 다음부터 그에게는 그 동네를 차근차근 살펴볼 기회가 생겼다.
일부러 그럴래서는 아니었으며, 가당찮게도 이제부터 동네를 샅샅이 훑어보
자는 따위의 마음이 생긴 것도 아니었다. 아무리 실직한 처지라고는 하지만,
맹추처럼 그런 티를 내느라고 밝으나밝은 대낮에 동네 안을 어슬렁거릴 것
도 아니요, 무엇보다도 그 자신의 소갈머리가 그런 걸 허락하지도 않았다.
그러나 아무래도 그 전보다는 대낮에도 대문 밖으로 나가는 일이 많았으며,
설사 대문을 나서지 않는다 하더라도 집 안에만 죽치고 있다보면, 동네에서
돌아가는 일들이 소에 잡힐 듯이 훤하게 들어왔다. 대문 안에 신문이 떨어지
는 소리로 아침이 열리고, 허망하게도 개 짖는 소리로 동네의 밤이 닫힐 때
까지의 과정이 제법 구체성을 띠고 그의 생활 속에 파고들었다. 정확히 일곱
시면 대문 안으로 우유를 디미는 소리가 들린다든가, 아홉시가 되면 세탁소
총각이 '세타악이오'라고 외치고 다닌다든가, 열한시쯤에는 수도 검침원이
온다든가, 두서너 시쯤에는 교회에서 나온 사람들이 꼭 굴비 한 두름 사라는

투의 가벼운 억양으로 하나님을 믿으라고 권유한다든가 하는 일을 통해서, 이 동네가 몸에 두르고 있는 분위기를 터득해갔다. 그 중에서도 설 부장이 새롭게 알아낸 일의 하나는, 자기가 사는 동네가 완전히 이분(二分)되어 있다는 사실이었다. 자동차가 한 대 들어갈 만한 차도를 경계로 하여, 한쪽은 그래도 밥술깨나 먹는 사람들이 모여 살고 있고, 반대편에는 겨우 하꼬방을 면한 정도의 껄렁한 가옥들이 널려 있는 것이 그것이었다. 더욱 재미있는 것은 그 차도를 경계로 하여 심지어 구멍가게까지도 두 종류로 나뉘어져 있는 것이었다. 한쪽으로는 좀 반반하게 사는 사람들을 상대로 하는 미장원, 생맥주집, 소규모의 수퍼마켓이 늘어서 있는가 하면, 반대편에는 또 한쪽의 동네를 상징하듯 애새끼 불알만한 귤을 한 무더기씩 쌓아놓고 있는 초라한 구멍가게와 라면이나 가락국수 등을 파는 찌꺼분한 우동집이 늘어서 있었다.

설 부장도 이 동네의 그런 이중 구조에 대해서 전혀 모르고 있었던 것은 아니었다. 오며 가며, 그런 동네가 뿜어대는 기묘한 냄새를 맡고 있었다. 또 아내가 이따금 주절대는 같잖은 불평, 가령 이 동네는 깔끔하지가 못해요. 당신은 그런 느낌이 안 들어요? 하는 따위의 말들을 통해서도 그런 낌새를 어렴풋이는 짐작하고 있었다. 그러나 그럴 듯한 직장과 그 직장이 자기에게 안겨준 일에만 코 박고 살던 그에게는 자기가 사는 동네의 모양이나 빛깔까지를 조곤조곤 생각해볼 틈이 없었다. 당장 매끈매끈한 사람들이 모여 사는 동네로 이사갈 법도 하였으나, 그렇기에는 당장의 형편이 허락지를 않고, 힘에 버거운 일이어서 눈 딱 감고 지내오던 터였다.

그랬는데 직장을 떨려난 뒤로는, 싫든 좋든 이 동네가 갖고 있는 구조를 찬찬히 들여다볼 기회가 많이 생겼다. 무료하고 답답한 시간을 죽이기 위해서, 아무 생각 없이 아침 저녁으로 동네를 한 바퀴 도는 습성을 붙인 것도 그런 일에 도움을 주었다. 아침 저녁 얘기가 나왔지만, 설 부장은 이 시간을 견뎌내기가 무척 괴롭고 힘들었다. 그는 20년이 넘게 직장생활을 해오는 사이, 어떤 때는 매우 사치스럽게도, 한 일 년쯤 집에서 푹 썩어 지냈으면 하는 생각을 간절히 굴리던 때가 있었다. 미진한 잠과 자신의 체온이 녹작지근하게 남아 있는 이불을 젖히고 직장으로 나가야 하는 꼭두새벽이면 그런 생각이 더욱 간절했다. 일 년이 길다면 단지 한 달만이라도, 의미없이 집을 나갔다가 의미없이 다시 집으로 기어드는 생활에서 벗어나, 자기를 확인해보는 시간을 갖고도 싶었다. 그것은 단순히 미진한 잠과 뜨뜻한 체온에 대한 미련을 떨쳐버리지 못하는 자의 나태만을 뜻하는 것은 아니었다. 하루를 시작하는 마당에서, 한 번도 마음을 곧추세우지 못하고 타성처럼 입 안에 아침 된장국 냄새를 묻히고 집을 나서는 데서 오는 싫증 같은 것이 거역스러웠기 때문이었다. 그것이 그것 같은, 일상의 기반에서 풀려난다고 해서 생활에 별다른 전망이 그를 기다리고 있을 것 같지는 않았지만, 그래도 한 번 그래보고 싶은 갈망이 대문을 뛰어나가는 그의 발길을 노상 휘어잡았다. 그런 느낌은 하루 일을 마치고 돌아오는 귀가길에서도 고개를 디밀었다. 일을 마쳤다는 성취감이 전혀 없는 것은 아니었으나, 자기는 이렇게 스스로를 마모시키면서 언제까지 하루하루 제끼며 살 것인가에 대한 뉘우침이 스멀스멀 가슴속을 파고들었다. 그런 생각들을 다독거리기 위하여 술판에 어울리면, 그 동안은 그런 생각의 꼬투리를 날려버릴 수가 있었다. 낮의 긴장과는 전혀 어울리지 않는, 차라리 그것들을 짓이기고 무산시켜버리기 위해 가슴속에 술을 흘려보내면, 신통하게도 그런 생각의 가닥들이 어느 구멍 속으론가 숨어버리던 것이다. 허나 잘 가오, 잘 마셨소, 인사를 나누고 제각기 돌아서는 마당에서 또 한 번 맛보는 헛헛함은 쉽게 뿌리쳐버릴 수가 없었다. 아까 말한 나태와는 다른, 설명할 수 없는 피곤이 엄습해오는 것을 어찌할 수가 없었다. 그래서 일 년쯤 푹 쉬었으면 하는 생각을 다시 끄집어내어, 마음속으로만 되작거렸다.

그랬는데 막상 그런 처지에 놓이자 날마다 맞이하는 아침 저녁이 그렇게 짜증스럽고 괴로울 수가 없었다. 잠에 걸신들린 사람처럼, 해가 중천에 뜰 때까지 자빠져 있자는 생각과는 달리, 아니꼽게도 잠은 그 전보다도 더 줄어들었다. 느긋한 아침잠을 즐길 양으로 일부러 밤늦게 잠자리에 드는데도 불구하고 새벽녘이면 일찍 눈이 뜨였다. 그것은 직장에 나갈 때보다 두 시간 가량이나 일렀다. 그 다음부터는 아주 견디기가 힘들었다. 단순히 잠이 더 와주지 않는 것 때문에 그런 것이 아니라, 오늘 하루도 또 아무 데도 갈 곳이 없다는 막막함이 그의 가슴을 흐트려놓았다. 그리고 그것은 또 이상한 초조감으로 변했다. 서둘러 배설을 하고 허겁지겁 이를 닦고, 쑤셔 넣듯 밥 한술 뜨고, 횅하니 밖으로 나가야 할 사람이, 한량없이 이불 속에서만 되작거리고 있어야 하는 데서 오는, 만들어진 여유를 작살내야 하는 기분은 퍽 고약한 것이었다. 설 부장은 그런 고약한 기분을 날려버리기 위해, 안 하던 새벽 산책을 나갔다. 아내도 그 점에서는 마찬가지인 모양이었다. 차라리 남편의 그 따위 기분을 무시하듯 이불 속에서 새벽의 달디단 수면을 가장하여 쿨쿨 잠을 자고 있는 시늉을 하고 있으면 이쪽이 덜 미안하겠는데, 아내는 그러지를 않았다. 남편보다 더 일찍 일어나서 전혀 그럴 필요가 없는 수선거림을 보였다. 실직자의 아내가 새벽녘 부엌에서 그릇을 달그락거리는 소리, 아 그것은 주변이 그만큼 조용하기 때문에 더욱 크게 들렸으며, 산다는 것의 건조함을 강조하고 있는 듯이도 보였다. 그런 때, 설 부장은 아직은 아내의 체온이 남아 있는 이불 자락을 들썩거리며, 빈 그릇을 씻고 있을 아내의 심중을 헤아려보기도 했다. 그 전 같으면 안 그럴 것이라는 생각도 해보았다. 비록 타성에 젖은 일과이기는 하나, 후다닥 밥 한 공기를 거덜내고 뛰어가듯 대문을 나서는 남편의 등을 바라보면서 신선한 하루를 예감하고, 거기에서 생활의 실감을 재확인했을 것이라는 생각도 해보았다. 새댁 때처럼, 남편이 매고 갈 넥타이를 골라 들고 있으면 남편이 자기 이마에 일부러 쪽 소리를 내면서 입을 맞추는 일은 없다 하더라도, 한 집안을 떠받치고 있는 가장에 대한 든든한 시선을 보냈을 것이었다. 그러나 지금은 어디 그런가. 남편은 아침 배설을 하는 일에서나 이를 닦는 일, 그리고 밥을 깨질거리는 일에서도 마냥 늑장을 부리고, 되도록 시간을 질질 끌었다. 시간을 주체하지 못해 죽겠는 사람 모양으로 매사에 너무 느시렁거렸다. 때로는 그런 꼴이 보기 싫기도 하고, 때로는 안쓰럽기도 해서 등을 토닥거려주고도 싶은데, 그렇기에는 이미 피차의 몸짓이 너무 처져 있었다. 그래서 그닥 할 일이 없으면서도 아내는 바쁜 척, 아침 산책을 나가는 남편에게 위로를 던지듯, 먼저 일어나 설쳐대는 것일지도 모른다. 무엇보다도 자신을 쓸어 담기 위해서.

설 부장은, 아침은 그렇다치고 또 왕년에 자기가 퇴근하던 무렵의 저녁 시간을 추스르기가 힘들었다. 그저 그런 일로 친구를 만나고 들어오는 길이나, 종일 집에서 시간을 때우고 맞이하는 해질녘의 기묘한 심사는 참으로 씁쓸했다. 그 전에는 하루의 피로를 걸치고 집으로 돌아오는 길이 지금처럼 난감하지 않았다. 물론 그때도 허망하게 하루가 갔다는 일종의 우수가 발길을 더 듬거리게 하지 않은 것은 아니었으나 거기에는 또 약간의 성취감과 그에 따르는 감미로운 피로가 있었다. 그 때문에 한 잔의 술도 맛이 있었으며, 곧바로 집으로 돌아와 재잘대는 자식들을 앞에 앉히고 저녁을 드는 밥상머리가 뿌듯한 안온함을 갖다주기도 했던 것이다. 그런데 스스로에게 주어진 시간을 아주 무료하게 토막내다가 맞이하는 지금의 저녁 시간은 얄궂기 한량없었다. 그래서 땅거미가 지기 시작하면서는, 그의 가슴에도 그늘이 똬리를 틀었다. 그러지 말자면서도 이상하게 마음이 깊은 수렁으로 가라앉는 것 같고, 한쪽으로 기우는 것을 훤히 느낄 수가 있었다. 물론 좋은 나이 해가지고 남에게 너무 의젓잖게 비칠까봐, 심지어는 아내에게조차 자기의 그런 마음의 경사(傾斜)를 보이지 않으려고 애를 썼다. 마침 그런 시간에 친구가 술자리라도 같이 하자고 전화를 걸어올라치면, 마음과는 달리 일쑤 딴전을 피우기도 했다. 응 고맙다. 근데 곧 집으로 누가 오기로 했거든. 건강하냐구? 그럼, 덕분에 잘 지낸다. 아주 펑펑해. 체중이 오 킬로나 늘었어. 이놈 저놈 눈치볼 것 없어 아주 마음이 태평이다. 전화 고맙다. 그럼 끊어, 하고 말하는 식이었다. 그런 연기는 아내 앞에서도 능숙하게 펼쳤다. 꽁치를 굽느라고 살짝 눈을 찌푸리고 있는 아내에게 괜히 휘파람을 날리기도 하고, 뒤로 돌아가 가볍게 그녀의 허리를 안기도 했다. 그런 아내의 허리는 요 몇 년 사이 더 가늘어진 것 같기도 하고, 아내의 등에는 마늘 냄새가 배어 있어 설 부장의 마음을 더 가라앉게 했으나 그러면 그럴수록 괜한 너스레를 떨어보이기도 했다. 그러나 아내는 알고 있을 것이었다. 남편의 오죽잖은 짓거리가 하루 해가 저무는 마당에서 어쩔 수 없이 벌이는 같잖은 자기 위안용임을 알 것이다. 그리고 그런 허황한 작태에서 오히려 남편의 빈 마음씨를 전달받았을 터였다. 하지만 아내는 어지간해서는 그런 내색을 하지 않았다. 설 부장은 그것이 되레 부담스럽게 느껴졌다. 피차 속을 까발리지는 않는다 하더라도 그 심사가 전달되고 수용되는 것까지는 좋았는데, 그것이 또 서로 부담스럽게 받아지는 것이 두 사람의 저녁을 더욱 묵직하게 가라앉혔다.

　이때부터였을 것이다. 설 부장이 안 하던 반주를 시작한 것을 이때부터였을 것이다. 그의 아내도 구태여 그것을 말리지 않았다. 설 부장은 차차 그런 시간을 아꼈고, 자기에게 어느 날 갑자기 안겨진 너무 많은 시간의 퇴적을 그렇게 녹이는 데 익숙해져갔다. 한데 그것도 몇 달 거듭하다 보니 신명이 나지 않았다. 그리고 자신에게는 물론, 누가 본대도 그 꼬락서니가 말이 아니라는 느낌이 들어, 동네 술집을 기웃거리던 끝에 '왔다집'을 새삼스럽게 눈여겨보게 되었다, 사흘에 한 번씩은 그 포장마차를 찾게 되었다. 장씨를 만난 것도 바로 포장마차에서였다.

설 부장이 처음 장씨를 만나던 날은, 많은 비는 아니지만 가을비가 추적추적 내리던 날이었다. 설 부장은 그날도 혼자 포장마차에 앉아서 술을 마시고 있었다. 여러 번 드나들다 보니 주모와는 안면이 깊었으나 두 사람은 그다지 말을 주고받지 않았다. 긴요하게 할 말도 없었거니와 설 부장으로서도 그 편이 나았기 때문이었다. 처음에야 하루 매상이 얼마나 되느냐, 남편은 어디갔길래 혼자 고되게 장사를 하느냐는 등속의 싱거운 수작을 붙였으나, 주모는 처음부터 자기 주변의 일에 대해서는 입을 꽉 다물기로 작정이라도 한 듯이 도무지 애매한 웃음만 비칠 뿐, 딱부러지게 대답을 하지 않았다. 그 뒤부터는 설 부장도 더 캐묻지를 않고, 술이나 홀짝거리면서 자기 생각에만 몰두했다. 밑도 끝도 없이 떠올랐다간 기포(氣泡)처럼 꺼지는 생각이기는 했으나, 그런대로 저녁 한나절을 삭이기에는 마땅한 장소라는 생각이 들기도 하였다. 그런 어느 날 장씨를 만난 것이다.

"앗, 차거."

장씨는 그날, 어지간히 비를 맞은 몰골로 포장마차 안에 들어서더니, 연장 가방을 한옆으로 밀어놓고 몸의 물방울을 털었다. 주모와도 안면이 있었는지, 그녀가 말없이 마른 수건을 건네주자 역시 고맙다는 인사도 없이 그걸 받아 여기저기를 문질러댔다.

설 부장이 혼자 소주 반 병째를 비우고 났을 때였다. 그는 바로 옆에 앉은 장씨에게 술 한 잔을 권했다.

"한 잔 드려도 되겠습니까?"

"……?"

당연한 일이지만 장씨는 잠시 멈칫거렸다. 선뜻 손을 내밀지 못하고 설 부장의 눈만 말똥말똥 쳐다보았다.

"별 뜻은 없습니다. 혼자 마시기가 심심해서 그럽니다."

"네에."

장씨는 어색하게 웃고 나서 받은 잔을 단숨에 입 안으로 꺾어 넣더니, 곧바로 설 부장에게 자기 몫의 술을 따라 반배를 했다. 설 부장은 그걸 받으면서, 이거 괜한 짓을 시작한 것이 아닌가 하는 뉘우침을 씹었다. 그러나 겉으로는 일단 친근한 표정을 지어보였다.

"감사합니다."

"뉘신지는 모르지만, 괜찮은 인심이군요."

장씨는 싫지 않은 눈치였다.

"쓴 소주 한 잔 나누는데 인심까지 들먹일 것 있겠습니까."

"아무튼 고맙습니다. 인사나 하지요. 저는 장승태라고 합니다. 보시다시피 노동자지요. 미장입니다."

"아, 그렇습니까. 나는 설인국이라고 합니다."

설 부장은 판이 묘하게 돌아간다고 여겼다. 자기가 어울리지 않게 잔을 먼저 권한 것도 그렇고, 엉뚱하게도 수인사까지 나눈 것이 그랬다. 별반 후회한다든가 그런 건 아니었으나, 안 하던 짓을 하는 사람으로서의 계면쩍음은 남아 있었다. 그리고 아직은 설 부장이 이름만 댔을 뿐 자기의 신분을 말하지 않은 사실에 대해 장씨가 약간 뜨악한 표정을 짓고 있는 것을 알아차리기는 했으나, 뒤늦게 더 꼬리를 달고 싶지는 않았다. 더구나 이미 과거가 되어버린 전직을 끄집어낸다는 것도 매우 쑥스러운 일이었기 때문이었다. 아무튼 술 한 잔씩을 건네고 난 다음부터 두 사람은 초대면의 껄끄러움을 젖히고, 피차 의식적으로나마 친밀함을 나타내려고 애썼다. 그것을 인정의 표시라고까지는 말할 수 없었으나, 서로가 도시의 한 구석에서 나누고 있는 친근감을 매우 소중하게 다루고자 하는 의도는 엿보였다. 그러고는 그런 생각을 확인이라도 하듯 자꾸 술잔을 주고받았다.

"설 선생은 이 집이 처음입니까?"

장씨가, 우습게도 턱 밑에 다복솔처럼 오두마니 붙어 있는 수염을 한 번 쓰다듬고 나서 물었다. 설 부장은 처음부터 그 수염이 재미있다고 생각하였다. 공사판에서 일하는 사람치고는, 그 수염값만큼이나 조금 괴짜일지도 모른다고도 추리해보았다.

"아닙니다. 이따금 옵니다."

"나도 가끔 오는데 서로 만나기는 오늘이 처음이군요."

"그런 셈이네요."

그날은 그런 상태로 헤어졌다. 마지막에는 둘 다 꽤 취했었는데, 다시 만나자든가 하는 약속은 하지 않았다. 다만 설 부장이 술값을 내려 하자, 자기가 마신 건 자기가 내자고 우기던 장씨가 나중에는 슬그머니 양보한 기억만 남아 있다. 그랬는데, 연때가 맞았는지 두 사람은 그 뒤로도 포장마차에서 자주 어울렸으며, 나중에는 일주일에 한 번 꼴로는 그 장소에서 만나기로 약속하는 단계에까지 이르렀다. 설 부장은 장씨를 만나는 일에 재미를 붙여갔다. 재미라는 표현이 좀 거슬리기는 해도, 그와 유사한 감정을 촉발시켜주기는 했다. 장씨가 차도를 경계로 한동네에 함께 살고 있는 사람이라는 이웃 의식도 있었지만, 나름대로 세상을 꿰뚫어보는 그의 시점이 매우 독특해서 그의 얘기에 마냥 끌려가는 것이 괜찮았기 때문이었다. 그것은 지금까지의 자기가 일부러 묵살하거나 전혀 몰랐던 세계에 대한 개안을 일깨워주기도 했다. 그래서 어쩌자는 것이 아니라, 자기가 지금까지 접해온 사람과는 전혀 이질적인 사람에게서 듣는 얘기는 일종의 새로움을 느끼게도 했다. 장씨가 처음부터 설 부장에게 자기 의견을 송두리째 노출시키거나, 자기 삶의 한 자락을 드러내보인 것은 아니었다. 우연히 만난 사람끼리 주고받을 수 있는 쓰잘데없는 잡담을 늘어놓기는 하되, 여간해서는 설 부장에 대한 경계를 늦추지 않았다. 자연히 설 부장의 전직을 알고 난 다음부터는 더욱 그러는 것 같았다. 오히려 설 부장의 입에서 실직자 어쩌고 하는 자기 비하의 언사가 튀어나오면, 그 말머리를 얼른 낚아채가지고는 자근자근 비아냥거리기도 했다.

"왜 이러십니까? 우리 같은 놈도 있는데. 그래도 설 부장은 사회적으로 받고 있는 존경이라는 것이 있지 않습니까?"

어느 날 역시 포장마차에서 그를 만난 설 부장이 자신의 처지를 슬쩍 밑으로 깔면서 약간 처량한 투를 보이자, 장씨는 댓바람에 그걸 까뭉개고 나섰다.

18

“존경이 밥 먹여줍니까?”

설 부장은 달아오른 술기운에 편승하여 좀 친해지고 싶은 심정으로 이렇게 받았다.

“웃기지 마시라구요. 그만큼 높은 학식을 갖춘 분이, 땅깔로 사는 우리 앞에서 새삼스럽게 주름잡지 마시라구요.”

“허허, 주름이라…….”

설 부장은 허탈하게 웃었다.

“설 부장님 앞에서 죄송스러운 얘기지만, 우리는 지식깨나 있는 사람을 별로 믿지 않습니다. 서로 노는 사회가 다르니까 믿고 안 믿고 할 건덕지가 없는 일이기도 하지만, 도무지 하는 짓들이 껄끄러워요. 이런 일이 있었습니다. 작년인가, 마침 한 해가 저무는 연말경이었는데, 어느 집의 조그마한 공사를 맡은 일이 있습니다. 방 한 칸을 달아내는 증축공사였지요. 그 집 주인은 아주 고명한 학자라고 그러더군요.”

장씨는 이 대목에서 일단 말을 끊었다가 술로 입을 축이고는 다시 계속하였다.

“책상물림들이 대강 그렇지만, 그 양반은 세상을 너무 모릅디다. 책만 파다보니까 그렇게 되었겠지요. 거기까지는 좋은데, 무조건 노임을 깎으려고만 들어요.”

“그야 이쪽에서 너무 과다하게 요구하니까 그렇겠지요. 나도 들은 얘기가 있는데, 그런 일을 하는 사람 중에는 이만한 예산이면 되겠다고 해놓고설랑 야금야금 더 불러서, 일을 끝내놓고 보면 당초 예산의 두 배 세 배가 드는 경우도 있다던데요. 그럴 바에는 애당초 제값을 부를 일이지, 왜 약올리듯 슬금슬금 올립니까. 거기다가 또 일하는 사람들이 꽤 까다로워서 부리기가 힘들다고 그럽디다.”

“물론 그런 사람들도 있지요. 그러나 다 그런 것은 아닙니다. 또 우리들에게는 기술자 곤조라는 것이 있습니다. 그것이 없다고는 말하지 않겠습니다. 그러나 그런 일들도 이거 공자님 앞에서 문자 쓰는 격이 되어서 안 되었으나, 따지고 보면 너무나 인간적인 대접을 받지 못한 데서 오는 것입니다. 사람 대접을 안 해주니까 그런 곤조가 나올 수밖에요.”

"세상에 물건을 사거나 일을 시키면서 값을 깎거나 삯을 내리려는 사람이 어디 그 사람 하나뿐입니까. 당연한 일이지요. 더구나 그 학자는 없는 돈을 모아서 모처럼 집을 늘리는 마당에 비용을 최소한도로 줄이려고 애썼을 것 아닙니까. 그걸 나무라면 안 되지요."

설 부장은 반론을 펴는 사람답지 않게 입가에 실실 웃음을 띠며 말했다.

"제가 말씀드리고 싶은 것은 그것이 아닙니다. 물론 설 부장선생의 말씀이 맞습니다. 허지만 그 말을 하는 사람의 태도도 문제가 된다 이겁니다. 조곤조곤 타이르듯 상의조로 나오는 것과 처음부터 사그리 무시하고 나오는 것과는 다르거든요. 안 그렇습니까?"

"그야 그렇겠지요."

"그런데 그 양반은 우리를 처음부터 사기꾼으로 보는 눈치였습니다. 모르기는 해도 손으로 벌어 먹는 우리와 깊은 학식을 가지고 머리로 벌어 먹는 사람과는 천양지 차이가 있을지 모르나, 머리로 벌어 먹고 사는 사람들은 그만큼 또 우리 같은 사람을 이해할 줄도 알아야지요."

"안 그렇더라 이 말입니까?"

"물론이지요. 어쨌는 줄 아세요?"

"어쨌는데요?"

설 부장은 시덥잖게 되물었다. 도대체 자기가 지식깨나 있는 사람으로 몰리고, 장씨는 또 일하는 사람의 대표격으로 분리되는 판국이 개운하지가 않았던 것이다.

"일을 대충 마무리 짓고 주인과 함께 간단히 막걸리잔을 기울이는 자리에 서였습니다. 정원에서였는데, 그 집 주인이 저한테 막걸리를 따라주길래 그걸 받아 마시고, 그 잔을 그 양반에게 디밀며 술을 따라주었습니다. 그랬더니 그걸 끝끝내 마시지 않고 있다가 내가 한눈을 파는 사이 잔디밭에 쏟아 버립디다."

"왜 그랬을까요?"

"몰라서 물으세요. 제가 입 댄 술잔에 뭐 더러운 균이라도 묻어 있을까봐 그랬겠죠."

"설마."

“아닙니다. 이래봬도 우리가 눈치 하나는 비상합니다. 그 바닥에서 오래 굴다보면, 남는 건 눈치밖에 없다구요. 그 일은 또 눈감아준다고 칩시다.”

“무슨 일이 또 있었습니까?”

설 부장은 조금은 관심이 당기는지 조급하게 그 다음 말을 재촉했다.

“내 참 치사해서. 그 일이 있은 지 며칠 후였습니다. 그날은 간밤에 눈이 몹시 내려서 일을 공치고 아침부터 텔레비를 보고 있었습니다. 그랬더니 우연찮게도 그 양반이 텔레비에 나오지 않았겠어요. 다른 두 사람과 함께 얘기를 주고받고 있었습니다. 내용인즉슨, 연말을 맞아 어떻게 불우이웃을 도울 것인가 하는 거였습니다. 그런데 그 양반 차례가 돌아오자, 말 끝에 ‘물질적인 후원도 좋지만 더 중요한 것은 안 가진 자에 대한 깊은 동정과 이해다.’ 이런 말을 하더군요. 안 가진 자란 말이 무슨 뜻입니까?”

“그런 말이 있지요.”

“요컨대 우리 같은 가난뱅이를 두고 하는 말 아닙니까.”

“그렇게 보면 틀림없습니다. 그래서 그 사람한테 실망했다 이 말이군요.”

“맞습니다. 바로 그겁니다. 앞뒤가 다르잖아요.”

“그럴 수도 있는 일이겠지요.”

“물론 그럴 수도 있겠지요. 그러나 저는 실망이 컸습니다. 원래 이 세상은 천 갈래 만 갈래로 갈라져가지고 끼리끼리 노는 마당이니까, 우리 아닌 다른 사람이 우리 사정을 알아줄 리가 없다는 생각을 해오고 있었으나…….”

“끼리끼리 논다는 것은 무슨 뜻입니까?”

“몰라서 묻습니까. 다 아시면서 그러시네. 민주주의라는 게 그런 것 아닙니까.”

“네에? 민주주의는 왜 또 나옵니까?”

설 부장은 깜짝 놀랐다. 장씨의 입에서 설마 민주주의란 말이 튀어나올 줄은 몰랐던 것이다. 중학교 2학년까지 다니다가 그만두었다는 장씨에게서 그런 말이 나오는 것이 이상하달 것까지는 없지만, 어떤 상황을 그런 육두문자식 직관으로 때려잡는 것이 희한하다면 희한했던 것이다.

“왜 놀라십니까. 무식쟁이가 그런 말 한마디 했기로소니.”

“그게 아니라…….”

"놀라실 만도 하겠지요. 하지만 우리도 세상 돌아가는 이치를 눈으로 몸으로 때려잡는 데는 어느 정도 도가 트여 있습니다. 학식있는 사람들처럼 조리있고 깊게 깨우치지는 못해도, 우리들의 그런 눈치가 대강은 들어맞거든요. 그러니까 끼리끼리 노는 것이 민주주의다, 그것이 틀린 말은 아니라구요. 입으로는 자유다 평등이다, 하고 떠들어 대지만 속을 파보면 끼리끼리 어울려가지고 자기네들 이익 취하자는 것 아닙니까?"

"그렇게 편을 갈라서 볼 필요가 있을까요?"

"꼬치꼬치 묻지 마십시오. 이론적으로 설명할 수는 없어도 제 눈에는 그렇게 보입니다."

"느꼈습니다."

"비웃지 마십시오."

"비웃는 게 아닙니다."

물론 설 부장은 장씨의 이런 끼리끼리의 논리나, 네 편 내 편 따지는 시각을 반드시 그럴 듯하게만은 보지 않았다. 그러나 설 부장 또래들이 세련된 입놀림으로 조목조목 따지는 것과는 달리, 몸으로 세상 풍수를 알아내는 장씨의 논리도 결코 무시할 수만은 없는 것이라는 생각은 들었다. 장씨의 잘 닦여진 눈은, 특히 자기 주변의 생활이나 사람들을 가려내고 감별하는 데 있어서 특출한 바가 있었다. 가령 어느 때든가, 장씨는 '왔다집' 주모의 나이가 대충 몇 살인가를 알아맞히는 내기를 하자고 제의해왔다. 설 부장이 당신은 오래 전부터 드나들어서 그 여자의 나이를 아는 모양인데, 그러면 내기가 성립 안 되는 것 아니냐고 말하자, 자기도 전혀 모르는 일이라고 했다. 그래서 설 부장은 대강 마흔 안팎이라고 짚었다. 그러자 장씨는 빙긋이 웃었다.

"어림없는 소리 마십쇼. 잘해야 서른서넛? 아무리 많이 먹었대도 서른다섯은 넘지 않았을 것입니다."

"그럴 리가. 그렇게 젊게는 안 보이던데."

설 부장이 고개를 갸웃거리자, 장씨는 다시 길고 짧은 것은 대봐야 하는 거니까, 요다음 포장마차에 들르거든 본인한테 직접 물어보자고 말했다. 그리고 두 사람이 포장마차에서 만났을 때, 장씨가 먼저 여자에게 수작을 걸었다.

"아주머니, 한 가지 물어봐도 되겠소?"

말수가 적은 여자는 대답을 안 한 채, 고개를 들어 눈으로만 무슨 말이냐고 물었다.

"여기 설 선생하고 내가, 아주머니 나이를 가지고 내기를 했습니다. 설 선생은 아주머니의 나이를 섭섭하게도 마흔 안팎으로 봤다 이겁니다. 하나 내가 보기에는 아주머니 나이는 아무리 늦잡아도, 서른다섯 이상으로는 안 보인단 말씀야. 서른서넛 되었을까. 어느 쪽이 맞습니까?"

여자는 대답 대신 빙긋이 웃었다. 별걸 다가지고 내기를 했다는 뜻과 좀 멋쩍어하는 뜻이 반반으로 섞인 웃음이었다.

"아무러면 어때요. 먹을 만큼 먹었겠죠."

여자는 두 사람이 대답을 재촉하듯 잠자코 쏘아보기만 하자, 마지못해 응수를 해주었다.

"사람 감질나게 만드네. 우리에게는 오늘 술값이 걸린 중요한 일이란 말요."

장씨가 다시 채근했다. 그러자 여자는 이번에는 웃지도 않고, 아무렇게나 던지듯 말했다.

"장씨의 짐작이 맞아요."

"거 보슈."

장씨는 조금은 우쭐한 표정으로 설 부장을 돌아보았다. 돌아오는 길에서, 설 부장은 당신은 어떤 기준으로 여자의 나이를 알아맞히었느냐고 물었다. 장씨는 이렇게 대답했다.

"척 보면 삼천리라고, 우리에게는 우리 나름의 눈치와 짐작이라는 것이 있습니다. 일찍부터 험한 일을 해온 사람은 그만큼 겉늙는다는 것도 기준이 될 수 있지요. 그 눈치라는 것이, 지식깨나 있는 사람이나 높은 양반들이 노는 동네에 들어서면 헷갈리기도 하지만, 적어도 우리가 노는 동네에서는 대강 들어맞아요. 그런 것도 없다면 어떻게 이 바닥에서 부대끼며 삽니까. 이제부터는 설 부장선생도 그런 것 좀 배우셔야 합니다."

두 사람 사이의 이런 내기는 그 후에도 계속되었다. 그것을 먼저 제의하는 것은 항상 장씨 쪽이었다. 이를테면 장씨가, 동네에서 잡화상을 하고 있는

송씨의 아내가 초취인가 재취인가를 알아맞혀보라는 내기를 걸어오는 수가
있었다.

"설 부장선생. 그 여자가 송씨의 첫번째 여자겠습니까, 두 번째 여자겠습
니까. 못 맞힌 사람이 소주 한 병과 닭똥집 한 접시를 내기로 합시다."

"남이야 조강지처를 데리고 살건, 첩을 데리고 살건 무슨 상관입니까?"

"그거야 그렇지요. 하지만 심심한데 재미있는 일 아닙니까. 술맛도 나는
일이고."

"다 알고 있으면서 나를 시험해보기 위해서 하는 일 아닙니까?"

"천만에요. 나도 모릅니다. 그러면 무슨 재미가 있습니까."

"그 여자가 후취처럼 보이지는 않던데."

설 부장은 아무러면 어떠냐는 식으로 말했다. 전에 출퇴근을 하던 때도 더
러 들른 일이 있고, 자기만 보면 꾸뻑 인사를 하던 여자였기 때문에 안면은
있었다. 그러나 그 여자가 유난히 배가 튀어나온 잡화상 남자의 후취인지,
초취인지 따위를 가늠해본 일은 전혀 없었으며 그런 일에는 눈곱만큼도 흥
미가 없었다. 비단 그 여자에 관해서만이 아니라, 설 부장은 도대체 자기가
살고 있는 동네에 대해서 아무것도 아는 것이 없었으며, 알려고도 하지 않았
다. 들락날락하면서 마주치는 동네 풍경들을 단순한 정물로만 받아들였지,
그 속에서 사는 사람들의 내력이나 마음씨를 살피려고 덤빈 적은 한 번도 없
었다.

"그러면 설 부장선생은 그 여자가 조강지처다 이 말이지요?"

장씨가 쐐기를 박듯이 말했다.

"그렇다고 해둡시다."

"저는 후취 쪽에 걸었습니다."

"어느 쪽이 맞는지를 어떻게 확인하지요?"

"다 알아보는 수가 있습니다. 제 처가 그런 속으로는 또 발발이거든요. 이
것 하나만 약속하십시오."

"뭘 말입니까?"

"제 처를 우리 앞에 끌어다 놓을 것까지는 없고, 조사를 시켜서 얻은 결과
를 제가 대신 전하면 그걸 믿어주기로. 맹세코 거기에 협잡은 없을 것입니

다."

"그럽시다."

설 부장은 도무지 자기가 애들 장난 같은 일에 끼여드는 것이 아주 싫은 느낌이 들면서 대수롭지 않게 대해주었다. 그리고 며칠 후 그런 사실조차도 까맣게 잊어버린 채 포장마차에 들르자, 먼저 와 기다리고 있던 장씨가 제법 얼굴에 희색을 드러내면서 기다렸다는 듯이 말했다.

"설 부장선생. 이거 어떡허지요?"

"뭘 말입니까?"

"지난번 내기에 설 부장선생이 또 지셨습니다."

설 부장은 그제서야 며칠 전의 내기를 생각하고, 전혀 감동이 섞이지 않은 표정을 지으며 덤덤하게 받았다.

"그래요?"

"그 여자는 내 말대로 재취였습니다. 어쩐지 그런 냄새가 나더라니까요."

"어떤 냄새가 납디까?"

설 부장은 별반 똑 떨어진 대답을 기대하지 않으면서 그냥 범연하게 물었다.

"말로는 설명할 수가 없는데요. 단련된 코로 맡은 것이니까요."

그러고 보면, 장씨의 이런 잘 발달된 후각은 마치 곤충들이 빨대를 통해 엽맥(葉脈)의 양분을 흡입하듯 동네의 이런저런 냄새를 잘도 맡아내었다. 그것이 비록 덩치 큰 것은 아니라 하더라도, 적어도 자기 주변에서 얼씬거리는 일은 하나도 빠뜨리지 않고 잡아내고 있었다. 그리고 그런 일에 아주 익숙했다. 포장마차집 여자의 나이나 잡화상 여자의 전력을 알아맞히는 일 외에도 동네 일을 알고 있는 것이 너무 많았다. 동네에서 복덕방을 하는 유 영감은 퇴직 경찰관인데 집장사를 하다가 거덜나는 바람에 복덕방으로 나왔다는 이야기, 희망미장원을 차리고 있는 여자는 시집간 지 한 달 만에 남편이 병으로 급사하는 바람에 일 년 후 재가를 했으나, 이번에는 또 남편과 성격이 안 맞아도 너무 안 맞아 혼자 독립한 이야기, 오방떡을 구워 팔고 있는 정씨는 그래도 고향에서는 논마지기나 짓고 살던 사람이었으나, 남의 권유로 오골계를 기르다가 폭싹 망하고 야간 도주하다시피 해서 서울로 올라온 사람이라는 이야기 등 동네서 사는 사람들의 이력을 훤히 꿰고 있었다. 설 부장은 그런 얘기를 듣는 것이 다소 짜증스럽기도 했으나, 한편 생각하면 자기가 무시하고 있었거나 고개를 돌리고 있던 사실, 그것도 바로 자기 이웃에서 일어나고 있는 일들과 새삼스럽게 조우하고 있다는 것에 대한 호기심을 조금은 키워갔다. 그러나 겉으로는 그것을 대견하지 않는 일로 뭉개려들었다.

"나 살기도 바쁜 세상에 남의 사정을 그렇게 시시콜콜이 알아가지고 무얼 하겠다는 겁니까. 되레 골치만 아프지."

"모르시는 말씀……."

장씨는 크게 손을 내저었다.

"모르시는 말씀입니다. 그것이 완전히 남의 얘기이고 나와는 상관이 없는 일이기도 합니다. 그러나 어떤 점에서는 또 크게 상관이 있습니다. 그러면 왜 그것이 나와 상관이 있느냐, 말해볼까요?"

"말해보십시오."

"전에도 말씀드렸지만 사람은 끼리끼리 삽니다. 이런저런 사람들이 한덩어리로 어울려 살기는 합니다만, 가만히 보면 거기서 가지들을 칩니다. 둘러치나 메어치나 마찬가지라고 하실지는 모르겠습니다. 하지만 잘 살펴보면 안 그렇습니다. 우리는 우리끼리 끈을 붙잡아 매두고 있고, 다른 사람은 다른 사람끼리 얼려가며 삽니다. 내 주제에 그런 어려운 얘기를 할 것은 없고, 요컨대 우리는 우리끼리 어울려야 일자리 하나라도 얻고, 먹고 살 궁리가 트입니다. 그러니까 자연히 만나게 되고, 그러다 보니 상대방의 동창까지도 알게 되는 것입니다. 일부러 알래서 그런 것이 아니라 그렇게 되더라 이겁니다. 좀 번듯한 사람들은 우리를 끼워주지도 않지만, 거기 끼여봤자 별로 소득이 없습니다."

"그러면 나도 그런 떨떠름한 축에 들겠네요. 장 선생으로 봐서는 별 소득이 없고, 일단은 거리를 두고 봐야 하는……."

"별말씀을, 반드시 그런 것은 아닙니다. 또 지금의 설 부장선생의 처지가 처지니만큼 오히려 동정이 가지요. 그건 그렇고, 얘기를 하자면 그렇다 이겁니다."

설 부장은 자기 입장이 묘하게 몰리는 국면임을 떠올리기도 하고, 자기가 세상을 몰라도 너무 모르고 있다는 점에서 다소 부끄러운 생각이 들기도 하였다. 상대적으로, 장씨의 생각이 좀 커보인다는 생각도 해보았다.

"우리끼리만 어울리는 데는 또 다른 이유가 하나 있습니다."

"그건 또 뭡니까?"

설 부장은 얼른 장씨의 말꼬리에 매달렸다.

"서로 비교하면서 살면 그만큼 살기가 편하기 때문입니다."

"어떻게?"

"한쪽이 너무 크면 비교고 자시고가 안 되겠으나, 서로 고만고만하니까 비교하기가 쉽습니다. 이웃이 어지간한 불행을 당하면 자기의 그것과 비교해서 스스로 위안을 얻기도 하고, 또 위안을 주기도 합니다. 우리 또래들은 자기와 남을 비교하면서 사는 게 일쑤입니다."

"아주 철학자 같은 말만 하시네."

"아이구, 왜 이러시니까? 무식쟁이가 뭘 알겠습니까. 유식한 분 앞이 되니까 저도 따라서 겉으로나마 입이 유식해지는 것 같습니다. 허허허."

설 부장은 장씨와의 이런 말싸움에서, 더러는 자기가 희롱당하고 있는 것 같은 생각을 매만질 때도 있었다. 그러나 장씨가 그런 사이사이로 내비치는 위로의 몸짓까지를 놓치지는 않았다. 그것을 끝끝내 말로는 옮기지 않지만 자기의 처지를 확인시킴으로써, 당신의 그것은 아무것도 아니라는 것을 시사하는 것이 그랬다. 그리고 장씨가 보여주는 찐득찐득한 생활력을 목도하는 것도 눈이나 마음의 보양이 되어주었다. 어떤 쪽으로 뒹굴든 다시 털털 털고 일어서는 장씨 같은 사람을 보는 것은, 가라앉기만 하는 스스로를 부추기는 데 도움이 되어주기도 했다. 그런데도 사정을 잘 모르는 설 부장의 아내는 곧잘 남편에게 핀잔을 주었다. 실직하더니 사람까지 칠칠맞아졌다느니, 어떻게든지 자기 자리를 더 높일 생각은 않고 기껏 그런 사람과 어울려 다님으로써 더 기어들기만 하고 있다는 등 나무랐으나, 설 부장은 그다지 개의하지 않았다.

설 부장과 장씨는 그 뒤에도 계속해서 만났다. 그리고 설 부장이 장씨의 입원 소식을 들은 것은 여름이 시작되는 오월 하순께였다. 장씨가 신축 빌딩의 이층에서 일하다가 아시바가 무너앉는 바람에 한쪽 발에 골절상을 입었다는 것이었다.

설 부장이 한 방에 네댓 명의 환자가 입원해 있는 병원으로 그를 위문갔을 때, 장씨는 환자답지 않게 환히 웃으며 그를 맞았다. 그의 옆에서는 장씨의 아내인 듯한 여자가 시중을 들고 있었다. 장씨는 설 부장에게 자기 아내를 소개하고, 두 사람의 인사가 끝나자 손짓으로 설 부장을 불렀다. 설 부장이 그의 옆으로 다가가자, 다시 자기 입에다 귀를 대라는 시늉을 해보였다. 장씨는 설 부장의 귀와 자기 입 사이에 손바닥으로 병풍을 치고 속삭이듯 말했다.

"아직 그쪽 힘은 씽씽합니다. 조금도 다치지 않았으며, 그 힘으로 다시 일어설 수 있습니다. 설 부장선생도 그건 괜찮죠? 힘을 내세요."

"그쪽 힘이라니요?"

설 부장이 엄벙땡하자, 장씨는 또 설 부장의 귀를 잡아당기며 아까보다는 더 좀 큰소리로 말했다.

"아따 ×힘 말입니다."

"하하하."

"하하하."

두 사람이 느닷없이 크게 웃자 병실 안 사람들이 모두 그들 쪽으로 눈을 돌렸다. 장씨의 아내도 마찬가지로 두 사람에게 시선을 돌리고 매우 얼떨떨한 표정을 지어보였다. 장씨는 자기의 잘생긴 수염을 한 손으로 쓸었다.

—1984년

누님의 겨울

내가 학교에서 돌아오자 누님이 보이지 않았다. 여느때 같으면 내 점심상을 차려놓고, 내가 들어오자마자 "왔냐?" 하면서 반길 누님이 보이지 않자 나는 조금 섭섭했다.

누님이라고는 하지만 나보다는 열여섯 살이나 위여서, 더불어 놀이를 한다든가, 아닌 말로 숨바꼭질의 상대가 되어주는 것 같은 시큰새큰한 차이는 아니지만 나는 누님이 우정 좋았다. 가는귀가 먹어서 때로는 내가 바락바락 악을 써야 알아듣기 때문에 신경질이 돋을 때도 있고, 어린 마음에도 누님이 두 번씩이나 소박을 맞고 쫓겨와서 친정살이를 하고 있다는 사실이 괜한 미움으로 변하는 수도 있지만, 나를 한결같이 감싸고 도는 누님이 없으면 나는 못 살 것 같은 생각이 들 때도 있었다.

나는 누님이 불쌍하다는 생각을 할 때가 많았다. 나는 그때 국민학교 오학년에 불과했으므로, 구체적으로는 소박이라는 것이 어떤 모양의 것이며, 친정살이를 하고 있다는 것이 어째서 나쁜 것인지에 대해 많이 알지를 못했다. 허나 부잣집 침모(針母)로 있는 어머니가 노상 누님을 쥐어박으며 이년 저년 욕을 해대고 어떤 때는 누님을 붙들고 너 죽고 나 죽자고 서럽게 우는 걸 볼 때는, 마음이 심란하게 흔들리고 아팠다. 그것은 또 누님에 대한 연민으로 변했다. 학교 문턱도 밟아보지 못한데다 가는귀까지 먹어 집 안에서조차 돌림뺑이를 당하고 있는 누님이 시집가선들 제구실하고 살 수 있을까, 누가 그런 사람을 잘 보살피며 살 수 있을까, 나라도 어려울 거야 하면서도, 그렇기 때문에 더욱 누님이 안쓰럽게만 보였다.

속마음으로야 안 그렇겠지만 어머니는 누님에게 몹시 모질게 대했다. 반찬 잘못 만든다고, 계집년이 칠칠맞게 바느질 하나 제대로 못 한다고 구박했다.

밤이었는데, 한 번은 내가 누님의 비명 소리에 놀라 깬 일이 있었다. 아직 몽롱한 내 눈에 비친 방 안 광경은 잠이 후다닥 달아날 만큼 섬뜩한 것이었다. 어 어 소리를 내지르며 손등을 감싸쥐고 있는 누님 앞에서, 어머니는 노여움 반 눈물 반의 시선으로 누님을 쏘아보고 있었다. 두 사람 사이에는 동정을 달다 만 여자 저고리가 펼쳐진 채였다. 나는 영문을 몰라서 두 사람 사이로 부지런히 눈을 굴렸다. 한참 만에야 나는 어머니가 누님에게 바느질을 가르치다 말고, 누님의 무딘 손 끝에 화가 치민 나머지 달아오른 인두로 누님의 손등을 찍은 것임을 알 수 있었다. 누님의 벌겋게 달아오른 손등이 내 추측을 뒷받침해주고 있었다. 눈으로는 자신이 저지른 일에 몹시 당황해하면서도 어머니는 입으로는 그러나 여전히 독한 소리를 내지르고 있었다.

"이년아, 솜씨가 이 지경이니까 번번이 못 살고 쫓겨오지."

"어어."

"아이구. 이놈의 팔자."

어머니는 밖으로 나가더니 간장병을 들고 와서는 조심스럽게 한 방울을 따라 누님의 손등에 발라주었다. 간장을 바르자 더 아렸던지 누님은 펄적펄적 뛰었다. 어머니는 코맹맹이 소리로 말했다.

"이년을 어찌할꼬."

이상한 것은, 누님은 그런 어머니에게 말대꾸 한 마디 않는 것이었다. 빛깔도 모양도 기묘한 낮은 비명을 지르기는 해도 그 자리를 피하는 일은 없었다.

옆방에서는 아버지의 코고는 소리가 들려왔다. 시장에서 거간(居間) 노릇을 하고 있는 아버지는 오늘도 알맞게 취해 돌아왔던 것이다. 많이 벌면 많이 버는 대로 적게 벌면 적게 버는 대로 아버지는 저녁이면 노상 술을 마시고 돌아왔다. 그렇다고 대취(大醉)하는 일은 없었다. 어쩌다가 좀 벌이가 나은 날은 골목 밖에서 동네가 떠들썩하게 노래를 부르는 일만이 달랐다. '함평천지 늙은 몸이, 광주 고향을 보랴 하고 제주 어선 빌려 타고 해남으로 건

너올 제……' 이렇게 시작되는 아버지의 소리는 내가 듣기에도 보통 수준은 넘는 것 같았다. 아버지도 그게 자랑이었다. 어느 편이냐 하면, 서발 막대 휘둘러야 거칠 것 하나 없는 살림살이에 대해서는 그다지 개의하지 않았다. 가난에 절은 사람들이 항용 보이게 마련인 음습함이나 구겨진 표정이 없이 언제나 태평스런 모습이었다. 따라서 자기의 딸이 두 번씩이나 시집살이를 못하고 쫓겨온 데 대해서도 그다지 마음 아파하지 않는 눈치였다. 물론 이 대목은 내가 잘못 보고 있는지도 모른다. 어느 부모가 자식의 불행에 대해서 마음을 쓰지 않겠는가 말이다. 그러나 집안 돌아가는 일에는 도통한 사람모양 한 옆으로 비켜 서 있으면서 어지간만하면 '함평천지'를 읊조리는 아버지에게서는 그런 인상밖에 받을 것이 없었다.

어머니는 바느질감 위로 눈물을 뚝뚝 흘리더니 마침내 누님을 껴안고 뒹굴었다.

"아이고 내 팔자. 아이고 팔자."

그 말대로라면 어머니는 누님 팔자보다는 자신의 팔자를 한탄하고 있는 듯이도 보였다.

우습게도 누님은 그런 어머니의 행동을 이해하지 못하겠는 듯 멀뚱멀뚱한 눈으로 천장만 쳐다보고 있었다. 나는 한밤중에 일어난 그 이상한 장면에서 이름할 수 없는 슬픔을 짓씹었다. 내가 슬픔을 알면 얼마나 알까마는, 밤이라든가 늙은 어머니의 울음이라든가, 항상 얻어터지고만 있는 누님이 불쌍하고 불쌍해서 나오는 여린 한숨 따위가 내 슬픔을 나름대로 짙게 색칠해주었다.

집 안에 누님이 없는 걸 확인한 나는 나 혼자 점심을 차려먹기로 작정하고 부엌으로 들어갔다. 나는 누님이 아니라도 그런 일에 익숙해 있었다. 누님이 시집가고 없을 때는 언제나 혼자서 밥을 차려먹었으니까.

나는 우선 시렁 위에 매달아놓은 밥바구니를 내렸다. 여름이었으므로 밥이 쉬지 않도록 식은 밥은 언제나 매달아놓았다. 냄새를 맡아보았다. 이미 살짝 간 상태였다. 나는 먹을 만큼의 양을 덜어 밥을 물에 빨기 시작했다. 세 번쯤 빨았다. 쉰내를 가시게 하기 위해서였다. 부뚜막에 기대 앉아 시어빠져서 허옇게 고래기가 낀 열무김치와 새우젓, 그리고 간장 한 종지로 밥을 깨질깨질 넘겼다.

밥을 먹고 나자 새삼스럽게 누님이 어디로 갔을까가 궁금했다. 내가 학교에서 올 시간에 집을 비우는 일은 없었는데 이상하다 싶으면서, 막상 갔을 만한 곳이 잘 꼽아지지 않았다. 그러자 문득 집에서 반 마장 가량 떨어져 있는 계곡 쪽으로 갔을지도 모른다는 생각이 들었다. 누님은 더위를 견디다 못하면 가끔 그쪽으로 가서 미역을 감는 일이 있었다. 말이 계곡이지 가물 때는 바닥을 드러내다가 물이 찬대야 무릎에나 닿을까말까한 곳이지만, 보통때는 사람이 없어서 누님은 심심하면 혼자서도 그곳을 찾아가는 버릇이 있었다. 그래도 처녀 때는 안 그랬는데 두 번씩이나 시집을 가고 나더니 통이 커졌는지 곧잘 찾아가는 곳이었다. 잘 모르기는 해도 내가 보기에 여자들은 시집가기 전과 시집간 후가 달랐다. 우리 동네에서도 처녀 때는 그렇게 수줍음을 잘 타던 처녀가 이삼 년 후 아이를 안고 친정에 돌아오면 내가 보는 앞에서도 예사로 젖통을 내놓고 아이에게 젖을 물리는 일을 흔히 보았다. 내가 아직 아이라고 깔보아서 그런지는 몰라도 결코 그것이 좋게 보이지는 않았다. 그래서 나는 누님이 혼자 그런 곳에 가는 일을 적극 말렸다. 그러다가 못된 남자라도 만나면 어떡하려느냐고 핀잔을 주었다. 그때마다 누님은 어떠니 하고 웃고만 있었다.

날씨는 지독하게 쪄댔다. 이런 날은 누님이 아니라도 물 생각이 날 법하다는 생각이 들었다. 해방의 열기가 더욱 그런 느낌을 보태주었는지도 모른다. 해방 얘기가 나왔지만 사람들은 모두들 들떠 있었다. 해방이 구체적으로는 자기들 삶의 어느 모서리에 직접적으로 와닿지는 않는다 하더라도 하던 일을 놓고 이리저리 몰려다니며 새롭게 들려오는 소식 앞에 귀를 곤두세웠다. 읍내 네거리에는 소나무 가지로 얽어 만든 미군을 환영하는 솔문이 세워지고, 그 솔문의 이마빡에는 영어로 '웰컴!'이라는 간판을 붙여놓았다. '웰컴!'이라는 말과 뜻은 내가 어떤 청년에게 물어서 안 말이다. 그러나 사람들이 그렇게도 만나보기를 갈망하는 미군은 끝내 한 사람도 나타나지 않고, 보름이 지난 지금 그 솔문의 솔가지는 벌겋게 말라 비틀어져가고 있었다.

소문만이 요란했다. 서울에는 새로운 정부가 들어섰다는 둥 읍내에도 그와 비슷한 단체가 생겼다는 둥 들리는 소리는 하나같이 신기한 것들이었다.

그러나 우리 집은 아무것도 변하거나 달라진 것이 없었다. 집 안에 그런 일들에 관심을 가질 만한 인물도 없었거니와, 있다 해도 별반 변화가 없을 것이었다. 어머니는 여전히 침모로 나갔으며, 누님은 달라져가고 있는 세상과는 무관하였다. 다만 아버지만이 조금 바빴다. 시장에는 일본 사람들이 쓰던 물건들이 많이 나왔기 때문이었다. 몸만 빠져 나가야 하는 일본 사람들이 노자를 마련하기 위해 자진해서 가지고 나온 물건도 있었고, 개중에는 청년들이 일본 관리들의 집을 접수해서 빼내온 물건도 있어서 시장은 그런대로 바빴다. 그런 한편으로 아버지는 일찌감치 일본인 고스카이(심부름꾼)로 들어갈 걸 그랬다고 후회 비슷한 말을 하기도 했다. 일본 가마보코(생선묵)집 종업원으로 있던 아무개는 주인이 물러가면서 가게를 몽땅 물려주는 바람에 당장 벼락부자가 되었다든가, 빵집 아무개는 역시 그런 식으로 점포 하나를 도리(차지)했다는 투의 소문에 근거한 것이었다. 요컨대 아버지를 비롯한 우리 집안 식구들은 해방을 이런 식으로밖에는 받아들이지 못했다. 긴 긴 압박과 설움에서 해방되고, 이제는 백의민족이 주인이 되어 새롭게 나라를 건설한다는 따위, 그럴싸한 감격이나 흥분이 없었다. 물론 지금부터는 그 간사하고 오만한 왜놈 꼴을 보지 않아도 된다든가, 이제는 유기그릇(없기도 했지만)이나 숟가락 몽댕이 같은 걸 공출하라고 지랄하는 소리를 듣지 않아도 된다든가, 하는 등속의 시원한 해방감이 없는 건 아니었으나 이러나 저러나 붙어서 검불밖에 나올 것이 없는 집 안은 크게 달라진 것이 없었다.

점심을 끝내자 나는 슬슬 계곡 쪽으로 발길을 옮겼다. 닳아빠진 고무신 바닥으로 전해오는 땅의 열기가 대단했다.

내가 예상했던 대로 누님은 계곡의 그늘진 쪽에서 한참 물을 끼얹고 있는 중이었다. 옷을 입은 채 물을 맞고 있기 때문에, 홑가죽 옷이 달라붙어서 몸의 굴곡이 환히 드러나보였다. 나는 갑자기 그런 누님이 한심하다는 생각이 들었다. 그리고 부끄럽고 누가 볼까봐 겁이 났다. 아무리 더웁기로 여자 혼자서 대낮에 미역을 감다니 가당하기나 한 일인가. 저러니까 소박을 맞고 어머니에게 당하고만 살지, 나는 속으로 혀를 찼다. 그런데다가 전체적으로 조금 모자라보이는 누님은 어떤 때는 형편없이 주눅 든 사람처럼 가장자리로만 돌다가도, 어떤 때는 당차게도 엉뚱한 일을 저질러 식구들을 놀라게 하는 버릇이 있었다. 그러니까 이런 한낮에 으슥한 곳으로 나와 몸을 씻는 것도 때로는 식구들의 눈을 놀라게 하는 그런 짓거리와도 통한다.

나는 아무 말 않고 누님 쪽으로 돌팔매질을 했다. 내가 던진 돌이 누님의 코 앞에서 물을 튀겼다. 누님은 그제서야 깜짝 놀라는 눈치더니 돌을 던진 사람이 나인 것을 확인하고는 벌죽 웃었다.

"왔나?"

나는 더욱 화가 났다. 자기 신세나 처지에 철저하게 빠져들 줄 모르고, 울어야 할 대목에서 곧잘 웃음을 피워낼 줄 아는 누님의 그런 무신경이 때로는 무지무지하게 미웠다. 나는 같잖게도 언제나 누님 편에 서서 슬픔을 나누어 갖고, 그것을 핥아줄 마음의 준비가 되어 있었다. 그러나 누님은 나의 이런 마음에 언제나 쐐기를 박고 번번이 도망쳐갔다.

두 번째 소박을 맞은 때였을 것이다. 우리 집에서 오십 리 가량 떨어진 시골 어떤 지주(地主)의 작은 각시로 들어간 때였는데, 그쪽에서 누님을 데려가라는 기별이 왔다. 도저히 꼴을 볼 수 없으니 와서 데려가 달라는 것이었다. 어린 마음에도 쫓아냈으면 쫓아내었지 와서 데려가라는 건 또 무엇인고 하고 있는데, 어머니는 뜻밖에도 날더러 동행하자는 것이었다. 싫다고 우겼으나 나를 살살 달래려들었다. 싫었으나 나는 도리없이 따라 나섰다. 돌아오는 길에서 어머니는 연방 눈물을 흘렸다. 나는 누님도 그래주기를 바랐다. 그러면 나는 달래줄 작정이었다. 누님 울지 마. 아직 나이가 창창하지 않아? 또 웃고 살 날이 있겠지 하고. 어린애답지 않은 징그러운 능청을 떨어볼 작정이었다. 그러나 누님은 안 그랬다. 물론 희희낙락하는 건 아니나, 그렇다고 그렇게 세상이 꺼지도록 슬프지도 않은 모양이었다. 그러다가 웃었다. 지금 "왔냐." 하면서 웃듯이 말이다. 그것은 우리가 논배미를 걸어가다가 뱀을 만난 때였다. 앞서가던 내가 뱀을 발견하고 질겁을 해서 소리를 지르자, 뒤따라오던 누님이 지금처럼 웃으면서 말했던 것이다. "남자가 그까짓 뱀 하나 보고 뭐가 무서워서 그러냐." 하고 말이다. 그런가 하면 또 누님은 엉뚱한 대목에서 엉뚱한 눈물 방울을 보였다. 가령 식구들이 밥 잘 먹고 잠자리에 들 무렵이라든가, 골목 밖에서 아버지의 '함평천지'가 들려올 때라든가 할 때 갑자기 눈물을 주루룩 흘렸다. 내가 깜짝 놀라서 왜 그러느냐고 물으면, "그냥" 하고 지나가 버렸다. 어머니는 그런 때 말씀하셨다.

"미친년 지랄하고 있네."

나는 고무신을 신은 채 첨벙 물 속으로 들어서면서 누님 쪽에 대고 악을 썼다.

"누가 보면 어쩔려고그래."

"어떠니, 아무도 없는데."

누님은 여전히 웃음을 흘리면서 내가 다가가는 걸 기다리고 있었다.

"잘 한다. 여자 혼자 대낮에 미역 감고!"

"어떠니, 더워서 그런데."

이상하게도 누님은 내가 어지간히 낮은 목소리로 말할 때도 내 말은 잘 알아들었다.

"잔소리 말고 빨리 집으로 가."

"너도 들어와. 아주 시원해."

"누님도 미쳤어. 이게 무슨 짓이야."

"뭐라고?"

"미쳤다고."

"왜?"

"이런 데서 미역 감으니까 그렇지."

"너도 참 별소리를 다하는구나. 나는 시원해서 좋기만 하다."

누님의 웃음소리가 땡볕 속에서 귀신 소리처럼 퍼져갔다.

나는 조금 기묘한 생각이 들었다. 바깥 세상에서는 해방이 되었다고 너나없이 얽혀 돌아가면서, 어디로 가는 길인지도 모르고 일단은 대단한 열기들을 뿜어내고 있는데, 우리는 이렇게 물가에 퍼질러 앉아 물장난이나 치고 있다는 사실이 그런 느낌을 주었다. 그리고 우리 집안의 형편없음을 다시 한 번 되새겼다. 아닌 말로 이런 때 중국 상해나 만주 등지에서 독립운동하다 돌아온 형이나 삼촌이 있다면, 나는 얼마나 떳떳하고 자랑스러울까도 생각해보았다. 그러나 아까 말한 대로 우리 집은 하나도 달라지는 게 없었다. 달라진 사람이 있다면 나 정도였다. 해방이 되고 며칠을 핀둥핀둥 놀다가 새롭게 시작한 학교에서는 내 눈이 번쩍 뜰 만한 일들이 많이 벌어졌다. 태극기 그리는 법을 배우고 우리말을 배우고 애국가를 배웠다. 일본말을 줄줄 외며 여러분도 성전(聖戰)을 이기는 데 단단히 한몫 해야 한다고 강조하시던 선생님의 입에서, 이번에는 갑자기 태극기가 어떻고 기역 니은이 어떻고 하는 따위의 말이 나오는 것이 좀 걸리기는 했으나, 엄청나게 달라진 상황 앞에서는 그런 일들에 오래 매달려 있을 겨를이 없었다. 학교에서는 하루하루가 달랐으며 새로운 귀동냥도 많이 했다. 우리 꼬맹이들 사이에 이승만 박사니 김구 선생이니 하는 말들이 오간 것도 그때였다. 그러나 나는 이런 새로운 지식들이나 소문을 풀어먹을 데가 없었다. 아버지나 어머니나 누님은 도대체 나의 그런 새로운 정보를 받아들일 상대가 되지 못했으며, 그들은 처음부터 그런 데다 관심도 기울이지 않았다.

"빨리 가."

나는 주위를 살피고 누님을 재촉했다. 같이 물에 잠기고 싶은 생각이 들지 않는 것도 아니었으나, 어쩐지 이럴 때는 내가 누님의 보호자가 되어야 한다는 생각이 앞섰다. 그랬다. 나는 쥐뿔도 누님에게 아무 도움을 주지 못하면서도 항상 그런 마음새를 갖추고 있었다. 불쌍하고 모자라고 그러면서도 나를 지극히 아끼는 누님을 위해서, 나는 언제나 희생자가 되어도 괜찮다는 각오까지 하고 있었다.

"일어나."

나는 누님의 팔을 잡아끌었다. 그러다가 얼핏 물에 젖은 옷 때문에 동글납작하게 솟아오른 누님의 팽팽한 젖무덤을 보고, 나도 모르게 얼굴을 붉히며 슬그머니 외면해버렸다. 얼굴을 붉혔다는 것은 다분히 남이 볼까봐 그랬다는 뜻도 되지만, 그 사이 내 덩지가 좀 커진 데서 오는 지난날의 나의 철없음을 뉘우쳤기 때문이기도 하다.

내가 지금보다도 훨씬 어렸을 때, 나는 누님의 발가벗은 젖무덤을 수없이 보아왔으며 그 젖무덤에 코를 박고 잔 일도 세일 수 없이 많았다. 어머니는 나를 사십이 넘어서 낳은데다가 먹고 살기 위해 항상 밖으로만 나돌았기 때문에 누님과 같이 지내는 시간이 많았으며, 그만큼 누님의 몸뚱어리와 친숙했다. 어머니는 다 늦게 나를 낳은 것이 창피하기도 하려니와, 내가 잘 나오지도 않는 젖에 매달리는 것을 막기 위해 자기 젖에다 금계랍을 발랐다. 때문에 나는 누님에게 안겨 자는 날이 많았다. 국민학교에 들어간 후도 한참을 그랬다.

누님은 특히 소박맞은 후 나를 더욱 물고 떨었다. 나를 자기 가슴에 안고 토닥거리며 중얼거릴 때도 있었다.

"너는 누구한테 장가갈래?"

"안 가."

"그럼 못써."

"누님허고 살 거야."

"안 된다니까."

"그러면 어때."

"그러지 말고 내가 이쁜 각시 얻어줄게. 우리 정식이 각시는 참 이쁠 것이다."

"어떻게 알아."

"내가 다 알지."

"장가 안 간다는데."

"그런 소리 하는 놈이 더 빨리 가지. 너 장가 가서 네 각시한테만 빠지면 내가 가만 안 둔다."

"빠지는 게 뭔데."

"각시만 이뻐한다 그 말이다."

"그렇지 않을걸."

"요오시. 두고 보자."

누님은 어디서 배웠는지 일본말도 한마디 섞었다.

나에게 이끌려 마지못해 물에서 나온 누님은 언제 준비했는지 따로 가져온 보따리를 풀어 옷을 갈아입기 시작했다. 나더러는 저만치 가 있으라는 말도 없었다. 나는 누님의 허연 엉덩짝이 드러나는 순간 얼른 고개를 돌렸다. 물론 처음 보는 것은 아니었다. 이상하리만큼 목욕을 좋아하는 누님은 여름 밤이면 곧잘 우리 집 뒤껼에서 목물을 했다. 어머니는 그것도 못마땅한지 그럴 때마다 "미친년 목욕 하나는 잘하네." 하고 핀잔을 주었으나, 누님은 그러거나 말거나 자주 목욕을 했다. 옹배기, 세숫대야 등을 있는 대로 동원해서 은밀하게 몸을 씻었다. 누님의 목욕은 시간이 오래 걸렸다. 내 귀에 뽀드득 뽀드득 소리가 들릴 만큼 정성스레 몸을 닦았다. 비누가 없으니까 팥가루로 씻고 있음이 분명했다. 그럴 때, 나는 부끄럽게도 그 찰랑거리는 물소리에 귀를 기울이고 있는 수가 많았다. 그것이 나쁜 일이라거나 창피한 일이라는 생각에 앞서 먼저 귀가 쏠리는 것을 어쩔 수가 없었다. 더러는 누님의 찰떡 같은 허연 엉덩짝을 보는 수도 있었다. 이런 생각 저런 생각 없이 오줌을 누러 나왔다가 얼핏 보는 수가 있었다. 이런 표현은 참 유치할지 모르나 어쩌다가 달이라도 덩그러니 떠 있는 밤이면 누님의 엉덩짝이 아주아주 아름답게도 비쳤다. 그럴 때 누님이 나를 돌아보는 수가 있었다. 그러나 누님은 전혀 놀라는 빛 없이, 나를 보고 찡긋 웃어주는 것으로 그 자리를 끝냈다.

가을이 되기까지도 우리 집안에는 이렇다 할 변화가 없었다. 그런데 가을이 끝나고 겨울이 시작되면서 갑자기 세상이 뒤숭숭하더니 우리 집도 거기 휘말리었다. 해가 바뀔 무렵에는 뒤숭숭할 정도가 아니라 시끌짝하게 번져 나갔다. 신탁통치 자체가 무엇인지도 몰랐으며, 왜 우리끼리 서로 반대하고 찬성하고 나서는지도 몰랐다. 지금 나는 우리 집이 그런 신탁통치에 휘말렸다고 했는데, 지금까지 내가 얘기해온 집안 형편으로 봐서는 눈곱만큼도 그런 일에 휩쓸릴 까닭이 없었다. 해가 뜨면 해가 뜨는 대로, 비가 오면 비가 오는 대로 굿이나 보고 떡이나 먹으면서 '함평천지'나 읊조리고 바느질품이나 팔고, 이따금 엉덩이짝이나 희번덕거리며 바람부는 대로 물결치는 대로 살면 그만인 사람들이었다. 그런 우리 집이 신탁통치에 휘말려 그나마의 살림살이에 큰 구멍이 뚫리고 말았다. 그것은 누님 때문이었다. 그 얘기는 잠시 뒤로 돌리고 우선 그놈의 신탁통치부터 풀어가 보자.

처음 얘기한 대로 나는 신탁통치가 뭐 말라 비틀어진 것인지 도통 알 까닭이 없었다. 다만 선생님이나 어른들의 이야기로 무엇보다도 술렁거리는 거리에서 그걸 느낄 뿐이었다.

신탁통치 반대 운동은 해가 바뀌자 거세게 일어났다. 거리의 담벼락이란 담벼락에는 그것을 반대하는 벽보가 어지러울 정도로 나붙었다. '신탁통치

결사 반대!' '모스크바 삼상회의 결의를 철회하라!' '우리는 목숨을 걸고 우리의 자주 독립을 지캬 한다!'는 등의 문구가 적혀 있었다. 그런가 하면 데모도 뻔질나게 일어났다. 피로 쓴 플래카드를 들고 머리에 '결사반대'의 띠를 두른 사람들이 뻑하면 거리를 휩쓸었다. 당연히 나는 아직 어렸으므로 이런 광경들을 가만히 서서 구경하는 도리밖에 없었다. 약간 홍분은 하고 있었다. 나쁜 놈들, 우리를 뭘로 보고 자기네들이 우리를 통치하겠다고 야단이야, 하는 정도로 새가슴을 두근거리고는 있었다. 그러나 그것뿐이었다. 데모대의 꽁무니를 따라다니며 그들이 구호를 외치며 만세를 부르면 나도 따라서 만세를 부르기도 했으나 그 이상의 행동은 취할 수가 없었다. 그런데 일이 더 재미있게 된 것은 반대파만 있는 것이 아니라 찬성파도 나왔다는 사실이었다. 찬성하는 쪽은 공산당들이었는데, 선생님의 말씀을 들으면 그들도 처음에는 반대를 하다가 어쩐 일인지 하룻밤 사이에 찬성 쪽으로 태도를 바꾸었다는 것이었다. 이번에는 반대 성명과 나란히 찬성 벽보가 벽을 떡칠했다. '신탁통치를 절대 지지한다!' '소 미 영 삼상회의를 지지하자!' 이것은 물론 공산당 쪽에서 붙인 것이었다.

그들도 마찬가지로 데모를 벌였다. 민족 진영에서 학교 운동장을 빌려 반대 군중대회를 열면, 이에 질세라 열흘이 못 가서 또 공산당 쪽의 찬성 군중대회가 열렸다. 우리가 살던 조그마한 도시는 신탁통치 지지와 찬성으로 아우성을 쳤다. 어떤 때는 양쪽의 시위 군중이 맞붙는 일도 있었다. 한쪽이 시위를 벌이면 다른 한쪽 청년들이 돌팔매질를 하여 싸움이 벌어지기도 하였다. 그런가 하면 어느 한쪽이 상대파의 사무실을 습격하면 또 그 반대쪽이 그 사무실을 때려부수는 보복을 되풀이했다.

누님의 세 번째 결혼 얘기가 나온 것은 이 무렵이었다. 상대방은 이웃 동네에 사는 홀아비로, 나이가 마흔이 넘었는데 딸린 아이가 셋이나 된다고 하였다. 일 년 전에 아내를 잃고 혼자 사는데 직업이 없는 것이 한 가지 흠이라면 흠인 모양이었다.

이 얘기를 맨 처음 꺼낸 것은 우리 동네에 사는 방물장수 아주머니였다. 그 여자와 우리 집과는 별반 거래가 없었다. 어머니와는 서로 하는 일이 다르니까 같이 어울리는 일도 없었거니와 피차 마실을 다니는 일도 없어서 평

소에는 그냥그냥 알고만 지내오는 터였다. 나는 그 아주머니의 인상을 좋게
보지는 않았다. 여자인 텃수에 코가 어린애 주먹만큼 큰데다가 메주를 떼어
다 붙인 것 같은 볼때기가 욕심투성이로 보인 탓도 있으나, 어쩌다 겪게 되
는 수다가 싫었기 때문이었다.

　이 아주머니가 어느 날 혼담을 물고 온 것이다. 밤중이었다. 아마 어머니
가 집에 있을 때를 겨냥하고 온 것임에 틀림없었다. 어머니는 덤덤하게 그
여자를 맞았다. 여자는 어머니를 보자마자 아주 가까이에서 새콤달콤하게
지내는 사이처럼, 보기와는 달리 아양을 있는 대로 떨었다.

　"아이구. 어떻게 지내우, 성산댁."

　성산댁이란 어머니의 택호였다.

　"어쩐 일이우?"

　어머니는 우선 경계하는 빛부터 보였다. 오다가다 만나면 눈인사나 나눌
까 생전 가야 김치 한 조각 나누어 먹지 않은 여자가 찾아왔으니까 그럴 법
도 하지만, 어머니의 천성이 그다지 살뜰하지는 못하니까 그런 반응을 보인
건 당연한 일이었는지도 모른다. 아버지도 어머니의 이런 성미를 못마땅해
해서, 저 여편네는 온몸에서 찬바람이 돌 만큼 멋대가리 없다는 둥 여우가
칵 물어갔으면 좋겠다는 둥 욕을 해댔다. 둘이 한참 싸울 때는 년자를 놓아
가면서 몰아붙였다. "야 이년아, 나나 허니까 너 같은 숭물을 데리고 사는
줄 알어." 또는 "야 이년아, 나나 허니까 너 같은 무지랭이를 안 버리고 데리
고 사는 줄 알어." 따위의 막말이 그것이었다. 내가 듣기에도 아버지의 나중
말, '너 같은 무지랭이를 안 버리고 데리고 사는 줄 알어.' 하는 대목은 매우
우스웠다. 일자무식이기는 피차 마찬가지이면서 그런 욕을 해대다니 하는
생각이었다. 아니나 다를까 어머니는 그 말을 놓치지 않고 물고 늘어졌다.
"아이고 아이고. 뭣이 육갑한다더니 유식한 체하고 있네. 내 똥구멍이 웃느
만." 나는 이런 싸움질을 보고 부끄럽고 또 부끄러웠다. 이왕 싸움을 한다
하더라도 유식한 부부는 이렇지 않을 것이라는 생각이 들었다. 말도 그럴 듯
하게 골라 이웃이 들을까봐 목구멍을 잔뜩 옴츠리고, 때문에 약간 쉰소리로
주고 받을 것이라고 생각하였다. 그러나 아버지도 그렇고 어머니도 그러지
를 않았다. 아버지는 아무 데서나 방귀를 퐁퐁 뀌는 식으로 서슴없이 소리를

질러댔으며, 어머니는 또 있는 감정 없는 감정 다 보태서 장마철 하수구멍처럼 자기 생각을 콸콸 쏟아부었다.

"아니 한동네서 놀러오지도 못하우."

방물장수는 어머니의 뻣뻣한 응대에 약간 기분이 상한다는 투로 말했다.

"그게 아니라!"

"좋아요. 내가 오늘 온 것은 댁의 따님 일 때문이오."

"……?"

방물장수는 생각 탓인지 조금 기세가 올라섰고, 어머니는 거꾸로 더욱 의심스러운 빛을 보였다.

"아이고, 나도 딸 가진 년이지만 딸 때문에 얼마나 복장이 터지겠소."

"그거야 뭐."

"성산댁 심정 이해하고도 남아요. 그래서 얘긴데, 마침 마땅한 혼처가 하나 나왔어요."

"혼처요?"

"그래요. 아주 안성맞춤이라구요. 아이들이 딸린 것이 험이기는 하지만."

"몇이나 되는데요?"

"많지도 않아요. 셋이니까."

"셋이나? 그게 적어요?"

"그쪽보고 많다고만 할 게 아니라 이쪽 처지도 생각해야지요."

방물장수의 말투에는, 두 번씩이나 소박을 맞은 처지에 더운밥 식은밥 가릴 형편이 되느냐는 핀잔이 섞여 있었다.

"뭣하는 사람인데요, 신랑될 사람이."

옆에서 듣고 있던 나는 속으로 웃었다. 애새끼가 셋이나 있는 사람더러 신랑이라고 하다니.

"일본사람 회사에 다니다가 놀고 있는데 곧 한자리 할 겁니다. 그만한 사람이 해방까지 되었는데 놀고 먹을 리가 있나요."

"회사? 그러면 학식깨나 있는 사람이게?"

어머니의 입에서 비로소 놀라는 눈치가 보였다.

"그럼요. 학식이 있다마다, 중학교까지 다녔는데요. 졸업은 못 했지만."

이렇게 해서 누님의 세 번째 혼담은 익어갔다. 그런데 놀랍게도 어머니는 그 사이 누님에게는 한마디도 가부를 물어보지 않는 것이었다. 아버지에게만, 그것도 통고 비슷하게 말해준 것뿐이었다. 누님이 첫 번째 두 번째 혼사도 모두 이런 식으로 이루어진 거니까 그렇게 치부하고 넘어가면 될 일인지도 모르겠으나, 나는 어머니의 그런 처사가 못마땅했다. 그런데 더욱 놀랍게도 당사자인 누님 자신이 자기가 다시 시집간다는 데 대해서 그다지 동요를 보이지 않는 일이었다. 방물장수가 그 뒤에도 몇 번 발걸음을 했고, 집 안의 움직임으로 보아 그런 낌새쯤은 알아차렸을 터인데도 불구하고, 기타부타 반응을 보이지 않았다. 물론 막판에는 어머니가 누님에게 그런 얘기를 꺼냈다. 하지만 이번에도 아버지에게 그런 것처럼 의견을 물어본다거나 하는 일 없이, 막바로 통고와 다름없는 방식을 취했다.

"이년아, 이번에는 실수하지 말고 잘 살어. 애가 셋이라고는 하지만 그건 너 하기에 달렸으니까."

누님은 대답을 하지 않았다. 대신 입을 약간 비죽거렸다. 누님의 버릇이었다. 어색하거나 무슨 일이 좀 성에 차지 않을 때, 누님은 그런 모양으로 대응했다.

어머니가 없는 자리에서 나는 누님에게 핀잔을 주었다.

"어쩔려고 그래?"

"뭘?"

"왜 말이 없어. 싫으면 싫다, 좋으면 좋다 하고 말을 해야지."

"어차피 엄니 마음대로 될 건데."

"그래도 누님 일이잖아."

"될 대로 되겠지."

"애가 셋이나 있다는데도?"

"괜찮아. 이번에는 삼시세판이니까."

얼래 얼래. 나는 하도 기가 막혀서 모가지가 돌아가지 않을 정도였다. 자기의 신세나 앞일에 대해서 도무지 계획이나 눈어림이 없고, 삼시세판 같은 형편없는 아이들 말투나 흉내내고 있는 누님이 가당찮게 보였다. 가당찮게 보인 건 어제 오늘의 일이 아니니까 할 수 없다 치고, 이래가지고는 누님의 앞날이 어떤 지경으로 빠질 것인지 나는 걱정이 태산 같았다. 그리고 저렇게 종잇장처럼 희고 멀쩡한 누님이, 왜 번번이 시궁창 속에 처박히는 꼴만 당해야 하는지 우울하고 슬펐다. 그러나 할 수 없었다. 새로 만나게 될 매부와 잘 살기나 빌 도리밖에 없었다.

나의 이런 우울하고 슬픈 감정을 한 옆으로 내몬 채, 일은 꽤 빠른 속도로 진전되었다. 저쪽에서도 괜찮다는 반승낙이 오고 방물장수가 다녀간 지 보름 만에, 그러면 당사자끼리 우선 대면이나 하자는 요청이 들어왔다. 대면 장소는 우리 집으로 정해졌다.

매부될 사람이 오는 날, 어머니는 아침부터 일도 하지 않고 설쳐댔다. 설쳐대봤자 콩나물이나 무치고 두부탕이나 마련하는 정도의 일이 고작이었지만, 하여튼 나이든 사람답지 않게 설렁거렸다.

방물장수와 함께 매부될 사람이 우리 집을 찾아온 건 해질녘이었다. 약간 바랜 검정색 외투를 입고 매운 날씨 탓인지 코가 빨갛게 언 것이 인상적이었는데, 듣던 나이보다는 다소 젊고 씽씽해보이는 것이 다소 마음이 놓였다. 나는 심부름이라도 하는 양 얼렁대면서 누님이 앉아 있는 방과 매부될 사람이 있는 방을 들락거렸다. 아버지는 일부러 그랬는지는 몰라도 시장에서 돌아오지 않은 채였다. 아마 어머니가 늦게 들어오라고 이른 것임이 틀림없었다. 내 어림에도 이런 때는 당연히 장인될 사람이 집에 있어 인사를 주고받아야 함에도 불구하고, 원체 이런 저런 격식을 까먹고 사는 우리 집으로서는 그럴 수도 있는 일이었다. 매사 어머니만 좋으면 되었으니까.

누님이 안방으로 건너간 것은 손님과 어머니가 애써 어색한 분위기를 누그러뜨리려는 화제로 한동안 시간을 메운 다음, 어머니가 갑자기 큰소리로 "야 덕순아. 여기 물 좀 떠오너라."하고 명령한 뒤였다. 나는 알고 있었다. 그것이 맞선 보는 사람들이 일쑤 써먹는 수법임을. 그리고 속으로 히히히 웃었다. 자기네들이 무슨 신랑 신부라고, 자기네들이 무슨 이팔청춘이라고 할 짓 다하느냐는 그런 생각이었다.

나는 행여라도 누님이 어머니의 분부를 알아듣지 못했을까봐 냉큼 누님에게 그 뜻을 전했다. 그러나 솔찬히 우습게도 누님은 이미 자기가 나설 차례를 알고 있었던 듯, 부엌으로 내려가고 있었다. 분을 곱게 바른 누님이 그날은 그렇게 이뻐 보일 수가 없었다.

손님이 돌아간 다음 나는 누님의 마음을 떠보았다.

"어때?"

"그냥 그래."

"마음에 들어?"

"몰라."

누님의 볼때기가 약간 발그레해졌다고 생각되었다.

"모르면 어떡해. 자기 일인데."

"내가 처음이니 뭐."

누님의 이 말에 나는 잠시 섬뜩하였다. 아직 그럴 나이도 아닌데, 짙은 체념으로 물들여진 누님의 언행에 가슴이 실룩실룩 아팠다.

누님의 세 번째 혼사는 저런저런 할 만큼 빨리 이루어졌다. 혼사랬자 우리 집에서 양쪽의 후줄그레한 손님 몇 사람을 모아놓고 점심을 때우는 것으로 끝났지만, 맞선 본 지 보름 만에 그런 의식을 치러낸 것이다.

누님은 그날 밤으로 보따리 몇 개를 들고 어머니를 따라 시집으로 들어갔다. 나는 어쩐지 그 꼴이 보기 싫어 칙간 옆에 숨어 있었다. 그런데도 누님은 일부러 나를 찾아내가지고는 일그러진 얼굴로 말했다.

"잘 있어."

"……."

"가끔 올게"

"그래 잘 가."

나는 누님 쪽은 쳐다보지도 않고 발 끝으로 땅을 후비며 대답했다. 그것으로 누님과의 이별이 끝났다.

누님이 우리 집에 다시 나타난 건 그러나 시집간 지 한 달이 못 되어서였다. 나도 놀랐지만 어머니의 기겁은 이만저만이 아니었다.

"왜 왔어, 이년아."

"아냐, 나 아주 온 것 아냐. 댕기러 왔어."

누님은 아주 온 것이 아니라는 말부터 앞세웠다.

"김 서방은 어떡허고?"

“응, 내일 온댔어.”

“아이고 가슴이야.”

어머니는 말과 함께 실지로 당신의 가슴을 손으로 쓸어내렸다.

누님의 말대로 매부는 다음날 누님을 쫓아왔다.

그런데 매부도 누님도 돌아갈 생각을 하지 않았다. 매부는 어떤 날은 하루 종일 잠을 자다가 밤에만 나갔다가 밤을 새우고 돌아오는 수도 있었고, 어떤 날은 하루에도 네댓번 집을 들락거리는 수도 있었다. 그뿐 아니라 매부를 찾아오는 사람도 많았다. 그들은 내가 비워준 방에서 오래오래 속닥거리기도 하고, 등사판을 들여놓고 무언가를 부지런히 찍어내기도 하였다. 놀라운 것은 그런 일에 누님이 적극 가담하고 있다는 사실이었다. 등사판 미는 일을 거드는가 하면 매부의 심부름으로 어딘가를 다녀오기도 하였다.

한 번은 내가 그런 누님을 붙들고 다그쳤다.

“무슨 일로 그렇게 바빠?”

“너는 몰라도 돼.”

“매부는 뭘 하는 사람이야?”

“너는 몰라도 된다니까.”

“좀 알아야겠어. 나도.”

“얼래. 너 같은 꼬맹이가 뭘 안다고.”

“혹시 공산당 아냐? 매부가.”

“애는? 별소리를 다하네.”

“아냐 맞을 거야. 맞지?”

“너한테만 말해줄게. 이건 비밀이다. 아무한테도 말하면 안 된다. 너 맹세하지?”

“할게.”

“매부는 독립운동하는 사람이란다.”

“해방이 되었으니까 독립은 다 된 거나 마찬가진데 새삼스럽게 독립운동은 또 뭐야?”

“너는 아직 어리리까 몰라서 그래. 진짜 독립운동은 지금부터라구.”

우스웠다. 누님의 입에서 독립운동 어쩌고 하는 말이 나오다니 우습지 않은가. 그러나 누님의 다음 말을 듣고 나는 웃고만 있을 수가 없었다.

"넌 내가 요즘 무슨 일로 왔다갔다 하는지 아니? 모르지?"

누님은 큰 자랑을 숨긴 사람처럼 내 코 앞으로 입을 바짝 대고 물었다.

"몰라."

"레포를 전달하는 거야."

"레포가 뭔데?"

"모를 거다. 말하자면 연락문서 같은 거지."

"왜 그런 쓸데없는 짓을 하고 다녀?"

"너는 몰라. 반동을 때려잡기 위해서야."

"뭐 반동?"

"그래. 우리 나라는 반동분자들을 때려잡지 않고는 진짜 독립이 안 되게 되어 있어."

"그 따위 말들을 어디서 다 배웠어."

나는 점점 무서운 생각이 들었다. 누님의 그런 급작스런 변화도 놀라웠거니와 그 사이 그렇게 달라진 까닭이 어디에 있는지도 궁금했다.

"느이 매부한테서 배웠지."

"누님은 이용당하고 있어."

나도 모르게 불쑥 나온 말이었다.

"그런 말 마. 그이는 나를 얼마나 위해주는데. 그이뿐 아니라 동지라는 사람들이 날더러 동무의 활약은 눈부시대."

"갈수록. 그게 다 누님을 이용해 먹으려는 수작이라고. 그 수단에 넘어가지 말라구. 말을 해봐. 누님이 공산주의에 대해서 아는 게 있어? 있어?"

"물론 자세히는 모르지."

"그것봐."

"그러나 그이는 이제 남편 아니냐."

"아무리 남편이라도 그렇지. 나쁜 건 나쁜 거야. 그렇게 누님을 위한다면 왜 친정살이를 시켜. 집에 데려다 놓고 잘 먹이고 잘 입힐 일이지."

"그건 네가 몰라서 그래. 독립운동을 하려면 남의 눈을 피해서 거처를 옮겨다녀야 하거든. 그러니까 그이가 우리 집에 와 있는 것은 임시야 임시."

"아무튼 잘 알아서 해. 나도 선생님한테 들었어. 신탁통치를 찬성한 것은 나라를 다시 팔아먹는 것과 다름없대."

"모르는 소리 말아라. 신탁통치는 찬성해야 돼."

"신탁통치가 뭔지나 알고 하는 소리야?"

"그야……."

누님은 어물거렸다.

내 충고에도 불구하고 누님은 매부가 하는 일을 몸을 내던지다시피 하면서 거들었다. 그 중에서 나를 아주 못마땅하게 한 것은 밤중에 몰래 나가 벽보를 붙이고 오는 일이었다. 물론 신탁통치를 찬성하는 내용이었다. 나는 매부네 패거리들이 쓰다 버린 삐라나 벽보를 주워 읽었기 때문에 그 내용을 대충 짐작하고 있었다. 한문이 많아 잘은 몰라도 소 미 공동위원회는 조속히 신탁통치를 반대하는 분자들을 차단하는 방안을 강구하라든가, 백색 테러를 분쇄하라든가 하는 따위의 문구들이었다. 놀라운 것은 누님이 밤에 쥐새끼처럼 벽보를 붙이고 오는 일뿐만 아니라, 어떤 때는 좌익들이 벌이는 신탁통치 지지 데모에 가담하고도 다닌다는 사실이었다. 불행히도 내가 직접 목격한 것은 아니나, 그 광경을 본 친구들이 틀림없이 보았노라고 일러주었던 것이다.

더욱 놀라운 것은 어머니도 이 일에 가담하고 있는 것이었다. 물론 벽보를 붙이거나 데모에 뛰어드는 것은 천만 아니지만, 벽보를 붙이는 데 필요한 풀 같은 것을 쑤어주는데 그다지 싫은 기색이 아니었다. 나는 보다못해 어머니에게도 대들었다.

"매부 자기 집으로 가라고 그래."

"너는 굿이나 보고 떡이나 먹어."

"매부는 공산당이라구."

"나는 그런 것 모른다. 제 계집 하나 지극히 위해주고 사람 대접해주니까 그게 고마울 뿐이지."

"그래서 풀도 쑤어주고 그러는 거야?"

"그렇단다."

"이러다가 어떻게 되는 줄 알아요?"

"학식 있는 사람이 하는 일을 가지고 내가 밤 놔라 배 놔라 할 처지가 못된다."

요컨대 어머니는 매부가 그전 사람들과는 달리 누님을 제대로 위해주고 대접을 해주는 것으로 만족하고 있었다. 누님에게 심부름을 시키는 일도 사람 대접을 하고 있다는 증거로 치부하는 모양이었다. 가장자리로만 내몰려서 어디 가나 사람 구실을 못 한다고 믿고 있던 누님이 매부를 만나 마침내 제 몫을 하고 있다고 보는 모양이었다.

그러나 내 불안은 여전하였고 이런 불안은 어느 날 불행히도 적중하고 말았다. 누님이 경찰에게 붙잡힌 것이었다. 매부와 그 패거리들이 신탁통치를 반대하는 세력의 사무실을 습격한 사건이 벌어졌었는데, 누님도 그 속에 끼어 있었다는 것이었다. 아마 뒤에서 망을 보고 있었던 모양이었다. 용케도 체포를 면한 매부는, 그러나 그 뒤부터 어디로 갔는지 우리 집에 발걸음도 하지 않았다. 한 달이 가고 두 달이 가도 소식이 없었다. 내 짐작대로 누님은 완전히 이용만 당하고 만 것이다.

얼마만에 풀려나온 누님은 다시 외돌토리가 되었고 사오 년을 그렇게 살다가 신장병으로 죽었다. 누님이 죽기 일 년 전인가 나는 물은 일이 있었다.

"누나, 그때는 왜 그렇게 열을 내었어?"

"내가 아니. 남편 안 놓칠라고 멋도 모르고 그랬는가?"

누님은 의문부를 보태서 대답했다.

나는 누님의 이 말을 듣고, 해방 직후 어떤 사람들의 행위 중에는 누님의 이런 말로 유추되는 일도 그다지 적지는 않았을 것이라는 생각을 했다. 사상이라는 걸 포함해서 말이다.

이래 저래 나는 그 해 겨울을 생각하면 신열이 날 만큼 우울하다. 하지만 어린 시절에 그런 누님을 가짐으로 해서 내가 정서적으로 올망졸망하게 커오고, 지금 엉뚱하게도 그런 슬픈 기억들을 감미롭게 다독거리고 있다는 사실을 부인하지는 않는다.

—1982년

흐르는 북

"나가시게요?"

일당을 주고 불러온 요리 전문의 파출부와 함께 오렌지빛 고무장갑을 낀 채 잰 걸음으로 주방 안을 헤엄쳐 다니던 며느리는, 현관 앞에서 구두를 찾고 있는 민 노인 쪽을 향해 빠르지도 처지지도 않게 말했다. 비스듬히 몸만 돌렸을 뿐, 한눈 팔다간 썰고 있는 전복의 두께가 들쭉날쭉하게 될까봐 시선을 도마 위에 못질해두고 입만 달싹거린 셈이었다.

"응, 좀 볼일이 있어서."

칠십 노인의 해질녘 외출에 대해, 그러나 며느리 송 여사는 그 이유를 묻지 않았다. 암호풀이의 명수들처럼, 아 하면 어 하는 관습에 익숙해진 터여서 굳이 가는 데는 밝힐 것도 자상하게 수소문할 것도 없는 처지였기 때문이었다. 다만 전혀 감정의 높낮이가 개입되지 않은 예사스런 격식을 갖추려는 가까스로의 노력이, 피차간에 잠깐 오갔다고 보면 될 일이었다.

"조금만요."

송 여사는 여전히 물기없는 건조한 어투로 시아버지를 후딱 묶어놓은 다음 안방으로 들어갔다. 며느리의 뜻을 아는 민 노인이, 그녀의 뒷모양을 쫓던 눈에 잔망스럽게 웃음을 비죽이 내비치는 순간 하필이면 파출부가 자기를 훔쳐보고 있다는 사실을 깨닫고 얼른 무심한 얼굴로 되돌아갔을 때쯤, 송 여사는 나왔다.

"이거 가지고 가세요."

고무장갑을 벗은 오른손으로 며느리는 오천 원짜리 한 장을 건네주었다.

그리고 민 노인의 놀라움이 실린 겸사가 뒤따랐다.

"너무 많아. 아직 남은 돈도 있는데."

"많기는요. 오늘 밤은 나가 계시는 시간이 길 텐데요."

되도록 천천히 돌아오라는 당부를 그런 식으로 휘감는 걸 뻔히 알면서도, 민 노인은 예의바른 대꾸를 다시 보냈다.

"그래도 그렇지."

"아니에요. 잘 다녀오세요."

"알았다."

민 노인이 주머니에 돈을 받아놓고 현관문을 밀치고 나서자마자 안에서는 이내 두 개의 자물쇠를 제깍 제깍 잠그는 소리가 들렸다. 저놈의 소리. 민 노인은 어제 오늘 겪는 일이 아니면서도, 벽의 한 부분인양 자기를 축출하고는 숨소리조차 들여보내지 않을 완강한 거부의 몸짓을 보이고 있는 쇠문을 향해 소리없이 혀를 끌끌거렸다.

칠층에서 바닥으로 내려가는 아파트의 엘리베이터를 혼자 타고 내려가면서야, 민 노인은 넉넉한 마음을 회복했다. 처음엔 혼자 타는 엘리베이터가 어쩐지 이상한 공포감을 몰아오는 것 같아 동행이 나타날 때까지 엉거주춤하게 기다렸었는데, 길들여지고 보면 혼자 탈 때가 차라리 속 편하게도 느껴졌다. 더구나 지금모양 알맞게 술을 마실 정도의 돈을 지닌데다, 단골 포장마차에서 성규녀석과 만나기로 한 날이 그랬다. 마치 비밀결사를 하는 사람들의 심정이 그럴까 싶은 두근거림으로, 아침에 녀석의 방에 들어가 시간과 장소를 일러주었을 때, 그는 석류의 신맛까지를 뿜어내는 하얀 이를 쪼르르 빛내며 웃었다.

"오늘 밤 손님이 온대죠."

"그렇다나 보더라. 며칠 전부터 늬 애비가 냄새를 풍기더라구."

"할아버지. 이번엔 밖에 나가시지 말고 집에서 버텨보시지 그래요."

"싫다. 그러다간 저지난 짝 나면 어쩌게."

"잠자코 계시면 되잖아요."

"왜, 나하고 따로 만나는 게 싫으냐."

"무슨 말씀을요. 좋다마다요. 다만 이런 일이 있을 때마다 할아버지께서 따돌림을 당하는 것이 언짢다 이 말입니다.”

“천만에다. 방구석에 처박혀 술에 젖은 혀꼬부라진 소리나, 돼지 멱따는 노래를 듣고 있느니보다야 훨씬 낫지. 밤외출을 해도 좋은 당당한 명분이 생긴데다, 늬 에미가 군자금도 다수 쥐어줄 것이고. 흐흐.”

“히히히. 아무튼 좋습니다. 마침 오늘은 강의가 팔 교시에도 있거든요. 끝나는 대로 곧바로 달려갈게요. ‘중역의자’로 가신댔죠? 그렇잖아도 할아버지께 드릴 말씀이 있습니다.”

“그래?”

고2짜리 손녀 수경이가 들어오지 않았다면 조부와 손자의 애기는 조금 더 이어질지 모를 일이었지만, 고것이 킁킁 코를 돌려대며 무언가를 수소문하는 표정으로 방 안의 두 사람을 살피는 기색이어서, 민 노인은 익숙하게 근엄함을 되찾고는 자기 거처로 돌아왔다. 등 뒤에선 오뉘의 말소리가 들렸다.

“또 무슨 비밀협상야?”

“요게, 어따 대고 함부로 지껄여.”

“나도 다 안다구. 할아버지허고 데이트 약속했지? 못 말려. 잘 어울리는 한 쌍이겠다.”

“히히. 데이트라. 너, 말로는 소설도 쓰겠다. 하지만 넘겨짚지 마.”

엘리베이터를 내린 민 노인이 아파트의 출입구를 나오며 얼핏 쳐다본 하늘엔 계란 반숙을 닮은 해가 아직 걸려 있었다. 초여름, 한낮의 시퍼런 기세에 비해서는 많이 퇴색하고 기가 죽어 있었을망정, 그렇다고 쉽게 물러가지는 않겠다는 오기로 붉은빛마저 머금고 있었다. 그 하늘에서 내려온 눈에 무언가가 걸리적거리는 듯하여 방향을 돌리려는 사이 잔뜩 때가 낀 것 같은, 아니면 가래가 묻어 있는 게 분명한 소리가 먼저 귀에 꽂혔다.

“영감님, 다 저녁때 어딜 가십니까?”

아파트 경비원이었다. 본래 구부정한 어깨를 한껏 오그라뜨린 자세로 턱짓을 해오는 그에게, 민 노인은 전에 없이 미움을 뿌렸다. 시건방진 녀석. 때때로 자신의 말동무가 되어주는 게 고마워서, 요새는 제 여편네의 월경이 그치는 바람에 그나마 세상 사는 맛이 반감되었다는 등의 쓰잘데없는 푸념도 들어주고, 더러는 소주 한 병에 쥐포 쪼가리 따위를 앵겼더니, 요게 나를 막

보고 덤비려든다는 생각을 다시 한 번 굳혔다.

　앞으로는 이것들하고도 거리를 두어야겠다는 의지를 가다듬은 탓에 자연히 입을 단단히 악문 때문이었을까. 던진 인사의 밑천만 날린 꼴이 되어 다소 머쓱해 하는 경비원을 남겨두고 걸으며, 민 노인은 비로소 시장기를 의식했다. 집 안에 있는 동안 맡은 음식 냄새가 공복을 더 재촉했다는 걸 뒤늦게 깨달으며 말이다. 그러나 지금부터 가질 자기 시간의 즐거움이 빈 배를 어떤 쾌적함으로 채워가고도 있었다. 당초에는, 집 안에서 낯선 손님이 올 때마다 자리를 비워주었으면 하는 기미를 보이던 아들 내외에게 증오를 보내기도 했다. 싸가지 없는 것들이라고 맞대놓고 욕을 퍼부은 경우도 적지 않았다. 민 노인의 억하심정이 손님 오는 날의 외출을 통해 나름대로의 기쁨과 일종의 해방감을 확인하는 것으로 바뀐 건, 그러니까 그날 밤의 사건 이후로 보는 게 옳았다. 아마 그날의 초청객들은 고급관리인 아들의 고향 친구들이 주축을 이룬 모양이었다. 민 노인에게는 도무지 기억의 가닥조차 거머잡을 수 없는 안면들이었으나, 그 중의 몇몇 친구는 일부러 자기 방에까지 찾아와 인사를 했다. 아버지, 저 모르시겠습니까. 경식입니다. 아버님 댁에 닭서리하러 들어갔다가 들켜가지고, 하마터면 뼈도 못 추릴 뻔한 경식이입니다. 아버지. 저는요, 아버지 북솜씨에 반해가지고 정읍까지 쫓아갔다가, 삼촌의 멱살에 끌려 되돌아온 춘식입니다. 어른 앞에서 아명을 들먹여서 죄송하오나, 어릴 때는 동춘이라고 불렀지요. 이제 아시겠습니까. 민 노인은 그들이 이제는 밥술이나 먹는 처지여서, 깜냥대로 어린 시절에 매끈매끈한 기름을 처바르려 하고, 그런 심사가 발동하여 친구 아버지마저도 자기네 기억의 징검다리로 삼으려는 건 모르지는 않았다. 더구나 자신은 북에 미쳐 고향에 있는 기간보다는 타향을 허위적거린 동안이 길었으므로, 느닷없는 자책감에도 사로잡히면서 대강은 아는 척을 해주었다. 그러기로 마음만 먹는다면야 누구 못지않게 능란한 연기력을 갖춘 터여서, 어색하지 않게 응대해주었다. 오오라. 인제야 생각난다. 네가 장난꾸러기 동춘이 녀석이구나 식으로. 그러면서 속으로는 스스로를 비웃었다. 어려서 장난꾸러기 아닌 놈이 어디있겠느냐는, 너무나 상투적이고 속 들여다보이게 과장된 농담의 난비(亂飛) 앞에서, 잠시 민 노인의 가슴엔 빈 바람이 스치기도 하였다. 이 눈치 저 눈치 다 때려잡을 줄 아는 그들은 하지만 되도록 즐거운 경험을 나누어 가지려고만 애쓰는 것인지, 그 말을 듣고도 허허로운 웃음을 높게높게 날렸다. 일이 터진 건 그 다음이었다. 어쩌면 더불어 늙어간다는 표현이 걸맞을지도 모르겠고 그만큼 세상 물때[垢]가 끼었다면 낀 중늙은이로서의 그들은, 허물없는 친구집 술상을 받고는 어림없는 논다니 기질을 마구 터뜨렸다. 다른 자리에서라면 앞뒤를 가리고, 말과 행동에 한 자락씩 비닐 차일이라도 치면서 마지막 예의는 끝끝내 움켜쥐고 있었을지 모를 터인데도 그날 밤은 안 그랬다. 다짜고짜 서로 부자지 튀기며 놀던 어릴적 행실들을 까먹으며, 전혀 우습지 않은 소리에도 이놈 저놈이 날개를 달아 붕붕 웃음다발을 엮어나갔다. 방 안에서 무료하게 담배만 축내고 있는 민 노인의 귀에 그것은 의미없는 잡음으로도 들리고, 퀴퀴하면서도 척척 가슴속에 철썩이는 고향의 뜻을 새겨주기도 했다. 엉뚱하게 일찍 간 마누라 생각이 오락가락 한 것도 그때였다. 그들은 그러기로 작정이라도 한 양, 자기들의 동질성을 되일으키는 화제만을 말꼬리 이어가기 시합하듯 고리[環]를 이루며 뱅뱅 몰아갔다. 돼지, 오줌통, 누룽지, 깨곰보, 죽사발 등속의 옛날 별명들을 끌어내어 공을 주고받듯이 희롱하는가 하면, 지금은 쉰 살 고개를 바라보며 온몸의 기름이 밭았을 마을 처녀들의 이름을 하나하나 주워섬기면서 희나리에 불을 당기는, 아니면 헛구역질을 해대는 사람들의 허망한 몸짓으로 데굴데굴한 세월 밖으로만 굴러갔다. 호경이, 고것을 비오는 날 싸릿고개에서 만났을 때 작살을 냈어야 했다든가, 진달래를 따먹다가 몰래 훔쳐본 아홉 살짜리 정란이의 오줌보가 훗날 생각해보니 영락없는 멍게 속살의 아름다움이었다는 등 가당찮은 후회와 필요 이상의 미화로 얼버무려졌다. 그리고는 흥건한 노래판으로 느끼는 감정들은 오름세를 향해 치달았다. 그때였다. 차례가 되어 시답잖은 노래를 마친 녀석 하나가 긴급동의라는 걸 내놓았다. 우리끼리만 어울릴 게 아니라 기왕이면 대찬이 부친을 모시고 북소리를 들으면 어떻겠느냐는 제의였다. 이미 손님이 아니라 술꾼이 되어버린 작자들이 그걸 마다할 리 없었다. 그런 좌석이 갖게 마련인 변화에의 욕구도 곁들여진 탓이었겠지. 그들은 모두 박수를 치고 옳소 소리까지 내지른 끝에, 두 녀석이 사자(使者)의 자격으로 민 노인에게 달려왔다. 집주인과 송 여사가 펄펄 뛰며 말렸으나 소용이 없었다. 아버지는 북을 놓은 지 오래이며, 이제는 그런 기력도 없다면서 제지했는데도 그들은 막무가내였다. 민 노인도 물론 거절했다. 북채 잡은 지가 하도 오래되어 제대로 장단을 맞출 수 없을 뿐만 아니라, 자네들 노는 데 훼방만 놓는 꼴이라고 고사했다. 그래도 그들은 듣지 않았다. 나중에는, 저엉 그러시다면 나오셔서 저희들이 올리는 술이라도 한 잔 받으시라고, 우리가 이대로 돌아가면 어르신네께서 얼마나 섭섭해 하시겠느냐는 간청으로 태도를 바꾸었다. 민 노인도 딴은 그렇겠다 싶었고, 그것마저 사양하는 건 도리가 아니라고 믿어 마지못해 몸을 일으켰다. 서너 잔 받아 마신 후 자리를 피할 요량이었다. 하지만 이 잔 저 잔 받아 마시는 사이, 민 노인의 가슴은 서서히 덥혀지고 부풀어갔다. 마침 북으로 기우는 마음에 불을 붙이는 말도 연거푸 뒤따랐다. 오늘 밤 아버님의 명고(名鼓) 소리를 듣지 않고는 이 집 대문을 나서지 않겠노라고 같잖은 생떼를 쓰는 녀석도 있었으며, 세상 사람들의 눈이 삐었거나 귀에 땜질을 해도 분수가 있지, 대찬이 아버님 같은 분이 어째서 인간문화재에 끼지 않았는지 알 수 없다고, 엉뚱한 투정을 부리는 친구도 생겼다. 시키지도 않았는데, 민 노인의 방에서 누군가가 북을 들고 나온 건 그럴 무렵이었다. 어쩌면 꾀죄죄하다고밖에는 표현할 길이 없는 그 북 앞에서 손님들은 잠시 숨을 죽이는 낌새였다. 결코 존경이 실린 눈빛은 아닐지라도, 한 사람의 생애가 그 북에 요약되어 있다는 걸 실측(實測)하는 한편으로 각자가 어린 시절에 겪은, 북 가락에 미친 대찬이 아버지와 자기네들의 들은 풍월을 새김질하고 있는지도 모를 일이었다. 여간해서는 북채를 잡으려 하지 않는 민 노인의 결단을 쏘삭거릴 심산이었는지, 또는 어정쩡한 분위기를 해까닥 흩뜨려놓으려는 심보였는지, 춘식이라고 자기를 소개했던 친구가 민 노인의 망설임에 쐐기를 박았다. 아버님, 일고수 이명창이라고 하지 않았습니까. 명창의 발가락 근처에도 가지 못한 놈이 감히 명창 흉내를 내서 죄송합니다만, 제가 단가 하나 부르겠습니다. 북은 소리꾼이 있어야 울리는 거니까 천하의 일고수를 위해 똥명창이 말 울음소리라도 내겠다 이겁니다. 그 말이 끝나자, 그는 앉은 자세로 어깨를 좌우로 흔들며 '아서라 세상사'로 시작되는 〈편시춘(片時春)〉을 줄줄 뽑았다. 민 노인이 북채를 쥐고 뚝딱 장단을 맞춘 건 노래가 두 대목쯤으로 옮겨간 때였다. 민 노인이 성규에게 자랑해 마지않던 탱자나무 북채를 쥐기 전 언뜻 살핀 아들의 표정은 형편없이 일그러져 있었으나, 이제는 그걸 개의할 처지가 못 되었다. 참으로 오랜만에 북을 끼어보는 맛에 없던 힘이 새록새록 솟아나 어제의 자기를 내팽개치는 기분으로 빠져들어갔다. 춘식이의 소리는 다시 〈만고강산〉으로 건너 뛰었고, 뚝 딱 둥 둥의 북장단 사이로는 제멋대로의 추임새가 끼어들었다. 모두들 헤어지는 마당에서 반드시 인사치레만은 아닌 것 같은 그들의 좋은 밤을 보냈다는 말을 듣고, 민 노인도 모처럼의 농담을 날렸다. 춘식이 이 사람아, 자네는 일고수 이명창만 알았지 암고수 숫명창이란 소리는 못 들었구만. 소리와 북은 공생공사이면서도 상생상극(相生相克)인 거여. 소리가 신통찮으면 북도 그 정도로밖에는 소리를 못 낸다 이 말이지. 자네 때문에 내 북민 망쳤네. 그러자 춘식이는 머리를 긁적이었다. 그러길래 제가 애당초 토를 달지 않았습니까. 실토하자면 제가 소리를 한 건, 명고 소리를 끌어내려는 수작이었지요. 히히. 그는 한낱 장난꾸러기의 입장으로 되돌아가 그걸 즐거워하고 있는 모양이었다.

　정작 문제가 터진 건 손님들이 돌아가고 난 후였다. 아들은 민 노인을 하얗게 질린 얼굴로 다잡았다. 아버지는 왜 제 체면을 판판히 우그러뜨리냐는 게 항변의 줄거리였다. 그 녀석들은 아버지의 북소리를 꼭 듣고 싶어서 청한 것이 아니라, 그 북을 통해 자기의 면목이나 위치를 빈정대기 위해서 그러는 것임을 왜 모르느냐고. 민 노인의 괜찮은 기분을 구석으로 떠밀어 조각을 내었다. 아들 옆에서 입을 꼭 다물고 있는 며느리는, 차라리 더 많은 힐난을 내쏘고 있음을 민 노인은 모르지 않았다. 아들 내외는 요컨대 아버지가 그냥 보통 노인네로 머물러 있기를 바랐다.

　아버지의 북이 상징하는 아버지의 허랑방탕한 한평생이, 일단은 세련된 입신(入身)으로 평가되는 아들의 내력에 중요한 흠으로 작용한다는 점에서도 그랬다. 하라는 공부는 작파하고, 북을 메고 떠돌아다니며 아내와 자식을 모른 체한 민익태. 한때는 아편쟁이로 세상을 구른 민익태. 그러면서도 북을 놓지 않는 그와 아들의 단절은, 따라서 오래 지속될 수밖에 없었다. 더구나 시아버지의 그런 생애와 전적으로 무관한 며느리가 떼어버릴 수도 없는 인연으로 맺어지고는 있을지언정, 자기를 올곧게만은 대할 수 없는 형편임을 민 노인은 이해하고 있었다. 심지어 다 늦게 아들네집을 찾아온 영감을 대하던 마누라의 눈에도 당장은 증오가 앞섰으니까 더 할 말이 없다. 그래도 할망구가 살아 있던 시절은 미움과 연민을 골고루 섞어가면서도 어지간히 바람막이 구실을 해주어 견디기가 쉬웠는데, 외톨이로 남으면서는 운신하기가 수월찮았다. 그러나 아들이 결정적으로 자기의 날씬한 생활 속에서 아버지를 격리시키고자 하는 까닭은, 부담의 차원보다는 아버지를 접함으로써 새삼스럽게 확인하게 되는 자신의 고통과 낭떠러지의 세월을 떠올리기 때문이 아닌가 하였다. 언젠가, 아들은 일부러 마신 듯한 술에 몸을 가누지 못하며 민 노인에게 포악스럽게 퍼부은 적이 있었다. 앞뒤가 잘 이어지지 않으면서도 토악질하듯 내뱉는 그의 토막말에는, 누르고 다져온 비수를 머금은 원망이 차곡차곡 담겨 있었다. 아버지, 왜 돌아오셨습니까. 제가 어머니와 양키 담배를 골라낸 꿀꿀이죽으로 주린 배를 채우고 있을 때, 아버지는 어디서 무얼 하셨습니까. 모리배들의 술자리에서 북 쳐주고 받은 돈으로 기생 무릎을 베고 있었습니까. 어머니가 콩나물을 길러 번 돈으로, 그리고 제가 신문배달을 해서 얻은 돈으로 겨우겨우 학교를 다니고 있을 때, 아버지는 또 어디서 무얼 하시고 계셨습니까. 시골의 3류극장에서 소리꾼들의 장단을 맞추고 있었습니까. 좋습니다. 다 좋습니다. 아버지가 돈을 못 번다 한들, 또는 수족을 못 써 자리 보전을 하고 있다 한들, 저는 상관하지 않았을 것입니다. 할아버지께서 남겨주신 재산을 아버지 말씀대로 예술을 한답시고 다 날린 것도 따지지 않겠습니다. 다만 아버지는 우리와 함께 있었으면 됐던 겁니다. 그런데 이게 뭡니까. 아버지 자신도 피눈물나는 고생이 있었을 테고, 그만큼 할 말도 많으실 줄 압니다. 그럼에도 불구하고, 아버지의 마지막 염치가 우리 모자 앞에 나타나는 걸 주저하게 만들었을 것이라는 점도 이해합니다. 그렇다면 아버지는 끝끝내 제 앞에 현신하지 말아야 옳았습니다. 그래가지고, 막말로 어느 날 아버지가 돌아가셨다는 소식을 듣고서야, 어머니는 가슴을 쥐어뜯고 저는 땅을 치며 왜 아버지는 우리를 찾지 않아 이런 비극을 격게 하는가 하는 후회와 원망으로 몸부림치도록 만들어야 했습니다. 그런데 아버지는 마침내 나타나셨습니다. 그랬으면 너에게 효도할 기회를 주지 않았느냐고 말씀하시고 싶겠지요. 아닙니다. 그건 안 됩니다. 아니 노력을 해도 잘 안 됩니다. 흥, 그러면 또 말씀하시고 싶겠지요. 내 존재가 네 출세를 위해서는 여러 가지로 걸리적거리기 때문이 아니냐고. 맞습니다. 부인하지 않습니다. 제 출신을 아는 사람들 중에는 한량 광대라고는 해도, 필경은 떠돌이 광대에 불과한 민익태 자식치고는 꽤 올라갔다고, 경멸인지 칭찬인지 모를 소리를 하고 다니는 작자도 있습니다. 그것 저것을 모르고, 자수성가한 노력파라며 괄목상대해주는 사람도 물론 많구요. 그러니까 너는 그와 같은 평판을 유지해가고자 뿌리를 감추려는 거냐고 또 말씀하시겠지요. 그 짐작도 맞습니다. 민주주의네 평등주의네 하지만, 우리 사회는 오히려 가면 갈수록 가문을 캐는 우스운 풍토니까요. 하지만 분명히 말씀드려서, 제가 아버지와 거리를 두려 하고 계면쩍게 여기는 건, 반드시 그런 이유에서만은 아닙니다. 제 아내가 제 입장보다 한술 더 뜨는 것은 여자에게 있을 수 있는 심리적 허영이라 치고, 제가 아버지를 마음 깊숙이 받아들일 수 없는 건 바로 저 북 때문입니다.

　아들의 긴 푸념과 부대끼는 감정을 목격하고 난 민 노인이 이 대목에서 감당하기 힘든, 모락모락 피어오르는 분노와 허망함을 가까스로 다스리며 “내가 죄인이여.”를 되뇐 끝에 제의했었다. 그러면 저 북을 없애면 될 것 아니냐고. 전혀 마음에도 없는 소리였다. 그런데 아들의 대답은 뜻밖이었다. 아닙니다. 북은 그대로 두어야 합니다. 저 북이 아버지와 저를 어떻게 슬픔으로 갈라 세웠으며, 저 북을 대하면서 제가 얼마만큼 제 자신을 지탱할 수 있는가를 가늠해보기 위해서도 북은 제자리에 있어야 합니다. 잔인하게 들리실지 모르나 북을 없앤 이후의 아버지가 허깨비로 사신다 한들, 저에게는 큰 문제가 아닙니다. 오직 부탁드리고 싶은 건, 아버지가 제 앞에서 다시 말하면 우리 가족의 면전에서는 북쟁이가 아니라는 사실을 알아주셨으면 하는 겁니다. 그냥 아버지로 남아 있으면 됩니다. 그래가지고 어느 날인가는 어렸을 적의 제가, 너무나 허기져 눈앞이 가물가물한 가운데서도 그렇게 간절하게 휘어잡으려고 애썼던 아버지의 모습을 되찾게 해주시기 바랍니다. 지금은 아닙니다. 설혹 그런 날이 영영 오지 않는대도 도리없는 일이구요.

　그때부터였을 것이다. 민 노인은 집 안에 손님을 모시기로 한 날이면 슬그머니 자리를 떴다. 다시는 북채를 쥐는 ‘사건’이 나지 않겠지만 혹시를 몰라서였고, 아들 내외나 자신도 그런 내력에 길들여져갔다. 민 노인으로서는 되려 그게 홀가분하기도 했고.

포장마차 '중역의자'는 조금 이른 시간이어서 그런지 텅 비어 있었다. 성규도 아직 보이지 않았다. 민 노인이 사장이라고 부르는 주인은 그릇을 챙기다 말고 아는 체를 했다.

"회장님 오랜만에 뵙습니다. 그 사이 미양(微恙)에라도 걸리셨습니까?"

자기 말대로라면, 훈장질을 하다 그럴 만한 사정이 있어 목이 잘렸다는 그는 앞치마에 손을 닦으며 말보다 웃음을 앞세웠다. 쉰은 넘어뵈는데도 당자는 아직 사십줄이라고 우기며, 파직된 후 안 해본 사업이 없었다고 언제나 화제가 걸판졌다.

"문자 모르는 놈은 서러워서 못 살겠군. 누가 훈장출신 아니랄까봐 그러우. 김 사장은 그게 탈야. 사람은 처지가 바뀌면 말도 달라져야 한다구."

"누가 아니랍니까. 민 회장님같이 허물없는 분에게나 던지는 문자지요."

주인은 물어보지도 않고 소주병과 안주 한 접시를 민 노인 앞으로 밀어놓았다.

"회장을 너무 무시하는군. 홍합 몇 점으로 어떻게 소주 한 병을 다 비우나. 조금 있으면 약속한 술친구 한 사람이 더 올 건데."

"그래요오? 손자 청년. 그 젊은이도 요새는 코빼기도 볼 수 없더군요."

"손자가 되었건 맹자가 되었건, 오늘은 안주 한 접시 더 놓으시오. 돼지갈비를 굽는 게 좋겠소."

"그러지요. 우리야 다다익선으로 많이 팔면 되니까."

민 노인이 술을 두 잔쯤 비웠을 무렵 성규는 포장을 들치고 들어섰다.

"아저씨, 항상 느끼는 건데요. 옥호(屋號)가 중역의자일 바엔 나무 걸상 대신 안락의자를 갖다 놓으면 좋지 않을까요. 서민 대중들에게 중역이 된 기분을 충족시켜줄 뿐만 아니라 장안의 화제가 될 겁니다. 버스를 내려 걸어오는 동안 섬광처럼 떠오른 아이디어라구요."

녀석은 민 노인에게 일별을 던지고는 자리에 앉기도 전에 한바탕 너스레를 폈다.

"충고는 고마운데 그 생각은 나로서는 구문이야. 처음엔 나도 고물 소파

나 회전의자를 마련할까도 했지. 허나 수지 타산이 안 맞아."

"왜요?"

"우선 포장마차의 기본 개념인 기동성을 살리는 데 불편하기 짝이 없고, 손님들의 출입이 신속해야 하는데, 폭신한 맛에 일단 앉았다 하면 엿가락처럼 떠날 줄을 모를 것 아닌가베."

"대신 매상이 오를 것 아닙니까."

"그렇지 않아요. 이 장사는, 택시 기사들이 기본 요금에 다소의 우수리가 붙는 거리를 좋아하는 이치와 비슷하거든. 손님의 회전이 빠른 쪽이 죽치고 앉아 시간을 이죽거리느니보다 장사로서는 훨씬 낫지."

"딴은 그렇기도 하겠네요."

민 노인은 잔소리 말고 술이나 마시라는 시늉의, 조금은 거친 손놀림으로 성규의 잔에 소주를 콸콸 부었다. 누가 보면 할아버지가 손자의 잔에 술을 따르는 모양이 이상스럽게 비칠지도 모를 일이었으나 두 사람의, 적어도 이 포장마차 속의 관계는 그렇지도 않았다. 처음엔 두 손으로 잔을 공손히 감싸 쥐고 몸을 돌려 단숨에 잔을 비우던 성규도 요즈음은 자기 친구와의 술자리 못지않게 예사로운 몸짓으로 잔을 받고 건네었다. 민 노인이 그렇게 습관을 들였기 때문이었다. 이 녀석아, 그렇게 거북해 할 양이면 나나 너나 무슨 술 맛이 나겠느냐. 노소동락이란 말도 있는데 할애비와 손자가 술잔을 주거니 받거니 하는 것도 신시대의 풍류라면 풍류 아니겠느냐며 성규를 편하게 해 주었다. 그러면서 그게 예술가를 할애비로 둔 덕이라고 어설픈 희롱으로 성규를 웃겼다. 민 노인은 성규를 무척 좋아했다. 그렇다고 손자가 자기의 평생을 제대로 양해하거나 자기 마음속으로 기꺼이 뛰어들어올 것을 기대하지는 않았다. 그러기에는, 피차가 제 것으로 단단히 틀어쥐고 있는 감정의 무늬랄지 경험의 바탕이 다른 것 외에, 당장의 생활이 그걸 방해하고 있음을 모르지도 않았다. 다만 누가 자기 옆에 있어 얘기를 들어주는 것만으로도 고마운 형편이었는데, 그런 의미에서 성규는 아주 적격이었다. 할아버지한테 서는 이조시대의 노인네게서나 맡을 수 있음직한, 조선간장의 퀴퀴한 냄새가 난다고 톡톡 쏘기는 할망정, 이쁘기야 수경이란 년이 나았다. 그러다가도 마음이 내키면, 할아버지는 왜 오빠만 예뻐하느냐며 알록달록한 사탕 한 움큼으로 아양을 질질 흘릴 때의 수경이는 마치 자기 같은 시들은 호박덩굴의 끄트머리에 매달린, 앙증맞은 애호박의 싱싱함으로 비쳤다. 그것은 그년 말대로, 조선간장의 갈색과 찝찔함으로만 도배질한 자기 생애의 종장(終章)을 어떤 때는 흐뭇하게 어떤 때는 또 한 번의 진한 뉘우침으로도 연결시켰다. 그러나 성규는 이쁘다는 것의 다른 측면을 깨우치게 해주었다. 자기 얘기의 청중 자리를 잘 지켜주는 것만도 다행스러운데, 그 알량한 얘기를 차곡차곡 쟁이려고 어린 녀석이 노상 마음을 비워두는 게 기특했다. 민 노인이 허튼 소리를 하다가도, 이래서는 안 되지 하고 스스로 제동을 거는 것도 성규가 자기에게 쉽사리 빨려드는 데 대한 두려움의 확인에 다름아니었다. 녀석이 탈춤반에 들어간 것도 알고 보면 민 노인의 영향으로 돌리는 며느리의 흰눈질에 접한 다음부터는 더욱 그랬다. 그래도 민 노인은 몸에 붙은 끼를 버리기가 힘들었다. 술이 어지간히 들어가면, 왕년의 고향 사람들 손가락질쯤 발길에 툭툭 채이는 돌멩이쯤으로 여기고, 이리저리 싸다니면서 겪은 행적들을 솔솔 풀어먹었다.

"너 지난번에 만난다던 처녀허고는 그 뒤 어떻게 됐냐."

한동안은 입을 봉하고 부지런히 잔만 비우던 민 노인이, 웬만큼 술배가 채워졌다 싶자 먼저 운을 띄웠다.

"걔 말이죠. 그저 그래요."

"그게 무슨 뜻이냐. 포기했다는 말로 들린다."

"포기라기보다도, 그 동안 제가 딴일로 바빴거든요."

"그 처녀에 대한 생각을 아주 버린 건 아니란 말이지."

"그런 셈이에요."

"젊은 녀석이 어찌 그리 대답이 시원찮으냐."

"제가 어쨌게요."

"아니면 아니다. 기면 기다. 사내 대장부가 맺고 끊는 데가 있어야지."

"에이, 할아버지두. 그 전이나 지금이나 그냥 친구로 지낼 뿐인데요 뭐."

"임마."

"네."

"내가 지난번에 일러준 말 잊지 않았지. 북을 치면서 소리하는 사람에게 책잡히지 않고 일고수 소리를 들을랴거든 상대가 아무리 명창이라도 내 무르팍 밑에 그 소리를 꽉 잡아 넣어야 한다고."

"와아. 할아버지의 인생철학 제일조 또 나왔다."

"이 녀석아, 허풍 그만 떨고 잘 들어둬. 그 이치야말로 세상만사에 다 통하느니라. 남녀관계도 마찬가지야. 네가 듣기에, 그럼 할아버지는 그 이치에 얼마나 충실했소 이러고 싶겠지. 허나, 나는 바담풍 할지언정 너는 바람풍 하라는 게 윗사람의 심사인 게야."

"오늘은 할아버지가 재미없는 얘기만 하신다."

"고리타분하다 이 말이지."

"그게 아니라요. 이치라는 것에 대해서는 학교나 집 안에서 너무 많이 들었다 이거지요."

"그럼 날더러 실지문제를 가르치라 이거냐. 시대도 다르거니와 그런 건 네가 내 선생뻘인데."

민 노인은 언제나 그랬지만, 손자와의 이런 자잘고롬한 티격태격이 괜찮아 일부러 성규의 화를 돋구는 식으로 몰고 가는 수도 있었다. 꽤 능글맞은 녀석은 그래서 이리저리 빠져나가되, 할아버지의 아픈 구석을 한 번도 건드리지 않았다. 아버지와 할아버지의 갈등을 속속들이 알고 있으면서도, 한가운데로 덤벼들지는 않고 끝내 국외자로 맴돌면서도 민 노인의 숨은 후견인 노릇을 제법 잘해내는, 나이에 걸맞지 않는 지혜도 갖고 있었다.

"그건 그렇구요. 할아버지."

두 번째 손님 셋이 한꺼번에 포장을 제치고 들어오는 걸 곁눈질로 맞으며 성규는 말소리를 낮췄다.

"부탁이 있어요."

"뭔데."

민 노인은 덤덤하게 받았다.

"다음 주 토요일 오후, 우리 서클 아이들이 봉산 탈춤 발표회를 갖기로 했거든요. 학교 축제의 하나예요."

"그런데?"

민 노인의 물음에는 그것과 나와 무슨 상관이냐는 뜻이 포함되어 있었다.

"할아버지께서 북장단을 맡아주셨으면 하구요."

"뭐라구? 그건 나와 번지수가 달라. 해본 적도 없구."

"한두 번만 맞춰보시면 될 건데요."

"연습까지 하고? 아서라. 더구나 늬 애비가 알면 큰일난다."

"염려 마세요. 저하고 비밀만 지키면 되잖아요. 애들한테도 다 말해놨구, 지도교수의 허락도 받았다구요."

"임마. 그건 너희들끼리 해도 되잖아. 나까지 끌어내지 않아도."

"누가 그걸 모르나요. 자리를 더 좀 빛내보자 이겁니다."

"나는 무대나 안방에만 앉아봤지 넓은 마당에서 북을 쳐본 경험도 없어."

"그게 그거 아닙니까. 말을 안 꺼냈다면 몰라도 이제 와서 제 체면도 좀 봐주셔야죠."

"이 녀석들 보게. 애비는 애비대로 내 북 때문에 제 체면이 깎인다는 판에, 자식은 또 북으로 체면을 세워달라니 무슨 조화속인지 어지럽다."

"아버지와 저와는 생각이 다르니까요."

"그 말도 못 알아듣겠다."

"설명하자면 길구요. 이번 일은 꼭 좀 해주셔야겠습니다. 이런 말씀드리기는 뭣하지만, 제 딴에는 모처럼 할아버지께서 신바람 내실 기회를 드리자는 의미도 있습니다."

"얼씨구. 이 녀석 봐라."

일단 손자에게 타박을 덮어 씌우기는 했을망정, 성규가 말하는 신바람이라는 말이 민 노인의 가슴 복판을 쿡 찌르고 달아났다. 꼭 신명이 솟구쳐서만 북 앞에 앉는 건 아니었다. 뱃가죽 속에 꽉 쩔어 있는 북가락이 마침내는 신바람을 일으키는 것인지, 신바람이 예상되는 자리를 얻기만 하면 드디어 북가락이 저절로 곬을 타고 흐르는 것인지는 자신도 분명치가 않았다. 어느 쪽이 선후라기보다는 대강은 두 가지가 앞서거니 뒤서거니 찾아오는 것인데, 북만 잡으면 없던 힘이 느닷없이 뼈마디를 간지럽히는 형태로 나타나는 건 사실이었다. 그렇다 치더라도, 북이 주역도 아닌 생소한 장소에 나간다는 게 꺼림칙했으며 아이들 노는 데 늙은이가 흰쌀의 뉘처럼 섞인다는 것도 좋은 모양이 아닐 것 같았다. 이런 망설임을 훤히 꿰뚫어보듯 성규는 슬슬 민 노인을 구슬렀다. 실실 웃으며.

"단역이라고 생각하시면 안 돼요. 물론 춤이 주이기는 하지만 할아버지 말씀대로 그 녀석들의 춤을 할아버지의 무릎 밑에 꽉 잡아 넣으면 판이 더욱 어울릴 것 아닙니까."

"너 나를 무시했다."

"무슨 말씀이신지 안다구요. 하지만 할아버지의 예술을 모독할 생각은 없습니다. 연출자로서의 제 욕심입니다."

"네가 연출자냐?"

"히히 부끄럽습니다. 목중의 하나로 나가기도 하구요."

"북만 가지고 장단을 맞추는 건 아니잖니."

"물론이지요. 북 말고도 장구, 꽹과리, 피리 등 여섯 가지 악기가 동원되지만요, 할아버지가 떡 버티고 앉아, 노상 말씀하시는 강약 약강의 뜻을 잘 터득한 북으로 그것들을 끌고가면서 휘어잡을 수도 있습니다."

"나는 남의 북으로 못 친다."

민 노인은 어느새 성규의 설득에 기울어지고 있는 자신을 발견하곤 이게 아닌데 싶었다. 성규는 그 틈새로 재빨리 비집고 들어왔다. 집 안에 있는 북을 밖으로 내가는 것도 쉬운 일이 아니라는 민 노인의 걱정을 곧 간파한 것이다.

"염려 마세요. 제가 누구의 눈에도 띄지 않도록 감쪽같이 학교로 모셔다 놓겠습니다."

"글쎄다. 잘하는 짓인지 못 하는 일인지 모르겠다."

"전 할아버지의 그런 태도가 싫습니다. 사람마다 할 일이 있고, 할아버지의 할 일은 북을 치는 겁니다. 저는 할아버지의 표정인 북이 울릴 자리를 찾지 못하고, 방 안에서 곰팡이가 슬어가는 걸 볼 때마다 안타깝기 짝이 없다구요. 아시겠어요?"

금방 히히 웃던 것과는 달리 성규의 눈빛에 차가운 광채가 일었다. 술기운으로 벌갛게 달아오른 볼에는 신선한 취기가 번져 있었다. 민 노인은 녀석의 어깨를, 당장은 별반 의미가 곁들여 있지 않은 손바닥으로 툭 쳤다.

포장마차에 다녀온 이튿날 오후, 동네 영감들과 실없는 잡담을 나누고 돌아온 민 노인은 자기 방 옷장 위에 비닐로 싸 얹어두었던 북이 없어진 걸 알았다. 언제 어떻게 가지고 나갔는지 짐작이 가지 않았으나 그렇다고 낭패스러운 기분이 들지 않는 것도 이상하다면 이상했다. 무슨 일이고 간에 일단 마음을 정하면 제깍제깍 해내는 젊은 놈들의 당돌한 실천력을 어쩌면 부럽게도 느꼈다. 그런데다 성규는 자기를 다그치는 시간도 빨랐다. 도무지 벙벙한 생각을 이렇게 저렇게 되작거릴 여유마저 주지 않았다. 그 다음날 아침엔 학교에서 만나자고 제멋대로 통고를 해온 것이다.

"이건 교통비예요. 진행비라는 게 쬐끔 있거든요. 어렵게 여기지 마시고 바람쐬는 셈 치고 한 번 들러주세요. 저희들은 매일 손을 맞추어보지만 할아버지는 그러실 필요도 없겠고, 분위기나 익혀주시면 족하겠죠."

성규는 천 원짜리 지폐 몇 장을 쥐어주었다.

"아니다. 아무리 그렇다 해도 연습없이는 무대에 서는 법이 아녀. 하물며 내가 북을 멀리한 지가 얼만데."

"같이 해주시면 더욱 좋구요. 참, 제가 어저께 북 내갔습니다."

"안다."

"그럼 이따 뵙기로 해요. 애들이 영광이래요. 히히."

돌아서는 손자의 등 뒤에서, 민 노인은 날렵한 숫사슴의 냄새를 맡았다.

물어물어 처음 가본 손자의 대학은 민 노인에게 우선 크고 넓은 것의 시원함을 댓바람에 안겨주었다. 거기에는 또, 좁은 구석을 맴도는 데만 익숙해진 자를 한꺼번에 위압하고 겁먹게 하는 바람이 불고도 있었다. 그런 세계와는 등지고 살아온 민 노인에게는 한결 그랬다. 서너 명의 친구들과 함께 미리 교문 근처에서 기다리고 있던 성규는, 민 노인을 보자 손을 번쩍 들어보였다. 그의 친구들은 한꺼번에 꾸뻑 절을 하더니 와주셔서 고맙습니다를 합창했다. 영광이라고 말하는 녀석도 있었다. 연습장이라는 운동장 한 구석에는 더 많은 연희 출연자들이 제각각의 몸놀림으로 움직이고 있었다. 그들은 성규를 통해 얘기를 들었는지, 하던 짓을 멈추고 일제히 인사를 했다. 여학생도 적지 않은 수였다. 조금 떨어진 곳에 가서 성규로부터 대충의 줄거리에 대해 설명을 듣고, 종이에 따로 적은 과장(科場)을 훑어본 민 노인은, 자기 역할이 결코 쉬운 일이 아님을 알았다. 성규의 어거지 성화에 밀려온 꼴이기

64

는 해도 가볍게 떠맡고 나선 데 대해 조금은 후회도 되었다. 북을 끼고 둥둥 치면서는 더 그랬다. 그런 한편으로, 멀리 내던져 여간해서는 만나지 못할 것으로 여겼던, 자기 체온이 듬뿍 스민 옷을 다시 걸쳐 입는 순간의 감동을 맛보기도 했다. 낯선 장면과 마주쳐 다소 어리벙벙하지 않은 건 아니었으나 빽빽 소리를 질러대며 팔과 다리를 흥겹게 올리고 내려놓는 아이들과 따지고 보면 북가락의 이웃 동네인 꽹과리나 피리 소리에 섞여 팔에 힘을 모아 북을 두드리는 동안, 그런 무색함은 서서히 사라져갔다. 그래서였을 것이다. 민 노인은 하루 연습만으로는 실력이 부쳐 안 되겠다며 며칠 더 나올 것을 자청했고, 그러자 아이들은 환영의 박수를 쳤다. 연습이 끝나고 막걸리집으로 옮겨갔을 때도, 아이들은 민 노인을 에워싸고 역시 성규 할아버지의 북소리는 우리 같은 졸개들이 도저히 흉내낼 수 없는 명인의 경지라고 추켜올렸다. 그것이 입에 발린 칭찬일지라도 민 노인으로서는 듣기 싫지가 않았다. 잊어렸던 세월을 되일으켜주는 말이기도 했다.

“얘들아. 꺼져가는 떠돌이 북쟁이 어지럽다. 너무 비행기 태우지 말아라.”

민 노인의 겸사에도 아이들은 수그러들지 않았다.

“아닙니다. 벌써 폼이 다른걸요.”

“맞아요. 우리가 칠 때는 죽어 있던 북소리가 꽹과리보다 더 크게 들리더라니까요.”

“성규, 이번에 참 욕보았다.”

난데없이 성규의 노력을 평가하는 녀석도 있었다. 민 노인은 뜻밖의 장소에서 의외의 술친구들과 어울린 자신의 마음이 외견과는 달리 퍽 편안하다는 느낌도 곱씹었다. 옛날에는 없었던 노인과 젊은이들의 이런 식 담합(談合)이 어디에 연유하고 있는가를 딱히 짚어볼 수는 없었으되.

두어 번의 연습에 더 참가한 뒤, 본 공연이 열리던 날 새벽에 민 노인은 성규에게 일렀다.

“아무리 단역이라고는 해도 아무 옷이나 걸치고는 못 나간다. 모시 두루마기를 입지 않고는 북채를 잡을 수 없어.”

“물론이지요. 할아버지 옷장에서 꺼내놓으세요. 제가 따로 가지고 갈게요.”

"두시부터라고 했지?"

"네."

"이따 만나자."

일찍 점심을 먹고 여느 날의 걸음걸이로 집을 나선 민 노인은, 나이에 어울리지 않는 설레임으로 흔들렸다. 아직은 눈치를 채지 못한 아들 내외에 대한 심리적 부담보다는 자기가 맡은 일 때문이었다. 수십 명의 아이들이 어우러져 돌아가는 춤판에 영감쟁이 하나가 낀다는 사실이 새삼스럽게 어색하기도 하고, 모처럼의 북가락이 그런 모양으로밖에는 선보일 수 없다는 데 대한 엷은 적막감도 씻어내기 힘들었다. 그러나 젊은 훈김들이 뿜어내는 학교 마당에 서자 그런 머뭇거림은 가당찮은 것으로 치부되었다. 시간이 되어 옷을 갈아 입고 아이들 속에 섞여 원진(圓陣)을 이루고 있는 구경꾼들을 대하자, 그런 생각들은 어디론지 녹아내렸다. 그 구경꾼들의 눈이 자기에게 쏠리는 것도 자신이 거쳐온 어느 날의 한 대목으로 치면 그만이었다. 노장(老長)이 나오고 치발이가 등장하는가 하면, 목중들이 춤을 추며 걸쭉한 음담패설 등을 쏟아놓을 때마다 관중들은 까르르까르르 웃었다. 민 노인의 북은 요긴한 대목에서 둥둥 울렸다. 째지는 소리를 내는 꽹과리며 장구에 파묻혀 제값을 하지는 못해도, 민 노인에게는 전혀 괘념할 일이 아니었다. 그 전에도 그랬던 것처럼 공연 전에 마신 술기운도 가세하여, 탈바가지들의 손끝과 발목에 한치의 오차도 없이 그의 북소리는 턱턱 꽂혔다. 그새 입에서는 얼씨구! 소리도 적시에 흘러나왔다. 아무 생각도 없었다. 가락과 소리와 그것을 전체적으로 휩싸는 달작지근한 장단에 자신을 내맡기고만 있었다.

그날 밤, 민 노인은 근래에 흔치 않은 노곤함으로 깊은 잠을 잤다. 춤판이 끝나고 아이들과 어울려 조금 과음한 까닭도 있을 것이었다. 더 많이는, 오랜만에 돌아온 자기 몫을 제대로 해냈다는 느긋함이, 꿈도 없는 잠을 거쳐 상큼한 아침을 맞게 했을 것으로 믿었는데 그런 흐뭇함은 오래 가지 않았다. 다 저녁때가 되어 외출에서 돌아온 며느리는 집 안에 들어서자마자 성규를 찾았고, 그가 안 보이자 민 노인의 방문을 밀쳤다.

"아버님, 어저께 성규 학교에 가셨어요?"

예사로운 말씨와는 달리, 굳어 있는 표정 위로는 낭패의 그늘이 쫙 깔려 있었다. 금방 대답을 못 하고 엉거주춤한 형세로 며느리를 올려다보는 민 노인의 면전에서 송 여사의 한숨 섞인 물음이 또 떨어졌다.

"북을 치셨다면서요."

"그랬다. 잘못했니?"

우선은 죄인 다루듯하는 며느리의 힐문에 부아가 꾸역꾸역 치솟고, 소문이 빠르기도 하다는 놀라움이 그 뒤에 일었다.

"아이들 노는 데 구경 가시는 것까지는 몰라도 개들과 같이 어울려서 북 치고 장구 치는 게 나이 자신 어른이 할 일인가요?"

"하면 어때서. 성규가 지성으로 청하길래 응한 것뿐이고, 나는 원래 그런 사람 아니니. 이번에도 내가 늬들 체면 깎았냐."

"아시니 다행이네요."

송 여사는 후닥닥 문을 닫고 나갔다. 일은 그것으로 끝나지 않았다. 며느리는 퇴근한 남편을 붙들고 밖에 나갔다가 성규와 같은 과 학생인 진숙이 어머니한테서 들었다는 얘기를 전했다. 진숙이 어머니는, 민 노인이 가면극에 나왔더라는 귀띔에 잇대어, 성규 어머니는 그렇게 멋있는 시아버지를 두셔서 참 좋겠다며 빈정거리더라는 말도 덧붙였다. 그런데 이상스럽게도 아들은 민 노인에겐 아무런 내색을 하지 않았다. 그냥 덤덤한 낯빛이다가 식구들이 저녁을 마친 후에야 돌아온 성규를 사정없이 몰아붙였다.

"너더러 누가 그런 짓 하랬어."

현관에서 신발을 벗고 한 발자국 내딛는 순간, 노기를 한꺼번에 모은 호령이 그를 사로잡았다. 영문을 몰라 아버지와 어머니 쪽으로 눈알을 번갈아 돌리는 성규를 향해, 이번에는 어머니가 차디차게 말했다.

"잘하는 일이다, 할아버지를 끌어내지 않으면 늬네들 춤판은 성사가 안 되니?"

나는 또 뭐라고, 하는 식의 가벼운 대응이 성규의 안면에 퍼지면서 입으로는 씩 웃음을 흘렸다.

"너 날 놀리는 거니?"

첫마디와 달리 착 가라앉은 아버지의 음성에는 분에 떠는 사람에게 일쑤 있음직한, 삭지 않은 가래가 조금 끓었다. 정색을 하고 쳐드는 성규의 눈빛에도 서리가 내린 인상이었다.

"무슨 말씀이세요?"

"지금 웃었잖아."

"웃은 게 잘못이라면 사과할게요. 할아버지를 그런 자리에 모신 건 그러나 사과할 것이 못 됩니다."

"할아버지까지 동원한 게 잘한 짓이니?"

"동원이란 말이 싫습니다. 누가 누구를 동원한단 말입니다까. 또 그 일이 어째서 잘하고 잘못하고로 구별돼야 하는지 저는 통 이해를 할 수가 없습니다. 그건 잘하고 잘못하고의 의식에서는 벗어나는 일입니다. 누군가가 어떤 일에 합당한 재능을 갖고 있을 때, 한쪽은 그걸 표현할 기회를 주어야 마땅하며, 한쪽은 기꺼이 그 기회에 편승해서 일이 잘되면 그보다 좋은 일이 어디 있습니까."

"너 이제보니 참 똑똑하구나. 그래서, 일이 잘 됐니?"

"대성공이었습니다."

"할아버지는 기꺼이 응하지 않았을 게다. 네가 유혹했어."

"결과는 마찬가지예요. 저는 그날 할아버지에게서 그걸 확인했습니다."

"너는 할아버지와 나와는 관계에 대해, 특히 내가 취하고 있는 입장에 대단히 불만이지?"

"그럴 것도 없습니다. 아버지의 할아버지에 대한 처지를 이해하면서도 그 논리를 그대로 저와 연결시키고 싶지도 않고, 그럴 필요도 없다고 생각하는 편이에요."

"기특하구나. 그러니까 너만이라도 할아버지에게 화해의 제스처를 보이겠다는 거냐 뭐냐. 지금까지의 네 행동을 보면 그런 추측을 가능케 하더라만."

"그것도 맞지 않는 말이에요. 도대체 할아버지와 저와는 갈등이 있었어야 말이죠. 처음부터 갈등이 없었는데 화해의 제스처를 보이고 말고가 어디 있습니까. 할아버지와의 갈등이 있었다면 그건 아버지의 몫이지 저와는 상관이 없는 겁니다. 오히려 전세대끼리의 갈등이 다음 세대에서 쾌적한 만남으로 이어진다면 그건 환영할 만한 일이고, 그게 또 역사의 의미 아니겠습니까?"

"뭐야, 이놈의 자식. 네가 나를 훈계하는 거얏!"

말이 떨어지기 무섭게, 아버지의 손바닥이 성규의 볼때기를 후려쳤다. 옆에 있던 어머니의 쇳소리가 그의 뺨에 달라붙었다.

"또박또박 말대답하는 것 좀 봐."

"아버지의 마음을 모르는 게 아니에요. 그렇다고 아버지의 생각 속으로만 저를 챙겨 넣으려고 하지 마세요."

성규는 얻어맞은 자리를 어루만지지도 않고, 되려 풀죽은 목소리가 되었다.

"네가 알긴 뭘 알아. 네가 내 속을 어떻게 알아."

"그런 말씀은 이제 그만 좀 하셨으면 해요. 안팎에서 듣는 그 말에 물릴 지경이거든요. 너는 아직 모른다. 너도 나이가 되어봐라……고깝게 듣지 마세요. 그때 가서 그 뜻을 알지언정, 지금부터 제 사고와 행동을 포기하고 싶지는 않습니다. 그런 뜻에서, 제가 할아버지를 우리 모임에 초청한 사실을 후회하지 않을 뿐더러 옳았다고 생각합니다. 아버지가 할아버지를 심리적으로 격리시키려 하고, 또 한편으로는 이해하려는 모순을 저도 이해합니다. 노상 이기적인 현실에의 집착이 그걸 누르는데 대한, 어쩔 수 없는 생활인의 감각까지도 저는 알고 있습니다. 그러나 역설적이고 건방지게 들릴지 모르지만, 제 나이는 또 할아버지의 생애를 이해합니다. 북으로 상징되는 할아버지의 삶을 놓고 아버지와 제가 감정적으로 갈라서는 걸 비극의 차원에서 파악할 것도 아니라고 봅니다. 할아버지가 자신의 광대기질에 철저하여 가족을 버린 건 비난받아야 할 일이나, 예술의 이름으로는 용서받을 수 있습니다."

"그래서? 할아버지가 나름대로의 예술을 완성했니?"

아버지의 입가에 냉소가 머물렀다.

"그건 인식하기 나름입니다. 다만 할아버지에게서 북을 뺏는 건 할아버지의 한(恨)을 배가시키고, 생의 마지막 의지를 짓밟는 것에 다름아니라는 생각만은 갖고 있습니다."

방 안의 민 노인이 천천히 응접실로 나온 건 그때였다. 자기 때문에 성규가 궁지에 몰려 있는 걸 보고만 있을 수 없어서였는데, 아들은 집 안의 분란을 더 키우고 싶지 않았든지, 민 노인 쪽엔 시선을 돌리지도 않은 채 성규에게만 소리를 꽥 질렀다.

"건방 그만 떨고 어서 가서 잠이나 자. 다시 그런 짓을 했다간 이 정도로 끝나지 않을 줄 알아."

제 방으로 돌아가던 성규는, 민 노인과 눈이 마주치자 재빠른 웃음을 보냈다. 음모꾼끼리의 신호 같았다.

정작 일이 크게 터진 건 그런 일이 있은 지 일주일쯤 후였다. 저녁 준비를 하다 말고 성규의 친구로 짐작되는 학생의 전화를 받은 송 여사는, 대뜸 신음으로도 착각할 만한 의미불명의 소리를 지르더니 이내 펄쩍펄쩍 뛰었다.

"뭐라구? 우리 성규가 데모하다 잡혀갔다구. 언제 어디서. 지금 어딨어? 이 일을 어쩌지. 이 일을 어떡한다지."

송 여사는 곧바로 남편에게 전화를 걸었고, 만날 장소를 약속하고는 허둥지둥 밖으로 뛰쳐 나갔다. 황급히 서두르다 지갑을 안 가지고 갔기 때문에 다시 되돌아왔을 때, 민 노인과 수경이가 자세히 말 좀 해보라고 매달리는데도 누구 신경질만 돋구느냐는 투의 외마디 말을 남기고 사납게 문을 닫았다.

"난들 아니. 가봐야지."

며느리의 자기를 쳐다보던 눈이 사뭇 비뚤어져 있었다고 느낀 민 노인의 가슴에도 갑자기 구멍이 뚫리는 걸 의식했다.

아들 내외는 밤늦도록 돌아오지 않았다. 전화도 걸려오지 않았다. 민 노인은 수경이를 시켜, 아들이 먹다 남은 양주를 찾아 안주도 없이 조금씩 조금씩 홀짝거렸다. 얼마나 지났을까. 취기가 야금야금 전신으로 번지자, 민 노인은 극히 자연스럽게 북을 껴안고 북채를 잡았다. 뚝딱 둥둥. 둥둥둥 뚝딱. 북소리를 듣고 들어온 수경이는 북 한 번 할아버지의 눈 한 번씩을 교대로 쳐다보고는 그 전 모양 궁상맞다는 타박을 하지 않았다. 오히려 다소곳이 민 노인 옆으로 다가앉으며 엉뚱깽뚱한 질문을 했다.

"할아버지 이 북으로 팝송 반주를 하면 어떻게 될까요."

"수경아. 늬 오래비가 붙들려간 게, 나나 이 북과도 관계가 있겠지."

둥 둥 둥 딱 뚝.

"무슨 상관이 있겠어요. 아니에요. 그보다도 궁금한 게 있어요. 오빠와 저

와는 네 살 터울이거든요. 그런데 오빠는 할아버지의 북소리에 푹 빠져 있
고, 솔직히 저는 잡음으로만 들려요. 그 차이는 무엇일까요?"

"아무래도 그 녀석이 내 역마살을 닮은 것 같아. 역마살과 데모는 어떻게
다를까."

딱 둥둥 뚝.

"할아버지, 지금 무슨 말씀을 하고 계세요. 제 말은 들은 둥 만 둥 하구
요."

손녀의 새살거림을 한옆으로 제쳐놓으며 민 노인은 눈을 지그시 감고 더
크게 북을 두드렸다.

──1986년

깊은 밤 길의 끝

경호가 그 읍내의 버스 터미널에 내린 건 해가 꽤 기울 무렵이었다. 아직 석양판이라고까지는 할 수 없어도 늦가을의 선득선득한 바람이랄지, 오종종한 건물 너머 얕게 내려앉은 하늘에 아이들 머리통만한 크기로 떠 있는 태양이 힘겹게 하루 일을 마쳤다는 듯 퇴색해가고 있는 모양에서 그는 이도저도 아닌 어설픈 시간을 읽을 수가 있었다.

한 번도 와본 적이 없는 낯선 땅을 딛자마자 하필이면 하늘부터 쳐다보고, 조금도 서두를 것이 없는 처지에 먼저 시간을 가늠해본 사실이 좀 머쓱하다고 느낀 경호는, 그런 어색함을 끌 양으로 우선 공중변소를 찾았다. 당장 할 일이라고는 그것밖에 없는 것 같았고, 그렇게 생각하고 나자 버스에 흔들리고 있는 동안은 멀쩡하던 하체가 갑자기 부풀어오르면서 맹렬한 요의(尿意)를 알려오기 시작했다.

짐작했던 대로 변소에서는 숨조차 제대로 쉬기 힘들 만큼 지독한 악취가 풍겼다. 막말로 자신의 오줌을 뿜어내기조차 망설여질 정도의 더러움 속에서, 그러나 그는 얼핏 나른한 쾌감을 짓씹고 있었다. 빨리 오물 단지 속에서 빠져나가야 한다는 조급함과는 달리 더듬더듬 꺼낸 그것이 아직은 빳빳하고, 오줌발이 직선으로 뻗는 것과 함께 아침에 집을 나온 이후 이렇게 저렇게 차를 갈아타고 오는 동안의 피로가 비로소 풀리는 마당이었기 때문이었을 것이다. 그러고 보면 그로서는 오늘 하루 퍽 긴 여행을 한 셈이었다. 같잖게도 발 가는 대로 마음 내키는 대로 동서남북을 가리지 말자고 작정했었다. 그렇다고 댓바람에 여정을 길게 잡아 차 안에만 죽치고 앉아서 하품만 해댈

72

것이 아니라, 갈짓자 걸음으로 짧게 토막을 치면서 가는 데까지 가보자고 나선 길이었다. 그래서 더러는 행선지의 지명이 좋아 탄 버스도 있었고, 운전사의 인상이 마음에 들어 올라탄 버스도 있었다. 되도록 이름이 잘 알려진 큰 도시보다는 한옆으로 비켜 앉은 어벙한 읍 단위의 쩨쩨한 도시를 경유하고자 한 것은, 또 지금 경호가 붙안고 있는 심란함을 반영하는 것으로 치부할 수도 있었다. 잘난 도시와 그 잘난 도시에 벅적거리는 잘난 사람들을 피하고 싶었다. 후미진 길가에 너부죽이 엎드려 있는 땟국 묻은 소도시의 꾀죄죄한 사람들 틈에 끼여, 어떤 위로를 받기도 하고 지금의 대단치 않은 자기를 확인하려고도 하였다. 처음엔, 이제는 인연이 듬성듬성해진 고향을 떠올리기도 하였다. 그러나 그쪽으로는 마음이 내키지 않았다. 헐렁한 마음으로 고향을 바라보기가 민망스럽고 겸연쩍기도 하려니와 그처럼 편안한 곳에 가서 엄벙덤벙 퍼질러 앉기보다는 차라리 말도 산천도 생판 다른 지역의 타인들 속에 섞여, 방금 입은 스스로의 상처에 소금을 뿌리는 형식의 가학(加虐)을 흉내내본다거나, 역으로 우중충한 타향의식이 주는 노작지근하고도 막된 풀어짐의 상태에서 일종의 해방감을 맛보고자 하였다.

이 읍내에서 바람이 드나드는 유일한 통풍구(通風口) 구실을 하고 있을 법한 버스 터미널을 벗어나자, 거리는 졸음을 유발할 만큼의 조용함으로 습복(慴伏)하고 있었다. 소리도, 이렇다 할 냄새도 맡을 수가 없었다. 아, 소리는 있었다. 전자제품 대리점이 스피커를 통해 틀어대고 있는 여자 가수의 유행가 곡조가, 띄엄띄엄 왔다갔다 하는 택시나 트럭이 굴러가는 소리에 조금은 훼방을 받으면서도 억지로 강아지 이마빡만한 바닥에 생기를 불어넣으려 애쓰고 있었다. 그리고 길가의 점포들이 전체적으로는 분명찮은 압력에 주눅들어 있는 인상이기는 할지언정, 자세히 보면 도시의 구색을 갖추면서 나름대로 땟물을 벗으려는 안간힘이 어지간히 엿보였다. 섣부른 겉멋이 담긴 이름으로서의 '셀부르 양장점' 진열장에는 기를 쓰고 무언가를 따라잡고자 하는 오기와 누군가를 경멸하는 뜻을 담은 옷들이 축축 늘어져 있었으며, 한 집 건너 '비엔나 양화점'의 쇼윈도 안에는 읍내의 칙칙한 분위기를 대번에 화사한 색깔로 바꿔놓고자 하는 구두들이 아가리를 벌리고 있었다. 가을인데도 뺑뺑 구멍이 뚫린 남자 구두와 꼭 고추잠자리를 닮은 선홍(鮮紅)의 하이힐이 짝을 이루고 있는 모양은, 이 왜소한 동네에서는 보기 힘들 논다니 기질까지를 부추기고 있는 느낌을 갖게 했다. '수복예식장'은 얼마나 수지가 맞을 것인가 하는 괜한 걱정을 일게도 하였다. 가라오케라는 부제(副題)를 단 '영살롱' 간판을 보는 순간도 그 점에서는 마찬가지였다. 다만 구멍가게의 수준을 조금 넘어서는 수퍼마켓만은 제법 사람들이 들락거려서 그런대로의 훈김을 뿌려주고 있었다.

다방은 너무 많았다. 경호는 되도록 천천히 걸으면서 다방 이름들을 머릿속에 하나하나 꼽아갔다. 마땅한 술집이라도 눈에 띄이면, 불쑥 들어가 독주를 한 곱뿌 걸침으로써 배고픔과는 전혀 다른 출출함을 눙치고 싶은 생각이 없지도 않았으나, 어중간한 시간에 혼자 술상을 받는 초라한 꼴을 상상하는 것만으로도 진저리가 쳐져서 마음을 돌려먹을 수밖에 없었다. 또 그럴 만한 주점 앞을 지나며 힐끔힐끔 안을 들여다 보았을 때의 썰렁함이 더군다나 그런 생각에 제동을 걸었다. 무얼 끓이고 있는지는 몰라도 기세 좋게 타오르고 있는 연탄화덕 위의 냄비에서 김이 모락모락 새나오고 있다든가, 술꾼들의 탁한 음성이 머리 위에서 왔다갔다 하는 것이 아니라, 주모조차 얼씬거리지 않는 차디찬 플라스틱 술상의 나열이 차라리 손님을 완강히 떠밀어내고 있는 형상이어서, 경호는 당초의 작정을 일단 접어두는 게 낫겠다고 마음을 고쳐 먹었다. 집을 나설 무렵만 해도 그렇지는 않았다. 가급적이면 한적한 고을 중에서도 되려 사람의 덕을 입고자 하는, 코딱지만하면서도 엔간한 술집의 구석자리를 차지하고 앉아 술잔을 핥는 재미를 예정해놓고 있었다. 이를테면 그 술집의 주인은 마흔 안팎의 여자여야 했다. 거기다가 그녀는 과부였다. 인물도 덤덤하고 술장사에 아직은 이골이 나지 않아 손님이 들어와도 헤실헤실 웃는 법이 없었다. 경호가 처음 보는 낯선 사람이므로, 의당 타지에서 오셨나 보죠? 안주는 뭘로 드릴까요, 따위의 인사를 건성건성 건네는 게 마땅함에도 불구하고, 그녀는 심지어 '어서오세요.'라는 입에 발린 말도 하지 않아야 했다. 경호가 우선 소주 한 병을 청하고 나서, 벽에 붙어 있는 차림표를 훑어가다가 낙지볶음으로 결정을 내릴 때까지도 입을 봉하고 있는 편이 좋았다. 그가 술을 마시고 있는 동안, 과부는 단 둘만의 공간을 주체하지 못하여 안 해도 좋은 설거지를 하는 척하기도 하고, 어쩌다 경호와 시선이 마주치면 얼른 딴 곳으로 눈을 거두어 경호로 하여금 배로만 웃게 한다면 더 나을 것이었다. 그리하여 셈을 치르고 같잖게도 손잡이 부분에 '당기세요.'라는 표찰이 붙은 알량한 알루미늄 새시문을 열고 나서면, 얼얼한 볼에 찬바람이 닿는 게 괜찮아 처음 버스에서 내렸을 때보다는 이 읍내가 한결 친근하게 다가와야 했다. 그러나 어느 쪽의 잘못인지는 몰라도 서로 연때가 맞아떨어지지 않았다.

다방 '만남' 앞에서 경호가 발을 멈춘 건 그가 예닐곱쯤의 다방 간판을 사열하고 난 다음이었다. 어디론가 또 떠날지라도, 차 한 잔 정도는 마셔주고 가는 게 틈입자의 예의라고 여겨 내키는 이름을 골라다니던 끝이었다. 하지만 그럴 듯한 옥호는 눈에 띄지 않거니와 그런 자신이 우습기도 한 데다, 더 걷기도 싫어 어쩌면 막된 심정으로 좁고 가파른 시멘트 계단을 오르기 시작했다. '만남'은 이층에 있었던 것이다.

다방 안은 의외로 넓은 편이었다. 얼핏 본 의자도 생각했던 것보다는 넉넉하고 폭신해보였는데, 경호가 들어서자마자 두서너 자리에 앉아 있던 손님들이 일제히 그를 쳐다보는 바람에, 그는 도리없이 순간적인 엉거주춤함과 맞서다가 곧 당당함을 회복했다. 아무도 자기를 알 사람이 없다는 철저한 타인의식이 그걸 지탱해주었기 때문이었다. 늙수그레한 손님들과 시시덕거리고 있던 레지가 창가에 앉은 경호 앞으로 엽차를 들고 다가온 건 금방이었다. 아무 뜻 없이 거리를 내다보고 막 담배를 빼어 물려는 찰나, 레지는 탁 소리가 나도록 엽차를 다소 거칠게 테이블 위에 놓고는 그냥 서 있기만 했다. 조금 전까지 껌을 씹고 있었는지 그녀에게서 박하 냄새가 풍겼다.

"커피."

경호의 외마디 소리에 그녀는 이상하게도 싱긋 웃으며 돌아섰다. 크지도 작지도 않은 몸매라선지 허리가 퍽 굵었다.

"여긴 처음이신가요?"

커피를 가져온 레지는 경호의 앞자리에 아무 주저 없이 앉더니만, 무례하달 만치 그의 얼굴을 찬찬히 뜯어보며 아주 익숙한 어투로 물었다. 아이섀도는 물론이고 눈두덩에까지 엷은 분홍빛으로 화장을 한 동그스름한 얼굴에 코가 제법 높았다.

"그렇게 보이나."

잠자코 있을 수만도 없는데다 그리고 보면 종일 입 한 번 벙긋하지 않은 터여서 경호는 심드렁하게 대꾸해주었다.

"한 숟갈, 두 숟갈?"

레지는 그러나 그 말에는 대답을 않고 설탕 그릇에 스푼을 꽂으며 물었다. 말이 어느새 반말조로 바뀌고 있는 걸 느끼게는 하는데도, 그걸 꼬집어 나무랄 수 없는 분위기를 여자는 뿜어대고 있었으며, 경호 자신도 그게 차라리 속이 편하다는 쪽으로 마음을 돌렸다.

"하나."

"척하면 삼천리지요."

말의 순서를 건너뛴 그녀의 대꾸는 이상한 묘미도 안겨주었다. 스물 대여섯 살쯤 되었을까. 그 위라면 몰라도 아래로는 밑돌지 않는 나이로 짐작되었다.

"다방이라는 게 사람 장사거든요. 더구나 이런 좁은 바닥에서는요. 타지 사람은 냄새가 달라요."

그녀의 말이 모두 요로 끝나는 것도 그렇고, 들은 풍월대로라면 이런 직종의 여자들은 모두 타향 출신이라는 점에서도, 이 레지가 일단은 도시 물을 마시고 온 아가씨라는 걸 쉽게 터득할 수 있었다. 그러나 저러나 처음 본 손님 앞에서도 스스럼없이, 오히려 이쪽의 머뭇거림을 대번에 흩날리는 예사스런 화법은 장삿속 내림인가 따뜻함인가. 막연한 대로의 척박한 감정을 더 깊이 확인하고자 말없는 과부 주모까지를 상상하며 떠나온 길에서, 경호는 이제 또 뜻밖의 요설을 요구 당하고 있는 기묘한 현실을 순순히 받아들여야 할지, 후닥닥 다방을 뛰쳐나감으로써 애초의 기분을 연장해야 할지 좀 막막한 느낌이 들었다. 그것은 다시 겉으로는 소리를 죽이고 있는 이 소도시의 구석구석에서도, 알고 보면 많은 얘기들이 도란도란 오가고 있음을 실감케 하는 일로 받아들여지게도 만들었다. 그래서 경호의 메마른 입술에 침을 바르게 했는지도 몰랐다.

"사람의 관형찰색을 잘하는군."

"네?"

“아니 사람 보는 데 도사가 다 되었다구.”

“저절로 그렇게 돼요. 도사가 따로 있나요 뭐. 여기 가만히 앉아 있으면 그렇게 훈련되게 마련이에요.”

레지는 말 끝에 한숨을 조금 섞었다. 그 모습이 그녀의 나이를 더욱 웃잡게도, 쓸쓸함을 보태주기도 하고 그랬다.

“이 다방에 온 지 얼마나 돼.”

“두 달. 곧 떠나요.”

“어디로.”

“누가 아나요. 가서 지시를 받아봐야죠.”

“지시를 받다니.”

“모르세요?”

“뭘 말야.”

“M시에 가면 우리들의 본부 비슷한 데가 있어요. 거기서 본인의 형편에 따라 갈 곳을 지정해줘요.”

“말하자면 전근이네.”

“그런 셈이에요. 대강 석 달만큼씩.”

“정들자 이별하는 사람 많겠다.”

경호는 자신도 의식하지 못하는 사이, 애기 속에 빨려들어가고 있음을 알았으나 어쩐지 감정을 더 느슨하게 풀어주고 싶었다.

“정 좋아하시네. 그보다는 새 얼굴을 좋아하는 걸 누가 말려요.”

“누가?”

“누구는 누구예요. 주인도 그렇고 손님들도 그렇고.”

“아다라시를 원한다 이거군.”

“그게 무슨 말이에요.”

“사람들이 새 얼굴을 바란다고 그랬잖아. 그 말이지 뭐.”

경호는 이 아가씨가 아다라시라는 말을 이해하기에는 조금 뒤진 세대일지도 모른다는 생각을 굴리면서, 혀 끝에 그런 허튼 수작을 올린 것이 다소 쑥스러웠다.

“그래요. 그러나 피장파장이라구요. 이런 외진 구석에 그 이상 있으래도 안 있어요. 아이 목마르네.”

레지의 마지막 말에 경호는 얼른 자신의 무심함을 깨우쳤다. 그녀의 밀착
이 필경은 매상을 올리려는 몸짓인 걸 뒤늦게 알게 된 것이, 미안함과도 통
한다는 색다른 경험에 고소를 날리면서 말이다.

“뭐 하나 마시지 그래.”

“사이다 한 잔 마시겠어요. 마담 언니와 미쓰 송도 부를까요.”

경호는 마침내 허허 웃었다. 엉뚱한 장소에서 귀여운 사기극에 걸려든 듯
한 처지를 자조하며 입으로는 호기를 부렸다.

“마음대로 해.”

“고마워요. 미쓰 소옹, 나 사이다 한 잔 갖다 줄래. 언니도 이리와. 마실
것 갖고. 미쓰 송도 뭐 하나 마셔.”

레지가 상체를 돌려 카운터 쪽에 대고 외쳐댔을 때, 팔로 턱을 괴고 먼산
바라기를 하고 있던 마담과 그 옆에서 헝겊으로 찻잔을 닦고 있던 미스 송은
동시에 즉흥적인 웃음을 만들어보이며, 알았다는 뜻의 고개짓을 했다. 어느
새 그나마의 손님들도 다 나간 다방 안에는 엉뚱하게도 아까부터 흘러나오
고 있던 외국 가수의 째지는 팝송가락이 전축의 볼륨을 낮춘 탓인지 차츰 잦
아들고 있었다.

경호는 어쩌다가 완전히 포로 신세가 된 자기 꼴에 또 한 번 고소를 머금
었다. 그리고는 버스에 흔들려오는 동안에도 몇 번인가 떠올랐던 아내의 얼
굴이 다시 눈앞에 얼씬거렸다. 아내는 경호가 실직하던 날부터 여행을 권했
었다.

“나나 아이들 걱정은 말고 이리저리 바람 좀 쐬면서 푹 쉬었다 오세요. 당
신은 직장에 매달려서 좀처럼 그럴 기회도 없었잖아요. 마침 잘됐네요. 집에
누워 있으면 잡념이나 걱정만 늘어서 몸에도 해로울 거구요.”

어디까지나 상식적인 발상에 그치는 일이기는 했으나, 거기에는 어떻게든
오므라들기 쉬운 남편의 기를 펴려는 아내의 마음쓰임이 묻어 있었다. 아내
의 그런 노력은 저 여자의 어디에 그와 같은 대범함이 숨어 있었을까를 의심
할 정도로 대단했다. 여자 친구들의 위로 전화에 건조한 웃음일망정 깔깔 날
리는가 하면, 아이들에게도 아버지가 더 좋은 직장으로 가기 위해 스스로 회

사를 그만두었다는 식의 생각을 심어주려고 애썼다. 그런 표변은 경호네가 2년 간의 미국 근무를 마치고 돌아왔을 때 회사가 은행관리로 넘어갈 무렵의 땅이 꺼지는 근심과는 너무 딴판이었다. 월급을 받을 회사제품인 선풍기 등속의 현물로 주던 것마저 끊어지던 순간의 낙담에서, 경호더러 줄기차게 여행을 권유하는 기간이 너무 짧아 그는 도무지 마음이 편안하지가 않았다. 따라서 며칠 전까지만 해도 경호는 실직자가 일단 머리를 식힌다는 이유를 달아 어디론가 떠난다는 우수의 치유법에 동의할 수가 없었다. 우선 남편을 떠밀어내기라도 해서 객지 바람을 쐬고 오게 하는 것이 실직자의 아내가 제일 먼저 해야 할 일로 믿는 상투적인 발상도 부담스러웠고, 그래 봤자 아까운 돈만 축낼 뿐, 돌아오는 길의 발걸음이 결코 가벼워지지는 않을 것이라고 계산을 미리 뽑아낼 수가 있었기 때문이었다. 그러다가 바로 어저께, 우연히 아내의 화장대 위에 놓인 신문 쪼가리를 발견하고는 경호의 생각이 더더욱 굳어졌다. 빨간 줄을 쳐서 오려놓은 엽서 크기만한 기사에는 어느 여성단체에서 주부들에게 취업훈련을 시킨다는 내용이 나열되어 있었다. 대충 훑어본 직업의 종류는 도배사, 중병환자들의 간병인(看病人), 표구사 등이었다. 그걸 제자리에 놓고 나온 그는 마침 점심을 챙기고 있는 아내에게 큰소리로 눙쳤다.

"당신 덕에 호강하게 생겼구먼."

무슨 뜻인지 몰라 어리둥절해 하는 아내에게, 그는 또 약간 정색을 하면서 말했다.

"당신의 생각이야 알겠지만 나를 너무 비참하게 만드는 것 아냐. 이제부터 도배를 배우고 표구를 배워서 어쩔 거야."

"신문 오려놓은 걸 보셨군요."

아내는 픽 웃고 나서, 데쳐놓은 시금치를 찬물에 헹구며 말을 이었다.

"신경 쓰지 마세요. 한 번 읽어보았을 뿐이라구요."

"나는 당신을 잘 모르겠어."

"왜요."

아내는 싱크대에서 고개를 돌리지도 않은 채 나직하게 반문했다.

"적당히 심란한 표정이 자연스럽지 않아? 그런데 당신은 그런 신문기사를 읽는 깐으론 너무 당당해보이려고 어거지를 쓰고 있는 것 같애.”

“요컨대 위선을 떨고 있다 이 말이군요.”

“그건 막말이 되겠고, 너무 처져 있는 모습도 싫지만 억지로 당차보이려고 노력하는 것도 부담스럽거든.”

“그렇다고 내가 시방 연기를 하고 있는 건 아니잖아요.”

“그야 그렇지.”

“당신 마음도 알아요. 하지만 당장은 나도 좀 내버려두세요.”

“내가 뭘 어쨌나.”

“혹시 이런 거 생각해보셨어요.”

여전히 아내는 몸을 돌린 채였다.

“뭐.”

“당사자도 당사자지만 내 자리라는 것도 있다는 것…….”

“당신 자리라니.”

“이번에 절실히 느낀 건데요. 나는 이런 때 어떤 모양으로 있어야 하는가가 내 자신의 성장을 위해서도 아주 중요한 문제라는 걸 절감했다구요. 내 말 고깝게 생각하지 마세요. 그것은 어쩜 앞으로의 생활걱정에 우선하는 것인지도 몰라요. 필경은 그게 그거겠지만서도, 당장은 내 처신을 어떻게 해야 좋을지 난감하고 당황스러워요. 그래서 이것저것 해보는데 그게 다 나로서는 필사적인 행위예요. 아주 말해버릴게요. 그건 남이 보기에는 어설픈 연기로 비칠지도 모르겠네요. 다만 그렇게라도 하지 않고는 하루하루를 견딜 수 없는걸 어떡해요. 나 얄밉죠? 우습고.”

아내의 말은 이미 습기를 머금고 있었다.

“아니.”

경호의 말꼬리가 흐려지는 걸 되일으키듯, 아니면 또 말에 취한 사람처럼 아내는 금방 밝은 음성으로 돌아갔다.

“내가 당신 눈에는 미친 여자나 위선자로 보일지도 몰라요. 그러나 못 본 척하고 팽개쳐두세요. 당신도 마찬가지겠고 나로서도 처음 당하는 일 아녀요. 그러니까 나대로의 감정처리 기간을 주셔야 해요. 이런 일에 면역이 생긴나는 것도 있을 수 없는 일이겠으나 시간이 지나다 보면 보통으로 돌아올

거예요. 신경질도 부리고 당신을 들볶을지도 모르겠네요. 단지 지금은 그런 때가 아니고, 우리 식구보다는 다른 사람들을 어떻게 대할 것인가에 더 신경 쓰이는 게 속상해 죽겠어요. 실상 끝끝내 타인은 타인이고, 그런 것쯤 쉽게 뛰어넘어야 하는데도 그게 잘 안 된다는 사실이 이중으로 나를 괴롭혀요. 그렇더라도 이 대목만 잘 넘기면 된다고 믿지 않는 건 아니에요."

"당신 오늘 참 말 잘했네."

"비꼬지 마세요."

아내는 천천히 돌아서서 약간 일그러진 표정으로 경호를 살폈다.

"아냐, 정말야. 다 쏟아놓고 나니까 속이 좀 시원하지."

"그래요. 당신이 내 말대로 여행을 다녀오면 속이 더 개운하겠어요."

"그럼 그것도 당신의 감정처리 계획의 하나에 포함되나?"

"그런 셈이에요. 달리 말하면, 그게 당신도 당신이지만 내 위안용도 돼요."

아내는 비로소 조금 웃어보였다.

"별난 감정처리도 다 있구먼."

"참 이상해요."

"환자는 가만히 있는데 시중 드는 사람이 설치는 꼴이어서, 또 무슨 말을 할지 겁나는군."

"미안해요. 내 생각만 늘어놔서."

"말이나 마저 해보라구."

"지금까지는 무슨 회사에 다니는 아무개의 아내로 내가 있었지요."

"무슨 소리를 할려구 뜸을 들이는고."

"그런데 당신이 직장을 잃은 뒤부터는 갑자기 내 존재가 뭔지를 살피게 됐다구요."

"그래서."

"나쁜 뜻으로 받아들이지 마세요. 그냥 그렇게 생각해본 것뿐이니까요. 새삼스럽게 나는 아무것도 아니라는 느낌이 덮쳐오고, 당신만 따라다니면 되는 걸로 알았던 내 자신이나 세상의 눈에, 내가 느닷없이 노출된 듯한 기분이란 말이에요."

"알 듯도 하고 모를 듯도 하구먼. 도대체 당신의 말은 오리무중이야."

"그러실 거예요. 나 자신도 뭐가 뭔지 모를 느낌으로 헤매고 있으니까요. 어쨌거나 이런 혼돈에서 빨리 빠져 나와야겠다는 초조감을 감싸쥐고 있는 것만은 확실해요."

"좋아, 당장 내가 당신을 도와주는 건 여행을 다녀오는 것이 되겠어. 억지 춘향이라더니 별스런 여행 한번 다해보겠네."

"마음에 없으면 가시지 마세요."

"아냐, 떠나야겠어. 나 없는 사이에 당신 혼자 감정처리 기간인가 뭔가를 무사히 끝냈으면 좋겠구먼. 나도 덕분에 오래 못 본 산천초목도 두루 구경할 것이고."

그렇게 해서 떠나온 길이었다. 아내는 그러나 막상 경호의 짐을 꾸리는 손에 뒤늦은 주저를 보였다. 내가 괜한 소리를 했나 보다는 둥 전전날의 당찬 기세가 시무룩하게 꺾여 있었다. 그리고는 귀가 따가울 정도의 잔소리를 늘어놓았다. 절대로 때를 놓치지 말고 끼니를 찾아먹되, 아무 거나 사먹지 말고 되도록 영양분이 많으면서도 깔끔한 음식을 들 일이며, 잠자리도 허름한 여관보다는 호텔을 찾아가도록 타이르듯 주워섬겼다. 그런데도 경호는 오늘 하루 아내의 말대로 따른 것이 하나도 없었다. 잠자리야 시간이 남아 있으므로 더 요량할 일이고, 처음부터 지선(支線)만을 잇는 시외 버스를 탄 일이랄지, 차 시간의 틈새를 이용하여 어느 시장 근처의 구질구질한 식당에서 순대국으로 점심을 때운 것도 그랬다. 그러고 싶었다. 행길을 피하고 골목으로만 기어다니는 쪽이 지금의 그를 더 지탱해주고, 감정의 평형을 유지하는 데 도움이 될 것 같았다. 가라앉을 대로 가라앉고, 쓸쓸하다거나 눅눅함의 밑바닥을 핥음으로써 이미 젖기 시작한 가슴을 철저하게 담궈보고픈, 위장된 사치를 경험하고자 힘썼다. 그런 점에서는 아내가 내세운 뜻밖의 논리가 서운하기도 하고, 그것이 하루를 버티지 못하고 자기를 떠나 보내는 마당에서 허망하게 무너지는 사실을 목격한 게 아쉽다는 느낌도 들었다.

마담이 자기몫의 요구르트를 들고 경호 앞에 앉았을 때, 그가 반드시 눈앞의 두 여자 때문만이 아닌 일종의 역겨움과 지루함을 의식한 건, 그러므로 혼자만 다독거리려고 했던 나름대로의 질 좋은 감상(感傷)이, 누구에게선가 헤살당하고 있다는 짜증에 뿌리를 두고 있는 것인지도 몰랐다.

"김이라고 해요. 사주신 음료수 잘 먹겠습니다."

경호는 입가에 해낙낙한 웃음을 흘리며 전혀 높낮이가 없는 마담의 수인사에, 그러나 자신도 모를 웃음이 픽 하고 마지막 설사 모양 새어나오는 걸 어찌할 수가 없었다. 거두절미하고 김이라고만 대는 성이 암호처럼 들리기도 하고, 음료수라는 한자음에는 그녀의 가까스로의 체면이 실려 있는 듯 받아들여지기도 해서, 지극히 상투적으로 돌아가는 판에 살짝 성냥불을 그어 댔으면 하는 막된 기분도 들었다.

"먼데서 오셨나 봐."

마담은 대꾸를 않는 경호의 입을 벌리게 하는 것이 자기의 마지막 의무인 양, 이번에는 다소 말에 억양을 달았다.

"어디서 왔을 것 같소."

경호도 별수없이 응대해주었다. 어차피 벌어진 일이니까, 적적한 상가를 뒤에 두고 금방 나올 수가 없어 또 한 패거리의 문상객이 올 때까지 미적미적 궁둥이를 붙이고 앉아 있듯, 다음 손님이 들어설 때까지만 이들의 상대가 되어주자고 마음을 누그러뜨렸다. 여행에서 맛보는 이런 간투사(間投詞) 격의 만남도 더러는 약이 되겠거니 여기면서.

"보나마나 서울이죠 뭐."

"야, 귀신같이 맞추네. 그걸 어떻게 알지."

경호는 일부러 과장을 섞어 놀라는 척 해보았다.

"직업까지 맞춰볼까요."

마담도 심심파적의 농담을 조금만 더 이어가려는 넉넉한 태도로 나왔다.

"좋지."

"회사원? 아니면 형사?"

그때였다. 이제껏 경호와 마담의 수작을 익숙하게 겪은 시들한 농지거리쯤으로 받아들이고, 퍽 덤덤하게 앉아 있는 것으로 보이던 아까의 레지가 깜짝 놀라는 기색을 드러냈다. 형사라는 말이 나왔을 때 그러는 것 같았다. 그런저런 생각없이 의자에 깊숙이 파묻혀 마담을 눈과 입으로만 집적거리고 있던 경호는, 레지가 표나게 놀라는 데서 순간적인 재미를 느꼈다. 그 다음에는 자기의 가죽잠바를 한 번 눈으로 쓸어보았다. 마담이 처음에는 적중률이 높은 회사원을 들먹이다가 나중에 형사를 첨가한 것도 필시 이 가죽잠바에서 얻은 암시 효과려니 짐작하자, 그녀의 상상력도 별것이 아니라는 괴상한 실망을 안는 한편으로, 형사 소리에 안색이 달라진 레지의 정체에 뜬금없는 궁금증도 있었다.

"그런 소리는 나도 하겠네. 회사원이면 회사원, 형사면 형사라고 딱 짚어야, 내가 아이고 족집게구나 하면서 앞발 뒷발 다 들지."

그러면서 경호는 마담이 형사로 판단을 굳히는 걸 도와줄 셈으로 눈과 어깨에 어림없는 힘을 주었다. 그래서였을까. 마담은 용한 점쟁이의 말투를 빌려 다시 말했다.

"왜 찔리세요? 회사원이란 건 한 번 해본 소리고, 선생님은 사짜돌림이 틀림없어요. 비교적 마음씨가 고운."

"차암 놀랄 노자로구나. 마담은 직업을 바꿔야겠군. 이 지경으로 대번에 내 직업이 들통날 정도라면 나도 무능한 수사관으로 일찌감치 직업 전환을 해야겠고."

말을 하면서도 경호는 레지에게만 시선을 박았다. 어쩌자고 자신에게 어울리지도 않는 흉물스러움을 되작거리고 있는지, 스스로에게도 잘 설명이 되지 않은 채 그러고 있었다. 레지는 이제 당초의 당돌함이나 수다스러움에서 한참 비켜 서 있었다. 경호의 눈과 마주치는 걸 피할 셈인지, 초점이 잘 겨냥되지 않은 시선을 창 밖으로 막연히 던지고.

"내가 나서면 점쟁이들이 굶어 죽을 테니까 참아야지요. 그런데……."

마담은 갑자기 자기 말에 혐의가 간다는 눈길로 말을 끌었다.

"바쁜 몸이 서울서 여기까지 왜 왔느냐 이거지?"

"뭐 그렇다기보다도."

"그 말이 그 말이지. 나도 눈치와 육감으로 먹고 사는 놈인데, 아 소리와 어 소리 구별 못 할까. 우리 수사관이 삼천 리 방방곡곡 안 가는 데가 어딨어. 범인을 잡자면 동에 번쩍 서에 번쩍 하는 게 우린데."

"알고 보니 우리 다방에 무서운 양반 모셨네. 내가 제대로 맞추기는 했지만."

"죄 지은 사람이나 내가 무섭지. 마담처럼 부처님 가운데 토막같고 예쁘고 상냥스런 여자야 두려울 게 뭐 있어."

"아이 어지러워. 이러다가 꽈당하고 떨어지면 어떡한다. 하여간 잘 마셨습니다. 그런 분한테 찻값 씌운 게 미안한데요."

"이제야 본색이 드러나누만. 하지만 그 정도야 얼마든지 베풀 수 있지."

마담이 일어서는 것과 함께 레지도 경호에게 목례를 건네고 따라 일어섰다. 그는 얼른 그녀를 눈으로 붙잡아 앉혔다. 말이 아닌 눈짓이 레지를 더 겁주게 만들었는지, 레지는 무척 당황한 몸짓으로 자리에 도로 앉아 경호를 쳐다보았다.

"이런 데서 만날 줄은 몰랐군."

그는 다그치듯 말했다. 가급적이면 이 아가씨가 좀 전의 풀어짐으로 돌아가 서투른 차 팔기 솜씨를 발휘하는 여유를 되찾기 바라면서. 거기에는 씨알머리 없는 괜한 장난에 대한 경호 자신의 뉘우침도 가산되어 있었다. 그런데 레지는 의외의 반응을 보였다.

"아저씨가 나를 어떻게 아세요?"

경호의 마음이 또 반전을 일으켰다. 밋밋한 여행에 혹종의 악센트를 찍고 싶은 생각이 보태어진 때문이었을까.

"이거 봐. 아까 나더러 척하면 삼천 리라고 네 입으로 그랬지. 나는 척하면 오천 리라고. 이거 왜 이래. 나는 네 머리꼭지 위에 있다는 걸 알아야 한다구. 네가 서울서 한 짓도 다 알고 왔어."

레지는 완전히 구석에 몰린 꼴로 변했다. 치뜨는 눈가에 적의 아닌 두려움이 홍건히 배어 있었다. 아가씨더러 불문곡직 너라는 하댓말을 쓴 게, 또 상대방의 긴가민가 하는 의혹을 결정적으로 씻어내는 데 한 몫을 했는지도 모른다고 생각하면서, 경호는 당치도 않은 자기의 사기술에 잠시 혀를 내둘렀다.

"그러니까 저 때문에 여기 오신 거예요?"

"사람 입 아프게 만드네. 그럼 뭣 때문에 이런 촌구석까지 왔겠나. 이 바쁜 몸이."

나라고 시작되던 레지의 말이 저라고 바뀐 것도 경호는 놓치지 않았다.

“오늘 밤은 이곳에서 주무실 건가요?”

“글쎄올시다. 버스도 끊어졌을 거구.”

경호도 아직 그 결정을 내리지 못하고 있는 판이어서 그 대답만은 사실이었다. 밖은 어느새 땅거미가 지고 있어서 다방 안의 불빛이 더 환하게 비쳤다.

“여기서 주무신다면 어떤 여관에 드실 거예요.”

“초행길이라 그것만은 잘 모르겠군. 잘 아는 여관이라도 있나?”

“그렇지는 않지만, 이곳에서는 영지여관이 깨끗하다고 그러대요.”

경호는 레지가 자꾸만 주무시는 일과 여관을 들먹이는 데에 조금 신경이 쓰였다.

“더러 가본 모양이지.”

얼른 넘겨짚었다.

“아니에요.”

레지는 완강한 부정의 뜻이 담긴 도리질과 더불어 말투를 꼿꼿이 세웠다.

“그런데도 잘 알고 있다 이 말이지.”

생각과는 달리 그녀를 계속해서 궁지로 몰아넣는 말이 술술 나오는 바람에, 그는 오히려 마음 한 구석으로 당황하기 시작했다. 그러나 기왕 벌어진 일을 가지고 여기서 죽도 밥도 아니게 꼬리를 사렸다간, 이번에는 자신이 도망갈 구멍이 없어지겠다는 어쩌면 허황한 생각이 고개를 디밀어, 갈 데까지 가보자는 쪽으로 기울었다.

“마음대로 생각하세요. 손바닥만한 고을인데요 뭐.”

“좋아. 그건 그렇다 치고, 엉뚱한 생각하면 곤란한데.”

말하자면 이제 와서 딴 궁리일랑 아예 하지 말라는 뜻을 가까스로 그렇게 표현한 건데, 이미 체념으로 굳어진 듯한 레지의 안색에도 응락의 의사가 비치고 있었다.

“부탁이에요. 여기서는 그냥 나가주세요. 큰길로 나가서서 오른쪽으로 쭉 가시다 보면, 곧 영지여관이 나와요. 왼쪽 행길가예요. 제가 일 끝나면 찾아뵐 테니까, 그때까지만 기다려주세요. 그럼 되지요?”

경호는 고개를 곧바로 추켜들고 자기를 정면으로 바라보면서도 애원이 가득 실린 그녀의 시선을 피하며 심하게 망설이기 시작했다. 상대가 너무 쉽게 무너지는 데서 빚어진 느닷없는 사건과의 조우를 어떻게 수습했으면 좋을지 난감했다. 이쯤해서 얼버무리는 게 낫겠단 생각과 그녀의 말대로 일단 다방을 나갔다가 일을 추려나가도 늦지는 않겠다는 생각 사이에서 오락가락하였다. 하지만 무엇보다도 스스로가 사서 만든 어리둥절함에서 우선은 빠져 나가는 것이 상책일 듯도 싶어 갑자기 몸을 벌떡 일으켰다.

"그럼 먼저 가 있을게."

그는 재빠른 보폭(步幅)으로 계단을 내려오면서 마침내 후유 한숨을 내쉬었다. 등 뒤에 뿌려지는 마담과 미스 송이라는 레지의 인사말이 그의 걸음걸이를 더욱 재촉했다.

거리는 많이 어두워진 편인데다 행인도 드문드문해서 소도시의 쓸쓸함을 한결 드러내놓고 있었다. 그는 택시를 잡아타고 이웃 도시로 날으는 것이 가당치도 않게 이루어진 곤경에서 벗어나는 길이 아닐까를 곰곰이 따지며 천천히 걸었다. 영지여관이라는 아크릴 간판이 지나치게 빨리 눈에 띄지만 않았더라면, 그리고 빈 택시를 손쉽게 잡을 수만 있었다면, 그는 그랬을지도 모를 일이었다. 그러나 여관은 금방 발견되었고, 그러자 이제는 꼼짝없이 그녀의 포로가 되었다는 기기묘묘한 감정이 그를 놓아주지 않았다.

경호는 초저녁부터 여관에 들어가는 민망함을 피해, 우선 그 옆에 납작하게 웅크린 모습으로 붙어 있는 음식점을 찾아 들어갔다. 속이 출출한 정도까지는 아니더라도, 입 안에 뭘 좀 디밀어야 할 것 같은 조급함을 안고 말이다. 유리문을 밀치자 홀에는 네댓 명의 손님이 듬성듬성 흩어져, 혹은 불고기판을 뒤적이기도 하고 혹은 국밥을 훌쩍이기도 하고 그랬다. 그가 빈 자리를 차지하고 앉자마자, 들어올 때는 본척만척하다가 냉큼 다가선 계집애에게 술과 국밥을 시키고 나서야 그는 조금 여유를 되찾았다.

경호가 적당한 포만감과 어지간한 주기를 띠고 여관에 들어선 건, 다방을 나온 지 그럭저럭 시간 반쯤을 허비한 다음이었다. 안내된 방은 그런대로 견딜 만했다. 그는 그를 따라 들어온 40대 안팎의 여자가 요를 펴는 걸 말리고, 웃옷만 벗은 채 바람벽 저쪽에 개켜놓은 이불 더미에 등을 대고는 다리를 한껏 뻗었다. 약간의 쾌적함을 동반한 피로가 그의 눈을 스르르 감게 만들었다.

그리고는 슬쯧 잠이 들었던지, 누군가가 똑똑 문을 두드리고 있는 소리에 퍼뜩 눈을 떴을 때는 빠꼼히 열린 방문 사이로 아까의 레지 얼굴이 가까스로 끼어 있었다.

"어, 왔구먼. 들어와."

그는 엉겁결에 외쳤고, 그 소리가 너무 컸다는 걸 의식했을 때 레지는 이미 스스럼없이 방 안으로 들어와 있었다.

"어때, 우리 맥주 한 잔 할까."

그는 그다지 술 생각이 나지 않는데도, 두 사람 사이를 메우고 있는 어색함을 풀기 위해서는 도리가 없다는 생각으로 아무렇게나 말을 던졌다.

"딱 한 잔만 하겠어요."

그녀는 퍽 인색하게 웃으며 스커트 아래로 비죽이 나온 무릎을 치마자락을 끌어당겨 애써 감추었다. 경호가 문간방에서 김치 냄새를 풍기며 혼자 저녁을 먹고 있는 좀 전의 그 아주머니에게, 맥주 두 병과 마른 안주를 주문하고 돌아왔을 때도 그녀는 그런 자세였다.

미리 준비해놓은 게 있었던지 술은 곧 들어왔다. 경호가 병마개를 따고 그녀에게 잔을 내밀자, 여자는 황급히 그 잔을 경호의 손에 쥐어주고는 맥주를 따랐다. 뒤이어 그녀의 잔에 경호가 술을 꼴꼴꼴 채우는 동안에도 두 사람은 말을 나누지 않았다.

"마시라구. 어차피 시간은 많으니까."

경호는 그녀의 술잔에 자기 잔을 부딪치고 나서 단숨에 술잔을 바닥내었다.

"어쩌자고 그런 일을 했지."

전혀 취기를 느끼지는 않을망정 조금은 심신이 노곤해지는 마당에서, 그는 그녀의 대답에 신경을 곤두세우며 물었다. 경호의 표정만 살필 뿐 당장은 입을 열지 않던 그녀가 줄줄 얘기를 꺼낸 건 뜻밖에도 한 잔만 마시겠다던 처음의 자기 약속과는 달리, 내리 석 잔을 비운 뒤였다.

"그 집에서 패물을 훔치고 달아났다고는 생각하지 않아요."

"그럼 왜 도망쳤어."

경호는 요것 봐라 싶은 호기심을 발동시켜, 그녀의 말에 다리를 놓아줄 셈으로 언성을 높였다.

"훔치고 달아난 건 사실이지만요. 받을 걸 받았다고 생각해요."

"그건 또 무슨 소리야."

경호의 말씨에는 다방에서와 같은 어눌함이 없었고, 그 자신도 매끄러운 어세에 한편으로는 놀라고 있었다.

"다 아시면서 뭘 그래요. 그 집 부부는 아침 늦게 가게에 나왔다가 아주머니는 애들 때문에 저녁 무렵이면 일찍 들어가지 않아요?"

"그래서, 밤에는 아저씨와 단둘이 남는다 이거구먼."

"그 가게에서 먹고 자는 점원 신세인데 도리 없잖아요. 베이커리라는 게 또 밤늦게까지 문을 열어놓아야 하구요."

"베이커리? 아, 빵집, 영어로 말하니까 알아들을 수가 있나."

경호는 중요한 단서 하나를 얻은 기분이어서 속으로만 웃었다.

"그런데 받을 걸 받았다는 건 또 무슨 이바구야. 아저씨가 나쁜 짓을 했구먼."

그녀는 입을 다문 채 고개를 숙였다.

"그 집에서는 그런 말은 않던데."

"그 도둑놈이 그런 말을 하겠어요."

그녀의 눈에 불똥이 튀었다고 느낀 건 그때였다.

"그렇다고 돈을 빼돌리고 패물을 훔쳐 달아나면 되나. 그보다는 정정당당하게 고소를 해서라도 위자료를 요구하든지 할 일이지. 이렇게 내빼니까 오히려 이쪽이 도둑으로 몰려서 문제만 복잡하게 만들어놨지 않아."

"그 생각도 해봤죠. 또 아주머니한테 일러바치겠다고 찔러보기도 했구요. 쓸데없는 짓이었어요. 그놈은 해볼 테면 해보라는 태도였고 그 여자도 눈치를 챘는지 되려 나를 내보낼려고 했거든요. 년놈들이 짠 거예요. 그럴 때 나는 어떡하면 좋았겠어요. 내 앞길만 망치고 낙동강 오리알 신세되는 게 아니겠어요. 방귀 뀐 놈이 성낸다더니 거기다가 형사까지 보내? 흥, 자알들 논다. 아저씨도 그 년놈들 와이로 먹고 나 잡으러 왔죠. 즈이들이 그렇게 나오면 나도 이판사판이라구요. 나라고 가만히 있을 줄 아세요. 천만에 만만에 올시다."

그녀는 의외로 술에 약한지 눈가가 벌겋게 물들고 볼따구니에도 잘 익은 앵두빛이 순식간에 좌악 번졌다. 말도 무척 거칠어졌다.

"말 조심해. 와이로라니. 그건 그렇고. 그 돈은 다 어떻게 했나. 패물 판 돈이랑."

"흥, 우리 아버지한테 물어보세요."

"아버지가 어디 계시는데."

"고향에 있지 어디 있어요."

"농사 짓는군."

"아파서 농사도 못 짓고 누워 계세요. 계모 눈치꾸러기로 지내면서 돌아가실 날만 기다리고 있다구요. 흥 나는 그 돈 가지고 마지막 효도 한 번 할 셈으로 아버지를 병원에 입원시켰더니, 보름도 못 가서 돈이 바닥나는 바람에 다시 집으로 모셔왔어요. 속창아리 없는 계모는 내가 객지로 싸돌아다니는 사이 돈푼깨나 거머 쥔 줄 알았는지, 아버지를 어디로든 데려가라고 성화를 대는 통에 고향서도 몰래 새 나왔어요."

그녀는 전혀 슬픈 기색을 나타내지도 않고, 미리 할 말을 준비해놓은 사람처럼 단숨에 달달 쏟아놓더니, 아니나 다를까 기어코 언제 꺼냈는지 모를 똘똘 만 손수건으로 눈물을 찍어내기 시작했다. 경호는 난감하기 그지 없었다. 사단을 처음 단계로 물리거나 되돌리기도 글렀는데다, 어떤 방식으로 발을 빼야 할 것인지도 막막했다. 그는 마침 소변을 보고 싶어 벌떡 일어섰다. 난생 처음 자기 말에 상대방이 시시각각 오그라붙다가, 마침내는 두 손 번쩍 들고 꼼짝달싹 못 하는 깨소금맛을 따라간 것이 필경은 자신의 애당초의 낭패스러움에 뜻밖의 더께를 보태고 말았다는, 우울한 확인에서 벗어나려는 몸짓이기도 했다. 아침에 집을 나설 당시의 생각대로 자기 처지만을 충실히 쓰다듬지 않고, 시건방지게 누군가를 아는 체했을 때 거둬들여야 하는 번거로움이나, 그런 사람들이 저마다 갖고 있는 짐을 꼼짝없이 나누어지게 된 경솔한 관심을 후회하기도 했다.

방 밖으로 나온 경호가 화장실을 찾아 잠시 두리번거리는 동안 정복 차림의 순경이 혼자 저녁을 먹던 아주머니를 앞세우고 이층으로 뚫린 계단을 올라가는 게 보였다. 임검을 나온 모양이었는데, 두 사람의 말소리가 크게 들렸다.

"어쩐 일로 오늘은 이처럼 일찍 오셨소. 콧구멍만한 여관에 간첩이 들어올 리도 없을 테니까 안 오면 어때서."

"누구는 오고 싶어서 오나. 참 숙박부를 안 봤구나. 모두 몇 방이나 찼어?"

"이러다 굶어 죽겠어. 유 순경이 손님 좀 끌어와요. 이층에 한 방 아래층에 한 방."

경호는 실상 서너 발자국 앞에 있는, 획이 달아난 화장실 팻말을 무시하고 얼른 자기 방문을 열었다. 무릎 사이로 고개를 처박고 있던 아가씨는 그러나 조금도 자세를 허물지 않았다. 웅크린 몸뚱아리 위로는 연민을 유발하면서도, 필경은 단단한 의지를 감추고 있는 듯한 이상한 분위기가 맴돌았다.

"이봐, 나가자구."

그가 그녀의 손목을 다짜고짜 잡아 끌자, 그녀는 비로소 깜짝 놀라며 조금 일그러진 얼굴을 쳐들었다.

"여기서 주무시지 않을 건가요?"

그녀의 표정에 살짝 부끄러움의 흔적이 머물렀다간 사라졌다. 그것은 남자에게 자는 일을 물은 데 대한, 순간의 수치심을 얼버무리려는 노력으로도 비쳤다.

"빨리 나가야 해. 시간이 없어."

"어디로 갈 건데요?"

"경찰이 왔어."

"경찰이라니요. 아저씨는⋯⋯."

"같은 경찰이라도 관할이 달라. 천신만고 끝에 붙잡은 범인을 딴 놈한테 넘겨줄 짓을 내가 할 것 같애. 복잡하게 공로 다툼하고 싶지 않다구."

여전히 영문을 몰라하는 그녀를 어거지로 끌고 여관 문을 나서자, 그는 이리저리 눈을 돌려 택시를 찾았다. 다행히 카운터가 비어 있어서 아무도 그들을 본 사람은 없었다.

"여기서 제일 가까운 도시가 어디야."

"M시예요."

두 사람은 되도록 여관에서 멀리 떨어진 쪽으로 걸었다.

"택시 타면 얼마나 걸리는데."

"한 시간 조금 더 걸려요."

"됐어. 그곳으로 가자구."

"당장은? 소지품도 챙겨야 하는데."

"나중에 연락해서 찾으면 되잖아. 범인이 말이 많군. 우선 여기서 빠져 나가는 게 피차를 위해서 좋아."

피차라는 말 끝에 경호는 속으로 짧은 한숨을 쉬었다. 그를 따라 들어왔던 여관집 아주머니가 불쑥 던져놓고 간 숙박부에 아무것도 적지 않은 채 놓고 나온 것에서는 가벼운 다행스러움을, 순경과 맞닥뜨렸을 때의 참담한 연기를 모면할 수 있었던 것에서는 크나큰 안도감을 안았다.

"정말로 나를 데리고 가실 거예요?"

아가씨는 경호의 손짓에 따라 속력을 늦추며 가까이 다가오는 택시를 보며 힘주어 말했다.

"장난인 줄 알면 곤란해. 잔말 말고 어서 타."

그러나 경호의 어세에도, 시늉으로만 그녀의 어깨를 떠미는 팔에도 벌써 힘은 빠져 있었다. 그는 그녀를 굳이 차에 태우고 싶은 마음조차 가신 지 오래였다. 차라리 욕이라도 한 바가지 퍼붓고 등을 돌려주기를 바랐다. 그랬으므로 그녀가 더는 새살을 까지 않고 먼저 차 안으로 들어갔을 때 정작 당황한 건 경호 쪽이었다. 하마터면 실소가 나올 지경이었다.

"진작 그럴 일이지."

경호가 가까스로 상황을 눙치는 말에도 그녀는 더 이상 다리를 놓아주지 않고, 고개를 옆으로 돌려 깜깜한 바깥만 쳐다보았다. 단숨에 읍내를 빠져 나온 택시의 양편으로는 논인지 밭인지 분간하기 힘든 드넓은 어둠이 누워 있었고, 간간이 반짝이는 먼 곳의 크고 작은 불빛이 불멸의 밤을 겨우 지키고 있는 듯하였다. 무서운 속력으로 달리는 차가 그 불빛들을 끌어당기면, 또 다른 모양의 불빛이 약을 올리는 시늉으로 다시 나타났다. 이따금 헤드라이트에 잡혀 길 한복판에서 춤을 추다 가뭇없이 사라지는 포플라 잎만 목격하지 않았다면, 자동차는 미로를 헤매고 있는 걸로 착각할 만큼 칠흑 속의 한가운데로 빨려들어갔다. 운전사를 포함한 세 사람의 어중간한 침묵이 이런저런 을씨년스러움을 더 도와주었다.

"호호호호."

느닷없는, 그리고 아가씨의 통 큰 웃음소리가 터진 건 바로 그런 무렵이었다. 차 안의 찝찝한 분위기를 한꺼번에 휘저어놓으려는 의도를, 거리낌없이 드러내는 웃음소리로 들렸다. 경호가 가슴이 서늘해지는 느낌으로 후닥닥 그녀를 쳐다본 건 말할 것도 없고, 차의 속력을 늦추지 않은 채 힐끔 뒤돌아보는 젊은 운전사의 눈에도 의혹이 가득 담겨 있었다.

"아저씨 가짜죠?"

"어, 지금 뭐라고 그랬어."

벙벙해하는 경호의 얼굴을, 아직도 웃음기가 가시지 않은 아가씨의 재빠른 말이 덮쳤다.

"시치미떼지 마세요. 내가 누군데."

"이 친구 넋 나간 소릴 하고 있군."

"그럼 이 차를 곧바로 경찰서로 대도 돼요? 나, 아저씨 콩밥먹이기 싫은데 어떡한다지."

실실 웃는 그녀의 입가에는 여유가 치렁치렁 흘렀다. 그도 도리없이 비죽이 웃음을 머금었으나 말에는 아직 모를 세우려고 노력했다.

"누가 할 소린지 모르겠군. 그야말로 불감청이언정 고소원이지."

"앞으로 진짜 행세 하시려거든 그 유식한 말투부터 고치시라구요. 먹물먹은 사람들은 할 수 없다니깐."

"내가 진짜건 가짜건 켕기는 데가 없다면 왜 따라 나섰누."

"아저씨가 안됐다. 택시값이 많이 나올 텐데. 그렇잖아도 볼 일이 있어 M시에 한 번 다녀오려던 참이었거든요."

"여관에서 울고 짜고 할 때는 언제고."

그녀의 말에 토를 달기는 하면서도 경호의 대꾸에는 어느새 힘이 하나도 들어 있지 않았다.

"설명한다고 아저씨가 알기나 해요. 기왕 얘기가 나온 김에 듣기나 하세요. 우리에게는 가끔 그런 때가 있다구요. 내 쪽에 불리하건 유리하건 어떤 식의 멍석이 펴지면 마음껏 지랄 한 번 해보고 싶어져요. 누가 알아듣건 못 알아듣건 나 쇼 한 번 벌일란다 하는 심보지요. 그 결과야 내가 알 바 아니고, 그러고 나면 일단 마음은 개운해지거든요.”

“나는 뭐야 그럼, 무대만 만들어준 꼴이네.”

“미안해요. 아저씨가 근본은 선량한 분 같으니까 조금 더 솔직히 얘기할까요? 다방에서는 조금 뜨끔했어요. 여관을 잡아줄 때까지도 그랬다구요. 그런데 아저씨를 보내놓고 나서 이건 가짜다, 그게 아니라면 장난이다 딱 짚었죠. 슬로 비디오 식으로 따져갔더니 영락없던걸 뭐. 무엇보다도 냄새가 틀리더라구요.”

“갠가. 냄새로 사람을 구별하다니.”

“아이고 내 가슴야. 그렇다면 그런 줄이나 아세요. 아무튼 우리에게는 그런 코가 있어요. 물론 하루 이틀에 단련된 코는 아니지만, 거기다가…….”

“혐의가 또 있나.”

“아저씨는 사람을 완전히 무시했다구요. 생각해보세요. 서울서는 데모하는 학생을 잡아들이는 데도 손이 모자라 쩔쩔매는 판에, 미쳤다고 나 같은 쫄때기 도둑년 잡으라고 비싼 여비 쳐들이면서 형사를 보내요. 경비전화는 두었다 엿 사먹고? 또 여관서 당황하는 꼴이라니. 호호호.”

“핫핫핫. 이거 앞발 뒷발 다 들어야겠군. 내가 완전히 아가씨의 포로가 된 셈야. 연기도 나보다 한 수 위고.”

나는 하루의 그렇고 그런 잡동사니 같은 감정과 괜스레 퍼질러놓은 피로에서 벗어나고자 일부러 크게 웃었다.

“그래요. 처음엔 내가 아저씨의 포로가 되었다가 이젠 아저씨가 내 포로가 되었어요. 그만하면 서로 빚도 갚았고……누가 그러대요. 이 세상 사람들은 한 번은 피해자가 되었다가 한 번은 가해자 노릇을 하면서 살아간다고.”

“와아, 아는 것도 많구나.”

“사람 부끄럽게 만들지 마시라구요.”

두 사람의 대화는 이 대목에서 잠시 끊겼다. 경호는 자세를 아래로 낮추며 시트에 깊숙이 몸을 파묻었다. 땅으로 내려앉는 기분이 드는 한편으로, 조금은 가당찮게도 따뜻한 기운이 도는 걸 확인할 수 있었다. 스르르 감은 눈의 감촉으로도 불빛의 수가 아까보다 훨씬 많이 잡혔다.

"다 와가요."

그 사실을 일깨우듯 아가씨가 말했다. 그리고는 전후 생각없이 끄응 하는 신음과 함께 앉음새를 고치는 경호더러, 착 가라앉은 목소리로 물었다.

"나, 나쁜 계집애죠?"

"아니."

그는 도리질을 하며 대답했다.

"아저씨는 좋으신 분 같애요."

"별로야."

"다만."

"말해봐."

"어딘지 허한 구석이 있어보여요. 힘도 없어뵈구."

"그것도 내게서 풍기는 냄새겠군."

"진짜로 하는 소리예요."

"가짜한테 진짜는 안 통해."

"무임승차 시켜준 값으로 맥주 한 잔 대접하고 싶어요."

"아냐. 시내로 들어가는 대로 그냥 헤어지는 게 낫겠어. 그러고 보니 우리가 통성명을 안 했군."

"그건 해서 뭘 해요."

"하기야."

"힘내세요. 서울 가시거든 더러는 연기를 잘하도록 힘쓰시구요."

"고맙군."

입가로만 웃음을 비치며 내미는 경호의 손에, 아가씨의 작은 손가락이 의외로 쉽게 감겼다. 별반 따뜻하지도, 섬뜩하게 찬 손도 아니었다.

택시는 건물이 듬성듬성한 변두리를 지나 도시의 내장 속으로 진입하고 있었고, 경호는 그제서야 언뜻 아내의 얼굴을 떠올렸다. 지금쯤은 어떻게 감정을 처리하고 있는지도 궁금했다.

——1986년

때 까 치

　일부러 택한 길이긴 했지만 짐작했던 대로 버스 안 사람들의 표정도 바깥 풍경도, 끝끝내 다소곳하고 평퍼짐했다. 구릉지대를 비비꼬아가며 휘젓고 다니는 노쇠한 시외버스가 낡은 몸체치고는 제법 잘 달리는 편이었는데, 그 것도 알고 보면 그만치 교통량이 적은 탓이려니 싶었다. 삽교천 방조제와 당 진 방조제가 생기면서 도로도 나아지고 오가는 자동차도 많아진 건 분명하 나 신흥도시를 거점으로 한 다른 지역의 겁없이 늘어난 교통량에 비하면 아 직은 소소한 수준이었다. 나는 그래서 어쩌면 타의에 의해 어거지로 나섰대 도 과언이 아닌, 팔자에 없는 겨울 나들이의 행선지를 이쪽으로 잡은 사실에 적이 만족하였다. 그것은 지금의 내 심정과도 잘 맞아떨어지기 때문이었다. 남쪽으로 가는 길은 너무 희번드르르하고 익숙한데다 중간에는 고향이 누워 있다는 게 차라리 부담스러웠다. 넉넉한 기분이 아니라 받을 대로 받은 요새 감정으로는, 차마 발을 들여놓기가 민망하고 미안다는 생각이 앞섰다.

　일단 동쪽을 겨냥하지 않은 것도 아니었다. 가을 한 철과 정초 시즌도 지 났겠다, 사람 냄새와 발길에 몸살을 앓고 난 설악산이며 동해가 이제는 검부 러기 같은 인파를 훌훌 털어내고 불순물이 끼지 않은 해맑은 얼굴로 돌아와 있는 걸 마음껏 독식해야겠다는 욕심도 가져보았다. 그러나 그것도 당장의 내 처지와는 어울리지 않는다는 느낌이 들어 포기할 수밖에 없었다. 무엇보 다도 설악산이 안겨주는 '관광' 이미지가 싫어 그랬다. 어차피 그게 그거고, 남이 보기에는 신간 편한 여행으로만 비칠갑세 내 속마음과는 어림도 없다 는 반발이 치밀어 택한 것이 이 길이었다. 별반 발걸음을 하지 않았다는 약간의 생소한 풍물에 대한 호기심도 있었다. 더 많이는 비행장 활주로모양 거침없이 죽죽 뻗어나간 경부고속도로나 영동고속도로를 옛날 신작로에 비긴다면, 줄곧 해안선을 품었다 놓았다 하면서 우왕좌왕하는 꼴인 이쪽 길은 후미진 골목과도 비슷하다는 발상도 있었다. 하여간 이 두 가지 생각이 합쳐진 곳에 내 처진 감정이 놓여 있는 것을 발견하고 나선 길이었거니와, 아직까지도 그게 제대로 들어맞고 있는 셈이었다. 무슨 죄를 짓고 남의 눈을 피해 도망다니는 것도 아닌 터에 당치도 않은 못난 짓이 될 법이나 한 일이냐는 억하심정이 한편으로는 고개를 디밀지 않는 것도 아니었으나, 우선 떠들썩하지 않고 헤벌쭉하지 않은 버스 안과 바깥 분위기가 내 마음을 차분하게 가라앉혀주었다. 대강의 승객들은 노상 왔다갔다 하는 길이라서 때묻는 경치로 여겨 그러는 것일까. 사할 가량은 차에 오르자마자 아예 눈을 감아버리고 나머지 사람들도 눈은 창 밖에 던지고 있다 하더라도 전혀 변화를 나타내지 않았다. 그냥 뜬 눈으로 버스가 거리를 잡아당기며 내닫는 속도감에만 스스로를 내맡긴 채 멍청히 앉아 있을 따름이었다. 예전과는 달리 시끌시끌한 사투리의 난사(亂射)도 퀴퀴한 냄새를 풍기는 짐도 없이.

그리고 보면 독한 담배를 뻑뻑 피워대는 사람도 드문 차내는, 오히려 시골 버스 특유의 맛을 반감시키면서 어지간히 세련된 세월의 파장(波長)과 생활의 변이를 실감시켰다. 다만 평택을 지나면서 올라탄 잡상인의 매끄러운 구변이 가까스로 옛기억을 되살려주고, 좀 귀찮다 싶으면서도 거부감을 일으키지 않을 정도의 일회용 매력으로 귀를 파고들었다. 누구 겁주려는 건지 낡은 공공칠가방을 달랑 들고 온 그는 아니나 다를까, 죄송하다는 인사에 이어 곧바로 안주머니에서 알록달록한 약갑을 꺼내더니 기대에 어긋나지 않게 '선전기간'을 들먹였다. 약학박사 아무개 선생님이 정확히 십이 년을 연구한 끝에 나온 이 약은 두 달 후부터 시판(市販)할 예정인데 선전기간 동안만 오천 원짜리를 단돈 천 원에 봉사하겠다는 말을, 더러는 커브를 도느라고 한옆으로 기운 버스 탓에 몸의 균형을 잡으려고 애쓰며 줄줄이 늘어놓았다. 나는 이 대목에서 소리없이 웃었다. 모든 것이 달라지고 사람들의 사는 방식이 그전 수법으로는 어림없는 마당인데도 선전기간과 박사와 한 잔의 약주값에 불과한 단돈 천 원을 뇌까리는 어법이 다소는 반갑기도 하다가도, 허리가 쑤시거나 결리며 이따금 하늘이 빙빙 도는 어지럼병이랄지 구토 멀미 등에 더도 말고 두 알만 먹으면 직방이라는 애매모호한 약효선전에 새삼스레 신물이 나기도 했다. 중미에 있는 과테말라를 남미로 바꿔놓는 거야 간단히 흘려넘긴다 치고, 그 나라의 어떤 활엽수 수액을 수입해서 만들었다는 알약 성분을 수상쩍게 나열하는 사내의 언변에 겉으로나마 시선을 모아주는 승객들의 태도에도 괜시리 짜증이 일었다. 심심하던 김에 건성으로 귀담아 듣고 있는 척 할 뿐이라는 그들의 심리를 쉽게 헤아리기는 하면서도 여지껏 저런 정체불명의 떠돌이 약장사가 행세할 여지를 남겨두고 있는 풍토에 잠시 가벼운 실망도 날렸다. 따지고 보면 그거야 내가 신경 쓸 일이 아니었다. 예상과는 달리, 두어 사람이 천 원짜리 돈과 약병을 맞바꾸는 일도 예사로 보아넘기면 그만이었다. 그런데 한 손에 서너 개의 약병을 쥐고 손님들의 표정을 살피며 차내를 더듬어오던 약장사가 뒷줄에 앉아 있던 내 자리께로 가까이 다가오는 걸 본 나는, 아까부터의 긴가민가한 인상을 확인하기 위해 그를 뚫어지게 쳐다보았다. 볼수록 윤 국장과 닮은 화상이었다.

 중년의 약장사는 나이와 키도 엇비슷해뵈고 벗겨지다 만 빤질빤질한 이마에 탐욕스럽게 두툼하고 푸르딩딩한 아랫입술이, 윤 국장의 그것과 영낙없이 같았다. 그렇게 생각하기로 들면야 뺀들뺀들한 눈매도 마찬가지였다. 나는 한동안 내팽개쳐두었던 증오를 갑자기 긁어모아 약장사를 쏘아댔다. 그 따위 사악한 졸장부쯤 깨끗이 무시하고 살자며 자신을 부추겨왔다. 의식적으로 키워온 웃자락 자존심을 쓰다듬어온 지난 반 년을 위해서도, 이런 자리에서 그 자의 얼굴을 떠올리는 일이 얼마나 우스운 일인가를 모르는 바 아니었으나 소용이 없었다. 기껏 시원한 바람이라도 쐬자고 나온 여행이거늘, 더구나 모처럼 아내와 더불어 떠나온 길을 쓰레기통에 던져 마땅한 구질구질한 감정을 끄집어내어 초장에 벌써 망쳐서는 안 된다는 깨우침도 알고는 있었지만 도리가 없었다. 나라는 인간의 한계가 겨우 이 지경밖에 안 되느냐는 만류도 뿌리치고, 나는 허공에 떠오른 윤가 놈의 낯바대기에 차디찬 경멸을 섞어 무언의 침을 뱉었다. 막상 당사자를 만나면 그러지도 못하고 그가 내미는 손을 덩달아 맞잡으며 할일없이 건조한 안부를 띄울 주제인지도 몰랐으나 어떤 계제만 주어지면 그에 대한 포악이 펄펄 되살아난다는 것을 다짐할 수는 있는 순간이었다. 바로 이때였다. 나의 복잡하고도 기묘한 심정을 알리 없는 아내가 불쑥 터뜨린 말이 나를 더욱 화나게 들었다.

"하나 살까요? 기념으로."

서울을 떠나온 뒤 아마도 처음으로 입을 연 아내는 누구 약올리려는 심산이야 아니겠지만서도 해낙낙한 웃음까지 곁들여 어느새 한 발짝 앞으로 다가선 약장사와 나를 번갈아 쳐다보며 말했다.

"미쳤어!"

나는 나도 놀랄 만치 큰소리로 아내에게 면박을 주었다. 승객들이 여기저기에서 고개를 돌린 건 물론이고 약장사도 그의 면상에 퍼져 있던 웃음을 거두고 질겁을 하며 우리 부부를 꼬느다간 슬슬 물러섰다. 나는 무색함을 수습하고자 얼른 창 밖을 내다보았으며, 아내도 그런 기분이기는 매일반인지 고개를 떨구고 애맨 손가락만 만지작거렸다. 얼핏 훔쳐본 아내의 가녀린 목덜미가 무척 쓸쓸하고 추워보였다.

버스는 삽교천을 지나고 있었다. 이런 삭막한 겨울에도 그놈의 관광을 왔음직한 서너 대의 승용차와 한 대의 봉고차가 머물러 있는 유원지 광장을 벗어나자 버스는 다시 꽤 넓은 간척지의 논을 거쳐 가지가 앙상해서 한결 을씨년스러운 과수원과 고만고만한 동네들을 먼 빛으로 바라보며 달렸다. 나는 잠을 청할 양으로 운신이 어려운 좁은 공간에서나마 되도록 다리를 길게 뻗으려고 노력하며 눈을 감았다. 국내에서의 여행이란 채비를 갖추고 막 출발할 당시의 들뜬 마음이 절정을 이루다가 도심을 벗어난 지 한 시간쯤 지날 무렵엔 그게 그것인 풍물과 해방감에 어지간히 물리고 소모되어 남는 건 졸음뿐이라는 내력에 따른 것이었다. 그렇다고 잠이 쉽사리 찾아오지도 않았다. 대신 좀전의 윤 국장 얼굴이 여전히 따라붙었다. 명색 사내꼭지인데다 나이도 웬만큼 진득하여 아내에게도 약간의 암시만 흘렸을 뿐 긴 말을 비친 적이 없었으나, 나는 실상 윤 국장이 내게 보인 행위 때문에 그 동안 퍽 갈등을 겪어온 형편이었다. 팔십 년 여름의 소위 숙정 직후에는, 그와 나와의 관계를 점검해볼 시간도 그럴 이유도 없었다. 눈앞의 충격이 직격탄에 까무라친 형식으로 나를 덮쳐 일종의 무섬증을 동반한 분통을 삭이기에도 바빴다. 나만이 아니라 여러 직장의 허다한 사람들이 느닷없이 당한 정신적인 집단

학살의 성격도 띤 조치 아닌 조치여서, 조금은 연대적인 위안도 가지며 당장은 하루아침에 직장을 빼앗긴 실업자 신세를 어떻게 모면하느냐가 발등의 불이었다. 한참 지나서야 나를 숙정 대상자로 찍은 게 다름아닌 윤 국장이었다고 귀뜸해주는 동료가 있었으나, 그때까지도 나는 그를 미워할 겨를이 없었다. 불쌍한 위인이라고 너그러움을 가장한 자세를 보이며 되돌아섰을지언정 구체적인 확증을 잡으려는 심사도 일어나지 않았다. 그러나 날이 갈수록 그를 생각하는 마음의 빛깔이 조금씩 달라졌다. 다같이 감싸도 시원찮은 막가는 계절에 편승하여, 평소의 자잘한 마찰을 빌미삼아 나를 떨어낸 졸자를 미워해봤댔자 나만 더 좀스러운 사람이 되겠다고 믿었었는데 그게 아니었다. 그럴 만한 기회에 부딪치기만 하면, 멀찌감치 폐기처분했던 것으로 치부했던 오염된 감정이 부글부글 괴어올라왔다.

"몇 살이지? 예쁘게도 생겼다."

벼르고 벼르다가 챙긴 행장 속에 엉뚱하게 끼여든 꼴의 처치곤란한 무용지물의 처분을 두고 망설일 때처럼, 이러지도 저러지도 못하고 가라앉아 있던 나는 불쑥 내민 아내의 말에 슬며시 눈을 떴다. 뜻밖에도 아내는 옆좌석의 젊은 여자가 안고 있는 어린애를 어르고 있는 중이었다.

"두 살이에요, 그래야지."

젊은 여자는 아이의 단풍잎 같은 손을 펴보였으나, 아이는 숫기가 없어서인지 어리둥절한 눈으로 아내를 말똥말똥 쳐다보았다. 그제서야 나는 어린애를 좋아하는 아내가 줄창 어머니 품에서 잠을 자고 있던 아이에게 시선을 던지고 있었다는 걸 깨달았다. 그렇기는 해도, 여간해서 먼저 낯선 사람을 향해 말을 거는 법이 없던 아내의 이런 당돌한 사귐은 필시 참으로 오랜만에 갖는 나들이로 하여 마음이 물컹하게 허물어진 탓이려니 여겼다. 그러나 좀 전의 내 구박에도 불구하고 아내가 자기대로의 여유를 풀어먹고 있다는 사실이 나로서는 조금 고마웠다.

"사내앤가 봐요."

"네."

"똘똘하게 생겼군요."

"어디가요."

여자들끼리 주고받는 얘기는 여기서 주춤거렸다. 나는 또 눈을 감았다. 그러지 말자는 내 의향을 여지없이 배반하고, 다시 윤 국장의 면상(面相)이 눈앞에 어른거렸다. 내가 다니던 국영기업체에서 아무 영문도 없이 전직원이 일괄사표를 내게 되었을 때까지도, 그는 국가의 대변혁기를 맞아 임직원의 마음가짐을 재확인하는 요식행위일 것이라는 말을 스스럼없이 했었다. 사표를 쓰는 사람들은 그렇게만 믿으려고 애썼다. 왕년에 견책을 받았다던가 사소한 흠을 잡힌 사람도 새로 들어선 권력구조에 충성을 다짐하는 조처에 다름 아니라는 생각으로 말도 안 되는 불쾌감을 씻어내려고 하였다.

"친정에 가시나 봐요."

나는 아내의 어울리지도 않는 참견이 다소 민망스러웠다.

"아니에요……애 아버지 만나러 가는 길이에요."

젊은 여자도, 보아하니 우리 내외가 이 지방 주민 아닌 여행객으로 짐작되어 타관사람끼리의 얄팍한 친근감을 발동시킨 것인가, 한 번 부인하다 말고 친절한 토를 달았다. 나는 이상하게도 이번엔 두 여자의 대화 때문에 내 기억의 회상을 방해받지 않으려고 기를 썼다.

"그럼 애 아빠가 객지 근무를 하시나 봐요."

"네, 서해안 간척지에서 일해요. 워낙 바빠서 서울로 올라오기가 힘들대요. 빨래감도 있고 해서 제가 내려가는 경우가 많아요."

일괄사표의 처리 결과는 너무나 의외였다. 삼백여 명밖에 안 되는 직원 가운데 목 잘린 사람이 스무 명 가까이나 되었다. 그것도 위보다는 아래쪽이 대부분이었다. 국장은 한 명이고, 내 또래 과장급 다섯을 빼면 나머지는 모두 고참의 평직원들이었다.

"젊은 분들이 떨어져 살자면 고생이 많으시겠네요."

"할 수 없죠 뭐. 저희뿐만 아니라 그런 사람들이 꽤 있어요. 제 친구 남편도 지방대학 강산데, 일주일에 한 번씩 집에 다녀간대요."

"이산가족이 따로 없네."

"그런 셈이지요."

직장에서 떨려난 후의 막막한 심정이며 형편이야 이루 말해 무엇하랴. 주위의 턱없이 미심쩍게 쳐다보는 눈총은 고사하고, 집안 식구들을 대하기도 고역이었다. 애비의 못난 처세를 힐책하는 듯해서 견디기 힘들었으므로 내 자신의 좌절을 추스리는 건 둘째 문제였다. 여기에 불을 당긴 것이 윤 국장의 역할이었다. 나중에 알려진 소문대로라면 그는 권력을 휘어잡은 측의 유력자와 내통하여 자기 자리를 굳힌 것은 두 말 할 것 없고, 한 술 더 떠 제 마음에 내키지 않거나 고분고분하게 굴지 않는 사람들의 명단까지 덤으로 끼워넣었다는 것이었다.

"생활비는 어때요? 서로 떨어져 사니까 이중으로 들지 않던가요."

"거기서는 모두들 합숙소에서 먹고 자거든요. 특별히 쓸 데도 없고."

"되레 서울서보담도 돈이 굳을 수도 있겠네요. 학교 가는 아이도 아직은 없겠다, 아예 시골 가서 사는 것도 괜찮지 않아요? 공기도 맑을 테니."

"시부모님도 계시고 아직 공부하는 시동생도 있는걸요."

"저런, 하지만 고진감래라고 젊어서의 고생은 사서라도 한댔으니 견뎌내야지요. 어쩌다가 한 번씩 만나면 신혼기분도 연장될 것 아니에요."

"글쎄요."

귀 따로 생각 따로 진행시켜가던 양수겸장의 내 참을성은 여기서 깨어지고 말았다. 급수는 거의 같으면서도, 나보다 한 발 앞서 국장이 된 윤가가 그 뒤로는 나를 저만치 떼어놓기 위해 알게 모르게 견제를 거듭하고, 사사건건 걸고 넘어지던 끝에 다시없는 기회를 붙잡아 나를 밀어낸 사정을 훑어가려다 그만두었다. 그의 계산이 적중하여, 금년 봄에 있을 인사이동에서의 이사 승진은 떼어논 당상이라는 소식도 곰곰이 되씹어보려다가 집어치웠다. 쓰잘데없는 궁리나 증오를 되작이고 있는 일 자체가 옹색한 인간의 초라한 몰골을 드러낼 뿐이라는 길들여진 인식에 역정이 나서 그러기도 했지만, 아내의 되잖은 훈시조 말참견에 신경이 북받친 까닭도 있었다. 여느때는 말수도 적어 안 그러던 여자가 어쩌자고 맨숭맨숭한 자리에 똬리를 틀고 앉아 주접을 떠느냐는 눈치를 따라서 안 보낼 수도 없었다. 아내는 단박에 내 힐난을 받아먹었다. 자기도 좀 지나쳤나 보다고 겸연쩍어 하던 판에 나와 제깍 눈이 마주친 모양이었다. 얼른 반대 방향으로 눈을 돌리고 비산비야의 들판을 넋 놓고 바라보는 것으로 고스란히 시치미를 떼었다.

버스가 서산에 닿았을 때는 해도 어지간히 기운 상태였다. 안 그래도 힘이 빠져보이게 마련인 쇠잔한 겨울 해는 곧 숨이 넘어갈 듯한 사람마냥 가까스로 노랗게 여린빛을 내뿜었다. 어서 하루의 구실을 마치고 잠자리에 들고 싶다는 몸짓을 보이며 타성적으로 하늘의 일각에 매달려 있었다. 아내와 나는 이곳에서 버스를 갈아타고 더 가야 한다는 젊은 여자와 아이에게 손을 세워 작별인사를 나누고, 줄을 지어 납작하게 웅크리고 있는 택시들을 마다하고 어슬렁어슬렁 걸었다. 먼저 늦은 점심을 먹을 요량이었으나 동서남북을 가리지 못하는 객지인지라 그것도 쉬운 일이 아니었다. 기왕이면 깔끔하고 값이 싸며 서울서는 먹어보지 못한 독특한 음식을 찾는 게 나그네의 심리일진대, 내 경험으로는 그게 과욕이라는 것도 알고 있었다. 어디를 가나 불고기와 매운탕이 주류를 이루며, 바다와 가까운 지역은 말 할 것도 없고, 산골에서조차도 턱없이 비싸기만 한 생선회가 판을 치는 데에는 넌덜머리가 날 지경이었다. 왜들 비린내를 갈급하게 되었는지 모를 일이었다.

“이봐, 뭘 먹을 거야.”

“내가 아나요.”

“이런 때는 백반이 무난해. 하다못해 나물 한 가지라도 다른 것이 올라오거든.”

“좋을 대로 하세요. 과히 시장하지도 않군요.”

아내와 나는 한동안 길가에 멀거니 서서 의논이랄 것도 없는 의논을 하다 말고 아무데로나 시적시적 발길을 떼었다. 그리고 플라스틱 그릇을 파는 가게 주인과 길가에 차를 세워놓고 한가하게 손님을 기다리는 택시 운전사에게 그럴 만한 음식점을 물어, 두 사람의 추천이 우연히도 일치하는 집을 찾아갔다.

“이걸 어떻게 다 먹는다지.”

한바탕 손님들이 휩쓸고 간 뒤라서인지 의외로 헤성헤성한 음식점 백반상은 아닌게 아니라 푸짐했다. 따로 돈을 받는다는 대구찌개 냄비를 복판에 들여앉힌 좌우로 즐비하게 늘어놓은 반찬을 보고 아내가 미리 겁을 먹을 만도 했다. 갈데없는 소주일망정 상표라도 다른 것에 위안을 느끼며 느긋하게 잔을 비우는 내 마음도 흥건히 젖어들었다.

"간도 맞고 솜씨가 여간 아니네. 생미역무침에서 나는 바다 냄새 좀 봐."

"천천히 먹으라고, 배고프지 않다더니 헛소리했구먼."

내 지청구에도 아랑곳하지 않고 그래 봤자 태반이 푸성귀 계통인 음식을 덥석덥석 입으로 가져가는 아내의 갑작스런 식탐은, 어떻든 집을 떠났다는 조금은 달작지근한 격리감에서 오는 것일 거라고 나는 넘겨 짚었다. 이년 터울로 고등학교에 다니는 딸과 아들까지 응원꾼으로 동원하여, 여러 번 어딘가로 나서자고 쏘삭거릴 때마다 도리질을 하던 아내의 욕설이며 체면을 내동댕이친 왕성한 식욕 앞에서 나는 아내가 아무 부담 없이 무장해제하는 걸 보았다. 저희들 나름대로 애비의 원통한 궤도 탈락을 이해한답시고 우리 내외를 다독거리던 아이들이 내 편을 들어주며 아버지 말대로 집 안에만 붙박혀 있지 말고 엄마도 가끔은 세상 구경 좀 해보시라고 다그쳤을 때, 나는 이중으로 고마웠다. 저것들이 어느새 덜썩 자라서 언외의 행위에 실어 내 속셈의 끄트머리라도 들어주는 게 이따금은 섬뜩하게 느껴지면서도 매양 싫지는 않았거니와 아내는 그래도 선뜻 일어서지 않았다. 아내는 공연히 온몸의 각질을 두텁게 곤두세우며, 기왕에 뻗쳐 있던 밖을 향한 번잡한 줄들을 탁 탁 끊기에 바빴다.

자청해서 혈거(穴居)시대로 혼자 돌아앉는 흉내를 내는 기간이 꽤 오래 지속되었다. 당신이나 제발 맘 내키는 대로 싸돌아다니라고 일렀다. 그것은 아내의 억장이 무너지는 역설도 아니어서 나를 곤혹스럽게 만들었다. 언젠가도 아내는 함께 직장을 떨려난 내 친구더러 당부하더라는 것이었다. 기회 닿는 대로 남편을 끌어내어 술도 자주 마시고 여행도 다녔으면 좋겠다고 정색을 하며 부탁하더라는 전갈을 나는 들었다. 그거야 있을 수도 있는 일이었으나, 아내가 그 말을 하기 전에 든 예라는 것이 아주 고약했다. 대학교수들을 대상으로 재임용제가 처음 실시되었을 때였다던가. 어떤 종합대학에서는 여남은 명의 교수가 물을 먹었는데, 칠팔 년이 지난 후엔 그 중 다섯 명이 모조리 암에 걸려 앞서거니 뒤서거니 세상을 떠났다는 참혹한 에피소드가 그것이었다. 위신이 곤두박질된 학자의 체면과 분통이 스트레스를 낳고, 그것은 회생력이 약한 나이와 상승효과를 이루어 마침내 비극적인 생의 단절을 가져왔다고 아내는 힘주어 말했던 모양이었다. 대학교수 부인인 자기 친구한테서 들은 거니까 떠도는 소문이 아닌 진짜로 있었던 사실이라고 다짐했다는 아내로부터 정작 나는 그 얘기를 듣지 못했다. 왜 그랬을까를 모를 만치 내가 바보는 아니었으되, 나를 밖으로 몰아내고 자신을 되도록 움츠리고 칩거하려는 심사로만 시종하는 어간에서 나는 나대로 서성댈 수밖에 없었다.

"이 꼬막도 물이 좋네요."

"아따, 근천 그만 떨어. 그 많은 반찬을 거의 다 치웠네. 거지들이 왔나 보다고 이 집 쥔이 흉보겠다."

"오히려 좋아하지요. 싹싹 쓸어먹었다고."

입으로는 나무라면서도 나는 아내의 새살스러운 모습과 일일이 감탄사를 섞어가며 음식을 달게 넘기는 임시방편이나마의 활기를 무척 흐뭇하게 내려다보았다.

"나오니까 이렇게 좋잖아. 집 안에만 죽치고 있으면 짠지처럼 늙어만 가지."

"글쎄 말이에요. 막상 돈도 얼마 안 드네."

"돈 좋아하네. 버스에 흔들리며 조국의 산천경개랄지 인심에 접하면서 얻는 게 얼마나 많은데, 그건 돈으로 따질 게 못 된다구. 내 말 알아들어?"

"술 한 잔 또 들어갔는갑다."

아내의 핀잔이 아니라도, 나는 웬만큼 딸딸한 취기에 흐물흐물해지고 있었다.

음식점을 나온 우리는 물컹물컹하게 풀어진 행보로 어중간한 도시 냄새를 기를 쓰고 풍기려는 거리를 만만한 시선으로 흘기며 누볐다. 잠시 잠깐일지언정, 들쭉날쭉의 생활을 지탱해가기 위해 분주히 나분대는 사람들의 열외로 비켜서서 그들의 활개짓을 여유있게 살펴보는 맛은 괜찮았다. 아무도 우리를 거들떠보는 사람이 없다는 홀가분한 느낌과 머물다 가는 자의 무책임한 눈으로, 어깨 너머로라도 낯선 타인들의 한계가 뻔한 키재기를 가당찮게 좇는 것을 무슨 일을 떼어놓고 관찰했을 때의 계산이 배제된 흥미와도 연관되어 나를 같잖게 우쭐하게도 만들었다. 오던 길을 되짚어가면 또다시 삶의 남루를 뒤집어쓰고 생채기를 어루만질 겨를도 없이 나뒹굴 게 틀림없다 하더라도 가는 길의 군데군데에서 마주치는 결국은 닳아빠진 풍치와 상투적인 일상이 별안간 신선하게 다가오는 것을 더욱 과장해서 빨아먹고 싶었다. 아니다. 한술 더 떠, 이미 준비해온 가슴의 양념으로 그것들을 포 뜨고 각 떠서 오래오래 저작하고자 하는 생각이 우리 내외 사이에는 터잡고 있는 셈이었다. 그래서였을 것이다. 아내와 내가 이심전심의 버릇대로 누구에게 물을 것도 없이 쉬엄쉬엄 흐느적거리며 걷다가 찾아낸 시장 어귀에서, 아내는 냅다 소리를 질렀다.

"어머, 풀빵 봐라."

앞머리에 몇 오라기의 서리가 내린 걸 못마땅해 하며 머리 염색을 시작한 주제에, "어머"라는 소녀 취향의 감탄사가 튀어나온 것도 가소로운 일이었다. 연탄불을 여러 개 피운 위에 시끄먼 쇳덩어리를 올려놓고, 국화 무늬를 본떠 오목하게 패인 홈에 묽은 밀가루 반죽을 흘리고 있는 노파를 보고 수선을 떠는 것도 어울리지 않는 것이었다. 적어도 아내의 평소 성품과는 어긋나는 짓이었다. 하지만 웬만하면 놀라고 싶고 매양 별것도 아닌 일에 옛 기억을 확대 재생산하려는 자세를 스스로 부추겨대고 있는 아내의 오랜만의 중뿔난 호기심을, 나라고 싹둑 자를 이유가 없었다.

"그러게, 풀빵이 지금도 있네."

나도 반편처럼 입을 벌렸다.

"얼마죠? 하나에."

아내는 어느새 풀빵을 집어들고 잽싸게 베물었다. 어린 시절의 허섭스레기 같은 추억의 끝물을 얼른 긁어모아 즐겁게 작살내고 있음이 분명했다.

"오십 원유."

"싸기도 하다. 천 원이면 스무 개나 되네. 팥고물도 할머니가, 아니 아주머니가 장만했겠군요."

한번 뻗친 호감은 계속 새끼를 치면서 허망하게도 앞니 하나가 빠졌기 때문에 구멍이 뻥 뚫려 입 안의 균형이 전체적으로 바스라져보이는 노파까지를 너끈하게 싸안는 중이었다.

"그류, 서울서 오셨슈?"

"네, 맞아요."

알량한 놈의 서울이 여기서 시세를 떨칠 줄을 또 누가 알았으랴. 나는 자기를 서울사람으로 대접해주는 것에 필요 이상으로 만족스런 표정을 짓고 그 서울서는 짐짓 감추고 있던 호들갑을 아낌없이 흩뿌리는 아내의 당돌한 행동에 속으로는 혀를 내둘렀다. 썩을 여편네들, 돈이 어디서 그렇게 솟아나는지 몸에다 수백만 원어치 옷을 쳐감고 다니는 것들이 썼다니깐……. 때로는 날더러도 들으라는 식으로 구시렁거림으로써 군돈과는 담쌓고 사는 나를 은근히 할퀴면서 자신의 폭폭한 심정에 말뚝을 박아대던 아내의 어디에서 이런 우월감이 싹트는지를 몰라 당황하게도 하였다. 서울서 기다가 시골서는 기를 펴는 힘팽기는 허세야말로, 갈데없는 소시민 근성의 노출이라는 생각도 들었다.

"우리 아들과 딸내미덜도 서울서 사는디."

노파는 이렇게 많이 사서 어쩔 셈이냐고 반문하는 내 눈빛은 아예 무시하고, 통 크게도 천 원어치나 싸달라는 아내의 요구를 고마워하며 오글쪼글한 손으로 촌티나는 비닐봉지에 풀빵을 담았다. 그리고 어울리지 않는 서울에의 친근감을 곁들였다.

"고생하시지 말고 아들 딸 곁에서 살면 되잖아요."

아내는 노파의 말에 다리를 놓았다.

"즈이 살기도 힘든데 멀."

"고생은 되더라도 영감님하고 단둘이 오손도손 고향서 살겠다 이거군요."

"영감? 쳇 영감인지 땡감인지는 말도 끄집어내지 말아유. 나허고는 썩을 놈의 영감이 웬수된 지 오랬게."

"저런, 일찍 돌아가셨나 보다."

"복장 터지는 소릴랑 그만 혀유. 속을 모르면 밥값을 내지 말랬다고, 눈만 멀뚱멀뚱 뜨고 작은 년하고 살고 있고만."

"네에?"

아내는 소스라치게 놀랐다. 아내와 똑같이 나도 놀랐다. 결코 노파를 하시해서가 아니라, 사람 사는 동네의 기기묘묘한 켜속을 직설적으로 들이대는 듯한 의외성을 또 한 번 체험한 꼴이었다. 앞니 빠진 초췌한 노인네의 남편이라고 해서 그의 인물됨이나 경제력이 빠지거나 남만 못하라는 법은 없을 것이었다. 그러나 얼핏 들은 영감의 직업이 날품팔이꾼이라는 점을 감안할 때, 미지의 그가 선택한 처지를 부러워해야 할지 경멸해야 할지 아리송한 기분도 들었다. 그래서 끝내는 허허 너털웃음을 터뜨릴밖에 없었다.

"그래요오?"

아내는 나의 경망스러움을 나무라는 눈짓을 보낸 다음 자기도 미소를 자제하며 풀빵 장사를 위로한답시고 말을 이었다.

"하기사 그런 양반들은 아내 속이나 썩일까, 없느니만 못한 수도 있죠."

"그렇기도 해유. 다 죽게 되면 나를 찾아나설까 겁나기도 허고, 워낙 창시 빠진 영감잉께. 그나저나 아주머니 내외분은 참 보기도 좋소. 팔자 좋게 유람이나 댕기고, 복도 많소."

영감에 대한 미련을 완전히 접지 못하는 일방으로, 인심 좋은 손님을 만난 감사의 뜻을 보탠 공치사가 아주 싫지는 않았을까, 아내는 많이 팔라는 인사를 던지고 돌아섰다.

"세상은 희한한 일 투성이군요."

"그까짓게 뭐가 희한해. 다반사로 있는 사건이지."

"이해심도 많군요. 남자 아니랄까봐. 인제 어디로 가죠."

"잔말 말고 나만 따라와."

아내를 이끌고 나는 시장바닥을 이리저리 더텄다. 아내는 그러기로 작정한 사람의 하잘것없는 감동을 그 뒤에도 곳곳에서 인심 쓰듯 날려보냈다. 대개는 곰삭은 물건들 앞에서 발길을 멈추고 밑천 안 드는 탄성을 질러댔다. 금이 간 옹기그릇을 땜질하는 걸 보고는 아니, 지금도…… 하면서 반갑다는 뜻인지 궁상맞은 생활을 안쓰러워 하는 것인지 잘 분간되지 않는 경악을 터드렁거리며 내 팔소매를 잡아당겼다. 선렬(鮮烈)한 원색 물감으로 범벅진 박하사탕 더미를 발견하고는 잔칫날 교자상에 쌓아올린 저것 하나 얻어먹으려고 안달깨나 했다며 말로만 군침을 흘렸다. 호박범벅과 김이 모락모락 피어오르는 흑임자죽을 보자 방금 끝낸 포식에도 불구하고 여전히 그걸 밀어내고도 남을 구석이 비어 있는 것일까, 맨땅에 쪼그리고 앉아 한 그릇 먹고 갔으면 좋겠다고 한심한 욕심을 부렸다. 나는 아내의 등을 떠밀어 잡답한 시장을 빠져나왔다.

"채신머리없이 왜 이래? 갈 길이 멀다구."

어차피 뚜렷한 목적지가 있는 것도 아니어서 무작정 시외버스 터미널을 찾은 나는 아내의 동의도 구하지 않고 바다 쪽으로 가는 버스표를 끊었다. 아마도 태안반도의 어느 지점이자 육지의 가장자리에 해당하는 동네로 가는가 보았다. 생소한 지명이어서 버스에 오르자마자 잊어버렸는데, 그걸 확인하고 말고 할 것도 없다는 심사가 발동하는데 실없이 재미있기도 하여 누구더러 물어보지도, 주머니 속의 버스표를 다시 꺼내보지도 않았다.

"어디로 가는 거예요? 우리가 시방."

"나도 몰라. 바다로 간다는 것 외에는. 가는 데까지 가보자구."

아내도 자신을 납치해가듯 하는 나의 막된 대답이 과히 싫지는 않은 기색이었다. 편안하게 앉아 있는 품이 그랬다. 이십분 가량을 달리니 버스 앞에 갑자기 바다가 펼쳐졌을 때는 참지를 못하고 몸을 들어올렸으며 이십분쯤을 더 내달아 종점에 닿았을 때는 드디어 여기서 하룻밤 묵어갔으면 쓰겠다는 말도 덧붙였다.

"큰 도시에서 자는 것보다야 이런 적막한 어촌이 낫지 않아요?"

"것도 나쁘지 않지. 헌데 여관이 있을까."

"왜 없을라구요. 얼래 저기 다방이 하나…… 둘이나 있고 까페도 있네."

맞았다. 버스가 주차장이랄 것도 없는 좁으장한 빈 터로 들어서기 위해 꼬리를 비틀며 슬금슬금 서행하는 길 좌우로, 아내의 말마따나 다방과 까페와 여관이 이마를 맞대고 있었다. 우리같이 한적한 장소로 기어드는 사람들을 겨냥하고 차린 집들임에 틀림없었다. 관광이라는 이름의 들뜬 기분을 씻어주는 시설은 전국토에 걸쳐 한 치의 빈 땅도 놀려두지 않고 빼곡 차 있다는 실감을 씹으며, 우리는 승객들의 꽁무니에 서서 버스를 내렸다.

"방파제도 있고."

궁벽한 땅 끝 동네치고는 제법이라는 투의 아내의 말에 끌려, 나는 바다 쪽으로 삐죽이 뻗은 방파제를 향해 몸을 돌렸다. 백 미터가 될까말까한 방파제 위에 서자 몹시 찬 바닷바람이 아내와 나의 머리칼을 사정없이 풀어헤쳤다. 마침 썰물 때라 볼썽사납게 드러난 갯벌이 손바닥만한 항구의 표정을 더욱 초라하게 색칠해놓고 있었다.

"한 시간만 서 있으면 얼어죽겠어요."

"이 추위을 무릅쓰고 바다 한가운데서 고기잡이 하는 어부들도 있어."

"얼마나 추울까. 그러고보니 포구에 매여 있는 배도 없어 더 썰렁하네요."

아주 없는 건 아니었다. 폐선에 가까운 두 척의 고깃배가 들랑거리는 파도에 몸을 내맡긴 채 자포자기한 모습으로 방파제에 묶여 있기는 했다. 아내는 그걸 무시한 셈이었다. 이때 깡통 나부랭이를 두들기는 소리와 함께 비명에 가까운 여자의 쇳소리가 멀리서 들렸다. 그 소리를 좇던 아내가 손가락질을 하면서 말했다.

"저기 좀 봐요. 바다가 움푹 들어간 곳에 울타리를 친 듯한 막대기가 떠 있고 뚝도 보이죠? 거기서 나는 소리예요. 가만 있자, 사람도 보여요. 바람에 여자 머리칼이 날리는 것 같애. 혹한의 바다에 나와 깡통을 두들기다니 미친 여잔가 보네요. 가엾어라, 고기잡이 나간 남편이 죽었나 보죠?"

"안 되겠어. 다방으로 가서 몸을 녹이자구."

그다지 흥미도 없는 일이었다. 센바람 탓에 언성을 한껏 높이느라 입술이 연보라색으로 언 아내를 다잡아, 나는 아까 눈여겨둔 이층 다방으로 들어섰다. 서너 사람의 남자 손님과 함께 텔레비전을 틀어놓고 있던 여자가 후닥닥 일어서서, 어서 오시라고 아는 체를 했다. 일제히 고개를 돌려 우리 내외의 행색을 순식간의 호기심으로 일별하던 손님들은 곧 시선을 거두고 텔레비전을 지켜보았다. 아직 저녁 방송이 시작될 시간이 아닌 것으로 미루어, 비디오로 뜬 국산영화를 감상하고 있었음이 분명한 그들은 우리를 철저히 외면하고는 도로 화면에 코를 박은 것이다. 잠시나마 대단치도 않은 내방객 때문에 자신들의 영화 관람이 방해받은 것을 못마땅해 하는 분위기 같기도 했다. 저 여자가 범인이라느니 아니라느니 입씨름을 벌이며 자기네끼리 영화 줄거리에 장단을 맞추고 있는 광경은 그래서 참으로 한가롭게 비쳤다. 찬바람 부는 쓸쓸한 외계와 휘장을 치고, 앉은뱅이 기름난로 둘레에 모여앉아 환상의 세계에 정신을 팔고 있는 저들의 정체는 무엇일까를 눈으로 더듬으며, 나는 다소 멍한 기분 속으로 빠져들었다.

어디에나 있는, 더러는 주인 마담의 허벅살을 툭툭 치며 진한 농담을 주고받는 처지의 작은 마을 유지임에 틀림없을 것이로되, 바다 쪽으로 난 창마다

외풍을 막기 위해 모조리 스카치 테이프를 쳐바른 방 안은 나의 가라앉은 생각과는 상관없이 이상하게 따뜻한 느낌도 주었다. 지척의 바다를 일시적으로나마 차단하고 마련한 억지로의 평화를 쪼아먹는 장소인 것 같은 착각을 일으키게도 하였다.

"커피 맛이 엔간하네요, 맥스웰을 쓰나봐."

도대체 이런 궁벽한 촌에 다방이 둘씩이나 있다니, 하루 매상고가 얼마나 되길래 그럴까를 걱정하고 있는 나와는 딴판으로 아내는 커피 맛에 대한 품평을 하고 나섰다. 아침부터 몸에 익힌 하루살이 우월감과 감미로운 정서로 하여 미리 치장해두었던 되잖은 경멸을 여유있는 칭찬으로 바꾼 말이라는 걸, 나는 알고 있었다.

"그건 그렇고, 여기서 나가면 횟집으로 가선 시간을 때우다가 숙소에 들어야겠지."

"좋을 대로 하세요."

계속해서 날 잡아 잡수 하고 나오는 아내의 대답을 기다릴 것도 없이 나는 그럴 작정이었다. 이 시간에, 오던 길로 되돌아 장(莊)급 여관이나 그렇고 그런 호텔에서 쉬느니보다는 아내의 사전 희망도 있겠다, 나대로의 예정을 여기서 묻어버리는 게 낫겠다고 결심했다. 아무리 아내가 원했기로소니, 비용을 줄이려는 뜻도 실린 제안으로 곧이곧대로 받아들여 한촌의 여관에 몸을 부리는 건 지나치다는 생각도 했었다. 그러나 제물에 늘컹늘컹해진 감정을 회쳐먹기에는 이런 곳이 제격이라는 방향으로 마음을 고쳐먹고 생선횟집을 찾아 나섰다.

찾는다는 말이 싱거울 정도로 좁은 동네에, 그런 간판을 단 음식점은 서너 군데나 되었다. 아내와 나는 기중 크고 깨끗해뵈는 집으로 눈을 맞추고 들어갔다. 가게에는 손님이 하나도 없었다. 주인의 기척도 없어 작은 수조 속을 헤엄쳐 다니는 물고기를 멀거니 구경하고 있을 때에야 안에서 아주머니가 나타났다. 비스듬히 열린 문틈으로는 누워 있던 남자가 부수수 일어나는 것도 보였다.

"어서 오세요."

아주머니는 사내가 누워 있던 옆방으로 우리를 안내했다. 이것저것 횟감을 물은 아내와 내가 주문을 끝내자 마흔 중반의 아주머니는 별안간 목청을 뽑아올렸다.

"아랫목으로 내려앉으세요. 어제 연탄 아궁이를 손봤더니 방이 쩔쩔 끓는군요."

아닌게 아니라 뜨끈끄끈한 방을 자랑하는 말 뒤에는 하마터면 공칠 뻔했던 저녁나절을 우리 덕분에 메우게 된 데 대한 안도의 숨결도 얹혀 있었다. 이윽고 주방에서는 도마를 두들겨대는 소리가 잦아들던 집 안 공기를 활기차게 꾸려갔으며, 우리가 들어올 때는 볼 수 없었던 소녀가 초고추장 등속을 부지런히 날랐다. 마지막으로 생선회 접시를 들고 온 아주머니는 또 반드시 장삿속으로 하는 것 같지만은 않은 생색을 내었다.

"아침배로 들어온 것이라 물이 좋아요. 맛있게 드세요."

"아주머니 서울서 사시던 분 같다."

"네, 어떻게 아셨어요?"

"말씨도 그렇고 인상도 그래요. 상차림도 정갈한 게."

공치사 외에 흐뭇함을 곁들인 아내의 말에 쥔여자는 손쉽게 응대해왔다. 돌아서려다 말고 문지방에 걸터 앉았다. 자기를 알아주는 사람을 오랜만에 만났다 싶었는지 긴장을 푸는 눈치였다.

"손님들도 서울서 오셨나 부죠?"

"네."

나는 아내가 따라주는 소주잔을 입 안으로 털어넣으며 하루 해로 치자면 한낮이 훨씬 기운, 나이든 두 여자의 수작을 한 귀로 듣다가 한 귀로 흘리다가 하였다.

"항상 손님이 이렇게 한산한가요?"

"그랬다간 장산 거덜나게요. 주말엔 꽤 붐벼서 앉을 자리가 없을 때도 있답니다. 특히 봄 가을엔. 보통날은 뜸한 편이에요."

"서울선 언제 내려오셨는데요?"

"그럭저럭 이태쯤 돼가네요. 저 양반이 사업에 실패하는 바람에 흘러흘러 여기까지 기어들었어요. 식구들이 체면불구하고 덤비니까 밥은 먹어요."

"그럼 아까 방에 누워 계시던 분이…… 소녀는 딸이시고."

"남편이에요. 딸은 읍내 여고에 올해 진학했는데, 방에만 앉아 있으래두 제깐엔 나를 도와준답시고 저래요. 나이도 차가고 인제부터 나서지 못하게 해야지요. 부엌 아줌마 하나 데리고 혼자 해가자니 힘에 부치기는 해요."

"대단하십니다. 생선 잡도리는 애 아버지가 하시겠군요."

나는 오래 닫혔던 갑각(甲殼)을 뚫고 나온 듯한 아내의 다변에 슬그머니 화가 났다. 쥔 몰래 눈살을 찌푸렸다. 만약에 닥칠지도 모를 우리 집의 환경 변화에 은근히 대비하는 낌새를 숨기고 꼬치꼬치 묻는 줄 알면서도 더 견딜 수가 없었다.

"어디가요. 남편은 물건 사입이나 해줄까, 도통 허드렛일을 못 해요. 그것도 재주라고 친정이 음식점을 하던 집이라 내가 근근히 어깨 너머 배운 솜씨로 해내고 있지요."

"아무튼 장하십니다. 이처럼 조용한 곳에서 사는 걸 재미로 알면 살기가 수월하죠. 그런데 이렇게 고요한 장소에서조차 미친 사람이 생기는 것을 보면 생활의 실속이란 생각하기 나름인가 봐요. 오다 보니 추운 바닷가에 나와 깡통을 두들기는 여자가 있더군요."

"새우 양식장에서 새 쫓는 여자를 보셨군요. 호호, 그 여자 미친년이 아니에요. 갈매기떼들이 양식 새우를 훔쳐 먹을까봐 일당 받고 일하는 사람이에요. 썰물이 지면 바다가 맨땅으로 변하잖아요."

"뭐라구요?"

아내는 놀랍고 무참해진 얼굴로 상대방 얼굴을 찬찬히 뜯어보았다. 내가 듣기에도 엉뚱한 대꾸였다.

"내 정신 좀 봐. 매운탕 준비도 않고 있었네. 이따가 남은 생선 대가리와 뼈로 시원한 매운탕을 끓여 올리겠습니다."

나와 아내는 말없이 서로 마주보며 여자쥔이 쏟아놓고 간 여러 가지 이야기를 주워담고 새김질하는 형세를 취했다.

주체스러울 만치 많이 남은 시간을 축내기 위해 일부러 늑장을 부린 우리가 횟집을 뒤로 하고 밖으로 나오자, 포구는 깜깜한 속에 숨을 죽이고 있었다. 다만 파도 소리가 어둠을 깨부술 셈으로 지겹게도 똑같은 간격을 두고 밀어닥치고 사라지는 가운데 이 동네의 이마빡에 해당하는 곳에만 불빛이 환히 어른거렸다. 죄도 없이 은신을 꾀하는 사람들이나 무엇엔가 지친 사람들에게 값싼 위안이라도 줄 양으로, 변방의 한 자락을 빠꼼히 열어놓은 격이었다. 그렇다면 딱 한 집의 여관은 그런 내력을 대변하는 데에는 안성맞춤의 장소였으며, 아내와 내가 방을 정한 다음 시덥지 않다면 시덥잖고 의미있다면 의미있는 오늘 하루를 마감하기에 족한 공간이었다. 따라서 여기서도 주인은 여자인 것에 허통하게 감복하며 몸을 뉘었을 때는, 그다지 역겹지만은 않은 피로가 온몸의 힘을 빼면서 팔 따로 발 따로 노는 무중력 상태를 맛보게 하였다. 눈을 감으면 당장 곯아떨어질 판이었다.

그러나 뜻하지도 않았던 훼방꾼이 들이닥쳐 우리의 잠을 빼앗아갔다. 하필이면 옆방에 손님이 든 것까지야 어쩔 수 없었다 치고, 그들의 다투는 소리가 우리의 나른해진 신경을 적잖이 긁었다. 남녀의 목소리가 도란거리는가 했더니 차차 커지다가 나중엔 싸움으로 변했다. 그러자 뚜렷하지는 않을망정 싸구려 여관집의 함량미달의 얇은 벽 때문인지 그들의 말을 어지간히 알아들을 수 있게 되면서 잠이 조금씩 달아났다.

이놈 저년 소리도 섞인 싸움의 당사자들의 부부간인지 그렇고 그런 애인 사이인지는 알 수 없었으며, 알 바도 아니었다. 치고 받는 건 아닌 듯하면서도 여자의 앙칼진 말대꾸며 돈만 아는 네년과는 더 이상 못살겠다는 등 남자의 무지막지한 욕이, 괜찮게 흘러가는 것 같던 우리의 끝마무리를 망쳐놓는다는 생각으로 불쾌감이 부글부글 끓었다.

"쥔 불러서 조용히 해달라고 이르도록 해."

나는 참다 못 해 애먼 아내만 닦달했다.

"방을 옮겨달라고 해보면 어때요."

"그러든가."

그런데 이상한 일이었다. 우리의 짜증이 전달되었을 리도 없는데 옆방의 소음은 서서히 꺼져갔다. 이어 소곤거림으로 바뀌어갔다. 아내와 나는 다행이라는 느낌을 주고받으며 한참 달아난 잠을 청할 양으로 꺼림칙한 냄새를 마다않고 허름한 나일론 이불을 턱 밑까지 바짝 끌어올렸다. 그리고 '그 소리'를 들은 것은 꽤 시간이 지난 뒤인 것 같았다. 잠결에 들은 소리는 분명 옆방에서 새어든 것이었다.

114

"나 죽네…… 아이고 아이고, 나 죽이네…….."

잠자리를 바꾸면 아무리 깊은 잠에 빠졌다가도 어떤 하찮은 소리도 놓치지 않고 민감하게 반응하는 습성 탓이었을까, 비몽사몽간에 그 소리를 나꿔챈 나는 슬그머니 눈을 떴다. 비명은 아직도 간헐적으로 들렸다. 역시 잠을 깬 아내는 겁부터 먹었다.

"저 사람들, 무슨 일 저지른 것 아니에요? 이러고 있을 때가 아니라…….."

"글쎄."

나도 섬뜩해지기 사작했다. 우선 일어나서 벽에 붙은 전기 스위치부터 눌렀다. 갑작스럽게 덮친 불빛을 피해 아내는 눈살을 찌푸리며 부신 눈을 껌벅였다. 어떻게 해야 할지를 몰라 서성이던 나는 그 순간 퍼뜩 수상한 생각이 들었다. 저 소리는 살인과는 너무나 동떨어진 행위에서 나오는 것인지도 모른다는 느낌을 확인하듯, 조심스럽게 벽 쪽으로 다가가 귀를 기울였다. 그렇게 휘어잡자, 신음 소리는 공포와는 전혀 다른 빛깔을 띠고 있는 것으로 여겨졌으며 자세히 들으면 남자의 씩씩거리는 소리도 들려오는 것 같았다. 요것들 봐라 싶었다. 그리고 뒤바뀐 착각에 만족한 나는 자신도 의식하지 못했던 전율에 떨었다. 내 추측을 뒷받침하듯 옆방의 소리는 곧 희미해졌다.

"어서 자자구. 죽는다는 소리도 때와 장소에 따라 여러 가지로 해석할 수 있다는 거 몰라? 공연히 잠만 설쳤잖아."

나는 음흉하게 웃으며 전기 스위치를 아래로 내렸다.

"그럼 아까 그 소리가…… 별 사람들 다 있네. 그렇게 싸울 때는 언제고."

무안해진 아내의 얼굴을 나는 어둠 속에서도 알아볼 수 있었다. 부끄럽게 어이없어 하는 허망한 표정도 환히 꿰뚫어볼 수 있었다.

조반도 거르고, 옆방의 남녀가 살인사건을 일으키지 않고 간밤을 보낸 걸 속으로 축하하며 우리 내외는 아침 첫차를 타고 포구를 빠져나왔다. 나는 덕산온천의 뜨거운 물에 몸을 담그고 갈 요량이었다. 애시당초 차근차근 예정을 세우고 덤빈 것도 아니어서 갈짓자 걸음의 여행이 갖다 주는 해프닝의 재미를 노린 폭이었는데, 아내는 그럴 때마다 내 제안을 전폭적으로 지지 찬동하고 나섰기 때문에 미리 의향을 물을 것도 없었다. 어느 곳에서나 부둥켜안는 의외성을 자기 식으로 맛있게 파먹으려들었다. 그러므로 새벽에 일어난 내가, 사실은 어저께부터 가늠해두었던 계획을 즉흥적인 발상인 양 펴보였을 때도 그랬다. 온천물 뒤집어쓴 지도 십여 년이 넘었다면서, 요즈음은 가끔 허리가 쑤신다는 말로 즐거운 동의를 넌지시 흘렸다. 가소롭게도 온천욕의 효험까지 늘어놓았다. 나는 그런 아내의 느닷없이 애처로운 얼굴을 피해, 서리 내린 논밭을 아직은 여리게 비추고 있는 아침해를 우러르다가 그만 못 볼 것을 보고 말았다. 재수없게도 윤 국장의 해죽거리는 얼굴과 거기서 만난 것이다. 어느 해던가, 직장 동료들과 어울려 덕산온천에서 하룻밤을 묵었다는 기억을 되살리자 그는 물색없이 그 기억 속에 끼어들었다. 연휴를 맞아 수덕사로 어디로 몇 사람이 누비고 다녔을 때, 일행의 총무일을 맡은 윤 국장은 덕산온천에서의 일박을 제의하고 술판이 벌어지자 슬쩍 내 자존심을 걸고 넘어지기도 하였다. 송 과장은 결백성이 지나쳐 세상 살아가기가 퍽 힘들 거라는 둥 너스레를 떨며 이죽거렸다. 욕탕에서는 자기의 물건 자랑을 신바람을 내며 떠벌였다.

"온천욕 집어치우고 이 길로 백마강이나 찾아가는 게 어때?"

"왜, 또 마음이 변했어요?"

나의 돌연한 번의에 아내는 당연한 의문을 제기했다. 나도 그러는 나 자신의 옹색함이 싫었으나 도리 없었다. 나를 따라다니는 윤 국장의 흉물스러운 꼬락서니를 일단 뿌리치고 보아야 한다는 다짐만이 우선 앞섰다.

"한국 사람들은 걸핏하면 온천 타령인데 말씀야, 사실은 얼마나 멋없는 짓야? 목욕 못 해 환장한 사람 있나. 백마강에 배 띄우고 삼천궁녀가 꽃잎처럼 떨어진 낙화암을 구경하는 게 훨씬 낫지 않아?"

"이 겨울에도 배를 탈 수 있어요?"

"태워주면 어쩔 거야. 뭐 먹잘 것 있다고 당신한테 거짓말을 하겠어. 백마강 달밤에 물새야 울지 않겠지만서도 단둘이 배를 타고 강바람을 가르며 백제대교까지 흘러가는 맛은 기가 막혀."

"아침부터 왜 이래요. 잘 하면 당신도 삼류시인 소리는 듣겠구랴."

내 알량한 계략을 농담으로 눙치는 걸로 미루어 아내의 내키지 않는 동의를 얻었다고 믿은 나는 차가 읍내에 당도하자 서둘러 버스를 바꿔 탔다. 부여 방향으로 발길을 돌린 것이다.

“시간은 충분해요.”

“걱정 마. 밤 안으로 집에 모셔다 드릴 테니. 교통이 좋아서 시간은 넘치고 처져.”

아내의 미련을 달래는 동안에도 버스는 자동차 왕래가 그다지 붐비지 않는 이차선 도로를 일사천리로 달리다가 어느 마을 앞에서 일단 멎었다. 직행 표시와는 달리 더러더러 서는 곳도 있는가 보다는 생각을 굴리는데 마을 사람들인 듯한 남녀 대여섯이 차에 올랐다.

“돼지가 그 착한 사람을 죽였어.”

아침나절이라 듬성듬성 비어 있는 자리가 많은 차 안을 두리번거리던 농부 차림의 두 남자 중 하나가 우리 뒷좌석에 앉으며 말했다.

“망할 놈의 돼지파동은 심심하면 온다니께.”

동행하던 사람이 받았다.

“그렇다고 자살할 건 뭐여. 두 눈 시퍼렇게 뜬 처자식덜은 누가 멕여 살릴 거여.”

“저만 불쌍하지. 누가 알아주기나 하남.”

“하기사 오죽하면 그랬을라고. 우리나 그 자나 피장파장잉게. 죽은 사람 타박은 그만하더라고.”

아내는 내 표정을 살피다가 곧 내 옆구리를 찌르며 먼 빛으로 보이는 상여를 가리켰다. 만장을 두어 개 앞세운 맨몸의 상여가 마을을 배경으로 머뭇거리고 있었다.

“뒷손님들이 얘기한 사람의 장례식인가 봐요.”

아내가 내 귀에 대고 속삭였으나 나는 대답하지 않았다. 장례식이라는 말이 작은 상여에는 어울리지 않는 것 같아 거북하게도 들렸다. 그 뒤로 우리는 내처 입을 다물었다. 돼지값 폭락으로 자살했다는 사람의 상여를 그저 풍경의 하나로 젖혀두고, 속 편하게 백마강으로 가는 우리의 겸연쩍은 심정이 그렇게 몰아갔다고만은 할 수 없었다. 하지만 한 순간의 비감에 불과하다 하더라도, 전적으로 그 사건과 무관하지는 않는 상황이었으므로 아내가 가볍게 또 하나의 풍경을 지적했을 때는 어떤 부담에서 헤어난 기분이었다.

“아, 저기 때까치가……”

아내와는 반대쪽으로 눈을 돌리고 있던 나는 얼른 아내가 손가락질한 방향으로 고개를 돌렸으나 때까치를 목격하지는 못했다. 때까치가 앉아 있었을 길가 집 마당의 감나무는 벌써 지나버린 뒤여서 난 그놈들을 볼 수가 없었다.

"여간해서 보기 힘든 건데, 지금도 때까치가 있다니……."

아내는 신기하다는 뜻의 혼잣말을 되뇌었다. 농촌 출신이라서 한결 마음이 녹녹해지는 모양이었다. 그런 후에도, 아껴두었던 말을 다시 조심스럽게 꺼내는 사람의 조용한 음성으로 말을 짧게 끊어가며 주워섬겼다.

"하루 이틀 새 참 많은 걸 보고 느꼈어요. 뭘 몰라도 너무 몰랐다는 생각이 드네요."

"그게 다 내 덕이지."

"그런 덕 두 번만 보았다간 구라파 여행도 하겠군요."

밉지 않게 비꼬는 아내의, 일부러라도 넉넉해지려는 정서(情緖)와 비켜선 나는 기묘하게도 아내의 그와 같은 감정을 이해는 하면서도 절대로 동조해서는 안 된다는 의지를 굳혀가는 중이었다. 이 길이 필경 서울로 되짚어가는 길이라는 생각을 할수록 그랬다. 치사하게 덩지 큰 부당한 권력은 외면하고, 그 앞의 무수한 망나니들의 하나에 다름아닌 윤 국장 따위에게 가위눌린 형식의 내가 지질 못났다는 인식도 고개를 쳐들었다. 그러나 가식적인 증오의 출발점이 그였으며 그를 단서(端緖)로 하여 부정하고도 거대한 공룡과 맞섬으로써 나를 지탱할 수 있다면, 그를 포로로 붙잡아두고 있다가 필요할 때마다 내미는 것도 나쁘지 않겠다는 궁리를 다스려먹었다. 그러자 스스로에 대한 고소(苦笑) 뒤에 한결같이 꿍쳐두고 있던 오기도 새록새록 피어올랐다.

"부여는 아직 멀었죠?"

나는 뿌연 시야 안으로 가까이 들어온 녹색 이정표를 마음속으로 바짝 잡아당기며 아내의 손을 가만히 쥐어주었다. 대답 대신, 진득하게 참으라는 신호를 보낸 셈이었다. 아내여, 그대의 객관적 정서와 '팔십년대 식 악한(惡漢)'에 대한 나의 주관적이고도 냉혹한 응시(凝視)를 묶어 세상의 한가운데로 자맥질해 들어가자는 뜻을 손바닥 안에 쫙 펴면서 말이다.

── 1988년

힘을 먹는 다슬기

"아주머니, 뭘 하세요오?"

못 들었나 보다. 거들떠보지도 않는다. 거무튀튀한 치마 끝자락을 물 속에 늘어뜨린 채 허리를 잔뜩 구부리고 무언가 열심히 살피고 있는 여자는 이쪽으로 고개를 돌리지 않았다. 한 손으로는 물 위에 뜬 알루미늄 그릇을 쥐고, 한 손으로는 물 속에서 집어올린 작은 부스럭지 같은 것들을 이따금 담는 걸로 미루어 무슨 작업을 하고 있는 듯하기는 한데, 그게 정확히 무엇인지는 알 수 없었다. 거리가 한참 떨어져 있어 그렇기도 하려니와, 한여름 햇빛이 수면에 반사하면서 일으키는 약간의 어지럼증에다 방금 낮잠을 자고 난 뒤의 몽롱한 시선으로는 더욱 그랬다. 암팡지게 돌출한 여자의 엉덩이와 아무렇게나 머리를 감싼 흰 수건이 텅 빈 들과 시냇가의 이상한 정적을 더 표백시키고 있다는 생각이 들었다.

"저 아주머니가 무얼 하고 있을까."

"글쎄."

김덕구는 친구의 궁금증을 자기 것으로 받아들이면서 멍청하게 대답했다. 대단한 건 아니지만 그래도 근방에서는 쓸만한 경치로 쳐주어, 여름이면 물놀이를 오는 사람이 꽤 있다고 들었다. 그러나 지금은 헤성헤성한 편이었다. 여름방학이 끝난데다 시절이 또 시절이어선지, 냇가에 텐트를 치고 있는 사람은 그들밖에 없었다. 아침 나절에 당도하여 이제껏 되작거리고 있었는데도 놀이꾼을 별로 구경할 수 없었다. 일요일을 틈 탄 꼬마둥이들이 두어 무더기 물고기를 잡는답시고 시내의 아래 위를 설치고 다니는 게 고작이었다.

어른들이 앞장 선 가족동반의 놀이꾼도 오지 않아 덕구와 그의 친구 상보는
위장용으로 갖고 나온 쟁이를 아예 투망질로 펴보일 필요도 없었다. 그러고
도 장사가 되는지, 마을 안으로 들어가는 둑 아래서 간이음식점을 차리고 있
는 여자집에 점심을 시켜먹고 늘어지게 낮잠을 자고 난 뒤에도 강변은 적막
강산처럼 고요했다. 상보가 몰고 온 포니승용차의 트렁크엔 언제까지 이어
질지 모를 피신생활용 취사도구들이 들어 있었으나 그걸 꺼내어 석유버너를
피우고 어쩌고 하는 수선을 덜어주었다는 점에서 여자의 껄렁한 음식점은
그런대로 그들을 다소 도와준 셈이었다.

"우리도 물 속으로 들어가볼까. 시원해서 좋을 것 같애."

상보는 덕구의 동의를 기다릴 것도 없이 혼자 말하고 혼자 냇물로 저벅저
벅 걸어들었다. 낮잠 뒤의 나른하고 지꺼분한 기분을 찬물로 씻어내고 싶은
모양이었다. 덕구도 어정쩡하게 일어서서 바짓가랑이를 말아올렸다. 미지근
한 시냇물은 지열보다는 조금 나을까, 그다지 시원하지도 않았다. 물때가 잔
뜩 달라붙은 바닥의 돌들은 미끄럽기 짝이 없어 잘못하면 풍덩 넘어지기 십
상이었다. 그러나 비릿한 해감내는 싫지 않았다. 모처럼 그런 냄새를 맡자
당장의 처신과는 상관없는 느끼한 기억들을 참으로 오랜만에 맛본다는 여유
를 잠시 느꼈다.

"아니, 이거 다슬기 아녜요?"

먼저 여자 옆으로 다가간 상보가 느닷없이 큰소리로 외쳤다.

"다슬기 첨 보세요?"

"그게 아니라 지금도 이런 게 있나 해서요. 공해로 씨가 마른 줄 알았더니
그게 아니네."

"많아요, 여긴."

"삶아서 독바늘로 속살을 콕콕 파먹는 거죠? 국을 끓여도 맛있고."

조금은 흥분한 어투였다. 상보는 의외의 장소에서 한동안 잊어버리고 있
던 소중한 물건을 발견한 사람의 놀라움을 과장스럽게 곁들여 호들갑을 떨
었다. 아닌게 아니라 덕구로서도 그건 신기해보였다. 벌써 양재기의 절반 가
량을 차지한 다슬기는 순식간에 그의 어린 시절을 끌어다 놓고 있었다. 고향
마을의 앞 냇가엔 다슬기가 많았다. 여름철이면 누님이나 동네 아주머니들

120

과 함께 그걸 잡으려 곧잘 물 속에서 툼벙거렸다. 입으로는 쉴새없이 말을 조잘대면서도, 눈으로는 어지간히 작은 먹이도 놓치지 않으려고 수면을 훑는 그들의 손길 또한 바빴다. 지금처럼 찌그러진 양은 그릇 따위를 물 위로 슬슬 밀어올리며 앞서거니 뒤서거니 하는 가운데, 일자대형을 유지하는 그들의 모습에선 일종의 놀이 기분도 감지할 수 있었다.

"다슬기 국물은 황달병 치료에도 직방이라지요?"

상보는 스스로도 물 속에서 집어올린 다슬기를 여자의 그릇에 담으며 연방 말을 붙였다.

"그렇다나 봐요."

"나도 어렸을 때 많이 봤습니다. 얼굴이 누렇게 뜨고 팅팅 부은 사람들이 그 국물을 후루룩 마시는 광경을 보았다구요. 솔직히 말해서 부황 때문에 생긴 병인지 만성간염 때문에 그런 건지는 몰라도 하여간 그 병에 걸린 사람들은 다슬기 끓인 물을 자주 마시더라구요."

아주머니들은 이리저리 헤살을 놓고 다니는 덕구 또래 아이들을 가끔 나무랐다. 물을 흐려놓아 다슬기 찾기가 힘들어서도 그랬으며, 어떤 녀석은 다슬기 대신 비슷하게 생긴 검은 돌을 집어넣는 따위 장난을 치기 때문에 너희들은 따로 놀라고 윽박질렀던 것이다. 그런 조무래기들은 그런 때 희한한 구경을 하는 수도 있었다. 그들이 아주머니들과 한참 떨어진 장소에서 고무신으로 송사리를 잡거나 모래밭에 배를 깔고 엎드려 있을 때, 한 아이가 갑자기 소리치는 수가 있었다. 저것 봐라 저것 봐! 칠곤이 어머니가 빤쓰 벗는다. 이러고 나서면 나머지 아이들은 호기심이 담뿍 담긴 눈으로 그쪽을 쳐다보게 마련이었다. 맞다 싶었다. 물가로 나온 칠곤이 어머니는 지나가는 사람이 없는가를 살피기 위해 사방을 훔쳐본 다음, 통치마 밑으로 손을 넣어 속옷을 훑어내리고 있는 중이었다. 이윽고 그 아이가 말한 빤쓴지 고쟁이인지 분명찮은 흰 속옷을 마치 내장을 뽑아내듯 끄집어내고는 물 속으로 들어갔다. 그러면 처음 그것을 발견한 아이는 다시 환성 같은 소리를 질렀다. 칠곤이 어머니 뒷물하러 간다. 치마만 들치면 그것 나온다. 속은 텅 비었단 말이다. 대단한 정보라도 알리듯 수선을 떨었다. 허물을 벗어놓은 것 같은 속옷더미가 유난히 짜릿하게 보이는 것도 그런 무렵이었다.

"바깥양반은 어디 가셨습니까? 아침부터 안 보이데."

"시내로 들어갔어요. 물건도 좀 떼어와야겠고 볼 일도 있고."

여자는 다슬기를 잡느라 여전히 고개를 떨군 채 덤덤하게 대꾸했다. 나이가 아직 사십 중반에도 미치지 못했으련만, 가슴팍에 걸친 건 허름한 블라우스 한 장이 전부였다. 허리를 잔뜩 구부린 탓에 훤히 드러난 맨살 위엔 런닝셔츠가 보이지 않았다.

"손님들은 어디서 오셨어요?"

이번엔 여자가 물었다.

"우리요? 글쎄요, 어디서 왔을 것 같습니까?"

덕구는 이죽거리는 상보를 얼핏 쳐다보았다. 도망다니는 친구를 위해 따라나온 놈치곤 여유가 많아보였다. 일부러 그러는 건지 원래부터 있었던 장난기를 이런 자리에서도 풀어먹을 속셈으로 그러는 건지는 확실치 않았으나, 어느 쪽이 되었건간에 자기의 메마른 심정을 노골노골하게 펴주려고 제 깐엔 무척 노력하고 있는 중임을 알 수 있었다.

"서울이겠죠 머."

"뭘 보고 우리가 서울서 왔다고 단정하지요?"

"말씨도 그렇고, 자동차 넘버도 서울 것이던데 뭘."

"이 아주머니 도살세. 어느새 자동차 번호판까지 넘보았을까."

"너무 무시하시네, 촌에 산다고."

"천만에요. 무시하는 게 아니라 못 본 척하면서도 볼 것은 다 보는 시골 양반들의 매서운 눈에 놀랐습니다."

"요새는 서울과 시골이 따로 있나요. 돈만 있으면 여기서나 거기서나 똑같이 살 수 있는데요. 냉장고가 없나 까쓰레인지가 없나 전축이 없나……."

"하기야 그렇지요. 아주머니 말대로 돈만 있으면 처녀 불알만 빼고는 다 살 수 있고, 오히려 시골서 사는 게 백 번 낫지요. 조용하고 공기 맑겠다, 미쳤다고 서울서 삽니까."

덕구는 그 사이에 자신이 잡은 한 주먹의 다슬기를 여자의 그릇에 쏟아 넣고 허리를 폈다. 그만 나가자는 신호를 보낸 셈이었다. 그러나 두 사람은 계속 얘기를 주고받았다.

“그건 그렇고, 아주머니의 의외로 매운 눈썰미 탓에 일선이 가까운 이 근처에선 간첩이 얼씬 못 하겠네요. 덕분에 보상금도 타먹을 수 있겠고.”

느닷없이 간첩을 들먹이는 상보의 말에 여자도 너무 엉뚱하다 싶었을까, 다소 주춤거리는 눈치더니 이내 평상으로 돌아섰다.

“간첩은 아무나 잡나요. 욕심 같애서는 간첩신고라도 해서 몇천만 원 손에 쥐었으면 하지만, 간첩이 날 잡아 잡수 하고 기다린답디까.”

“옳은 말씀입니다. 나도 마찬가진데, 이놈들이 머리에 뿔 달린 것도 아니고 티를 내고 다니는 것도 아니어서 힘들더라 이겁니다.”

하필이면 간첩을 들먹이고 나선 상보의 뜻을 짐작할 수 없었다. 밤이 되기 전에 어디로 또 떠날 것인지 여기서 머무는 게 나을 건지를 겨냥하던 덕구는 아무튼 슬금슬금 물가로 걸어나갔다. 그만 여자 곁을 떠나 상보와 그걸 상의하고 싶어서였다. 상보도 덕구의 그런 눈치를 겨우 알아차린 모양이었다. 여자에게 많이 잡으라는 인사를 남기고 덕구의 뒤를 좇았다.

“야, 너 저 여자 젖퉁이 봤니?”

상보는 불에서 나와 담배 한 대를 빨고 있는 덕구 곁으로 다가오자마자 물었다.

“그게 어쨌게?”

“어쨌다는 게 아니야. 노 브래지어이던데 그걸 못 봤느냐구?”

“런닝셔츠를 안 입은 것 같더구나.”

“역시 보기는 봤구나. 축 처지기는 했어도 퍽 건강해뵈더라. 주위환경이 깨끗하니까 그것도 공해에 찌들지 않은 건강식품의 하나로 뵈더라 이거야.”

“에끼. 난 또 뭐라구.”

“히히. 내가 지나쳤나.”

“지나치고 안 지나치고 간에, 생각하는 게 어찌 그러냐.”

구박을 주고나서도 덕구는 그런 농담을 주고받는 자신이 실없이 우스웠다. 그리고 상보의 능청이 이런 때는 퍽 고맙다는 기분도 들었다. 아침에 집을 나설 때는 불안하고 초조했는데, 이제는 그게 어느 정도 가신 셈이었다. 어디론가 피신을 가야겠다고 마음먹은 건 며칠 전이었다. 아무래도 돌아가는 낌새가 심상치 않았다. 광주에서 한바탕 일이 벌어진 후 서울서도 공기가 다급하게 돌아갔으나, 그때는 오히려 무사히 넘길 수가 있었다. 하지만 그 고비가 지나 여름이 기승을 부리자, 광주 쪽에 정신을 팔고 있던 세력들은 서서히 진용을 가다듬어 덕구 같은 인물들을 잡아들이는 일에 눈을 돌린다는 소문이 돌았다. 덕구가 소속한 단체 식구들이 뚜렷한 활동을 벌인 건 아니었으나, 지난 여름 이전에 이미 그들을 향해 여러 단체가 연서로 내는 성명서 발표에 가담하여 정권탈취의 부당성을 들쑤셔댄 탓으로, 이쪽 그룹의 조직원들을 곱게 보지 않았다. 언젠가는 호되게 몰아치리라는 예상을 하고 있었다. 덕구네 담당인 관내 경찰서 형사도 가끔 그런 기미를 보였다. 그러자 주변 동료 중에는 서울을 뜨는 사람도 생겼으며 덕구에게도 그러기를 권하는 친구들이 많았다. 아내는 차라리 더 보챘다. 잡혀갈 때 잡혀갈망정 일단 튀고 보는 것이 낫다고 다들 말한다는 것이었다. 지금 붙잡히면 독기가 솟구친 그들의 첫머리 희생자로 꼽혀, 안 맞을 매까지 맞는다는 내력을 왜 모르느냐고 다그치는 사람도 있었다. 인정사정없이 내려치는 칼날은 일단 피하고 보는 것이 장땡이며, 거기에 당당하고 비겁하고의 구별이 있을 수 없다는 이유를 그 사람들은 설명했다. 덕구도 소위 예비검속의 '전통'을 모르는 건 아니었다. 그러나 대학강사로 있으면서 마당놀이극장을 도와준 '허물'밖에 없는 그가 굳이 강의를 빼먹고 도망다녀야 하는가는 더 좀 궁리해볼 문제라고 믿었다. 하지만 죄어오는 올가미는 마구잡이였다. 그들이 굴리는 수레에 조금이라도 방해가 된다고 여기는 장애물은 십 리 밖에 있는 것까지도 걷어내고, 그것이 또 그들의 '사업' 추진에 좋은 빌미를 제공해준다는 의미에서도 때들어가는 사람은 많았다. 마당놀이극단을 실질적으로 움직이고 있는 간부들이 그런 꼴을 당하는 걸 보고는 덕구도 곧 위기를 느끼고 결단을 내렸다. 예비검속이라는 일제시대부터 있었던 제도 아닌 제도, 해방 후에도 덕구의 선배세대들이 무수히 경험했으며 공화당시절에도 여전히 활개치던 터무니없는 관행이 아직도 판을 치고 있는 현실에 대한 노여움은 나중 문제였다. 판이 바뀔 때마다 판을 잡은 자들에게 대들었거나 밉게 보인 자들은, 다짜고짜 불려들어가 무슨 의식처럼 치도곤을 맞아야 한다는 것은 치사한 일이었다. 그들의 앙갚음을 일방적으로 당하고 고스란히 치러야 한다는 것은 있을 수 없는 일이었다. 그러나 말이 안 되는 어거지 관습은 이유를 따지지 않고 당사자들을 덮어씌웠다. 그걸 빤히 알고는 집에 앉아 있을 수 없었다. 준비랄 것도 없는 준비를 갖추고 막연하게 행선지를 꼬느고 있을 때 나타난 것이 상보였다. 별일 없이 음험한 국면을 넘길 것 같지 않고, 그렇다고 일을 함께 하던 후배들이 곤욕을 치르고 있는 터에 혼자만 서울을 비우는 심정이 결코 편안하지는 않았으나 도리가 없었다. 나중에 손을 쓰는 한이 있더라도 우선은 위험한 현장을 피하고 볼 일이라는 상보의 강권은, 덕구의 이런 망설임에 쐐기를 박기도 했다. 조그마한 오퍼상을 하고 있는 상보가 아무리 어렸을 때부터의 꾀북쟁이 친구라고는 해도, 자기 승용차를 내주며 하루이틀쯤은 행동을 같이 하겠다고 나섰을 때는 더구나 놀랐다. 되레 혼자 다니는 게 속이 편하고, 그럴 것까지 없다고 거절했으나 그는 굳이 우겨댔다. 우물가에 아이를 내보내는 것 같아 마음이 쓰인다는 농담에 곁들여, 자신도 겸사겸사 바람이나 쐬야겠다며 기어코 따라붙었다. 불행히 내가 붙잡히면 너도 연루자로 몰릴 게 뻔하다고 겁을 주었을 때는 코방귀마저 뀌었다. 세상을 문자로만 파악하는 책상물림에게 현실을 대하는 요령을 가르치고 훈련시킬 기회가 왔다고 큰소리치며, 내가 누군데 죄없이 빵깐을 드나들겠느냐고 뽐냈다.

"어쩔거나?"

천막 안에 깐 매트리스에 납짝 엎드려 무심하게 손장난을 치고 있는 상보를 향해 덕구가 물었다.

"뭘?"

무슨 말인지 다 알면서도 상보는 시치미를 떼었다.

"어디로 떠날 거냐구?"

"엎어진 김에 쉬어가지 머."

"여기서 자자 이거야?"

"서두를 것 뭐 있니. 저 아주머니 집에 저녁이나 시켜먹구, 밤하늘의 별을 세면서 자는 것도 나쁘지 않잖아?"

"내일은?"

"내일은 내일에 맡기고 동이 트는 새벽에 생각해도 안 늦어."

"태평이로구나."

"왜 넌 벌써 안달이냐?"

들고보니 순서가 뒤바뀐 것 같았다. 도망나온 일을 두고 생각했을 때, 누가 주(主)고 누가 종(從)인지 모를 만큼 형세가 달라진 꼴이기도 해 슬며시 웃음이 나왔다.

"조금 있다가 둑 쪽으로 건너가서 저녁을 주문해놓고 올 테니 너는 가지고 온 책이나 읽어라. 나는 저 아래로 내려가 홀랑 벗고 멱이나 감을란다. 함께 가도 괜찮고."

덕구는 그럴 의향이 없었다. 여름해도 미구에 기울어지기 시작할 것이므로, 그 동안 혼자 앞일을 요량하는 게 나을 듯해서였다. 주임교수에게만 앞뒤 이야기를 전하고 길게 잡아 일주일만 쉬게 해달라고 했으나, 장차 어떤 결말이 날지 속으로는 무척 답답한 심사를 떨쳐버릴 수가 없었다.

냇가의 하류로 내려갔던 상보가 시원한 얼굴로 돌아온 후에도 좋이 시간 반쯤은 지났을 무렵에야 건너편에서 저녁 먹으러 오라는 기별이 왔다. 여자의 아들인 열한두 살 가량의 소년이 첨벙첨벙 시내를 건너온 것이다.

"저녁 자시러 오시래요."

소년은 그 말 끝에 의미없이 히죽 웃었다.

"맥없이 웃긴 이 녀석. 네가 아주머니 큰아들이니?"

"네."

상보의 물음에 소년은 선선히 대답했다.

"동생은 몇이니?"

"하나요. 누님도 하나 있어요."

"누님도 있다, 처녀니?"

"헤헤. 중삼이에요."

"그래? 실망이 크다야."

덕구와 상보가 아주머니네 가게 앞에 이르자 벌써 차려놓은 상이 제법 푸짐해보였다. 한가운데에는 시뻘건 생선찌개도 있었다. 두 사람은 몹시 시장기를 느끼며 상 앞에 털썩 마주 앉았다. 낮에는 안 보이던 여자의 남편도 나타나 두 사람의 시중을 들었다. 옛날 시골집 마당에 있던 평상보다야 어림없이 초라한, 널빤지로 뜯어맞춘 평상에 앉아 저녁을 드는 것도 마음에 들었다. 반주삼아 소주잔을 기울이면서 타의에 의해 강요된 휴식기분이나마 얼결에 즐기려 들었음은 물론이었다.

"쥔장도 같이 한 잔 합시다. 다른 손님도 없는데."

"고맙습니다만 저는 술은 못 해요. 손님들끼리 드십쇼."

상보가 권했지만, 반바지 차림의 남자주인은 궁상스럽게도 옆으로 비껴앉은 걸상 위에 두 무릎을 곧추세운 자세로 그들의 빈말의 초대를 거절했다.

"술집 주인이 술을 못 하다니."

"저 양반은 밀밭에만 가도 얼굴이 빨개지는걸요."

맛맛으로나 먹어보라며 다슬기 삶은 물을 한 사발 들고 오던 여자가 남자의 대답을 가로막았다.

"오메. 오늘 귀물까지 먹어보네. 이거 낮에 잡은 그거지요?"

"네, 특별 써비숩니다."

여자가 잠깐 웃었다.

"써비스 한 가지 더 부탁합시다. 마침 담배가 떨어졌는데, 담배가게가 멉니까?"

한 갑 사다 달라는 말을 덕구는 어렵게 돌렸다. 익살스러운 표정을 지으며 다슬기 국물을 사발째 들고 마시던 상보는 너도 먹어보라며 나머지를 덕구에게 내밀었다.

"사다 놓은 게 있을걸요. 기철아, 장농 서랍에서 담배 좀 갖다드려. 애가 또 나갔나?"

사내아이는 눈에 띄지 않았다. 대신 안방에서 담배를 들고 나온 것은 딸이었다.

"이 처녀가 댁의 큰따님입니까?"

아무 말 없이 담뱃갑만 건네고 돌아서는 소녀의 등을 바라보며 덕구가 물었다.

"잘 아시네. 내년에 졸업인데 큰일났습니다. 고등학교까지는 보내야 할 텐데도 힘이 있어야지요. 저는 서울 가서 취직해야겠다고 보채지만 나이도 어리고, 첫째 공부가 짧아서 가망이 있어야지요. 서울손님들께서 좋은 취직자리 하나 구해주세요."

담배를 빨고 있던 남자가 여자의 군소리를 듣다 말고 반동강이나 남은 담배를 모래밭 쪽으로 던졌다. 못마땅한 기색이 역력했다.

세 명의 사내가 오토바이를 타고 당도한 것은 이때였다. 큰 오토바이에는 장정 둘이 타고, 또 한 대의 앉은뱅이 오토바이에는 장정 둘이 타고, 또 한 대의 앉은뱅이 오토바이에는 한 사람이 타고 온 걸로 미루어, 그들이 예사 사람들이 아님을 쉽게 알 수 있었다.

덕구와 상보는 당연히 눈을 휘둥그렇게 떴으나 곧 경계심을 풀었다. 그래야 한다는 암묵의 합의도 있었지만, 그들은 단순히 자기들과 같은 손님에 불과하다는 것을 알게 된 까닭도 있었다. 세 사람이 일제히 덕구와 상보를 훑는 시선을 던진 건 사실이었다. 하지만 그 이상은 파고들지 않았다. 강 너머로 보이는 승용차와 간이천막을 견주고는, 이내 눈길을 거두었다. 외지에서 온 피서객이거니 여기는 눈치였다. 그러고는 덕구네 이웃 자리에 터를 잡고 누가 먼저랄 것도 없이 가게집 내외에게 인사를 겸한 주문을 했다.

"아주머니, 여기 한 상 차려주소. 공무 중이니까 술은 쬐끔만 하고, 돼지고기 두부찌개나 뭐 그런 것 있는 대로 가져오쇼."

"최씨 오랜만이유. 장사는 잘 되우?"

"장사가 잘 안 될걸. 시국이 비상시국인데, 팔자 편하게 놀러다니는 사람들이 그리 많을라구. 우리가 이렇게 무엇 빠지도록 돌아가는 것만 봐도 알쪼지."

가게집 남자는 그들의 말에 긴 대꾸를 하지 않았다. 말수가 적은 사람이라는 짐작대로 픽 한마디 던지고는 입을 다물었다.

"이것도 장산가."

새로 들이닥친 손님들을 별로 달가워하는 것 같지도 않았다. 그런 그가, 피차 잘 아는 처지인 듯한 세 사람 중의 하나를 향해 엉뚱한 질문을 던진 건 의외였다.

"김 순경, 세상이 어떻게 되는 겁니까. 군인들이 다시 정권을 잡은 건가?"

김 순경이란 사람은, 그러자 힐끗 덕구네를 쳐다보고 나서 대답했다.

"그걸 알면 내가 순경이 아니지. 벌써 한자리 차고 앉았지 이러고 있겠나."

이들이 경찰관이었구나. 사복 입은 형사들인가봐. 덕구와 상보는 서로 눈을 들어 이런 뜻의 눈치를 교환하고는 잠자코 술잔을 기울였다. 첫날 운수치곤 퍽 고약하다는 생각을 두 사람은 함께 안았다. 난처한 감정은 여기서만 그친 게 아니었다. 무슨 기미를 채고 온 것 같지는 않은데도, 그들은 하필이면 화제를 수배자들을 중심으로 몰아갔다. 주문한 밥상이 차려지자 간단히 저녁이나 때우고 가겠다던 당초의 언질과는 달리 술을 거푸 시켰다. 가게집 주인이 일행 중의 한 사람을 김 순경으로 부른 순간부터 자신들의 정체가 드러난 사실이 조금 겸연쩍다는 듯한 몸짓을 보이던 그들은 시간이 지남에 따라 그런 어색함에서 벗어났다. 옆손님에게 다소 신경을 쓰던 눈치에서 멀리 달아나 있었다. 요새 당국의 수배를 받고 시골로 피신다니는 범법자들이 많다는 이야기만 계속 늘어놓았다. 특히 김 순경이 서 경사님이라는 존칭으로 부르는 사람은, 이따금 덕구나 상보의 안색을 탐색하는 눈으로 힐금힐금 쳐다보았다. 나와 김 순경은 어차피 비번이니까 엎어진 김에 쉬어간다고 모처럼 술 좀 마신들 어떠냐고 부추긴 것도 그였다. 또 한 사람의 사십대 남자는 그들의 친구인지, 일행의 화제에 깊이 끼어들지는 않았다. 가끔 다리를 놓아 주는 식으로 운을 띄웠다.

"내가 있는 본서에도 연일 위에서 전통(傳通)이 온다구. 수배자 명단 말이야. 너무 많아 어디서부터 손을 대야 할지 모르겠어. 졸때기는 그만두고, 거물을 잡아 한 건 올리면 일계급 특진이야. 어수룩한 놈 하나 잡아 늘그막에 만년 경사 딱지를 떼고도 싶고, 한편으로는 귀찮기도 하고그래."

서 경사의 말이었다. 자칭 만년 경사라는 그의 표현에 비해 그의 모습은 아직 젊은 편이었다. 체격도 쏙 빠진데다 전체적으로 당차뵈는 인물이었다.

"우리 지서에도 지시가 내려와서 주의는 하고 있습니다만, 그들이라고 날 잡아가라며 목을 내밀고 다니겠습니까?"

"물론 그렇지. 요즘 반체제인사 어쩌고 하면서 숨어다니는 사람들은, 지난 십팔 년 동안 그들대로 피신생활에도 이골이 나 있기 때문에 은신술도 국제수준에 이른 치들이 많다는군. 우리 같은 시골 형사들 둘러치는 건 식은 죽 먹기래. 우리 쪽도 가짜 이강석(李康石)이가 판을 치던 어수룩한 시대와는 다르다 할망정 역시 서울서 굴러먹던 자들이라 수가 무궁무진할 거야."

"본서에 계시는 높은 분들이 그러시면 우리 같은 지서 근무자들은 어쩌니까. 그들이 우리 관내를 지나갔다는 흔적만 나타나도 골탕먹는 건 죄없는 우리들인데요."

"문제는 그 점야. 못 잡는 건 고사하고, 그들이 막판에 검거되어 어디 어디에서 며칠 묵었다는 사실이 판명됐을 때, 묵은 여관인 은신처가 재수없이 우리 서 관내일 경우 우리만 ×되는 거지. 공은 딴 놈이 따먹고 매는 앰한 놈이 맞고, 이중으로 작살나는 거야."

"함부로 할 말은 아니지만, 본서 관내에도 그와 같은 불순분자들이 잠입해온 혐의는 있습니까?"

"그걸 누가 아노. 김 순경 말마따나 함부로 발설할 성질의 일도 아니고 말야."

"정보도 없어요?

"이 사람 답답하네. 우리 나라가 지금 일일생활권 아닌가. 교통망은 또 얼마나 발달했어. 기미가 있어 가보면 벌써 딴 곳으로 날랐거나 삼십육계 줄행랑인걸. 뒤쫓아 가봤자 도중에 놓치기 십상이고, 잘못 타서(他署)의 원조를 청했다간 죽 쒀 개 주는 꼴이 되기 쉬운걸? 어려워."

"연고지 수사가 제일 안정빵인데."

"홍. 호랑이굴로 스스로 들어갈 만큼 그들이 어리석어야 말이지. 얘기 못 들었어? 지난번에 있었던 일 말야. 서울서 데모대장으로 이름난 김필석인가 하는 친구 있잖아? 그놈 고향이 읍내라는 건 다 아는 사실이고. 그런데 이 자가 틀림없이 자기 본가로 잠입했다는 정보를 캐치하고 덮쳤는데, 허탕을 짚었지 뭐야. 후에 알고 보니 우리 식구들이 쳐들어간 한 시간 전에 내뺐다더군그래. 그런데도 그 애비는 뭐랬는 줄 알아? 필석이요? 나도 그 녀석 얼굴 본 지가 석삼 년도 넘었소. 붙잡아가도 좋으니 제발 그놈 낯짝이나 한 번 보게 해주쇼 이랬다구. 독한 영감태기야. 모두들 독이 오를 대로 올랐어."

"그걸 가만둬요? 은닉죄로 잡아 족치지."

"가만 두기야 하겠나. 하지만 꿩 대신 닭은 그 경우에 해당하지 않아. 혼쭐이나 내주고 끝낼밖에."

"세상을 어렵게 살기로 작정한 사람들은 어쩔 수 없나봐. 그 사람들은 노상 말썽만 피우고 다니니 본인은 말할 것도 없고 가족들은 얼마나 피곤할

꼬.”

두 형사의 친구로 짐작되는 사람이 말했다.

“그치들은 그게 왈 애국운동이요 직업인 걸 어떡해. 또 말이사 바른 대로 말이지 그 친구들의 말에도 일리는 있어. 나도 순사 옷만 안 입었으면 옳거니 싶은 때가 있는걸. 그러나 어쩌겠어. 피차의 처지가 처지인데.”

“서 경사님 큰일 날 소리 하십니다. 포도대장께서 그렇게 말씀하는 것을 서장영감님이 들었다면 노발대발하시겠습니다.”

“이를테면 그렇다는 얘기지, 누가 그들의 언동을 지지 찬동하고 나선댔나?”

이 대목에서 서 경사는 다시 덕구와 상보 쪽을 힐끗거렸다. 그러나 자기가 한 말을 지우듯 언성을 높였다.

“뜻은 옳을지 몰라도 그들이 하는 짓은 아주 글러먹었어. 세상일에는 순서가 있고 법도가 있는 것인데, 혼자만 잘난 척하고 날뛰면 어쩌자는 거야. 이 사회가 그들만의 것인가. 누가 말했더라, 악법도 법이라고. 그렇다면 일단 법은 지키고 보아야 할 게 아냐? 사회생활의 기준이 되는 법 자체를 무시하기로 들면 대한민국은 볼장 다 보았지 뭐? 내 말이 틀렸어?”

“틀리기는요. 백 번 옳은 말씀입니다. 요새는 어떻게 된 게 촌사람들도 우리보다 더 법을 잘 하는 척하고 덤비는 통에 미치겠다니깐요. 걸핏하면 민주경찰이 어떻고 저떻고 씨부려대는데, 웬만큼은 알고 하는 소리라서 전적으로 무시할 수도 없어요. 거기까진 좋아요. 방귀 뀐 놈이 성낸다고, 분명히 범법행위를 저지르고도 적반하장으로 우리를 몰아세우는 데에는 환장하겠더라구요.”

“분위기가 좀 변했다 싶으면 얼른 거기에 달라붙는 얄팍한 인심이 문제야. 백지장처럼 얇다 이 말씀야. 오일륙 때도 그랬고, 번번이 뜨거운 맛을 보고도 정신을 차리지 못하는 사람들이 한심해. 떡 줄 놈은 생각도 안 하고 있는데 먼저 김칫국부터 마시다가 골로 가는 사람들의 심리를 알다가도 모르겠어. 힘의 원리가 뭔데? 힘이 있는 곳에서 정의도 나오고, 역사라는 것은 항상 힘을 가진 사람들의 것이 아니었나 말야. 말은 그럴싸하지. 세상만사 사필귀정이며 마침내 정의가 이기게 마련이라는 의미를 누가 모르나? 그런

데 거기까지 가자면 얼마나 힘들어. 평생 그늘에서만 살다가 가는 사람들은 힘의 위세 앞에서 이러지도 저러지도 못하고 끌려다니다 보니까, 입이라도 살아 있어야 한다는 열등감으로 천방지축 나대는건데, 그렇다고 그들이 바라는 세상이 금세 오나? 어림없다구. 힘이라는 것은 처음엔 주먹만하다가도, 시간이 갈수록 나도 나도 하고 끼어드는 잔챙이들까지 모으다 보면 바위처럼 커지고 탄탄해지는 건데, 몇몇이 그걸 때려부수겠다고 계란을 던지다니 어림도 없지. 그러니까 어지간히 잇속도 챙겨가는 게 수야. 슬슬 구슬리다 보면 또 알아? 화무십일홍이요 권불십년이랬으니, 그때 가서 한몫 배딩받아도 늦지 않겠거늘 와장창 한꺼번에 네 목을 내놓으라고 덤벼가지곤 될 일도 안 된다구.”

서 경사의 장황한 시국관이랄까 인생관이 나열되는 동안, 덕구는 어디론가 사라지고 없는 여자를 눈으로 찾았다. 형사들을 끌어들인 것은 그녀의 밀고 때문인지도 모른다는 느낌이 들어서였다. 그들의 재미도 없는 대화가 자기의 신상과 직접적으로 연관되어 그랬다기보다는, 이상한 시간에 이상한 형태로 나타난 그들의 모습에서 개운치 않은 느낌을 받은 탓이었다. 상보가 공해에 때묻지 않은 여자의 젖퉁이를 보았다고 농담삼아 감탄한 것은 그것 자체만을 두고 지껄인 소리는 아니었다. 여자를 중심으로 펼쳐진 한가한 풍경과 그 여자가 주워올리는 다슬기 등 반가운 산천의 옛모습을 대하고, 서울과 광주에서 벌어진 살벌한 현장을 떠나 잠시 자신들이 휘어잡고자 하는 근원적인 아름다움을 다시 강조하고자 해서였을 것이었다. 따라서 여자는 그 어간에서 살아 움직이는 또 하나의 중요한 첨경(添景)이랄 수도 있었다. 이상도 이하도 아니었으며, 덕구의 불투명한 앞길에 그것은 넉넉한 정서로 작용했었다. 엷은 슬픔과도 맞닿는 단단한 의지를 여자를 포함한 풍경은 쏘삭거리기도 하여, 초조한 출발치고는 역설적으로 달콤한 심정을 안겨주었던 것이다. 그런데 풍경의 하나일 법한 그 여자가 덕구가 걸치고 있던 쿨렁쿨렁한 옷의 혁대를 바짝 죄게 만드는 구실을 하고 있는지도 모르는 ‘혐의’의 대상으로 변신했다면, 난감하고 쓸쓸한 일이 아니겠는가.

“사령관에게 보고하는 건 내일로 미룰까요?”

너무 뜻밖이었다. 상보가 갑자기 ‘사령관’을 들고나오는 바람에 덕구는 여자를 찾던 시선을 돌려 상보의 얼굴을 대뜸 쏘았다. 무슨 소리를 하고 있느냐 이거였는데, 상보는 한 눈을 찔끔 감았다. 덕구의 입에서 다른 말이 새어 나올까봐 얼른 입마개를 씌우듯 계속해서 혼자 씨부렁거렸다.

"우리가 여기서 농땡이치고 있는 걸 사령관께서 아시면 난리날 겁니다. 어차피 오늘은 늦었으니까 낼 아침엔 일찍 이곳을 떠나 임무수행에 들어가는 게 좋을 것 같습니다."

그는 은근히 소리를 죽여 말했다. 하지만 서 경사네 패거리들이 잠깐 말을 중단한 틈을 타서 건넨 화제기 때문에, 상대방이 충분히 엿들을 수 있을 정도는 되었다. 상보는 그걸 계산에 넣고 있었으며, 어느새 자세도 수하자가 상급자를 대할 때의 그것으로 엉거주춤하게 바뀌어 있었다.

"글쎄."

첫마디의 우선 뜨악하게 나갈 수밖에 없었다. 상보는 두 번째로 눈을 깜박였다.

"글쎄가 아닙니다. 선생님께서 괜히 이 고장 경치 타령으로 넋을 잃는 통에 저만 사령관님께 혼나게 되었습니다. 사령관님 성미 아시죠? 저번에도 경찰서장의 따귀를 갈기면서, 지금이 어떤 시국인데 그 따위로 노느냐고 호통치시는 것 못 보셨습니까?"

갈수록 산이었다. 덕구는 제물에 웃음이 터져나올 것 같기도 하고, 상보가 두 번씩이나 눈을 찔끔거리는 뜻을 비로소 알 것도 같았다. 기선을 제압하고 들어온 서 경사 패에게 반격을 가해야 한다는 의미를 곧 새겼다.

"허허. 자넨 성미가 지나치게 급해서 탈야. 아무리 일이 급해도 그렇지, 이렇게 기막힌 산천경개를 두고 그냥 지나칠 수야 있나. 춘향전 못 보았어? 이몽룡이 남원에 당도했을 때 속으로는 얼마나 다급했겠나. 당장 변학도를 요절내고, 옥에 갇힌 춘향이를 끌어내어 못 다 푼 사랑을 나누고 싶었겠지. 그럼에도 불구하고 먼저 거지 행장을 하고 장모 앞에 나타나 그를 놀라게 한 다음, 변학도의 잔치상이 한창 무르익을 무렵에야 암행어사 출두를 외치는 멋진 장면을 자네는 잊었나?"

"아니, 지금 무슨 말씀을 하고 계십니까. 지금 시국이 어느 시국이라고 춘향전에 빗대어 임무수행을 늦춘단 말입니까. 사령관님께서 이 사실을 아시면 얼마나 노하실려구."

어쩌다가 자신이 코미디 주인공이 되었을까 하는 당혹감도 있었으나 할 수 없었다. 상보의 사뭇 진지한 연기태도가 그의 주저를 까뭉갰다. 내친김에 더 나가야겠다는 결심을 가다듬어야 했다. 괴상한 건 서 경사패의 눈초리였다. 아까부터 자기들의 이야기를 중단하고 술만 연거푸 마시면서 이쪽의 대화에 귀를 모으는 눈치였다. 한 팀의 연설이 끝나자 다른 한 팀의 연설이 그걸 맞받아 한 라운드씩 주고받는 꼴이었다.

"시국 시국 하지 말게. 시국이 각박하게 돌아갈수록 큰일을 맡은 사람들은 매사에 여유를 갖고 차근차근 해결해나가야 하는 거라구. 앞뒤 가리지 않고 덤비다간 일을 망치게 마련이야. 걱정말고 나 하는 대로 따라가면 돼. 나에게도 복안이 있으니까. 자네 술잔이 비었으면 나한테 돌려야지. 하하하."

덕구의 공허한 웃음소리가 별이 총총히 박힌 밤하늘에 짧게 퍼졌다.

"어련하시겠습니까마는, 한시도 눈을 팔 수 없는 시국이어서 그럽니다. 광주에서 저런 실수를 한 후로는 더욱 기회주의자들이 늘어 그들을 솎아내기가 여간 힘들지 않거든요. 그 사이 사령부에는 어떤 정책 변화가 있었는지, 오늘 밤 안으로라도 사령관님의 의향을 알아보는 게 어떨지요?"

"허, 이 사람이 보채기는. 그리고 자네한테 한 가지 충고할 일이 있다구. 방금 실수라는 단어를 썼나? 어째서 그게 실수야? 실수의 개념도 파악하지 못하는군그래. 어디 가서 그런 말 하지 말게나. 사람이 말을 함부로 하면 못 써."

"죄송합니다. 명심하겠습니다."

어이없게도 상보는 꾸뻑 고개를 숙였다. 자기가 시작하고 연출한 장난을 의외로 심각하게 꾸려가는 그의 솜씨에 맞추느라고, 덕구는 몸에 식은 땀이 날 지경이었다. 되나캐나 주워섬기는 가운데에서도 옆의 청중을 의식하고 가능하면 사실성을 살리려고 애쓰다 보니 그랬던 것인데, 서 경사패들은 떠날 준비를 하고 있어 효과가 어느 수준이었는지 애매하기도 했다.

"슬슬 가볼까."

서 경사의 신호를 좇아 그들 일행은 음식상에서 일어섰다. 술에다 밥에다 배불리 먹은 다음의 식곤증을 다잡을 셈인지, 서 경사는 풀었던 허리띠를 졸라매며 앞장 서 걸었다.

"잘 멋었시다."

두 형사를 따라온 사람이 가게집 주인인 최씨에게 손을 들어 인사를 했다. 아무 말도 안 하고 지금까지 서 경사네와 덕구네의 언행을 조심스럽게 지켜보고 있던 최씨는 상대방이 손을 들어 작별인사를 하는 걸 보고도 묵묵부답이었다. 오히려 뚱한 표정이었다. 그들 중의 아무도 음식값 계산을 하지 않는 게 못마땅해서 그러는 것 같았으며, 그러고 보면 그는 서 경사 일행이 나타난 직후부터 줄곧 안색이 밝지 않았다. 아니나 다를까, 그들은 타고 온 오토바이에 걸터앉자마자 부르릉 시동을 걸더니 이내 한길 쪽으로 내뺐다. 김 순경은 그러기 전에 여자를 향해 소리쳤다.

"수고했소, 아주머니. 다음에 또 연락해주시오. 내 말뜻 알겠소?"

상을 치우고 있던 여자는 그러나 그들을 뒤돌아보지도 않았다.

"짜배긴가 부네, 저 친구들."

오토바이 소리가 가물가물 사라지는 걸 들으며 상보가 말했다. 내외는 여전히 대꾸가 없었다. 몹시 불쾌한 낌새들을 풀지 않았다.

"우리도 그만 건너가보지."

덕구가 재촉했다. 상보도 엉덩이를 일으켰다.

"방금 떠난 사람들 형삽니까?"

상보가 내외를 번갈아 쳐다보며 물었다.

"형산지 순산지, 저 사람들은 뭐 먹잘 것 있다고 이런 데까지 기웃거리는지 원."

여자가 혀를 찼다.

"한 사람은 민간인인 것 같던데."

"면 직원이래요. 이것도 장사라고 걸핏하면 하천부지에다 가게를 차렸다며 세금을 메기겠다고 나오니……."

"이 고장 권력자들이시구먼."

덕구는 이미 술값을 치른 뒤 내를 건너고 있었다. 상보는 가게 뒤꼍의 한데에서 바지 단추를 끌렀다. 소변을 보고 갈 참이었다. 그때 가게 안에서 내외가 다투는 소리가 들렸다.

“당신이 그 친구들을 불러들였어?”

“불러들이기는요. 철 따라 한두 번은 신고를 이유삼아 오게 해서 대접해야잖아요. 접때도 텐트 친 학생들을 신고하지 않았다고 하도 닦달하길래 알린 것뿐이에요. 운수 나쁜 저분들에겐 미안하지만 할 수 있나.”

“쓸데없는 짓 그만해. 신고 안 하면 잡아가나?”

“몰라서 이러세요?”

“덕분에 오늘 장사는 거덜났군.”

“대개 김 순경 혼자 와서 관상만 보고 가더니, 오늘은 또 무슨 귀신이 씌었는지 둘씩이나 군식구를 달고 올지 누가 알았나 뭐. 에이그 지겨워. 무슨 놈의 세상이 손님을 보고도 수상한 사람인가 아닌가 검사를 해야 하니. 아무리 일선지구라고는 하지만 너무해. 그걸 알면 누가 우리 집에 오겠어요.”

“그나저나 당신 큰 실수를 한 것 같애.”

“왜요?”

“아까 저 사람들이 하는 소리 못 들었어? 보통사람들이 아닌 것 같던데.”

“저 사람들이 뭐랬기에?”

“하여간 그런 느낌이 들었어.”

“힘없고 빽없는 우리가 뭘 알아요. 힘 가진 관에서 하라는 대로 했을 뿐인데.”

“그렇기는 하지만 예사 기관에서 나온 사람들이 아닌 듯하단 말요.”

“기관이라면?”

“아, 경찰보다 더 무서운 게 기관 아닌가. 우리 같은 것들은 마음만 먹으면 쥐도 새도 모르게 없앨 수 있는.”

“설마, 그런 사람들이 하릴없이 이런 시골구석에서 텐트 치고 지내다니 뭐가 뭔지 잘 모르겠네.”

“기관에 있는 사람들이 나는 어떤 기관에 있소 하고 이마에 써붙이고 다니나.”

“그럼 우린 어떻게 되는 거예요? 잘못하면 양쪽에서 당하겠네.”

“당신 말대로 힘없고 빽없는 우리를 어떻게 할까마는, 신고도 누울 자리 보면서 하라구.”

"참 일진이 나쁠라니깐 별일 다 보겠네. 어쩐지 마을 이장집으로 알리러 갈 때부터 내키지 않더라니. 그건 그렇고, 김 순경이나 본서에서 나왔다는 경사라는 사람은 왜 저 사람들 조사도 않고 갔을까요."

"그들이 먼저 냄새를 맡았겠지. 힘을 지닌 맞수끼리는 그런 수가 종종 있다구. 또 김 순경이랑은 비번이랬잖아. 자기네끼리 우연히 어울렸다가 때맞춰 연락이 오니깐 얼씨구 핑계를 대고 달려왔을 거야. 뻔해. 그러니까 처음부터 그들의 목적이 검문에만 있었던 것도 아닐 거야. 요새는 기는 놈 위에 나는 놈이 많아 잘못 건드렸다간 되감기기 십상이므로, 에라 실속이나 때우자는 또 하나의 목적으로 돌아섰을 거야."

상보는 소리를 죽이고 흐흐 웃었다. 그리고 급히 내를 건넜다.

"이대로 여기서 떠나는 게 어떨까?"

상보가 천막 안으로 들어서자 덕구가 채근했다.

"암만해도 기분이 언짢아."

"나도 지금 저 집 여자와 남자의 말을 오줌누다가 얼김에 들었는데, 여자가 우리를 거동이 수상한 자로 신고한 모양이더라. 경찰이 온 것도 그 때문이야."

"그래애? 어쩐지 미심쩍더라니. 괘씸한 여자군. 그렇다면 더구나 빨리 이곳을 떠야겠군."

"그렇게 하도록 연락망이 짜여 있고, 안 그랬다간 혼나나 봐."

"서둘자, 어떻든."

"아냐. 이대로 있는 게 나을 것 같다. 어차피 아침에는 떠나야겠지만."

"어째서?"

"지금 차비를 서둘면 혐의만 굳어져. 벌써 자동차 넘버도 알아놨겠다, 지금쯤 그들이 어디선가 망을 보고 있을지도 모르잖니."

"그럴 바엔 아까 검색을 하는 게 마땅하지 않았을까?"

"자기들대로 수를 쓰는 셈이겠지. 아무튼 오늘 밤은 예정대로 여기서 자는 것이 낫겠다."

"그러자 그럼. 저들이 수배자 명단 어쩌고 하던데, 내 이름도 거기 들어 있을까?

"해본 소린지도 몰라. 그에 대비하기 위해서도 주민등록증 같은 건 절대로 내보이지 마라. 그건 케이스 바이 케이스로 써먹어야 해. 나하고 내일 헤어진 후에도 그래야 할 거다. 오늘 밤은 별일 없을 거야."

그러나 상보의 예측은 빗나갔다. 두 사람이 오지 않는 잠을 청하기 위하여 이리저리 뒤척이다가 비몽사몽간을 헤매일 때, 간밤에 왔던 형사들이 그들의 텐트를 덮쳤다. 어느새 새벽녘이 가까워 왔을까, 희붐한 바깥에서 들려오는 오토바이 소리를 먼저 들은 건 덕구였다. 멀리서 들릴 때는 알아차리지 못하다가 점점 소리가 가까워졌을 때에야 분명히 들었다. 시내 상류 쪽에 걸려 있는 멀쑥한 시멘트다리를 건너왔음직한 오토바이가 근처에서 요란하게 부르릉거릴 무렵엔, 상보도 번쩍 눈을 떴다. 두 사람은 누가 먼저랄 것도 없이 눈을 마주쳤다. 당장은 아무 말도 못 하고 서로 거북스러운 눈만 깜박였다. 오토바이는 바퀴가 모래톱에 자꾸 빠지는 탓인지 몇 번씩이나 용쓰는 소리를 내다 말고 천막 앞에서 멎었다. 순간적인 고요가 신새벽의 시냇가를 휘감았다.

"일어나지 말고 누워 있어."

상보가 명령조로 짧게 말했다.

"실례합니다."

이내 굵은 음성이 들려오고 누군가가 허리를 굽혀 애초부터 열려 있는 천막 옆구리를 막아섰다. 상보가 상체를 비스듬히 일으켰다.

"지서에서 나왔습니다. 안면방해를 해서 죄송합니다만, 신분증 좀 보여주십쇼."

김 순경이었다. 초저녁과는 달리 정복을 입고 있었으며 뒤에 서 있는 사람도 마찬가지였다. 서 경사는 아니었다. 그가 본서로 돌아가면서 두 사람을 검문해보라고 일렀는지도 모를 일이었다.

"꼭두새벽에 신분증은 무슨 얼어죽을 놈의 신분증야. 당신들은 그만한 예의도 없어?"

상보가 거칠게 받았다.

"죄송하다고 하지 않았습니까. 우리도 직무상 어쩔 수 없습니다."

"직무 좋아하네. 여긴 말하자면 우리들의 안방이나 다름없는데, 만일 부부가 누워 있었다면 어쩔거야? 당신들은 부부가 잠자리를 같이 하고 있는 방에도 구둣발로 쳐들어갈 위인들이군. 그게 민중의 지팡이들이 할 짓이야?”

“왜 이러십니까. 일단 밖으로 나오셔서 얘기합시다. 우린 공무집행 중이란 말요. 여기 지서장님도 오시고.”

김 순경은 얼른 뒤를 돌아다 보았다.

“그게 낫겠소. 어서 나오쇼.”

지서장이란 사람이 한 발짝 앞으로 다가서면서 얼렀다.

“경고해두지. 우릴 건드려서 하나도 좋을 게 없다는 것. 당신들의 충실한 근무태도는 우리가 서울 가거들랑 치안본부장을 거쳐 당신네 서장에게 일러두기로 하지. 정식으로 관등성명이나 말해보라구. 기억을 해둘게.”

이때 덕구가 부스스 일어나 앉았다.

“무슨 일인데 이렇게 소란스러워.”

“죄송합니다. 아무것도 아닙니다. 대령님께선 더 주무시지요. 오늘 할 일이 태산 같은데 잠을 많이 자두셔야지요.”

귀찮다는 듯이 눈을 부비는 덕구 앞에서 상보는 쩔쩔매는 시늉을 해보였다.

“이 사람들은 누구야. 뭔데 남의 잠자리에 나타나 훼방을 놓는 거야?”

덕구가 무겁게 입을 뗐다. 그게 오히려 소리를 높여 힐난한 것보다 효험이 있었나 보았다. 김 순경과 지서장은 알아보게 움찔하는 기색이었다.

“지방경찰이랍니다. 낯선 사람들이 인적이 드문 곳에서 텐트를 치고 있으니 직책상 당연히 둘러볼 만합니다. 비상시국에서 얼마나 칭찬할 만한 복무자셉니까.”

“하기야 그렇군. 덕분에 잠이 달아났지만. 그럼 한숨 더 자볼까.”

덕구가 도로 눕는 걸 기다려 상보는 다시 그들에게 눈을 돌렸다.

“이런 말은 하는 게 아닌데, 당신들의 직무에 대한 열성이 가상해서 한마디 일러주겠소. 사실은 우리도 댁들과 비슷한 일을 하고 있는 처진데 성격이 좀 다를 뿐이오. 특수공작임무를 띠고 서울 떠난 지가 하도 오래되어, 심신이 피로해서 여기다 진을 친 게 우리의 실책이라면 실책이군. 잠자리를 여관이나 호텔로 정하지 않는 이유는 직무상의 비밀에 속하니까 굳이 설명할 필요가 없겠고…… 이만하면 알겠소?"

상보는 이 대목이 고비다 싶어 말꼬리에 힘을 주었다. 다행히 그들은 처음보다 훨씬 기가 죽어보였다. 여전히 긴가민가 머뭇거리는 기미는 있었지만 어찌할 바를 모르고 있는 건 틀림없다는 느낌을 갖게 했다. 지서장의 마지막 한마디는 한결 더 마음에 들었다.

"군인들이십니까?"

잘 먹혀들어간다고 여겼다. 그러나 상보는 그 말을 냉큼 받아먹지 않고 짐짓 여운을 깔았다.

"굳이 신분을 밝히자면 그렇소. 또 압니까, 우리가 이러고 다니다가 여러분의 도움을 청할 때가 있을지. 그땐 모르는 척하지 말고 신세 좀 집시다."

혼자 장구 치고 북 치는 격이었다. 제멋대로 결론을 내린 것이다. 머쓱해진 경찰관들은 시들시들 뒷걸음질을 쳤다.

"진작 그렇게 말씀하실 일이지."

지서장은 헛물을 켜고 난 사람의 미련을 섞어 말했다.

"실례 많았습니다."

김 순경은 두 사람에게 거수경례까지 붙였다.

그들이 오토바이를 되돌려 타고 멀리 사라지는 것을 확인하고서야 상보는 얼굴 가득히 웃음을 담았다.

"어떠냐, 내 연기. 이만하면 수준급이지? 네 추임새솜씨도 그만하면 쓸만했어. 저들이 가장 궁금히 여기는 건 이쪽의 정체야. 직업과 계급이 무어냐는 걸 알고 싶어 안달하는 거라구. 그런 때는 끝까지 안개를 피우며 적당히 구슬러야 돼. 절대로 밝혀서는 안 된다. 막판에 가서 밝혀질지언정 미리 겁먹고 주눅들 필요없다구. 저들을 실망시키는 것도 미안하고 말야. 힘겨루기에서는 그게 철칙이야. 봐라. 다급하니까 저희끼리 결론을 내리고 동곳 빼지 않던. 군인이 판치는 세상인데 즈이들이 감히 명함을 내밀어? 어림없지. 내가 너에게 이만큼 오리엔테이션을 시켜주었으면, 내가 떠난 다음에도 어지간히 해볼 수 있겠지?"

"힘겨루기라기보다는 사기시합 같다."

"그럼 어때. 먼저 누르는 놈이 장땡인걸. 그런 배짱 없인 노상 당하고 마

140

는 걸 어떡해. 이제 가자.”

덕구도 일어섰다. 텐트를 거두고 흩어진 짐들을 꾸리기 시작했다. 아, 하지만 힘겨루기는 아직 끝난 게 아니었다. 경찰관들이 떠나고, 그들이 대충 짐을 챙겨 자동차에 올라타려고 할 즈음이었다. 훤히 동이 튼 시내의 시멘트 다리를, 한 대의 군용지프차가 달려오는 게 보였다. 두 사람은 가슴이 뜨끔했다. 동시에 마른침을 꿀떡 삼켰다. 지프차는 덕구네 자동차 근처까지 와서 멎었다. 운전병이 시동을 끄자마자 안에서 두 사람의 사복 청년이 재빨리 뛰어내렸다. 그들은 성큼성큼 다가왔으며 그 중의 하나가 건조한 어투로 말했다.

“○○지구 군수사대에서 나왔습니다. 딴 말 마시고 우리와 함께 사무실까지 가셔야겠습니다. 자세한 건 가서 말씀하시기로 하고, 우리가 이 차를 함께 타고 가지요.”

그들은 덕구와 상보를 포니승용차에 몰아넣다시피 하였다. 상보도 그들의 형세에 눌려 더 이상 입을 열지 않았다. 덕구는 허망한 힘겨루기의 결과를 쓸쓸히 되새겼다. 다슬기로 시작된 괜찮았던 정서가 상보의 한계가 뻔한 힘의 논리 굴리기 끝에 산산이 부서진 느낌이었다. 그렇다고 그를 원망하고 싶은 생각은 조금도 없었다. 오히려 그의 뜬금없는 개입이 고맙고, 해피엔딩으로 끝났어야 할 결말이 어이없게 뒤집힌 데 대해 낙망하고 있을 그를 위로해 주고 싶었다. 다만 그들이 탄 차가 큰 길로 들어섰을 때, 멀쑥하게 키 큰 포플라나무 밑에 오토바이를 비스듬히 받쳐놓고 있던 김 순경과 지서장이, 그들 일행을 보고 잔잔한 웃음을 흘리고 있는 광경이 좀 기분 나쁠 따름이었다. 어제부터 겪은 일들이 구경거리로서는 매우 그럴 듯했다는 한심한 생각과 함께, 막판에 끝내 모습을 드러내지 않았던 가게집 내외가 사실은 어디선가 자신들의 최후를 지켜보고 있었을 것이라는 짐작도 들었다.

그때 여자와 남자는 어떤 표정이었을까. 힘이 시키는 대로 움직이고, 힘을 뽐내는 자들끼리 맞붙인 뒤끝을 즐기고 있었을까. 아니면 발을 동동 구르면서 자기들이 타의에 의해서나마 만들어낸 결과를 자책하며 안타까워하고 있을까. 그것만은 전혀 알 수가 없었다. 상보가 말한, 불투명한 정체가 갖는 일시적인 힘이 그 집 내외에겐 해당되지 않을 게 분명했다. 그럼에도 불구하

고, 그들이 있는 대로 내보일 수밖에 없는 활짝 까발려진 정체의 ‘정체’ 또한
끝까지 불분명하기 때문에 더 큰 힘을 지니고 있을 것이라는 이치도 확인했
다.

　덕구는 마음속으로만 고개를 흔들었다. 사람을 집단으로 나누어 선의와
악의를 구별짓도록 만드는 단서를 제공한 측의 정체야말로 먼저 정확히 밝
혀져 마땅하다고 믿었기 때문이었다. 맥이 풀리면서도 힘이 솟아나는 그를
시험하듯, 자동차는 지난번 장마로 움푹 패인 ‘함정’에 일단 엉덩방아를 찧
고 나서 계속 달렸다.

── 1988년

희망은 묘지 위에

"어디까지 올라갈 참이에요?"

헉헉거리는 소리에 이은 아내의 불평이 또 터졌다. 그러나 그는 대답하지 않았다.

"당신이 찾는 묘는 어딨어요? 성묘철도 아닌데 도대체 누구의 묘를 찾아 가는 것인지 알고나 갑시다. 설마 일찍 죽었다는 당신의 옛애인 무덤으로 날 데리고 가는 건 아니겠지요?"

그는 킥 웃고 비로소 뒤를 돌아다보았다.

"왜 켕기나? 산발한 귀신이 갑자기 무덤 속에서 튀어나와 내 서방 내놓으라며 달려들까 봐 겁나?"

"무슨 말씀. 오히려 잘됐으니 제발 가져가라고 노자돈까지 얹혀주고픈 심정인데."

"흥, 단물 다 빼먹었으니 아무 쓸모가 없다, 이거로구면. 그 말 후회하지 않겠지? 책임질 수 있지?"

"허튼소리 그만 하고 내려갑시다. 모처럼 고향에 왔다가 이게 무슨 꼴이우. 당신 조상이 이 공원묘지에 묻혔다는 말은 한 번도 비친 적이 없잖아요?"

"허, 말이 많아. 당신은 잠자코 따라만 오면 된다구. 이것도 관광이거니 생각하면 될 것 아닌가. 관광이 별 건가?"

"무어라구요? 오래 살다보니 별 희한한 소릴 다 듣네. 누가 들으면 당신더러 돌았다고 하겠구랴."

"그럴 테면 그러라지. 보라구 경치가 좀 좋아? 우리보다 먼저 간 선배들의 유택 사이를 열병하듯 지나가는 맛도 그럴 듯하고 말야. 저기 꼭대기에 올라서면 온 시가지가 시원하게 트인 걸 구경할 수 있다구. 조금만 참아요."

그는 스스로의 말에 힘을 얻은 기세로 꽤 가파른 산길을 올랐다.

"별꼴이 반쪽이라더니 살다살다 이런 일은 또 처음이네. 그나저나 무슨 놈의 공원묘지를 이런 데다 잡았을꼬. 평퍼짐한 장소라야 관을 떠메고 가기 쉽겠거늘 이건 어지간한 등산과 진배없잖아요?"

"염려도 팔자. 저쪽으로 자동차길이 뚫린 게 안 보여?"

산비탈을 깎아 갈짓자 형으로 다진 아스팔트길을 가리키며 그가 말했다. 그는 그 길을 마다하고 막바로 산정을 행해 질러가는 속셈을 당신 알 리 만무라는 심정을 혼자 굴리면서도, 서서히 젖어드는 안개 같은 기억의 한가운데로 자진해서 빠져들었다.

"좀 쉬었다 갑시다. 이까짓 공동묘지의 산봉우리가 뭐 대단하다고 기를 쓰고 올라가야 하는지, 원. 거기 가면 무슨 희망이라도 솟는답디까?"

"맘대로 해. 여기서 기다리든가. 코 앞에까지 와서 주저앉을 건 뭐야."

아닌게 아니라 그도 무르팍이 다소 시큰거렸으나 참았다. 어렸을 때는 이 산을 아침마다 단숨에 오르내린 생각을 추어올리며, 가쁜 숨 속에 서린 자신의 노쇠를 실감했다.

머지않아 정상에 선 그는 아득히 퍼진 시가지를 온몸으로 안듯 눈을 크게 떴다. 입으로는 한숨이나 다름없을 심호흡을, 그러나 조용히 뿜었다. 발 아래 누워 있는 수많은 무덤들은 이미 그의 눈에 들어오지 않았다. 예전의 마을 앞 동산에 오른 감격만을 뿌듯하게 확인했다. 소나무가 빽빽이 들어서고, 산 아랫자락으로는 삼목(杉木)이 죽죽 뻗어 있던 왕년의 놀이터를 다시 찾은 반가움으로 가득했다. 칠성암 밑으로는 시늉만의 계곡이 여전히 흐르고, 능선에 소가 누워 있는 모양으로 박혀 있던 너럭바위도 그의 상상력은 능히 재생시킬 수 있었다. 실지로 눈에 잡히는 건 수없이 많은 동그란 묘와 점점이 박힌 비석들 뿐이었을 망정, 그는 그것들을 지우고 동산이 공원묘지로 탈바꿈하기 이전의 야트막한 야산을 떠올리고 있었다.

야산이 끝나는 지점에 있던, 물론 지금은 없어진 동네와 그 속의 자기 집

144

을 눈으로는 쉽사리 꾸몄다. 그러나 묘지 입구쯤에 바로 그가 살던 초가집이 있었을 것이라는 짐작은 그를 또 한없이 허퉁하게 만들었다.

"경치가 그럴싸하더니 별것 아니군요. 번잡한 시가지와 묘지들의 행렬이 기묘한 대조를 이루고 있는 걸 빼고는 뭐 볼 게 있다구……."

그의 조작된 착각은 뒤따라 온 아내의 예견된 실망 때문에 여지없이 깨졌다.

"이리 와서 앉아요."

아내는 더는 입을 놀리지 않고 그가 시키는 대로 고분고분 다가와 손수건을 간 위에 엉덩방아를 찧듯 털썩 주저앉았다. 그리고 둘은 말없이 아물아물한 시가지 쪽으로 눈을 겨눴다.

"이봐, 저어기 아래쪽으로 묘지 입구가 보이지? 그 부근에 동네가 있었고 그 가장자리, 그러니까 화단이 있는 자리께에 우리 집이 있었다구."

아내는 '그래요?' 하는 표정으로 그의 다음 말을 재촉하듯 입을 다물었다.

"당신과 내가 결혼할 당시만 해도 멀쩡하게 남아 있었는데 십 년도 못 가서 마을 자체가 송두리째 증발해버렸지 뭐야. 그게 칠십 년대에 막 들어설 무렵이었을걸. 보시다시피 이런 공원묘지가 생긴 때문이었어. 내가 여러 번 얘기해서 알고는 있었겠지만, 나도 막상 묘역 안으로 들어온 건 이번이 처음이야. 조실부모를 해서 고향이랬자 아무런 근거도 없어 자주 내려올 처지가 못 되었으나, 어쩌다 들른다 하더라도 이 근처엔 얼씬도 안 했거든. 그 기분 알만하잖소?"

좀전의 그녀답지 않은 새살거림은 어디로 갔을까. 아내는 갑자기 뚱한 얼굴인 채 말이 없었다. 모처럼 피차의 고향을 중심으로 나들이나 다녀오자고 제안했을 때부터 아내는 황당하게 들뜬 기색을 감추지 않았다. 여행하는 동안에 목격한 작은 일에도 과장스럽게 감탄하고 의미를 부여하는 따위 너스레를 곧잘 떨었다. 그러다가 자기가 살던 마을에 당도하면서 그녀의 감정은 절정에 달했다. 이십여 년만의 고향방문이라 아는 사람보다는 모르는 얼굴이 더 많고, 몇몇 기억에 남는 사람일지라도 하얗게 바랜 연줄을 이리저리 대주고 나서야 희미한 상상력을 회복하는 그들에게 적잖이 실망하는 눈치였다. 그러면서도 겉으로는 그걸 드러내지 않았다. 마을 뒤에 있는 동산으로 일부러 그를 끌고 가서는, 대단치도 않게 생긴 소나무를 두 팔로 껴안으며 반가워 죽겠다는 투의 과장된 몸짓을 해보였다.

"물론 마을이래야 가구가 얼마 되지는 않았어. 지금은 이 일대도 시로 편입되었지만 그때는 이 도시의 변두리이면서 다른 군에 속했거든. 맨 나중에 돌리게 마련이던 우리 동네 편지는 담당 우체부가 직접 배달하기보다 오 리 밖에 있는 국민학교 아이들의 손에 들려져 있는 수가 더 많았다구. 늙은 우체부가 몇 통의 편지를 나누어주기 위해 오 리 길을 터덜터덜 걷는 걸 까마득하게 느낀 때라든가, 아는 사람한테 붙들려 막걸리잔이라도 대접받는 날은 으레 그러기가 십상이었지. 아냐, 아이녀석들이 자청하는 일이 더 많았을 거야. 하학길이 심심한 이놈들은 우체부 아저씨만 만나면 우리 동네로 가는 편지를 내놓으라고 오히려 조르는 판이었으니까. 왜 그런 거 있잖소. 힘 안 들이고 생색을 내면서 수고의 대가로 주전부리라도 얻어 걸렸으면 하는 심리 말야. 궁핍한 시절이라 그럴 법도 했지. 허나 반드시 그것만은 아니었어. 개중엔 장난기가 얽힌 호기심의 발동이 더 컸을 거야. 겉봉에 씌어 있는 동네 처녀의 이름이라도 발견할라치면 침으로 편지 뚜껑을 열고 알맹이를 발라내어 제놈들이 먼저 읽는 거라. 거기서 그치면 또 몰라. 동네방네 소문을 퍼뜨리는 바람에 어른들한테 여러 차례 혼나기도 했지만 그때뿐야."

그가 제풀에 웃었으나 아내의 반응은 시큰둥했다. 그러자 그는 자신의 어조를 축 늘어뜨리며 이야기를 계속했다.

"그런 동네였는데 시로 편입되면서 이 동산이 묘지로 변했지 뭐야. 시 중심지에서 그다지 멀지도 않고 비교적 산세가 완만해서 공동묘역으로는 안성맞춤이었을 테지. 눈독을 잔뜩 들인 업자가 앞장 서고 시당국에서도 그걸 부추기고 나서는 통에, 마을 사람들은 꼼짝없이 집과 전답을 헐값에 넘기고 뿔뿔이 헤어졌어. 끝까지 버틴 사람이 없지는 않았지만 대세가 그쯤 되었으므로 도리없었을 거야."

"그만 해둡시다. 여행의 끝머리를 무덤 위에서 보낸다는 게 어쩐지 처량하구려. 당신 심정은 알 만하지만 지난 일을 되새겨 무엇하겠수."

아내는 그의 시답잖은 회고담이 싫었던지 말과 함께 불쑥 일어섰다. 아내가 그러거나 말거나 그는 미동도 하지 않고 팔을 들어 멀리 움푹 파인 곳을 또다시 가리켰다.

"보이지? 저 골짜기. 그 부근엔 왜놈들이 조림해놓은 삼목숲이 울창했는데 말씀야. 겨울이면 나무 위에 올라가 마른 가지를 치다가 산간수한테 들켜 낫과 갈퀴를 빼앗기는 등 치도곤을 당한 적이 한두 번이 아니었구먼."

아내는 할 수 없이 도로 퍼질러 앉았다.

"참 이상해. 나는 이 동산에서 희망과 절망을 동시에 키웠는데 지금은 둘 다 간 곳이 없구먼. 꽉 들어찬 분묘들 속에 예전의 내 희망도 묻혀 있는 것 같고그래."

"애들처럼 희망이니 절망이니를 따질 나이가 아니잖아요. 그것도 힘 좋을 때 말이지, 지금은 그런 감정마저 뿌옇게 날아간 마당에 청승 좀 그만 떱시다."

"헌데 그 절망이라는 것, 그게 소시적엔 희망보다 더 큰 무게로 작용한다는 걸 경험해본 일은 없소? 감상은 절망과 통하고 희망이 곧 절망으로 왔다 갔다 하면서 넘나드는 재미를 맛본 시절이 없었느냐구?"

"당신, 갈수록 산이네요. 여기까지 나를 끌고 온 것하며, 생뚱맞게 소년 때의 희망이니 절망이니를 들먹이는 이유를 도통 알 수 없군요."

"그런들 대순가. 당신 백에 마시다 남은 양주가 있을 거야. 그거 이리 내놔. 느닷없이 갈증이 나네."

아내는 군소리없이 들고 온 작은 백을 뒤져 반나마 차 있는 술병을 꺼냈다.

"안주도 없이요?"

술병을 빼앗다시피 나꿔채어 입으로 가져가는 남편을 아내는 근심스런 눈초리로 지켜보았다.

"저쪽을 봐. 다른 곳보다는 지대가 평평하지? 그 자리에 칠성암이라는 쬐끄만 암자가 있었어. 그 아래로 조금 내려가면 누군가를 암매장한 묘가 하나 있었는데, 그곳은 내가 아무도 몰래 혼자 놀다 가는 명당이었거든. 비밀아지트라고 해도 좋아. 거기서 뒹굴며……."

그는 말을 하다 말고 조용히 눈을 감았다. 우울할 때, 마음이 까닭없이 울적할 때, 뒤를 밟는 사람이 있을 턱이 없는데도 앞으로 저지를 자기 소행이 몹시 켕겨 자꾸만 뒤를 되돌아보던 생각을 마음속으로만 띄워올리고 있었다. 무명의 묘 옆에 엎드려 몸을 땅에 찰싹 붙이고 있으면, 그 부분이 갑자기 간질간질해지다가 맹렬히 부풀어오르던 기억이 새삼스러웠다. 다음엔 몸을 발랑 뒤집어 조급하게 바지단추를 풀고, 지독하게 파란 하늘을 우러러 그 짓을 하고 나면 맥이 탁 풀렸다. 그는 겨우 중학교를 마쳤을 뿐이었다. 친구들은 고등학교로 모두 진학했는데도 집안형편이 턱없이 어려워 막막한 시간을 작살내야 했던 그는 어떻게든 몸을 학대하는 방법을 익혀야 했으며, 그 짓은 이판사판의 막된 심정이랄지 작은 타락을 자청하는 행위로 제격이었다. 가을엔 엎드린 채로 한 움큼의 잔디를 쥐어뜯어 하늘에 날리고, 봄엔 막 땅 위에 돋아난 여린 싹들을 무자비하게 꺾으며 무엇이든 짓이기지 않고는 못 배길 감정을 스스로 부채질했었다. 나에게 희망은 있을까, 나에게 있어서의 희망이란 무엇일까를 몽롱한 눈으로 휘어잡으려고 안간힘 쓰는 일이 일과처럼 반복되었다.

"음정은 엉망이지만 내가 유행가 레퍼터리를 많이 지니고 있다는 건 당신도 인정하겠지? 그 기초실력을 바로 저 자리, 저 비밀아지트에서 길렀어. 한번 시작했다 하면 보통 삼십 곡에서 오십 곡까지 메들리로 불러야만 직성이 풀렸으니까."

"차라리 그 길로 나가지 그랬어요. 당시엔 지방마다 신인가수를 뽑는 콩쿨대회가 좀 많았나요. 우리 동네서도 그 방면에 다소 소질이 있는 바람난 처녀·총각들이 그런 대회에 나가려고 어지간히 나대던데. 그러다 뽕은 커녕 임도 못 따고 나가떨어지는 아이들이 적지 않았지만 말이에요."

"봄이면 진달래 꽃잎을 잘근잘근 씹어대면서 불렀거든. 콩나물대가리를 배우지 않았기 때문에 음정과 박자는 엉망이었을지 모르나, 감정처리 하나는 내가 생각해도 끝내줄 만큼 기가 막혔지. 자지러지다가 높이 솟고, 한없이 끌다가 딱 끊는 솜씨가 제법이었다구. 안 그러겠나 상상 좀 해봐. 언제나 배는 고프지, 희망의 파랑샌가 뭔가는 산 너머에도 있는 것 같지 않지, 보이스 비 앰비셔스, 즉 소년이여 희망을 가지라는 따위 사탕발림 같은 말을 입안엣소리로 되뇔지언정 비벼댈 언덕이 있어야 할 게 아냐? 자연히 가락이 처지고 늘어지면서 감정처리가 능숙해질밖에. 그때부터일걸, 내가 슬프지 않은 노래는 노래가 아니라고 치부한 것은. 유행가의 맛은 거기에 있는 것 같애. 그런데 이 대목이 또 묘해. 슬픈 노래를 바닥내고 나면 이상한 용기가 슬며시 괴어오르더라, 이 말씀야. 이 역전의 기미를 사람들은 잘 몰라. 바닥까지 떨어져 무얼 더 내주고 받을 것도 없다고 작심하며 끝없이 밑으로 가라앉자마자 고개를 쳐드는 안간힘의 괴력을 그들은 알 턱이 없다구. 이대로 물러날 수는 없다는 오기가 모락모락 치솟는걸? 단말마의 용트림이라고 해도 좋아. 아무튼 나는 그랬다니까. 그런 경험이 없었다면 나는 오늘의 나나마 지탱하기 힘들었을 거야.”

“안된 말이지만 그래서 아무 죄 없이 멀쩡한 직장에서도 쫓겨나구.”

아내의 당돌한 지적에 그는 술병 주둥이를 입으로 가져가다 말고 느닷없이 껄껄 웃었다. 그리고는 술병을 아내에게 건넸다.

“한 잔 안 할 거야?”

“한 모금 마시고 싶지만 참을래요. 공동묘지에 앉아서 처량하게 마시는 술은 당신 한 사람으로 족해요.”

그는 아내의 얼굴을 찬찬히 뜯어보았다. 오십을 훨씬 넘긴 나이 치고는 아직 쓸만하다는 치사한 생각이 이는 한편으로, 나는 이 여자의 모습을 당당하게 훑을 수 없다는 자격지심도 밀려왔다.

“이상해.”

“뭐가 또?”

“있잖아, 나를 밀어낸 놈들은 더러운 권력인데도 불구하고 그들의 정체는 애매모호한 대신 직장 안에서 그들의 손을 들어준 데 불과한 녀석들의 얼굴은 분명히 떠오르거든. 잠을 잘 때나 지금처럼 여행을 할 때마다 불시에 나타나 기분 나쁘게 만들지 뭐야. 그들이 불쌍하기도 하고그래.”

“말리는 시누이가 더 밉다, 이 말이에요?”

“그런지 어쩐지 모르지만 하여간 그래. 그것이 단재 신채호 선생이 말씀하신 저주와 통하는 걸까. 그 양반은 말씀하셨어. 저주가 개인 차원에 머물지 않고 집단으로 표현되었을 때 그 힘은 막강하다는 뜻을. 그리고 한탄하셨지. 아, 우리 민족에게는 왜 이렇게 저주하는 정신이 모자랄까 하고. 물론 단재 선생님이 그 말을 했을 때의 시점은 일제가 우리 나라를 삼킨 초기단계였으므로, 저주의 대상이 그쪽으로 쏠려 있어야 한다고 해석하는 것이 옳지만 말야."

"괜스레 팔십 년 이야기까지 나왔군요. 피차 맘 상하게. 하기야 그 당시는 곧 죽을 것만 같더니 살다 보니 그것도 옛말이 되었구랴. 그때 당신이 대학에서 떨려나 팔리지도 않을 원고를 끼적거릴 땐 가슴에서 열불이 납디다. 도척 같은 자들이 어째서 앰헌 사람 밥줄까지 끊는가 해서. 하루하루의 생활 자체보다도 그 고통이 더 크고 견딜 수 없었어요. 여기 누워 있는 분들도 제각기 그런 식의 타다 남은 한을 끌어안고 갔을까요?"

아내는 축축한 어조와는 다른 메마른 눈으로 묘지를 쑥 훑었다.

"이 사람이 서서히 내 꾐에 빠져드네. 허허."

그는 웃고 나서 화제를 돌렸다.

"그건 나도 모르겠고, 어쩌면 이 동산이야말로 애초에 희망과는 정반대인 죽음의 깃털을 쓰고 있었는지도 모른다구."

"⋯⋯?"

"들어봐. 내가 암매장한 묘 옆에 누워 있기를 좋아했다고 했지? 그럴 무렵 그 무명인사의 묘에서 이삼백 미터 떨어진 곳엔 또 하나의 반듯한 묘가 들어와 있었어. 누군고 하니 이 고장 출신의 장군이었는데, 그는 여순 사건의 토벌군에 속한 장성이었다구. 엘 나인틴이라는 잠자리비행기를 타고 가다가 추락하는 바람에 죽었다던가? 전장에서 전사했다던가? 그랬어. 아무튼 그렇게 해서 죽은 다음에 고향으로 돌아와 묻힌 건데, 내가 이야기하고 싶은 건 단순히 그 사실만이 아냐."

아내는 흥미를 느끼지 않는지 팔목시계를 들여다보았다. 해가 기울기에는 이른 시간이었다.

"얼마 가지 않아서 육이오가 터졌거든, 한데 소대 단위의 인민군이 이 산 밑에 주둔하게 됐어. 한 대의 멍청하게 생긴 소련제 트럭을 신주단지 모시듯 하면서, 나뭇잎 등을 꽂은 위장망을 덮어씌운 걸 아이들이 보았어. 알고 보니까 그들은 산 자들만이 온 게 아니데. 인민군은 전사들까지 끌고 왔지 뭐야. 그들은 여남은이나 되는 시체를 이곳에 묻었을 뿐더러 일일이 나무팻말까지 세웠더군. 그들이 떠난 뒤에 그걸 확인한 나는 무섭기도 하고 기묘하기도 하고 그러더라구. 비석 아닌 팻말에는 전사자의 이름과 계급과 출신지가 적혀 있었는데, 그걸 본 나는 전쟁이 안겨준 처참한 기억과 함께 사람의 운명은 알 수 없다는 괴상한 생각이 들었어. 가령 평안북도 개천군의 무슨 면 어느 리 출신의 전사(戰士) 아무개, 또는 함경북도 경원군의 누구누구라고 씌어 있는 걸 읽으면서 그런 느낌이 들더라 이 말이지. 당신도 보아서 알겠지만 그들은 퍽 어리데. 머리를 짧게 깎아서 더욱 소년처럼 보였는지는 모르나, 하여튼 멀리 고향을 떠난 그들이 이름도 생소한 남쪽 고장에 와서 묻히리라고는 상상이나 했겠어?"

그는 말을 마치고, 그다지 경계심을 품지 않던 인민군과 동네아이들이 때로는 같이 어울려 놀면서 자기들의 노래 등을 가르치던 장면을 회상했다. 더러는 먹을 것을 나누어주던 일도 생각났다.

"왜, 재미없나?"

그는 덤덤한 기색으로 앉아 있는 아내를 돌아보며 물었다.

"얘기해봐요. 어차피 오늘은 당신의 소년시절을 기념하고 회상하는 날 아니에요? 나한테 신경쓰지 말고 실컷 말씀해보세요."

"나야말로 재미 하나도 없네. 남은 힘들여서 지껄이고 있는데 반응이 뭐 그래."

"별것 가지고 심통을 부리시네. 그래요, 재밌어 죽겠으니 어서 계속해보시라요."

이북 사투리를 곁들인 아내의 재담에 그는 가까스로 기분을 회복했다.

"엎드려 절 받기구먼. 맘대로 해. 들으려면 듣고 말려면 말아. 내가 진짜 하고 싶은 애긴 지금부터야. 중요한 것은 말야, 인민군 전사자들의 가묘랄까 무덤이 있는 곳에서 불과 오십 미터도 떨어지지 않은 국군 장성의 묘는, 그때도 전혀 손상되지 않은 채 고스란히 남아 있었다는 거지. 희한하지 않아?"

"희한할 것도 없잖아요. 다같이 죽은 마당에 국군과 인민군의 차이가 어딨겠어요. 이북땅에 묻혔을 국군들의 그것을 생각해봐요. 마찬가지 아니에요?"

"얼씨구. 이데올로기 싸움만 빼면 서로 한 핏줄이다, 이거야?"

"한 핏줄이고 두 핏줄이고 간에 새삼스럽게 남의 묘를 파헤칠 필요가 있겠어요? 그럴만한 여유와 시간도 없었겠다고 여기면 그만이지.”

“대범한 여자군. 죽으면 주의나 주장도 죽는다 이 말씀인데, 그러고 보니 나도 생각나는 게 있군. 당신, 텔레비전이나 영화에서 주인공이 죽은 자기 어머니와 아버지의 묘 앞에 무릎 꿇고 앉아 통곡하는 광경 안 보았어? 자세히는 알 수 없지만 그 묘는 생판 얼굴도 모르는 타인의 것일 거야. 그렇지?”

“맞아. 틀림없이 그럴 거야. 그런 장면을 볼 때마다 나는 속으로 흐흥 웃는다구. 저 묘에 묻힌 사람은 호강하는구나. 예쁜 배우들이 꽃다발을 바치며 절을 하거나 술잔을 바치는 걸 보고 내 자식놈들보다 낫다며 흐뭇해 했을 거라고 믿어. 세상사람에게 선전도 되고 말야.”

“반대의 경우는 어쩌구요. 여보쇼, 나허구는 피 한 방울 섞이지 않은 사람이 어디 와서 쇼를 벌이는 거요? 내가 언제 당신더러 술 끼얹어달라구 했소? 어림없는 소리. 내 자손들이 버젓이 살아 있거늘 번지수를 잘못 찾아도 유만부동이지 얻다 대고 울고 난리요? 썩 꺼지라구! 당신 선조는 아무 산 아무 곳에 묻혀 있으니 얼른 그쪽으로 가보시오. 이렇게 호통칠지도 모르잖아요.”

“말이 되네. 그럴 듯해.”

“우습게 봤더니 제법이라는 소리로 들리네요. 당신 말에 뼈가 있는 것 같아요.”

“천만에. 뼈는커녕 가시도 섞여 있지 않아.”

그는 필요 이상으로 다변해진 아내의 대응에 내심 감탄하면서 말했다. 항상 자진해서 말을 걸기보다는 자기 몫으로 떨어진 대답만을 짧게 비치기 일쑤였으며, 그런 체질이 굳어진 것으로 몸과 마음을 녹이고 기대왔기 때문에, 이제는 상대방의 눈짓이랄지 호흡의 높낮이만을 보고도 무슨 생각을 하고 있는지 금방 알아차릴 수 있다고 믿었는데 그게 아니라는 회의를 느끼는 순간이기도 했다. 한 사람이 가지고 있는 속 모를 깊이는 아무리 부부지간이라 하더라도 다 길어내기 힘들다는 이치를 어떤 섬뜩함과 더불어 확인케 하는 마당이었다. 사람은 그와 같이 못 다 한 말과 생각을 지니고 있다가 무덤 속으로 들어가는 것이며, 발 아래 놓인 저 수많은 무덤들도 그 점에서는 마찬가지일 거라는 객쩍은 심정을 터득하게 만들었다.

“당신 덕분에 하던 이야기를 마치지 못했는데, 내 이야기는 아직 끝나지 않았어.”

　그는 마른침을 삼키고 나서 말을 이어나갔다.

　“국군 장병과 인민군 병사들의 묘는 수복 일 년 후까지도 그대로 남아 있었으니 신통하지 않아? 당신 말대로 사람들은 전쟁을 치른 다음의 가혹한 삶을 맞이하기에 바빠 그와 같은 일에 신경을 쓸 겨를도 없어 그랬겠지만, 적어도 내가 가까스로 대학에 입학하여 서울로 올라갈 끈을 잡았을 때까지만 해도 그들의 무덤은 고스란히 남아 있었다구. 말할 것도 없이 서울을 떠나기 전날도 나는 이 동산에 올랐었지. 그때 처음으로 소년다운 감상에 젖기도 했었어. 인민군이랬자 홍안의 소년티를 갓 벗어난 연령이라 했을 때, 그들은 위에서 시키는 대로 우리 마을에 쳐들어왔다가 무덤과 함께 일찍 희망마저 묻은 게 아니겠어? 하지만 그들의 희망이 끝나는 지점에 있던 나는, 거기서 희망의 꼬투리를 잡고 부푼 가슴을 쓰다듬으며 이 동산을 떠났다, 이거야.”

　“단순한 우연을 가지고 지나친 의미부여를 하는 게 아닐까요?”

　아내는 곱다랗게 눈을 흘기며 다시 물었다.

　“그보다는 당시의 인민군 묘지가 언제까지 남아 있었는지 궁금하군요. 이 년? 삼 년?”

　“어디가. 그럴 수는 없는 일이지. 나중에 서울서 만난 동네사람한테 물어봤더니 그 후 아주 사라졌다더군. 장군의 묘도 딴 데로 이장했는지 보이지 않더라는 거야.”

　“싱겁긴.”

　아내는 그를 쳐다보던 눈길을 거두어 먼 시가지 쪽을 막연히 바라보았다.

　“싱겁다구?”

　“안 그러믄요? 사람을 공동묘지로 데리고 오지 않나, 우리와는 아무 연줄도 닿지 않는 옛날옛적의 무덤 얘기를 꺼내지 않나, 당신의 오늘 행동은 도시 종잡을 수가 없군요.”

　“흥. 무얼 몰라도 한참 모르는군.”

　“모르긴 무얼 모른단 말씀예요?”

　“다그치지 마. 차차 알게 될 테니.”

　“참말로 이상하네. 무슨 꿍꿍이속인지 모르겠네.”

"그건 그렇다 쳐. 당신의 어릴 적 꿈은 뭐였나? 나같이 착한 남편 만나서 사는 게 희망의 전부였나?"

"이걸 어째. 착각도 착각 나름이라더니 너무 엉뚱해서 말이 안 나오네. 기가 막혀."

아내는 놀라움을 과장하는 듯하기도 하고 실지로 화를 크게 내는 것 같기도 하여 본색을 거머잡기 어려웠다.

"좋아, 좋다구. 어느 쪽이든 상관없어. 당신 고향마을의 동산에 올라 친구들과 놀면서 키운 희망이 있었을 게 아냐. 그걸 듣고 싶다 이거야. 내 희망의 본산지는 보시다시피 이렇게 됐으며, 우리는 서서히 희망을 접고 그걸 묻을 장소를 찾아나서야 할 나이가 되지 않았는가베. 어때, 내 말이 틀려?"

"틀리나마나 그딴 얘기는 해서 뭘 해요. 사는 대로 살다가 죽으면 그만이지."

"이런 답답한 사람. 내가 재밌는 얘기 하나 더 해볼까."

"이 양반이 그것 좀 마시고 술이 취했나? 또 시시한 소리나 할라고. 그만 내려갑시다. 팔자에 없이 이러다 공동묘지서 밤 새우겠수."

아내는 일어섰다. 그는 아내의 팔을 거칠게 잡아끌었다.

"앉아요. 어떤 일본 작가의 수필에 그런 게 있었다구. 뭔고 하니 노부부가 정답게 손을 잡고 다니면서 두 사람이 묻힐 땅을 물색하고 다니는 이야기였어."

"어쩜 좋아? 그러니까 당신도 그런 뜻에서 나를 이리 데리고 온 거예요?"

"잠자코 더 들어봐. 억지 동반자살을 하자고는 안 할 테니."

"갈수록 끔찍한 소리만 하네."

"그 부부의 묘지 탐색행각을 읽은 건 내가 이십대 때의 일이었는데, 그렇게 아름다울 수가 없었어. 눈물이 나올 지경이었다니깐."

"그건 순전히 그 나이 또래의 청년들이 갖는 감상과 낭만 탓이었겠죠. 죽음마저도 그렇게 미화하는."

"맞아. 당신 말에 이의를 달지는 않겠어. 하지만 희망이란 것은 죽음과 맞통한다는 말 듣지 못했어? 희망이 있기 때문에 죽음이 두렵지 않고, 그렇기 때문에 희망이 커지기도 하는 상승의 논리를 이해하지 못하겠어?"

“그럼 절망하는 사람이 죽음을 택하는 이윤 어떻게 설명하시겠어요?”

“옳거니. 이제야 내 뜻에 따라오는군그래.”

“이게 뭐야. 중학생들의 풋내기 토론 같네.”

“절망해서 죽는 사람의 죽음은 하나의 사건에 불과해. 엄밀한 의미에서 그건 죽음도 아무것도 아냐.”

“절망한 사람이 들으면 되레 당신을 비웃겠어요. 여기 있는 무덤 중에도 그런 사람이 있을 텐데 말이에요.”

“비웃을 테면 비웃으라지. 난 그렇게 생각하기 싫으니까.”

“나도 당신 생각을 못 따라가겠어요. 말의 사치 같기도 하구요.”

“사치라? 그건 아니고, 나대로는 어지간히 궁리를 끝내고 내린 결론이야.”

“그래서 어쩌겠다는 거예요? 날더러 묘지 탐색행각인가 뭔가에 동행해달라 이 말인가요?”

“그런 게 아니고.”

“그럼? 갈려거든 혼자 가세요. 금광이나 문화재를 캐러 다닌대도 시원찮은데 묘지순례가 뭐예요. 기분 나빠서도 싫어요. 또 다급하면 화장하는 게 낫지, 남은 식구 고생시키면서 번잡하게 장례를 치른다는 것도 거역스럽고.”

“말귀를 잘 못 알아듣는군. 이를테면 당신의 탯줄을 묻은 곳이 어디야?”

“묻기는, 태워버렸다던데.”

“왜 이렇게 청개구리처럼 나올까. 상징성이 문제지, 태우고 묻은 게 무슨 차이가 있어? 태웠든 묻었든 그게 바로 고향이란 것 아니냐구?”

“무슨 소릴 하려구 또 이럴까.”

“어저께 당신 고향마을에 들렀을 때 어쨌어? 아는 얼굴은 거의 사라지고, 당신을 알아보는 사람이 한둘 있다고 해도 의례적으로 반가워했을 뿐 피차 데면데면하기는 매일반이었잖아? 그에 비하면 당신이 오르내리던 동산이 그나마 옛모습을 갖추고 있는 것이 신기했는데, 동산과의 만남도 시들했을걸. 왜냐하면 당신이 이따금 떠올리고 쓰다듬던 동산도 저쪽에서 먼저 낯가림을 했기 때문이야.”

“당신이 전지전능한 신이에요? 말없는 산의 마음까지 아는 척하다니 우습기 짝이 없네요."

어이없다는 표정을 지은 아내는 소녀마냥 입을 삐죽거렸다. 그는 아내가 오랜만에 드러낸 익살스런 짓거리에 가슴이 훈훈해지는 기분이었다.

"그렇게 비꼬면 말이 막히지만서도, 그런 생각 안 들어? 고향이 뭔데. 살아 움직이는 익숙한 얼굴과 그들의 귀익은 말씨에다 그림을 그리기로 들면 구석구석 빼놓지 않고 모조리 그릴 수 있는 산과 들과 과수원과 시내와 논과 밭이 있어 구체적으로 다가오는 게 아니냐구. 그 가운데서도 사람이 제일이지. 어느 누구를 떼어놓고 살피더라도, 그에 관한 사연을 최소한도 십분 이상은 지껄일 수는 있을 만큼 고운 정 미운 정이 들은 까닭에 고향은 실재하는 거지. 그런데 그 사람들은 낯선 얼굴로 바뀌고 그나마 갈수록 졸아드네그려. 풍경도 변하고 말야. 그러니 붙박이로 있는 산도 왜 억하심정이 나지 않겠어. 긴가민가한 동네사람이 수십 년 만에 자기를 찾아오면, 서운해서라도 일단 댁이 누구시더라? 이럴밖에."

"나 혼자 짝사랑한 폭이었군요."

"맞아. 바로 그거야. 그런 판에 타지에서 낳은 이세·삼세가 매우 건조한 기분으로 자기 아버지나 어머니의 고향을 사무적으로 들렀다고 쳐보라고, 양자간에 무슨 감정의 교류가 있겠어. 현대인에게 있어 고향은 일회성의 의미를 띨 수밖에 없는 이유가 여기 있다, 이거야. 기마민족 아닌 거마(車馬) 민족의 성격을 너나없이 갖추면서 생긴 현상이 이건데, 그걸 누가 탓할 수 있겠나? 도리없는 일이지."

"당신, 말 잘하네요."

"뭘, 보통이지."

그는 새어나오는 슬픈 미소를 억누르기 위해 지그시 어금니를 깨물었다.

"하긴 그래요. 나도 어저께 내가 살던 마을에 갔다가 혼자서만 반갑고 전체적으로는 우울한 느낌을 받았어요. 아무도 없는 빈집에 들어갔을 때의 썰렁한 기분과 그 집 주인이 살아 있을 때 와보지 못한 미안함을 동시에 실감했었거든요. 누구나 조금씩은 고향에 대한 미안함과 죄책감을 지니고 산다는 어떤 문필가의 글이 생각난 것도 그때였다구요. 그러자 육이오와 그 이전의 좌우익 싸움으로 깨지고 풍지박산된 집안사람들의 환영이 떠오르더군요.

당신 말대로 내 희망의 흔적이 배어 있던 실물로서의 증거는 온데간데없고 말이에요. 내가 뛰놀던 동산만 해도 그렇지…… 왜 그렇게 초라하지요? 옛날엔 문자 그대로 덩그렇게 큰 산이었는데 이번에 다시 만나보니 그건 산이 아니었어요. 한낱 흙더미에 불과하다는 생각이 들지 뭐예요. 거기서 남편의 외도와 시어머니의 구박에 견디다 못 한 어떤 새댁이 목을 매어 죽은 사건도 벌어졌었는데 이번에 가보니 도대체 목을 매달 만큼 실팍한 소나무 한 그루도 눈에 띄지 않으니 어떻게 된 거죠? 마치 내가 안고 있던 희망마저 저 왜소한 동산과 다를 것이 없었나보다는 비참한 심정이 들더라니깐."

"이 사람, 무슨 소리 하고 있어? 목을 매다는 나무가 백 년 묵은 느티나무처럼 우람해야 한다는 법이 어딨어? 애들 팔뚝만한 굵기면 되는 걸 가지고. 공동묘지로 둔갑하지 않은 것만을 다행하게 여겨야지."

"하기야."

아내는 시무룩한 목소리로 어눌하게 맞장구를 쳤다. 그러더니 갑자기 말이 튀어올랐다.

"이런 상상은 어때요?"

그는 그다지 궁금할 것도 없다는 시선을 아내 쪽으로 돌리며 그 다음 말을 기다렸다.

"가령 이북에서 내려온 분이 통일의 환희를 안고 그리던 고향을 찾았다고 칩시다. 막상 당도한 고향은 혈육은 고사하고 산천도 옛 그대로가 아닐 뿐더러 너무 오랜 세월이 흘렀기 때문에 가까운 친척은 모두 죽었으며, 호적을 뒤지고 족보를 이 잡듯이 훑어 겨우 만난 외삼촌의 아들이나 딸이 자기를 못 본 척했을 때 말이에요. 이쪽에선 스스로의 감격과 설움에 겨워 눈물을 펑펑 쏟는데도 상대방은 멀거니 쳐다보고만 있을 때, 그 사람에게 있어서의 통일의 기쁨은 반감되는 것이 아닐까요? 그 젊은이가 그의 입에서 나온 정다운 사투리와는 동떨어진 표정으로, 댁이 남반부에서 살고 있다는 귀띔은 아버님을 통해 어렴풋이 들었소만, 그러고 보니 당신이 바로 당신이었구려? 하고 마지못해 손을 내밀면 어떻게 될까요?"

"어떻게 되긴? 넋나간 소리 작작하라구. 통일이라는 엄청난 역사의 감동 앞에서 그딴 일이 무어 문제가 되겠어? 그런 사소한 비애들을 도도한 흐름으로 싸안으면서 우리들의 거대한 역사는 충만한 기쁨으로 새롭게 시작되는 게 아니겠어? 통일은 말야, 개인적인 정서나 감상으로 접근할 일이 아냐. 발상부터 고쳐야 돼.”

“그건 아는데요. 어쩐지 난 그런 생각도 들더라 이거라구요. 가끔 신문에 나는 제목 같은 거 기억 안 나요? ‘두고 온 산하’라든가 하는 것 말이에요. 그것도 당신이나 내가 지금 주고받고 있는 고향의 모습과 다를 게 없잖아요. 고향은 낯익은 얼굴과 산과 들과 논과 과수원이 실재하고 있는 것과 구체적으로 연관된다고 하지 않았어요? 나는 그런 측면도 있겠다는 걸 말하고 있는 거지, 누가 더 큰 뜻을 몰라서 하는 소린가요?”

아내는 의외로 세게 반격하고 나섰다.

“이런 답답한 친구 보겠나. 이것과 그것과는 원칙적으로 다르다는 것 몰라? 우리가 무엇 때문에 이 고생 하며 살지? 우리 자신은 어차피 꽃을 피우지 못하고 여기 누워 있는 사람들마냥 한 줌의 흙으로 돌아갈지라도, 내 뒤를 따라오는 자식들만은 되도록 고생을 덜하고 험한 꼴 안 보면서 사는 세상을 만들어가고자 하는 것 아니냐구. 그렇다면 변모된 산하와 사라진 피붙이가 문제냐 이거야, 내 말은.”

“난데없이 통일론은 왜 나왔을까?”

아내는 어이가 없다는 기색으로 하늘을 우러렀다.

“자기가 공연히 끄집어내구선.”

“그러게 말예요. 그나저나 언제까지 여기 앉아 있을 작정이세요?”

“가야지. 가긴 가는데, 그냥 일어나자니 뭔가 미진한 느낌이 들어.”

“정 섭섭하면 아무 묘 앞에나 서서 절이라도 하고 가시구랴.”

그는 아내의 말을 듣는 둥 마는 둥 흘려보냈다. 그리고는 깩 소리쳤다.

“맞아! 우리가 앉아 있는 바로 이 자리에서 나는 열흘에 한 번씩 밤을 새웠어.”

“아까는 이름 모를 묘 옆에 누워 하루해를 보냈다더니, 이젠 또 밤까지 새웠어요?”

“그것과는 전혀 경우가 달라. 이 자리에 파놓은 참호 속에서 서너 분의 동네 어른들과 함께 야경(夜警)을 섰단 말야.”

"왜요?"

"수복 직후였거던. 인민군 패잔병들이랄지 빨치산들이 마을을 습격해올지 모른다며 관에서 밤마다 파수를 서도록 지시한 때문이지. 한 집에서 한 사람씩 동원되어 번갈아 지켜야 한다는 것이었어."

"당신은 아직 어렸을 텐데."

"아버지 대역이었지. 노쇠하셔서 내가 대신 번을 선 거야. 부역 나가는 것과 같은 것이니까 머릿수만 채우면 됐다구."

"총도 들었겠네."

"아니, 맨손이었어. 수상한 기미가 보이면 파출소로 쪼르르 달려가 신고하기로 되어 있었는데, 야경을 하는 몇 달 동안 개미새끼 한 마리 얼씬거린 일이 없었으니까 괜한 형식이었던 셈이지. 그때도 나는 무섬증에 떨면서 장차의 내 인생이 어떻게 전개될 것인가를 겨냥하기 일쑤였다구. 불빛이 밖으로 새어나가지 않도록 잔뜩 쭈그린 채 잎담배를 종이에 말아 피우거나, 그 와중에도 코를 고는 어른들 틈에 끼어 그런 생각을 굴리고 있었어. 밤하늘의 별이 바로 머리 위에서 반짝이고 있는 까닭도 있었겠지만 나는 별이 그토록 아름다운 줄은 예전에 미처 깨닫지 못했다구. 그 별에다 대고 나는 노상 속삭였지. 지금의 나는 미래로 떠나는 출발점에 서 있는데 불과하다. 언젠가는 돌아와 너에게 그걸 보고할 테니 나를 잘 지켜봐달라고 빌었던 거야."

"설마 오늘 밤 그 보고를 하겠다는 건 아니겠죠?"

"물론. 말하자면 그랬더라 이 말이지. 희망도 바스러지고 보고할 건덕지도 없잖아."

"당신 말을 듣고 보니 생각나는데요. 이곳에 묻혀 있는 사람들은 각각 희망이 있었을 것 아니에요? 이분들이 묻히는 순간 희망도 함께 묻혔을까요?"

"일단 그렇게 봐야 할걸. 하지만 반드시 그렇지만도 않을 거야. 왜냐하면 희망은 끊어졌다가 이어지고 이어졌다간 끊어지는 속성을 지닌 것이니까, 이들의 희망도 완전히 끝난 건 아닐 거야. 그들의 자손을 통해 마멸된 희망을 계승시킬 수 있는 건 아니겠어? 그걸 하나로 뭉뚱그리면 아까 말한 통일로 표현할 수도 있지 않을까. 그것은 논리의 비약일까?"

"이야기가 조금 어려워지는군요."

“어려울 것도 없지 뭐.”

“그보다는 여기 묻힌 사람들을 하나하나 일으켜 세워놓고, 당신이 묻힌 내력을 듣고자 한다면 굉장하겠죠?”

“두말하면 잔소리지.”

“무덤은 왜 만들었으며 그 뜻은 무엇일까. 산 사람과의 연대는 어떤 것일까. 위안을 얻자는 것일까요? 단순한 의식일까요?”

“죽은 자와 산 자의 관계에 따라 다르겠지. 당신의 질문을 받고 보니 나도 생각나는데, 희망을 구체적으로 담보하고 있는 무덤도 있다는 느낌이 드는군. 이를테면 광주에 있는 망월동묘지도 그런 것 아니겠어? 죽어서 사는 사람들이랄까. 사일구묘지도 마찬가지고, 나라를 지키다 죽은 국군묘지의 젊음들도 다 그런 것일 거야.”

“그러니 뼛가루를 강물에 뿌린 박종철 군의 부모 마음은 어찌겠어요.”

“자식의 시체마저 찾지 못한 ‘의문사 가족들’의 원통함은 또 어떻고?”

두 사람은 이 대목에서 더 말을 잇지 못했다. 이윽고 아내가 먼저 입을 열었다.

“죽음도 여러 가지예요. 개인의 죽음이면서 그 뜻이 개인에 머무르지 않고 전체를 감싸는 죽음도 있고, 혼자만 죽어 그것으로 그치는 죽음도 있고.”

“당신과 나의 죽음은 장차 어떤 모양으로 비칠까?”

“꿈도 크셔라. 여행의 마무리 단계에서 느닷없이 죽음의 의미를 새겨본 것만으로 만족하면 됐어요. 이쯤 해서 내려갑시다. 오슬오슬 한기가 드네요.”

아내는 일부러 그러는지 어깨를 들먹이며 몸을 부르르 떨었다. 아닌게 아니라 늦은 사월의 저녁 날씨는 꽤 쌀쌀했다.

“당신도 별것 아니군그래. 기껏 죽음이니 뭐니를 거창하게 떠들던 사람이 이까짓 날씨에 떨어?”

“언제는 별것으로 생각했나.”

다소 뾰로통해진 아내의 어깨를 손으로 짚고 일어서려던 그는 도로 엉덩방아를 땅에 붙였다.

“하마터면 제일 중요한 이야기를 빠뜨릴 뻔했군.”

그는 퍼뜩 떠오른 농담을 던질 셈이었다. 그는 그러나 상대가 농담으로 받아들이지 않도록 애쓰는 사람의 표정으로 돌아가 말했다.

"당신한테 미안하기 그지없고 죽을 죄를 지었는데 말야."

아내는 정색을 하면서 한마디 한마디에 힘을 주는 그의 얼굴을 의아스럽게 쳐다보았다.

"싫으면 그만이고 절대로 강요하는 건 아니니까 안심하고 들어."

"무슨 말을 하려고 뜸을 잔뜩 들여요?"

"다름이 아니라……."

그는 계속 멈칫거리다가 단숨에 실토하듯 말했다.

"난 당신의 승낙도 없이 이미 우리 두 사람이 들어갈 묘지를 계약해두었어."

"뭐라구요?"

그는 화들짝 놀라는 아내를 외면한 채 공원묘지의 한 곳을 팔을 뻗어 손짓했다.

"저어기, 꽤 큰 향나무가 서 있는 묘지 곁에 빈터가 보이지? 내가 잡아둔 게 그 자리야. 아닌 밤중에 홍두깨격인 소리로 들리겠지만. 당신이 동의하지 않으면 그만이라구."

"당신, 지금 진심으로 이러는 거예요?"

그 말에 대한 대꾸는 접어두고 그는 자기 말만 내리외었다.

"심각하게 생각할 것 없어. 정신을 가매장해둠으로써 사그라드는 나와 당신의 희망을 되살리자는 뜻밖엔 없었어. 내가 처음에도 말했듯이, 나는 좌절을 딛고 희망을 얻은 사람이란 말야. 따라서 좌절과 침묵의 극치인 무덤에서 희망을 소생시키지 말라는 법도 없잖아! 내 말 알아들어?"

"기가 막혀! 어처구니없군. 흥, 이건 억지 동반자살이네. 저승에 가서도 함께 살자 이건가? 그런 독선이 어딨어요? 누굴 시험하자는 건가."

"같이 가볼까? 그쪽으로."

"그럽시다. 요즘은 묘지도 만원사례라니까 장소가 그럴 듯하면 프리미엄 붙여서 팔게."

"어? 이 사람 보게나. 농담인 줄 아나봐."

"누가 농담이랬어요? 어서 앞장 서요."

"허허, 나야말로 기가 막히네. 당신은 못 당하겠어. 귀신이 다 되었군."

"같은 거짓말이라도 내가 잠시나마 먹혀들어가게 하기 위해선 훈련을 더 쌓아야겠어요. 차라리 정말이었다면 하는 섭섭함이 드네요."

"그으래? 그러기를 은근히 바라고 있었다, 이 말인가?"

"잠깐 그런 기분이 든다 이거지, 꼭 그러기를 희망한다고는 하지 않았으니 마음놓으세요."

"그 말을 들으니 나도 섭섭해지는데."

그는 자리를 털고 일어나 산을 내려오다 말고, 남은 술을 가까운 묘 위에 이리저리 뿌렸다.

"보자아……. 신규택지묘라……. 당신도 생전에 벼슬을 못 했구랴. 내 술 한 잔 받으시오."

그는 묘 앞의 비석을 손으로 쓰다듬으며 비문을 읽었다. 아내는 그런 남편을 물끄러미 바라보다가 아까처럼 눈을 하늘로 치켜올렸다. 하늘은 어느새 잿빛이었다.

──1989년

달리는 거위들

"송기철, 지금 바로 선생님을 따라와요. 다른 사람들은 집에 가도 좋아
요."

담임선생님은 마지막 시간이 끝나자, 나를 뚫어지게 쳐다보며 몹시 화가
난 듯한 목소리로 말씀하셨습니다.

나는 얼른 내 옆줄 앞쪽에 앉은 태욱이를 노려보았습니다. 그러나 태욱이
새끼는 꼿꼿한 자세로 칠판만 바라보고 있었습니다. 그의 잘 빗어넘긴 뒤통
수는 용용 죽겠지 하는 모습으로 나를 비웃는 것 같았습니다. 아이들은 일제
히 나에게로 눈을 돌렸습니다. 어떤 아이는 쿡쿡 웃기도 했습니다. 또 걸렸
구나 하는 눈초리들이었습니다. 아이들의 그런 눈초리는 선생님에게 너무
자주 꾸지람을 듣는 나를 두고, 너는 참으로 구제하기 힘든 사고뭉치야 하는
것 같기도 하고, 안됐다 또 걸려들어서 하고 동정하는 것 같기도 했습니다.

선생님이 눈짓을 보내자 반장의 차렷! 경례 소리가 어느 때보다도 크게
들렸습니다. 아이들은 합창하듯 '선생님 안녕'을 외치고 투당탕 교실을 빠져
나갔습니다. 태욱이도 그들 틈에 끼어 밖으로 뛰쳐나갔습니다. 그는 교실문
을 나가기 전에 나를 한 번 힐끗 돌아보았으나, 나와 눈이 마주치자 곧 시선
을 거두고 달리기 선수처럼 빠른 속도로 복도를 빠져나갔습니다.

선생님과 5, 6미터의 거리를 두고 교무실로 가면서, 나는 왜 선생님이 나
를 따라오라고 했는지 그 이유를 대충 생각하고 있었습니다. 진철이 말대로
그것은 어저께 일로, 오늘 아침 태욱이 어머니가 담임선생님을 찾아온 때문
일 것입니다. 둘째시간이 끝났을 때 진철이는 얼른 내 옆으로 다가와 아까

태욱이 어머니가 교무실로 들어가는 걸 보았노라고 귀띔해주었습니다.

"기철아, 아까 태욱이 어머니가 교무실에 가는 걸 봤다."

"그래서……."

나는 일부러 태연한 척했습니다.

"틀림없이 어저께 일로 왔을 거야."

"오든 말든 나하고 무슨 상관야."

"이따가 선생님이 너를 부를지도 몰라."

"그래서?"

나는 또 그딴 일가지고 놀랄 내가 아니라는 투로 폼을 잡았습니다.

"조심해라 이거야 내 말은."

진철이는 기껏 나를 위해 충고해준 자기 말을, 내가 톡톡 튀기는 게 못마땅한지 기분 나쁜 표정을 지었습니다.

진철이에게 큰소리는 했으나 사실 나도 속으로는 좀 떨렸습니다. 한두 번 당하는 일이 아니긴 해도 교무실에 불려가는 일은 언제나 기분이 팍 상하는 일이었으니까요. 더구나 우리 선생님은 3학년 때의 윤 선생님과는 달리, 같은 여자 선생님이면서도 성질이 퍽 깐깐해서 어지간한 실수도 용서가 없었습니다.

교무실에 들어서자 담임선생님은 들고 있던 책을 책상 위에 던지다시피 하면서 의자에 털썩 주저앉았습니다. 그리고는 책상 앞에 서 있는 나를 다짜고짜 닦아세웠습니다.

"너 정말 그렇게 말썽만 부릴 거니?"

말소리가 컸는지 옆에서 장부 정리 같은 걸 하고 있던 몇몇 선생님이 나를 바라보았습니다.

"대답 못 해? 언제까지 말썽만 부릴 거냐구."

"잘못했습니다."

나는 숙이고 있던 고개를 더욱 숙이며 기어드는 소리로 대답했습니다. 솔직히 말해서 나대로 할 말이 있었으나 여러 차례 경험으로 미루어, 이런 때는 이 한마디가 가장 일을 빨리 그리고 손쉽게 끝내준다는 걸 알고 있기 때문이었습니다.

“얘 좀 봐. 덮어놓고 잘못했대. 너 지금 네가 뭘 잘못했는지 알고나 하는 소리야.”

“네.”

“그게 뭔데.”

“축구하다가 태욱이를 깠어요.”

“알긴 아는구나. 그렇게 소견이 멀쩡한 애가 왜 같은 친구끼리 다리를 걸어차고 그러지? 사이좋게 놀지 못하고.”

“걔가 먼저 나를 와일드 차징했걸랑요. 그래서…….”

“와일드 차징은 또 뭐냐. 넌 나보다도 영어를 잘하는구나.”

“그게 아니라 걔가 먼저 고의적으로 깠단 말예요.”

“말투가 어찌 그러니 넌. 고운말 쓰기 운동도 모르니. 그래 태욱이가 먼저 깠다고 치자. 참 나도 금방 늬들 말투를 닮는구나.”

선생님은 이때 기가 막히다는 듯이 잠깐 웃었습니다. 집 나간 우리 어머니보다는 조금 젊어보이는 선생님은 그러나 곧 엄한 표정으로 되돌아갔습니다.

“공 가지고 놀다 보면 그럴 수도 있는 거지. 그렇다고 일부러 태욱이 다리를 걸어차서 앙갚음을 해야만 네 속이 시원하니.”

“일부러 그런 게 아니고 저도 차징을 한다는 것이…….”

“듣기 싫다. 네 변명 듣자고 부른 게 아냐. 너도 봤지. 태욱이 다리 절룩거리는 것. 너 걔 치료비 물어줄 자신 있어?”

“…….”

“왜 대답 못 해. 치료비를 못 물어줄 형편이면 왜 남을 함부로 걸어차고 그래. 이번뿐이라면 또 몰라. 벌써 몇 번째니. 애가 그냥 이러다가 깡패되겠어. 좋아. 너 집에 가거든 어머님 보고 내일 꼭 학교로 나오시라고그래. 알았지? 알았으면 가봐. 태욱이가 그만하기 다행이지 다리라도 부러졌으면 어쩔 뻔했어. 걔네 어머니나 하니까 그 정도로 가만 있지 다른 애 어머니였다면 어림도 없어.”

나는 꾸벅 절을 하고 돌아서려다 말고 선생님에게 말했습니다.

“어머님은 집에 안 계세요.”

"참 넌 어머님이 안 계시다고 그랬지. 그럼 아버님이라도 다녀가시라고 그래."

교무실을 나오자 누군가 뒤에서 내 이름을 불렀습니다. 3학년 때 담임이었던 윤 선생님이었습니다.

"너 또 무슨 사고 쳤지."

"아녜요, 아무것도."

"기철아, 나하고 얘기 좀 할래."

"아무것도 아니라니깐요."

나는 내 어깨를 잡아 흔드는 윤 선생님의 팔목을 뿌리치고, 쾅쾅 소리가 나도록 복도를 마구 뛰었습니다. 내가 상급반 학생과 다투거나 같은 반 아이와 코피를 흘리며 싸웠을 때도 언제나 나를 크게 나무라지 않고 따뜻하게 감싸주시던 윤 선생님마저도, 오늘따라 어쩐지 보기 싫고 그 상냥스러운 말씨까지도 귀찮았습니다. 담임선생님의 꾸지람을 들을 때까지도 아무렇지 않았는데, 오히려 윤 선생님이 나타남으로 해서 더욱 창피하고 눈물까지 나왔습니다. 나는 팔소매 끝으로 눈물을 훔치고 콧물을 닦은 손을 복도 벽에 쓰윽 문질렀습니다.

운동장으로 나오자 그때까지 나를 기다리고 있던 진철이와 몇 아이가 다가왔습니다.

"쎄게 당했니."

"몰라 임마. 그딴 건 알아서 뭘해."

나는 앞장 서 걸었습니다.

"에이씨. 의리의 돌쇠끼리 그러기냐."

진철이가 섭섭한 말투로 내 눈치를 살폈습니다. 나와 진철이 영진이 경호는 남자답게 의리를 지켜가며 살자고 돌쇠클럽을 만들었고, 말하자면 나는 그 클럽의 리더였습니다.

"태욱이 그 새끼 비겁한 놈야. 지가 생활부장이면 다야. 지가 먼저 와일드 차징을 했으니까 기철이가 깠지."

"그래 나도 봤어. 그 새끼 쥑여버려야 된다구."

"걸핏하면 선생님한테 찔르고, 걸핏하면 즈이 엄마한테 고자질 하는 새끼가 무슨 남자야. 꼭 기집애들 같애."

아이들은 제각기 한마디씩 지껄여댔습니다.

"야 태욱이가 발을 절디?"

나는 무엇보다도 그게 궁금했습니다. 만일 태욱이가 발을 전다면 그것은 어디까지나 내 책임이고, 담임선생님 말씀대로 나더러 치료비를 내라고 대들면 큰일이었기 때문이었습니다.

"절기는. 아무렇지도 않아. 그 새끼 순 엄살이야."

"아냐. 솔직히 말해서 좀 절기는 하는 것 같애. 태클이 조금 깊게 들어갔나 봐."

그러고 보면 오늘 아침부터 태욱이는 왼발을 다소 절름거리는 것 같기도 하고, 아까 교실 밖으로 뛰쳐나갈 때도 다리를 절뚝거리는 것 같기도 했습니다. 나는 어저께 일을 조금씩 후회하기 시작했습니다. 어제 축구시합을 하다가 왼쪽 날개를 맡아 공을 몰고 가는 나에게 상대팀 풀백이던 태욱이가 고의적인 차징을 하는 바람에, 화가 나 깊은 태클을 걸었던 것인데 그게 좀 심했는지도 모릅니다. 나는 이런 걱정을 떨쳐버리기 위해서 아이들을 그 자리에 남겨둔 채 혼자 무작정 뛰었습니다.

집에 돌아왔을 때 할머니는 불편한 몸으로 마루에 걸레질을 하고 있었습니다. 마루래야 그야말로 손바닥만해 닦고 쓸고 할 것도 없는데, 할머니는 고혈압으로 반신불수가 된 몸으로도 노상 움직이고 계셨습니다. 할머니는 나를 보자 아무 말도 안 하고 부엌으로 내려가려고 했습니다. 라면을 끓여주겠다는 뜻이었습니다. 나는 와락 할머니를 밀쳤습니다.

"내가 끓여 먹을 거야. 할머니는 제발 좀 가만히 앉아 있으라구."

"김치 찬장에 있어."

"알아. 나도 안단 말야."

할머니는 무안당한 아이 모양 초점이 흐린 눈으로 나를 멀거니 쳐다보았습니다.

나는 할머니가 싫었습니다. 속으로는 언제나 죄송하게 생각하고 할머니의 말을 번번이 거역하는 나는 곧 후회하면서도, 당장은 할머니가 나를 보살펴주려는 노력을 따돌렸습니다. 왼쪽 팔다리가 완전히 말을 듣지 않는 몸으로 마치 슬로 비디오를 보는 것 같은 몸짓으로 행동하는 모습이, 참을 수 없이 답답하고 또 창피했습니다. 거기다가 말도 똑바로 못 하고 항상 입 안에서만 어물어물 하는 게 답답해서 울화통이 터질 지경이었습니다. 이런 나를 두고 한집에 세 들어 사는 송수네 어머니는 대놓고 막 나무랐습니다. 너 할머니한테 그러면 못쓴다. 할머니가 너를 어떻게 키웠는데 어른에게 함부로 대하느냐고 말입니다. 나는 그 말도 듣기 싫었습니다. 겉으로는 잠자코 있었지만 송수 엄마가 무슨 상관이길래 남의 일에 간섭하느냐, 내 할머니 내가 맘대로 모시겠다는데 당신이 뭐길래 따따부따 야단이냐고 속으로 부르짖었습니다.

우리 할머니가 하나밖에 없는 손자인 나를 얼마나 끔찍이 위해주고 사랑하는지 그것은 어느 누구보다도 내가 잘 압니다. 그래서 어떤 때는 나도 할머니 입에 알사탕도 넣어드리고 사과도 깎아드리곤 합니다. 그러나 그건 그거고 이건 이거다 이겁니다, 내 얘기는. 나도 할머니가 나를 위하는 이상으로 할머니를 좋아하고 또 사랑하면서도, 스스로의 몸을 제대로 가누지 못하고 뱀처럼 집 안을 엉금엉금 기어다니는 것을 볼 때는 가슴속에서 부아가 치밀어 견딜 수 없는 심정이 되기도 하는 것입니다.

나는 부엌에 선 채로 후닥닥 라면 두 개를 끓여 먹고 밖으로 뛰어나갔습니다. 경찰서 유치장에 갇혀 있는 아버지 일이 궁금해서였습니다.

나는 경찰서로 가기 전에 아버지의 공사판 친구들이 모여 있는 사무실을 찾아갔습니다. 건축 중인 큰 빌딩 옆에 대충대충 얽어만든 현장사무소에는 십여 명의 어른들이 모여서 소주를 마시고 있었습니다.

"기철이 왔구나. 잘 왔다. 이리 와서 쥐포나 먹어라."

내가 베니아판으로 된 사무실 문을 빠끔히 열자, 전부터 얼굴이 익은 코빨갱이 아저씨가 반색을 했습니다.

"그래라, 어서 들어와."

귀 한짝이 찌그러진 아저씨가 쥐포를 얼른 집어들며 나를 불러들였습니다. 나는 멈칫거리며 한쪽 구석에 놓인 나무의자에 앉았습니다. 귀 찌그러진 아저씨가 들고 있던 쥐포를 훌쩍 내게 던졌습니다. 나는 엉겁결에 일어서며 그걸 받아 한입 뜯었습니다. 달고 건건찝찔한 쥐포를 단숨에 삼켰습니다.

"필수도 안됐어. 여편네도 없이 저걸 키워야 하니."

"허 이 사람. 애들 듣는데 쓸데없는 소리."

"사실은 사실 아닌가. 내가 못 할 소리 했나."

"그래도 그렇지."

"괜찮아. 요새 꼬맹이들 눈치가 어딘데. 그런 말 안 한다고 모르고 한다고 모를까. 괜찮아. 안 그러냐 기철아."

"이 사람이 쐬주 한 잔에 벌써 취했나 배."

"취하기는. 멀쩡하지. 좆도 취하면 뭐하고 안 취허면 또 어쩔 것인가 이 마당에."

아저씨들은 내가 나타난 걸 가지고 이런 말 저런 말을 주고받았습니다. 필수란 우리 아버지의 이름이었습니다.

"필수 여편네가 얼굴 하나는 고왔어. 성질이 지랄 같아 그렇지. 말이야 바른대로 말이지 공사판 인부 여편네로 썩기는 아까운 얼굴이었지."

"이 사람이 정말! 야 기철아 넌 나가 놀아라. 아버지 뮨제 걱정할 것 없다. 어떻게 잘 되겠지. 넌 집에 가서 공부나 열심히 해."

코빨갱이 아저씨가 듣기 거북했던지 나를 밖으로 몰아내었습니다. 나는 쥐포를 또 한입 베어 물으며 사무실을 나왔습니다. 혹시나 하고 아버지 소식을 들으려던 나는 퍽 실망이 되었습니다. 아저씨들의 표정으로 보아 아버지는 오늘도 풀려나오기는 틀린 모양이었습니다.

나는 공사판에 굴러다니는 나무 토막을 힘껏 걷어찼습니다. 나무 토막은 중간이 부러지면서 이 미터도 나가지 못하고 땅바닥에 먼지만 잠깐 일으키고 말았습니다. 나는 짓다 만 높은 빌딩을 우러러보았습니다. 엊그제까지도 아버지는 아시바가 어지럽게 얽혀 있는 저 높은 빌딩 위에서 벽돌을 쌓고 있었습니다. 그러나 공사가 중단된 지금 공사장은 한없이 조용하기만 했습니다. 끽끽 소리를 내며 부지런히 움직이던 크레인도 긴 팔을 멈추고, 쉴새없이 드나들던 화물차나 퉁탕거리던 망치 소리도 들리지 않았습니다. 공사를 시작한 회사가 망해서 일하던 기술자나 인부들은 삯도 못 받은 채 공사가 중단되었기 때문이었습니다. 일꾼들은 공사장에서 데모를 벌이고 몇몇은 사장 집으로 몰려갔습니다. 아버지가 앞장을 섰다는 것입니다. 그러나 사장님은 집에 없었습니다. 도망간 모양이었습니다. 화가 난 아버지는 사장님집을 나오면서 비싼 유리창을 몇 장 깨었다고 합니다. 그날 밤 아버지는 다른 두 사람의 일꾼과 함께 주동자로 몰려 경찰에 붙들려갔습니다. 아버지는 그 두 사람은 아무 죄가 없으니 나만 가두라고 했다는데, 결과는 그렇게 되지 않았습니다.

마지막 남은 쥐포 한 토막을 홀랑 입에 넣은 나는 마구 거리를 뛰었습니다. 나는 언제나 달리는 게 좋았습니다. 학교에서나 동네에서나 웬만한 거리는 뛰어다녔습니다. 어슬렁어슬렁 걸어다니는 게 싫었습니다. 누가 상을 주는 것도 아닌데 말입니다. 달리고 나면 기분이 후련했습니다. 나중엔 가슴이 터질 것같이 울렁거리고 숨이 가빴으나 마음은 한결 가라앉았습니다. 학교에서도 그래서 달리기는 나를 따를 아이가 없었습니다. 같은 반 아이는 물론, 다른 반 아이들 중에서도 나와 겨룰 아이가 없었습니다. 어떤 선생님은 나더러 육성선수가 되어보라고 하고, 어떤 선생님은 마라톤에 소질이 있어 보인다고도 했습니다. 하지만 나는 선수가 되는 것보다도 혼자 좋아서 달릴 뿐이었습니다. 그러고 보면 나는 애당초 학교 공부보다는 체육에 더 소질이 있는지도 모를 일이었습니다. 달리기 외에도 축구 농구 야구 등은 분명히 남보다 앞서는 것 같았습니다. 책상 앞에 책을 펴놓고 있으면 가슴이 답답하고 어떤 땐 스르르 잠이 오다가도, 일단 넓은 운동장에 나서면 무언가를 하고 싶어서 온몸이 근질근질할 정도였으니까요. 그래서인지 선생님들은 나를 완전히 돌대가리로 따돌리고 여간해서는 상대도 안 해주었습니다. 윤 선생님을 제외하고는.

그런데 이상하게도 나는 책은 또 좋아했습니다. 교과서만 빼놓고 만화 동화책 읽기를 즐겨해서 마구잡이로 읽어댔습니다. 그러나 대개는 아이들에게 빌려보았으므로 진짜 내 책은 거의 없는 형편이었습니다. 몇 권 안 되는 내 책 중에서도, 나는 윤 선생님이 선물로 사주신 《플루타크 영웅전》을 소중하게 간직하고 있습니다. 그 책은 내가 읽고 또 읽어서 책갈피가 헤어져 나갈 정도가 되었습니다. 그러다 보니까 아버지는 속도 모르고 내가 운동도 잘하고 공부도 열심히 하는 걸로 오해하고 계십니다.

자동차나 자전거와 경주라도 하듯이, 경찰서를 향해 뛰어가다가 나는 사람들과 부딪치기도 했습니다. 어떤 사람은 이상하다는 눈초리로 나를 쳐다보기도 하고 어떤 아주머니는 "얘가……." 하면서 신경질을 부렸습니다.

경찰서 문 앞에는 권총을 찬 순경이 보초를 서고 있었습니다. 나는 그 앞을 뱅뱅 돌았습니다. 말을 붙여볼 수도 없거니와, 말을 한다 해도 나를 경찰서 안에 들여보내줄 것 같지도 않았습니다. 만일 면회가 허락된다고 해도 나는 아버지를 만나 막상 무슨 말을 해야 할지 아무런 궁리도 서지 않았습니다. 더구나 학교에서 아버지를 모시고 오랜다는 바보 같은 소리를 할 수도 없지 않겠습니까.

보초순경은 열중쉬어 자세로 똑바로 앞만 쳐다보고 있었습니다. 나는 순경이 서 있는 앞쪽 계단에 슬그머니 주저앉았습니다. 순경은 그제서야 나를 발견하고 말했습니다.

"임마 저리 가!"

"……."

"저리 가지 못해!"

순경이 눈알을 무섭게 굴렸습니다.

나는 비실비실 뒤로 물러서다가 더 이상은 안 되겠다 싶어 휙 몸을 돌려 또다시 뛰기 시작했습니다. 너무 급히 뛰는 바람에 아까 먹은 쥐포가 목구멍으로 기어오를 만큼 구역질이 났으나 상관하지 않았습니다.

거리를 뛰어가다가 나는 언뜻 속도를 낮추고, 방금 반대방향 쪽으로 쏜살같이 달려간 오토바이를 눈으로 쫓았습니다. 빨간 헬멧을 쓰고 오토바이를 몰고 간 사람이 꼭 공민이새끼같이 생각되었기 때문이었습니다. 뒷모습이 공민이새끼와는 아무래도 좀 다르다 싶었습니다. 그러나 그것과는 관계없이 나는 기분이 몹시 언짢았습니다. 한동안 잊고 있던 어머니 생각이 갑자기 떠올랐습니다. 나는 그 생각을 떨쳐버리기 위해 다시 뛰기를 계속했습니다. 그래도 소용없었습니다. 자꾸만 공민이새끼의 징그러운 웃음이 내 앞을 가로막았습니다.

공민이아저씨(처음에는 아저씨라고 불렀습니다)는 우리 동네에서 제일 큰 식료품가게의 점원이었습니다. 점원이라고는 해도 주인의 친척 뻘 되는 청년이라고 했는데, 생긴 것도 그럴싸하고 멋내기를 좋아했습니다. 가게가 쉬는 날 양복에 넥타이를 쭉 빼입고 나타나면 그런 신사가 없었습니다. 물건을 사러오는 아주머니나 처녀들과 농담도 곧잘 하고 인기가 있었으며 나와도 친했습니다. 어머니가 시장 안에 있는 그 가게를 갈 때마다 따라가 주전부리를 하면서 알게 된 것입니다. 그는 주인 몰래 과자봉지나 아이스크림 따위를 내 주머니에 쑤셔 넣어주기도 하고, 어떤 땐 초콜릿도 쥐어주었습니다. 나는 그 맛에 더욱 나를 떼어놓으려는 어머니의 성화를 아랑곳하지 않고 붙어다녔습니다. 공민이아저씨는 오토바이로 물건을 배달하는 일이 많았고 그럴 때의 그는 더 멋있어보였습니다.

재작년 여름이었습니다. 내가 학교에서 돌아오는데 오토바이를 타고 가던 공민이아저씨가 요란스런 소리를 내며 내 옆에서 멎었습니다.

"너 오토바이 뒤에 탈래?"

"어디 가는데."

"볼일 보고 집으로 가는 길이야. 빨리 타."

"타도 괜찮아?"

"그래."

물건 배달과는 다른 일로 다녀오는 길인 듯 뒤에는 짐받이도 없었습니다. 내가 오토바이 뒤에 올라타고 두 팔로 공민이아저씨의 허리를 감자 아저씨는 제꼈던 빨간 헬멧을 눌러썼습니다. 헬멧 끝에는 색안경 같은 바람막이가 달려 있었습니다.

"내 허리 꼭 붙들어야 돼. 커브 돌 때 조심해."

"알았어."

오토바이는 바람을 가르며 신나게 달리기 시작했습니다. 여름이었는데 시원하고 상쾌한 기분이란 끝내줄 만큼 기똥찼습니다. 그 전부터 나는 얼마나 오토바이를 타고 싶어했는지 모릅니다.

"처음 타보니?"

"응, 처음이야."

우리는 서로 큰소리로 외쳐댔습니다.

"드라이브 시켜줄게."

"어디로."

"아무 데나. 너 좋은 데로 말해봐."

"나도 잘 몰라. 아저씨 좋은 데로 가."

"알았어. 강변도로 쪽으로 한번 좆나게 달려보자."

한강을 끼고 달리는 맛은 더욱 좋았습니다. 가로수들이 휙 휙 지나갔습니다. 앞서가는 자동차를 수없이 따라 잡아 뒤로 밀어냈습니다.

"신나니?"

"그래. 아주 신나."

"늬 어머니 참 미인이야."

"뭐라구우?"

"늬 어머니 예쁘다구."

"싫어. 그런 소리 하지 마."

"왜애."

"그냥 싫어."

"누가 업어갈까 봐."

"아무튼 싫어. 그딴 소리 그만 해."

"가서 그래. 내가 미인이라구 그러더라구."

"자꾸 그러면 나 내릴 거야."

"알았어. 인제 고만 할게."

그런 지 석 달이 채 못 되어서일 겁니다. 공민이 그 새끼가 우리 어머니를 꿰어차고 달아난 것은. 사람들의 소문에 따르면 공민이새끼가 꼬신 탓도 있지만 원래 바람기가 많은 어머니가 먼저 꼬리를 쳤다는 거였습니다. 어찌 되었건 나는 공민이새끼를 만나기만 하면 무슨 수를 써서라도 그를 박살내고야 말겠다는 결심을 굳히고 있었습니다. 당장 힘으로야 어쩔 수 없다 해도, 장차 내가 청년으로 크고 그가 늙어갈 때를 기다려서라도, 기어이 복수를 하고 말겠다고 별러오고 있었습니다.

아닌게 아니라 어머니는 애초부터 바람기가 있었는지도 모릅니다. 공민이 새끼 말고도 비슷한 소문이 몇 번 떠돌았으니까요. 그런 사건 때문에 아버지와 다투는 걸 여러 번 보았고 그런 일 때문에 아버지에게 매 맞는 경우도 많이 목격했습니다.

  사람들 말대로 어머니는 예뻤습니다. 나도 그걸 은근한 자랑으로 생각했습니다. 그래서 더욱 어머니를 따라다녔는지도 모릅니다. 아버지도 그랬을 것입니다. 아니 그랬기 때문에 한층 어머니에 대한 강짜가 심했는지도 모릅니다. 아버지 친구들도 "여편네 간수 잘해야겠어." "자네에겐 아까운 여자야." 하는 농담을 곧잘 했으니까요. 다만 할머니만은 좀 달랐습니다. 어머니가 예쁜 걸 그렇게 탐탁하게 생각하지 않을 뿐만 아니라, 서로 성격도 잘 안 맞아서 냉전을 벌이는 일이 많았습니다. 할머니는 여자가 얼굴이 너무 예쁘면 꼭 그런 티를 내는 법이며, 어머니는 다소곳이 집안살림을 맡아 할 위인이 못 된다 이거였습니다. 그리고 아버지가 벌어오는 돈을 너무 헤프게 쓴다고 항상 불평이었습니다.

  결과는 할머니 말대로 되고 말았습니다만, 그렇게 되기 전까지 아버지는 할머니 편보다는 어머니 편을 더 들었습니다. 아버지가 절대로 할머니를 덜 위해서가 아니라 어머니를 그만큼 좋아하고 사랑했기 때문이라고 나는 생각합니다. 할머니에 대한 아버지의 효도는 이웃사람들도 알아줄 만큼 대단한 것이었으나 그에 못지 않게 어머니도 좋아했던 것입니다.

  내가 1학년 때의 어느 여름날 밤이었습니다. 나는 어머니 방에서 놀다가 나도 모르게 스르르 잠이 들었습니다. 잠결이었는데 누군가가 왁자지껄 떠드는 바람에 잠이 깨었습니다. 그러나 어쩐지 일어나기가 싫어서 그대로 눈을 감고 자는 시늉을 하고 있었습니다. 나는 소란스럽게 떠들어대는 사람이 다름아닌 아버지라는 걸 알았고, 그러자 어리광삼아 오늘 밤은 어머니와 아버지가 자는 방에서 끼어 자고 싶은 생각이 들었던 것입니다.

  "이거 우리 대장이 주무시고 있구먼."

  아버지는 언제나 나를 대장이라고 불렀습니다.

  "집에서 놀다가 학교에 다니니까 제깐에 고단한 모양인가 봐요."

  "그렇겠지. 공부는 잘하나."

  "인제 일학년인데 잘하는지 못 하는지 어떻게 알아요. 두고 봐야지. 즈이 애비 닮았으면 빵떡일 테고 나 닮았으면 잘하겠지요 뭐."

  "야 요것 봐라. 요게 사람을 막 우습게 보는데. 우습게 본단 말씀야."

  아버지는 말과 함께 어머니를 덮치는 모양이었습니다.

"여보, 애 옆에서 이러면 어떡해."

"괜찮아. 잠들었는데 어때."

"그래도 그렇지요."

나는 그때까지도 아버지 어머니가 장난을 하는 줄만 알았습니다. 그러나 살며시 실눈을 뜨고 본 광경은 그게 아니었습니다. 아버지는 옷을 벗어붙이고 역시 어머니의 옷도 벗기고 있었습니다. 이윽고 두 사람의 가쁜 숨소리가 들려왔습니다. 나는 자세한 내용은 모르겠어도 어쩐지 거북하고, 내가 있어서는 안 될 자리로 느껴졌습니다. 어떻게 보면 싸우는 것 같기도 하고 어떻게 보면 그렇지 않은 것도 같았습니다. 아무튼 분명한 이유는 모르겠으나 둘이 다투는 건 아니고, 그렇다고 내가 눈을 뜨고 보아서는 안 될 이상한 장면이라는 생각만 들었습니다. 눈은 감는다 치고 할 수만 있다면 귀도 틀어막고 싶은 심정이었습니다.

이럴 줄 알았으면 진작 내 방으로 가서 할머니와 함께 잘 걸 그랬다고 후회하기 시작했습니다. 이윽고 어머니가 옷을 챙겨입고 밖으로 나가는 모양이었습니다. 나는 그러고도 한참 있다가 부수수 잠에서 깨어난 모습으로 일어나 할머니에게로 갔습니다. 아버지는 그때 담배를 피우고 있었습니다. 내가 깨어나는 걸 보자 잠시 깜짝 놀라는 눈치더니 곧 싱긋이 웃었습니다. 웃통은 아직 벗은 채였습니다.

"왜 여기서 자지그래."

"아냐 할머니허고 잘 거야."

"그래라. 학교공부는 재밌디."

"아주 재밌어. 있잖아. 나 오늘 달리기에서 일등했어."

"어쭈. 우리 대장이 모처럼 실력 발휘를 했구먼."

아버지는 내 머리를 다정스럽게 쓰다듬어주었습니다.

그러나 아버지와 어머니는 다음 날 밤에는 또 크게 다투었습니다. 두 사람은 흐렸다 개었다 하는 날씨처럼, 금방 좋아하다가도 또 금방 싸워서 분간할 수가 없었습니다. 그날 싸움도 또 돈 때문이었습니다. 어머니는 아버지 벌이 갖고는 도저히 살림을 꾸려갈 수 없으니, 자기가 나가서 장사를 하든지 무슨 수를 써야겠다는 것이고, 아버지는 아버지대로 그렇게 돈 돈 할 바에야 애당초 돈있는 놈팡이를 택할 것이지 왜 나 같은 노동자한테 시집 왔느냐고 대들었습니다. 그러면서도 어머니가 밖에 나가 돈을 벌어보겠다는 말에는 한사코 반대였습니다. 네가 돈을 번다지만 무슨 수로 벌며, 밖에 나가 어느 놈하고 바람 피우고 싶은 네년 심보를 내가 모를까 부냐고 얼렀습니다.

어머니도 지지 않았습니다. 좋다. 집에서 살림만 할 테니 생활비나 넉넉히 대 다오. 그것도 제대로 못 하고 철이 바뀌어도 여편네 옷은커녕 화장품 하나 제대로 대주지 못하는 주제에 무슨 큰소리냐, 그러고도 알량한 남편 유세만 하고 있을 거냐고 대들었습니다. 그런 남편노릇이라면 지나가는 거지도 못할 게 없지 않느냐, 자신이 없으면 처음부터 남편노릇 못 하겠다고 사표를 쓸 일이지 어따 대고 큰소리냐, 이랬습니다.

비단 우리 집뿐만 아니라 우리 동네 부부들은 말로는 아내를 당하지 못했습니다. 말시합으로는 남편들이 어림도 없었습니다. 우리 아버지도 마찬가지였습니다. 말이 막히면 주먹으로 나왔습니다. 인정사정없이 마구 패댔습니다. 어머니는 맞으면서도 입을 가만두지 않았습니다. 아버지더러 이놈 저놈 해가면서, 오냐 패거라 고작 이럴려고 나한테 죽자사자 매달렸더냐, 사내 못난 것이 만만한 즈이 계집만 때린다더니, 네가 바로 그 꼴이구나 하고 깽깽거리며 악을 써댔습니다.

어머니는 그러던 끝에 마침내 집을 나갔습니다. 나에게조차 온다 간다 말 한마디 없이.

당연한 일이지만 아버지는 그날부터 일도 안 나가고 눈이 시뻘개져서 어머니를 찾아다녔습니다. 밥도 제대로 안 먹고 연방 술만 마셨습니다. 반 미친 사람처럼 날뛰고 자다가도 뿌드득뿌드득 이를 갈았습니다. 이년을 만나기만 하면 사지를 찢어놓겠다고 으르렁거렸습니다. 어느 날은 공민이새끼가 있던 식료품가게를 찾아가 튄 곳을 대라고 소리 소리 지르다가, 애맨 가게 유리창만 박살을 내서 그 일로 며칠 유치장 신세만 지고 나왔습니다. 아버지와 유리창과 유치장은 그때부터 무슨 나쁜 인연이 맺어졌는지도 모릅니다. 식료품가게 주인은 주인대로 억울하다고 울상을 지었습니다. 공민이새끼가 어머니와 함께 튀면서 가게 금고에 있던 돈이며 외상 깔린 걸 몽땅 챙겨갔다는 것이었습니다.

할머니는 그런 아버지를 보고 혀를 찼습니다.

"쯔쯔 못난 것. 계집 하나 때문에 대장부 남자가 죽고 사니. 그년은 처음부터 우리 집 식구로 눌러앉을 년이 아니었어. 차라리 너를 위해서는 잘됐는지도 모르겠다. 일찌감치 맘 고쳐 먹어. 네 몸 더 버리기 전에."

"그래요. 어머니 말이 맞아요. 어디 세상에 여자가 제깐년 하나 뿐이랍디까. 길가에 천지로 널려있는 게 여잔데. 허나 창피하고 더러워서 못 살겠다 이겁니다. 홍 대장부, 제 여편네 간수도 못 하는 대장부 어디다 씁니까."

"그러니까 하는 소리 아니냐. 그까짓년 깨끗이 잊어버리라고. 그까짓년 찾으면 뭘 해. 나 같으면 다시 제 발로 나타난다 해도 안 데리고 살겠다. 너는 더럽지도 않으냐."

"더럽지요. 더러우니까 찾아서 짓뭉개주겠다 이겁니다."

아버지는 한 달 사이 몰라보게 몸이 축나 있었습니다. 그리고 한동안은 정신나간 사람 모양 멍하니 허공을 쳐다보는 일이 많아졌습니다.

어머니가 집을 나감으로써 정작 가장 슬퍼하고 억울한 사람은 나였는지도 모릅니다. 그러나 나에게는 그 슬픔이나 억울함을 조용히 맛볼 만한 여유조차 아무도 주지 않았습니다. 아버지의 실망과 노여움이 그만큼 크고 심각했기 때문이었습니다. 다만 할머니가 나를 품에 안고 눈물을 흘릴 따름이었습니다.

"안쓰러운 내 새끼. 몹쓸 어미를 만나 네가 제일 고생이다. 몹쓸년. 이런 새끼를 두고 나가다니."

그런 할머니도 이 일이 있은 지 몇 달 안 되어 고혈압으로 쓰러지셨습니다. 우리 집에는 이중의 비극이 찾아온 셈입니다.

아버지는 할머니가 쓰러지시면서 정신을 되찾고 옛날로 되돌아갔습니다. 그뿐 아니라 나와 아버지는 할머니 대신 웬만한 집안일도 해내야 했습니다. 밥도 짓고 설거지도 했습니다.

아버지가 유치장에서 풀려나온 건 잡혀간 지 사흘째 되는 날이었습니다. 내가 학교에서 돌아오자마자 한 집에 사는 송수 어머니가 쪼르르 달려와 일러주었습니다.

"얘 빨리 현장사무소에 가보거라. 늬 아버지 유치장에서 나왔대. 콩밥을 안 먹게 되나 봐."

　나는 뛸 듯이 기뻤으나 겉으로는 내색을 하지 않았습니다. 송수 어머니는 그 전부터도 그랬지만 특히 우리 어머니가 집을 나간 다음부터는 괜히 아버지에게 알랑방구를 떨었습니다. 아버지는 그다지 관심을 보이지 않는 것 같은데 자기 혼자 아버지 앞에서 애교를 떨었습니다. 하필이면 오른쪽 이마에 콩알만한 사마귀가 달려 있고, 코도 납작코인데다 얼굴빛깔도 까마귀가 아줌마 아줌마하고 달려들 만큼 검어서 매력이 없어보이는데도 아버지에게 실실 눈웃음을 쳤습니다. 부탁하지도 않았는데 내가 학교에서 돌아오면 배고프겠다면서 점심을 차려주기도 하고, 어떤 때는 아버지와 내가 아침 밥을 짓고 있는 부엌에 들어와 거들어주기도 했습니다. 연탄불이 꺼지면 자기네 걸로 갈아주는 일도 많았습니다. 그럴 때마다 아버지는 이거 폐가 많습니다 미안해 하고, 송수 어머니는 이웃에 살면서 이런 것쯤 못 도와드리겠습니까 남자분이 부엌일을 하시다니 보기에 딱해 죽겠어요 하며 친절을 베풀었습니다.

　처음에는 무척 고마웠고 그 점에서는 아버지도 마찬가지였습니다. 할머니도 제대로 말은 못 해도 눈과 표정으로 고마움을 표시했습니다. 그런데 시간이 감에 따라 이러한 친절이 아버지와 나에게는 귀찮고 쑥스러웠습니다. 일을 한 가지 해주면 꼭 그 티를 내었고 아버지를 향해 생색을 내는 것이었습니다. 그런 눈치를 챈 송수 아버지와 이 문제로 하여 다투는 일도 더러 보았습니다. 그 뒤부터 나는 노골적으로 송수 어머니의 친절을 거부했습니다. 송수 어머니도 나를 못마땅해 하였습니다. 무슨 애가 남의 친절을 그 따위로 따돌리느냐, 싹수머리 없는 애다, 이랬습니다.

　책가방을 마루에 던진 나는 대문을 박차고 공사현장으로 뛰었습니다. 속으로는 유치장에서 나왔으면 바로 집으로 돌아오셔서 할머니와 나에게 알릴 일이지, 현장사무실 먼저 갈 게 뭐냐 하고 생각하겠지만 지금 그런 건 큰 문제가 아니라고 마음을 돌려먹었습니다. 아버지는 원래 그런 분이니까요. 사나이답게 의리를 무엇보다도 앞세우는 분이니까요.

　사무실에는 열 명도 넘는 인부들이 둘러 앉아서 술잔을 돌리고 있었습니다. 아버지는 그 중 한가운데 앉아 무엇이 그리 좋은지, 큰소리로 떠들며 마

악 풋고추를 된장에 찍어먹고 있었습니다. 나를 보자 아버지는 손을 높이 쳐
들었습니다.

"오 우리 대장 왔구나. 이리 와서 너도 한 잔 하자꾸나."

빈말인 줄만 알았는데 아버지는 정말로 자기 앞에 놓인 양은 그릇에 막걸
리를 가득 따라 나에게 넘겨주었습니다.

"잘들 논다. 부자간에 대작이라."

코빨갱이 아저씨가 놀렸습니다.

"무식한 애비 덕분에 술은 일찍 배우겠구나."

귀 찌그러진 아저씨가 흉을 보았습니다.

"어때. 기왕 배울 것 일찍 배우면 어때. 이리 와서 목 좀 축여라. 막걸리는
술도 아니니까."

아버지는 눈으로 나를 불렀습니다. 그러나 나는 가까이 가지 않았습니다.
술을 마실 줄도 모르거니와 그것보다는 빨리 아버지를 집으로 데려가고 싶
었습니다.

"아빠, 빨랑 집으로 가야지. 할머니가 기다리셔."

할머니는 아버지가 유치장에 들어가 있는지도 모르고 있었습니다. 일이
바빠서 집에 오지 못 한다고 말해두었으니까요.

"그래. 조금만 기다려라."

아버지는 진짜로 술을 줄 생각은 아니었는지 나에게 주려던 술을 자기가
벌컥벌컥 마셔댔습니다.

"넌 밖에 나가 있어. 아저씨들허고 얘기할 게 있으니까. 곧 나갈게."

아버지의 말에 따라 나는 밖으로 나왔습니다. 약속대로 아버지도 곧 밖으
로 나왔습니다.

"가자. 할머니도 잘 계시지."

"응."

"그 동안 너도 학교 잘 다녔지."

"응."

불과 사흘밖에 떨어져 있지 않았으면서도, 아버지는 마치 오랫동안 객지
에 있다가 온 것처럼 물었습니다.

　나는 아버지의 손을 잡았습니다. 단단하고 큰 손이 무척 따뜻했습니다. 아버지는 내 손을 힘있게 쥐었습니다. 너무 힘을 주는 바람에 하마터면 아야 소리가 나올 만큼 아팠지만 나는 참았습니다. 아버지의 손을 잡는 것도 퍽 오랜만이었고 조금 아프다고 놓기가 싫었기 때문이었습니다.

　"목간이나 하고 갈까."

　아버지가 어느 만큼 가다가 혼잣말처럼 말했습니다.

　"목간?"

　"갑자기 목간이 하고 싶다. 오랫동안 안 가서 그런지 어찌 몸이 근질근질하다."

　"그럼 가."

　아버지의 말이 좀 엉뚱하다고 생각하면서도 나는 곧 찬성했습니다. 그러고 보면 아버지와 내가 함께 목욕탕에 간 것도 몇 년 만인 것 같았습니다.

　한낮이라서인지 목욕탕 안에는 사람들이 별로 없었습니다. 7, 8명의 어른들이 열심히 탕 안을 들락거리며 몸을 씻고 있었습니다. 아이는 나밖에 없었습니다.

　한바탕 물을 끼얹고 나서 아버지는 나를 일으켜 세웠습니다.

　"내가 문질러주마."

　"괜찮아."

　아버지는 들은 척도 않고 내 등을 문지르다가 다시 가볍게 나를 돌려세웠습니다.

　"요녀석 고추도 많이 컸는데."

　아버지는 내 고추를 톡톡 쳤습니다.

　"싫어."

　"하하 부끄러우니. 임마 남자는 뭐니뭐니해도 이게 커야 돼."

　"아이씨. 싫단 말야."

　아버지가 또다시 내 고추를 잡고 흔들자 나는 나도 모르게 두 손으로 고추를 감싸며 몸을 숙였습니다.

　목욕탕을 나오자 몸이 개운하고 기분이 상쾌했습니다. 볼을 스치는 늦은 봄바람이 무척 시원했습니다.

"배고프지? 어디 가서 설렁탕이나 한 그릇 먹을까."

"돈 있어?"

"자식, 아버지가 그만한 돈도 없어보이니."

"아냐. 해본 소리야. 나는 설렁탕보다 짜장면이 좋겠다."

"그럼 그러자."

짜장면 생각을 떠올리자 나는 갑자기 배가 고파지면서 아직 점심도 안 먹었다는 생각이 들었습니다.

곱배기 짜장면과 곱배기 우동 외에 아버지는 또 배갈 한 병을 시켰습니다.

"아빠 술 고만 해. 아까도 마셨잖아."

"자식 너도 꼭 네 애미 같은 소리를 하는구나. 문제없어. 걱정말고 어서 먹기나 해."

아버지는 스스로 술 한 잔을 따라 입 안에 털어 넣고 양파를 우적우적 씹으면서 언뜻 내 눈치를 살폈습니다. 자기도 모르게 어머니 얘기를 꺼낸 것이 마음에 걸렸던 모양입니다.

"우동 식어, 아빠. 빨랑 먹어야지."

"기철아, 너 엄마 보고 싶지?"

내 말은 들은 둥 마는 둥 아버지는 국물만 마시고는 젓가락도 들지 않은 채 엉뚱한 질문을 했습니다.

"아냐. 안 보고 싶어. 필요없어. 엄마 같은 거."

"정말로?"

"그래 정말이란 말야."

나는 세게 도리질까지 해대며 큰소리로 외쳤습니다. 아버지는 이미 상당히 취한 얼굴에 알게 모르게 잔잔한 웃음을 띠었습니다.

"자식. 아버지가 그 소리 하니까, 화 나니?"

"화 나지도 않고 안 나지도 않고그래. 보통이야."

"좋아, 가자."

아버지는 벌떡 일어섰습니다. 우동가락을 절반이나 남겨둔 채. 아버지의 뒤를 따라가면서 나는 사실은 아버지가 더 어머니 생각을 하고 있다고 느꼈습니다. 어쩌다 밤늦게 집에 돌아오면 잠을 이루지 못하고 푸 푸 담배만 빨아대는 모습에서 나는 아버지의 외로움을 잘 알고 있었습니다.

나는 집에 돌아와서도 선생님께서 아버지를 모시고 오란다는 말을 하지 않았습니다. 말해봤자 아버지의 속만 상하게 할 뿐이었으니까요. 그것은 아버지가 내 행동을 두고 화를 낼 것이 두려워서라기보다는 그런 일로 학교에 왔다갔다하는 걸 내 자신이 싫어 했기 때문이었습니다. 아버지는 밖에서는 상당히 왈가닥으로 행세하면서도 나에 대해서는 다시없이 다정하게 대해주었습니다. 어지간한 잘못에 대해서는 무척 너그러웠습니다. 다만 어디를 가든지 비굴하지 말고 떳떳하게 굴라고만 강조했습니다. 그 중에서도 사나이답지 않게 친구의 잘못을 선생님에게 일러바치는 일은 절대로 하지 말 것이며, 그런 자식이 있으면 오히려 막 패주라고까지 말했습니다.

아버지는 그걸 가리켜 밀고라고 했는데, 그런 아버지 자신도 한 번은 같이 일하는 사람을 늘씬하게 두들겨준 일이 있습니다. 그 사람은 일꾼들끼리 모여 의논해서 결정한 일을, 미리 현장 감독관에게 일러바쳤다는 것이었습니다. 그 현장을 나도 우연히 지켜본 일이 있습니다. 그날 공사판에 아버지를 찾으러 갔던 나는, 일꾼들이 식당인 한바(그곳 사람들은 식당을 그렇게 불렀습니다. 일본말이라고 하더군요.)에서 아버지를 비롯한 여러 사람이 마흔 살쯤 돼보이는 어떤 아저씨를 꿇어앉히고 빙 둘러싸고 있는 광경을 보았습니다. 그 아저씨는 이미 한 차례 되게 얻어 터졌는지 옷이 찢기고 얼굴에는 핏자국이 남아 있었습니다. 사람들은 내가 들어온지도 모르고 제각기 떠들어대고 있었습니다. 그런 속에서도 아버지의 목소리가 제일 컸습니다. 아버지는 허리를 구부리고 그 아저씨의 턱을 손가락으로 치켜 올리며 으르렁대었습니다.

"이 비겁한 새끼야. 이 마당에 너만 살겠다고 밀고를 해. 치사한 자식 같으니라구. 그러고도 네가 남자새끼냐. 그럴 바엔 아예 좆대가리 떼고 다녀."

아버지는 말을 마치자 아저씨 얼굴에 침을 탁 뱉았습니다.

비슷한 사건은 나에게도 있었습니다. 첫시간이었는데, 그날따라 선생님은 공교롭게도 국기 하강식 때 제대로 그 자리에 서 있지 않고 돌아다니는 아이들이 있다고 주의를 주셨습니다. 그러자 내 뒤에 앉은 경호가 느닷없이 일어서서 선생님에게 말했습니다.

"선생님, 기철이는 어저께 하강식 때도 막 달려갔대요. 공 주우러요."

선생님은 이맛살을 찌푸리셨습니다.

"기철이 이리 나와."

나는 경호자식을 한 번 째려주고 나서 비실비실 칠판 앞으로 나갔습니다.

"넌 판판이 말썽이구나. 이 시간 끝날 때까지 그 자리에 꼼짝말고 서 있어요. 지금 국기 하강식이라고 생각하고 마음속으로 반성하면서."

나는 수업이 끝나도록 꼬박 차렷 자세로 서 있었습니다.

첫 시간이 끝나자 아이들은 슬슬 내 눈치를 살폈습니다. 필시 경호녀석에게 달려갈 것으로 믿었기 때문이죠. 그러나 나는 참았습니다. 아주 참은 게 아니라 도중에 일을 벌이면 시끄러워질 것 같아서 하루 수업이 끝나는 시간까지 말입니다. 종례를 마치자 맨 먼저 달아나는 경호녀석을 따라 붙었습니다. 자식은 좀 켕기는지 힐끗힐끗 뒤를 돌아보면서 일부러 아이들과 장난질을 하며 태연스러움을 나타내려고 애쓰는 것 같았습니다. 교문을 빠져 큰길로 나섰을 때 나는 얼른 경호의 팔을 잡았습니다.

"경호 나 좀 보자."

"할 말 있으면 여기서 해."

"잠깐이면 돼. 나 따라와."

나는 이번에는 그의 멱살을 잡고 골목 쪽으로 잡아 끌었습니다. 내 뒤에는 어느새 진철이 영진이 그리고 다른 아이들이 몰려들었습니다. 경호는 그제야 다소 안심이 되는지 순순히 따라왔습니다. 골목으로 들어서자마자 나는 경호의 머리통을 한 방 갈겼습니다.

"아이구. 이 새끼 왜 때려."

"임마 넌 잘했어? 왜 치사하게 밀고를 해. 계집애처럼."

"그럼 늬가 잘했단 말야."

"이 새꺄. 남의 잘못을 선생님에게 일러바치는 게 그렇게 좋아. 내가 일부러 그랬어? 공을 치고 가다가 나도 모르게 그렇게 됐지, 안 그래? 임마, 밀고하는 새끼는 남자가 아니라구, 알았어?"

나는 다시 한 번 경호의 정강이를 걷어찼습니다.

내가 이 얘기를 했을 때 아버지는 내 행동에 찬성하셨습니다.

"잘했다. 그런 행동은 남자가 할 짓이 아니니까. 그러나 너희들은 아직 어리니까 되도록이면 싸우지 말고 잘 타이르는 게 나을 거다."

이런 점에서 아버지와 나는 배짱이 맞았습니다.

그런 마당에, 아버지가 선생님 앞에서 고개를 들지 못하고 자식을 제대로 가르치지 못해 죄송하다고 고개를 떨구는 모습은 생각만 해도 싫었습니다. 그래서 아버지에게는 학교에서 오란다는 말을 할 수가 없었습니다. 모르겠습니다. 아버지가 돈도 잘 벌고 미끈한 자가용을 굴리는 처지라면 당연히 말했는지도. 나는 속으로는 아버지를 자랑스럽게 여기면서도 아버지가 초라한 모양으로 학교에 드나드는 걸 창피하게 생각하고 있었는지도 모릅니다. 나는 이미 선생님께도 아버지는 먼 데로 일을 나가셔서 못 오신다고 말씀드려 놓고 있었습니다.

아버지가 나가는 공사판 일은 여간해서 해결이 되지 않았습니다. 도망간 사장님은 돌아오지 않고 일이 중단되고 보니, 노임도 제대로 나오지 않아서 이제는 현장사무실에 가도 사람들은 쥐포조차 없이 깍두기 하나만 놓고 술을 마시는 때도 있었습니다. 나중에는 술마실 돈도 없어서 어정쩡하게 앉거나 누워 있는 일이 많았습니다.

그런 사정을 빤히 아는데도 아버지는 전혀 내색을 하지 않고 너는 공부만 열심히 하라고 일렀습니다. 허지만 원래 공부에 재미를 못 붙인 탓도 있겠지만 나는 공부가 잘 되지 않았습니다. 숙제를 하다가도 현장으로 달려갔습니다. 술 한 잔도 못 마신 아버지와 함께 집으로 돌아오는 날은 무척 마음이 쓸쓸했습니다. 보통때는 술을 너무 마시는 아버지가 싫었는데, 막상 맨얼굴로 함께 걷는 길은 마음이 아팠습니다. 아버지는 그러나 조금도 초라한 눈치는 보이지 않고 큰소리만 탕탕 쳤습니다.

"기철이는 커서 뭐가 될래?"

"축구선수 될래. 아니면 마라톤 선수 할까."

"좋지. 그러나 운동선수는 젊어 한때뿐이어서."

"그럼 뭐가 될까."

"그야 네 맘대로지. 사업가는 어떨까."

"사업가도 좋지만 정치가도 괜찮지?"

"정치라……그것도 나쁠 건 없다만 그건 배짱이 유들유들하고 거짓말도
잘해야 할걸."

"그럼 과학자는."

"좋지. 그건 머리가 천재적으로 좋아야 할걸."

"그러면 또 뭐가 있을까. 응, 군인은 어떨까."

"좋지. 씩씩하고 남아답고 네 별명도 대장이니까."

"또 무슨 직업이 있나……."

"임마 직업이란 뭐든지 하나만 골라 잡아야지 다 한 번씩 해볼 거야? 자식
욕심도 많네."

"히히히. 근데 아빠. 아빠 나가는 회사는 어떻게 되는 거야."

아버지는 내 말에 잠깐 얼굴이 굳어졌습니다. 그러나 금방 표정을 바꾸면
서 대답 대신 엉뚱한 제안을 했습니다.

"너 달리기 선수라고 그랬지. 아버지허고 내기 한번 해볼까. 지는 사람이
오늘 저녁을 짓는 거다 알았지?"

"좋아."

"약속했다. 그럼 저어기 보이는 네거리까지 뛰기다. 자 준비이, 하나 둘
셋!"

아버지의 구령이 떨어지기가 무섭게 나는 있는 힘을 다하여 뛰었습니다.
아버지도 마찬가지였습니다. 변두리라고는 해도 길에는 사람의 왕래가 제법
많았습니다. 그들은 하나같이 우리 부자를 되돌아보았습니다. 그도 그럴 것
이 대낮에 어른과 아이가 운동장도 아닌 곳에서 뜀박질을 하다니 상상도 할
수 없는 일이었을 것입니다. 그들 중에는 우리 부자를 도둑으로 보는 사람이
있었는지 모를 일입니다. 네거리가 가까워지면서 아버지는 차츰 뒤처지기
시작했습니다. 나중에는 포기하고 숫제 걸었습니다.

"야아 우리 대장 못 당하겠는걸. 아이 숨차. 너 그대로만 나가면 마라톤대
회에 나가도 일등은 문제없겠다."

아버지는 숨을 헐떡이며 내 어깨를 잡았습니다.

"약속대로 저녁은 아버지가 짓는 거야."

"물론이지."

나는 의기양양해서 아버지를 쳐다보았습니다. 그러나 다음 순간 아버지는 그 동안 술에 곯아서 뛰지를 못했거나, 아니면 나에게 저녁을 짓게 하지 않으려고 일부러 져주었는지도 모르겠다고 생각했습니다.

밥을 짓는 일은 아버지나 나에게 있어 그다지 어려운 일이 아니었습니다. 쌀 씻는 것과 김치 담글 때가 제일 곤란했는데, 그것은 아쉬운 대로 송수 어머니가 도와주었고 그것도 어려울 때는 시장에서 김치를 사다 먹었습니다. 아버지는 그 보답으로 가끔 송수 어머니에게 과일 같은 걸 사다주었습니다. 오히려 난처한 건 할머니가 일도 제대로 못 하면서 부엌을 드나드는 일이었습니다. 차라리 방 안에 가만히 계셨으면 피차 속이 편할 텐데 괜히 일을 거들어준다고 나섰다가, 걸치적거리기만 하고 어떤 땐 찌개 냄비를 뒤엎는다든가 밥그릇을 땅에 떨어뜨리는 수도 있었습니다. 그러면서 아버지더러는 빨리 새엄마를 들여오라고 성화였습니다. 아버지는 그런 때도 그냥 웃기만 할 뿐 이렇다 저렇다 말을 하지 않고, 할머니의 실수에 대해서도 좀처럼 짜증을 내지 않았습니다.

아버지와 나는 집으로 들어가기 전에 동네 근처에 있는 시장에 들렀습니다. 저녁거리를 사기 위해서였습니다. 나는 아버지가 시장을 들러 가자고 했을 때 그런 돈이 남아 있을까 싶어 아버지의 얼굴을 살폈습니다. 아버지도 내 눈치를 알아차렸던 모양입니다.

"왜 내가 돈이 없을 것 같아서? 너 사람 무시했어. 무시해도 단단히 무시했다구. 염려놓으시지. 이 애비가 너 하나 건사할 줄도 모르는 엉터리로 보이니."

"내가 어쨌게? 아버진 괜히 그래."

"말 안 해도 다 안다구 네 눈을 보면. 임마 사내새끼가 그렇게 눈치만 발달하면 못써. 좀더 크게 놀아야지."

"알았어."

이상한 일이었습니다. 아버지는 분명히 돈 나올 구멍이 없었는데도 평소보다 찬거리를 더 많이 샀습니다. 묵 두부 콩나물같이 자잘한 반찬거리는 물론 할머니에게 드린다면서 큰 홍어도 반쪽이나 샀습니다. 그뿐만이 아니었습니다. 동네 구멍가게에서는 그 동안 밀린 외상도 갚았습니다.

"아빠 웬일이야? 돈 어디서 났어. 왜 술을 안 마시고."

"넌 알 것 없어. 도둑질 했을까 봐?"

"그게 아니라……."

"임마 쬐끄만 게 왜 그렇게 궁금한 게 많아. 잠자코 사다주는 걸 먹으면 됐지."

아버지는 갑자기 화가 난 목소리로 내 질문을 막았습니다. 내가 그렇게 생각해서 그런지 아버지의 표정이 다소 긴장되는 것 같았습니다. 다음 날도 아버지는 술이 거나하게 취해서 들어왔습니다. 과일을 한 보따리 사다가 송수 어머니에게도 나누어주었습니다. 나는 불안했습니다. 아버지가 어쩐지 무슨 일을 저지른 것만 같은 두려움이 떠나지를 않았습니다. 그러나 그걸 대놓고 물어볼 수도 없어 모른 척하고 있자니 더욱 마음이 언짢았습니다.

두려움은 들어맞았습니다. 아버지의 주머니에서 돈이 들어오고 나가는 걸 어느 정도는 짐작하고 있는 내가, 뭔가 이상하다고 느꼈을 때 일은 이미 벌어진 뒤였습니다.

아버지와 달리기 시합을 한 지 4, 5일이 지난 날 밤이었습니다. 아직 돌아오지 않은 아버지의 밥상을 차려놓고, 할머니 옆에서 졸리는 눈을 깜박이며 숙제를 벌여놓고 있는데 낯선 아저씨 둘이 집에 들이닥쳤습니다. 한 사람은 신사복 차림이고 한 사람은 잠바를 입고 있었습니다.

"송필수 집 맞지?"

잠바를 입은 아저씨가 대문을 들어서자마자 열려 있는 방문 밖에서 딱딱한 말씨로 소리쳤습니다. 내가 엉거주춤 일어서자 그 아저씨는 다그쳐 물었습니다.

"네가 필수 아들이냐."

"네."

"늬 아버지 어디 갔어."

"아직 안 들어오셨어요."

"아직 안 들어와? 지금이 몇 신데 아직도 안 들어와."

"열시 오분 전예요."

나는 책상 위에 놓인 사발시계를 쳐다보며 대답했습니다.

"임마 누가 널더러 시간 가르쳐달랬어."

"아저씨가 물으니까 가르쳐드렸죠."

"이게 어따 대고. 야 늬 아버지 항상 이렇게 늦냐."

"어떨 땐 일찍 들어오시고 어떨 땐 늦게 들어오시고 그래요. 근데 아저씨들은 어디서 오셨어요."

"넌 알 것 없어. 어떡헌다. 기다려?"

"이 친구가 낌새를 알고 어디로 튄 것 아냐."

두 사람은 난처한 듯이 서로 얼굴을 쳐다보았습니다.

그때였습니다. 누군가가 대문간에서 어른거린다 싶었는데 몸을 돌려 냅다 뛰기 시작했습니다. 뒤미처 아버지의 목소리가 골목 밖에서 들려왔습니다.

"기철아, 할머니 잘 모셔. 나 간다!"

순간 집 안에 있던 두 사람도 몸을 날려 아버지를 뒤쫓아갔습니다.

송수 어머니가 눈이 휘둥그래가지고 다가왔습니다.

"어떻게 된 일이니?"

"내가 알아요?"

"지금 그 사람들은 누군데."

"내가 알아요?"

"형사 같애 아무래도. 얘 늬 아버지가 무슨 일을 또 저지른 것 아니니."

"내가 어떻게 알아요. 왜 자꾸자꾸 말 시키세요."

"얘가 왜 이렇게 뻣세게 나와, 한 울 안에 살면서 걱정이 돼서 그런 것 아니니. 남대문에서 뺨 맞고 동대문서 눈 흘긴다더니, 애도 참."

나는 잠을 잘 수가 없었습니다. 송수 엄마 말대로 형사가 분명하다면 정말로 큰일이었습니다. 형사들이 둘씩이나 집으로 찾아온 때는 아버지가 무슨 일을 저질러도 엄청 큰 일을 저질렀을 것으로 생각되었습니다. 아버지도 그렇지 형사인 줄 알았으면 아무 소리 없이 조용히 도망하지 않고, 큰소리로 내 이름을 부를 게 뭐람 하는 아쉬움도 들었습니다. 그러나 중요한 것은 잡히지 말고 잘 도망갔어야 할 텐데, 지난번 나와 시합할 때의 실력으로는 멀리 못 가고 붙들렸을지도 모른다는 일이었습니다. 그러나 한편으로는 그때는 아버지가 나에게 고의적으로 져주었기 때문이지, 제 실력을 발휘하기로 들면 문제없이 형사들을 따돌렸을 것이라는 희망도 가져보았습니다.

나는 날이 새기가 바쁘게 학교도 가지 않고 공사현장으로 뛰었습니다. 새벽거리는 조용했습니다. 부딪치는 사람도 없어서 마음놓고 뛸 수 있었습니다. 나는 뛰면서 시속 30마일이나 40마일은 된다고 혼자 계산했습니다. 전봇대, 문 닫은 가게가 휙휙 소리를 내며 내 뒤로 처졌습니다.

현장에는 아무도 없었습니다. 사무실은 문이 잠겨 있고 아무리 둘러보아도 사람을 찾을 수가 없었습니다. 얼마 전까지만 해도 공사장 안에 버티고 있던 믹서차와 중기계들도 자취를 감추고 없었습니다. 나는 경비실 쪽으로 달려갔습니다. 혹시 그 안에 경비원이 자고 있는지도 모른다고 여기면서 말입니다. 그러나 경비실도 텅 비어 있었습니다. 창을 통해 본 경비실에는 나무의자와 전화통, 그리고 노란 헬멧 몇 개가 벽에 걸려 있을 뿐이었습니다. 나는 또 뛰기 시작했습니다. 코빨갱이 아저씨 집이 우리 동네에서 그다지 멀지 않은 산비탈에 있다고 들은 기억이 났기 때문입니다.

코빨갱이 아저씨의 동네에 당도했을 때는 햇빛이 제법 쨍쨍거렸습니다. 이 골목 저 골목에서 등교하는 학생들이 재잘거리며 쏟아져나왔습니다. 나도 얼핏 학교에 가야 한다는 생각이 떠올랐으나, 몸이 말할 수 없이 피곤해서 집으로 되돌아가기도 어려웠습니다. 코빨갱이 아저씨집을 찾는 것도 가망없는 일이었습니다. 엇비슷한 집이 수백 채도 넘을 것 같은데 이름도 모르는 마당에 코빨갱이라는 별명만으로 찾기 힘들었습니다. 더구나 그 별명은 나 혼자만 부르는 별명인지도 모를 텐데 말입니다.

나는 동네를 오르내리는 돌계단에 털썩 주저앉았습니다. 비로소 배가 고팠습니다. 목도 마르고 장딴지가 아팠습니다. 지나가는 어른 아이 할 것 없이 한 번씩은 파김치처럼 축 처져 있는 나를 쳐다보았습니다.

경찰에서 아버지를 찾는 이유를 알게 된 건 오후가 훨씬 넘어서였습니다. 내가 대충 점심을 챙겨먹고 현장사무실에 갔을 때, 귀 찌그러진 아저씨와 다른 사람들이 여기저기 모여 있었습니다. 코빨갱이 아저씨는 눈에 띄지 않았습니다. 나는 아저씨들의 주위를 맴돌며 그들의 눈치만 살폈습니다. 당장, 누군가를 붙들고 우리 아버지가 어떻게 된 거냐고 물을 수도 있었으나, 어쩐지 금방 말이 나오지 않았습니다. 막상 아버지가 경찰에 잡혀갔다는 말이 나왔을 때의 절망을 나는 두려워하고 있었는지도 모릅니다.

"젠장. 노임 떼어먹은 놈은 말짱하고 자재 팔아 일꾼들끼리 나눠 먹었다고 죄가 되나. 제대로 삯을 주면 어느 놈이 그런 짓을 하겠어."

"허락도 안 맡고 팔아 먹었으니께 횡령이다 이거지, 말하자면 절도로 모는 거야."

"그게 왜 절도야. 주인이 있어야 허락을 받고 자시고 할 게 아닌가. 정당히 일 해주고 정당히 노임 받겠다는데 그게 안 되니까 만부득이한 짓 아닌가 이 말이라고, 내 말은. 그게 왜 절도냐구."

"나한테 삿대질할 것 없잖아, 일이 그렇게 되었다 이 말이지."

"허허 이 사람들, 우리끼리 이런다고 문제가 해결되나. 다 같은 입장인데 우리끼리 싸울 것 없어. 진정하라구. 진정허고 사후대책이나 의논해보세."

귀 찌그러진 아저씨가 다른 사람들의 언쟁을 말렸습니다.

"그 말이 맞아. 이런 때일수록 우리가 단결해서 당국에 진정서를 내든지 무슨 수를 써야지."

나는 그제서야 대충 사건내용을 짐작할 수 있었습니다. 요컨대 아버지는 인부들을 대신해, 공사장에 남아 있던 철근과 시멘트를 팔아 일꾼들끼리 나누어 가진 모양이었습니다. 나중에 안 일이지만 코빨갱이 아저씨도 거기 가담해서 아버지와 함께 주모자로 몰리고 있었습니다. 그러나 나는 무엇보다도 아버지가 지금 어떻게 되었는지가 궁금할 뿐이었습니다. 거기 대해서는 아무도 나에게 일러주는 사람이 없었습니다.

다른 아저씨들과 함께 의논하다 말고 귀 찌그러진 아저씨가 오줌을 누러 일어섰을 때, 나는 그 뒤를 쫓아가 조심스럽게 물었습니다.

"아저씨, 우리 아버지는 어디 계세요."

"글쎄다. 지금 어디 숨어 있는지는 나도 잘 모르겠다."

"아직 경찰에는 안 잡혀갔나요."

"그런 것 같애. 염려마라. 대단한 건 아니니까 잘 되겠지. 너 학교에는 잘 다니지."

"네."

아저씨는 내가 보거나 말거나 작업복 단추를 끄르고 자지를 꺼내어 시원스럽게 오줌을 뿜어댔습니다. 아저씨의 검고 팅팅한 자지에서 나온 굵은 오줌줄기는 베니아판에 붙은 깔때기에 힘차게 쏟아졌습니다. 그러자 나도 갑자기 오줌이 마려웠습니다. 옆에 붙은 깔때기에 대고 오줌을 싸기 시작했습니다. 내 오줌줄기는 아저씨의 절반도 안 될 만큼 가늘었습니다.

"임마, 불알 좀 여물었니?"

아저씨가 해해 웃으며 묻는 말을 흘려보내며 나는 말했습니다.

"아버지가 만일 잡히면 콩밥 먹겠죠."

"콩밥은 아무나 먹는 줄 아니. 더구나 혼자 사리사욕을 채우자고 한 것도 아닌데, 걱정 마. 늬 아버지 문제는 잘 될 거다. 우리가 단결해서 해결해줄 테니까."

귀 찌그러진 아저씨는 털털 털고 난 자지를 안으로 쑤셔 넣으며, 한 손으로 내 머리를 쓰다듬었습니다.

나는 코빨갱이 아저씨는 어떻게 되었느냐고 물으려다 그만두었습니다. 이름을 모르기 때문이기도 하려니와, 그렇다고 내놓고 코빨갱이 아저씨라고 부를 수도 없는 일이어서 말입니다.

아버지는 자취를 감춘 지 사흘이 되도록 아무 소식이 없었습니다. 그 동안 나는 학교공부가 끝나기가 무섭게 현장으로 달려가 아저씨들의 눈치만 살폈으나, 어떻게 된 일인지 그들은 자주 회의만 열 뿐 아버지의 안부에 대해서는 통 말이 없었습니다.

그러던 어느 날 밤이었습니다. 귀 찌그러진 아저씨가 집에 오자마자 나더러 잠깐 나가자는 눈짓을 해보였습니다. 한쪽 눈을 찡그리며 고개를 삐딱하게 돌린 것까지는 좋았는데 하필이면 고개를 왼쪽으로 돌렸기 때문에 밤눈에도 찌그러진 귀가 환히 드러났습니다. 마침 늬 애비 어디 갔느냐는 할머니의 줄기찬 닦달에 적지않이 짜증을 부리고 있던 나는, 대번에 아저씨의 신호를 알아차리고 후닥닥 따라나섰습니다.

아저씨는 아무 말도 하지 않고 앞서갔습니다. 골목을 빠져나와 행길가에 이르자, 아저씨는 누가 우리를 감시하고 있는가를 살피듯 앞뒤를 둘러보았습니다. 마치 간첩영화의 한 장면 같기도 해서 나는 가슴이 두근거렸습니다.

"기철아."

"네."

나는 침을 꿀꺽 삼켰습니다.

"저어기 목간통을 돌아서 한참 가다보면 주유소가 나오지?"

나는 대답 대신 고개를 끄덕였습니다.

"그 주유소 뒤로 오백 미터쯤 가면 재건대원들이 있는 고물상 있지?"

또 한 번 고개를 까딱까딱했습니다.

"그 뒤 공터에 늬 아버지가 기다리고 있어, 가봐. 아버지 만났다는 말 아무한테도 말하면 안 된다. 알았지? 할머니에게도 비밀로 해둬. 그럼 가봐."

아저씨의 말이 끝나기가 무섭게 나는 무서운 속도로 달려갔습니다. 달리면서도 누군가가 내 뒤를 따라붙지 않나 하고 힐끔힐끔 뒤를 돌아보았으나 그럴 만한 사람은 눈에 띄지 않았습니다.

빈터는 캄캄했습니다. 누군가가 곧 집을 지을 작정인지 통나무와 벽돌이 한옆에 쌓여 있었습니다. 나는 조금씩 무서워지기 시작했으나 아버지가 있다는 생각에 마음을 고쳐먹고 용기를 내어 큰기침을 했습니다. 그때 통나무 뒤에서 불쑥 소리가 들려왔습니다.

"기철아 여기다."

아버지였습니다.

"아빠."

내가 달려가 안기자 아버지는 나를 힘주어 껴안고, 내 머리통을 몇 번씩이나 어루만졌습니다.

"혼자 왔지."

"그래. 귀 찌그러진 아저씨, 아니 아빠 친구가 가르쳐줬어."

"그럼 됐다."

우리는 통나무 위에 나란히 앉았습니다.

"할머니는 별일 없으시지."

"응."

아버지는 담배를 꺼내어 성냥불을 당겼습니다. 힘껏 빨아댄 담배불 끝에 빨간 불이 매달렸습니다. 그 순간 아버지의 얼굴이 잠깐 드러났습니다. 수염이 많이 길어 있었습니다.

“학교도 잘 다니고 있겠지.”

“응.”

아버지는 한동안 말이 없었습니다. 나는 아버지가 불쌍하게 느껴졌습니다.

“그 동안 어디 있었어?”

“여기저기 돌아댕겼지.”

“잠은 어디서 자고.”

“잠잘 데 없을까 봐 그러니.”

“그래도…….”

“기철아.”

“응.”

“넌 아버지가 도둑놈이라고 생각하니?”

“……아닐 거야. 아냐. 아버지는 도둑질 안 했어. 여러 사람을 위해서 한 건데 뭐.”

“너한테 그걸 분명히 해두고 싶어서 불렀어. 아버지는 도둑질은 안 한다.”

“알아 나도. 근데 앞으로 어떡할 거야. 맨날 숨어 살 수도 없잖아.”

“잘될 거다. 같이 일하던 사람들이 사장 쪽하고 교섭하고 있다니까.”

“도둑질 한 것은 아니니까 자수하면 어떨까. 자수해서 광명 찾자…….”

“임마 내가 간첩이냐 자수하고 광명찾게……하하.”

밤눈에도 아버지의 이가 하얗게 빛나는 게 보였습니다. 나는 무엇보다도 아버지가 내 말을 듣고 웃어준 것이 고마웠습니다.

“그건 그렇고 이번에도 어떤 녀석이 밀고를 했다.”

“누가 꼬아바쳤단 말야? 경찰에?”

“응 사장네 쪽에 대고.”

“왜, 왜 꼬아바쳐? 서로를 위해서 한 일인데.”

“제상엔 그런 녀석들이 많아. 같이 일을 해놓고도 저만 살겠다고 남을 몰아 넣는 새끼가 있어.”

“그걸 가만 둬? 요절을 내놓지.”

“이번 문제가 해결되고 나면 그렇지 않아도 그 자식을 혼내줄 작정이다.”

"누군지 알아?"

"응. 대충 짐작이 가."

나는 얘기를 해놓고도 불안했습니다. 기껏 문제가 잘 해결된 다음에, 또 아버지가 사고를 내면 다시 경찰에 붙들려가고 할 일이 두려워서였습니다.

"그런 사람은 상대를 안 하면 되지."

"아냐, 그런 녀석은 본때를 보여줘야 돼. 자 그럼 너를 만났으니까 가봐야 겠다. 너도 늦기 전에 들어가 봐. 할머니가 걱정하실라."

"어디로 갈 건데."

"그건 알 것 없고……공부 열심히 하고 할머니 잘 모셔. 그리고 옜다 돈이 다. 생활비 떨어졌지."

"아냐. 아직 좀 남았어. 아버지가 갖고 써야잖아. 도망댕길라면 돈이 있어 야잖아. 난 필요없어."

그럴 생각이 아니었는데도 나는 가슴이 뭉클하면서 눈물이 나왔습니다. 아버지에게 눈물을 보이지 않으려고 고개를 돌렸습니다.

"이제 보니 송기철이도 형편없구나. 사나이가 눈물을 흘리다니."

"아냐. 나 눈물 안 흘렸어. 눈에 먼지가 들어갔나 봐."

"자식 거짓말은, 좋다. 어서 뛰어가. 백 마일 속도로."

"아버지가 먼저 가는 걸 보고 갈래."

"너 먼저 가."

"아버지 먼저 가."

"아버지 속 썩이고 싶어 이러니. 잔말 말고 뛰어. 자 하나 둘 셋!"

아버지는 말과 함께 돈을 내 주머니에 쑤셔넣고 내 등을 툭 쳤습니다.

나는 미적미적 몇 발자국 물러서다가 몸을 돌려 재빨리 달리기 시작했습 니다. 아버지 말대로 백 마일 속도로 뛰었습니다. 애써 뒤돌아보고 싶은 걸 참았습니다. 이제는 마음놓고 눈물이 펑펑 쏟아졌습니다. 갑자기 어머니가 보고 싶었습니다.

집 가까이 이르러서야 나는 숨을 가다듬고 눈물자국을 훔쳤습니다. 그리 고 대문을 들어서면서는 애써 태연함을 가장하고, 휘파람으로 '나리 나리 개 나리'를 크게 불어댔습니다. 할머니는 나를 보자 자꾸만 어디 갔다 왔느냐고 물었습니다.

"어 디 가 다 와 서?"

"할머니는 몰라도 돼."

"어 디 가 다 와 냐니까?"

"영진이네 집에 갔다 왔다구. 인제 알겠어요."

나는 소리를 빽 질렀습니다. 속으로는 그러는 내 마음도 아팠습니다. 할머니에게는 사실대로 말해버릴까 하다가 참았습니다. 설명을 해봤자 잘 알아듣지도 못할 것이며, 또 안다 하더라도 괜한 걱정만 끼쳐드릴 것이라고 믿기 때문이었습니다.

"느 애 비 왜 안 와?"

할머니는 아버지가 며칠째 집에 들어오지 않는 것이 몹시 걱정되는 모양이었습니다.

"아버지는 저어기 먼 시골에 일하러 가셨어. 하나 둘 다섯밤만 자면 올 거야."

나는 갓난아기를 타이르듯 손가락을 헤어보고 두 손 바닥을 귀에 대고 자는 시늉을 해보였습니다. 그래도 할머니는 이해를 못 하겠는지 고개를 설래설래 흔들었습니다.

이때 반갑지 않은 송수 어머니가 방으로 들어왔습니다.

"아버지 소식 들었니? 어떻게 됐대."

"뭘 말예요. 그런 걸 내가 어떻게 알아요."

"한 집에 살면서 걱정되니까 그렇지. 아까 온 사람이 누구야. 왜 왔대."

"잘 모르겠어요."

"알지도 모르는 사람은 왜 따라 나가."

"그냥 나가본 것뿐예요."

"쯔쯔 애도 참 쌀쌀맞기는. 가만 있자 너 울었니?"

"내가 왜 울어요."

"운 것 같은데. 얼굴에 그렇게 씌어 있어. 너 어른 속이면 못쓴다."

"속이든 말든 왜 자꾸 참견이세요. 나가주세요."

"얘가……누굴 닮아가지고 이렇게 뻣뻣하지. 고슴도치처럼 톡톡 쏘고 야

단야. 내참 기가 막혀.”

송수 어머니는 툴툴거리며 방을 나갔습니다.

아저씨들 말대로, 그리고 아주 다행스럽게도 아버지는 며칠 후 집으로 돌아왔습니다. 공사판 인부들과 사장 사이에 타협이 잘 이루어졌다는 것이었습니다. 그쪽에서는 자재 팔아먹은 걸 없었던 일로 치고 고소장을 도로 찾아가는 대신, 이쪽에서는 밀린 임금을 두 달 동안만 참아주기로 합의를 본 모양이었습니다. 합의내용이야 어떻든 나는 아버지가 돌아온 것만이 우선 기뻤습니다. 할머니도 몹시 즐거운 표정이었습니다. 뼈만 남은 앙상한 손으로 아버지의 투박한 손을 움켜쥐고 오래오래 놓지 않았습니다.

그날 밤 아버지와 나란히 누워서 나는 그 동안 궁금하게 여기고 있던 일을 물었습니다.

“아빠 그날 밤 어땠어?”

“그날 밤이라니.”

“형사 둘이서 잡으러 왔던 날 말야. 기철아 나 간다 할머니 잘 부탁한다 이러면서 아빠가 튀니까 형사들이 뒤따라갔지.”

“으응 그때 말이냐.”

“그래. 달리기 시합에서 지지 않았느냐구.”

“지기는 왜 져. 디립다 뛰니까 그치들 백 메타도 못 따라오고 갤갤거리더라. 그래서 여유있게 앞서 가다가 골목길로 새었지.”

“나는 혹시 아빠가 얼마 못 가서 잡히지 않았나 하고 걱정했어.”

“어림없지. 달리기라면 아직도 자신 있으니까.”

“그런데 왜 저번 때 나하고 내기할 때는 졌어?”

“그야……..”

“일부러 져준 거야?”

“시합도 시합나름이니까 죽기 살기로 뛰면 누구한테도 지지 않아.”

“코빨갱이 아저씨는 어떻게 됐어.”

“동수? 그 친구도 나와 함께 피신다니다가 오늘에야 집에 돌아갔다.”

이번 사건은 이것으로 다 끝나는 줄 알았습니다. 그러나 그게 아니었습니다. 속편이 또 있었고 이번에도 아버지가 그 주인공이었습니다.

아버지는 딴 공사판에 나가고 있었습니다. 언제나처럼 나는 해질녘에 현장으로 뛰어가 아버지와 함께 집으로 돌아오는 길이었습니다. 공사현장은 집에서 과히 멀지 않았기 때문에 나는 이번에도 자주 달려가곤 했습니다. 아버지는 내가 나타나는 걸 질색하면서도 막상 만나면 한쪽에서 기다리라고 일렀습니다. 다른 아저씨들은 이런 나를 보고 필수는 효자 자식 두었다, 아들이 여편네 대신 이것 저것 살펴주니 고맙지 뭐냐고, 칭찬인지 비꼬임인지 모를 소리를 해대면서 아버지와 나를 놀렸습니다.

어쨌거나 그날도 나는 학교에서 있었던 대단치 않은 사건에 초를 쳐가면서 되도록 재미있게 꾸며대며 주절대었습니다.

"오늘 종례시간에 선생님이 그랬어. 여러분 모레는 어린이날이니까 재미있는 계획들 많이 세웠겠지요. 그러나 너무 부모님을 조르면 안 돼요. 반드시 비싼 선물이나 돈 많이 들인 음식을 먹는 것만이 좋은 건 아니니까요. 작은 것이라도 오래오래 기념이 될 만한 거면 족하니깐요, 이랬다구. 그랬더니 글쎄 요섭이녀석이 선생님 저는 그날 집 봐야 된다구요, 이렇잖아. 선생님이 저런, 왜 그러죠? 그러니깐 요섭이가, 시골에 계시는 할아버지가 어젯밤 돌아가셨다고 전보가 왔걸랑요, 그래서 아버지 어머니께서 오늘 아침 내려가셨어요, 했다구. 고모허구 동생들 데리고 집 봐야만 한다 이거야. 선생님이 다시 저런 안됐군, 그러나 부모님이 돌아오시면 늦게라도 어린이날 선물을 해주겠죠. 이날의 뜻만 살리면 되니까 반드시 그날이 아니라도 괜찮지 뭐, 이러셨어."

"거 안됐구나. 그러고 보니까 나도 어린이날을 잊고 있었군. 네 말 아니었으면 그냥 넘어갈 뻔했다."

"괜찮아 나는. 그보다도 그 다음이 재밌어. 선생님이 그러시니까 요섭이 자식이, 우리 할아버지는 왜 하필이면 어린이날을 앞두고 돌아가시죠? 김새게, 이랬다구. 그러니까 아이들이 와 웃었어. 선생님도 막 웃으시고."

"하하. 고녀석 참 재밌는 놈이구나. 잠깐⋯⋯기철이 너 집에 먼저 들어갈래."

아버지는 웃다 말고 갑자기 발걸음을 멈추더니 길 건너 편을 뚫어지게 쳐다보았습니다. 나도 아버지의 시선을 쫓았습니다. 아버지가 노려보고 있는 사람은 우리와 반대방향 쪽에서 걸어오고 있는 군용백을 든 사람이었습니다. 그 사람이 들고 있는 국방색 백은 공사판에 나가는 기술자들이 흔히 연장을 넣고 다니는 것이었으며, 그 사람은 아버지보다는 조금 젊어보였습니다.

“너 먼저 집에 가 있어.”

아버지는 미처 내 대답도 듣지 않고 길을 가로질러 뛰었습니다. 나는 무슨 영문인지를 몰라 그 자리에 우두커니 서 있었습니다. 집으로 혼자 돌아갈 생각은 없었습니다.

아버지는 그 사람 앞에 버티고 서서 무슨 말을 주고받다가 상대방의 팔을 붙잡았습니다. 어딘가로 끌고 갈 모양이었습니다. 상대방은 끌려가지 않으려고 버티는 것 같더니 이윽고 순순히 아버지를 따라나섰습니다. 오던 길과는 반대쪽으로 말입니다.

나는 호기심과 두려움이 반반인 어정쩡한 기분으로 두 사람의 뒤를 밟았습니다. 되도록 아버지의 눈에 띄이지 않으려고 일정한 간격을 유지하면서.

아버지와 그 사람은 어디만큼 가다가 큰길을 버리고 자동차 한 대가 다닐 만한 사잇길로 접어들었습니다. 그쪽으로 가면 내가 요전에 아버지를 만났던 공터에 이르게 된다는 걸 나는 알고 있었습니다. 아니나 다를까 공터에 이른 두 사람은 걸음을 멈추고 마주섰습니다. 나는 철근 더미 뒤로 살살 몸을 낮추고 접근해갔습니다. 두 사람의 말소리가 들리는 가까운 거리였습니다.

“요 쥐새끼 같은 자식. 그래 우리를 밀고해서 얼마나 받아 처먹었니?”

아버지는 다짜고짜 그 사람의 멱살을 거머쥐었습니다.

“이거 놓고 얘기합시다. 말로 해요 말로. 점잖지 못하게 이게 무슨 짓이요.”

“점잖지 못해? 너는 점잖아서 동료들을 밀고했니? 요 인간말종 같은 새끼!”

픽 하는 소리와 함께 아버지의 주먹이 날았습니다.

“어이쿠! 너 사람 쳤어?”

“너 같은 새끼는 맛 좀 봐야 돼. 이 배신자.”

　아버지의 오른발이 높이 쳐들려졌다 싶자 어느새 상대방의 가슴을 걷어찼습니다. 눈 깜짝할 여유도 주지 않는 놀라운 솜씨였습니다. 백을 든 사람은 벌렁 넘어지고 나서도 두 바퀴를 대그르르 돌다가 고함을 질렀습니다.
　"사람 살려! 이 자식이 사람 죽이네."
　"너 같은 놈은 죽어도 싸다 이놈아!"
　상대는 땅바닥을 기다가 갓난아기 머리통만한 돌을 집어들었습니다. 아버지의 발이 재빨리 그의 팔목을 걷어찼습니다. 돌덩이가 저 만큼 뒹굴었습니다.
　"아이고 나 죽네. 이 살인자가 살인하네. 사람살려!"
　아버지는 다시 그의 머리를 한 발로 힘껏 누르고 구역질하듯 가래침을 모아 그의 면상에 칵 뱉었습니다.
　"갈빗대를 모조리 분질러놓을 것이로되, 인생이 불쌍해서 오늘은 이만 물러간다. 이 더러운 인간말종아!"
　외진 곳이라서인지 아무도 보는 사람은 없었습니다. 아버지는 손을 툭툭 털고 아무 일도 없었던 듯 뒤도 돌아보지 않고 공터를 빠져나갔습니다. 백을 든 사람은 가까스로 몸을 일으키려다 말고 도로 주저앉았습니다. 코에서 피가 흐르고 온몸이 말을 안 듣는 모양이었습니다. 나는 그를 도와줄까 말까 망설이다 어쩐지 겁이 나서 아버지가 사라진 쪽으로 뛰었습니다.
　아버지는 저만치 앞서 가고 있었습니다. 나는 숨을 헐떡이며 쫓아가 무턱대고 아버지의 팔을 끼었습니다. 아버지는 흠칫 놀랐습니다.
　"아니 너 집에 안 갔었니?"
　"다 봤어."
　"뭘 봐?"
　"싸우는 것."
　아버지는 걸음을 멈추고 나를 내려다보았습니다.
　"임마. 그런 걸 왜 봐. 먼저 가랄 때 가지 않고."
　"잘못했어. 그러나 어떡해. 걱정이 되는걸."
　"그런 걱정 안 해도 돼. 넌 네 일이나 하면 돼."
　아버지는 그 이상은 나무라지 않고 할 수 없다는 듯 다시 걸음을 옮겼습니다.

"그 아저씨 나쁜 사람야?"

"나쁜 놈이지. 나를 밀고했으니까."

"괜찮아?"

"뭐가."

"또 고소하면 어떡해."

"할 테면 하라지. 저도 양심이 있으면 못 할걸."

"아빠 옛날에 쌈 많이 했어?"

"그런 건 왜 물어."

"발 올라가는 게 기똥찼어. 빠르고."

"자식……. 왕년에 놀았다면 좀 놀았지."

아버지의 놀았다는 말은 싸움깨나 해보았다는 뜻으로 풀이되었습니다. 나는 그런 아버지가 한편 든든하면서도, 한편으로는 자주 사고를 내는 원인일 거라고도 은근히 걱정되기도 했습니다.

그러나 이번에는 내가 사고를 저지름으로써 되레 아버지에게 걱정을 끼쳐드릴 줄은 누가 알았겠습니까. 하지만 따지고 보면 나의 사고도 모두 아버지에게서 물려받은 것인지도 모르지요.

토요일이었습니다. 담임선생님은 수업이 모두 끝나자 무슨 생각에서였는지, 요즈음 만화가게에 드나드는 학생이 많은데 만화를 보는 건 좋으나 불량만화는 절대로 보아서는 안 된다고 말씀하셨습니다. 어떤 만화가 불량만화인지 잘 모르는 사람은 부모님이나 선생님에게 상의하면 잘 판단해줄 거라고 말입니다. 나는 찔끔했습니다. 그날사 말고 나는 괴상한 이름의 극화집을 가지고 있었기 때문이었죠. 역시 만화가게에서 빌린 건데, 아침에 학교에 와서 진철이 경호 영진이와 함께 머리를 맞대고 킬킬대며 읽었습니다. 집에 가는 길에 돌려줄 참이었습니다. 일이 잘 안 되느라고 부반장이 벌떡 일어서더니 선생님에게 꼬아바쳤습니다.

"선생님 송기철이는 극화를 본대요. 학교까지 가지고 와서요."

나는 얼른 부반장을 째렸습니다. 그는 나와 시선이 마주치자 당황스럽게 자리에 앉았습니다. 선생님이 화가 잔뜩 난 얼굴로 나를 쳐다보셨습니다.

"송기철 일어서!"

나는 주춤주춤 자리에서 일어섰습니다. 사방에서 쏘아보는 아이들의 눈길이 따가웠습니다.

"극화책 가지고 이리 나와!"

나는 별수없이 극화를 주섬주섬 꺼내어 선생님 곁으로 다가갔습니다.

"너는 정말 사고뭉치로구나. 이리 내놔."

선생님은 내가 건네준 극화를 대강대강 훑어보시고 여전히 언짢은 표정으로 말씀하셨습니다.

"이 책은 내가 압수한다. 월요일까지 반성문 써오도록 알았지?"

"네."

나는 기어드는 소리로 겨우 대답했습니다.

선생님과 마지막 인사가 끝나고 아이들이 우 몰려나가자, 나는 얼른 부반장의 뒤를 따라 붙었습니다. 그는 좀 켕기는지 나를 한 번 뒤돌아보곤 교문을 향해 빨리 걸어갔습니다. 나도 걸음을 빨리 했습니다. 나는 부반장을 불러 세웠습니다.

"야 나 좀 보자."

"왜 그래? 할 말 있으면 여기서 해."

"나 따라와."

"여기서 하라니깐."

"잔소리 말고 따라오라면 따라와."

"좋아."

그는 용기를 내서인지, 아니면 할 수 없다고 생각했는지 고분고분 나를 따라왔습니다.

"책가방 내려놔!"

나는 내가 애들과 싸울 때면 으레 데리고 가는 골목으로 들어서기가 바쁘게, 내 가방을 먼저 땅에 벗어놓으며 부반장에게 명령했습니다.

"왜 그래. 말로 해 말로."

나는 얼핏 아버지에게 얻어맞은 사람도 그때 부반장과 똑같은 말을 하던 일이 생각났습니다. 어떻게 알고 왔는지 진철이 영진이 외에 대여섯 명의 아이들이 우리를 둘러쌌습니다.

"비겁한 새끼. 왜 선생님에게 고자질 해."

"그러면 어때."

"뭐야 이 새끼. 남을 밀고하는 게 남자로서 잘한 짓이란 말야?"

나는 더 이상 말이 필요없다 싶어 발길로 부반장의 무릎을 걷어찼습니다. 그는 무릎을 싸안고 넘어지지 않으려고 뜀뛰기 흉내를 내다가 팩 고꾸라졌습니다. 그리고는 입에 거품을 물며 욕을 했습니다.

"왜 때려 이 새끼야. 깡패, 순 악질."

"그래 난 악질이다. 그러나 너처럼 친구를 고자질은 안 해, 이 새꺄."

나는 또 한 번 그의 가슴을 걷어찼습니다.

"아이쿠쿠 이 새끼 너 사람 치는 면허 땄어? 선생님이 가만둘 줄 알아."

"면허 좋아하네. 아주 요절을 내줄 것이로되 인생이 불쌍해서 오늘은 이 정도로 내가 참는다. 퉤!"

나는 그의 얼굴에 침을 뱉았습니다. 아버지가 하던 방식대로 자식을 패준 게 속으로 우습기도 했습니다.

일요일 하루를 나는 조마조마하게 보냈습니다. 학교에 가면 틀림없이 부반장의 어머니가 쫓아와서 한바탕 소동을 부리고 선생님한테 치도곤이 맞을 일이 염려되었기 때문이었습니다. 그러나 아버지에게는 그 말을 하지 않았습니다. 내 문제는 내가 해결해야 한다고 믿었으니까요.

내 걱정은 어김없이 들어맞았습니다. 월요일, 학교에 나가자 부반장은 등교를 하지 않았습니다. 나는 더욱 가슴이 철렁 내려앉았습니다. 그를 만나면 지난 일은 깨끗이 잊어버리고 잘 지내자고 사과할 작정이었는데 말입니다.

첫째시간이 끝나고 담임선생님이 나를 교무실로 불렀습니다. 올 것이 왔구나 하고 각오를 했습니다.

교무실에 들어서기가 무섭게 선생님 옆에 앉은 어떤 아주머니가 나를 노려보았습니다. 부반장의 어머니였습니다.

"얘예요?"

선생님보다 먼저 부반장 어머니가 입을 열었습니다.

"네."

"애. 넌 어쩜 애가 사람을 때려도 그렇게 모질게 때리니. 늬 아버지 뭣 하시는 분이니?"

"얘는 어머니도 안 계시고 가정환경이 나빠요. 뭐가 옳고 그른지 제대로 배우지 못 해서 좀 와일드해요. 참으세요. 제가 혼내줄 테니 제게 맡기시고 오늘은 그만 돌아가세요. 내일은 성규가 학교에 나오겠지요?"

"모르겠어요. 병원에선 별일 없을 거라고 그러는데 아이는 아직도 다리가 아프대요. 퉁퉁 부었어요 글쎄. 얘 네 이름이 송?……."

"기철이요."

나는 또렷하게 대답했습니다.

"뻔뻔스럽게 대답 하나는 잘하는구나. 생기기는 똘똘하게 생긴 애가 왜 그렇게 무지막지하니. 내 오늘은 선생님 체면 봐서 그냥 물러간다. 두 번 다시 그런 일이 있었다간 가만 안 둘 줄 알어."

부반장 어머니는 선생님과 인사를 나누고 마지막으로 나를 다시 한 번 흘겼습니다. 큰소리로 나를 쥐고 흔드는 것보다는 퍽 조용한 말씨로 나무라는 것이었으나, 그 조용한 말씨가 오히려 매섭고 아프게 내 가슴을 찔렀습니다. 특히 네 아버지는 뭣 하시는 분이냐는 대목에서 나는 야코가 팍 죽었습니다. 사실은 그럴 것도 아닌데 말입니다.

선생님은 기가 막힌다는 표정으로 아무 말 없이 한참 동안 나를 쳐다보시다가 불쑥 말씀하셨습니다.

"너 성규 치료비 물어줄 돈 있니?"

"얼만데요?"

나도 모르게 엉겁결에 여쭈었습니다. 그리고 곧 후회했습니다. 보나마나 병원치료비라는 것은 데빵 엄청난 것일 테고, 아버지의 능력으로는 도저히 감당하기 어려운 돈임에 틀림없을 것인데도 불구하고, 마치 만화책이나 연필 한 다스값 정도로 가볍게 받아넘긴 게 말입니다. 나는 두렵고 부끄러워 발가락을 꼼지락거렸습니다.

"얼마라고 하면 물어줄 수 있겠어?"

"……."

"얼마나 될 것 같으니 네 생각엔?"

"그걸 제가 어떻게 알아요."

"아무튼 배짱 하나는 좋다. 그건 그렇고 성규는 왜 때렸지?"

"걔가 나를 밀고했으니까요."

"어머. 밀고는 또 뭐야."

"저를 선생님에게 일러바쳤잖아요. 극화 가지고 댕긴다고."

"그게 왜 나빠. 부반장으로서 당연히 할 소리를 했는데, 오히려 정직한다고 생각하지 않니."

"정직한 것하고 그것하곤 달라요."

"다르다니 어떻게? 나한테 설명해보려무나."

"설명은 잘 못해요. 아무튼 나빠요."

"너라는 애는 참 이상하구나. 도저히 이해할 수가 없어 선생님은. 아무래도 너하고는 얘기가 잘 안 되겠다. 어머님은 아직도 소식이 없니?"

"……네."

"좋아. 그럼 아버님을 모시고 오너라. 내일 꼭 모시고 와."

"아버님은 집에 안 계세요."

"어디 가셨게?"

"시골로 일 가셨어요."

"지난번에도 시골에 가셨다고 그러더니 또 가셨어."

"네. 맨날 그래요."

"살림은 누가 하니."

"할머니가요."

"참 딱하구나."

선생님은 가볍게 한숨을 내쉬셨습니다.

나는 선생님에게 거짓말한 게 괴로웠습니다. 그러나 어쩔 수 없었습니다. 아버지에게 내 문제로 해서 걱정을 끼쳐서는 안 된다는 생각과 없는 형편에 치료비까지 물게 해서는 안 된다는 생각에서 나도 모르게 거짓말이 튀어나왔습니다.

"선생님. 제가 성규를 만나보겠습니다."

"만나서 어쩌겠다는 거니."

"남자 대 남자로서 솔직히 사과할 건 사과하고 따질 건 따지겠습니다. 그리고 과거는 깨끗이 잊어버리고 잘 지내자고 악수를 청하겠습니다."

"애 좀 봐. 너 참 대단한 애구나. 남자가 그렇게 당당한 거니."

"네. 여자하고는 다르다고 생각합니다."

"갈수록……."

선생님은 기가 막히는 모양이었습니다. 입가에 웃음까지 띠었습니다. 나는 그 웃음이 비웃음으로 보였습니다.

"알았다. 네가 말하는 남자가 얼마나 당당한지 두고 보자. 남자끼리 한번 해결해보려무나. 모레까지 여유를 줄게. 또 치고 받고 싸우는 건 아니겠지."

"네. 염려마세요."

"요즘 애들은 참 무섭구나."

어떻든 괴로운 자리에서 놓여 나는 것만이 우선 기뻐서 나는 꾸뻑 절을 하고 부리나케 교무실을 빠져나갔습니다. 분하고 부끄럽고 모든 게 뒤죽박죽이라는 생각뿐이었습니다.

그때였습니다. 누군가가 나를 불렀습니다.

"기철아."

윤 선생님이었습니다. 나는 하필이면 이런 때 또 윤 선생님을 만난 게 더욱 화가 났습니다. 윤 선생님이 나를 부른 것에 화난 것이 아니라 창피를 당하는 장면을 보였다는 사실이 참을 수 없어서였습니다. 그러고 보면 윤 선생님은 내가 교무실에 들어설 때부터 나를 지켜보고 있었던 게 분명합니다.

나는 대답을 않고 통탕통탕 복도를 뛰었습니다. 윤 선생님이 또 한 번 나를 불렀습니다.

"기철아 나 좀 보자."

윤 선생님도 내 뒤를 뛰면서 따라오고 있었습니다.

"왜 그러세요."

나는 복도 끝에 멈춰서서 선생님을 되돌아보며 스스로의 생각에도 퍽 퉁명스럽게 말했습니다.

"정말로 성규 찾아갈 거니."

윤 선생님은 짐작대로 벌써 교무실에서 있었던 담임선생님과의 대화를 엿들은 모양입니다.

"모르겠어요."

"거짓말로 그런 거니?"

"거짓말은 아녜요."

"그럼."

"만나긴 만나야겠는데 걔네집으로 찾아가기는 싫어요. 솔직히 말씀드려서 싫어요."

"아버지는 정말 시골로 일 가셨니?"

"솔직히 말씀드려서 시골은 안 갔어요."

"너 큰일났구나. 왜 자꾸 거짓말을 하지. 너답지 않게. 그 전엔 안 그랬는데."

"할 수 없었어요. 할 수 없었다구요. 아시잖아요. 저희 아버지는 노동자예요. 치료비는 못 물어요. 돈이 없어요. 제가 저지른 사고니까 제가 해결하겠다 이거예요. 선생님은 상관 마세요."

나는 몸을 돌렸습니다. 그럴 생각은 아니었는데 말을 하고 나니까 어쩐지 내 자신이 불쌍해져서 견딜 수가 없었습니다. 그럴 줄 알았다는 듯이 윤 선생님이 얼른 내 팔목을 붙잡았습니다.

"알아. 내가 왜 네 마음을 모르겠니. 그러나 그렇다고 담임선생님께 거짓말하면 못써. 너는 비겁한 아이가 아니잖아. 용감한 아이는 거짓말하는 것 아니란다. 아무튼 이번에는 아버님을 모시고 와. 내가 직접 만나뵙고 할 말도 있으니까. 그리고 말이 그렇지 치료비까지는 안 물어도 될 거야. 성규집 부자인 줄 너도 알지? 성규 어머니도 화가 나니까 그렇지 정말로 치료비를 물릴 생각은 아닐 거야. 걱정말고 모시고 와. 그리고 아버지가 무슨 일을 하고 있던 그게 무슨 문제니. 아버지가 들으면 얼마나 섭섭해 하시겠니. 그건 너답지 않은 소리야."

나는 윤 선생님이 자꾸 외어대는 너답지 않다는 말에 신경질이 났습니다.

"저는 나쁜 놈이에요. 거짓말쟁이고. 그러니까 저 같은 건 상관하지 마세요. 전 가겠어요."

잡힌 팔을 뿌리치고 나는 몸을 날렸습니다. 운동장을 가로질러 죽을 힘을 다해 뛰었습니다. 윤 선생님에게는 미안했지만 할 수 없었습니다.

압니다. 나는 압니다. 윤 선생님이 얼마나 나를 위해주는가를. 나에게《플루타크 영웅전》을 사주시고 언젠가는 선생님의 도시락을 내게 주신 적도 있었습니다. 또 있습니다. 한번은 시장에서 저녁 찬거리를 사가지고 오던 나를 만나자 싫다는데도 억지로 가게로 끌고 가 고등어 통조림을 두 개씩이나 사서 안겨주었습니다. 내가 선생님의 죽은 동생 모습과 같다고 하시면서 꿋꿋하고 착하게 살라고 등을 두들겨주었습니다. 그래서 나는 이 다음에 성공하면 반드시 선생님의 넓고 깊은 은혜에 보답하겠다고 다짐한 적이 한두 번이 아니었습니다. 그러나 한편으로는 번번이 내가 실수를 하거나 남에게 보이기 싫은 때만 나타나 나를 동정해주는 게 창피했습니다. 그것은 선생님의 잘못이 아니고 어쩌다 보니 그리 된 것뿐이겠지요. 또 그렇지 않다 하더라도 선생님은 내 형편을 누구보다도 잘 알고 있는 처지여서, 나의 그런 생각은 괜한 투정이었는지도 모릅니다. 이유야 어떻든 나는 누구의 동정을 받는 일은 견딜 수 없었습니다. 그것이 선생님이든 다른 어떤 사람이든간에. 그런 점에서 나는 구제불능의 나쁜 아이인지도 모릅니다.

그러나 저러나 나는 부반장 때문에 그날 밤 끙끙 앓았습니다. 문제는 치료비였습니다. 다른 일이라면 겁날 게 없었지만 돈으로 해결해야 하는 문제에는 용빼는 재주가 없었습니다.

그런데, 아 이 일을 어쩌면 좋겠습니까? 아버지가 또 사고를 저질렀습니다. 이번 사건은 나의 고민과는 비교도 안 될 만큼 엄청난 것이어서 부반장 치료비 때문에 끙끙대는 나의 시름을 대번에 날려버리고 말았습니다.

성규를 찾아갈 것인가 말 것인가, 만나면 대뜸 무어라고 말할 것인가를 놓고 내가 골치를 앓던 날 밤, 아버지는 집에 돌아오지 않았습니다. 좀처럼 없던 일이었습니다. 친구들과 술을 나누시다가도 대개는 아홉시나 열시 이전에 들어오는 건 물론, 그럴 만한 사정이 있어 다소 늦는다 할지라도 절대로 통행금지 시간을 넘긴 일이 없는 아버지가 그날 밤은 아무 말도 없이 끝내 귀가하지 않았습니다. 나는 불길한 느낌이 들기 시작했습니다. 성규 일과 함께 이중으로 걱정이 된 거지요. 아니, 아버지 쪽에 대한 염려가 더 커갔습니다. 할머니도 걱정이 되시는지 자꾸 자꾸 물었습니다.

“애 비 왜 안 와?”

“제가 어떻게 알아요. 할머니 먼저 주무세요.”

괜히 할머니에게만 짜증을 냈습니다.

좋은 예감보다 나쁜 예감은 더 잘 들어맞는 모양입니다. 다음날 새벽이었습니다. 내가 잠에서 깨어난 시각과 동시에 코빨갱이 아저씨가 우리 집에 허겁지겁 들이닥쳤습니다. 급히 뛰어왔는지 가쁜 숨을 몰아쉬며 다짜고짜 물었습니다.

“간밤에 아버지 안 들어왔니? 내 정신 좀 봐. 때어간 사람이 들어올 리가 없지. 이거 야단났구나.”

“때어가다니요. 우리 아버지가 또 잡혀갔나요?”

“그래. 걸려도 이번엔 크게 걸렸다.”

“왜요? 왜 잡혀갔어요.”

정신이 번쩍 들면서 나는 무의식중에 큰소리로 외쳤습니다. 그때까지도 한쪽에 새우처럼 몸을 꼬고 누워 계시던 할머니가 부시시 몸을 일으켰습니다.

“안녕하세요. 어머니.”

아저씨는 할머니에게 건성으로 인사를 한 후 나를 밖으로 불러냈습니다.

“기철아. 늬 아버지 어젯밤에 형사에게 붙들려갔다. 아직 아무한테도 얘기하지 마. 할머니한테도. 나도 어젯밤 늦게 소식을 들었다만, 아무래도 이번엔 된통으로 걸릴 것 같다.”

“누구와 싸웠나요?”

“싸웠으면 차라리 괜찮게.”

“그럼요?”

“너 아무한테도 말하면 안 돼. 그게 아니라……너한테 얘기해도 좋을지 모르겠다……아무튼 너만 알고 있어. 늬 아버지가 어젯밤 술에 취해서 높은 사람 욕을 했다는구나.”

“높은 사람의 욕을 해요?”

“그랬대. 같이 일하는 친구와 어깨동무하고 오다가 재수없게도 파출소 근방에서 몇 마디 욕을 해댔는데, 그걸 뒤따라오던 사람이 듣고 파출소에 찔렀

208

대. 알고 있어. 절대 비밀이야. 누구한테 발설하면 큰일난다. 알았지?"

코빨갱이 아저씨는 아버지가 잡혀간 사실보다도 나에게 비밀을 지키도록 두 번 세 번 다짐하는 일에 더 신경을 썼습니다.

"어떻게 되는 건지 빨리 가봐야겠다. 너무 걱정 말고 너는 잠자코 있어. 할머니 잘 모셔라."

"저도 가볼래요."

"애들이 가긴 어딜 가. 집에 있어."

아저씨는 갑자기 무서운 얼굴로 나를 노려본 후 급히 집을 나갔습니다. 나는 아저씨의 뒷모습을 멍하니 바라보고만 있었습니다. 이런 때 나는 무엇을 어떻게 해야 하는 건지 도무지 갈피를 잡을 수가 없었습니다.

처음 얼마 동안 나는 아버지의 죄가 어느 만큼 큰 것이고, 술 먹고 지껄인 말 한마디 때문에 왜 절도나 강도보다도 더 어마어마하게 다스려져야 하는 건지 대중할 수가 없었습니다. 그러나 날이 감에 따라 아버지의 죄는 보통이 아니고, 더구나 그걸 말하는 사람마다 누가 들을까 봐 왜 쉬쉬하는 건지 어림풋이나마 짐작할 수 있었습니다. 아버지는 법 중에서도 제일 무섭고 엄한, 무슨무슨 법에 해당하는 것이며, 그 법에 한 번 걸리기만 하면 어느 누구도 감히 빠져나올 엄두를 내지 못한다는 걸 차츰 알게 되었습니다. 아버지도 이젠 끝났고 나나 할머니도 꼼짝없이 죽었구나 하고 여겼습니다. 이런 내막은 아무도 나에게 분명히 일러주지는 않았습니다. 다만 이 사람 저 사람의 입을 통해 나온 소리를 종합해서 나대로 얻은 결론이 그랬습니다. 어디서 얻어 들었는지 송수 어머니도 이 사실을 알고 조심스럽게 걱정해주었습니다.

"기철아 어쩌면 좋으니. 이 일을 어쩌면 좋아. 늬 아버지도 돌았지, 지금 어느 때라고 그런 짓을 해. 쯔쯔. 사람은 그저 여자나 남자나 말조심해야 돼. 낮말은 새가 듣고 밤말은 쥐가 듣는다고 안 그러디. 그나저나 이 일을 어쩌면 좋아."

"송수 어머니나 말조심하세요. 남의 걱정 마시구요."

나는 홧김에 팩 쏘아주었습니다. 불난 집에 부채질한다고, 나는 송수 어머니의 그런 동정이 못마땅했습니다. 따지고 보면 송수 어머니도 나쁜 사람은 아니고, 자기 말대로 한지붕 밑에 사는 인정에서 나온 말임을 나도 잘 압니다. 더구나 아버지나 나에게 호의를 가졌으면 가졌지 절대로 악의를 가질 분은 아니니까요. 그러나 지금의 나에게는 이런 저런 동정이 거추장스럽고, 중요한 건 아버지가 장차 어찌될 것인가 하는 것뿐이었습니다.

나는 부지런히 경찰서로, 아버지가 나가던 공사판으로 뛰어다녔습니다. 그런다고 사건이 해결되는 건 물론 아니지만 조금이라도 아버지에 대한 정보를 얻기 위해서였습니다.

그러던 어느 날 코빨갱이 아저씨가 나를 보고 혼잣말처럼 흘렸습니다.

"다행히 검찰에 넘기지는 않을 모양이더라. 중간에 사람을 넣어 알아봤더니 그래, 무슨 속셈이 있어 그런 것도 아니고 단순히 술김에 한마디 한 거니까 당국에서도 관대히 보아줄 눈친데 문제는 높은 사람의 보증이 있어야 내주겠다 이거야. 그런데 필수나 나나 높은 사람 중에 아는 사람이 있어야 말이지. 제기랄, 이제나 저제나 빽없는 놈은 서러워."

"높은 사람이 누군데요?"

"높은 사람이 높은 사람이지 누구야. 장관 차관 국장 국회의원 재벌회사 회장 사장 서장 소장……그런 장짜 붙은 사람들 아니겠어. 그런데 주변에 줄을 댈 만한 사람이 있어야 말이지, 환장하겠다 환장하겠어. 안 듣는 데서는 임금님 욕도 한다는데 그게 무슨 죄가 된다고……."

코빨갱이 아저씨가 고맙고 또 고마웠습니다. 우리 일을 그만큼이라도 걱정해주고 답답해 하는 사람이 아저씨 말고는 또 없었으니까요.

나는 집으로 돌아오면서 골똘히 궁리했습니다. 높은 사람, 더 높은 사람, 백두산만큼, 한라산만큼 높은 사람을 찾아야 한다는 생각으로 가슴이 꽉 찼습니다. 거리를 오가는 사람이 모두 높은 사람으로 보였다가, 다시 낮은 사람으로 보였다가 걷잡을 수 없이 마음이 헷갈렸습니다. 근사한 자가용 타고 가는 사람의 길을 막고, 우리 아버지가 풀려나게끔 보증 좀 서주세요 하고 매달리고 싶은 심정이 들기도 했습니다. 그러다가 그 전까지는 전혀 몰랐는데, 아버지나 내가 얼마나 형편없이 낮은 밑바닥 사람인가를 새삼스럽게 느끼기도 했습니다.

하루 이틀이 지나는 동안에도 나는 그 높은 사람을 찾지 못했습니다. 그런데 나쁜 소문은 빨리 퍼지는 법인지, 송수 어머니가 촉새처럼 이 문제에 끼어들었습니다. 내가 맹세코 아버지 사건을 입 밖에 낸 일이 없는데도 불구하고, 어디서 주워들었는지 송수 어머니는 사건내용을 알고 있었습니다. 그리고는 걱정마라, 내가 동장어른을 잘 알고 있으니 당장 부탁해볼까 이랬습니다. 나는 이번엔 핀잔보다 반가운 마음이 앞서, 코빨갱이 아저씨에게 달려가 의논했습니다. 아저씨는 일언지하에 안 된다고 그랬습니다. 야 야 그 정도로는 어림도 없다고 말입니다. 송수 어머니는 다시 자기의 먼 친척 중에 학교 교장선생님이 있는데 어떻겠느냐고 물었습니다. 아저씨는 또 안 된다고 그랬습니다. 나는 생각 끝에 마도로스 선장인 진철이 작은 아버지를 댔습니다. 아저씨는 다시 안 된다고 그랬습니다. 아저씨가 번번이 안 된다고 말한 사람은 다섯 손가락을 꼽고도 남았습니다. 코빨갱이 아저씨는 계속해서 안 된다고 퇴짜만 놓다가 나중에는 신경질을 부렸습니다. 더 높은 사람, 더 권력이 센 사람을 찾아보라고 말입니다.

그런 어느 날이었습니다. 내 머릿속에 윤 선생님이 번개같이 떠올랐습니다. 윤 선생님이라면 친척 중에 높은 사람이 있을지도 모르겠다는 믿음이 생겼습니다. 아니 반드시 있을 거라고 확신했습니다.

나는 지체없이 윤 선생님을 만났습니다. 선생님은 내 사정 얘기를 듣고 한참 생각하는 눈치더니, 코빨갱이 아저씨를 만나게 해달라고 말씀하셨습니다.

"높은 사람 많이 아시지요 선생님?"

나는 기도하는 마음으로 윤 선생님의 치마꼬리에 매어달렸습니다.

"글쎄다. 아무튼 어느 정도의 사람이면 되는 건지 그분을 만나봐야겠다."

나는 그 길로 코빨갱이 아저씨를 데려오기 위해 뛰어가려고 했습니다. 선생님이 나를 말렸습니다.

"그럴 것 없어. 나와 함께 그 아저씨를 찾아가자."

아직 종례도 마치지 않은 선생님은 교무주임에게 양해를 구한 다음 나를 앞장 세웠습니다. 그 순간 나는 어찌나 고맙고 황송스러운지, 장차 내가 커서 사회에 나가면 기필코 윤 선생님의 은혜를 갚아야 한다고 단단히 결심했습니다. 공사판까지 가는 동안 선생님은 한마디 말씀도 없이, 무언가를 골똘히 생각하는 눈치였고 나도 죄송스런 마음뿐이어서 아무 말도 하지 않았습니다. 선생님은 다만 그 뒤 어머니를 한 번도 만나지 못했느냐고만 물으셨습니다. 내가 그렇다고 시큰둥하며 대답하자, 선생님은 괜한 소리를 했구나 하시면서 내 등을 가볍게 두드렸습니다.

코빨갱이 아저씨는 다행히 현장에 있었습니다. 아저씨는 무슨 영문인지를 몰라 윤 선생님과 나를 번갈아 쳐다보았습니다. 내가 선생님을 소개하고 모시고 온 이유를 대충 설명하자 비로소 두 손을 맞잡으며 쩔쩔매는 시늉을 했습니다.

"기철이는 먼저 집으로 가볼래. 선생님은 이 아저씨와 의논할 게 있어."

"괜찮아요. 저 여기 있을래요."

"아냐. 넌 가봐."

선생님은 다소 엄한 표정을 지으며 그 자리를 뜨기 싫어하는 나를 밀어냈습니다.

"그래라. 선생님 말씀대로 먼저 가 있어. 필요하면 내가 이따 집으로 갈게."

아저씨도 덩달아 서둘렀습니다. 어른들끼리 상의하는 자리에 내가 끼어봤자 도움될 게 없다는 걸 이해는 하면서도 나는 쉽게 그 자리를 떠날 수가 없었습니다. 그러나 할 수 없었습니다. 단념하고 돌아서면서 두 번 세 번 되돌아보다가 선생님만 믿는다는 기분으로 냅다 집을 향해 뛰었습니다. 코빨갱이 아저씨가 간간이 손짓을 하며 무언가를 열심히 설명하고 있는 모양이 먼 발치로 보였습니다.

집으로 꺾어지는 골목으로 접어들었을 때였습니다. 뒤에서 누군가가 내 이름을 불렀습니다.

"기철아!"

여자 목소리였습니다. 무심코 고개를 돌린 나는 깜짝 놀라, 하마터면 엉덩방아를 찧을 뻔했습니다. 가슴이 사정없이 두근거렸습니다. 나를 부른 건 어머니였습니다.

"기철아."

"……."

어머니는 다시 한 번 내 이름을 부르고 그 자리에 우뚝 섰습니다.

"기철아 나 엄마야. 알아보겠니?"

어머니는 쓸쓸히 웃는 것 같기도 하고 약간 이지러진 것 같기도 한 모습으로 다가와 내 한쪽 손을 살짝 붙잡았습니다. 손이 무척 찼습니다. 나는 와락 어머니의 품에 안기고 싶은 감정을 가까스로 참았습니다. 가슴이 마구 떨려왔습니다.

"엄마 지금 어딨어."

나는 겨우 한마디 던졌습니다. 그제서야 어머니의 옷차림이 집에 있을 때보다는 한결 화려해졌다고 느꼈습니다.

"나? 차차 알게 돼. 아버지는 아직 안 들어오셨니?"

나는 고개를 까닥였습니다. 동시에 지금쯤 유치장에 갇혀 초조하게 나를 찾고 있을 아버지가 떠올랐고, 그런 생각은 순식간에 나를 화나게 만들었습니다. 모든 원인이 어머니 때문이라고 생각되었고 그러자 어머니가 갑자기 미웠습니다. 나는 잡힌 손을 슬그머니 빼었습니다.

"지금도 공민이아저씨……."

공민이새끼라는 말이 목구멍까지 올라오는 걸 얼른 아저씨로 바꾸어 불렀습니다.

"아냐. 그 사람하고는 헤어졌어."

어머니는 고개를 숙이고 아이들처럼 발 끝으로 땅을 두어 번 톡톡 찼습니다. 누군가가 흘려준 소문대로 어머니는 술집에 나가고 있는지도 모른다고 여겼습니다. 이번에는 치사한 느낌과 불쌍하다는 느낌이 범벅이 되어 내 가슴을 쥐어짰습니다.

"들어가 집으로. 엄마."

나는 어머니의 팔소매를 잡아 끌었습니다. 나도 모르게 순간적으로 취한 행동이었습니다.

"아냐. 안 돼. 오늘은 너만 보고 가면 돼. 사실은 한 달 전에도 학교 근처에 숨어 있다가 네가 학교에서 나오는 걸 봤어."

"들어가. 누가 보면 창피하지 않아."

"아냐. 너를 만났으니까 됐어. 할머니도 잘 계시지?"

"응."

나는 아버지가 갇혀 있다는 사실을 말할까 말까 망설였습니다.

"기철아 어머니가 죽이고 싶도록 밉지?"

어머니는 코맹맹이 소리로 말하며 내 머리에 손을 얹었습니다. 이윽고 핸드백에서 손수건을 꺼내 눈물을 찍어냈습니다.

"이거 과자야. 할머니랑 나누어 먹어. 그리고 이건 얼마 안 되지만 공책이랑 학용품 사는 데 보태 써. 아버지나 할머니에게 다녀갔다는 소리 절대로 하지마. 너와 나만의 비밀로 해둬 알았지? 네 키가 얼마지?"

"일 미터 사십팔."

"저런 그 동안 많이 컸구나. 그럼 들어가 봐라. 내가 왔었다는 얘기 집안 사람들에게 절대로 얘기해선 안 돼."

"이딴 것 필요없어. 집에 안 들어가겠으면 도로 갖고 가란 말야."

나는 어머니가 쥐어준 선물꾸러미와 돈봉투를 도로 내밀었습니다.

"기철아 네 고집은 여전하구나. 그러나 이건 받아야 돼. 어머니가 주는 거니깐. 어머니라고 내세울 자격도 없다만……."

어머니는 봉투를 내 바지주머니에 쑤셔넣고 선물을 안겨주면서 나의 등을 밀었습니다.

"어머니 먼저 가."

"너 먼저 가."

"아냐. 어머니 가는 것 보고 갈 거야."

"아냐. 내 말 들어."

"아냐……."

몇 번 실랑이를 하다가 나는 몸을 돌려 뛰었습니다. 몇 발짝 뛰어가다 말고 되돌아 섰습니다.

"엄마, 아버지가……."

"……?"

"아냐, 아무것도."

나는 다시 뛰었습니다. 또 몇 발짝을 가다 뒤돌아보았을 때 어머니는 손수건으로 코를 싸쥐고 어서 가라는 손짓을 해댔습니다. 그제서야 나도 눈물이, 오래 참았던 눈물이 볼 위로 흘러내렸습니다. 우리 식구는 왜 이렇게만 살아야 하는지 울화통이 터져 견딜 수가 없었습니다.

그러나 나의 울화통은 그다지 오래 가지 않았습니다. 아버지가 마침내 석방되었기 때문입니다. 윤 선생님에게 부탁한 지 나흘째 되던 날, 아버지는 코빨갱이 아저씨와 함께 언제나처럼 든든한 모습으로 집에 돌아왔습니다. 나온다는 날 아침, 나는 공부가 끝나는 대로 경찰서에 달려갈 작정이었는데, 학교에서 만난 윤 선생님은 나를 불러 아버지가 집으로 돌아갔다는 소식을 알려주었습니다. 과연 윤 선생님은 위대하고 훌륭한 분이었습니다. 나는 선생님에게 고맙다는 인사를 거푸 세 번이나 한 다음 집으로 뛰어왔습니다.

아버지는 나를 반기며 여전히 큰소리로 외쳤습니다.

"야 우리 대장 수고 많았다."

"필수 자네 아들놈 하나 잘 둔 줄 알어. 기철이 아니었으면 어림도 없었네."

"알지. 알고 말고. 우리 대장 하나 믿고 사는걸."

"아냐. 윤 선생님이 빽 써주어서 됐지 뭐."

"그래. 참 고마운 분이다. 언제 한번 인사를 가야겠다."

"꼭 가야 돼. 얼마나 고마운 선생님인데. 근데 어떤 높은 사람이 보증 섰어?"

"나도 잘 모르겠더라. 아무튼 그 여자선생님의 친척이라는데 장관 다음은 가는 사람인가 부드라."

코빨갱이 아저씨가 옆에서 좋아라고 떠들어댔습니다.

"지금 세상에 그러기가 어렵지. 나 같은 놈 언제 봤다고 내 일처럼 서둘러 주겠니."

아버지도 무척 고마워 했습니다.

아버지는 집에서 사흘쯤 쉬다가 일을 나갔습니다.

그런데 아버지는 바깥출입을 하게 되면서 또 자기를 파출소에 꼬아바친 사람을 찾아나섰습니다. 이번에는 다른 때와 달리 생판 모르는 사람, 더구나 밤에 술취한 눈으로 보았기 때문에 도저히 그 밀고자를 찾기 힘들 텐데도, 기어이 붙들고야 말겠다고 눈에 불을 켜고 다녔습니다. 아버지가 기억하고 있는 그 사람의 인상은 35, 6세의 키 큰 남자, 눈썹이 유난히 시커멓고 코가 납작한 회색 잠바차림의 사나이라는 것뿐이었는데도 아버지는 그만하면 찾을 수 있다고 장담했습니다.

아버지는 주로 하루일을 끝내고 자기가 끌려간 장소를 더듬고 다녔습니다. 사건을 일으킨 범인은 반드시 자기의 범행현장에 나타나게 마련이라는 믿음을 갖고, 마치 자신이 수사관이라도 된 것처럼 그 근처를 헤맸습니다. 물론 전혀 엉뚱한 곳을 점찍기도 했습니다. 어떤 때는 나도 아버지와 동행했습니다. 그러나 밀고자를 찾는 일은 힘들고 어려운 일이었습니다. 어쩌면 한강 모래바닥에 떨어진 십 원짜리 동전을 찾는 것 만큼이나 난감하고 짜증나는 일이었습니다. 아버지는 그래도 포기하지 않고 참을성있게 견디어 나갔습니다. 그 사람을 찾는 데 자신의 사는 보람을 걸고 있는 듯이도 보였습니다. 걸어다니다 지치면 아무 포장집이나 들어가서 두서너 잔의 깡소주로 피곤을 달래었습니다.

한번은 부지런히 사방을 둘러보던 아버지의 눈이 화닥닥 빛나면서 두어 발자국 앞서가는 키 큰 아저씨를 좇았습니다. 아버지가 그 사람을 앞질렀다고 느끼는 순간, 잽싸게 돌아서며 상대방의 어깨를 덥석 찍어 눌렀습니다.

"형씨 잠깐 나 좀 봅시다."

아버지는 그 아저씨의 얼굴을 뚫어지게 쏘아보았습니다.

"아니 댁이 누구신데?"

그 사람은 한 발짝 뒤로 물러서며 당황한 모습으로 아버지를 경계했습니다.

"나 모르겠소?"

"글쎄 올시다. 난 댁이 누군지……왜 이러시오 그런데."

나는 얼른 키 큰 아저씨의 눈썹과 코를 훑었습니다. 아니었습니다. 내가 보기에는 눈썹도 가늘거니와 코도 무척 오똑한 편이었습니다. 적어도 아버지가 일러준 인상과는 딴판이었습니다. 아버지가 큰 실수를 저질렀구나 몹시 낭패스럽고 미안했습니다.

"혹시 당신이 나를 경찰에 찌르지 않았소? 한 보름 전에 말이오."

"이거 왜 이래. 이 사람이 돌았나. 찌르다니, 내가 뭘 어쨌다는 거요. 당신 멀쩡한 사람 붙들고 시비 거는 거요 뭐요."

나는 아버지를 집적거렸습니다. 아니라는 신호를 보낸 거지요. 아버지는 그제야 잘못 짚었다는 생각이 드는지 서슬이 꺾이며 허리를 숙였습니다.

"이거 미안하오. 내가 사람을 잘못 본 모양입니다. 양해하십쇼, 사과합니다."

아버지는 손을 내밀었습니다. 상대는 아버지의 손을 뿌리치며 버럭 화를 냈습니다.

"비싼 밥 먹고 다니면서 허튼 수작 말고 정신 똑바로 차리라구. 나 참 재수가 없을라니까 별 게 다 시비네."

"미안하게 됐시다. 가다 보면 사람이 이런 실수도 할 수 있지 않소. 노여워 말고 용서하시오."

"나 참 더러워서."

키 큰 아저씨는 정말로 더러워 못 살겠다는 표정으로 휘청휘청 걸음을 옮겨놓았습니다. 아버지는 나를 내려다보며 아주 어색하게 비죽 웃었습니다.

그런 어느 날이었습니다. 그날도 아버지와 나는 거리를 쏘다니다가 아무 소득 없이 집으로 가기 위해 버스 정류장 쪽으로 향하고 있었습니다. 그런데 책방 앞을 지나가던 아버지가 턱으로 따라들어오라는 시늉을 해보이며 책방으로 들어갔습니다.

"네가 좋아하는 책 한 권 고르거라."

나는 영문을 몰라 아버지를 쳐다보았습니다.

"아무 거나 좋은 걸로 고르라니까."

전에 없던 일이었습니다. 내가 책 읽기를 좋아하는 건 알고는 있겠지만, 자진해서 책을 사주는 일은 별로 없었습니다.

나는 책방 안을 빙 둘러보다가 《홍길동전》을 뽑아들었습니다. 만화로 된 건 한두 번 보았어도 소설로 된 건 처음이었습니다. 생각 같아서는 더 비싼 책을 고르고 싶었으나, 아버지의 주머니 사정을 고려해서 값도 그만하면 되겠거니 여기고 말입니다.

아버지는 내가 무슨 책을 들고 있는지 잘 살펴보지도 않고 주인에게 책값을 치렀습니다.

책방을 나온 아버지는 잠깐 멈춰서서 동전을 세어보더니 쩝쩝 입맛을 다셨습니다.

"제기랄. 버스값이 모자라네. 어떡헌다? 안됐지만 너 집까지 걸어갈 수 있겠니. 아니면 좀 싼 책으로 바꾸든가."

"아냐 아냐. 걸어갈 수 있어. 염려마."

"십 리는 될 텐데."

"문제없어. 문제없다구."

"좋아. 후회 않기다."

"절대로 안 해."

나는 《홍길동전》을 가슴에 안고 단호히 말했습니다.

"우리 한 번 신나게 달릴까."

"그래 그래. 좋아."

"하나 둘 셋! 뛰자."

아버지의 구령과 함께 우리는 있는 힘을 다해 뛰었습니다.

아버지가 훨씬 앞을 달렸습니다. 길을 가던 사람들이 이상한 눈초리로 우리를 쳐다보았습니다. 아주머니나 여학생들은 어머! 비명을 지르며 길을 비켜주었습니다.

어디만큼 가서 아버지가 달리기를 멈추었습니다. 나도 아버지도 헉헉거리며 하하하 유쾌하게 웃었습니다.

"업혀라. 내 등에 업혀."

가쁜 숨을 달래고 난 아버지가 갑자기 웅크리며 등을 내밀었습니다.

"괜찮아. 이게 뭐야 어린애같이."

"자식 부끄럽니. 어때, 누가 볼 테면 보라지."

"괜찮대두."

"허허 고집 부리지 말고 빨리 업혀."

나는 할 수 없이 아버지에게 업혔습니다.

"야 요녀석 똥집이 무거운데."

나늘 업고 가볍게 일어서면서도 아버지는 엄살을 떨었습니다.

"거봐. 무겁지."

"그래도 벽돌 대여섯 장 꼴밖에는 안 돼."

아버지의 등은 넓고 단단해서 무척 기분이 좋았습니다.

걸음을 옮겨놓을 때마다 약간씩 출렁이는 맛도 괜찮았습니다.

"후회하니?"

"뭐 말야."

"걸어가는 것."

"절대로 후회 안 해. 절대로."

"야 저 달 좀 봐라. 서울서 저런 달 보기 처음인 것 같은데 오늘이 보름인가."

아닌게 아니라 쟁반같이 둥근 달이, 멀리 보이는 고등학교 건물 뒤로 장엄하게 떠오르고 있었습니다.

"저런 달은 참 몇 년 만인 것 같다. 고향서 보고 처음 보는 것 같애."

"아버지 고향에도 저렇게 큰 달이 있어."

"있다마다. 더 크고 잘생겼지."

"근데 왜 고향서 살지 서울로 올라왔어."

"사연이 길다. 그런 얘기 묻지 마."

나는 아버지가 갑자기 쓸쓸해보여서 얼른 화제를 돌렸습니다.

"아버지 밀고한 사람 붙잡으면 어떻게 할 거야."

"나도 모르겠다. 박살을 내든가, 용서를 빌고 나오면 허허 웃어버리고 따귀나 한 대 갈기고 돌려보내든가……."

"사실은 나도 얼마 전에 사고 저질렀어."

"사고? 무슨."

"있잖아. 우리반 부반장이 내가 극화집 갖고 다닌다고 선생님에게 일러바쳤거든, 그래서……."

"그래서 때려줬니."

"응."

"잘했다. 애나 어른이나 뒷구멍으로 밀고하는 건 안 좋아. 비겁하고 인종지말이나 할 짓이지."

나는 그 사건으로 해서 부반장 어머니와 담임선생님에게 혼난 얘기와 치료비를 물 뻔했던 얘기는 하지 않았습니다.

 다행히 부반장은 큰 상처없이 학교에 나오고 있었으므로, 뒤늦게 아버지의 마음을 괴롭히고 싶지 않았기 때문입니다.

 "아버지 일러바친 사람 못 찾으면 어떡해."

 "할 수 없지. 그러나 언젠가는 내 손에 잡히고 말걸. 때리는 시어미보다 말리는 시누이가 밉다고, 고자질하는 놈은 더 나빠. 그런 놈들은 씨를 말려야 된다구."

 나는 아버지가 그런 오기로 세상을 살아가고 있는지도 모른다고 생각했습니다. 그러자 아까부터 자꾸만 어머니를 만난 사실을 말하고 싶었던 마음이 사라졌습니다. 어쩐지 지금은 그걸 말할 때가 아니라는 느낌이 들었습니다.

 둥근 달 위로 어머니의 모습이 겹쳐지는 걸 털어버리듯 나는 아버지의 등에 고개를 처박았습니다.

 아버지의 등은 단단하고 안방처럼 따뜻했습니다. 나는 그 등에 더욱 내 몸을 밀어 붙이며, 새근새근 편안한 잠을 자기 시작했습니다.

── 1980년

죽지를 접으면 하늘이

1

"오늘 월급 나온대?"

민학철이 미스 송에게 물었다.

"제가 어떻게 알아요. 나와야 나오나 보다 하지."

미스 송은 교정지에서 눈을 떼지 않은 채 시큰둥하게 받았다. 조판비를 아끼기 위해 구멍가게나 다름없는 인쇄소에 원고를 넘겼기 때문에 게라가 엉망이었다. 글자의 획이 제대로 드러나지 않은 것이 많았다. 맞겠거니 짐작되는 것도 일단 잡아놓고 볼 수밖에 없었다. 미스 송은 그래서 약간 신경질이 나 있는 판이었다.

"경리부장 말로는 잘하면 될 것 같다고 하던데. 아까 모닝커피를 마시러 갔다가 만났거든."

"됐네요, 그럼."

미스 송은 여전히 힘없이 대꾸했다. 그 사품에도 벌써 '돼지꼬리'를 두 개나 그려 쓸데없이 끼어든 활자를 죽이고 있었다.

편집장인 차기혁은 민학철이 자기를 젖혀두고 미스 송을 상대로 월급애기를 꺼낸 까닭을 모르지 않았다. 달랑 세 사람이 앉아 일을 꾸려가고 있는 방에서 명색 편집장 구실을 하고 있는 사람이 따로 있다는 걸 그는 우습게 여기는 터였다. 더구나 자기가 한 해 먼저 이 출판사에 들어왔다고는 할망정 학교에서는 민이 한 학년 위였다. 우습게도 피차 대학생이면서 출판사의 편

집장이고 사원으로 갈라진 셈이었는데, 다행히도 그걸 이상하게 보는 세상
은 아니었다. 전쟁의 불길이 가라앉은 지 불과 몇 달밖에 안 되는 시점이어
서 아직은 모든 게 뒤죽박죽인 형편과 무관하지 않았다. 그 동안 비워두었던
서울로 다시 기어올라온 사람들은 순서를 밟고 가닥을 찾아 일을 추스릴 계
제가 못 되었다. 그 중에는 차기혁처럼 지방에서만 자라다가 수복한 학교를
좇아 올라온 젊은이들도 꽤 있었는데, 어떻든 모두가 당장 몸을 의지하고 가
릴 구멍을 확보하기에 바빴다. 자신의 앞날과 두서없이 굴러가는 한 사회의
미래가 어떻게 전개될 것인가에 대한 불안을 제각기 껴안고 허위적거리면서
당장 몸을 부리고 비벼댈 ‘언덕’이 무엇보다 시급했다. 차기혁은 그 점에서는
한시름 놓아도 될 법했다. 고향에 있을 때 잠시 지방신문의 아르바이트 기자
로 드나든 덕에 상경하자마자 ‘직장’을 얻었으니 말이다. 마침 그럴 만한 연
줄이 있어 퍽 싱거울 정도로 이 출판사에 기어들 수 있었다.

“하기야 월급을 준다 하더라도 지난 번처럼 한밤중에나 가능할 거야.”

“한밤중이면 어떻고 새벽이면 어때요. 그것도 감지덕지해야 할 형편인걸
요.”

“감지덕지하다니? 우리가 거지야? 당당히 일해주고 받는 건데 무슨 말버
릇이 그래.”

민학철은 원고 교정을 보다 말고 미스 송을 흘겼다. 미스 송은 그러자 응
수를 멈추고 교정지를 재빨리 한 장 넘겼다. 하찮은 일을 가지고 아침부터
아웅다웅하기 싫다는 눈치였다. 딴은 그럴 것이었다. 제 날짜에 월급을 받는
것이 당연할지언정 사장이 월급날을 하루 이틀 어긴다 하더라도 불평할 처
지가 아니었으므로. 아무튼 월급날을 넘기지 않는 것만이 중요했다. 언제나
그 모양이었다. 빚이 사방에 연 걸린 듯한 상황에 놓인 사장은 월말이 가까
워지면 아예 회사에 나타나지조차 않았다. 밖으로 돌면서 경리부장과 전화
로만 연락을 취하다가 빚쟁이들이 한바탕 난리를 피운 후 물러갔다는 전갈
을 받고서야 잠깐 들렀다. 따라서 어떤 날은 경리부장이 띄운 사발 통문을
좇아 밤늦게 모인 음식점에서 월급을 나누어 받는 수도 있었다. 다 합쳐봤자
열 명을 넘지 못하는 사원들은 아슬아슬하게 극적인 과정을 거쳐 받는 월급
에 차라리 더 큰 무게까지 느꼈다. 사장이 일부러 그와 같은 효과를 노린 게

아니라는 걸 잘 아는 탓이었다. 빚쟁이들한테 갖가지 수모를 당하고 시달리면서도 사원들의 월급만은 제대로 주어야겠다는 심정을 이심전심으로 알고 있기 때문에 군소리를 늘어놓지 않고 월급봉투에 곁들인 꼴의 설렁탕 따위를 맛있게 비웠다. 물론 그나마도 날짜를 넘기는 일이 가끔 있었으며, 책이 많이 팔린 달은 제시간에 버젓이 월급이 나오는 등 지급방식이 오락가락 하기는 했으나, 사장의 노력은 인정할 만했다.

"그나저나 이 사람 원고는 안 되겠어."

민학철이 차기혁을 향해 말했다. 한참 제본 중인 신간서적의 광고 문안 정리에 골똘해 있던 차기혁이 민학철 쪽으로 고개를 돌렸다. 경유난로가 알맞게 달아올라 좁은 실내는 너무 뜨거울 지경이었다. 도심에 있다고는 해도 이 이층 건물은 워낙 허술하게 지은 것이어서 천장도 낮고 벽도 얇았다. 그만큼 차고 더운 바깥 기온을 쉽게 빨아들였다. 바람이 심하게 부는 날이면 유리창 흔들리는 소리가 요란스럽고 연통 속으로 바람이 역류하여 방 안이 기름연기로 가득 차는 수도 있었으나, 오늘은 날씨가 제법 아늑한 모양이었다.

"번역 솜씨가 유치하고 형편없단 말씀야. 월드 페어(World's Fair)가 만국박람회를 뜻한다는 것은 중학생도 알 만할 텐데 세계시장이라고 옮겨놓으면 어떡하느냐 말야. 이러고도 번역료를 타먹어?"

차기혁은 민학철이 내민 원고 뭉치를 건네받고 혀를 끌끌 찼다. 안 그래도 이 사람의 원고는 오역이 지나치게 심해서 누군가의 감수를 다시 받거나 되돌려주어야 할 형편이었다. 표현이 이상하거나 앞뒤가 안 맞아 원문과 대조해보면 영락없이 틀린 적이 한두 번이 아니었다. 영문과 교수라는 직함을 의심할 만한 대목이 너무 많았다. 박치호라는 젊은 교수는 말이 교수지 아직은 신출내기 전임강사로 머물러 있었으나 의기 하나만은 누구 못지않게 높았다. 차기혁이 원고를 넘겨받는 과정에서 몇 번 만난 그는 항상 들떠 있는 인상이었다. 만날 때마다 교묘한 화법으로 스스로를 추어올리며 어지간한 유명인사는 모조리 박살냈다. 그의 혀끝에 오른 사람 치고 단칼에 죽지 않는 이가 드물었다. 하나같이 산송장 신세가 되어 떼구르르 나가 떨어지게 마련이었다. 간혹 시도 발표하는 그는, 특히 당대에 행세하는 문인이라든가 대학사회의 지식인들에 대해 여지없는 구설(口舌)을 휘둘렀다. 우선 타인에 대한 호칭부터 위 아래가 없었다. 어지간하면 '개'였다. 그와 웬만큼 낯이 익었다고 느낀 차기혁이, 그의 걸쭉한 입담에 재미를 붙여 누군가의 이름을 공중에 띄워 올릴 때마다 그는 가차없이 그걸 후려치거나 깔고 앉았다.

"개 엉터리야. 지금 같은 과도기에 으레 등장하는 지적 사기꾼에 불과하다구."

이런 식이었다. 마치 누군가의 사지를 오랏줄로 꽁꽁 묶은 다음 길게 뺀 목을 언월도로 내리치는 격이었다. 궐석재판 끝의 암살과 다름없어 당장은 항변하고 나서는 사람조차 나타나지 않았다. 소주나 막걸리 대신 카페에 앉아 '도라지 위스키'를 마시기 좋아하는 그는, 차기혁을 만날 때도 으레 그런 곳으로 데리고 갔다. 마침 '도라지 위스키' 시음장이 명동과 종로를 중심으로 퍼질 무렵이어서 얼핏 화약 냄새마저 풍기는 독한 국산 위스키를 마실 장소에 궁하지는 않았다. 그런 술집에서 아는 사람과 부딪쳤을 때도, 그는 상대방에게 목례만을 건넨 후 차기혁의 귀에 입을 대고 소곤거리기 일쑤였다.

"아르튀르 랭보는 쟤 손에 죽었어."

차기혁이 무슨 소린지 분간을 못 하고 눈만 끔벅끔벅하고 있을라 치면 대뜸 비수 같은 힐난을 날렸다.

"말귀를 못 알아 듣는군. 그처럼 머리가 더디 돌아가지고서야 어떻게 편집장을 해먹나? 아무리 과도기의 학생편집장이기로소니……. 접때 저 친구가 잡지에 쓴 평론인가 나발인가를 봤어? '다다이슴과 랭보'라든가 하는 것 말야. 그것도 글이라고 써갈겼으니 지하의 랭보가 얼마나 분통 터지고 죽을 맛이겠어. 그를 두 번 죽인 꼴이지."

차기혁은 하도 어이가 없어 웃다 말았다. 눈앞의 자기까지 머리가 둔하다고 구박하는 그의 솔직함이나 안하무인의 구변을 어떤 각도에서 받아들여야 할지 잠시 어리둥절하기도 했다. 그럼에도 불구하고 그와 어울리는 시간이 결코 거역스럽지 않은 것은 진기한 소문을 귀동냥 하는 맛이 괜찮았던 때문이었다. 말이 진솔하지 않고 분명히 허세를 부리고 있다는 느낌이 들지 않는 건 아니었으나 누구는 지난 전쟁 때 무슨 일을 했으며, 그 집안이 어떻다는 등의 너스레에 자기도 모르게 빠져드는 걸 어쩔 수 없었다. 지적 호기심의 발동이었건 얼김에 뻗친 염탐꾼 기질의 노출이었건간에, 그것은 지방이라는 갇힌 사회에서 갓 상경한 차기혁 수준의 청년에게 가외의 희한한 지식으로 작용한 셈이었다. 서울이 주는 압박과 소외감 탓으로 어디를 가든 주눅들기 쉬운 터에, 박치호 교수 같은 인물과 접촉하여 이런저런 정보를 힘 안 들이고 얻는 기분은 매우 쏠쏠했던 것이다. 하물며 멀리서 조금은 우러러보던 인물들이 그의 입에서 한 묶음으로 나뒹구는 장면을 간접체험하는 것은 속으로 무척 신나는 일이었다. 그럴 만한 내력과 이해관계가 없으면서도 말이다. 더구나 순수 서울내기인 그는 주변에 아는 사람이 많았으며, 구이팔 수복 전까지는 피난지 부산에서 정부고관의 수석비서관(본인의 말에 의하건대) 노릇을 한 적이 있어, 어지간한 정객들의 행실까지 쫙쫙 꿰었다. 어느 장관의 배경은 어떻고, 자유당의 실력자인 아무개의 부인은 약혼을 했던 첫 남자를 버린 여자라는 등, 별의별 소문을 다 차고 다니면서 적시에 조금씩 흘렸다. 거기다가 박치호 교수의 독이 묻은 재담엔 동의어 반복이 없었다. 같은 소재를 두 번 울궈먹는 일이 드물었던 까닭에, 그의 뉴스성 인신공격이나 소문은 신빙성을 일단 보장받을 수 있었다. 신소재에 기초를 둔 화제였기 때문에 언제나 차기혁 류의 청자(聽者)들을 매혹시키기에 부족함이 없었다. 다만 한 가지 이해하기 힘든 것은 그가 소위 도강파(渡江派)의 유세를 다 늦게 코에 걸고 다닌다는 점이었다. 수복 직후라면 또 모른다. 어쩔 수 없이 서울에 남아 죽을 둥 살 둥 고생한 사람들에게 이중의 고통과 죄과를 안긴 형식의 잔류파(殘留派) 대접도 어느 만큼 사라진 마당에, 그의 때늦은 우월감은 그냥 보아넘기기 어려웠다. 차기혁이 그런 비상식을 지적하면 그는 느닷없이 성깔을 부렸다.

"모르면 구구로 입이나 다물고 있으라구. 과도기라고 해서 모든 게 어물쩍 넘어간다고 생각하면 곤란해. 오늘은 우에 붙었다가 내일은 좌에 붙은 놈들, 또는 그와 반대로 행동하던 놈들이 시간이 지나자 입 싹 씻고 가부좌를 틀고 앉아 있는 꼴은 못 보아주겠다 이 말씀야. 사람은 색깔이 분명해야 돼. 기면 기다 아니면 아니다를 명쾌히 밝혀야지 안 그래? 우리 대학에도 그와 같은 회색분자들이 적잖게 있어 하는 소리야."

나중에 안 일이지만 박치호 교수의 이런 처신은 학내에서의 그의 위치를 정치적으로 유리하게 굳히려는 뜻과 무관하지 않았다. 들리는 말로는 그의 전임강사 등용도 그가 부산서 모시고 있던 거물 정치인의 천거에 힘입은 바크다는 것이었다. 물론 모교 출신이라는 측면이 유리하게 작용했던 것도 사실이나, 매사에 빽이 없으면 될 일도 안 되는 판국에서는 어느 누구든 급하면 달려가 잡아당기고 매달릴 '줄'이 있어야 했다. 그는 그 점에서도 유리했던 것이다.

어쨌거나 차기혁이 접근하기 편한 필자로 박치호 교수를 대해온 건 틀림없는 일이었지만, 따지고 보면 그 기간이 매우 짧았다. 간단히 말해서 그가 번역한 원고를 넘겨받기 이전과 이후가 고작이었다. 하지만 막상 가져온 원고를 대충 들추어본 후로는 점점 실망이 컸다. 아니할 말로 입맛이 싹 가실 지경이었다. 이제껏 그의 입을 통해 들었던 약간 냉소적인 언어들이랄지 앞뒤 가리지 않고 내뱉던 그의 부정적인 시각을, 그가 노상 입에 달고 다니는 아프레게르적 정열의 발산으로 파악했던 게 착각이었다는 생각이 들었다. 철자법이 엉망인 것은 차치하고라도, 도무지 문장의 맥락이 맞아떨어지지 않는 대목이 부지기수였다. 사장에게도 그 사실을 알렸으나 사장은 쓴 입맛만 다실 뿐이었다.

"이미 유 에스 아이 에스(USIS)측과 계약을 끝냈는데 이제 와서 어떡한단 말인가. 미스터 차가 박교수와 잘 상의해서 처리토록 할 수밖에."

사장은 짜증스럽게 받았다. 그런 일은 네가 알아서 군말없이 처리할 일이지 나더러 어쩌란 말이냐는 원망을 언외에 비친 것이었다. 사장이 유 에스 아이 에스와의 계약을 먼저 내세우는 것은 그 번역거리를 따온 사람이 박 교수 자신이라는 것과 그에 따른 종이 공급을 확정지은 뒤라는 걸 강조하기 위해서였다. 그걸 모를 리가 없는 차기혁이 하도 딱해서 일러바친 것이었는데, 사장은 일언지하에 그 문제에서 동곳을 빼고 말았다. 사장으로서는 그 책이 미대사관측에서 주는 종이 외엔 별로 신경 쓸 일이 못 되는 출판물이라는 것을 다시 일깨워준 셈이었다. 그러자 차기혁은 박 교수가 어느 날 원고뭉치를 내던지듯 편집실 책상 위에 풀어놓으며 푸념삼아 하던 말을 떠올렸다.

"알량한 것 끝내느라 죽을 똥 쌌네. 내 전공도 아닌 허황한 백만장자의 전기를 왜 맡았던가 싶어."

"그래도 서로 차지하려드는 일감인걸요."

차기혁이 위로를 겸한 말을 건네자 그는 또 허탈하게 받았다.

"그러게 말야. 몇 푼 안 되는 양키의 그린백(미국 본토불)이 탐나서 이런 작업에 매달리다니. 후진국 지식인의 비애지 뭐."

그답지 않게 심드렁한 말을 뱉었다. 위악적이라면 위악적이고 괜한 허세를 부리느라 그냥 해본 소리인지는 분명치 않았으나, 말 자체로는 그럴 듯하게 들렸다. 분위기에 걸맞는 단어를 주워모아 적절한 효과를 내는 데 비상한 재주를 가진 그는 자기 연출을 잘하는 편이었다. 그를 처음 만난 사람은 그가 매우 똑똑한 인물이라는 인상을 그래서 받지 않을 수 없었다.

"이 과도기에 얼빠지지 않은 사람이 어디 있겠어요. 정신이 깜빡했던 모양이죠."

미스 송이 박 교수를 변호하고 나섰다. 일부러 그랬을 터이다. 민학철이 얼른 그 말을 가로막았다.

"그것도 정도문제지, 중학생한테 시켜도 이보다는 낫겠어."

"민 선배. 그 원고 보류하기로 합시다. 아무래도 찜찜해서 안 되겠어."

멍청한 표정으로 박 교수의 모습을 더듬던 차기혁은 순식간에 단안을 내렸다. 민학철에 대해 꼭꼭 선배 호칭을 씀으로써 상대방의 처진 자존심을 메워오던 그는 이런 때는 또 편집장으로서의 직책을 과시하는 셈이었다.

"어떡하려고?"

"어떡하긴. 역자인 박 교수에게 사정을 말할밖에. 내용이 부실한 걸 뻔히 알면서 공장에 넘길 수는 없지."

"유 에스 아이 에스에서는 원고 검토를 안 하나?"

"하기야 하겠지만 누가 면밀하게 들여다보나. 번역자의 신분을 믿고 대강대강 훑어본 다음 사인만 하면 끝나는걸."

지금까지의 관례는 대강 그랬다. 유 에스 아이 에스로 더 많이 알려진 미국공보원에서는 자기네 문화를 간접적으로 홍보하는 데 도움이 될 만한 책을 골라 일 년에 몇 권씩 출판을 의뢰하는 수가 있었다. 한 출판사에만 집중적으로 맡기는 것이 아니라 가급적이면 신용있는 출판사에 일임하는 관례를 세웠거니와 출판사들은 이 일감을 싫어하지 않았다. 싫어하거나 기피하기는 커녕 되도록이면 일을 맡으려고 애썼다. 번역할 책의 선택과 원고료 부담은 그쪽에서 하기로 돼 있었는데, 출판사가 가장 매력을 느끼는 것은 책을 찍어내는 데 소요되는 양의 종이를 그들이 제공한다는 점이었다. 편집 인쇄 판매는 출판사측이 책임지기로 되어 있을지언정, 책을 팔아 이문을 남기는 경우는 드물었다. 반드시 미국인 저자의 서적이라야 하고, 미국정부의 정책에 어긋나지 않는 내용이라야 한다는 제약이 있어 판매실적은 대개 보잘것이 없었으나 그다지 밑지는 장사도 아니었다. 여분있게 종이를 공급받기만 하면 우수리를 남길 수 있다는 전망이 성립되는 터라서 그걸 마다할 이유가 없었다. 그리고 그런 가능성은 많았다. 반드시 계약서에 표시된 분량 이상의 종이를 타내는 건 아니었으되 계산이 후한 점은 있었다. 종이 수량을 재는 기준이 피차 다른 것도 이런 때는 이점이었다. 톤과 연(連)의 수치를 맞추다 보면 다소 넉넉하게 끝수가 떨어졌던 것이다. 받은 쪽에서는 그것이 곧 부자나라의 큰손이거니 치부하는 게 보통이었다. 거기에는 또 궁핍한 물자에 대한 관습화된 결손의식도 가산되어 있다고 보는 것이 옳았다. 전쟁을 막 치르고 난 사람들은 내남 없이 모든 면에서 기갈들린 상태에 놓여 있었으며 출판업자들에겐 종이가 제일 귀물이었다. 을지로에 이마를 맞대고 늘어선 종이가게에 가면 종이야 구할 수 있었다. 그러나 지질은 말할 것도 없이 나쁘고 재고량마저 적었다. 자연히 그나마 맞돈을 요구하는 경우가 많았다. 그에 비하면 미국공보원에서 대주는 종이는 돈 주고도 살 수 없을 만한 상품이었다. 지질이 우수함은 물론이요, 거기에다 활자를 찍어 책을 만들어냈을 때의 촉감도 기가 막히게 좋았다. 독자들의 시선이 피로해질까봐 색깔이 약간 누르스름한 것도 탐낼 만했다. 종이가 순백으로 희다고만 해서 좋은 것이 아니라는 인식을 새삼스럽게 일깨우면서, 종이에 먹칠을 해서 먹고 사는 사람들의 눈을 한껏 당기게 하였다.

"오후에 박 교수를 찾아가 의논해야겠어."

차기혁은 오늘도 학교에 갈 구실이 생긴 것을 두 사람에게 겸사겸사 알렸다. 박 교수가 적을 두고 있는 학교와 그가 다니는 학교는 달랐으나 거리상으로는 그게 그거였다. 덕분에 출판사 일을 보고 강의도 들을 수 있었다. 비단 이런 때만이 아니었다. 오히려 박 교수의 경우는 예외였다. 출판사와 인연을 맺고 있는 대부분의 저자들은 차기혁이 다니는 대학의 교수들이었기 때문에 편집장 자격으로 그분들을 만날 기회는 얼마든지 있었다. 구태여 외출할 빌미를 찾거나 누구의 허락을 구할 것도 없었다. 저자를 만나 상의해야 할 일거리는 그가 만들기 나름이었으며 원고를 받고 게라를 전해주는 잔심부름도 물론 기꺼이 도맡았다. 출판사를 빠져나올 명분이 뚜렷한데다 개인적으로는 여느 학생들과 마찬가지로 강의를 들을 수 있는 일석이조의 직장이었다. 사장을 비롯한 여타의 직원들도 그걸 잘 알고 있었으나 아무도 개의하지 않았다. 제 몫으로 처진 일만 해내면 된다는 눈으로 너그럽게 보았다. 민학철은 다행히 휴학 중이어서 그도 불평할 건덕지가 없었다. 대체적으로 나사가 풀린 듯한 사회, 저마다 죽음의 고비를 딛고 넘어 이제는 자기 앞가림에 바쁜 탓에 맺고 끊는 긴장이 없어보이는 사회는 의외로 서로에게 관대한 구석도 있었던 것이다.

"어쩐 일야?"

예고없이 나타난 차기혁을 보고 박 교수는 우선 뜨악한 눈치였다. 연료가 떨어졌는지 쇠난로에 불을 지피지 않은 교수실은 퍽 썰렁했다. 출판사를 나올 때 근처 우동집에서 국수 한 그릇으로 점심을 때운 차기혁은 갑작스런 한기에 떨었다. 미처 다 채우지 못한 공복감을 다시 확인하는 느낌이었다.

"의논드릴 일이 있어서요."

"그래. 뭔데?"

"선생님의 번역 원고 말씀인데……."

"그게 어쨌게?"

박 교수의 안색이 다소 굳어진 것 같았다. 좀처럼 경험하지 못한 일이었다. 그는 차기혁에게 아직 앉을 의자도 권하지 않은 상태에서 자신도 서 있었다. 막 밖으로 나가려던 참인 듯했다. 배가 불룩한 책상 위의 가방을 한 손으로 짚고 있는 모양이 그랬다.

"잘 이해가 안 되는 부분이……."

"많다 이 말이지. 그걸 뭐 그리 어렵게 더듬거리나. 좋아, 나가서 얘기하기로 하지. 방도 춥고 나도 금방 나가려던 참이었네. 요 앞 다방이 따뜻하고 좋다구."

박 교수를 뒤따라 다방까지 오는 사이 차기혁은 자신의 행동이 무례한 짓이 아닐까를 생각했다. 다른 방법은 없었을까. 이런 일이 그의 자존심을 뒤흔든다면 그 후유증은 누가 어떻게 감당할 것인가를 작은 후회와 더불어 끌어안았다.

"그래 어디가 어떻든가?"

박 교수는 두 잔의 위티(위스키에 홍차를 탄 것)를 주문하자마자 성급히 물었다. 그들이 들어선 다방도 손님이 헤싱헤싱하여 냉랭한 편이었다.

"글쎄요. 여기서 일일이 지적하기는 힘들겠군요. 혹시 박 교수께서 대학원이나 상급반 학생들에게 부분적으로 하청을 준 것이 아닌가 하고 저희들은 생각했습니다. 그렇지 않고서야……."

"요컨대 직접 내 손으로 한 것 같지 않더라 이 말 아닌가?"

"꼭 그렇다는 게 아니라 그런 짐작이 들더라 이 말이죠. 박 교수께서 원체 바쁘시니까."

"핫핫. 못 당하겠군. 자네의 눈은 속일 수가 없어. 자넨 장차 틀림없이 명편집장이 되겠는걸."

느닷없이 웃음을 터뜨리는 바람에 차기혁은 잠깐 어리둥절했다. 버럭 화를 낼지도 모른다는 조바심을 애써 속으로 꿍쳐두고 있던 차기혁은 그러므로 되레 깜짝 놀랐다.

"세상에 비밀이란 없어. 아니야. 비밀에 부칠 일이 따로 있지 읽어보면 대번에 들통날 일을 내가 너무 소홀했나 봐. 그들을 믿고 그대로 원고를 넘긴 게 탈이었군. 솔직히 말해서 그 무렵에 나는 무척 바빴다네. 집안에 우환도 있었고 말야. 그들의 학비 조달에 보탬이라도 줄까 해서 몇몇 학생들에게 번역을 시켰던 건데 산통이 깨졌군. 미안하고 무책임하게 들릴지 모르네만 시답잖은 작업이라 생각하고 내가 면밀히 검토하지도 않았어."

"그러실 줄 알았습니다. 죄송하지만 어떡합니까. 우리는 앞으로도 출판비용을 거의 대주는 공보원 쪽의 신용을 얻어야 하거든요. 수고스럽지만 다시 한 번 감수를 해주셨으면 합니다."

"그러지. 내 실책인 걸 어쩌나. 내일이라도 원고를 가져와. 원본서건."

"고맙습니다."

차기혁은 몰래 한숨을 겼다. 그리고 우울한 기분을 쓰게 씹었다. 그가 알

230

기로 번역한 박 교수 혼자 한 것임이 분명했기 때문이었다. 그렇다고 순간적으로 대응한 고맙다는 말까지 거둬들이고 싶지는 않았다. 자초지종이야 어떻든 자기 요구를 선선히 수용한 것만으로도 고맙기는 고맙다는 심정이었다. 다만 박 교수의 저런 허세는 어디서 오는 것일까를 곰곰이 되작였다.

2

"혼자네. 다들 퇴근했나."

이층 편집실로 올라오는 나무계단이 유난히 삐걱거리는 소리를 낼 때부터 최기달 선생이거니 짐작했다. 아니나 다를까. 최 선생은 홑겹의 판자때기로 된 방문을 어깨로 밀치고 들어오면서 인사를 건넸다.

"네. 바쁜 일도 없고 해서 일찍들 들어갔습니다."

"편집장은 회사에 충성을 다 하느라 사무실을 지키고?"

최 선생은 입가에 머물기가 무섭게 곧 사라지는 특유의 웃음을 띠고 말했다.

"선생님도 참. 속도는 잘 나가십니까?"

차기혁도 따라 웃었다. 속도란 최 선생한테 맡긴 일본책 번역을 두고 하는 소리였다.

사장의 친구인 최 선생은 본래의 직업인 소설 쓰는 일 외에 출판사의 일어 번역 단골손님이었다.

"속도라니? 안 죽을 만치만 내고 있지."

"근처에 볼일이 계셨습니까?"

"음. 볼일이랄 것까지야 뭐 있겠나. 누가 좀 만나자고 해서 모처럼 나왔더니 객쩍은 말만 늘어놓길래 다른 약속이 있다며 중도에 빠져나왔어."

"잘하셨습니다. 괜찮으시다면 제가 목로집으로 모시겠습니다."

"불감청이언정 고소원이라. 사실은 나도 편집장 생각이 나서 들렀네. 아래층 사장은 외출하고 없더만. 그 친구는 술을 못 해서 있으나마나지만 말야."

"자꾸 편집장이라고 하시면 제가 부끄럽지 않습니까."

"이 사람 보게. 그럼 자네가 편집장이 아니면 누가 편집장인가? 차 시인이라고 불러줄까?"

"그건 더욱 턱도 없는 말씀이구요. 갈수록 짓궂으십니다."

차기혁은 정색을 하면서 펄쩍 뛰는 시늉을 했다. 그가 시를 공부한다는 걸 안 뒤부터, 최 선생은 간혹 농담에 곁들여 차 시인이라고 부른 적이 없는 건 아니었다. 언젠가는 그가 내민 습작 몇 편을 읽고 잘은 모르나 싹수가 보인다고 결코 빈말만은 아닌 격려를 해준 일도 있었다. 차기혁과의 나이 차가 십오 년이 넘는데도 불구하고 최 선생이 이상하게 그와 어울리기를 좋아하는 것도 딴은 문학의 이름으로 그를 귀여워하는 데 이유가 있을 것이었다. 되도록 바깥 출입을 삼가며 누구와 긴밀히 트고 지내거나 일부러 만나러 다니기를 꺼리는 최 선생이고 보면, 동생 뻘밖에 안 되는 차기혁이 어떤 점에서는 유일한 술친구랄 수도 있었다.

"내가 짓궂다구? 처음 듣는 소릴쎄. 그건 그렇고, 미리 다짐해두겠는데 요전처럼 자네가 술값을 치르겠다고 건방을 떨면 오늘은 용서 안 해. 알았지?"

"알겠습니다."

차기혁은 곧바로 대답하고 나서 저런 오기가 이 양반을 지탱해주는 한편으로 언제나 고생 속으로 몰아넣는지 모르겠다고 상상했다. 소설을 써봤자 실어줄 잡지 하나 변변찮은 시절이었다. 최 선생의 말을 빌린다면 원고지 두 장이 빈대떡 한 장 값인 일본말 번역고료에 생계를 걸다시피 하고 있는 처지이면서도, 겉으로는 항상 넉넉했다. 차기혁은 언제나 그게 마음에 걸려 술자리의 뒷맛이 미안함으로 가득 차는데도, 최 선생은 그가 술값을 대신 내는 걸 좀처럼 허락하지 않았다. 그 점이 개운찮으면서도 싫지 않아, 그는 최 선생의 권유를 마다하거나 거역한 적이 거의 없었다.

"오늘은 행보(行步)를 멀찍이 옮기기로 하세."

뜻밖이었다. 재판 발행을 앞둔 책의 지형을 꺼내놓고, 차기혁은 저자가 따로 만들어온 교정본(校正本)과 대조해가며 되도록 한 페이지라도 개판(改版)을 하지 않기 위해 검토하고 있던 중이었다. 인쇄소에서 지형을 뜰 때 덧씌운 안피지(雁皮紙)가 어느 정도로 마모돼 있는가를 살펴, '쏘강'(象嵌의 일어 발음. 수정할 글자를 도려내고 다른 활자로 바꿔 끼우는 것)이 어느 정도 가능할 것인가를 재충하고 있던 그는 지형 더미를 한옆으로 치우고 일어서며 최 선생의 색다른 제안에 다소 놀랐다. 두 사람이 술을 마시러 가는 곳은 물어보나마나 늘 일정했기 때문이었다. 출판사에서 얼마 떨어지지 않은 목로주점이 그들의 단골이었다. 간판도 없는 그 선술집은 선술집이라는 이름에 걸맞게 앉는 의자도 들여놓을 수 없을 만치 비좁았다. 좌우 벽에 이어붙인 한 뼘 남짓한 송판대기가 곧 술상이었다. 술꾼들은 줄곧 벽에 바짝 붙어 서서 시종 벽만 바라보며 술을 마셔야 했다. 중년 부부가 주문대로 날라다 주는 안주 한 점 집어먹고 술 한 잔을 번갈아 비우며 끝까지 면벽의 자세로 서 있다가, 어지간히 다리가 아프고 술이 취하면 자리를 뜨는 구조였다. 그 바람에 신통하게도 비집고 들어갈 틈은 쉽게 생겼다. 그만큼 손님들의 출입과 순환이 빨랐던 것이다.

"희한한 술집을 발견했거든."

최 선생이 히죽 웃었다. 아니다. 자기간엔 회심의 미소를 흘렸다고 생각할지 모르나, 차기혁이 웃음을 확인하려는 순간 최 선생의 입가에 이미 웃음의 흔적은 남아 있지 않았다. 이 양반은 왜 이렇게 웃음에 인색할까. 선천적인 것일까, 이 양반이 경험한 전쟁의 상흔 탓일까? 차기혁은 새삼 꿈틀거리는 의문을 속으로 다잡으며 반사적으로 물었다.

"어딘데요?"

"암말 말고 날 따라오라구. 후회는 안 할 테니. 우리가 드나드는 다모토리도 좋기는 한데 말야. 노상 같은 안주만 먹어서 그런지 어떤 땐 신물이 나. 꽁치 구이에다 빈대떡, 그놈의 간처녑과 노가리가 신물 날 때도 있다면 호강에 겨워 하는 소리라고 구박 받을까?"

차기혁은 그 말에 대꾸하지 않았다. 소시적부터 꽤 유복한 환경에서 커왔다는 최 선생의 입맛이 이런 국면에서도 슬며시 발동하는가 보다고 대신 생각했다. 또한 선술집을 꼭 다모토리라고 부르는 글쟁이다운 독특한 발상법에서 당신은 천상 지식인의 마지막 오기와 귀티를 유지하려 애쓰는 게 아니냐고 묻고 싶었다.

"지금 가는 집에선 무슨 안주를 내놓는지 알아?"

"제가 알 리가 있나요?"

출판사를 나와 신문로를 지나며 최 선생이 물었다. 그들은 서대문 쪽을 향해 걷고 있었다.

"영천께에 있어. 괜찮지?"

"그럼요."

"닭발이 그 집의 십팔 번야."

"닭다리가 아니구요?"

"엥이. 닭다리는 비싼걸. 닭다리가 아니라 닭발이라니깐."

"그걸 어떻게 먹지요?"

차기혁은 처음 듣는 소리여서 계속 딴전을 피웠다.

"먹어보면 알 것 아닌가. 맛이 희한해. 기름에 튀긴 건데. 나도 처음엔 그랬다구. 아무리 물자가 궁핍한 시절이라지만 닭발까지 버리지 않고 먹다니 너무 비참하구나 이런 기분이었지."

"한데 들어보시니까 그게 아니더라 이 말씀이죠?"

"맞아. 바로 그거야. 맛도 약간 쫄깃쫄깃하고 괜찮을 뿐더러 알고 보니 미군들 중에서도 그 방면의 식도락가들만이 그것을 즐긴다는군."

"그래요?"

차기혁은 오늘따라 신이 나서 지껄이는 최 선생의 활기를 어떻게 이해해야 할지 잘 가늠할 수 없었다. 언제나 자신을 꽁꽁 동여매고 일부러 그러는 것이 분명한 사람의 몸짓에 어긋나지 않게, 차기혁과 둘만의 술자리에서도 여간해선 스스로를 열지 않았다. 이쪽에서 두 마디를 건네면 짧은 한 마디로 겨우 응수하는 게 고작이었다. 가능한 대로 자기 갑각(甲殼)을 굳게 닫은 채, 최소한도로 필요한 먹이를 구할 때만 그것을 여는 격이었다. 굳이 사람들의 시선을 피해 은둔을 즐긴다기보다는, 동기는 어떨값에 이제는 그것이 체질화된 낌새마저 있었다. 훨씬 연하인 차기혁을 자진해서 상대해주는 것은 그러므로 특례에 속하는 일이었다. 차기혁이 인식하고 있는 최 선생답지 않게 그를 만나면 슬쩍슬쩍 격에 어울리지 않는 농담을 걸어오는 것이 그랬다. 거두절미하고 던지는 토막 말 속에도 정이 섞여 있는 듯했다. 실속이야 어떻든 새파란 학생 주제에 편집장이란 직책을 곧잘 해내는 모습이 대견하다는 시선으로 대했다. 나중에사 안 일이지만 그것은 최 선생 자신의 지난 사연과 무관하지 않았다. 차기혁을 보면 전쟁 전에 병사한 비슷한 나이의 남동생을 가끔 연상하는 모양이었다. 동생은 일찍 문학에 빠져 시를 좋아했다고 들었는데, 최 선생은 술이 취할 때마다 그 이야기를 꺼냈다. 그러나 최 선생이 차기혁을 기특하게 여기며 그를 가까이 하기를 마다하지 않는 것은 비단 그런 이유에서만이 아니라는 걸 차기혁은 차츰 알아차렸다. 어린 녀석이 제법이라는 감정이 앞서 그런 것임에는 틀림없었으나, 더 근원적으로는 자신이 어쩌다가 빠지고 선택한 소외감을 차기혁이라는 낯선 청년을 통해 잠깐이나마 꺼보려는 심사도 끼여 있지 싶었다. 말벗으로 과부족이 없고 사무적으로도 어차피 일정기간을 두고 만나야 하는 처지에서 젊은 친구와의 어울림이 최 선생으로서는 무해무득할망정 거북하지는 않을 것이었다. 무해무득하기는커녕 계속 일감을 대주는 차기혁이 고맙기도 했으려니와, 그와 더불어 잠시 쉬어가는 시간을 갖는 것이 역시 싫지 않을 터였다. 물론 사장의 친구라는 관계에서 출발한 암묵의 계약이 있어 일거리를 맡기고 거두는 권한이 차기혁에게는 없었지만, 어떻든 편집자라는 존재를 완전히 떼어놓고 생각하기는 힘들었을 것이었다. 차기혁은 실상 이 대목이 가장 곤혹스러웠다. 최 선생만을 두고 하는 소리가 아니었다. 그를 대하는 모든 저자들도 그 점은 마찬가지였다. 학생편집장이라고 무시하기는 무엇하고, 풋내기한테 맞바로 저서 출판을 의뢰하기도 마땅찮은 엉거주춤한 태도를 취했다. 누구보다도 사장이 그 사정을 익히 알고 있었다. 그래서 대개의 결정은 사장의 결단으로 이루어졌으나, 맞대놓고 거절하기 어려운 출판은 '편집실의 판단'에 따르겠다는 묘수도 부렸다. 이래저래 차기혁은 까딱하면 죽고 사는 참담한 비극의 한가운데를 가까스로 벗어나, 이제는 한 숨 돌리며 공동(空洞)이나 다름없는 머릿속에 조금씩 지식을 채우기로 작정한 사람들과 그것을 공급하는 소수 엘리트의 어간에 서서 나름대로의 서툰 거간꾼 노릇을 담당하고 있는 꼴이었다. 그런데 문제는 지식이나 지혜를 전달해주는 전문가들에게 오히려 더 많이 있다는 점이었다. 박치호 교수가 지닌 지식이 함량부족이라면, 최기달 선생은 그 자신부터 심한 전쟁 후유증에서 깨어나지 못하고 있었다. 피난을 못 가고 서울에 숨어 있다가 본의 아닌 부역행위를 했던 것이다. 수복 후 부역자에 대한 경찰의 심사대상에 올라 B급 판정을 받고 잠시 감옥살이를 하다 석방되었으나, 그에 수반한 상처는 아직 제대로 씻어지지 않았다고 보는 게 옳았다. 그것도 큰아버지가 납북당한 목사 집안이라는 점이 참작되어 일찍 풀린 셈이었다. 그 후의 최 선생은 생래의 과묵함에 겹쳐 더욱 말수가 적어지고 사람들과의 접촉을 극력 피한다고 들었다. 활발한 창작활동을 젖혀두고 몇 장을 끼적거려야 빈대떡 한 장을 살 수 있는 일어 번역에 매달리는 것도 그런 까닭에서였다. 사장으로부터 처음 그 말을 들었을 때 차기혁은 깜짝 놀랐다. 남에게 하기 좋은 소리도 아닌데 누군들 그와 같은 이야기를 자기 입으로 까발리기야 하겠는가마는, 최 선생은 차기혁과 만나기 시작한 지 수삼 개월이 될 때까지 그런 낌새를 전혀 비치지 않았다. 하지만 거기까지는 누구나가 겪는 전쟁의 뒤탈이랄 수 있었다. 차기혁이 진짜로 더 놀란 것은 그런 와중에서 부인이 하필이면 남편을 수사하던 기관의 책임자 쪽으로 달려갔다는 사실이었다. 일설에 의하면 상대방 꼬임에 빠져 몸을 버리게 되자 감옥에 있는 최 선생을 놔두고 달아났다는 것이었는데, 진상이야 어떻든 그로서는 도저히 상상할 수 없는 일이었다. 어떤 사람에게 닥친 불운은 철저하게 그를 망가뜨리고서야 물러난다는 비극의 철저한 끝머리를 목격하는 것 같았다. 한 귀퉁이가 무너져내리면 여타의 부분마저 야금야금 갉아먹고 나서야 누군가를 놓아주게 마련인 비극의 참혹한 실체를, 최 선생을 거쳐 확인하는 느낌이었다. 피차 전쟁의 한복판으로 던져졌을 때는 그런저런 아픔을 잊고 견디다가, 마침내 평화가 찾아온 순간 몇 배나 큰 덩치로 불은 자신의 통증을 재발견하는 게 인지상정이었다. 만신창이에 가까운 스스로의 몰골을 되돌아보며 모두들 기를 쓰고 희망의 실마리를 놓치지 않으려 애면 글면하는 판이라 하더라도 슬픔의 꼬투리까지 말살할 수는 없는 일이었다. 그런데도 최 선생은 도시 그런 기색을 나타내지 않았다. 하찮은 닭발튀김집을 알아낸 걸 가지고 누추한 일상에 대단한 의미라도 부여할 듯한 기세로 나대는 것이 우습다면 우스웠다. 감정의 위장인지 지극한 절제의 또 다른 표현인지는 모를 일이었으나 광화문에서 영천까지 자기를 끌고 온 목적의 태반이 닭발 하나에 요약된 것이었음을 생각하면 차기혁은 최 선생이 선술집에 들어서던 맡으로 늘어놓는 객쩍은 자랑에 동조하지 않을 수도 없었다.

“저기 보라구. 샛노란 닭발 더미의 색깔이 아름답지 않아?”

최 선생은 화덕 옆 소쿠리에 그득 쌓인 닭발 무더기를 가리키며 말했다.

"그렇네요. 어린애들 고사리손 같기도 하고."

말해놓고 나서 차기혁은 재빨리 최 선생의 표정을 살폈다. 엉겁결에 튀어나온 비유가 너무 잔인하다고 느꼈던 까닭이었다.

"그건 지나친 연상이고, 하여간 아이디어가 근사해. 닭고기 껍질을 좋아하는 사람은 적지 않지만 닭발을 먹는 일은 드물거든. 미국인들의 식도락도 제법야. 물건이 귀해서 이걸 먹겠나? 어디까지나 씹는 재미와 독특한 맛으로 먹는 거지. 만일 달리 먹을 게 없어 할 수 없이 깨질거린다면 궁상맞고 슬픈 일이지. 우리야말로 그런 꼴이기는 해도 마음먹기 나름 아니겠나."

차기혁은 대답 대신 마침 주모가 내놓은 접시에 닭발 하나를 집어 질겅질겅 씹었다. 좀 거부감이 일기는 해도 졸깃졸깃한 맛이 어지간했다.

"어때?"

최 선생은 차기혁이 입을 놀리는 걸 흥미있게 지켜보았다.

"괜찮은데요."

"그렇지? 괜찮고 말고."

"이 집은 어떻게 발견했습니까?"

"우연이었어. 내 집을 가자면 이 앞으로 지나는 버스를 타야 하지 않나. 언젠가 비 오는 날이었는데, 쓸데없이 객기를 부리느라고 오늘처럼 줄창 걸었어. 광화문서 버스를 타지 않고 걷는 데까지 걸어가기로 작정하고 혼자 타박타박 걷다가 이 집 앞에 이른 거야. 그랬더니 닭발 안주가 눈에 띄지 않아. 덮어놓고 들어와서 시식을 해본 거야. 간단해."

막걸리보다는 소주를 즐기는 최 선생은 말을 마치자 더는 닭발 타령을 잇지 않고 거푸 잔을 비웠다. 차기혁의 의향을 묻는 법도 없이 빈 잔을 그 앞으로 쑥 내밀었다. 이러다가도 차기혁이 주춤거리면 자작으로 마시는 게 최 선생의 술버릇이었다.

"자네한테 한 가지 부탁이 있는데."

얼마를 지났을까 최 선생은 차기혁과 주고받던 잔을 멈추고 어렵게 운을 띄웠다.

"……."

차기혁은 눈으로 다음 말을 재촉했다.

"내가 홀어머니를 모시고 사는 건 자네도 알지?"

"네."

최 선생이 일찍 아버지를 여의고 어머니와 함께 지낸다는 것은 오래 전부터 알고 있었다. 남동생이 요절한 후론 최 선생은 또 독자나 다름없었다.

"이 길로 나를 따라 우리 집으로 가주었으면 해!"

"네?"

너무 뜻밖의 제안이라 차기혁은 잠깐 어리둥절했다. 좀처럼 없던 일이었으므로 그가 대뜸 반문조로 나온 것도 무리가 아니었다. 저자들은 자기 집이나 학교에서 그를 대하는 게 보통인데 반해 최 선생은 언제나 자기 손으로 원고를 들고 다녔다. 그래야 바깥출입을 할 수 있는 구실이 생기고 바람을 쐬게 된다는 이유였다. 원고도 원고 나름이지 알량한 일본말 찌꺼기 베낀 걸 가지고 바쁜 사람더러 오라 가라 할 게 뭐 있느냐는 겸손을 부렸다. 그러나 차기혁은 그것을 괜한 핑계로 어림하는 때가 있었다. 최 선생의 의외로 깔끔한 성깔이랄지 염인증이, 자기 집에 사람을 들여놓는 일을 꺼리는 탓일 거라고 추측했다.

"놀라는 게 당연해. 내가 한 번도 자네를 집으로 데려간 적이 없었으니까. 이번엔 내가 아쉬워서 하는 소리니까 달리 생각말고 나를 따라가 주게나. 함께 가서 우리 어머님께 작은 물건 하나만 전하면 되는 일야."

"어떤 물건을요?"

그러자 아무 말 없이 안주머니를 더듬던 최 선생은 이내 앙증맞은 물건 하나를 꺼냈다. 작은 곽을 흰 종이로 예쁘게 싼 것이었다. 모서리가 네모진 점으로 미루어 내용물은 반지일 듯하다는 짐작이 들었다.

"은반지야. 오늘이 어머님 진갑날인데 달리 기쁘게 해드릴 일이 있어야지. 모자끼리 미역국을 끓여 먹고 나대로는 치마 저고리 한 벌을 해드렸지만 어쩐지 그걸로는 성이 안 차더군. 워낙 일가친척의 내왕이 뜸한데다 내 신상에 이상이 생긴 후부턴 그나마 드나드는 사람이 드물어. 늙으면 더욱이나 외로움을 타지 않던가? 노모의 모습에서 요새는 한결 그게 두드러진다구. 그래서 궁리 끝에 자네의 행차를 이용하자고 내 멋대로 결정했다 이 말야. 자네

네 출판사 사장과 내가 동기동창 사이라는 것은 노친네도 진작부터 알고 있
으니까 이 선물은 그 친구가 하는 걸로 꾸미자 이거지. 사장은 바빠서 못 오
고 편집장인 자네가 사장 심부름을 온 걸로 치면 되지 않겠나. 궁색한 연기
임엔 틀림없으나 눈 딱감고 사장의 대타 노릇을 해주게. 특별히 당부하는 건
데 사장한테는 절대 비밀로 해두고 말야. 알겠나?"

　전례없는 긴 설명을 한꺼번에 쏟고 난 최 선생은 소주를 입 안에 가득 털
어 넣었다. 일단 내밀었던 술잔을 빼앗다시피 거두어들인 다음 자작으로 술
을 부어 단숨에 들이켠 것이다. 그리고는 차기혁의 안색을 찬찬히 뜯어보았
다. 생각 탓일까. 최 선생의 눈언저리가 몹시 충혈된 것은 단순히 술기운만
은 아닌 것 같았다.

　"아무려면 그런 기쁜 역할을 못 하겠습니까. 되레 그것도 모르고 있었던
저희들이 부끄럽고 송구스럽습니다."

　"그럼 됐네. 더 이상 아무 말도 하지 말기야."

　"알겠습니다."

　약속대로 그는 입을 다물고 최 선생은 열심히 닭발을 빨아댔으나 차기혁
의 얼떨떨한 기분은 쉽게 가시지 않았다. 노모를 떠받드는 정성과 최 선생답
지 않게 치밀한 점이 놀랍고, 미역국을 사이에 두고 모자간에 어떤 이야기를
나누었을까가 한편 궁금했다. 최 선생의 문학은 그런 때 어떤 양상으로 그
속에 끼어들었는가에도 생각이 미쳤다.

　"갈까?"

　마치 대단한 음모를 실행에 옮기기 직전의 들뜬 어투였다. 최 선생의 채근
을 좇아 밖으로 나왔을 때, 차기혁은 그러나 짐짓 맹랑한 느낌에 사로잡혔
다. 학생이면서 어른 행세를 하는 자신이 지나치게 일찍 세상살이의 운행에
간여하고 있다는 중압감을 안은 것이다. 안팎으로 순서가 뒤바뀌고 마구 소
용돌이 치는 중간에 도리없이 뛰어들어, 예전엔 한껏 우러러보던 사람들의
뒤꼍을 체험하는 일이 자기에게 무엇을 가져다 줄 것인지 당장은 아득했다.
전쟁의 그늘이 이제야 제대로 퍼지는 걸 실감하는 것은 그다지 나쁠 것이 없
었으나 지식을 풀어먹고 사는 사람들의 의외로 허약하고 찌꺼분한 실상을
가감없이 바라보는 것도 때로는 감당하기 힘든 노릇이었다. 하지만 호기심

은 호기심대로 발동하는 것을 어쩔 수 없었다. 최 선생 댁에 당도하여 모자의 생활을 엉뚱한 빈객의 위치에서 우연찮게 들여다볼 기회를 그러므로 그는 차라리 즐겼다. 그렇다. 편집자는 저자와 독자를 접속시켜주는 중간숙주(中間宿主)와 같은 몫을 담당하면서 특히 저자에 기생(寄生)하여 그의 속내를 속속들이 알고 파먹는 일을 수행하는 것이라고도 생각했다. 적극적으로는 지식의 체계화와 표면화를 이끌어내면서 그의 모든 것을 평가하고 비밀을 혼자 독식하는 자리였다. 다만 전쟁의 와중에서 누군가가 지닌 지식은 전쟁수행에 필요한 극소량을 빼고는 거의 쓸모가 없었다. 전쟁을 막 치르고 난 직후까지도 그들은 자신들이 잉태하고 있거나 축적한 지식을 어떻게 포괄적으로 표출할 것인가를 모르는 채, 여전히 비틀거리는 광경을 목도하는 것은 안타까웠다. 전쟁 전후를 통틀어 누구 못잖은 상처를 받았으면서 그걸 쉽게 털고 일어서지 못하는 것도 그들이었다. 노상 과도기를 주절거리며 스스로 절름발이를 자처하는 사람이 그들 중엔 많았다. 말하자면 최 선생도 그런 인물의 하나였다. 따라서 최 선생이 자신을 지나치게 위축시키고 있는 또 하나의 까닭은 선물 전달을 위해 찾아간 그의 집에서 차기혁이 터득한 것은 가외의 습득물 같은 것이었다.

최 선생이 차기혁을 어머니에게 소개하고 사장이 준 선물을 가져왔다는 사실을 알렸을 때 전쟁을 치르고 아들의 불행을 체험한 간으론 아주 곱게 늙어뵈는 할머니는 당연히 기뻐하고 부끄러워했다.

"저런. 내 생일을 어찌 알고. 고맙기도 해라. 내남없이 어려운 시절에 친구 어머니의 생일 선물까지 신경을 쓰다니 참으로 고마운 분이시네."

"사장님이 직접 찾아뵙고 드려야 하는 건데 급한 일이 생겨서 제가 대신 왔습니다. 죄송합니다."

차기혁은 속으로 진땀을 흘렸다.

"별 말씀 다 하시네. 생일을 기억해준 것만도 감사한걸. 내가 뭐라고, 앉아서 이런 귀물을 받다니 되레 쑥스럽고 뻔뻔하다는 생각이구먼."

최 선생 어머니는 포장을 풀고 두께가 너무 얇아 눈만 흘겨도 부러질 듯한 은반지를 소중하게 어루만졌다.

"맞나 안 맞나 한번 끼어보세요."

"맞겠지. 늙은이 손가락의 굵기는 그게 그걸 테니……. 봐라, 꼭 맞지 않니?"

아들의 권유대로 반지를 중지와 약지에 번갈아 끼어본 노모는 손바닥으로 폈다 뒤집었다 하면서 자랑했다.

"돌아가거들랑 사장님께 고맙다는 인사를 꼭 해줘요."

"네."

최 선생의 자당이 이르고 차기혁이 대답했다. 재래식 서울 가옥의 우중충하고 답답한 분위기가 갑자기 활짝 트이는 기분이었다. 그럼에도 불구하고 최 선생의 안색은 밝지 못했다. 밖에서 실컷 마셨으므로 제발 그만 두시라는 차기혁의 만류를 뿌리치고 모친이 부엌으로 술상을 챙기러 나갔을 때에야 최 선생은 비로소 그 이유를 슬쩍 비쳤다.

"저 양반은 지금 대로하고 계실 거야."

책상 위 벽에 걸린 사진을 눈으로 가리키며 밑도 끝도 없이 말했던 것이다.

"무슨 뜻입니까?"

차기혁이 역시 양복차림의 노인네 사진을 바라보며 물었다. 아마 최 선생의 엄친이신 모양이었다.

"우리 아버님이신데 신사참배를 거부하시다가 옥고를 치르셨지. 창씨개명도 안 하고 버티신 분야. 그런데 나는 쪽발이들의 글을 베낀 돈으로 생계를 꾸리고 어머님의 반지까지 사드렸으니 화를 안 내실 리가 있나."

차기혁은 조금 움찔했다. 아니 그래야 옳을 것 같은 심정이었다.

"허지만 걱정 말게. 오늘 자네의 연기는 아주 훌륭했어."

최 선생은 언제나처럼 냉소를 짓다 말고 차기혁의 멍청한 표정을 의식했는지 슬그머니 화제를 바꿨다. 백지장마냥 창백하게 탈색된 얼굴에 잔잔한 경련이 얼핏 스치는 게 보였다.

3

아래층에서 싸우는 소리가 들렸다. 보나마나 경리부장과 빚쟁이들간의 티격태격임에 틀림없었다. 심심찮게 벌어지는 일이었다. 오늘 돌아온 어음교환을 제때 막지 못한 경리부장은 며칠만 더 참아달라고 구차한 사정을 나열하고 있을 것이며, 빚쟁이는 빚쟁이대로 누구는 흙 파 먹고 사는 줄 아느냐며 다그치고 있을 것이 뻔했다.

"불쌍한 경리부장. 또 당하고 있구먼."

민학철이 트림하듯 말했다. 그때였다. 아래층에서는 다시 물건을 바닥에 내동댕이치는 소리에 이어 쌍욕을 주고받는 소리가 편집실 사람들의 귀청을 때렸다.

"육탄전으로 돌입했나 봐. 가서 말리지 않아도 될까?"

"걱정되시면 가보시지 그래요. 한두 번도 아닌데 뭘."

민학철과 미스 송은 시큰둥하게 아래층의 소란을 넘겨짚으며 말과는 달리 하던 일에서 눈을 떼지 않았다. 차기혁도 매일반이었다. 때마침 울린 전화 수화기를 다행스런 마음으로 들었다. 피난가는 기분이었대도 과언이 아닐 것이었다.

"나예요. 차 편집장."

밀러 씨 부인이었다. 탁음이 전혀 섞이지 않은 윤 여사의 빨랫줄같이 곧은 음성은 전화 속에서 울려나올 때 더욱 해맑다는 것을 번번이 느끼게 만들었다. 차기혁은 얼른 대답했다.

"사모님이시군요."

"오늘 밤 사장님 모시고 우리 집 파티에 오는 것 잊지 않았죠?"

"그럼요. 정확히 기억하고 있습니다."

"초대한 분이 그리 많지도 않은데 혹시나 해서요. 그리고 곁들여 말할 것도 있어서."

"네. 말씀하십쇼."

"오는 길에 이번 인세도 가지고 왔으면 해요. 나중에 따로 올 것 없이."

"알겠습니다."

"사장님에겐 별도로 말씀 안 드릴 테니 차 편집장이 알아서 챙겨다 줘요. 그럼 이따 만나기로 해요."

"잘 알았습니다."

이쪽 대답이 미처 끝나기도 전에 전화가 끊겼다. 차기혁은 머쓱한 심사를 끄기 위해 담배 한 가치를 빼어 물고 속칭 용개 라이터로 불을 붙였다. 이 여자는 같은 말이라도 항상 사람의 마음을 뒤집어놓는다고 생각하며 첫모금을 깊이 빨았다. 그렇다고 내색할 수는 없는 일이었다. 밀러 씨는 출판사의 여러 저자 중에서도 지금은 가장 돈을 많이 벌게 해주는 왕저자이기 때문에 극진히 모셔야 할 판이었다. 밀러라는 미국인 저자가 이 출판사 수입을 크게 좌지우지할 만한 위치에 있는 건 아니었으나, 그런대로 짭짤한 재미를 보게 하였다. 무엇보다도 세 권짜리 영어회화책의 저자가 서울에 현존하는 인물이라는 것이 큰 강점이었다. 영어를 모르고는 학생이건 성인이건간에 앞으로 행세하지 못할 것 같은 분위기에 편승하여 유명무실한 회화책이 많이 쏟아져나온 건 그럴 듯하다 치고 대개의 책들은 엉터리였다. 저자의 이름을 뚜렷이 박은 것도 드물었거니와 일본 책을 우리 말로 대충 옮긴 것이 태반이었다. 내용이 엉성한 건 말할 나위 없는데다 책의 체제나 사이즈도 초라하기 그지없었다. 책방에 진열할 만한 꼬락서니도 되지 못해 길거리나 닷새장의 좌판에 늘어놓고 파는 게 고작이었다. 그에 비하면 차기혁네 출판사에서 낸 밀러 씨의 회화책 시리즈는 어느 모로 보나 당당하고 틀이 잡혀 있었다. 책의 크기도 국배판으로 그럴싸할 뿐만 아니라 내용에 걸맞는 삽화를 군데군데 배치하는 등, 중고등학교의 영어부교재로도 안성맞춤이었다. 그만큼 각학교의 단체 주문이 많아 판로가 탄탄했다. 선전효과를 덧붙이자면 저자인 밀러 씨는 또 교육에 대한 문외한이 아니었다. 어느 정도 근거가 확실한지는 모르겠으되 P. T. A(Parent Teacher Association) 자문 위원을 지냈다는 것도 끼여 있어 공신력을 더했다. 실상 그는 통신 기술자로 미군 군속 근무를 하다가 어쩐 이유에선지 그 일을 작파하고 한국에 머물러 있었다. 의외로 나이가 많아 정년 퇴직을 했다는 소문도 있고, 영어를 밑천으로 한국에서 여생을 보내기로 했다는 풍문도 나돌았으나 어느 것 하나 분명치는 않았다. 한 중학 영어교사의 소개로 그를 알게 된 사장마저 거기에 대해서는 깊이 아는 것이 별로 없었다. 또한 자세히 캐고 들어갈 필요도 느끼지 않았다. 진짜 미국인이 영어회화책을 꾸몄다는 사실만이 우선 중요한 마당이었다. 책의 내용에 대한 검토나 평가는 둘째였다. 표지에 큼지막하게 실린 미국인 저자의

사진과 머리말 끝에 이름 대신 곁들인 그의 멋진 사인만으로도 책의 신용은
일단 확보된 셈이었다. 서점 외에 서울과 지방 학교를 중심으로 담당교사들
에게 줄 채택료를 싸들고 판촉활동에 나선 영업부 사원과 아르바이트학생들
도 그 점을 먼저 강조했다. 상대방이 그걸 인정해주는 맛에, 판매사원들은
덩달아 새로운 영어학습법까지 들먹였다. 매우 근거가 조잡한 말이었으나,
미국 본토에서 시행하고 있는 과학적이고 능률적인 최신 교수법이라는 제멋
대로의 주장 앞에 선뜻 이의를 제기하는 사람이 드물었다. 사장은 사장대로
동업자들로부터 어디서 그런 저자를 발굴했느냐는 부러움을 샀다며 회심의
미소를 지었다.

 밀러 씨가 출판사의 이런 사정을 모를 리 없었다. 아니 그의 아내인 윤 여
사가 남편을 젖히고 인세 지불에 수반한 과도한 요구조건을 내세우는 등 저
자 이상으로 행세하려들었다. 우리 밀러의 책이 당신네 출판사의 달러박스
노릇을 하고 있으니 매번 인세를 선불하라고 한 술 더 떴다. 난감해진 사장
은 그러나 미세스 밀러로 불러주기를 원하는 윤 여사의 존재를 범연히 여겼
다간 큰코 다친다는 걸 잘 알고 있었다. 찍소리 못 하고 해달라는 대로 해줄
수밖에 없었으므로. 아마 오늘 밤 파티에 겸사해서 가지고 갈 인세를 무슨
수를 써서라도 마련해두었을 것이었다.

 "차 편집장은 양주로 목의 때를 벗기게 되어 좋겠다."

 민학철이 수화기를 놓는 차기혁을 바라보며 웃었다. 비아냥거림인지 선망
인지 아리송한 말로, 차기혁이 받은 전화가 누구한테서 온 것인가를 알겠다
는 신호를 보낸 셈이었다.

 "차라리 민 선배가 내 대신 가주었으면 좋겠어. 따분하고 부담스럽다구.
먹잘 것도 없이 한쪽 구석에 서 있는 것도 고역이야. 점잔 빼느라고 맘대로
술을 마실 수가 있나."

 "그래도 양주에 소시지 따위가 어디야. 이 보리흉년에."

 "몰라서 그래. 양주랬자 싸구려 버본 위스키야. 안주는 또 어떻고. 치즈를
바른 크래커와 소금물에 절인 오이가 전부인걸. 나중엔 속이 쓰려 죽겠더라
구."

 "아무려면 막걸리에 깍두기 등속으로 배를 채우는 것보다야 나을 것 아닌

가.”

“그런데 이상하긴 이상해.”

“뭐가?”

민학철이 조금 궁금하다는 표시로 고개를 옆으로 젖혔다.

“명색 손님으로 간 사람들을 너무 푸대접하는 것이 아닌가 할 정도로 준비가 초라한데도 기분은 막상 그게 아니거든.”

“앞뒤가 안 맞는 소리 같애.”

“뭔고 하니, 일단 선택받았다는 느낌이 소홀한 대접을 상쇄하고 남더라 이 말이지.”

“누구한테.”

“누구는 누구. 미국인한테서지.”

“말도 안 돼. 그건 미리 열등의식을 깔고 덤빈다는 얘긴데 그럴 필요 없잖아. 거기 모인 사람들은 말마디깨나 하는 인사들일텐데 다 그렇다는 거야?”

민학철이 버럭 언성을 높였다. 미스 송이 하던 일을 멈추고 두 사람의 얼굴을 빤히 쳐다보았다.

“모두 그런 느낌인지 어떤지는 내가 그분들의 뱃속에 들어가 보지 않은 이상 자세히 알 수 없지만 적어도 표면상으로는 그렇더라고. 뭐랄까. 몸에 배지 않은 서양식 파티문화의 실상이 이럴 거라는 호의적인 기미를 은연중 드러내며, 그걸 현장에서 경험하는 기회 자체를 즐기려는 태도인 것만은 확실해. 개중엔 우리의 손님 접대 풍습이 지나치게 허례허식에 흐르고 있다는 지적을 하는 사람도 있더라니깐. 그만하면 알조지. 그들의 프라그마티즘을 칭찬하면서 말야.”

“하지만 미세스 밀런가 하는 여자는 한국인이 아닌가?”

민학철의 반문은 따라서 동서양 예절의 상치라든가 절충을 염두에 두고 하는 말임이 분명했다.

“웬걸. 한 수 더 떠. 미국 본토에서만 살다가 엊그저께 나온 사람처럼 설친다구.”

차기혁은 좌석을 완전히 휘어잡고, 심지어 손님들의 술잔에 넣는 얼음덩이의 개수까지 신경 쓰는 윤 여사를 떠올렸다. 차린 것도 없이 여러분을 오시라고 해서 미안하다는 말은 그냥 해본 밋밋한 겸사에 불과했다. 친구끼리 만난다는 것은 즐거운 대화를 나누기 위한 것인데도, 우리 나라 사람들은 덮어놓고 배불리 먹는 일에만 치중한다는 그 다음 말은, 그가 어느새 서양문화의 때깔을 고스란히 체현(體現)하고 있는 듯한 착각마저 일으켰다. 신통한 것은 윤 여사의 그런 말에 참석자의 대부분이 동조하는 시선으로 다가서는 점이었다. 윤 여사가 초대하는 손님은 그때마다 달랐으나 민학철의 지적이 아니라도 그들 몇몇은 어디 내놔도 꿀릴 게 없을 만한 인물들이었다. 고급관리가 있는가 하면 대학의 보직이 높은 교수도 있었다. 사업가에다 군인도 간혹 끼였다. 그들은 어느 편이냐 하면 햇볕 잘 드는 회현동의 적산가옥을 차지한 밀러 씨 집에 들어서는 순간부터 그에 대한 일방적인 친근감을 한 자락씩 둘러쓴 느낌을 주었다. 미국인을 지인으로 갖고 있다는 사실 자체만으로도 자랑이 통하는 세상의 흐름 속에서, 그들은 밀러 씨 내외의 견해에 맞설 만한 기력을 아예 감추고 있는 상황이라고 보는 게 옳을 것이었다. 되도록 많이 웃고 떠드는 가운데 가능하면 주인의 말에 맞장구를 침으로서, 그의 초대에 감사하는 척이라도 해야 한다고 믿는 것 같았다. 하마터면 잃을 뻔했던 자유와 민주주의를 되찾아준 우방국의 실체가 바로 밀러 씨일 수도 있었으며, 그는 또 힘과 부를 배경에 두르고 있는 국민을 구체적으로 대표한다는 감각이 초대객들을 지배한다고 해도 과언이 아니었다. 그 속에 섞인 사장이나 차기혁은 그에 비하면 처지가 좀 색달랐으나 알고 보면 그것은 윤 여사의 치밀한 계산에서 나온 것이었다. 손님들에게 밀러 씨의 책을 발간해준 고마운 분이라는 단서를 꼭 붙이기는 할망정, 남편의 광을 내기 위한 방편으로 끌어들인 혐의가 전혀 없다고는 할 수 없었다. 차기혁은 그에 따른 또 하나의 구색으로 간주할 만했다. 남의 호의를 그처럼 곡해하는 것이야말로 괜한 열등감의 소치라고 타박할 수 있는 일일지 몰랐으나, 차기혁은 그런 의문을 쉽게 버리지 못했다.

"근데 말야. 윤 모라는 여자가 어떻게 밀러라는 영감태기를 꿰어찼대? 우리 사무실을 찾아왔을 때 딱 한 번 본 걸로는 인물도 별로던데."

"윤 여사가 꿰어찬 게 아니라 밀러 영감이 프로포즈했다지 아마."

차기혁은 민학철의 질문에 대답을 하면서도 자신이 없었다. 누가 보면 부

246

녀지간으로 볼 만치 나이 차가 심한 두 사람의 결합에 대해 분명히 깊은 내력을 아는 사람은 드물었다. 미군부대에 타이피스트로 취직하기 전의 윤 여사는 그때 이미 과부였기 때문에 홀아비로 와 있는 영내 미군들의 유혹을 많이 받았다는 후문이었다. 그 중에서 밀러 씨가 꽤 적극적이었으며, 그 역시 홀아비라는 처지를 앞세워 윤 여사를 채는 데 성공했으나 알고 보니 고향에 버젓이 본처를 두고 있더라는 소문도 돌았다. 하지만 그걸 대수롭게 여기는 사람은 거의 없었다. 그들이 홀아비면 어떻고 과부면 어떠랴. 서로 이용하고 빼먹으며 살 만큼 살다가 헤어진들 나와 무슨 상관이냐는 투로 본척만척하는 게 보통이었다. 그런 식의 결합은 주변에 쌔고 쌨었으므로 조금도 특출난 일이 아니었다. 다만 상대가 졸때기 지 아이 류가 아닌 약간 점잖은 지식인이고, 책을 저술할 만한 전문지식을 지녔다는 측면에 비중을 두었다면 두고 있었다.

"그 여자 영어 실력은 괜찮아?"

민학철은 어느덧 윤 여사의 호칭을 그 여자로 깎아내렸다.

"몰라, 잘은 모르지만 교양있는 말씨는 못 되는 것 같애. 재빨리 주워섬기기는 하는데 동원하는 어휘의 범위가 거기서 거기야. 일부러 그러는 건 아니겠고 그가 쓰는 단어들이 쉽고 짧아."

"전직이 중학교 영어교사였다며? 그 정도면 기초가 튼튼할 텐데. 미군부대서 히어링도 꽤 익혔을 게고."

"그렇다더군. 언젠가도 나에게 비치더라구. 학교 이름은 안 대었지만 말야. 한데 그 부분도 수상쩍기는 해. 왜 있잖아? 육감이라는 거. 내 직관이랄까 육감에 의하면 조금 튀긴 게 아닌가 싶어. 눈치 하나는 기가 막히게 빠른데, 그걸로 매사를 요령있게 넘기고 후려치는 인상이 강해."

윤 여사는 영어회화책을 새로 찍거나 인지를 받으러 갈 때마다 차기혁을 상대로 책 출판과는 관계없는 이야기를 꺼내는 일이 잦았다. 간접적으로 자기 변명을 하는 수가 많았는데, 주변에서 자신을 보는 시선이 어떤 것인가를 차기혁의 입을 통해 확인하려는 눈치를 보이는 것도 그런 때였다.

"미스터 차는 참 대견해. 학생 신분으로 대출판사의 편집장을 맡다니 그게 어디 쉬운 일인가요."

이렇게 입을 열면 차기혁은 지레 주눅이 들었다.

"대출판사가 뭡니까. 소출판사도 못 되는걸요. 편집장이라는 것도 그렇지요. 남들이 그렇게 부른다뿐이지, 달랑 셋밖에 없는 편집 식구를 놓고 누가 편집장이고 누가 직원이고를 구별할 건덕지가 있나요. 막말로 사령장을 주고받고 할 회사 조직도 아닙니다."

"아녜요. 이처럼 뭐가 어떻게 될지 모를 과도기에 그만하면 대출판사 아니에요? 무엇보다 우리 밀러의 책을 낸다는 것이 그걸 증명하고 남지 뭐야. 호호. 자화자찬이 지나쳤나? 그리고 편집실 직원만 많으면 장땡인가. 한 사람이 일을 해도 책임자는 있어야 하고 책임자가 곧 편집장 아니에요."

그 말 끝에 윤 여사는 생각지도 않았던 세상살이의 요령 같은 걸 넌지시 일러주었다.

"오해말고 내 말 잘 들으세요. 미스터 차가 내 동생뻘쯤 되는데다 허물없는 처지니까 하는 소린데, 이런 시절일수록 무언가 기반을 단단히 잡아야 한다구요. 전쟁은 끝났지만 사람에 따라서는 지금이 시작일 수도 있지 않겠어요? 모두들 전쟁의 후유증을 잃거나 시달리고 있는 것이 현실이긴 해도 어쩌겠어요? 죽은 자는 죽고 산 자는 살아 있는 마당에서 산 자는 제가끔 희망을 가져야지요. 가장 확실한 것은 전쟁이 끝났다는 거고, 한동안은 전쟁이 재발하지 않을 것이라는 전망이죠. 그렇죠? 김일성이가 두 번 죽으려고 환장하지 않은 바에야 유엔군에 의해 그처럼 불벼락을 맞고 다시 전쟁을 도발하겠어요? 저도 사람인데 우선 숨쉴 시간을 벌기 위해서도 또 쳐들어 올 엄두를 못 낼 거예요. 모택동이도 그렇지, 오랑캐들을 끌고 와 숱한 희생을 치르면서 그만큼 도와주었으면 됐지 미쳤다고 두 번씩이나 자기 군대를 사지로 몰아넣겠어요? 아무리 십억 인구를 가졌다지만 쓸데없는 개죽음을 왜 계속해요. 그러니까 대한민국의 재건은 이제부터이며 마음 먹기에 따라서는 국민들에게 주어진 기회는 얼마든지 있다고 봐요. 우리의 혈맹인 미국을 믿고 특히 미스터 차 같은 젊은이들이 국가에 이바지할 수 있는 길을 찾아야 돼요. 미스터 차는 우선 공부를 열심히 해야겠지요. 미국유학을 가서 문명사회의 학문을 닦는 것도 좋겠지요. 원한다면 내가 우리 밀러에게 귀띔해줄 수도 있고."

차기혁은 그때 눈을 번쩍 떴다.

"말씀이라도 감사합니다."

절대로 인사치레만은 아닌 고마운 감정을 즉석에서 표시했다. 전혀 예상하지 않은 권유였기 때문에 그런 대답밖에는 준비된 말이 없었을지라도 기분은 매우 좋았다. 그러나 윤 여사의 호의적인 암시는 그것이 처음이자 마지막이었다. 대신 자기 처지에 대한 바깥 사회의 눈초리에 매우 신경을 쓰는 듯한 기미를 그 뒤에 보였다.

"사람들이 날더러 뭐래요?"

밑도 끝도 없는 질문의 뜻을 가늠하기 힘들어 차기혁이 벙벙한 표정을 짓자, 윤 여사는 제물에 대답까지 보태어 차기혁의 눈 속을 파고들었다.

"나 보고 우리 밀러의 온리라고 하는 치들도 있다죠?"

너무 당돌한 말이어서 차기혁은 아무런 대꾸를 할 수 없었다.

"미친 것들. 개 눈에는 똥만 보인다더니 한국 종자들은 어디 가나 쏘리 근성을 못 버려! 미국인과 사는 여자는 아무나 다 온리고 양공준가? 좀 배웠다는 것들이 그러니까 더 한심해. 겉으로는 민망할 정도로 아부하고 갖은 주접을 떨다가도 돌아서면 남을 헐뜯는 민족성을 빨리 고쳐야 해요. 그 따위 못된 버릇 버리지 않고는 이 민족에게 희망없어요."

혼자 흥분하고 스스로 감정을 억제하지 못하는 윤 여사 앞에서 차기혁은 엉뚱한 매를 맞는 느낌이었다. 희망을 지녀야 한다고 했던 때가 언젠데, 금방 그것을 말소하는 태도를 이해하기 힘들었다. 미스터 밀러의 그늘에서 그렇게도 당당하던 자세를 그런 때는 찾아볼 수 없었다.

"하여간 나도 미국사람 집에 초대 한번 받아봤으면 좋겠다. 파티라는 말만 들어도 공연히, 아니지, 진실로 평화가 도래했음을 실감한다구. 춤도 추겠지?"

민학철이 변소에 가려고 일어서는 몸짓을 하며 물었다.

"어디가, 그런 건 없어. 그냥 덤덤한 자리라니깐."

차기혁은 다소 짜증 섞인 소리로 말을 되받았다.

그날 밤의 파티도 실상은 그랬다. 차기혁이 사장의 뒤를 따라 미리 마련한 케이크 상자를 들고 들어섰을 때, 그곳에는 벌써 서너 명의 손님이 와 있었다. 낯익은 김 교수 외에 처음 보는 여자 손님이 끼어 있었다. 그리고 거의 동시에 세 사람의 초대객이 각각 집 안으로 들어섰다. 집주인이 나중에 서로를 소개한 바에 의하면 그들의 직업은 사업가 관리 목사였으며, 여자 손님은 피아니스트라고 했다. 개중에는 피차 접촉이 잦은 지기 사이도 있어 그들은 초면인사 대신 어깨를 치며 반가워했다. 그게 다였다. 파티는 늘상 그렇듯 지금부터 시작한다는 주인의 신호나 선언도 없이 어물어물 판을 벌였다.

"미세스 밀러는 갈수록 얼굴이 고와지시는데 무슨 비결이라도 있습니까?"

"강 선생님은 접때 오셨을 적에도 비행기를 태워 나를 어지럽게 만들더니 또 태우시네. 너무 자주 그러시면 효력이 줄어든다는 것 모르세요?"

사업가라는 중년의 사나이가 먼저 큰소리로 외치자 윤 여사가 눈웃음을 뿌리며 천연스럽게 응답을 보냈다.

"허, 그랬던가요. 하지만 나는 미세스 밀러를 볼 때마다 그런 생각이 드는 걸 어떡합니까?"

"어쩌면 나허고 똑같습니까? 나도 방금 미세스 밀러에게 그 말을 하려고 했었는데."

"점잖으신 목사님까지 이러시면 난 쥐구멍을 찾아야겠네요. 주름살이 늘어 죽겠는 판에 어쩌면 좋아. 오늘은 더욱 대접을 잘해드려야겠군요."

윤 여사는 일부러 어색한 척하면서 주방으로 사라졌다.

김 교수와 피아니스트는 밀러 씨를 둘러싸고 영어로 한참 이야기를 나누는 중이었다. 정확하게 말하면 김 교수와 밀러 씨가 대화를 하고 있는 어간에서 여자 피아니스트는 되도록 많이 웃을 채비를 하고 있다는 표현이 옳았다. 맞다. 파티에 모인 손님들은 즐기차게 웃기를 좋아했다. 누군가의 대단치 않은 농담에도 곧잘 웃음을 터뜨려 방 안 공기를 한껏 달구려 애썼다. 항상 구석에서 술잔을 홀짝이며 눈치껏 시중을 드는 편인 차기혁도 덩달아 그들의 웃음에 합세하는 버릇을 키웠다. 웃다가도 그는 또 요령있게 좌중을 살폈다. 얼음이 동났다 싶으면 얼른 주방 아주머니 쪽으로 달려가 얼음을 채워 온달지 재떨이를 비우는 등 표나지 않게 잔심부름을 해야 했다. 알고 보면 윤 여사가 사장과 함께 그를 부르는 것은 이런 일을 시키기 위해서라고 해도 지나친 말은 아니었다. 여러 사람 앞에서 출판사 식구들이 밀러 씨의 달러박스 책을 얼마나 소중히 여기는가를 알게 모르게 표시할 겸 초대한 것임이 분명한데도, 윤 여사는 겉으로는 그런 내색을 하지 않았다. 차기혁으로 하여금 가만히 있지 못하게 만드는 분위기를 교묘하게 습관화시켜놓았을 따름이었다. 그 점에서 윤 여사는 단수가 높고 치밀했달까, 사람을 다루는 솜씨가 보통을 넘었다. 그런 능란한 수법으로 밀러 씨를 마침내 휘감는지 모른다고 생각한 차기혁은 언제부터인가 몸에 붙은 자기 역할에 몹시 화가 나고 더러는 구역질이 치밀었으나 참았다. 말할 것도 없이 민학철이나 미스 송에게는 그와 같은 불평을 털어놓지 않았다. 창피하다는 생각이 들 뿐더러, 그들이 이 사실을 알면 자신이 떳떳한 손님으로 참석하는 줄 알고 있는 그들을 대하기가 면구스러울 거라는 자책감이 앞서기 때문이었다. 자기보다는 훨씬 연장인 손님들을 위해 수하자로서의 도리를 다한다는 자위로 그 일을 자연스럽게 해내도록 노력했다. 필요 이상으로 밀러 씨와 윤 여사의 기분을 맞추기 위해 안간힘을 쓰는 듯한 참석자들에 비하면, 자신은 차라리 아무것도 아니라는 쪽으로 마음을 돌렸다. 언젠가 갑자기 일어서던 밀러 씨의 잔이 균형을 잃고 그의 바지에 술이 조금 엎질러지자마자 황급히 손수건을 꺼내 얼룩을 닦아주던 어떤 손님보다는 낫다고 생각했다. 이런 사람들이 윤 여사가 말한 것과 같은, 앞으로 굽신거리고 뒤에서 침을 뱉는 사람일지 모른다고 추측하는 것도 지나놓고 보면 흥미로웠다. 누가 누구를 섬기고 즐기는 자리인지, 전쟁과 미국과 파티는 어떤 상관 관계를 이루며, 윤 여사가 뇌까리는 새로운 사회의 시작과 각자의 기회나 희망은 어떻게 맞물려 돌아가는지를 터득하는 장소로 삼지 말란 법도 없었다. 결국 윤 여사가 암시한 기회와 희망의 근거는 미국이라는 언덕이었으며, 우리는 죽으나 사나 그 언덕에 등을 대고 비벼댈 수밖에 없다는 소박한 이치를 드러낸 데 불과했다. 그걸 모를 차기혁이 아니었지만, 아직은 불확실하고 몽롱한 희망과 기회에 가까이 다가서려는 눈짓들을 바로 눈앞에서 구체적으로 확인하는 것은 적잖이 공부가 되는 한편, 퍽 쓸쓸한 심정으로 그를 몰아붙였다. 방관자인 체하는 나도 필경 이들과 한통속으로 돌아가기는 매일반이라는 심경은 또 그를 떠름하게 만들었다.

"미스터 밀러. 당신이 쓴 책의 인기가 갈수록 대단합니다. 엉터리 영어 교재들을 누르고 최고의 권위를 자랑한다는데요."

김 교수가 좌중의 동의를 구하듯 말했다. 다 아는 얘기지만 여러 사람의 화제를 한 곳으로 모아야겠다는 의도가 섞인 말투였다.

"아닙니다. 아니에요. 여기 있는 이 사장의 장사 솜씨가 뛰어나서 잘 팔리는 거지 내 노력과는 상관없습니다."

밀러 씨는 팔을 저었다.

"나야말로 그게 아닙니다. 내용이 훌륭하니까 팔리는 거지 장사 솜씨와는 관계가 없습니다."

사장은 사장대로 손을 흔들며 밀러 씨의 겸양을 지우려는 시늉을 요란하게 했다.

"서로 자기 공을 사양하다니 이거 누구 말을 믿어야 하나?"

"둘 다 맞고 둘 다 틀렸거나……. 신사들의 모임이라 다르긴 달라."

사업가와 고급관리의 참견에 일동은 합창하듯 웃었다.

"한 가지 중요한 건 이거겠지요. 영어를 배우고자 하는 한국 학생들의 열성 말입니다. 이같은 배경이 내 책의 평가를 높였다고 보아야 옳지 않겠습니까?"

"그 말도 맞고."

간간이 한국어를 끼워 넣는 밀러 씨의 말에 사업가가 맞장구를 쳤다. 좌석은 다시 한바탕 떠들썩했으며 늦은 가을밤의 건조한 공기가 그들의 한때를 더욱 즐겁게 감쌌다.

그러나 이 괜찮은 파티가 오늘로 마지막이 되리라는 것을 윤 여사를 제외한 사람들은 아무도 몰랐다. 밀러 씨까지를 포함해서 그랬다. 파티가 있은 지 일주일은 더 지났을까, 사장의 재촉으로 밀러 씨 댁을 찾은 차기혁은 허탕을 치고 말았다. 밀러 씨가 자진해서 써주기로 한 회화책의 증보판 원고를 받기 위해 갔던 것인데 집에는 일하는 아주머니뿐이었다. 쉰 살 이쪽 저쪽의 아주머니는 더구나 차기혁을 붙들고 놀라운 소식을 전했다.

"왜 인제 오세요? 진작 오시지 않고, 난 무서워서 이 집에 더 못 있겠는데 잘 오셨군요."

불안한 시선으로 아주머니는 덮어놓고 자기 말만 늘어놓았다.

"도대체 뭐가 어떻게 된 겁니까? 무섭다는 소리는 또 뭐고요?"

"모르셨어요? 이 집 사모님이 집을 나가서 안 돌아와요. 아주 떴나 봐요. 파티가 있던 다음날 아무 말 없이 나가시더니 글쎄 이날 이때껏 소식이 없지 뭐예요."

"왜요?"

"그걸 내가 무슨 수로 압니까."

"두 분이 싸웠나요?"

"웬걸. 그런 일도 없었는데다 집을 나설 낌새조차 비치지 않았길래 바깥 양반이 그토록 길길이 뛰겠죠."

"길길이 뛰다니? 밀러 씨가요?"

차기혁은 너무 뜻밖이라 갈피를 잡을 수가 없을 지경이었다.

"말도 마세요. 낮엔 이리저리 사모님을 찾아다니는 모양이던데. 밤만 되면 혼자 술을 잔뜩 드시구설랑, 세간을 마구 내동댕이치고 부수는 통에 무서워서 살 수가 있어야 말이지요. 이러다가 애먼 나까지 두들겨댈까봐 두려워 죽겠어요. 나도 월급만 받으면 오늘낼쯤 나갈까 하던 참이에요."

"저희한테는 아무 연락이 없었는데……."

사실이었다. 윤 여사가 집을 나갔다면 밀러 씨가 응당 물어올 법한데도 그런 기미조차 보이지 않았던 것이다.

"창피해서겠죠. 아무리 미국사람이지만 자기 여편네가 있는 돈을 싹 쓸어 가지고 내뺀 마당에 안 그러겠어요?"

"돈까지 빼내가지고 나갔나요?"

갈수록 해괴했다. 처음의 호들갑과는 달리 아주머니는 이 대목에 이르러 호기심마저 디미는 눈치였다.

"그뿐인 줄 아세요? 알고 보니 값나갈 만한 물건은 미리미리 다 빼냈다지 뭐예요. 간까지 빼줄 것처럼 굴던 여자가 그런 엄청난 짓을 하다니. 쯧쯧, 열 길 물 속은 알아도 한 길 사람 속은 모른다는 옛말이 맞아요."

사모님이란 호칭이 어느새 '여자'로 바뀐 것도 그렇고, 아주머니는 윤 여사의 '배신'을 서슴없이 매도하고 나섰다. 눈매가 싸늘하게 변했다.

차기혁은 이럴 때가 아니다 싶어 얼른 발길을 돌렸다. 어쨌으면 좋겠느냐

고 자꾸 매달리는 아주머니를 간신히 뿌리치고 부리나케 사무실로 되돌아왔
다. 사장에게 알려야 한다는 생각이 급했기 때문이었다. 하지만 그럴 필요가
없었다. 그가 밀러 씨를 찾아간 사이, 정작 밀러 씨는 사장과 윤 여사 문제를
의논하고 있었던 모양이었다. 그리고 밀러 씨의 부름을 받고 반도호텔 커피
숍을 다녀온 사장은 차기혁을 근처 다방으로 끌고 가 난감한 표정을 지었다.

"이 일을 어떡한다? 엄밀히 따지면 남의 가정사이기는 한데, 우리 일에도
영향을 끼칠 사건이어서 수수방관할 수도 없고. 집은 비어 있던가?"

"일하는 아주머니가 지키고 있더군요. 아주머니도 두려워 못살겠다며 그
집을 나갈 눈치였습니다. 윤 여사가 돈과 귀금속 등속까지 몽땅 들고 튀었다
는 거예요."

"그렇대. 밀러 씨의 분노가 이만저만 아니었어. 나중엔 한국인의 민족성
까지 들먹이더군. 듣기 거북하던데. 은혜를 원수로 갚는다나. 난처하게 됐
어."

사장이라고 뾰족한 수가 있을 리 만무였다. 자기도 망신스러운 기분이라
고 했다. 윤 여사가 알 만한 사람들에게 미국유학을 주선해준다거나 피엑스
물건을 사준다는 구실로 거둬들인 돈만도 상당하다는 밀러 씨의 말도 아울
러 전했다. 말이 짧은 사장은 그러고 나서 한숨을 쉬었다. 아무튼 우리로서
는 어쩔 도리가 없으니, 밀러 씨의 신경을 거스르는 일을 삼가도록 각별히
주의하라는 당부만 되풀이했다.

차기혁이 윤 여사의 전화를 받은 건 바로 그날 저녁 무렵이었다. 민학철과
함께 퇴근하려고 책상 위를 정리하고 있을 때 전화가 울렸다. 대뜸 수화기를
든 민학철이 곧 차기혁에게 수화기를 건넸다. 그는 재빨리 눈을 찡긋거리며
소리를 죽인 상태에서 입모양으로만 "윤 여사!" 하고 외쳤다. 깜짝 놀란 차
기혁이 미처 여보세요를 더듬거릴 틈도 없었다. 그가 수화기를 귀에 대는 순
간 윤 여사는 일방적으로 주워섬겼다.

"미스터 차? 나예요. 소문 듣고 많이 놀랐죠? 나더러 도둑년이라고 하는
사람도 있을 테지만 나는 나대로 억울해요. 내가 미스터 차에게 전화한 것은
그렇다고 내 변명을 늘어놓자는 게 아니에요. 미스터 차는 동생같기도 하고
진리를 탐구하는 학생이니까 이해가 빠르리라 믿고 하는 소린데, 밀러의 책

은 원래 내 아이디어였어요. 그 작자가 교육자 출신인 줄 아세요? 천만에. 뚜렷한 계획도 없이 빌빌대길래 내가 일본의 영어 회화책을 구해다가 당신 이름으로 조금 다르게만 꾸미면 히트칠 거라고 권했죠. 그것이 '아다리'가 된 거예요. 나도 일본어 실력은 있겠다, 말하자면 합작이나 다름없다구요. 그런데 돈이 들어오니까 그자가 어쩐 줄 아세요, 나에겐 돈 한 푼 안 주고 제 주머니만 챙기더라구요 글쎄, 알고 보았더니 이혼한 본국의 처에게 아이들 양육비로 죄다 보내지 뭡니까. 그럼 나는 뭐죠? 안 되겠다 싶어 결단을 내렸는데, 가지고 나온 것도 별것 아니라구요. 속도 모르는 것들이 내 행동을 두고 한미 우호에 역행하느니 마느니 나불거리는 모양이더군요. 그러면 대순가? 국가적 은혜는 은혜고 개인적 인간관계는 별도로 생각해야 하잖아요. 나는 미스터 차가 내 말을 믿든 안 믿든 상관 안 해요. 그냥 누구에겐가 일러두고 싶었을 따름이에요. 이만 끊겠어요. 언젠가 또 만날 날이 있겠죠. 잘 있어요."

윤 여사는 전화를 끊었다. 차기혁은 막말로 여우에게 홀린 기분이었다.

"뭐래?"

민학철이 지체없이 물었다.

"자기는 자기대로 억울하대. 당한 건 자기라는 주장이야."

"어떻든 멋있어."

"뭐가?"

"내 해석은 그래. 윤 여산가 뭔가 하는 여자가 밀러를 포함하여 미국인이라면 쪽을 못 쓸 뿐더러 그들의 똥까지 좋아하는 친구들한테 한방 먹인 것 아니겠어? 난 그게 시원해. 전쟁을 도맡아 우리를 빨갱이로부터 구원해준 은혜야 백골난망이지만 쓸개까지 빼줄 순 없잖느냐 말야."

차기혁은 민학철의 '고소한 흥분'에 금방 동의하지 않았다. 그보다는 윤 여사가 전화통에 대고 지껄인 '한미 우호' 어쩌고 하는 말의 뜻을 곰곰이 되새겼다. 개개의 작은 생활마저 한사코 국가단위로 생각하게 만드는 전쟁 후유증이, 여기서도 나래를 펴고 있다는 생각이 그를 사로잡았다.

4

"다 어디 갔소?"

기름통을 갈고 난 김씨가 빈 의자에 걸터앉아 담배에 불을 붙이며 물었다.

"점심 먹으러 모두 나갔습니다."

"차형은 안 나갈 거야?"

"탈이 났는지 속이 좀 거북해서요."

차기혁은 자기도 모르게 손으로 배를 쓸었다. 어제 저녁 하숙집에서 모처럼 내놓은 돼지고기 볶음을 먹은 게 잘못되었는지 간밤부터 아랫배가 무지근했다.

"탈이 났다고 안 먹으면 쓰나. 그래도 무얼 먹긴 먹어야지. 같이 나가자구."

김씨는 일어서서 차기혁을 턱으로 끌었다. 기름때 묻은 소매 끝이 유난히 번들거리는데다 손톱 밑이 까맣게 절은 모양새와는 달리, 김씨는 언제나 행동이 당차고 너그러운 편이었다. 이 일대 사무실에 난로용 경유를 배달해주기 위해 이틀에 한 번 꼴로 미군용 초롱을 들고 출판사를 찾아오는 그는 번번이 차기혁과 어울리기를 좋아했다. 신간이 나올 때마다 어려운 대학교재가 아닌 한, 차기혁이 대개는 한 권씩 책을 집어주는 까닭만은 아닐 것이었다. 중학교와 국민학교에 다니는 아이들이 있는 김씨로서는 공짜로 책 한 권을 얻었다는 기쁨에 앞서 자식들에게 그걸 던져주는 자랑이 큰 모양이었다. 어느 땐가는 내 친구가 출판사 편집장이라고 말해두었으니 그리 알라는 당부를 겸연쩍게 실토했다. 요컨대 그는 고학을 하고 있는 차기혁의 처지에 동정을 펴면서, 자신을 스스럼없이 대해주는 차기혁에게 호의를 느끼고 있음이 분명했다.

"어서 나가자구. 막걸리 두어 사발에 따끈한 우동 한 그릇 먹고 나면 그 정도의 탈은 깜쪽같을걸."

김씨는 망설이는 차기혁의 등을, 아닌 말로 곰 발바닥만한 손으로 따악 때렸다. 차기혁은 할 수 없이 일어섰다. 동시에 이번에도 김씨의 우람한 체격과 도대체 무얼 먹고 기른 힘인지 모를 당찬 기력에 압도당한 기분이었다.

"미리 말씀드리지만 오늘은 제가 사겠습니다."

"또 못난 소리. 누가 사든 먹고나 보자구."

여러 차례 신세만 지는 탓에 차기혁은 항상 미안했다. 걸핏하면 제날짜를 어기는 월급이라고 받아봤자 하숙비를 제하고 나면 별로 남는 게 없는 형편에, 나한테 체면 깎일까 두려워 그러느냐고 면박을 주었다. 그에 비하면 자기는 수금을 겸하고 있어 잔돈푼 떨어질 날이 없으니 염려 말라고 타일렀다.

항용 그렇듯, 술과 국수 따위를 파는 출판사 뒷골목의 천막집은 손님으로 그들먹했다. 장작 난로를 중심으로 아무렇게나 생긴 걸상에 앉은 사람들은 허겁지겁 음식을 입 안에 거머 넣기 바빴다. 모두 걸신들린 것 같았다. 비록 군용천막 안 일망정 뿌옇게 피어오른 김이 그들을 따뜻하게 에워쌌다. 김씨도 마찬가지였다. 나이는 꽤 든 것 같은데 상고머리를 했기 때문에 다소 젊어보이는 남자 쥔이 주문한 막걸리 주전자와 구운 노가리를 가져오자 김씨는 지체없이 술을 따랐다. 술잔으로 쓰는 양은 그릇을 차기혁과 자기 앞으로 밀고는 주전자를 기울였다. 이내 시큼한 냄새가 코를 후볐다. 찌그러진 양은 그릇을 가득 채운 막걸리 표면에 크고 작은 거품이 뽀글뽀글 괴어올랐다. 그것들은 곧 꺼졌다가 다시 떠오르기도 했다.

"어서 쭉 마시라구. 속이 확 뚫릴 거야. 젊은 사람이 벌써부터 속이 거북해지기 시작하면 어떡해."

김씨는 시범이라도 하듯 단숨에 잔을 비웠다. 손바닥으로 습관처럼 입언저리를 문지른 다음, 노가리 한 마리를 통째로 들고 대가리를 먼저 똑딱 베어무는 치아가 의외로 하얗고 청결해보였다. 한꺼번에 다 들이켜지 못하고 두 번으로 꺾어 겨우 잔을 바닥낸 차기혁은 오늘도 김씨의 탐욕스런 먹성에 혀를 내둘렀다. 워낙 노동량이 많아 그렇기는 하겠지만, 이 사람을 지탱하고 있는 것은 이같이 왕성한 식욕일지 모른다고 생각했다. 전쟁통엔 저만한 식성을 무얼로 어떻게 때웠을까를 궁금히 여기는 마음은 따라서 피차 다 아는 공포의 재현을 떠올리게 만들었다. 김씨에게는 목숨에 대한 두려움 못지 않게 배고픈 고통이 한결 더했으리라는 짐작을 가능케 했거니와, 그에게 있어서의 평화는 그러므로 기갈로부터의 해방을 의미할 것으로 믿었다. 그리고 그런 충족감이 금방 겪은 참담한 기억들을 쉽게 망각하게 하면서, 무서운 재생력을 부여할 것임에 틀림없었다. 차기혁이 접촉한 지식인들이 한결같이 상처받은 자기의 회복력에 자신을 잃고 비칠거리는 동안, 김씨는 어떻든 목전에 전개된 평화를 전쟁 전의 그것과 같은 무게로 수용하고 있는 셈이었다. 애초에 가진 것이 많지 않았으니 잃은 것도 적다는 감정은 그만큼 재생력을 기르는 속도를 빠르게 재촉했으며 이런 생명력들이 모여 평화의 바탕을 단단히 꾸려갈 것으로 내다봤다.

"하루에 몇 초롱이나 배달하십니까?"

차기혁은 그다지 관심이 절실하지도 않은 채 지나가는 말로 물었다.

"말도 말라구. 그날그날 조금씩 다른데, 많이 나르는 날은 삼사십 통이 넘을걸."

"대단하십니다."

"집에 가서 자리에 누우면 온몸이 쑤시고 팔에 힘이 하나도 없어. 숟가락을 잡은 손이 가볍게 떨릴 때도 있다니깐."

"하루 이틀도 아니고 겨우내 같은 일을 하시니 안 그렇겠습니까?"

"하여간 나는 무얼 운반하는 놈으로 태어났나봐. 언젠가도 내가 말하지 않았던가."

"무슨 말씀을요."

"해방 전에는 인력거꾼이었다구. 지방도시에서 그걸 끌었는데, 나는 달리는 속도가 제일 빨랐어. 인력거를 탄 사람이 편안하도록 밸런스를 잡는 것도 누구한테 지지 않았고."

"그랬었군요. 몰랐습니다."

차기혁은 희한한 일을 한다는 느낌이 들어 가볍게 웃었다.

"우습게 볼 것이 아니라구. 아무나 할 것 같지만 달리는 속도와 밸런스가 서로 어긋나지 않도록 일정해야 하고, 고샅길 등에 대한 지리를 훤히 꿰고 있어야 해."

"아무렴 그러시겠죠."

"전쟁 때는 무얼 한 줄 아나? 노무대로 징발되어 국군들에게 탄약상자나 식사를 날라다 주는 일을 했지 뭐야. 피난간 곳이 하필이면 공비 출몰지역이었거든."

"위험한 고비도 있었겠네요."

"없었다면 거짓말이지. 하지만 덕분에 배는 크게 곯지 않았어."

"전쟁이 끝나면서 기름 배달을 시작했군요."

"아니지 동란 직후엔 기름이나 있었나. 조금씩 질서가 잡힌 다음부터야. 얼이 빠졌던 사람들이 정신을 차리고 기지개를 켜면서 이 일거리가 생겼어. 그 전엔 그럴 엄두를 낼 수 없었으니까. 추우면 방 안에 난로를 피우고 더우면 부채를 부치는 게 당연한 이치인데도, 그만한 여유조차 있었어야 말이지. 그러니까 출판사가 다시 문을 연 것도 이제부턴 사람들이 총 맞아 죽을 염려 없이 책을 읽을 수 있다는 표시도 되겠는데, 우선 이만하기 다행이야."

차기혁은 그의 넉넉하고 직접적인 현실 인식에 내심 감탄했다. 김씨는 또한 양재기의 막걸리를 시원스럽게 비우고 말을 계속했다.

"재밌는 얘기 하나 해볼까. 노무대로 끌려가기 전에 나는 한 달쯤 시장에서 헌책장사를 한 일이 있었다구. 물론 경험이나 요령이 있을 터이 없지. 마침 길바닥에 되나캐나 책을 늘어놓고 팔던 친구가 딴 장사를 하겠다며 어거지로 떠넘기는 바람에 얼마간의 돈을 집어주고 맡았는데, 알아야 면장을 할 것 아닌가. 나한테 책을 넘긴 친구가 그랬듯이 나도 눈감땡감으로 마구 파는 거야. 어느 학자님이 배가 고파 몇 말의 보리와 바꾼 건지 어느 놈이 피난간 집에서 훔친 것들인지는 모르나, 도대체 전쟁이 벌어지고 있는 북새통에서 책을 팔고 사다니 말이 돼? 말짱 헛거고, 파는 놈이나 사는 놈이나 넋나간 친구들이지. 그래도 더러 기웃거리는 사람들이 있었으니 희한하지 뭐야. 나는 그것이 고마워 오히려 그쪽에서 매기는 값에 팔았어. 정가와 책의 크기나 두께를 얼추 짐작해서 값의 고하를 요량하지 않은 건 아니지만, 가령 상대가 미스터 차 같은 학생이면 거저 주다시피했지 뭐야. 그냥 두면 불쏘시개감밖에 안 되는 물건들을 끼고 앉았으면 뭘 해. 빨리빨리 팔아 족쳐서 식량과 바꾸는 게 낫지."

차기혁은 그 무렵의 고향 시장바닥에서 아주 헐값에 노신(魯迅)전집을 샀던 기억을 되새겼다. 자기에게 책을 판 장사도 하는 수작이 김씨가 지금 더듬고 있는 행동과 똑떨어지게 비슷했음을 회상하자 기묘한 생각이 들었다.

“그런데 말야. 요새 출판사에 기름을 배달하면서 기분이 이상해졌어.”

“어떻게요?”

“어떻게라기보담도, 미스터 차를 비롯한 출판사 직원들이 책 한 권 만들기 위해 이렇게 고심하는구나 하는 걸 곁눈질하고부터 어쩐지 미안하다는 느낌이 들더라니까. 전쟁이 터지면 아무 쓸모 없는 것들을 평화시에는 이처럼 열심히 만드는구나 하는 생각도 깨우치고. 또 있어. 웃지 말고 들어봐. 우리 같은 놈들은 세상이 이렇게 되면 이렇게 살고 저렇게 되면 저렇게 뒹굴며 사는데, 책을 짓고 쓰는 유식자들은 눈앞에 어려운 일이 닥치면 오히려 손발이 꽁꽁 묶인 채 꼼짝달싹 못 하더라…….”

“그만큼 김 선생은 속이 편하다 이 말인가요?”

“엥, 그게 아냐. 맨날 밑바닥으로만 도는 우리가 속 편하기는 뭐가 편해. 말하자면 그렇다 이거고. 말이 나온 김에 지껄인 소리일 뿐야. 멋도 모르고 우연히 책을 만드는 회사에 드나든 내가 탈야. 책과는 담을 쌓고 살던 녀석의 엉터리 책장사 이야기가 그렇게 번졌는데 지나쳤다면 용서하라구. 내간엔 미스터 차를 대견하고 기특하게 여겨 허물없이 대했기 때문이라고만 이해하면 돼.”

“별 말씀을 다 하십니다.”

“그냥 빈말로 들어도 좋고 공치사로 돌려도 좋지만 난 미스터 차를 우러러볼 때가 있어. 스스로 공부하는 몸이면서 책을 만드는 편집장 노릇까지 하기가 어디 그리 쉬운가.”

“비행기를 태워도 유만부동이지 너무 어지럽습니다.”

차기혁은 언젠가 윤 여사가 했던 말을 순식간에 생각하고 그대로 흉내냈다.

“아냐. 사실이 그래. 톡 까놓고 말하면 부러워서 그런지도 몰라. 어떻든 인쇄소에서 막 뽑아낸 책을 미스터 차한테서 얻어가지고 가는 날은 그렇게 기분이 느긋할 수가 없더라 이거야. 아이들에게 은근히 자랑을 늘어놓고, 그들이 내용을 알든 모르든 책을 뒤적이는 걸 보고 있노라면 이제야 평화를 되찾았다는 걸 어렴풋이 느끼게 되더라구. 중학교에 다니는 녀석은 미스터 차가 지난번에 준 영어회화책을 큰소리로 외면서 좋아죽겠는가 봐. 나야 겨우

언문이나 깨친 형편이니 그 녀석이 영어 글씨나 제대로 읽는지 알 까닭이 없지. 그래도 기분이 괜찮더라 이거야. 저 녀석이 이러다가 진짜로 영어회화 솜씨가 늘어 양코배기를 만나더라도 절대 꽁무니를 빼지 않고 쏼라쏼라 지껄여댈지 누가 아느냐? 이런 생각이 들더라니까 그러네. 내가 주책을 떨고 있나?"

"어디가요. 어려운 일이 아니지요."

"맞아, 그거야. 그렇다면 애비는 기름통을 나르든 똥통을 나르든 내 뼈골이 부러지는 한이 있더라도 네 뒤를 감당하마, 이런 오기가 생기데. 허허. 평화도 찾아왔겠다 못 할 것도 없잖아? 몰라. 이렇게 큰소리 치다가도 세상이 내일 또 어떻게 변할지 장담할 수 없는 일이라서 달밤에 체조하는 격인지 알 수 없으나, 그렇담 일단 물러설 수밖에. 언제는 우리가 노적가리 쌓아두고 살았나. 처음부터 발가벗고 나왔으니 더 깨지고 말고 할 것도 없으니까 눈치껏 기고 제 몫 제가 챙기는 거지. 안 그래? 그럴 땐 혼자 당하는 것도 아니겠다, 새삼스럽게 겁날 것도 없어. 되레 내남없이 똑같은 처지에 놓이면 남에게 지지 않을 자신이 생기는 건 나야. 재밌는 예를 하나 들어볼까?"

"해보시죠."

차기혁은 신바람이 나서 떠드는 김씨의 말을 중간에 막을 수도 없어 힘없이 대답했다.

"우리 동네에 중학교 교장선생님이 살았는데 말야. 이 양반이 전쟁이 터지자 쩔쩔매는 꼴 못 보아주겠데. 집 안에 있는 물건을 내다 팔아 우선 식구들 먹여 살릴 궁리가 급하잖아? 그런데 그것도 제대로 못 하고 한숨만 내리쉬고 올려 쉬는 거야. 하도 보기가 딱해서 내가 그런 일들을 거들어드렸더니 아주 고마워하더군그래. 아까도 얘기했지만 비상시국으로 접어들면 더 갈피를 못 잡는 건 그분들이 아닌가 싶어. 상처를 씻고 일어서는 속도도 더디고 말야."

차기혁은 김씨의 황당한 어투가 어디에 기반을 두고 나오는 것인지 알 듯도 하고, 전쟁 이전이나 이후를 두고 따졌을 때 자신의 처지가 별반 나아진 것이 없음에도 불구하고 희망의 양을 오히려 여유있게 늘려 잡는 속셈을 짐작할 수 있을 것 같았다. 한 마디로 추리면 그것은 곧 전쟁 전후의 실망과 희망을 등가(等價)로 매기기 때문이었다. 차기혁이 출판사 일을 맡으면서 접촉한 박치호나 최기달, 윤 여사의 경우에 비해 김씨는 전혀 별격의 위치에서 놀지언정, 그는 이들이 드러내고 있는 과도기 편승의 계산이라든가 후유증을 앓을 만한 건덕지조차 없기 때문이 아닌가 싶었다. 그것이 거꾸로 어떤 관조와 몰입의 형태로 나타난다고 믿었다. 그러고 보면 후자에 속하는 인물은 비단 김씨만이 아니었다. 차기혁이 출입하는 인쇄소의 정판과장도 실은 그런 사람이었다. 말이 과장이지 직원을 모두 합친댔자 여남은 밖에 안 되는 곳이라서 그다지 행세하는 자리도 아니었다. 문선과장을 포함하여 과장은 겨우 둘뿐이었는데 차기혁만 보면 '아기 편집장'이라고 놀렸다. 김씨와 마찬가지로 차기혁에 대한 친근감 표시를 엉뚱한 농담으로 매양 얼버무린 것이다. 그런가 하면 급한 원고를 들고 밤 늦게 인쇄소에 들렀다가 야근을 마친 그와 함께 퇴근할 경우는 차기혁을 대폿집으로 끌고 가기 예사였다. 술이 오르면 가끔 묻지도 않은 말을 곧잘 했다.

"인공 때는 우리 공장에서 삐라도 많이 찍었지. 동인민위원회에서 시키는 대로 조각보 같은 선전삐라 등속을 만들어준 거야. 덕분에 월급대신 보리쌀 배급을 받아 굶어죽지 않고 견뎠는데, 생각해보면 우스워. 그들이 물러가자 이번엔 당신네 출판사의 영어책으로 한숨 돌렸으니 말야. 그것도 기술이라고, 이때나 저때나 납덩어리만 주무르고 있으면 최소한도 밥은 목구멍으로 넘기는 형편이니 그나마 다행이랄까. 하지만 역시 평화가 좋긴 좋아. 첫째 죽을 염려는 없잖아? 그런데 가만히 따져보면 둘러치나 메어치나 항상 죽을 맛인 건 우리 같은 놈들이 아닌가 싶네. 겪어보니 그렇더라구. 공산당들도 결국 헛소리만 탕탕 쳤어. 인민의 낙원은 무슨 우라질 놈의 낙원이야. 사람들의 목숨만 무수히 날리게 했을 뿐 남은 건 비극의 사태가 아닌가. 전쟁이 끝나자 나는 도로 제자리에 와 있대? 그걸 주제넘게 불평하자는 게 아니야. 살아 남은 것만도 천행으로 알아야지. 다만 우리 세대는 맨날 전쟁만 치르다 마는 꼴이 억울해. 소위 대동아전쟁이 끝난 지 얼마나 되었다고."

차기혁은 국수 그릇을 입에 댄 채, 국물 한 방울 남기지 않고 내용물을 깨끗이 처치한 김씨의 시뻘건 얼굴 위로 인쇄소 정판과장의 창백한 모습이 어른거리는 걸 보았다. 그러나 또다시 손등으로 입언저리를 쓱 문지르고 난 김씨의 후렴 같은 말이 차기혁의 그런 환상을 지웠다.

“하기야 내가 큰소리 칠 건 뭐 있겠나. 오나가나 노동판에서 굴러먹을 놈이. 앞으로 내 인생이 달라질 것도 없을 테구 말야. 어느 세상이 되었건 우리는 우리고 식자 든 사람은 식자 든 사람으로 행세하겠지. 그렇다고 실망은 안 해. 우리처럼 몸으로 때우는 놈들은 어느 세월이고 필요할 게 아닌가. 누구는 뱃속에서부터 천자문 외워가지고 나온데? 지금 내가 공연스레 그 사람들을 타박하자는 건 아냐. 이를테면 그렇단 말이지. 피차 사는 세상이 다른데 그럴 까닭이 뭐 있어. 미스터 차에게 그냥 아무 책임감 없이 하는 소린데, 어려운 환경을 마다 하지 않고 끝까지 노력하는 사람을 보면 오히려 도와주고 싶은 심정야.”

“고맙습니다.”

차기혁은 진정으로 그런 심사에 사로잡혔다.

“공치사로 듣든 말든 나는 그래.”

두 사람은 막걸리에다 뜨거운 국수를 한 그릇씩 먹은 뒤의 흥건한 기분으로 감치며 일어섰다.

김씨나 정판과장의 따뜻한 시건과도 작별해야 할 날은 그러나 의외로 빨리 닥쳤다. 출판사는 누적된 빚을 감당하지 못하고 마침내 문을 닫아야 했던 것이다. 빚쟁이들이 돈이 될 만한 지형(紙型)을 서로 차지하려고 아우성치는 등, 빚잔치조차 제대로 하지 못할 정도의 수라장을 치른 끝에 모두들 뿔뿔이 헤어지는 마당이라 마지막 월급마저 받지 못했다. 사장과 경리부장은 어디론가 피신하고 직원들의 월급만은 따로 날짜를 정해 나누어주겠다는 진갈이 있었으나 그 약속은 끝내 지켜지지 않았다. 일주일 동안 그대로 직원들은 문이 잠긴 출판사 근처를 서성대며 월급의 행방을 수소문했지만 허사였다.

“이게 뭐야. 아무리 빚에 회사가 찌부러졌기로 우리 월급까지 떼먹는 법이 어딨어?”

민학철이 다방에 앉아 있다 분통을 터뜨렸다.

“너무 해요. 기왕 망할 바엔 무슨 수를 써서라도 품삯은 주어야 할 게 아네요. 아주 엉터리야.”

미스 송도 가만히 있지 않았다. 차기혁은 허망한 눈초리로 담배를 빨아댔다. 생각 탓일까. 전에는 단골손님이라는 이유로 그렇게도 친절하게 굴던 다방 마담이나 레지들이 이제는 그들을 데면데면하게 대하는 눈치였다. 엽차를 더 달라는 요구에도 마지못해 응하는 것 같았다. 차기혁은 하지만 그들의 사소한 변심을 마음에 두지 않았다. 증오와 초조감을 서로 맞바꾸는 절박한 환경 속을 헤엄치는 사람들이, 생각난 듯이 이따금 뻗치는 손길을 자기 혼자 독차지했다는 느낌을 찬찬히 굴렸다. 그리고 자신이 경험한 출판사 생활 삼 년은 스스로에게 닥친 과도기의 종말이거니 여겼다. 어떤 출발이 펼쳐질 것인가는 마음 먹기에 달렸다 하더라도, 미리 점칠 수는 없는 일이었다. 오직 그가 만난 사람들의 체취와 언동이 당분간은 그를 따라다니리라 믿었다.

졸아붙은 가을

　언제나 그렇듯 오늘도 점심시간이 되자 오전 내내 몸을 비비 꼬던 아이들은, 제가끔의 몸짓으로 한꺼번에 기지개를 켜댔다. 후닥닥 변소 쪽으로 뛰어가는 아이도 있고, 선생님이 미처 교실을 빠져나가기도 전에 알미늄 도시락 뚜껑을 열어 볼때기가 미어지도록 밥덩이를 밀어넣는 바람에 당찮게도 눈을 희번덕거리는 아이도 있었다. 말이 아이들이지 명색 고등학교 졸업반들인 성적(性的)으로도 물이 탱탱히 밴 수컷들 사이에는, 갑자기 맹렬한 식욕들이 넘실거렸다. 더구나 막 전쟁의 고비를 굴러내려온 마당이라서 노상 공복감에 시달려온 탓이기도 했는데, 사정없이 비위를 뒤집어놓는 찝찔한 반찬 냄새에, 따라서 아무도 코를 싸매는 따위 거부감을 표시하지 않았다. 지난 몇 달 동안 겪고 키워온 마구잡이 잡식성은, 오히려 그걸 먹성을 자극하는 다정한 냄새로 받아들일지언정 고개를 돌릴 갗잖은 여유를 주지 않았던 것이다. 이 판국에도 점심을 싸올 만한 형편이 부러우면 부러웠지 무엇을 담아오느냐는 건 문제가 되지 않았으려니와, 그러고 보면 도시락을 펼쳐놓고 있는 아이도 얼마 되지 않았다. 대개의 아이들은 자기들에게 안겨진 점심시간을 어떻게 처리할지 몰라 전체적으로는 시들한 분위기가 교실을 감쌌다. 교과서를 덮는 데 그치지 않고 책으로 책상을 한 번 탕 치는가 하면 의자를 거칠게 궁둥이로 밀어내면서 휘파람을 날리는 소리도, 그랬으므로 건조하게만 들렸다. 닫혔던 창문을 와락 열어젖뜨리는 아이의 치뜬 눈 위로는 환장하게도 푸른 가을 하늘이 무감동의 넓이로 널려 있는 것이, 그나마 우중충한 교실에 한 가닥 위안을 던져주고 있는 셈이었다.

　교실 뒤쪽에서 투닥탁 싸움이 벌어진 건 이때였다. 학교 앞에서 붕어빵을 구워파는 집으로 달려가 주인 몰래 눈치껏 가외의 빵을 집어먹는 재미에 곁들여 배고픔을 달래야겠다고 생각한 몇몇 아이들이, 군식구가 달라붙는 걸 경계하면서 슬슬 자리를 뜰 무렵이었다. 뒷산으로 올라가 오지도 않는 낮잠이나 청해볼 양으로, 그만한 또래들이 서로 희망자를 찾는 눈을 맞추고 있는 시간이었다. 느닷없이, 덩치가 커 뒷줄에 앉아있던 석표와 덕호가 엉겨붙었다. 학도호국단 간부이기도 한 석표는 이미 책상 위로 올라선 유리한 고지를 선점하고 있었고, 피난을 가지 못했대서 세칭 잔류파로 몰리는 덕호는, 그 밑의 좁은 통로에 낀 채 벌써 석표의 한 방을 얻어 맞았는지 눈두덩이 벌겋게 부어 있었다.

　"이 빨갱이놈의 새끼. 너 오늘 죽어봐라! 사선을 넘나들다 온 나야. 네까짓것 때려눕히는 건 아침 해장꺼리도 안 돼."

　석표의 잘 다져진 체격이 긴장으로 더욱 굳어지면서, 입으로는 시퍼런 독기를 뿜었다.

　"이 새끼. 사람 잘못 봤다. 보자 보자 하니께 이게 갈수록 안하 무인이야. 학도병에만 갔다오면 다냐? 깝신거리고 나대다간, 어느 귀신이 채간지도 모르게 나가떨어진다. 이 새꺄. 내가 빨갱이라는 증거가 있어? 있어?"

　"아구창 닫아. 이 호로자식아."

　채 말을 끝내기도 전에, 석표의 발길질이 덕호의 턱을 겨냥하고 순식간에 뻗었으나 그보다 먼저 덕호가 석표의 나머지 다리를 잽싸게 껴안아 당기는 통에, 그는 꽤 동체(胴體)를 휘청거리며 넘어지고 말았다. 달라진 형세를 기화로 덕호는 석표를 덮쳤으며, 밑에 깔린 석표는 엉거주춤한 자세로 주먹을 휘둘러 덕호의 입언저리를 정확히 갈겼다. 덕호의 의외로 크게 뻥 뚫려 보이는 왼쪽 콧구멍에서 거머리 빛깔의 검붉은 피가 손쉽게 찍 삐쳐나왔다. 알맞은 거리를 두고 원을 그리는 모양으로 두 사람을 에워싸고 있던 구경꾼들은, 그제서야 쌈꾼을 뜯어말리기 시작했다. 적극적인 중재는 아니었다. 싸움을 더 좀 길게 끌어, 살벌한 일상을 한결 변화있게 실감시키는 사건으로 번지기를 기대했던 심리가, 너무 일찍 꺼진 데 대한 아쉬움이 그들의 눈빛에는 담겨 있었다. 석표와 덕호도 그 점에서는 엇비슷했다. 입으로는 두고보라, 언젠가는 꼭 사자밥을 먹여주고 말테다고 어르는 석표의 날이 선 증오를, 덕호는 오늘만 날인 줄 아느냐, 장소를 바꿔 단 둘이 결판을 내자고 되받았을 지라도, 피차 손을 탈탈 털고 일어서는 걸로 미루어 싸움은 일단 끝난 것임이 분명했다. 다만 두 사람의 끝끝내 이그러진 안색에서, 그들의 갈등의 뿌리가 방금 벌인 격투의 발단이기도 했던, 누가 누구의 연필을 일부러 바닥에 떨어뜨렸느니 마느니 하는 것과는, 한참 거리가 멀다는 걸 알 수 있었다. 그리고 다른 아이들도 대충은 그 내력을 꿰고 있는 편이었다.

전쟁 전부터 학련(學聯) 핵심 멤버였던 석표의 형과 이 지역 민애청(民愛靑)의 우두머리격이었던 덕호 형이, 원래는 친구였는데도 사상적으로 갈라지면서 어떤 관계에 있었던가를 모르는 아이는 없었다. 전쟁이 터지자 도피 생활을 하고 있던 덕호 형이 숨어 있던 석표 형의 은신처를 알아내어, 결국은 그를 반죽음에 이르도록 두들겨팬 후, 의용군으로 몰아냈다는 게 석표네 쪽의 주장이었다. 반면 지금은 행방불명이 되어 생사를 분간할 수 없는 덕호 형네 가족들은, 까딱하면 죽을 목숨이었던 것을 그 정도의 수준에서 건져올린 건, 아무리 막가는 세상이라 하더라도 마침내 친구의 의리를 잊지 않은, 덕호 형의 비호 때문이었다고 우겼다. 다행히 의용군으로 끌려가다가 도망쳐나와, 여전히 우익 청년단체 일을 떠맡고 있는 석표 형 자신은, 당시의 상황을 잘 알 수 없기는 해도 지난 일을 계속 들먹여 어쩌겠느냐는 태도인데 비해 주변 인물들은 그러지를 않았다. 자연히 대세를 차지한 사람들은 부역자는 말할 것도 없고 그 연장선상에서의 관련자들을 윽박질렀다. 학교라고 다를 것이 없었다. 크게 나누면 석표와 덕호의 사이로 상징되는, 두 세력의 누르고 눌리는 관계로 요약할 수 있었으나, 편 가르기의 어간에는, 가지가지 유형의 전쟁 체험자들이 제각각의 몸짓을 드러내며 섞여 살고 있었다. 모두들 이런저런 물정을 전혀 체득하지 못하는 것도 아니요, 어지간히는 처절한 살육의 시간을 거친 터였다. 그래서 감정에 과장을 보태기가 일쑤였다.

그런가 하면, 어디까지나 어른으로는 쳐주지 않는 상황에서 피동적으로 끌려다니며 비극을 경험한 탓에, 아직도 어리둥절한 시선을 거두지도 못했다. 밑으로만 침잠하려는 생각을 가까스로 부추겨, 불과 서너달 전만해도 익숙하게 몸에 두르고 다니던 소년의 응석을 되찾으려는 의지가 있는 한편에서, 갑작스레 마음과 몸이 붙은 것을 의식하곤, 다늦게 아이 티를 내는 것도 우습다 싶어 성큼 어른들의 대열에 어깨를 솟구쳐보려는 유혹도 떨쳐버리기 아깝다는 투의 행실이 기승을 부렸다. 대단치도 않은 일에 성미를 돋구어 본래의 거친 성격에 고춧가루를 뿌리는 형식으로 맞서는 아이도 있고, 일찌감치 산다는 것의 허무함을 터득한 양, 그렇게 날뛰는 치들을 냉소적으로 바라보는 아이도 있었다. 이도 저도 아닌 친구들은, 달라진 교실 풍경에 번번이 놀라 목을 오므리면서 구석자리로 피해다녔다. 전쟁통에 길들여진 보신책으로, 임기응변의 탈을 수시로 바꿔쓰기에 바쁜 부류도 생겼다. 애매한 웃음과 돋보이지 않는 행동으로 어느 쪽에도 미움을 사지 않으면서 덤덤하게 초조한 환경 속을 헤엄치면 그만이라고 그들은 여겼다. 모두가 전쟁의 피해자이기는 매일반이면서도, 스스로가 어떤 행위를 저질렀거나 적극적으로 가담한 흔적은 그다지 뚜렷해 뵈지 않으면서도, 가족과의 연대에서 또는 이웃과의 어울림을 통해 감염되고 색칠된 의사(擬似) 이데올로기 병에 가볍게나마 한 번씩은 걸리고 난 처지라서, 그들은 그렇게라도 해서 면역을 시도하고 있는 듯이 보였다. 석표와 덕호가 분을 삭이지 못해 숨을 할딱거리고 있는 옆에서 사화(私和)하는 뜻으로 우리 막걸리나 한 사발씩 마시러 가자고 제의한 것도, 이를테면 그런 그룹의 둘쑥날쑥한 처신의 대변으로 칠 수 있었다.

"마침 배가 출출하기도 하고, 막걸리 마시며 신트림이나 하고 오면 어떠냐. 내게 한 되 값은 있다. 졸업도 얼마 안 남았는데 좋은게 존거지 안 그래?"

"누가 마대."

택기의 제의에 맞장구를 치고 나선 건 칠수였다. 그러나 싸움을 한 당사자들은 묵묵부답인 채, 제자리로 돌아가 꼭 그럴 필요도 없는 책상정리를 서둘렀다. 좀전의 분통을 어떻게 추스려야 할지 다소 어색해진 몸놀림을, 그렇게밖에는 표현할 길이 없어 그러나보았다.

"야, 나가자구."

택기가 다시 석표의 어깨를 쳤다. 석표는 덕호 쪽을 힐끔대고는 어기적거리며 일어섰다. 그런데도 또 한 편의 메신저격인 칠수가 덕호의 팔꿈치를 나꿔채자마자, 그는 신경질을 돋구며 칠수에게 잡힌 팔을 내동댕이치듯 뿌리쳤다.

"내가 언제는 막걸리 먹고 다니는 것 봤어?"

"알아 모범생인 줄. 짜아식 왜 팻대는 올려."

"알면 됐어. 팻대 올리는 것도 내 자유니까 상관말고 꺼져."

"아이고 무시라. 성깔 한번 고약하구나. 전엔 안 그러던 새끼가."

"야야 그쯤 해둬. 고맨 고하고 이스맨 이스하면 될 거 아냐."

시뻘개진 얼굴로 칠수를 잔뜩 꼬느고 있는 덕호의 표정이 암만해도 또 사단을 일으킬 것으로 짐작한 택기가, 둘 사이에 끼어들자 개평꾼을 포함한 어린 도당들은 일제히 교실을 빠져나갔다. 해질녘의 주태백이들이 혀로 입술을 적시며 술맛을 미리 당겨 쓸 때처럼, 낭창낭창한 걸음걸이를 흉내내며 그들은 나갔다.

그랬다. 예전 같았으면 어림없을 짓거리들이, 장난기에 편승한 위악(僞惡)의 모습을 띠고 이제는 거리낌없이 펼쳐지는 게 예사였다. 매일 그러는 것은 아니라 하더라도, 방과 후에는 말할 것도 없고 점심시간에도 밖으로 나가 막걸리를 두어 사발씩 들이키고 오는 예가 흔했다. 자기들을 술부대라고 일컫는 이 패거리들은 다른 아이들보다 나이도 다소 웃돌았으며 평소에도 교실 앞줄에 진치고 있는 조무래기들과는 젖비린내가 나서 못 놀겠다며, 따로 어울리던 깡이 센 녀석들이었다. 그들은 자기네끼리 모여 교사 뒤켠에서 담배를 피운달지 음담패설을 주고 받으며 킬킬거리다가도, 이른바 조무래기들이 가까이 가면, 아이들은 집에 가서 엄마 젖이나 빨던가 할머니더러 '까까'나 달래서 먹으라고 약장사의 말투를 빌어 휘휘 몰아내었다. 그런 그들은 일찍 어른 냄새를 피운 탓이었을까, 전쟁의 소용돌이에 직접 휘말리는 계제도 빨리 차지했었다. 학병으로 의용경찰로 인민군의 의용군으로, 상당수가 초장에 동원되었다. 그중에는 자진해서 부역한 아이들도 있었으나, 그들은 물론 구이팔 수복 후에도 학교로 돌아오지 못했으며, 소문에는 그 때문에 감옥살이를 하고 있는 아이도 한둘 있다고 들렸다. 병에 걸려 약도 못 쓰고 피난갔던 곳에서 죽은 아이의 이름도 화제에 올랐다. 이런 어수선한 체험을 한 보따리씩 안고 돌아온 아이들이 이루어놓은 교실은, 당연하게도 스산하지 않으면 시무룩하게 가라앉게 마련이었다.

공부가 제대로 될 리 없어 선생님이 열심히 설명하는 로가리듬이나 미적
분도, 다이아몬드를 줄줄이 꿴 꼴의 화학 구조식도, 칠판 근처의 허공에서만
겉돌기 일쑤였다. 그보다는 각자가 도리없이 몸으로 때운 생생한 이야기들
이, 피차의 가슴속에 흥미를 동반해 가면서 실감있게 꽂혔으며, 몇 달 사이
에 급격히 변모한 급우들의 행동반경이 나날의 생활에 굴곡과 파문을 던져
주었다. 군것질이라곤 붕어빵이나 하지감자와 옥수수가 고작이던 입에, 막
걸리를 부어넣는 버릇도 그때부터 생긴 것이었다. 가만히 있으면 슬픔과 공
복감만이 괴어오르고, 전선에서는 포성이 멎지 않아 정확히 내일을 겨냥할
수 없었으므로, 억지 활갯짓이라도 쳐야 당장을 견뎌낼 수 있었다. 그러기로
들면야 나이 들은 패들은 때맞춰 황당한 보폭(步幅)을 내딛기가 간단하여,
내남없이 목소리를 높이려 들고 사소한 경험에도 고소한 참기름을 쳐가며
보자기를 넓히려 들었다.

막걸리를 마시러 나간 패에서도 처지고 도시락을 까먹는 축에도 끼지 못
한 녀석들이, 이심 전심의 눈짓을 통해 학교 뒷산에 모여 노닥거리고 있는
장소에서도, 그와 같은 허풍은 터지고 있었다. 아이들 키에 훨씬 못 미치는
관목이 듬성듬성 서 있는 가운데, 그곳만은 그나마의 나무도 없어 발 아래
교사가 훤히 내려다보이는 잔디밭에 그들은 편하게 눕거나 무릎을 세우고
앉아 시답잖은 이야기로 배를 채우고 있는 판이었다. 가을 해가 어서 저물어
야 저녁밥 한 덩이를 얻어 먹을 텐데 하는 요량이야 한결같으면서도, 입에
올리는 말들은 부피가 헐렁하면서도 큰 것들이었다.

"전선은 어디까지 올라갔을까. 평양을 탈환한 지도 열흘 가까이 되었으
니, 백두산 상상봉에 태극기 꽂고, 압록강과 두만강 물에 손 씻는 것도 시간
문제겠구나."

"낙관은 조금 이르지 않을까. 중공군이 출몰한다잖아."

"까짓 장궤들이 다된 밥에 꼽사리 낀다고 별 것 있겠냐. 유엔군 쌕쌕이로
드르륵 갈기면, 우리 쌀라미 살려줘 해, 이러면서 삼십육계 찌라시 놀 텐
데."

"흥 개들은 모두 호떡장사 출신인 줄 아니. 팔로군 무섭다는 말 못 들었
어. 모택동이가 길러놓은 게릴라 전의 명수들을 몰라?"

"임마. 서울 가본 놈하고 안 가본 놈이 다투면 서울 가본 놈이 진다더니, 요것들이 공자님 앞에서 문자 풀고, 어느 구름에서 비가 올지 모를 소리들만 하고 있네. 불두덩에 겨우 잔솔밭이나 일군 것들이, 감히 이 형님 면전에서 전쟁 얘기를 할 수 있어. 따발총은 그만두고 딱꿍총 소리만 듣고도 걸음아 나 살려라 하고 내뺄 것들이."

기식이와 찬규의 수작이 가소롭다는 듯, 의용경찰로 빨치산 토벌에 참가하고 온 경수가 둘의 입을 막고 나섰다.

"얼씨구. 사돈 남말 하고 있네. 국군용사로 현역이었다면 또 몰라. 지리산도 못 되는 회문산(回文山) 공비들의 원시적인 아지트나 뒤지고 다녔으면서, 우리한테 그처럼 당당하게 나올 자격이 있어? 가오리, 말해보라구."

면박이라기보다는 이야기에 흥미를 돋굴 셈인지, 찬규는 경수의 별명까지 끌어들여 그의 자존심을 긁었다.

"놀고 있네 새끼. 임마 상대가 바로 게릴라 전의 교과서대로 행동하는 놈들이라 하는 스토리야. 그 점에선 정규전 이상으로 더 힘들고 어렵다 이거야. 신출귀몰 몰라? 속저고리 벗고 은반지 낀다더니, 짜아식 귀동냥으로 얻은 지식 갖고 섣불리 아는 체하지마."

"그럼 뭐야. 내 말이 틀렸다 이거야?"

"틀렸느니 맞느니를 떠나 수준차를 느낀다 이거지. 산전수전의 나로서는."

"알 만하다. 또 그놈의 잘난 오입사건을 얘기하고 싶어 주둥이가 근지러운 게로구나."

"왜? 몇 번 들어도 솔깃하냐."

"천만에. 애새끼 하나 버리는 것도 시간문제라는 생각을 하고 있다."

"호박씨 까지 마라. 속으로는 은근히 재방송해주기를 바람시롱."

"시끄럽다. 느네들은 만나기만 하면 결국 시시껄렁한 화제로 죽을 쑤는구나. 지금은 그런 계절이 아니잖아."

팔베개를 베고 누워 있던 창섭이가 빽 고함을 질렀다. 말수가 적은 대신 독서량이 많고, 나이간으로 꽤 웃자란 인상을 주면서 표정이 늘 그늘져 있어 철학자로 통하는 그는, 그만치 아이들 간에 위엄도 뿌리고 다녔다.

"그렇겠지. 철학자의 사색은 춘하추동이 다를 수도 있겠구나."

찬규가 이죽거리자, 창섭이의 이마에 얇은 신경질의 흔적이 살짝 지나갔다. 찬규를 쏘아보기 위해 지체없이 돌린 고개 밑으로는, 투명한 가을 햇살을 받아 더 두드러져 뵈는 두어 줄의 정맥이, 유난히 뽀얀 피부와 대조되면서 불끈 꿈틀대었다.

"아이구우. 이런 스노브들 같으니라고. 앓느니 내가 죽지. 임마, 시방이 어느 때냐. 사람 목숨이 파리의 그것만도 못하게 죽어가는 동족상잔의 비극을 목격하면서, 그런 시시한 이바구들만 까고 있을 거냐 이거야. 내말은."

"개똥철학 또 나왔네. 그럼 어쩌란 말야. 그렇게 나라 걱정이 되거들랑 나처럼 당장 나가서 공산당과 맞부딪쳐 싸워봐. 뒷전에 물러앉아 탄식만 하지 말고. 나는 너같이 주둥아리로 허무만 씹고 있는 책상물림의 여유가 차라리 부럽다. 그게 다 이 형님같은 분들의 덕택이긴 하다만."

"이러다간 우리 철학자 울겠다. 그건 그렇고, 나는 지난번의 네 동정(童貞)박탈사건 방송때 빠졌었거던. 부탁한다. 재방송도 좋고 재상영도 좋으니까, 요점만 다시 불어봐라."

기식이가 실실 웃음을 흘리며 경수를 꼬드겼다. 나른한 호기심을 억제하지 못함인지, 잡초 한 움큼을 부욱 뜯어 그중 큰 풀잎을 잇새에 넣고 자근자근 깨물며, 하늘을 향해 누워 있던 자세를 빙그르르 뒤집어 배를 땅에 깔았다.

"나 참 이렇다니까. 아이들 보는 앞에서는 찬물도 마음대로 못 마신다니께."

"그만 재고 어서."

"보채기는."

"안 해줄 꺼야."

"임마. 눈치가 없으면 코치라도 있어야지. 창섭이 말 못 들었어? 또 멀건 이 장소도 그렇잖니. 하물며 맨입으로야."

"비싸게 구네. 싫으면 관둬라. 벼슬한 것도 아니겠고."

경수한테서 직접 안 들었다 뿐, 기식이도 그 일을 간접적으로는 들어 알고 있었다. 경수는 전투를 마치고 얻은 며칠간의 휴가를 소화하기 위해 나온 도시의 술집에서, 진탕 취한 후 몇몇 선배들에 이끌려 사창가에 들어갔다던가, 순서야 본인도 잘 기억하지 못할 만치 뒤죽박죽이었으나, 요긴한 대목들은 믿거나 말거나 식으로 짜깁기로 재생해냈다. 처음엔 애기가 왔다며 놀려대던 여자가, 막판엔 잘 보살펴주더라는 얘기도 들려주었다. 언제 어떻게 치르었는지 애매하기 짝이 없는 절정감은 순간이고, 다음엔 이루 말할 수 없는 허망감이며 부끄러움이 엄습해 오더라는 말도 조금은 떨면서 해주었다. 그런가하면, 그 집에서 도망쳐 나오다시피 빠져나오자마자, 이번엔 동정을 그런 방식으로 헐값에 폐기한 데 대한 후회가 부글부글 치밀어오르면서 어차피 그런 기회와 조우했을 바엔 더 좀 근사하고 차근차근하게 일을 추렸어야 했다는 또 하나의 후회와 아쉬움이 있더라는, 하여간 기묘하고 복잡한 경험도 털어놓았다고 들었다. 그의, 동료들을 까맣게 내려다보게 만든, 실패와 성공을 두루뭉수리로 뭉친 것 같은 모험담은 하지만 여기서 끝나지 않았다. 그 일이 있고부터 세상의 여자들이 별 것 아니게 보이고, 자기도 어떤 구실을 해냈다는, 한 단계 올라선 듯한 의식을 지니게 되더라는 실토를 했을 때, 아이들은 신묘하고도 아리송한 표정을 지었다. 시큰시큰하디? 오메 좋은 것, 등속의 베이스를 넣어가며 귀를 기울이던 아이들은, 이 부분에서 경수가 재현한 체험의 총화(總和)를 계산해 내는 것 같았다.

"그만 사바 세계로 내려갈까 보다."

"잠깐……."

기식이가 일어서서 궁둥이에 붙은 마른 풀을 집어내자, 찬규가 누운 채로 경수와 기식이를 번갈아 쳐다보며 붙잡았다.

"왜?"

경수가 물었다. 찬규는 천천히 그리고 축축하게 웃었다.

"에치 피를 한 지도 까마득하다고 생각하지 않니. 어때? 손가락 오형제도 심심할 테고."

"짜아식."

기식이가 엉뚱하게도 코를 킁킁거리며 따라 웃었다.

"기껏 그 수준이로구나. 때갈놈의 새끼들. 동물들, 동물들."

창섭이가 마른 코를 헹 풀고 빠른 걸음으로 산을 내려갔다.

"철학자야! 아무리 전쟁중이라지만 너는 그놈이 불쌍하지도 않니. 그냥 놔두면 곰팡이 슨다구우."

"하하하."

찬규는 외쳤고 나머지 두 사람은 창섭이의 등을 겨냥하고 물기 없는 웃음을 다발로 묶어 날렸다. 이윽고 썰렁한 바람이 어지간히 때가 낀 세 아이의 모가지를 차게 핥자, 그들도 으스스 떨면서 부시시 일어섰다. 마침 머리 위로 까악 까악, 음침한 울음소리를 깔기며 지나가던 까마귀 한 마리를 올려다 보던 경수가, 노인네 같은 어투로 맥없이 지껄였다.

"저것이 또 어디서 송장 냄새를 맡았나."

석표와 덕호가 코피를 흘리며 주먹질을 하고 난 이튿날, 교실 안에는 이상한 소문이 퍼졌다. 공교롭게도 바로 그날 밤, 선생님간에도 비슷한 이유로 시작된 싸움이 있었다는 것이었다. 장본인들은 지리 담당의 이 선생님과 공민을 맡고 있는 송 선생님이었는데, 네댓 분이 선술집에서 술을 마시던 끝에 두 분이 언쟁을 벌였고 드디어 실력행사로까지 번진 모양이었다. 제가 실지로 보았건 안 보았건간에, 소문을 물어나르는 데는 아무도 따를 수 없는 기막힌 후각을 지니고 있어 '소식통'으로 통하는 달길이의 전갈에 의하면, 먼저 손찌검을 한 건 송 선생님이었다.

인민군이 이 도시에 들어왔을 때, 미처 피난을 못 가고 어물어물하다가 소집통보를 받고 며칠 학교에 나왔던 송 선생님은, 별수 없이 그들 조직이 시행하는 교양 프로그램에도 참가하였다. 허나 그게 곧 그들 나름의 조직체 가입을 전제로 한 예비단계임을 알고는, 부랴부랴 시골에 처박혀 피신생활로 들어갔다. 그랬어도 학교가 다시 문을 열었을 때는, 그 흠 때문에 운신의 폭이 좁을 수밖에 없었다. 한 번 찍힌 기록은 여간해서 말소되지 않았으며, 아이들을 대하는 데에도 필요 이상의 조심성을 드러내는 게 역력했다. 이에 비하여, 아주 멀리 부산까지 피난가 있다 돌아온 이 선생님은 상대적으로 행동반경이 넓고 활달했다.

아이들뿐만 아니라 선생님들 사이에도 잔류파 도강파의 분리 개념이 적용된 폭이었거니와, 개중에는 아이들을 상대로 그런 교무실 분위기를 넌지시 흘리는 선생님도 계셨다. 이 선생님도 그랬다. 전시라서, 밤이면 숙직교사는 물론 상급반 학생들도 순번을 짜서 목검(木劍)을 들고 교내를 돌았는데, 그러다 보면 밤참으로 빵 등을 사주며 아이들에게 이런 저런 얘기를 들려주는 선생님도 있었으며, 이 선생님은 매번 그랬다. 특히 졸업반 학생들과 밤을 보낼 경우, 너희들은 머지않아 사회에 나갈 만치 머리통이 커서 세상물정을 알 만하니까 하는 소리라는 토를 단 후에 하는 말 중에는, 동료교사들을 은근히 헐뜯는 것도 많았다. 누구를 구체적으로 지목하지는 않았으나 우리 학교에는 아직도 빨갱이 교사가 적지 않다는 지적도 곧잘 했다. 지금이 어느 때인데 그래서는 학교가 제대로 되겠느냐고 한탄하기도 했으며, 어쩌다 밖에서 술을 마시고 들어온 날은 아주 노골적으로 대상 인물의 언저리까지 접근해서 암시했다. 안 그래도 교무실 사정을 알 만큼은 알고 있는 호국단 간부랄지 그 방면에 관심이 많은 아이들은, 그 말에 덩달아 비난을 퍼붓기도 하고 나와는 상관없는 일로 치부하면서 고개를 돌리는 수도 있었다. 전자에 속하는 학생들의 지지를 배경으로, 이 선생님은 은연중 교감 승진 운동을 꾀하고 있다는 루머도 떠돌았다. 그랬을 망정, 달길이가 얻어온 간밤의 희한한 소문을 재료로 하여 당시의 재미있는 장면을 재구성해서 회쳐먹는 일에, 아이들은 여전히 귀를 쫑긋거렸다. 턱없는 해프닝에 호기심을 발동하는 개구쟁이 심보를, 아직은 버리지 않았다는 증거를 거기서 발견할 수도 있을 것이었다.

"부아통이 달구지를 먼저 집적거렸겠지."

달길이의 보고를 경청하고 있던 한 아이가 '소식통'의 말문에 날개를 달아주었다. 첫째 시간이 끝나기가 무섭게 아이들을 주위에 긁어모은 뒤, 허공에 대고 괄호를 열었다 닫았다 하는 듯한 특유의 손짓을 휘둘러가며 그들의 궁금증을 쏘삭거린 달길이는, 녀석 눈치 하나는 쓸 만하다는 느긋한 표정으로 아이의 눈에 자기 눈을 맞추곤 일단 호흡을 가다듬었다. '부아통'이란, 부에노스아이레스를 외우기 힘들거든 '부아나서아들나서'로 말바꾸기를 해보라고 수업시간에 일러준 연유로 지리 선생님에게 붙여진 별명이었다. 목구멍에 담이 많이 괸 탓인지, 언제나 건기침을 캑캑거리며 말소리가 꼭 자갈길을 지나가는 우마차를 닮았대서 공민 선생님에겐 또 달구지라는 별명을 헌상(獻上)해오고 있었다. 그래도 너그럽고 자상하여 아이들이 많이 따랐다.

"물론, 서열로는 어느 모로 보나 달구지가 요다음 교감자리는 떼논 당상 아니겠어. 부아통으로서는 그야말로 부아나서 아들 낳는 건 고사하고, 환장할 일일밖에. 그 뒤를 바짝 쫓고 있는 건 자기니까 안 그러겠냐. 선수를 쳤나 봐."

"뭐라고."

아까 아이가 또 다리를 놓았다.

"애당초 피난을 안 가고 여기 남아 있다가 학교를 들락거린 사람은, 수상쩍다고 말했나 보더라."

"요컨대 코에서 김일성이가 나온건 어느 쪽이래. 덩치로 치면야 달구지가 훨씬 크잖니."

"맹추야. 쌈을 덩치로 하니? 두부살 백 근이 나가면 뭘 해, 순발력과 깡이 문제지. 깡패 오야붕 치고 키나 근수 나가는 놈 봤어? 대개는 작고 아귓심 좋은 놈들이지."

"그러면, 결과적으로 터진 건 달구지다 이거야."

"두 말 하면 잔소리."

달길이와 청중들이 서로 주거니 받거니 하면서 수선을 떨고 있는 동안, 서울서 학교에 다니다가 가족과 함께 이 도시로 피난길을 돌려 전학해온 아이들은 또 저희들끼리 어울려 전혀 딴 화제를 가지고 도란거렸다. 알고보면 이들의 존재도, 전쟁 직전부터 편입해와 있던 극우 청년단체 계열의 학생들과 더불어 교실에 큰 변화를 주었다. 자신들을 재래종이라고 부르는 입학동기들은 이들 중간 전입생들에게 일종의 외포(畏怖)와 위화감을 지니고 있었다. 재래종끼리는 피차의 집안사정이나 사는 형편 등을 웬만큼은 알고 있으며, 상대의 재주와 성미와 버릇에 이르도록, 차라리 몰라도 될 것까지를 속속들이 챙김으로써 때로는 쓸데없는 부담을 안겨줄 지경이었다. 그러다보면, 이 도시의 눅눅하게 가라앉은 공기와도 닮은 편안함에 저도 모르게 젖어드는 것이 싫지는 않았으나, 때로는 그게 권태로운 정체성(停滯性)으로도 뻗쳤다. 그 점에서 전쟁은 모든 걸 까뒤집어놓은 셈이었다. 앉아 있던 자를 서게 하고 서 있던 자를 뛰게 했으며, 뛰던 자들 중의 상당수는 목숨을 잃기도 했다. 기회만 닿으면 얼굴과 가슴엔 피가 흐르고 비수가 번득이는 막다른 골목으로 달리기를 마다하지 않았으며 전쟁의 이름으로 그것은 정당화 되었다.

포성이 멀어지고 떠났던 사람들이 그 전 자리로 돌아왔으나, 마음속엔 두 겹 세 겹의 철갑을 두르고 있었다. 교실도 이런 흐름에서 멀리 떨어져 있을 수만은 없었다. 제가끔의 상처를 쓰다듬으면서도, 자신에게 상처를 입힌 사람을 당장은 동료 가운데서 탐색해내려고 별렀다. 정작 실질적인 가해자나 원인 행위는 물 건너 달아났는데도 불구하고, 눈앞에 어정거리는 사소한 실체(實體)를 붙잡아, 그 동안에 당한 불이익을 그 낯짝에 두 배 세 배의 분량으로 쏟아부으려고 이를 가는 수도 있었다. 더 말할 나위도 없이, 하마터면 못 볼 뻔한 가혹한 시련을 딛고 또다시 마주 앉게 된, 뭐니뭐니해도 아직은 여린 감정들의 재회가 어찌 뜨겁게 기쁘지 않으랴만 그러기엔 상당한 유예 기간이 필요했다. 어디서 무엇을 했다는 또는 안 했다는 알리바이를 성립시킬 자신이 없을 바엔, 내 말도 절제해야 하고 네 말도 전적으로 신임할 수만은 없다는, 예전같지 않은 의심스런 눈초리들이 교실 안 여기저기에 굴러다녔다. 이런 판국이어서, 타지에서 편입해온 아이들에게 간단히 친근감을 보일 수는 없는 노릇이었다. 단지 사상적인 면에서 그런 것만도 아니었다. 거기에는 이 도시의 오랜 내력이기도 한 텃세랄지 폐쇄성도 개재돼 있을 법했으나, 더 많이는 무엇보다도 전쟁을 전후한 행위며 처지가, 전혀 사정거리(射程距離)에 들어오지 않는 데 대한 경계심이 재래종들로 하여금 그들과 일정한 거리를 유지하게 만들었다. 편입해온 그룹들이 전쟁을 피해온 사실만으로도, 극우 청년단체라는 조직에서 일찍 좌익들과 싸우다 온 어린 투사라는 뜻에서도, 사상성은 의심할 여지가 없을지언정 되레 그렇게만 지나치게 다져진 체질이, 재래종들의 접근을 막고 겁을 주기도 했다. 특히 숫적으로는 두어 명에 지나지 않으면서도, 거기에다가 나이가 엇비슷하면서도 찬바람이 씽씽 돌게 느껴지는 후자쪽 아이들이 더 그랬다.

교실은 이처럼 하루아침에, 그렇다, 시간상으로는 달수로 계산해야 할 무척 '지리한 세월'을 겪은 후였으나, 어찌 보면 하루아침에 이질적인 요소들을 포괄한 급격한 변화를 만나 위태위태하게 운영돼갔다. 전쟁 자체는 비극의 절정을 가까스로 넘겼다 하더라도, 그 와중에서 입고 치러낸 덜 영근 신경과 체적으로는 감당하기 어려웠던 상처받은 체험들을 한아름씩 싸안고 와서, 전쟁의 후반부를 앓고 있었다. 공부는 뒷전이고 오늘은 어떤 일이 펼쳐질 것인가를 반은 호기심으로 반은 질린 표정으로 지켜보는 가운데, 전체적으로는 어른도 아니요 아이들도 아닌 어중간한 집단 특유의 장난기어린 낙관과 왕성한 회복력을 알게 모르게 동원하여, 그 전의 털털한 관계를 유지하려고 안간힘을 쓰면서 말이다. 모든 게 뒤죽박죽이면서도 이런 기운이 남아 있어 교실은 그나마 활기를 띠었다. 서울아이들에 대한 위화감을 슬그머니 감추면 눈치껏 다가가는 호기심의 표출도, 이를테면 변화의 묘미를 긍정적으로 받아들이는 행위의 하나였다. 우선 그들의 사근사근한 표준말에 눌려 주춤했다가도, 이쪽이 절대다수요 저쪽은 곁방살이 신세라는 우월감으로 하여 오히려 그들을 놀려먹는 여유를 갖게 된 것도 고소한 일이었다. 막상 벗겨놓고 보면 별것도 아닌 작자들을 두고, 공연히 ‘서울’을 경원하고 주눅들어 왔다고 생각하면서는, 그들의 처지를 동정하는 넉넉함도 되찾았다. 그들 중엔 ‘경기’를 다니다 온 아이도 있었는데 공부깨나 한다는 이 교실의 상위 그룹에 비해 썩 두드러져 뵈지도 않는다는 사실을 확인하고는, 그들과의 키재기 심리를 일단 접었다. 그리고는 전쟁이 서울과 지방을 마구 뒤섞어놓은 역설적 부산물에 눈을 뜨면서, 작은 도시 전체가 크게 탈바꿈해간다는 의식을 막연히 실세화해 갔다.

처음에사 물론 안 그랬다. 비단 서울아이들뿐만 아니라, 전쟁 전에는 제법 입학하기 힘든 학교의 전통을 무시하고 여기저기서 빽을 타고 전학해오는 얼룩배기 아이들에게 거부감을 드러내기도 했다. 그러나 담임 선생님이 마치 뉘집에 맡겨두었던 자식들을 데리고 오듯이 편입생을 소개하는 일이 잦아지자 재래종들의 관심도 납작하게 다스려지고 시들해졌다. 그러기에는 당장의 자기 앞가림이 급한 까닭도 있으려니와, 웬만한 변화는 변화로도 치부하지 않는 통 큰 무감각이 교실의 분위기를 그렇게 지배했다. 그 상황 속에서도 서울 아이들에게 다소 마음을 기울이는 것은 그들이 떠나온 자리가 오직 서울이라는 점 때문이었다. 특히 이 학교의 상급학년들에게 있어, 서울은 어쩐지 열등감을 껴안지 않고는 바라볼 수 없는 곳이었다. 도전의 대상일 때도 있었으나 정체불명의 동경을 반사하는 장소로도 비쳤다. 실지로 교실에 갓 편입해온 서울 아이 중에는 재래종들의 이와 같은 두 개의 감정, 다시 말하면 괜한 위축과 까닭 없는 반발에 개의치 않고, 그렇다고 뚜렷한 적의(敵意)도 없는 채 재래종들의 신경에 불을 당기는 행동을 하는 친구도 있었다. 열흘 전쯤에 생긴 사건도 그런 류의 것이었다.

하학을 앞둔 미술시간이라선지 그날도 언제나처럼 교실은 듬성듬성 빈자리가 많았다. 으레 그러려니 해서였을까, 미술 선생님은 자기 수업을 빼먹고 땡땡이친 아이들을 굳이 채근하지 않았을 뿐더러, 아예 출석부를 들고 오지 않음으로써 누가 자리를 떴는지를 체크하지도 않았다. 기왕에도 다분히 과장기가 섞인 탈속(脫俗)을 강조하고, 스스로도 늘 뭔가가 못 마땅한 안색을 허물어뜨리는 법이 없는데다, 이따금씩 앞머리를 천천히 쓸어올리며 창밖의 하늘을 쳐다보는 버릇이 있어, 미술 선생님은 아이들로부터 '파스칼'로 불리어왔다. 아이들은 결코 겉멋만이 아닌 선생님의 그런 기질을 존경했다. 그러다가도 선생님은 아주 하찮은 일에 성깔을 내는 수가 많아 '불연속선'이라는 또 하나의 별명도 얻고 있는 터였다. 아무튼 시절도 앞 뒤를 가릴 수 없게 곤두박질치기 일쑤고, 내일은 어느 바람이 불지 가늠하기 힘들어 눈 부릅뜨고 허둥대는 판국이라 미술공부 등속은 커리큘럼 상의 요식행위에 불과하다는 양해사항이 피차간에 성립돼 있어서, 아이들은 사보타지를 하곤 선생님은 그날의 기계충 먹은 머리통 같은 교실을 대범하게 보아넘겼을 것이었다.

그러니까 교실에 들어온 선생님이 오늘은 각자 자기 주먹을 스케치해보라는 과제를 내준 것도 부담없이 시간을 때우라는 속셈쯤으로 짐작되었다. 그런데 하필이면 주먹을 그려보라는 미술 선생님의 지시 속에는 선생님대로의 뜻이 담겨 있는 듯했으며, 일이 공교롭게 되느라고 그 뜻이 현실화되는 사건이 터지고 말았다. 내키지 않는 기분을 꺼가며 아이들이 공책이나 더러는 도화지를 책상 위에 펴놓고 주먹들을 폈다 오므렸다 할 때였다. 복도에 가까운 맨 가장자리 줄의 뒷부분에 앉아 있던 아이 하나가, 아무 말도 없이 일어서더니 뒷문을 통해 밖으로 나가려 했던 모양이었다. '모양'이라고 한 것은, 대부분의 아이들이 그가 나가는 것을 모르고 있다가, 미술 선생님의 잔뜩 가라앉았으면서도 몹시 화가 실려 있는 목소리를 듣고 뒤늦게 고개를 돌렸기 때문이었다.

"어딜 가나?"

먼저 선생님을 바라보던 아이들의 눈이 선생님의 시선을 좇아 뒤쪽으로 향했을 때, 거기에는 서울서 온 철기가 머쓱하게 서 있었다.

"전 미술이 젬병입니다."

"그래서?

철기의 천연스런 대답을 되받아넘기는 선생님의 입가에 덤덤한 미소가 머물러 있기는 해도, 눈에서는 독기를 머금은 낯익은 성깔이 차디차게 묻어나왔다.

"남에게 방해만 될 것 같아서……."

"나가겠다 이거지. 내 양해도 구하지 않고."

철기는 더는 대꾸를 하지 못했다.

"이리 나와."

선생님은 음험하게 들릴 만큼 어세를 죽여 말했고, 철기는 뜻밖에도 이판사판의 기세좋은 걸음걸이로 교탁 앞에 다가섰다.

"이게 뭐냐?"

선생님은 가까이 온 철기의 눈 높이를 겨누어, 선생님의 오른손 주먹을 꽉 쥐어 보였다. 철기의 등 뒤로 돌려 쥔 손보다 어림없이 작고 하얗게 보이는 그 주먹은, 조금 떨고 있는 것 같았다.

"……."

바로 그 순간이었다. 영문을 모르겠다는 듯이 멍청히 서 있는 철기의 볼따구니를 선생님의 주먹이 대단히 큰 호(弧)를 그리며 잽싸게 날았다. 잠깐 비틀거리다가 곧 자세를 갖춘 철기의 눈이, 이글이글 타오르며 선생님의 얼굴에 꽂혔다. 두 사람 간에는, 만남이 짧기는 하되 어쨌든 사제지간은 사제지간인 관계를 형편없이 뛰어넘는 팽팽한 긴장이 바짝 졸아붙었다. 교실은 숨을 죽였다.

"얌마. 그렇게 쏘아보면 어쩔거야. 주먹 정도는 아무것도 아닌 무지무지한 살상과 폭력이 난무하는 세상이다만 교실에서의 예의를 저버리는 건 가장 저질의 폭력이라는 걸 알아둬라. 그러므로 내 폭력은, 정당한 행사라는 의미 이전에 더 큰 폭력의 씨앗을 애저녁에 까뭉개는, 교육적인 의도에서 나왔다고 생각하면 된다. 알겠나! 내 수업이 싫거들랑 당초부터 안 들어오면 될 게 아닌가. 전쟁을 빌미삼아 신성한 교실을 작은 악당들의 소굴로 삼으려는 같잖은 짓거리는 못 참아. 아니 용서 못해. 알았으면 나가봐. 내 말 명심하고."

사람은 여러 번 변한다더니, 저런 당당함이며 근사한 언어가 어디서 나온 것인가를 교실 안 아이들이 잠시 수소문하는 사이, 철기는 분하고 창피해서 못 견디겠다는 듯, 하마 여럿의 귀에 들려올 만치 씩씩거리는 숨소리를 내다가, 후닥닥 교실을 뛰쳐나갔다.

"아이구우! 그냥……."

문을 요란하게 닫으며, 입안의 폐기물을 토해내는 것 같은 그의 신음 소리가 뒤미처 들려왔다. 아이들은 얼른 머리들을 숙이고 자신들의 주먹을 서툴게 그려나가기 시작했다.

그러나 사건은 그것으로 끝나지 않았다. 다음날 아침 등교한 철기는 교실의 이곳 저곳에서 자기를 유심히 지켜보는 시선들을 의식했음인지 안 해도 될 말을 지껄였다.

"흥! 누가 시골 학교의 삼류 미술교사 아니랄까봐 티를 내긴. 주먹질로 알량한 권위를 세우겠다구."

이게 제 이 막의 시초였다. 그의 등 뒤에서 이 말을 들은 경수가, 다짜고짜 철기의 멱살을 거머쥐고 한 손으로는 따귀를 올려부쳤다.

"뭐 시골 학교의 삼류 교사? 이 새꺄. 찢어진 입으로 내뱉는 말이면 다 말인 줄 알아. 그러는 너는 왜 시골 학교로 굴러들어왔어. 대단한 서울 학교에 죽치고 남아 있다 공산당 만세나 부르고 있을 일이지."

두 번째 가격은 발길질이었다. 조인트를 까는 식으로 철기의 정강이뼈께를 걷어찼다. 그 자리에 고꾸라진 철기는 으윽 소리를 내며 허위적거렸다. 교실은 또 한바탕 난리를 피웠으며, 훈육주임이 달려오는 등의 소란 끝에 그날 하루의 초장을 엉망으로 휘저어놓았다. 여느 때 같으면 교무실로 불려가 누군가가 호되게 당하는 등의 소동으로 이어질 법도 했으나 모두들 이런 일에 이골이 난 탓인지 더 이상의 말썽으로는 번지지 않는 게 다행이었다. 그 길로 집에 돌아갔던 철기가, 외톨이의 설움을 씹을 만큼 씹고 학교에 나타난

건 소동이 일어난 지 꼭 일주일 만이었다. 교실은 교실대로 그 얼룩을 씻어
낸 뒤였다.

　서울 아이들이 개재되어 일으키는 교실의 변화는, 철기로 대변되는 일처
럼 꼭 부정적인 것만은 아니었다. 예닐곱 명의 서울 아이들이 빚어내는 산뜻
한 공기는 무시 못 할 정도로 교실 안을 기어다녔다. 그들이 의식적으로 그
러는 건 아니라 하더라도, 얍상한 몸놀림이며 깔끔한 성미를 통해 재래종들
은 여하간 세련된 대도시의 냄새를 은연중에 맡았다. 아무리 전쟁의 한가운
데를 살아가고 있을 망정 언젠가 전쟁이 끝나 그들이 서울로 올라가버리면,
이쪽의 대다수는 ‘도민증’으로 되돌아가 도리없이 그들과의 거리가 벌어질
것에 대비하여, 일부러 호의를 드러내보이는 아이도 있었다. 경기를 다니다
온 아이에게는 유독 그랬다. 그에게는 묻는 것도 많았다. 그 학교 학생들의
평균 아이큐는 얼마냐. 수재끼리의 경쟁은 어느 만큼 치열하냐. 백 퍼센트
대학진학을 하느냐. 교사들의 수준은 대학교수 급들이라던데, 그게 사실이
냐. 경기여고 학생들과는 자주 어울릴 기회가 있느냐. 고관 자제들이 많다던
데 그 비율은 얼마나 되느냐 등이었다. 마지막으로 빨리 올라가 본래 학교의
졸업장을 탈 일이지, 왜 여기서 뭉그적거리냐는 동정론도 폈다. 요컨대 이렇
게 저렇게 섞이고 뒤엉킨 마당에서도 소년의 태를 벗지 못한 구석이 남아 있
던 아이들은, 이런 호기심을 징검다리 삼아 전쟁 후의 자기 몫에 희망이라고
해도 좋고 치기라도 해도 좋은 혹종의 낙관을 토닥여가고 있는 편이었다. 그
게 아니라면, 필경 서울을 부러워해서 나온 이런 류의 궁금증을 펴보일 까닭
이 없을 것이었다.

　어느 편이냐 하면 이 도시의 어른들과 마찬가지로, 무너진 땅 못지 않게
채 여물지도 않은 작은 심장에 대못을 박아대는 형식의 치도곤을 당해서 마
음마저 부서졌던 교실 안 재래종들에게 얼마 남지 않은 희망의 재고량(在庫
量)을 늘려준 것은, 비단 서울 아이들의 존재만이 아니었다. 피난민 대열에
묻어 내려왔다가 도중 하차해서 부임해온 서울 선생님들이 일으켜준 신선한
바람도 대단한 것이었다. 그중에서도 서양사 담당으로 오신 최학필 선생님
의 등장은, 촌놈을 객관적으로 자처하는 재래종들의 희멀건 눈에, 마침내 차
고 시린 점적주사(點滴注射)를 놓아 정신이 바짝 들게 하는 것과 맞먹었다.

그리고 사그라져가던 희망의 불씨를 잿더미 속에서 헤집어내어 호호 불게 만들었다. 교사나 학생이나 느즈러진 상태로 언제나 풀려 있으면서, 상대방 지식이나 능력의 한계를 파먹을 대로 파먹어, 더 이상의 식탐을 부려볼 의욕마저 소진된 시점에서 전쟁은 일어났었다. 그러자 희한하게도 아이들은 엷은 두께로 발라두었던 보호색을 일제히 제치고 뛰쳐나와 악동기질로 가득찬 본래의 속살을 드러내듯 마구잡이로 설치려 하였다.

교무실의 선생님들은 교실의 이런 허망한 삿대질들을 돌변한 상황이 가져다 준 일시적인 망나니짓으로 여기는지, 몇 분의 기골있는 선생님을 제외하고는 턱없이 너그럽게 방치해두었다. 으레껏 그러려니 예상해서 그러는 것 같기도 하고, 자신들이 먼저 심한 무중력상태에 빠져 보신을 앞세우기 때문에 그러는 것 같기도 하였다. 아니라면 무책임을 가장하되, 속으로는 철저한 경멸과 더불어 시간이 지나기만을 기다리고 있는지도 모를 일이었다. 증오와 무관심의 어느 한쪽에 서지 않는 한, 하루하루를 버티어나가기가 지극히 힘든 세월을 헤쳐나가자면 피차 그럴 수밖에는 없다는 타산을 대개는 몸에 감고 있어 아무도 그걸 또 타박하지 않았다.

그런 속에서 최학필 선생님은 달랐다. 유별나게 아이들을 모나게 대하는 것도 타짜꾼 다루듯 하는 것도 아니면서, 교실을 이상한 긴장감으로 몰아넣었다. 그냥 정상적으로 수업을 진행할 뿐 특출난 제스처를 쓰는 것도 아니면서 아이들을 사로잡았다. 좀 유식한 표현을 구사하자면 그들을 자기의 지적(知的) 포로로 삼아 이리 저리 끌고 다녔다. 다른 선생님들과는 달리, 교과서도 없이 첫시간에 들어오자마자 초대면의 인사말씀은 한두 마디로 때려치우곤, 대뜸 헬레니즘과 헤브라이즘을 중심으로 한 서구 문화론을 펴갔다. 그것도 건조한 줄거리 위주의 설명이나 팍팍한 개념풀이를 떠나서, 두 문명사를 주도한 사람들에 관해 더 많이 언급했다. 자연히 무신론 유신론이 나오고, 희랍인들의 명징성(明澄性)과 유태인들의 금욕적인 기독교 세계관이 명쾌하게 대비되었다. 거기에 간간이 동양의 유교사상이 곁들여지기도 하고 전쟁의 본래적인 성격까지 양념으로 끼어들면서, 아이들의 시계(視界)를 조금씩 트이게 하였다. 테마 하나를 잡으면 그 시간에 다 끝내는 것이 아니라, 시리즈로 엮어 어지간히 이해하고 넘어가게 만드는 교수법도 아주 천연스럽게 뛰어났다.

르네상스에 이르러서는 한층 얘기가 튀었다. 레오나르도 다빈치의 생애와 그림이 등장하는가 하면 마틴 루터의 일생과 종교개혁의 내력이 한 권의 소설을 요약하듯 줄줄이 이어져갔다. 얘기의 바탕에는 항상 인간의 존엄성을 깔았다. 보통사람으로서의 자연인의 인권이, 어째서 우주 전체의 무게보다 막중한가를 비근한 실례를 들어가며 차근차근한 목소리로 나열해갔다. 그래서, 수업시간 내내 타성적으로 교과서에 코를 박다시피 하고는, 장미전쟁이나 바이마르공화국의 탄생 연대(年代)라든가, 오로지 시험점수만을 노려 뭐가 뭔지 숫제 알지도 못하면서 고딕식이며 로코코 스타일 어쩌고 하는 건축양식의 특징 외우기에 바빴던 아이들에게, 잔잔한 충격을 던져주었다. 더구나 역사의 테두리 속에서 인간은 무엇이며 어떻게 살아야 할 것인가를 조곤조곤 새겨갈 때는, 가혹하게 밀어닥친 환경을 억지로 소화하다 못 해 주제넘게 '인생'을 들먹이던 추운 입술을 가진 아이들을 잠시 어른스러운 경지로 올려놓는 착각도 안겨주었다. 이 말끝에 칠판 가득히 롱펠로의 〈인생 찬가〉(A Psalm of Life)나, 테니슨의 〈담벼락 사이에 핀 꽃〉(Flower in the Crannied Wall) 등을 원문으로 적어놓고, 그걸 다음 시간까지 외워오라는 숙제를 내주었을 때는 상당수의 아이들이 군말없이 따르기도 했다. 최선생님의 해석이 너무 좋아 그랬을 것이었다.

"롱펠로의 시는 교훈적인 측면이 있기는 해도, 운율도 좋고 이런 시절에 읽을 만하다구. '나에게 슬픈 노랠랑 들려주지 말아다오. 인생은 결국 허망한 꿈인 것을……' 이렇게 시작하는 서두도 좋거니와, 가령 이런 귀절은 어떤가 말야. '이 세상의 넓으나 넓은 싸움터에서, 인생의 야영터에서……' 했을 때의 비부액 오브 라이프(bivouac of life)란 표현이 그럴듯하잖아. 기회가 닿거든 이 시인의 〈에반젤린〉이라는 작품도 한 번 읽어보라구. 요컨대 우리가 산다는 것은 롱펠로의 지적대로, 시간이라는 모래 위에 겨우 발자국 하나를 남기고 가는 것인지도 몰라. 다른 사람의 발자국이나 바람에 의해 흔적도 없이 곧 지워지는 발자국 말야. 그러면서도 나름대로의 희망에 매달려 끊임없이 도전하고 무언가를 남기려 하는 생(生)의 반복은, 비극적으로 아름답지 않은가 말야. 내 말이 역설적으로 들릴지도 모르겠으나."

미루나무처럼 쭉 곧은 키에 이마에는 약간 선병질적인, 제물에 생긴 주름살을 두 겹쯤 접고 하얀 피부가 너무 가냘픈 인상을 풍겨 손쉬운 접근을 꺼리게 하는 점이 없지도 않았으나, 때로는 그게 살벌한 교실에서 외국시를 읊는 귀공자 타입의 의외성과도 잘 맞아떨어져 더욱 아이들을 야코죽였다. 입을 열면 인간, 자유, 개성 등, 하나씩 떼어놓고 생각하면 공소하기 짝이 없는 단어들을 역사나 구체적인 생활과 관련시켜 살을 붙여줌으로써 그 말들이 생생하게 살아 움직이게 하는 묘미도 깨치게 해주었다.

"역사를 어렵게 생각하면 안 돼요. 서양사가 되었든 국사가 되었든 간에, 인간을 기둥으로 해서 살피면 재미도 있고 얻는 것도 많아. 역사는 인간이 만들었고 만들어가는 것이며, 밑바닥으로 흐르고 있는 진리와 의미는, 궁극에 가면 더 나은 인간적인 삶을 살고자 하는 데 있다고 알면 된다구. 물질적인 것 이상의 정신의 자유를 추구하면서 말야. 그러니까 자네들도 역사 속의 한 분자랄 수 있어. 아니지, 주인이라고 하는 게 옳겠지. 그렇다고 역사를 깔보았다간 큰일나겠지만 겁 먹을 필요도 없는 거야."

사람을 한번 잘 보기로 들면 매사를 좋게만 감싸고 드는 습벽(習癖) 때문이었을까, 최학필 선생님은 학교 안에서만이 아니라 바깥생활을 통해서도 아이들을 깜짝 놀라게 했다. 도대체 피난지에서의 불편과 궁핍 따위에는 아랑곳없다는 투로 책하고만 씨름한다는 소문도 그럴싸하려니와, 밤마다 역시 교사출신인 사모님과 머리를 맞대고 공부한다는 데에 이르러, 아이들은 선의의 쇼크를 먹었다. 나중에 밝혀진 걸로는 마땅한 책상도 없이 임시방편으로 그런 것이긴 하지만, 양서(洋書)를 두 무더기 쌓아놓고 그 위에 널빤지를 걸친 이름만의 책상도, 소문을 더 미화하는 구실을 했다. 먹을 것은 충분치 않으면서도 양주(洋酒)는 떨어지지 않는다는 사실도, 소문의 날개에다 다시 풍선을 달아맨 격으로 둥둥 퍼져갔다. 막된 생각들만이 유세부리는 판이라서, 한 구석으로 처박아두었던 지식의 호사(豪奢)가 어울리지 않는 장면에서 새삼스럽게 귀한 값을 받는 걸 확인한 아이들은, 부러움으로 그 소문에 탐닉했다.

그들의 경외(敬畏)와 호의에 찬 눈길은 여기에 그치지 않았다. 최 선생님이 갓난아기 크기만한 맨몸의 김칫독을 안고 대낮의 거리를 활보하더라는 소식을 접하고는 그럴 수가, 하고 혀를 내둘렀다. 이 도시의 보수적인 관습대로라면 아무리 시국이 먹는 일 위주로 어수선하게 돌아간다 하더라도, 웬만큼 체면을 차려야 할 위치에 있는 남자가 하물며 김치가 가득 들어 있는 오지그릇을 들고 나다닌다는 건 재고해 볼 일이었다. 적어도 밤이라면 모를까 백주라면 그랬으며, 전쟁도 끄막해진 상태에서 선생님 신분으로 그러리라고는 상상하기 어려웠던 까닭에 되레 최 선생님은 아이들의 점수를 더 얻은 셈이었다. 다른 사람은 어디가 달라도 다르다는, 따지고 들어가보면 별반 놀랄 것도 없는 일에, 눈을 휘둥그렇게 떴다. 이번에도 이 소문을 맨 먼저 채가지고 온 건 '소식통' 달길이었다. 한 다리나 두 다리 가량을 건너 띈 소문도 꼭 제가 목격한 양 각색해서 풀어 먹기를 즐기는 그는, 이날도 등교하기가 무섭게 아이들을 자기 주변에 끌어모았다.

"역시 그릇이 큰 사람은 뭐가 달라도 다르더라."

또 시작했구나 싶으면서도, 아이들은 실실 웃는 낯으로 뭐가 다르냐는 물음표를 대신했다. 구태여 다음 말을 재촉하지 않아도, 저놈의 입은 저절로 열리게 되어 있다는 걸 익히 알고 있기 때문이었다.

"최학필 선생 말이다. 확실히 보통은 넘어."

"뭘 또 들었길래."

한 아이가 슬며시 부추겼다.

"너, 어떤 선생님이, 보재기로 싸지도 않은 김치 단지를 껴안고 의기양양 길거리를 걸어가는 광경을 상상할 수 있겠니."

"자식, 그게 어째서. 길바닥에서 혀를 길게 빼물고 김치가닥을 먹었다면 몰라도."

"얼씨구. 너 같으면 여학생이 볼까봐 창피해서라도 꿈조차 못 꿀걸. 최 선생은 더 큰 체면을 살리기 위해 얼간이들의 눈총 같은 건 거들떠보지도 않으니까 가능한 거라구. 사람들이 힐끔힐끔 쳐다보는데도, 뚜껑대신 신문지로 주둥이를 동여맨 김치 단지를 보물처럼 껴안고, 보무도 당당하게 시청앞 네거리를 걸어가더라 이거야. 놀랄 노짜 아니냐."

"별론데."

"그럴꺼다. 네 어머니가 네 아버지에게, 그런 심부름 시키는 걸 많이 보았을 테니까."

"이 새끼. 죄없는 부모님은 왜 끌어들여."

달길이는 화가 난 아이가 휘두르는 주먹질을 피해, 해해거리며 달아났다. 아무려나, 주먹을 슬쩍 들어올린 아이도 그걸 쳐다보는 아이들도 자기들이 키워올리고 있는 대상으로서의 최 선생님이 보여준 또 하나의 상식을 허무는 행위를 매우 대견스럽게 인식하기는 매일반이었다. 당연히 더 좀 근접해서 최 선생님을 대하고 싶다는 예사로운 욕망이 한쪽서는 꿈틀대었다. 선생님댁으로 쳐들어가보자는 의논이 그거였는데, 이 일에 앞장선 것은 덕남이와 그 일행이었다.

교실 안에서 '귀여운 삼총사'로도 불리는 덕남이 창섭이 종렬이는, 몸집이 작아 앞줄에 나란히 앉아 있는 데다 배짱도 잘 맞았다. 공부에도 똘똘하여 어색한 악당티를 내는 완력 센 아이들도, 생김새는 배슬배슬한 그들을 함부로 넘보지 못했다. 덩치 큰 아이들의 표현대로라면, 아직 불알도 여물지 않은 어린 것들의 노는 꼴이 귀엽고 기특하여 어여삐 여기는 탓이라고도 했거니와 서로 노는 수준이 틀리기 때문이기도 했을 것이었다. 최 선생님의 수업을 하품을 꺼가며 듣는 그들과, 떨림을 수반한 긴장 속에서 맞이하는 덕남이 또래 아이들과는, 어떤 변화를 받아들이는 감도(感度)에도 큰 차이가 있달까, 나이는 서로 비슷하면서도, 생각은 도저히 한통속이 될 수 없는 도량을 끼고 있는 편이었다.

누가 '소식통'이 아니랄까봐, 어떻게 알았는지 저에게는 발설한 일이 없는 최 선생님댁 방문 얘기를 주워듣고 따라붙은 달길이를 포함하여 덕남이네 떼거리가 최 선생님댁을 찾아간 건, 찬바람이 제법 드세게 부는 동지(冬至)를 막 지낸 일요일 오후였다. 정확히 말하면 '댁'이 아닌 선생님의 셋방을 넷이 조금씩 추렴한 돈으로 우린 먹감 열 개를 사들고 물어 물어 알아낸 집이었다. 마침 집에 계시던 선생님은 기대에 어그러지지 않게 두툼한 양서를 읽고 있었으나 사모님은 뜻밖에도 옷을 깁고 있어 아이들을 다소 실망시켰다. 그들의 상상도 속에는, 선생님과 함께 이마를 맞대고 되도록이면 양서 같은 책을 읽고 있어야 했는데도 말이다.

"안녕하십니까, 선생님."

선생님이 완자 무늬로 된 미닫이를 열어주어 조심스럽게 방으로 들어간
아이들은, 동시에 무릎을 꿇고 두 분을 향해 깊이 허리를 꺾었다.

"허어. 귀한 손님들이 예고도 없이 오셨네."

선생님과 사모님은 읽던 책과 바느질감을 한옆으로 치우며, 난감하기도
한 반가움을 표시했다. 넷은 서로의 얼굴을 얼핏 바라보며 아차 하는 기분을
주고 받았다. 그 전에도 어떤 선생님댁을 심방할 때는, 생각나는 대로 불쑥
가곤 했던 내력에 따른 것인데, 깔끔한 성미의 최 선생님에겐 아닌게 아니라
예고가 필요했을 법하다는 가벼운 후회가 뒤따랐던 것이다.

"괜찮아 괜찮아. 좁은 고장에서, 더구나 우리끼리 그럴 것 뭐 있겠나."

방문객들의 눈치를 알아차린 듯한 선생님이, 얼른 그들의 마음 쓰임을 편
안하게 돌려놓았다.

"그건 그렇고, 어쩐 일들이야. 이렇게 작당들을 해가지고. 하하하."

"그냥 놀러왔습니다."

선생님의 드물게 대하는 농담에, 그들은 조금 기를 폈다.

"잘 왔구면. 이봐요. 이 손님들에게 뭣 좀 대접해야지. 멍청하게 앉아만
있으면 어떡해."

"글쎄요. 야단났네."

사모님은 퍽 난처해하는 모습이었다. 뒤늦게 까만 물을 들인 미군들의 도
꾸리셔츠를, 스웨터 대용으로 입고 있는 스스로의 몰골을 발견, 부끄러워하
는 것 같기도 하고 들고 있던 일감이 최 선생님의 너덜너덜해진 바짓가랑이
었다는 사실을 깨닫고는, 느닷없이 들이닥친 손님들을 부담스럽게 느끼는
듯도 했다. 그러고 보면 방 안 세간들도 듣던 대로 널빤지를 괴고 있는 책을
비롯, 한쪽 벽을 절반 가량 점령하고 있는 책더미를 빼고는 초라하기 그지없
었다. 구석에 쌓인 허름한 이불 나부랑이는 자취하는 학생방의 그것과 진배
없었으며 윗목에는 가당찮게도 찌그러진 냄비 하나가 달랑 놓여 있어 한층
방 안을 우중충하게 만들고 있었다. 그런데도 방 안을 휩쓰는 공기는 그와
같은 생활의 남루와는 무관하게 동떨어진 분위기를 이루며 도도한 냄새를
뿌려대고 있는 것이 기묘하다면 기묘했다. 네 사람이 그렇게 생각을 몰아가
고 있는 까닭인지 어쩐지는 분명찮았으나 선생님은 그까짓 게 뭐 대수냐는

포즈여서, 그들은 차라리 미안한 심정을 거두어 들이고 안심했다. 멋쩍어 한 것도 잠깐이요, 미모는 아니라도 서늘하면서도 이지적인 눈과, 유난히 오똑한 코에서 귀티와 위엄이 잘잘 흐르는 사모님은 곧 아무렇지도 않은 표정을 다듬어 나갔으며, 네 사람의 훔쳐보듯 방 안을 뒤적이는 시선을 싹 무시한 선생님은 흔연하게 어린 손님들의 긴장을 풀어주려고 애쓰는 것이 고마웠다.

"편히들 앉아. 벌 서는 사람처럼 꿇어앉아 있지 말고."

선생님의 다정한 지적에도 그들은 오금을 펴지 않았다. 이상하게 주눅이 들어선지, 번갈아가며 자꾸 코를 훌쩍거렸다.

"이런 것밖엔. 부끄러워서 어떡해요."

이윽고 쟁반을 들고 온 사모님이 정말로 미안하다는 어투로 말했다. 김이 피어오르는 보리차 한 잔씩과 토막친 깎은 날고구마가 전부였다.

"아닙니다. 괜찮습니다."

네 사람은 합창하듯 소리쳤다.

"손님 대접이 형편 없구먼. 아무튼 먹자구. 마음만은 이렇게 한심하지 않으니까."

"네."

덕남이가 일행의 대표격으로 대답하고 나서, 그들은 먹성좋게 빨리빨리 쟁반을 비우는 것이 주인의 미안해하는 마음을 보상해준다는 심리분석이라도 끝낸 듯, 성급하게 음식을 집어올렸다. 예의를 갖추어 일껏 소리를 죽이려고 애쓰는데도, 그들이 아삭아삭 고구마를 씹고 뜨거운 보리차를 목구멍으로 넘기려고 후후거리는 바람에 방 안엔 잠시 작은 소음이 일었다. 마지막으로 두 조각의 날고구마가 남았을 때는 빈 쟁반의 민망함을 드러내지 않을 작정으로 그들은 서로 손대기를 망설였다. 맛이 있다던가 배가 출출해서라기보다는, 딱히 알맞은 화제를 찾지 못해 부지런히 입을 놀리다보니 그리 되었던 것인데 선생님은 아무래도 손님접대가 시원찮은 쪽으로 생각이 드는 모양이었다. 실로 비상한 제의를 했다.

"자네들 술 할 줄 알지?"

"아 아닙니다. 못 하는데요."

　종렬이가 손까지 내저으며 깜짝 놀라는 시늉을 해보이고는, 동의를 구할 셈으로 친구들의 얼굴을 재빨리 쳐다보았다. 일단 거절은 했을지언정 강한 호기심을 완전히 배제하지는 못한 미련이 그의 안색을 우그러뜨렸다. 종렬이 말이 거짓말도 아니었으나 참말로 아닌 걸 남은 세 사람은 익히 알고 있어, 섣부른 동조를 하지 못했다. 많이는 못 해도 그들은 종렬이네 누님댁 골방에 모여 가끔씩 막걸리나 소주를 홀짝이던 경험으로 기회만 닿으면 사양하지 않는 술꾼 기질도 키워왔었다. 더욱이 선생님과 함께라면 순전히 더불어 마셨다는 기록을 남기기 위해서도 못 이기는 척하고 동참할 일이거늘, 녀석이 방정을 떨어 산통 깨나보다고 짐짓 마음을 돌려야 할 판이었다. 그러나 선생님은 그들의 속셈을 알고 있는 모양이었다.

　"한 방울씩만 해. 많이는 안 줄 테니까. 내 아우가 미군부대 통역장교로 있거던. 지난번에 다니러왔다가 버본 위스키 한 병을 놓고 갔는데, 절반쯤은 남아 있을 거야."

　선생님은 그들의 응답을 더 기다리지도 않고 책더미 속에 아무렇게나 끼워두었던 술병을 꺼냈다. 네 사람은 가슴 두근거리며 하나같이 마른침을 꿀꺽 삼켰다. 말로만 들어오던 양주를 난생 처음 마셔본다는 건, 그들에겐 어떻든 감동적인 일일 수밖에 없었다. 미군들이 이 도시에 진주해 있는 동안, 껌과 드롭스와 양담배와 커피와 초콜릿의 맛은 그야말로 기호품이라는 이름에 합당하게 감질나게나마 맛본 터였다. 맛을 본다는 차원을 넘어, 미국 문화의 끄트머리를 그런 것들을 통해 구체적으로 실감했다는 말이 더 적절하게 들릴 마치 오묘한 기분으로 말이다. 따라서 양주에 대한 또 하나의 신기한 기대를 외면할 수는 없었다.

　"자 한 잔씩 받게. 독하면 물을 타 마셔도 돼. 그 사람들도 그렇게 마시니까."

　선생님은 방금 보리차를 담아왔던 각자의 싸구려 사기 컵에, 밑바닥이 살짝 잠길 정도의 분량만 골고루 따라주었다.

　"자, 들게. 그 전 같으면 몰라도, 이 시대가 자네들을 어른으로 변모시킨 셈이고, 머지않아 또 사회인으로 출발할 사람들이니. 그렇다고 내가 제자들에게 술먹이는 훈장으로 소문나면 곤란해. 밥줄 끊기면 당분간 갈데도 없으니 말야. 하하.”

얼른 손을 대지 못하고, 잔에 고인 다갈색 액체에서 스며나오는 독한 향기에 코를 돌리기도 하고 깊이 들여마시기도 하던 그들은, 선생님의 유쾌한 농담에 힘입어 우선 한 모금씩 마셨다. 창섭이는 진저리를 치고 덕남이는 입을 딱 벌렸다. 눈을 질끈 감은 건 종렬이었다. 그러면서도 양주를 마셨다는 자랑 같은 희열에 떨어 아무도 잔을 밀어내지는 않았다.

“독할 거야. 혀가 알알할 걸.”

“목구멍이 뜨겁고 아프네요. 서양 사람들은 얼음에 녹여 먹는다던데요. 너무 독해서.”

“응. 온 더 록스라는 거지. 그 친구들이야 그런 격식을 가리든 말든, 우리는 우리 식대로 먹으면 돼. 문화의 차이란 그런 거니까. 양주 마시는 놈이 신사고 막걸리 마시는 농부가 촌놈이랄 것도 없어. 어때, 한 방울씩 더 줄까. 무리하진 마.”

당신의 빈 잔에 창섭이가 술을 따르고 나자, 선생님은 손님들에게도 의향을 물었다. 달길이가 남은 술을 마저 비우자 덕남이를 제외한 두 사람도, 이런 때 겸손하면 손해라도 보는 것처럼 호기있게 잔을 바닥내었다. 선생님이 아까 모양 조금씩 술을 따랐다.

“선생님…….”

두 번째 잔을 한참 노려보다가 대단한 결단이라도 내린 듯 단숨에 술잔을 들어올린 기세와는 달리, 고개를 뒤로 젖히고 천천히 술을 입 안으로 넘기던 창섭이가 잔을 방바닥에 내려놓던 말로 갑자기 소리쳤다. 처음보다는 다소 뚱한 표정으로 천정을 바라보고 있던 선생님의 눈이 아래로 깔리며, 그의 다음 말을 기다렸다.

“선생님, 우리 나라의 미래는 어떻게 될까요.”

“우리 나라의 미래라. 좀 막연한데.”

질문 자체가 구름 잡는 것 같다는 뜻이었다. 창섭이는 치떴던 눈을 수평으로 가다듬으며 잠깐 멈칫거렸다. 분홍색으로 자리잡기 시작한 볼이 그 사이 실룩거렸다. 빨리 올라온 술기운으로 어느새 숨을 할딱이는 게 보였다.

“이 땅을 빨갛게 물들이려고 했던 공산당을 우리 국군과 유엔군이 때려부수고 밀어올린 것은 천만 다행입니다만, 넝마처럼 갈기갈기 찢긴 강토를 제 모습대로 회복하고 일으켜 세우자면 얼마나 많은 시일이 걸리겠습니까. 그것은 또 둘째로 치고라도, 손상된 사람들의 마음은 말이 아니게 엉망진창으로 삭막합니다. 다른 일은 힘에 부쳐 잘 모르겠습니다만, 우리 교실의 예만 두고 보더라도 살벌하기 짝이 없고 피차간에 믿을 놈이 없습니다. 아프레게르란 말 들었습니다. 어느 나라나 전쟁이 끝나고 나면 예외없이 허탈상태에 빠져 대강 그렇다는 얘기도 들었습니다."

여기서 창섭이는 잠깐 숨을 돌렸다가 말을 계속했다.

"아무리 그렇다고 해도, 이건 해도 너무하다 이겁니다. 아이들이 막돼먹은 망나니로 변해가고 있고, 힘 센 놈이 장땡이라는 풍조입니다. 힘없는 놈은 쪽도 못 써요. 힘이 없으면 빽이라도 있어야 합니다. 일선에서 싸우던 병사가, 죽을 때는 빽 하고 죽는다는 유행어 들으셨지요. 이렇게 무질서하게 나가다간 민족의 미래가 어떻게 될 것이며, 우리들이 기댈 희망은 어디서 찾아야 하느냐 이겁니다. 제 말씀은."

긴 말을 마친 창섭이는, 어이없게도 결론 직전에서 표나게 긴 한숨을 내쉬었다. 술 기운 탓에 힘이 드는 듯도 하고, 상당히 흥분하고 있는 것 같기도 하였다.

"생각보다 자네는 퍽 많은 문제를 가지고 갈등을 체험하고 있군."

선생님은 눈으로 웃고, 입으로는 진지한 모양새를 지었다.

"미안하네만, 나도 우리의 미래는 정확하게 점칠 수가 없어. 다만 이것 한 가지는 분명해. 뭔고 하니……."

선생님은 한동안 뜸을 들였다.

"자네 같은 생각을 갖고 있는 젊은이들이 우리의 미래를 열어간다는 것 말일세. 기댈 희망은 어디서 찾아야 옳으냐고 물었지? 희망도 어디에 기대려 하지 말고 몸소 만들어가는 거야. 끊임없이 자기에게 물으면서 역사의 뒷북이 아니라 앞북을 치려는 순수한 의욕이 있으면 안 될 것도 없어. 뒷북은 우리 같은 기성세대가 칠 테니. 나는 역사를 공부하고 있는 사람이라, 낱낱의 현실보다는 큰 테두리 속으로 도망가는 고약한 버릇이 있는데, 역사란 뭔가? 경험을 거울삼아 안전 제일주의를 표방하는 세력과, 이치와 논리를 무기삼

아, 도전의 반복 속에서 자기논리를 실현하고, 새로운 경지를 개척해 가려는
세력간의 갈등의 산물 아닌가. 양자가 거부와 이해를 거듭하면서 균형을 잡
아가는 사회는 미래가 탄탄하다고 봐야겠지. 하다보니 내 말도 막연하기 이
를데 없네만."

"아닙니다. 제가 무식해서 애매하게 들리는 점은 있어도 그럴듯합니다."

"그럴듯하다? 핫핫핫."

선생님은 모처럼 크게 웃어제꼈다. 옆의 사모님도 입가에 미소를 머금었
다. 그 뒤에도 선생님과 네 사람은 엔간히 긴 시간을 버티며 많은 이야기를
나누었다. 선생님의 말씀 중엔 비극을 비극으로 수용하는 젊은이는 별 볼일
이 없으며, 오히려 비극을 초극하여 남다른 경험과 조우한 것을 고맙게 여기
는 의지 속에 인생의 풍요가 깃든다는 것도 있었다.

네 사람이 작별인사를 하고 일어섰을 때는, 듀란트의 영어판 《철학야화》
도 자진해서 빌려주셨다. 시장통에서 휴지값으로 산 건데, 그리 어려운 영어
도 아니니 넷이서 돌려가며 읽어보라는 것이었다. 타인의 호의니 누구에겐
가에 대한 미움은, 모두가 지친 상황 속에서 더 좀 정직하게 부풀기도 하고
배가하기도 하는 수가 많다. 평상시라면 그저 그러려니 넘기고 말 일들이,
그래서 한없이 고맙게 느껴지기도 하고 증오의 독을 바르게도 하려니와, 이
날의 네 사람도 오래 간직해둘 만한 기억거리 하나씩을 싸들고 나온 셈이었
다. 선생님의 피난살이와 씻은 듯한 가난은, 촌아이들의 새롭게 눈뜬 지식에
의 갈증을 차라리 더 쏘삭거려주는 소도구이자 배경일 따름이었다. 부럽고
도 당당하게 압도해오는 묵직한 지식의 양감(量感) 앞에서, 그것은 마땅히
전제돼 있어야 할 조건으로도 비쳤다. 네 사람의 이런 잔잔한 감동은, 그런
데 너무 하잘것 없는 사건으로 곧 깨어지고 말았다. 창섭이가 하필이면 문지
방을 넘으려던 찰나, 먹은 것을 왝 토하고 만 것이다.

"저런 내가 엉뚱한 짓을 했나."

좀전에 먹은 먹감과 날고구마 찌꺼기들이, 시큼한 냄새를 뿌려대는 액체
에 섞여 너부러진 걸 보고, 선생님은 가볍게 당황하는 눈치이면서도 손으로
는 창섭이의 등을 토닥거렸다.

"어, 어."

　메스꺼운 기분과 창피함을 범벅으로 얼버부리며 어쩔 줄 몰라하던 그가, 이상한 신음 소리 끝에 취한 행동은 사태를 더욱 악화시켰다. 엉겁결에 그런 것이겠지만 맨손바닥으로 오물을 긁어모으려고 했으니 어쨌겠는가.
　"어머. 그냥 둬요."
　사모님이 부엌이랄 것도 없는 툇마루 곁의 찬장 밑에서 걸레를 집어 올리자, 이번에는 보다못한 달길이가 그걸 빼앗아 재빨리 훔쳤다. 마당가에 있는 펌프 우물물로 걸레를 두 번 세 번 빨아오는 일은 덕남이가 맡았다.
　"손님들이 이러면 어떡해."
　당초엔 조금 굳어졌던 사모님의 얼굴에 미소가 번졌다.
　"허. 술을 내논 내가 잘못했나봐. 주태백이 선생으로 알려지겠는걸."
　"별 말씀을 다 하십니다. 저희들이 추태를 부려 죄송합니다."
　"제가 제가……."
　덕남이는 일행을 대표하는 양 사과를 했으며, 하얗게 질린 창섭이는 고개를 가슴에 묻은 채 말을 제대로 뇌지 못했다.
　"아냐. 미안해 하지 않아도 돼. 나는 옛날에 안 그랬나. 이런 일은 다반사였어. 대학 일학년 때던가, 정신을 잃도록 마시고는 나를 업고 가던 선배 등에 오바이트 한 적도 있는 걸, 핫핫핫."
　선생님은 그들의 민망함을 덜어주려고 그랬겠지만, 건성으로도 들리는 큰 소리로 웃었다.
　"아무튼 와줘서 고마우이."
　선생님의 위로를 받으며 쭈뼛쭈뼛 물러나온 그들은 한동안 말없이 걸었다. 잘 나가다가 막판에 잡쳤다는 지독한 후회가 그들의 머리 속을 찍어눌렀다. 거기까지는 괜찮았는데, 창섭이 녀석이 또 말썽을 부렸다.
　"나는 죽어야 돼."
　어이없게도 길바닥에 털썩 주저앉더니 떼를 쓰며 버둥거렸다.
　"그 자리가 어떤 자린데, 돌이킬 수 없는 망신을 했으니."
　수치스러운 자기 처지를 때우고, 모양새를 갖추기 위한 자격지심의 변명이 아니라 실지로도 그렇게 생각하는지, 표정마저 보기 흉하게 일그러졌다.
　"방귀 뀐 놈이 화낸다더니 네가 그 꼴이구나. 여기서 이러면 어쩔 거야.

두 번 창피하게 놀거야?"

지나가던 행인들이 그들의 소행을 힐끗힐끗 쳐다보는 걸 되받으며, 종렬이가 나무랐다.

"일어나 임마. 못 먹는 술이니까 그럴 수도 있지 뭘 그래. 지내놓고 보면 좋은 추억이 될 건데 뭐."

"빈 속에 먹어 더 그랬나봐. 좋도 시래기죽만 먹다가, 오늘 점심 땐 그나마도 굶었으니 오장인들 가만히 있겠어. 건방지게 양주가 들어가니까 엿먹어라 하고 반란을 일으켰을 거야, 내 배가. 그나 저나 앞으로 최 선생님을 어떻게 대하니."

창섭이는 다들 알아들을 만한 소리를 주절대며 엉성하게 일어섰다. 세 아이들도 하기야 그 말이 맞을지도 모른다는 투로 앞서거니 뒤서거니 걸었다. 전쟁 이후론 한 번도 배를 불려본 적이 없다는 쓸쓸한 기억을 되짚어가듯. 아니면 최 선생님 댁에서의 흥분이 사실은 자기들의 메마른 현실과는 얼마나 어깃장나는 일인가를 되돌아보듯, 그들의 어깨가 갑자기 처졌다. 한 달에 쌀 다섯 말의 하숙비를 내고 객지살이를 하던 아이들도 지금은 얼마 되지 않았다. 그만한 식량을, 자식의 공부를 위해 덜어낼 평편이 못 되는 농가가 많았기 때문이기도 하려니와, 자기 집에서 학교 다니는 아이들도 하루 두 끼 얻어먹기가 힘들었다. 물기 빠진 이두박근에서는, 영양실조로 픽픽 헛김이 새는 소리가 들릴 듯 기운이 없었다. 짧은 시간대에 밀어닥친 엄청난 양의 강요된 경험은 눈치와 무작정의 방어본능만으로 웃자라게 하고, 모두의 정신연령을 대번에 몇 살씩 끌어올려 겉늙은 아이로 만들면서 눈에는 괜한 핏발을 서게 했을 망정, 먹는 것에 대한 기갈증은 사람을 그 이상으로 작살내었다. 더 옹골지고 교활하게 추태를 보이도록 들쑤셔놓는 건 다름아닌 식탐이었다. 고픈 배를 남몰래 달래가며 나이가 부추기는 객기와 장난기를 짊어지고 다니는 것도, 사실은 그래서 기막히게 힘든 일이었다.

가을이 누구를 약올리는 것처럼 깨끗하게 개인 날, 교실 아이들이 십 리 밖 건달산(乾達山)으로 소풍을 나간 것은, 따라서 썩 어울리지 않는 일이랄 수도 있었다. 졸업여행 대신 마지막 나들이를 겸해 교실전체가 도시락을 들고 가기로 작정되었는데, 비단 그들만이 아니라 아래 학년들도 일제히 길을 떠났다. 한 학년씩 건너뛰어 행선지를 달리 했으므로, 건달산에 간 것은 사학년과 육학년이었다. 구제중학이어서 육학년이 졸업반이었다. 그런대로 모처럼 마음이 홀가분한지, 줄을 지어 행진하는 하급반 대열에서는 노랫소리도 들렸다. '무명지 깨물어서 붉은 피를 흘려서, 태극기 걸어놓고 천세만세 부르자……' 그들이 부르는 군가는 적어도 논으로 다시 돌아온 농부들이 쌓아올린 노적가리의 아늑한 평화와는 어울리지 않았으나, 가락만은 경쾌하게 들렸다. 다소 슬픔을 건드리는 노래도 싫지 않았다.

네가 조국을 모르다니
이게 될 말이냐
괴롭거나 슬프거나
우리 함께 지켜온
강토가 아니더냐
지금 와서 너만 홀로
표연히 가버려
아아 어서 돌아오라
미더운 조국의 하늘로
민족의 피가 민족의 피가
너를 부른다.

그것은 사라진 친구, 공산당 쪽에 붙어 돌아오지 않는 동무를 겨냥하여 만들어지고 부르는 노래였으나 곡조도 좋은 데다 묘하게도 슬픔과 다정한 여유를 북돋우어주기도 하여, 평소에도 아이들이 가끔 부르던 노래였다. 그것은 또 살아남은 자의 넉넉한 안도감을 확인하게도 해주었다. 어쨌거나 폭풍의 계절을 견디고 살아남아, 미래를 뚫고 갈 수 있는 발판을 회복했다는 것은, 대단한 요행이었다는 생각도 갖게 만들었다.

"난 말이다."

줄이 세 사람도 되었다가 네 사람도 되었다가 하면서, 대강만 대형을 맞추고 무더기를 이루며 걸어가던 행렬 앞쪽의 덕남이가 옆의 종렬이에게 말을 걸었다. 뒤쪽에서는 아까부터 담배를 피우는 아이들이 꽤 있었으나 앞서가는 선생님들은 틀림없이 알고 있으면서도 모른 체하였다. 교실에서도 그런 예는 더러 있었다. 수업이 시작되면 쉬는 시간에 몇몇 아이들이 피워댄 담배 연기가, 선생님이 들어오는 걸 보고 곧장 열어제낀 창문으로 다 빠져나가지 않아 누구나 금방 냄새를 맡을 수 있었다. 그래도 대부분의 선생님들은 내색하지 않았다. 담배 연기를 내모는 제스처인 양 탕 소리나게 출석부로 교탁을 치거나, 보다못해 점잖은 핀잔을 주는 게 고작이었다. 빨리 어른 되는 게 그렇게도 소원이냐. 그 새를 못 참아 담배를 피우다니, 그런 녀석들은 그만치 황천이 가까운 줄도 알기 바란다는 농담으로 얼버무리기 일쑤였다.

"저 노래를 듣고 있으면 자꾸 상철이 생각이 나."

"너도 그러냐? 나도 그런데."

"좋은 자식이었어. 죽을라고 그랬나봐. 너무 일찍 이데올로기에 어쩌고에 빠지더니."

덕남이는 느닷없이 무료해지는 감정을 추스릴 요량인지, 횡뎅그렁한 들판으로 눈을 돌렸다. 교지(校誌)에 자주 시를 써서 발표한 그는 시인으로 통했다.

"너 걔가 어떻게 죽은지 아니?"

"너는 알아?"

"마찬가지야. 모르기는. 빨치산 속에 끼었다가 총맞아 죽었다며."

"그렇다는 소문야. 삼학년 때는 나도 그 자식의 권유로 독서회에 들어갔었어."

"알아. 독서회사건으로 그 새끼 유치장에서 콩밥도 먹고, 한 달 가량 정학처분도 받지 않았니."

"헤. 나도 하마터면 걸릴 뻔했다. 자식이 의리는 있어서 혼자 뒤집어 쓰는 바람에 무사했지."

"진짜 리더는 상급생이었는데 뭘."

"그래도 아슬아슬했다. 읽은 책이랬자 별 건 아니지만 말이다."

"머리에 피도 안 마른 나이에, 공산주의를 알면 또 얼마나 알았겠니."

"맞아. 실지로 우리는 상급생들의 심부름 다니기에 바빴으니까. 철필로 긁어준 원고를 등사판에 대고 롤러로 미는 일이랄지, 소위 레포 노릇을 한 것밖에 없어. 지금 생각하면 솔직히 말해서 스릴은 있었다. 선배들의 밀명을 띠고 그들이 일러준 아지트를 찾아갈 때는 미행이 따를까 봐 사방으로 눈을 굴리면서 쥐새끼처럼 행동해야 했거던. 멋도 모르고 쫓아다닌 거야. 그런데 한 놈은 피어나지도 못하고 죽고, 한 놈은 살아남아 소풍을 가고 있구나.”

“집어쳐 임마. 삼문(三文) 오페라 같은 센티멘탈리즘 그만 읊조리고. 그것도 그 자식의 팔자겠지.”

“나는 그럼 구자(九字)를 타고 났구나.”

“놀고 있네.”

둘은 씁쓸히 웃었다.

건달산은 새로울 것도 없었다. 이 도시의 국민학교 아이들까지도 한 번씩은 거쳐가는 명소인 폭이었다. 두 쌍의 왕릉 외에 웬만큼 넓은 연못도 달려 있어 보트놀이도 가능했다. 일요일이면 갈 곳이 마땅찮은 시민들로 붐볐다. 건달산은 도시의 노골노골한 숨결 구실도 해주면서 친숙하게 그들을 맞았다. 평일날 이런 장소에 도착한 아이들은, 그러므로 교실을 빠져나왔다는 시원함말고는 더 눈여겨 볼 건덕지도 없어 도착 즉시 선생님들의 지시를 기다릴 것도 없이 가져온 도시락들을 까먹었다. 다른 아이들과 떨어져 숲속으로 들어간 패들은, 물론 술을 마시기 위해서였다. 아무리 교외라고는 해도 선생님들의 면전에서 술병을 꺼내기는 멋쩍다는 그들의 마지막 염치가 다소는 귀엽게 보이는 장면이었다. 선생님은 선생님들대로 학도호국단 간부들이 따로 마련해온 술과 음식을 들며 그쪽에는 아예 신경도 쓰지 않았다. 어차피 한두 달 후면 마감될 그들의 끝머리 학교 생활에 군이 간섭할 필요가 없고, 쓸데없이 심하게 대하는 데서 오는 가외의 부담을 지고 싶지 않다는 방관 심리도 있을 터였다.

하지만 점심을 먹고난 후 관례대로 벌어진 장기자랑 순서에서, 양자의 아슬아슬한 한계를 깨는 일이 마침내 터지고 말았다. 이내 되돌아가기도 무엇하고, 그렇다고 뾰족한 프로그램도 준비된 게 없는 상태에서 피차 익히 알고 있는 노래라든가 우스갯짓이라도 쏟아놓고 가야만 직성이 풀리는 습관대로 놀이판은 벌어졌다. 이런 행사 때마다 단골로 사회를 보는 규섭이의 진행에 따라, 노래도 부르고 오리걸음 흉내를 내는 아이 등이 차례로 등장하여 일부러 요란을 떨고 함성을 지르는 가운데 판은 제법 흥청거렸다. 서울서 학교 다닐 때 웅변부원이었다는 편입생 하나는 즉석 연설로 솜씨를 들고 나왔다.

"내일의 조국을 양어깨에 떠메고 갈 청년 학도 여러분! 이 화창한 날씨에 하루의 청유(淸遊)를 즐기고자 유서 깊은 건달산을 찾아오신 걸 환영합니다. 국가 존망지추의 오늘날, 미래의 주인공인 우리 애국학도들이 이렇게 오손도손 모여 우정을 다지는 것도, 위로는 이승만 대통령을 비롯하여 공산도당들을 깨부수고자 일어선, 우리……."

사단이 벌어진 것은 이 무렵이었다. 제멋대로의 자세인 채 반원을 그리는 형태로 에워싸고 있던 구경꾼 중에서 걸쭉한 욕설이 날아든 것이다.

"간나새끼 개수작 말라우. 노래를 뽑갔으면 뽑고 못하갔으믄 때려치우라우. 시건방지게 덜 떨어진 연설이 뭐가."

수곤이었다. 이북서 전쟁 전에 내려와, 청년운동에 가담했다가 이 도시로 다시 피난해온 뒤엔 그 청년단체의 추천으로 전학온 아이였다. 몸집도 다부지고 이 지역 경찰과도 잘 통한다는 소문이었다. 수곤이의 일갈에 흠칫한 서울 아이는, 몹시 겁에 질린 표정이면서도 다중(多衆) 앞에서의 체면도 버릴 수는 없다고 생각한 모양이었다. 내친김에 수곤이의 힐난을 역시 연설조로 받아넘겼다.

"아시다시피 주지하다시피, 어떤 모임에서나 야지꾼과 훼방꾼은 약방의 감초처럼 끼게 마련입네다. 따라서 그러므로 여러분께서는 조금도 신경 쓰지 마시고 제 말을 끝까지 들어주기 바라오며 방금 제게 욕을 하신 신사분께서도, 할 말이 있으면 제 연설이 끝난 다음, 이 자리에 나와 정정당당하게 자기 소신을 밝혀주시면 고맙겠습니다."

"뭐야? 이 간나새끼가."

말이 떨어지는 것과, 수곤이가 서울 아이 쪽으로 뛰쳐나간 것은 거의 동시였다. 그 아이에게 주먹뺨을 안긴 것도 순간이었다. 서울 아이는 헐겁게도 그 자리에 나가떨어졌다. 입담 센 사람치고 체격은 별 것 없다는 통상이치를 드러내듯, 그러고보면 아주 허약해뵈는 그는, 그야말로 잘 숙달된 수곤이의 완력에 깔리고나서도 눈만은 하얗게 치떠 가해자를 노려보았다. 또 한 번 다

중의 힘과 개입을 믿고 그러는 것 같았다. 색다른 해석을 기다려 평가할 일인지는 모르겠으되 서울 아이들과 숫적으로 열세인 수곤이 패는, 이상하게도 천적관계처럼 사이가 안 좋았다. 전쟁으로 하여 서울과 시골의 판세가 뒤바뀐 것을 만회하고자 재래종들을 상대로 엉너리치는 데 있어, 그들끼리는 같은 전입생으로서의 상대방을 일단 껄끄러운 존재로 여기는 인상이 짙었다. 오늘의 충돌도 그런 가닥에서 넘겨짚을 수 있을 것이었다.

"네까짓게 째리면 어쩔거가, 쌍."

수곤이는 눈알만 희번덕거릴 뿐, 몸뚱어리는 맹탕같이 퍼져 있는 서울 아이의 목덜미를 콱 짓밟으려던 기세를 어쩐 일인지 순식간에 죽이고 우습게도 그의 배를 타고 앉아 두 손으로 서울 아이의 두 볼을 찰싸닥 찰싸닥 때렸다. 완전히 꼼짝 못 하게 해놓은 상대를 재미있게 데리고 논다는 표현이 어울릴 법한 '그림'이었다. 단칼에 까부수기에는 너무 불쌍한 대상이라서 힘센 자의 어설픈 관용을 그런 식으로 풀어먹고 있다는 뜻으로도 새길 수 있었는데, 그것은 수곤이의 입언저리에 번져 있는 냉소로도 짐작할 만했다.

"얌마. 이게 무슨 짓이냐 비겁하게스리!"

더러는, 엉겨붙은 두 사람의 괴상한 위치를 보다못해 킬킬대는 아이도 섞인 구경꾼 사이를 비집고 들어와, 수곤이의 까맣게 물들인 미군작업복 뒷깃을 세게 나꿔챈 건 사학년 담임이기도 했던 미술 선생님 '파스칼'이었다. 안 그래도 술기운 탓에 벌겋게 착색된 수곤이의 얼굴은, 목이 죄어 뒤로 벌렁 넘어지면서 더 빨개졌다. 그 서슬에 윗주머니 속에 들어 있던 지포 라이터가 잔디밭에 떨어져, 햇볕에 반짝 번쩍이는 것을 아이들은 보았다.

"아니……."

뜻밖에도 역전된 사태에 대한 영문을 몰라 순간적으로 어벙하게 어름거리던 수곤이는, 매우 잰 동작으로 벌떡 일어나 자신을 수습하자마자 거칠게 열려던 입을 닫았다.

"폭력은 정당하게 써야지. 아무 데서나 들이대면 되는 줄 알아."

미술 선생님은 수곤이의 멱살을 움켜쥐었다. 주먹 하나는 더 솟아 있는 수곤이를 우러러보며 간신히 그의 우람한 목덜미를 틀어쥐고 있는 때문일까. 선생님의 정맥 투성이인 손이 부르르 떨렸다.

"이 손 놓고 말씀하시라요. 아새끼가 함부로 덤부로 까부는 걸 보고도, 가만히 있으라 이 말입네까."

"말로 하면 될거 아닌가, 말로. 왜 후딱하면 주먹질부터 해. 너 쟤한테 사과해."

"못 하가시요."

수곤이는 엄범뗑 몸을 추스리고 있는 '웅변가'를 잽싸게 힐끔거리며 대답하고는 미술 선생님의 팔을 홱 뿌리쳤다. 어느 겨를에 그랬을까. 그의 손에는 날을 세우지는 않고 접은 채인 재크나이프가 쥐어져 있었다. 미술 선생님은 깜짝 놀라 한 발짝 물러섰다. 그 틈을 타서 수곤이는 몸을 날려 숲 쪽으로 뛰었다.

"이러지들 맙시다레. 삼팔 따라지라고 무시하기가. 내레 서울서 빨갱이 때려잡다온 놈이외다. 무서울 것 하나도 없이요."

달려가면서, 외친다기에는 걸맞지 않는 그의 울부짖음에 가까운 소리가 덩그렇게 빈 산과 찬 하늘을 퉁기듯 울렸다. 어이없게도 그의 뒤를 몇 걸음 좇아가던 미술 선생님이 멀거니 서서 그가 달아난 방향과는 다른 왕릉을 물끄러미 바라보다가 슬며시 발길을 돌렸다. 흥이 깨진 아이들은, 반월형으로 진치고 있던 객석을 흐물흐물 허물어뜨리고 헤어졌다.

다음날 등교한 아이들은 결석한 수곤이 자리를 자꾸 엿보며, 미술 선생님의 깐깐한 성미로는 어제의 일이 결코 무사히 끝나지는 않을 것이라는 예상으로 술렁거렸다. 아무리 파장을 목전에 두고 있는 교실이라고는 해도 선생님 앞에서 감히 칼을 내보인 행위는 매사를 관대하다면 관대하고 무책임하다면 무책임하게 넘기는 학교 분위기라 할지라도, 범연히 지나치지는 않을 것으로 믿었다. 그러나 그 일쯤은 유야무야하게 흐려놓는 엄청난 사건이, 바로 그와 비슷한 시간에 발생했다는 사실이 밝혀지면서 학교는 발칵 뒤집혔다. 석표가 덕호의 매를 맞고 죽었다는 것이었다. 지난 번 교실에서 코피 터지게 싸운 둘은, 그 후로도 응어리를 풀지 못하다가 따로 날을 잡아 결투를 벌이기로 합의, 소풍 가던 날을 디데이로 정했다는 뒷공론이었다. 그러니까 미술 선생님이 수곤이를 붙들고 혼을 내주는지 거꾸로 당하는지 모를 승강이를 하고 있을 때, 그들은 교실 아이들과 멀찌거니 떨어진 숲속의 딴 장소에서 결투를 벌이고 있던 셈이었다. 여느 때 같으면 응당 '소식통'인 달길이가 소문을 물고 와서 퍼뜨릴 것이었으나, 이번에는 그럴 필요가 없었다. 석표와 덕호는 각각 한 사람씩의 증인겸 입회인을 대동하고 결투장에 나타나기로 약정했기 때문에, 두 사람의 증인이 담임 선생님에게 눈물을 흘리며 설명한 자초지종이 아침나절의 교실엔 벌써 파다하게 퍼져 있어서였다. 덕호는 이미 경찰에 구속되었으며, 두 증인도 살인 방조죄로 불려가는 바람에 본인들에게서 직접 들을 수는 없었어도 흘러나온 얘기에 의하면, 먼저 결투를 신청한 건 석표였다. 결투 사실은 절대로 비밀에 부칠 것과, 무기는 일절 휴대하지 말고 맨손으로만 대항하기로 의견을 모았다. 양쪽의 입회인들은, 당사자의 어느 일방이 항복 의사를 표시하지 않는 한 싸움에 개입해서는 안 되며 결투가 끝날 때까지는 어떤 일이 있어도 사전에 발설하지 않는다는 서약을 받는 등, 꽤 엄격한 절차를 밟았다. 그런데 막상 결투는 의외로 빨리 끝장을 보았다는 것이었다. 결투가 시작된 지 십여 분이 지났을까 말까한 시점에서, 헛날리는 주먹질이 오가다가 덕호의 발길질에 배를 된통으로 얻어맞은 석표는 웅크린 상태에서 아랫배를 움켜쥐다 말고 땅바닥에 엎어졌으며, 서너 번 바동거리더니 그대로 뻗어버렸다. 일시적인 기절이 아닌가해서 다가간 석표 쪽 입회인 희식이는 그제서야 허옇게 눈을 까뒤집은 석표를 보고 까무라치듯 놀라 저도 모르게 뒷걸음질쳤다. 질겁한 그들은 석표를 등에 업은 희식이를 부추겨 정신나간 상태에서 진땀을 흘리며 아이들이 놀고 있던 장소로 되짚어 왔으나 그때는 모두들 자리를 뜬 뒤였다.

교실은 침울하게 잦아들었다. 석표의 시신이 병원을 거쳐 옮겨간 화장터로 한 떼거리의 아이들이 몰려가고 나서는 한층 써늘하게 식어갔다. 비극의 후렴처럼, 교실을 지키고 있는 몇몇 아이들의 나지막이 주고 받는 말소리가 맥없이 교실 바닥에 떨어졌다.

"전쟁 속을 무사히 뚫고 나온 놈들이, 이렇게 허술하게 죽어가도 되는 거야."

"우리에게 결투의 습관이 가당키나 해. 섣부른 서양풍속이 멀쩡한 젊은 놈 하나 잡았어."

"죽은 친구한테는 안됐지만, 석표나 덕호도 그래. 형들은 형들이고 동생들은 동생 아닌가. 이해를 못 하는 건 아니지만서도, 어른들의 사상 싸움을 우리들이 이어받을 건 없잖아."

"야, 임마. 너는 로미오와 줄리엣 집안의 원수 관계도 몰라."

"집어쳐 자식아. 이 판국에 소설 까지 말고. 뚱딴지같이 연애소설은 왜 튀어나와."

"그나 저나, 이 한심한 시절이 어서 지나가고 남북통일이 돼야지, 견뎌내기 힘들다. 앞으로도 우리가 넘어야 할 고개가 많겠지?"

"배부른 소리 작작해라. 죽은 사람을 생각해서라도. 더구나 전쟁에서 이리 찢기고 저리 찢기며 죽어간 사람들에 비하면, 명색 학교라도 다니는 우리는 얼마나 행운이냐. 벌 받을 소리는 그만해."

"맞아. 비교학적으로 말하면, 신간 편한 자의 잠꼬대랄 수 있겠지. 이 시간에도 전선에서는 어머니를 부르며 쓰러지는 병사도 있을 테니까."

"죽으면서 어머니를 부를 여유가 어딨니. 까만 콩을 직통으로 맞으면 말 한 마디 못 하고 꼴깍 한다던데 말짱 헛소리야. 그거 산 자들이 꾸며낸 사치야."

"그럴 거야. 아, 산다는 게 뭔지."

"밥 먹고 똥 싸는 거지, 자식아."

농지거리를 던지는 아이도 그걸 받아먹는 아이도, 어느 게 농담인지 아닌지를 가누려고도 하지 않았다. 교실은 또 한 번 밑으로 꺼져들어갔다.

그런 면이 있었다. 대부분의 아이들이, 어울리지도 않는 악한(惡漢) 흉내를 내려고 기를 쓰며 부은 간덩이를 쓰다듬는 한편에서 철 지난 감상(感傷)을 쪼아먹는 아이들도 있어, 교실이 가다가는 아래로 축축하게 젖어드는 수도 있었다. 지독한 돌림병에 시달리던 환자가 회복기에 접어들면서 느끼는, 미지근한 희망을 포태(胞胎)한 겉치레로서의 잔잔한 감상과 닮은 꼴이기는 해도, 그들은 찾기로 들면야 얼마든지 널려 있는 그것들의 소재를 모아 열심히 갉아먹었다. 창섭이 덕남이 종렬이가 그런 그룹을 대변했다. 그들은 틈만 나면 학교 근처에 있는 종렬이의 누나집 골방을 차지하고 뒹굴며, 설익은 생각들에 프로펠러를 달기도 하고 기껏 쌓아 올렸던 성(城)을 미련없이 허물기도 하였다. 천장에는 일고여덟 덩이의 메주가 새끼줄에 묶여 대롱대롱 매달려 있고 배춧빛 도는 퇴물 사기 요강이 방구석에 오도카니 놓여 있는 골방은 언제나 고리한 냄새가 배어 있고 우중충했다. 그래서 셋은 이 골방에 퍼질러 앉아 제멋대로 입을 놀릴 때가 제일 편안했다. 한참 재롱을 부리는 종렬이의 다섯 살짜리 조카를 빼놓고는, 여자만 셋이 사는 집안은 노상 다소곳이 엎드려 있는 편이었다.

대동청년단에서 활약하던 종렬이 매형이 전쟁 발발 직후 소식이 끊기면서 시어머니와 시집 안 간 시누이와 며느리가 사는 집은 도리없이 침침하고 음습하게 마련이었다. 그런 까닭도 있어 처음엔 종렬이조차도 출입을 망설였으나, 사돈댁 할머니의 환대는 그의 발길을 가볍게 만들었다. 나간 집처럼 휑하던 우리 집에 사돈 총각과 친구들이 드나드니까, 비로소 사람의 훈김이 나는 것 같다며 진심으로 반겼다. 이웃에 알맞은 동무도 없어 혼자 노느라고 무척 외로움을 타던 사내 조카도, 외삼촌 일행만 오면 꽥꽥 소리 지르며 부잡을 떨어 식구들을 오히려 즐겁게 해주었다. 할머니는 그들만 오면 보리누룽지 감자 옥수수 따위 간식거리도 시시로 들여보냈다. 이를테면 그들은 허물없는 객식구 노릇을 부담없이 해오고 있는 폭이었다. 석표의 죽음을, 밀가루 한 근 무게의 아직 따끈따끈한 뼈가루로 바뀐 그의 처절하고 엄청난 '변화'를, 화장터에서 손수 만져보고 확인한 그들이 그래서 무언의 약속으로 찾은 곳도 종렬이 누나네 골방이었다.

좁은 바닥의, 그것도 학교 근처의 주민인 종렬이 사돈댁 가족들은 그들이 오기 전에 이 소식을 당연히 들었나 보았다. 할머니는 마치 그들이 피살자의 유족이기라도 한 것처럼 대문을 들어서는 아이들의 손목을 번갈아 잡으며 연방 혀를 끌끌 찼다. 이 일을 어쩌면 좋아. 아무 탈없이 멀쩡하게 난리를 치루고선, 이게 무슨 횡액야. 그 청년의 부모는 얼마나 원통할꼬. 어이구 징그러운 놈의 세상도 살고 있구먼. 할머니는 이러면서 탄식을 거듭했다. 자기 아들의 경우까지를 쓸어들여 그러는 것 같기도 하고, 남의 불행을 덩달아 슬퍼하는 보통 노인네의 길들여진 넋두리같이도 들렸으나, 사람들의 목숨이 밤새 안녕의 속담에 걸맞는 내력으로 왔다갔다하는 시절을 염두에 두고 하는 소리임에는 틀림없을 것이었다.

"죽은 학생은 형제가 몇이래?"

따로 응답할 말도 없어, 얌전하고도 무겁게 골방 문을 여는 그들의 뒤를 따라온 종렬이 누나도, 딱히 누구에랄 것이 없는 애매한 눈대중으로 물었다.

"이남 삼년데, 위로 형 하나가 있다나봐요."

화장장에서 곁눈질해 본 석표 여동생의 핏기 가신 얼굴이 눈에 그렁그렁 괸 눈물과 대조되면서, 그럴 수 없이 청결한 인상을 주었다는 자기 느낌이 졸지에 죄의식으로 엄습해오는지, 창섭이가 고개를 숙이며 대답했다.

"부모 먼저 가는 자식은 가장 큰 불효자식이라던데."

종렬이 누나는 뻔한 말 한 마디를 남기고 골방 문을 닫아주었다.

"네 누나 올해 몇 살이냐."

"아닌 밤중에 홍두깨라더니, 그건 왜 물어."

"아니, 그냥."

"자식 싱겁기는. 나도 모른다."

창섭이는 종렬이의 대답이사 애당초부터 기대 밖이었다는 투의 덤덤한 시선으로 그의 누나가 닫고 나간 방문을 한참 쳐다보았다. 서른 중반에도 훨씬 미치지 못할 한창시절, 어디론가 빼앗긴 남편을 기다리는 여자를 그는 자기의 같잖은 나이를 잊은 채 따뜻하게 감싸고 있었다. 종렬이 조카는 나이에 비해서는 퍽 일되고, 말솜씨도 사람들을 깜짝깜짝 놀라게 할만치 숙성해서 어머니의 젖과는 거리가 멀었다. 그런데도 창섭이는 종렬이 누나와 가까이 있으면, 어느 때고 비릿한 젖내를 맡았다. 자기에게는 출가한 누나가 둘이나 있으면서도 그들에게서는 경험하지 못했던 냄새였으며, 짙은 안개가 긴 날의 우수(憂愁)와도 흡사한, 종렬이 누나의 몽롱하게 그늘진 표정에 끌렸다. 언젠가는 그것도 하나의 아름다움일 거라고 뇌까렸다가, 이새끼 엉큼한 악질이라며 대드는 종렬이의 앙칼진 반격을 달래느라 혼이 난 적도 있지만 그와 같은 생각은 여간해서 사라지지 않았다. 그것이 얼마나 부끄러운 발상인가를 헤아리지 못한 건 아니었다. 남의 비통스런 일상에 동정을 보낸다는 안타까운 심리로 마음을 채우면서도, 눈은 그런 마음에 편승하여 온몸으로 고통을 참아내고 있는 사람의 억지로 해사한 모습을 당치도 않은 각도에서 바라본다는 것이 얼마나 부도덕한 짓인가를 알기는 알았다.

그러면서도 창섭이는 두 가지 감정이 때때로 엇섞여 나타나는 것을 어찌

지 못했다. 골방에 들르는 이유의 하나도, 자기 속에서 어긋나며 마주치는
마음을 껴안고 안으로는 꺼져가는 장소에 왔다는 어쩌면 달짝지근한 자학
과, 그 자학 안에서 싹트고 있는, 살 내리는 아름다움과 만나고 싶은 욕망을
채우고자 함인지도 몰랐다. 나중에는 생각의 범위를 넓혀 종렬이 누나의 처
지를 한 시대의 희생물로 추어올림으로써, 가까스로 자신의 상투적 이기주
의의 함정에 빠져나오려 했으나 잘 되지 않았다. 그렇게 되면 모든 걸 시대
가 망가뜨리고 있다는 명분 뒤에 숨어 스스로의 개인적 욕심을 보편화시킬
수도 있을 것이었으나 마음은 겉돌았다.

"야 슬픈 폼 좀 그만 잡아라. 넋나간 놈처럼."

창섭이의 어정쩡한 꼬락서니를, 석표의 어이없는 죽음과 연관시켜 생각하
는 덕남이의 구박도, 어눌하게 꺼져가는 목소리였다.

"그럼 껄껄 웃어주랴."

"이보다 몇 곱절 더한 슬픔도 내동댕이쳐온 우린데 뭘."

"그래서? 엊그제까지도 우리 옆에서 육사를 가겠다며 펄펄 뛰던 녀석의
죽음쯤, 아무것도 아니다 이 말이냐."

"시비조로 나올 건 없잖아. 혼자 슬픔을 전매특허 낸 것도 아닐 텐데, 노
상 우거지상만 짓지 말라 이 말이지."

"중공의 뒤를 따라 소련이 이 전쟁에 껴들면 어떡헌다."

두 사람의 입씨름을 까맣게 아래로 깔아뭉개는 낮은 음성으로, 종렬이가
화제를 엉뚱하게 비약시키고 나섰다. 허를 찔린 형국으로 뜨악해하는 창섭
이와 덕남이의 시선을 계속 무시하면서, 그는 또 자문자답의 형식을 취했다.

"소련은 못 나올 걸. 왜냐? 그렇게 되면 세계대전으로 확대되어 삼차 대전
으로 이어질 것은 뻔할 뻔짜 아니겠어. 한국이 쑥대밭되는 건 둘째로 치자
이거야. 이차 대전이 끝난 지가 엊그젠데, 미국이나 소련이 그걸 원할 리가
없지. 이차 대전의 뒤치다꺼리만 갖고도 똥을 싸고 있는 판에."

"국제문제 전문가 하나 나왔네. 진짜 전문가들이 밥 굶겠다."

덕남이가 이죽거렸다.

"너희들에겐 나만한 안목이 있을 리 없지."

"이번에 통일이 될까."

창섭이가 또 화두를 돌렸다.

"되고말고."

종렬이가 받았다.

"어떻게."

"우리 국군이 압록강 물에 손 씻었다는 뉴스도 못 들었냐."

"택동이(毛澤東)가 다 된 논에 낫들고 덤볐는데도?"

"참말로 어린애들허고는 못 놀겠다. 역사에는 필연성도 있으나 우연의 작용도 있다는 걸 왜 모르니. 쯔쯔."

종렬이의 거창한 화술에 두 사람은 머쓱할밖에 없었다. 오늘따라 번번이 시큰둥하게 노는 그를 떠다밀듯, 창섭이가 눈에 모를 세웠다.

"결론을 말해. 빙빙 돌리지 말고. 그러니까 어떻다는 거야."

"예측 불허라 이거지. 어떤 사실을 올바로 판단하기 위해서는, 이런 가능성 저런 불가피성을 모조리 포함해야 하는 것 아니겠어. 되나캐나 지껄이지 말고. 그걸 알면 이러고 있을 나도 아니겠고 말이다."

창섭이는 풍선에서 바람 빠지는 소리를 내며 웃었다. 비단 그만이 아니라, 세 사람은 곧 자기들의 어설픈 말장난이 골방 안에서의 문고리잡기나 활갯짓에 불과하다는 허망한 기분을 신트림하듯 또는 나른하게 내깔기며 공연한 무력증으로 돌아와 있었다. 문 밖에서 전개되고 있는 생살을 찢는 벌거벗은 날고기 같은 혼돈과 가치전도를 목격하면서도, 그것들은 자기네의 손이 닿지 않는 곳에서 제멋대로 돌아가고 있다는 안타까움을, 곧이 곧대로 인정해야 하는 초조감도 씹었다.

"한 곡 켜봐라."

팔베게를 하고 질펀하게 누웠으면서도, 입은 부루퉁하여 천정을 꼬느던 덕남이가 바람벽에 걸려 있는 종렬이의 고물 바이올린을 눈으로 가리켰다. 음악부원이기도 한 종렬이는, 자기 형한테서 물려받은 바이올린을 아예 누나집 골방으로 옮겨놓고 심심하면 활을 잡았다. 소화할 수 있는 곡이 여남은 개는 된다지만 대개는 연습곡의 수준을 넘지 못하고, 기분이 내키면 유행가를 켜대는 등, 심심풀이 삼아 이용될 따름이었다.

"풍악을 아무때나 울리냐? 때와 장소가 있는 법이거늘."

종렬이는 그럴 심사가 못 된다는 표정을 다듬었다.

"오늘 같은 날은 장송곡도 어울릴 거야. 딴전부리지 말고 좋은 말로 할 때 해봐라."

"장송곡을 뽑을 줄 알간디? 십팔번이 고작 메누엣인데."

"왜 못 해. 듣고만 죽어라 자식들아."

창섭이가 능청을 떨자, 종렬이는 벽에 걸린 바이올린을 내려 어깨에 얹었다. 이내 느리고도 귀를 졸아붙게 하는 곡조가 골방을 가득 채우면서 한동안 세 사람의 눈을 다같이 감게 만들었다. 실상 무수한 죽음을 목도하고 겪었으면서도, 장송곡으로 치장되는 장례식을 본 지가 먼 옛날이었다는 새삼스러운 느낌을 반추하는 의식(儀式)의 자리같기도 했다.

"무슨 장송행진곡인지나 알자."

연주가 끝나자 창섭이가 물었다.

"임마 기억 못 하겠어? 백범 김구 선생님의 국민장 때 듣고도."

"누구 작곡인데."

"너희들 같은 음치는 몰라도 돼."

"흥. 저도 모름시롱."

"그렇다고 쳐둬라."

"바이올린을 보니까 생각나는데……."

덕남이가 불쑥 내민 말에, 두 사람은 무슨 시덥잖은 소리를 또 꺼낼 작정이냐는 눈초리를 세웠으나 식어가는 방 안 공기를 반영하는 것인지 매가리가 없었다.

"자취를 감추었던 다리 밑 약장사가 다시 나타났더라."

덕남이는 그게 어쨌다는 거냐고 반문할 기색조차 드러내지 않는, 두 사람의 시들한 무관심을 업신여기는 말씨를 흉내내어 조잘거렸다.

"그렇겠지. 너희들은 내가 어째서 약장사 얘기를 끄집어냈는지, 번지수를 잘못 짚었다고 생각할 게 뻔하다구. 하기사 나도 재등장한 약장사 개인에게는 별반 흥미가 없어. 물이 말라붙은 천변(川邊)공터에서 장날마다 사람들을 모아놓고 떠벌이는 그의 언변은, 하도 많이 들어 신물이 날 지경이고, 말의 순서랄지 중간중간에 끼워넣는 재미있는 후라이 뻥도 달달 외울 정도니까. 다만 내가 그의 출현에 특별한 의미를 부여하는 건 다름이 아냐."

이 대목에서 그는 침을 삼키고 말을 계속했다.

"나는 거기서 평화를 의식했다 이거야. 무슨 말인지 아직 모르겠지? 더 들어보라구. 약장사가 있고 구경꾼들이 그를 둘러싸고 낄낄댄다는 건 무얼 뜻하느냐? 약을 사고 파는 건 별 문제야. 오직 거기에서 우리는 전쟁이나 죽음과는 상관없는 여유를 발견할 수도 있고, 담을 쌓고 지낸다는 걸 확인할 수 있거던. 너희들도 잘 알고 있지? 그 약장사가 줄 하나 끊어진 낡은 바이올린을 들고나와, 사이 사이에 아리랑을 켜대는 것. 그나마도 실력이 달려서인지 구경꾼들을 감질나게 해서 마지막까지 붙잡아두려고 그러는 건지는 몰라도, 한 번도 완주(完奏)한 적이 없는 일 말이다. 나를 버리고 가시는 님은 발병난다는 끝소절까지 온전히 들려준 적이 없잖아. 하여튼 나는 그 약장사가 낯익은 바이올린을 메고, 다리 밑에 서서 군중들을 끌어모으는 현장을 보자 한없이 반가웠다. 그가 그 자리에서 너스레를 떨고 있는 것은 곧 평화를 증명하는 것이다, 이런 생각이 번개처럼 떠오르더라 이말야. 죽은 사람은 죽은 사람이고 살아남은 사람은 엉터리 고약이라도 발라 하잘것 없는 종기라도 터뜨려야 하며, 그가 파는 옴약을 사서 전쟁의 막바지에서는 거들떠 볼 겨를조차 없음은 물론이요, 도대체 병으로 치지도 않던 옴을 다스리겠다는 심정으로 돌아왔다는 것 또한 평화의 사실을 증명함이 아니겠니. 어때 내 말이 그럴싸 하지? 몰라. 다리밑 약장사로 상징되는 평화 회복이 잠시 잠깐의 틈새인지, 내일이라도 또다른 태풍이 불어 그들을 휩쓸어버릴지는 하느님만이 아는 일일 테니깐. 누구도 알 수가 없지. 그렇다 하더라도, 돌아온 약장사와 바이올린이 소중해 뵈는 심정을 나무랄 수는 없을걸."

"너 그러다가 약장사 따라나서겠다. 이 바이올린 빌려줄 테니 한 번 나서볼래."

덕남이의 긴 설명을 듣고 난 종렬이가, 그렇다고 그의 말을 전적으로 부인할 수도 없다는 여운이 실린 어조로 말했다.

"말장난이 아니다. 실지로 그렇지 않니."

덕남이는 자신의 괜찮은 변설에 만족한 사람의 해낙낙한 표정을 지었다.

밖에서는 서서히 해가 기울기 시작하여, 그렇잖아도 어두컴컴한 골방은 썰렁하고 침침했다. 일어서야 할 시간이 됐다는 느낌을 나누며 서로 헤어질 채비를 하고 있는데, 덕남이가 별안간 모두를 고쳐앉게 만들었다.

"그건 그렇고, 내가 요즘 생각해낸 아이디어가 하나 있는데 들어볼래."

종렬이와 창섭이는 배도 고픈데 빨리 끝내라는 뜻의 눈치를 보내며, 잠자코 그의 다음 말을 재촉했다.

"결론을 먼저 말할게, 학급일기라는 제목의 책을 하나 만들었으면 해."

두 사람의 눈이 휘둥그래졌다.

"놀라는 것도 당연해. 너무 당돌한 제안이니까. 하지만 그럴 것도 없어. 책으로 만든다고는 해도 우리 실력으로 번듯한 책을 꾸민다는 것은 언감생심이지만, 등사판으로 밀면 되잖아. 졸업앨범을 못 내는 대신 각자의 소감이랄까 경험담을 써서 한 권씩 나눠가지면 얼마나 의의있겠니. 비용문제도 그래. 얼마씩 용돈을 털면 종이값이야 못 마련하겠어? 원고 수집? 그것도 어려울 게 없다구. 길게 쓸 놈은 길게 쓰고, 짧게 쓸 놈은 짧게 쓰는 거야. 서시 (序詩)는 내가 쓸게. 편집도 내가 하겠지만 따로 편집 위원을 선출하면 더 좋지. 그림 잘 그리는 덕화더러는, 우리반 아이들의 얼굴 특징을 살려 그리라면 될 거고, 정 못 쓰겠다고 나자빠지는 놈은 빵떡이나 얻어 먹고 누가 대필해주는 방법도 있을 것 아닌가. 야들아 첫째, 우리들의 체험이 보통 체험이냐. 추억 나부랭이 어쩌고 하는 그런 표현은 댈 것도 못 되잖아. 한 권씩 지니고 있다가 먼 훗날 꺼내보면 얼마간 근사한 기억이 되겠니. 안 그래? 둘째, 우리는 시방 얼마나 서로간의 알력이 심하니. 이런 기분으로 학교를 떠나면 나중에 길거리에서 마주치더라도 고개를 돌리고 못 본 척하지 않는다고 누가 장담해. 전에는 안 그러던 놈들이 갑자기 건달도 되고 사기꾼도 되고 그것도 모자라 깡패기질을 발휘해갖고설랑, 잔뜩 상을 찌푸리고 다녀서야 되겠어. 따라서 학급일기 발간을 계기로 화해무드도 조성할 겸 우리가 이 일에 앞장 서자 이거야. 춘풍추우 육개성상, 함께 뛰놀던 운동장이며 교실의 순수성을 생각해서라도. 셋째……."

"잠깐."

종렬이가 팔을 올려 덕남이의 입을 막았다.

"올챙이 시인다운 발상이라는 건 인정하겠고 좋은 계획임에는 틀림없어.

그러나 우리 교실 분위기로 보아 제대로 먹혀들어 갈 것인지의 여부를 검토해 보지 않은 것 같구나. 내 생각으로는 그런 터전이 돼 있지 않은 것 같아서 하는 말이다. 괜시리 말을 꺼냈다가 밑천도 못 건지면 어떡할래.”

“요는 너도 찬성을 하지만 자신이 없다 이거렸다.”

“맞아. 십중 팔구는 코방귀들을 뀔 거야.”

“창섭이 너는.”

덕남이는 성급하게 창섭이 쪽으로 얼굴을 돌렸다.

“내 의견은 달라. 거부하는 아이들도 많겠지만, 그건 여기 있는 세 사람의 노력 여하에도 달렸다고 본다. 모처럼 덕남이가 쓸 만한 아이디어를 냈다고 생각하는데, 처음엔 우리 셋이 아이들을 분담해서 설득하고, 그런 연후에 전체회의에 붙이면 안 될 것도 없지 않을까.”

“이런 방법도 있을 수 있지. 우선 내가 취지문을 작성하고, 손쉬운 놈부터 서명을 받아 밀어보는 거야. 다수의 힘을 빌어 찬성을 얻어내는 거지. 담임 선생님과 최학필 선생님의 찬조발언을 곁들이면 작업이 더 쉬울지도 몰라. 정 싫다는 녀석은 빼지 뭐. 나쁜 음모를 꾸미는 것도 아닌 바에야, 명분도 꿀릴 게 없는데?”

덕남이는 드물게 열을 올렸다. 일년에 한 번 나올까 말까한 교지는 물론 간혹 열리는 ‘문학의 밤’ 행사에 나가 시낭송도 했던 그는, 문예부장 자리를 하급생에게 물려준 후로는 시 이야기를 잘 꺼내지도 않았다. 그런 그가 오늘은 무엇에 씌었는지, 자진해서 서시를 쓰겠다며 대드는 게 이상했다.

“너 요상하게 열정적이다.”

“빈정대지마. 나는 오래 전부터 내 학교생활에 큰 엔드 마크를 찍고 싶었다. 개인적인 것으로 끝낼까 하다가, 아무래도 다같이 하는 게 좋을 것 같아 제의했을 뿐야.”

덕남이는 종렬이의 긴가민가한 의구심에 쐐기를 박았다.

“좋았어. 골방에서 죽치고 앉아 비생산적인 입방아만 찧던 우리가, 오늘은 오랜만에 그럴듯한 일거리 하나를 고른 셈이다. 나중엔 삼수갑산을 가더라도 부딪쳐 보자꾸나.”

세 사람은 마침내 합의를 보았다. 만만하게 그들의 얘기에 귀를 기울이거나 찬동하고 나올 아이들의 명단을 작성, 즉석에서 맞춰보고서야 골방을 나섰다.

일은 종렬이 말대로 역시 간단하지가 않았다. 이튿날 세 사람이 어제의 약속대로 아이들을 만나 각개전투 형식으로 매달려 학급일기 제작의 필요성을 강조하자, 대개는 시큰둥한 반응을 보였다. 그거야, 글줄이나 쓰는 애들끼리 할 일이지 아무에게나 해당되는 거냐고 고개를 젓는 아이도 있었다. 시국이 시국인데, 그와 같은 글장난이 우리에게 뭘 갖다주겠느냐고, 그야말로 명함도 디밀지 못하게 하는 아이도 있었다. 더욱 고약한 것은, 돈을 내라면 내겠으나 원고 쓰기는 질색이라며 뒤로 나자빠지는 아이였다. 물론 팔을 걷어붙이고 참여하겠다는 적극파도 없지는 않았으나, 숫적으로는 적었다. 말을 꺼내지 않으니만도 못 하게 된 세 사람은 방과 후 초전에 참패당한 병사들마냥 기어든 골방에서, 그 정도의 정서도 허용되지 않는 까실까실한 현실의 부스럼을 붙안고 푸푸 한숨을 쉬었다.

"내가 뭐라디. 어려울 거라고 했지. 걔네들이 몸에 쟁이고 있는 경험의 덩어리를 낱낱이 풀어간다면야 기록으로도 네가 싫어하는 상투적인 추억을 위해서도 좋은 일이지. 그러나 말이다. 그들은 자기들이 보고 겪은 일을 새기고 소화할 시간이 아직도 충분치 않다고 봐야 돼. 여전히 경황이 없으니까, 우리가 겨우 짜낸 아이디어를 넉넉하게 감당하지 못하고, 유치한 낭만쯤으로 비웃는 거라구."

"그렇기도 하겠지만, 우리가 전체를 묶으려고 했던 게 과욕인 것 같애. 어떤 일에나 백 퍼센트라는 게 있을 수 있니. 아닌 말로 유지(有志)들만, 즉 뜻을 같이하는 사람만 골라 일기를 만드는 것도 나쁘지 않다고 생각한다. 결국 학급 안의 얘기를 엮는 거니까, 쓰는 사람이 안 쓰는 사람의 몫을 대변하고 표현하면 어때. 그게 그거고, 처음에 원고를 쓰겠다고 했다가도 막판에 오리발 내미는 경우가 있을 것을 가상한다면 결과야 매일반이지 뭐."

창섭이가 추레하게 퍼져 있는 덕남이를 치켜세우며 거들고 나섰다. 덕남이는 그제서야 둥글게 꺾고 있던 허리를 똑바로 펴고, 전날과는 달리 더듬거렸다. 그래도 그가 내뱉는 말에는 기세가 남아 있었다.

"사물은 보기나름이라더니 창섭이가 내 생각과 똑같은 말을 하는구나. 철학자 아니랄까봐, 나보다 일일지장이 있는 것 같고, 되는 대로 밀고 가자. 죽이 되든 밥이 되든 해보는 거지 뭐. 결과 못지않게 과정이 중요하다는 말도 있으니."

빛도 못 보고 사산될 줄 알았던 그들의 학급일기 계획은, 시일이 지나면서 떨떠름하게 외면해오던 아이들도 슬슬 가담하고, 의외의 후원자도 생겨 제법 활발히 진행되었다. 그중에서도 뜻밖인 것은 수곤이의 태도였다. 혼자 외따로 떨어져 교실 밖으로만 맴돌기 십상이던 수곤이는 어느 날 덕남이를 불러 자기도 학급일기에 글을 쓰게 해달라고 자청했다.

"솔직히 고백해서, 내 주제에 글을 쓴다는 건 우습디. 나이깐으룬 험하게 굴러먹어서 그런 걸 써봤어야 말이디. 헌데 이번엔 마음이 이상해졌어야. 형편없는 솜씨야 어디 가갔어. 기래두 내가 걸어온 길을 글루 옮기고 싶은 생각이 드는 걸 어떡하갔니, 되는 대루 얽어볼 거니끼니, 니가 좀 날씬하게 다듬어주라마. 괜찮갔디?"

"대환영야. 되도록 길게 써와. 문장 됨됨이는 걱정 말고."

덕남이는 성질이 난폭하고 행동의 결이 꺽꺽하다고만 여겨오던 그의 어디에서 이런 섬세한 감정이 새어나오는지를 헤아릴 셈으로, 찬찬히 수곤이의 얼굴을 뜯어보았다. 그렇게 요량해서 그럴까. 단둘이 맞대면하고 탐색해본 그의 모습에는 앳된 구석이 많이 남아 있었다. 쥐면 단단하고 매몰찬 주먹으로 변할 법한 두 손바닥을 마주 부벼대며 어색하게 웃는 것도, 그의 예상외로 물컹한 일면을 대하는 느낌을 주었다.

"고맙구나야."

"고마운건 나야."

"아이들이 날 우습게 보디?"

"무슨 소리야."

덕남이는 상대방의 진의를 파악할 수가 없어, 일단 주춤거렸다.

"나도 모르딘 않아. 깡패나 쌈패로만 알고 있갔디. 또 그게 틀린 것도 아니긴 하디. 그렇게 놀았으니끼니. 티꺼운 세상이라서 몸을 마구 굴리다보니 그렇게 된 기야. 본래부터 그렇진 않았는데 말이야. 내 편은 아무도 없다는 막된 심정을 뻗치다 보면, 기렇게 되드라 이말이디. 기렇다구 나 비겁하게는 행세하지 않았다."

"알아."

덕남이는 엉겁결에 맞장구쳤다.

"알기는 뭘 알간. 누가 이해해주기를 굳이 바라지도 않지만, 어떤 땐 이유 없이 되게 섧기도 하구 기래."

그가 왜 그런 말을 늘어놓는지 알 듯 모를 듯 하면서도, 덕남이는 이것도 학급일기 계획이 맺어준 인연이려니 생각하고 조금 기뻤다. 동시에 자기에게 속사정을 내비치는 수곤이의 달랑 소외된 처지에 친근감과 이해를 보내고 싶었다.

"앞으로 종종 만나자."

"삼총사들은 종렬이 누나집에서 어울린다더구나."

동문서답인 것 같으면서도, 그는 그 속에 외톨이의 쓸쓸함을 담고 있는 것이 아닌가를 더듬으며, 덕남이는 열적게 웃는 수곤이의 얼굴 위로 그걸 어떻게 아느냐는 의문을 뿌렸다.

"멍청한 것 같아두, 나두 알 건 안다우."

그는 또 멋쩍은 웃음을 인색하게 흘렸다.

"종렬이한테 말해서 너도 한 번 초대할까."

얼김에 나온 소리였으나, 마음에 없는 말도 아니었다.

"뭘 기런 뜻이 아니야."

"그러고 저러고 할 것 없이, 오늘 수업 끝나고 어떠냐. 학급일기 관계로 어차피 우린 거길 가야거든."

"아니래두 그러누나."

"잔말 말고 이따 함께 가. 종렬이도 너 같은 아이의 원고 얻게 됐다고 좋아할 걸."

둘은 얘기를 나누고 있던 신발장 앞을 떠나 교실로 돌아왔다. 덕남이는 곧장 종렬이와 창섭이 곁으로 달려가, 수곤이와의 약속을 알렸다. 그들은 퍽 의아한 눈으로 덕남이를 힐난했으나, 덕남이는 그들의 못마땅해 하는 반응을 한 마디로 찍어 눌렀다.

"좌우간 이따 만나봐. 내 결정에 후회는 없게 할 테니."

314

약속한 대로, 네 사람은 방과 후 골방으로 향했다. 따라는 가면서도 수곤이는 자신이 그들 사이에 끼어드는 것에 대해 연거푸 겸사를 늘어놓았다. 그리고 오늘만 가보겠노라는 단서를 달았다.

"명색 초대랍시고 말한 나도 우습지만, 와 보니 수곤이 너도 실망했지?"

골방으로 이끌려 온 후, 좁은 공간에서의 답답한 운신을 멋쩍어 하면서도 눈으로는 줄곧 방 안을 훑고 있는 그를 대하기가 민망했던지, 덕남이가 시무룩이 말꼬리를 사렸다. 자기집도 아니면서 그를 데리고 오는 데에 앞장 선 것을 미안해하는 뜻도 곁들인 말투였다.

"아니디. 메주도 대롱대롱 매달려 있는 걸 보니끼니, 고향 생각도 나고 기래. 정답다 야."

"고향이 어딘데."

"정주(定州) 아니가."

"정주라면 소월(素月)이 고향이네."

"잘 아누나."

"그 사람 생가(生家)도 가봤고? 곽산(郭山)이라던가 그런 두메라던데. 그가 쓴 고향이라는 시에 나오잖아. '말 마소 재 집도 정주 곽산이라오. 차 가고 배 가는 곳이라오' 그런 구절."

덕남이는 잠깐 시를 외우다 말고 쓸쓸하게 웃었다.

"햐. 내가 그걸 어떻게 알간. 난 읍내서 살기도 했지만, 시를 알아야 말이디."

그 방면엔 석두나 다름없다는 토를 달며 수곤이도 힘없이 웃었다.

"해 본 소리야. 신경 쓰지마."

"기건 기렇구. 이 방에 앉아 있자니끼니 마음이 편안하구나."

"혼자 고향을 떠났니?"

둘의 얘기를 듣고만 있던 종렬이가 물었다.

"아니디."

"그럼."

"아바지와 형님과."

"셋이서만?"

"응."

"어머니는."

"그런 말 많이 들었갔디. 우선 남자들만 삼팔선을 넘었다가, 자리 잡는 대루 연락하면……."

"뒤따라 오라. 그러다가 그만."

"나는 우리 아바지 동무와 형님 동무 서껀 서울서 살다가, 전쟁통에 또 따라지가 됐다 이기야. 핫핫. 두 사람은 부산에 와 있대. 나더러도 오라는 연락이 있는데 말이야. 학교라도 마치면 갈까 기래."

수곤이는 지나치게 자신을 몰아붙인 게 겸연쩍어 말을 하다말고 중도에서 입을 다문 종렬이의 민망함을 덜어주려는 낌새를 보였달까, 자학에 가득찬 농담을 날렸다. 그들은 짧은 동안 입을 다물었다. 하릴없이 딱딱하게 굳어진 공기를 각자 차고 앉아, 난감한 기분을 쪼개먹을 수밖에 없었다. 종렬이의 조카가 보리누룽지 바구니를 들고 오기 전까지는 그랬다.

"어. 형 또 하나 왔다."

손님의 수가 느는 것을 실없이 좋아하는 꼬마가 불쑥 내민 누룽지 더미를 보자, 그들은 시장기 이외의 반가운 기색을 그래서 되찾은 셈이었다.

"이런 것밖에 대접할 게 없나봐."

"야. 누룽지 먹는 거 얼마만이가."

습기에 젖은 종렬이의 말을 싹 밀어젖힌 수곤이는, 실지로 무척 반가운 기색이었다.

"갑자기 우리 오마니 생각이 나누나 야."

이방 외래객들의 발걸음이 며칠 뜨는 바람에 돌덩이처럼 말라비틀어진 누룽지를 공들여 씹던 수곤이의 눈에 슬그머니 눈물이 터 잡은 건 이때였다.

"니네들은 참 행복하다 야. 고향이 있고 부모와 함께 있고……이리저리 떠돌아댕기면서 터득한 건데, 같은 불행이라도 가족들과 더불어 참아내는 것과 혼자 이겨내는 것과는 감도(感度)에 있어 천양지판이더라 이기야. 안 기래?"

"알 것 같애."

뜻밖에 목격한 수곤이의 눈물에 당황하고, 헛소리로라도 행복이니 뭐니

하는 단어를 까맣게 잊고 살던 주인쪽 아이들은 순간적으로 어리둥절했다가 뒤미처 그의 처지를 마음속으로 쓰다듬었다. 창섭이의 대꾸는 그랬으므로 일동의 심란한 진정을 대표하는 형식이 되었다.

"고맙다. 하지만 그렇기 때문에 강해지는 구석도 있디. 그래야 남에게 헤프게 보이지 않고, 깡을 길러 땡땡이판에서 살아남을 수도 있고 말이야요. 핫핫핫."

수곤이의, 제 마음씨를 한껏 위장한 마른 웃음소리에도 골방 안의 세 아이는 쉽게 따라붙지 않았다. 뒷덜미를 짓누르는 무거운 생각들을 골똘히 굴리며 침묵을 지켰다.

교실은 첫서리가 내릴 무렵이 되면서 겨울잠을 준비하는 뱀의 칩거와도 흡사한 침잠 속으로 빠져드는 것처럼 보였다. 겨울 방학을 마지막으로 영영 학교를 떠난다는 설레임을 애써 가두고, 지난날 엄청난 기억들과 덤벙대던 기질을 정리하고 억제하며 실속을 차리는 쪽으로 몸가짐을 가꾸는 기미들을 보였다. 가당찮은 마음의 군살을 빼고 어깨의 힘을 뽑아내며 수상쩍은 미래에 대비하여 몸을 옴추리는 기색이 역력했다. 대학에 갈 아이들은 부지런히 참고서가 될 만한 책을 뒤지고, 그럴 형편이 못 되는 아이들은 분명한 것이라고는 별로 없는 자신들의 장래를 막연히 계산하고 수소문하였다. 그런 가운데 잃어버린 여유의 끄트머리라도 잡아보려는 행동이 굼뜨게나마 돋보였다. 사이가 나빴던 아이들은 중간에 다리를 놓아서라도 꼬인 감정을 풀려는 손짓을 보냈으며, 그 동안의 앙탈이나 짓궂은 손찌검 같은 과장된 행위가, 실은 얼마나 유치한 아이들짓이었는가를 넌지시 흘리기도 했다. 붕어빵을 달짝지근한 팥고물에 묻혀 그런 말을 퍼뜨리기도 하고 나누어 피는 담배 꽁초에 곁다리를 붙여 그런 의향을 띠우기도 하였다.

이처럼 어중간히 흐슬부슬해진 교실은 그러나 어느 날 난데없이 뛰어든 권호의 결혼 소식으로 발칵 요동치고 들떴다. 소문을 맨 먼저 물어나른 것은 아니나다를까 달길이었다. 그는 마지막으로 대어(大魚)를 낚은 자의 의기양양한 기세를 표출하는 데도 이번엔 약간의 기교를 부리고 그에 따른 효과를 노렸다. 몇 아이의 귀에 대고 소근거리던 버릇을 집어치우고, 첫 시간 수업을 마친 그날 교탁 위에 버티고 섬으로써, 막 흩어지려던 아이들의 시선을 집중시키고도 한참 입을 달싹이지 않았다. 그가 발표하려는 소식이 결코 만만치 않다는 것을 알리기 위해, 전에없이 뜸을 들인 후에야 말문을, 그것도 연설조로 열었다.

"여러분! 눈 있는 자는 보고 귀 있는 자는 들으십쇼. 오날날 형설지공을 쌓고 교문을 나서는 우리들의 축복된 앞날을 상징이라도 하듯, 우리 교실에서 드디어 인류지대사인 결혼식을 올릴 학우가 생겼습니다."

이 부분에서 아이들은 괴성을 지르며, 지체없이 서로 전후좌우를 살피기에 바빴다.

"누구야 누구."

"이 형님을 놔두고 먼저 장가가는 시러베아들놈이 어떤 놈야."

"어허 진정하세요. 흥분하지들 마세요. 지금 발표하겠어요. 물론 지가 뭐 잘났다고, 우리 동료 중에서 첫 테입을 끊는다는 사실이 괘씸하다고 여기는 분도 계시겠지요. 하오나 그러한 시새움일랑 일단 접어두고 축하해줘야 마땅하다고 믿고, 오늘 제가 당사자의 완강한 거부를 뿌리치고……."

"임마 감질난다. 연설은 두었다 하고, 싸게싸게 공표하라구."

달길이의 요설을 면박하는 아우성이 사방에서 터지고, 발로 교실바닥을 구르는 소음이 요란하게 퍼졌다.

"그럼 발표하겠습니다. 이 권 호오!"

이름 한 자 한 자를 또박또박 떼어 불렀다. 달길이의 호명이 미처 다 끝나기도 전에, 몇몇 아이는 벌써 권호에게 달려가, 그의 목을 껴안기도 하고 악수를 청하기도 하면서 법석을 떨었다. 나머지 아이들은 일시에 와! 함성을 질러댔다.

"야 너 불알이나 옳게 여물었냐?"

"달길아. 네 소식통사상 오늘 것은 수훈감이다. 하마터면 도둑장가 들 뻔했잖아."

"자식아. 첫날밤 신부를 어떻게 다루는지 알아? 모르면 내가 숙달된 솜씨로 시범을 보여줄게."

호기심과 흉허물 없는 악담을 섞은 희롱조 농담들이 권호의 머리 위로 우박처럼 쏟아져내렸다. 권호 자신은 빨갛게 달아 오른 얼굴을 홰홰 내두르며 아직 사성(四星)도 안 보낸 단계라서 더 두고봐야 한다는 유보를 달았으나, 그것은 아이들의 아우성에 파묻혀 싱겁게 꺼지고 말았다. 괜한 변명으로 들릴갑세 단호한 부인도 아니어서, 영감이라는 별호를 갖고 있는 그의 행실과도 잘 맞아떨어진다는 확신만을 돋구어 줄 따름이었다. 그러고보면 산간지방에서 올라와 하숙생활을 하고 있던 권호는 보통 때도 반아이들이 달린 애가 몇이냐고 집적댈 만치 나이도 웃돌아 보이고 하는 짓도 느슨했다. 그러나 더 따지고 들어가면, 그의 결혼도 전쟁과 무관하지는 않았다. 사람의 목숨이 눈깜짝할 사이에 동강나는 정황을 겪고난 노부모들은, 자식들이 웬만큼 장성했다 싶으면 으레껏 혼례를 올리도록 서두르는 경향이 짙었기 때문이다. 특히 촌에서 그랬다. 어서 씨를 받아두어야겠다는 집념과도 맞통하는 일종의 초조감을 당사자의 의사를 윽박질러서라도 단종(斷種)의 두려움과 함께 어거지로 덮어씌우는 수가 많았다. 신통하게도 권호의 경우라고 예외는 아니었다. 세상에 알려지는 게 부끄럽고 쑥스러워 소리소문 없이 치루려던 결혼식이 달길이 녀석의 방정으로 어차피 밝혀진 이상, 이왕이면 격식을 갖춰아겠다며 천만뜻밖에도 창섭이더러 결혼식 축사를 읽어달라고 부탁하는 자리에서, 그는 쭈뼛쭈뼛 그간의 사정애기를 했다.

"내가 장남 아니냐. 위로 출가한 누님이 둘 있고 내 밑으로 남동생과 여동생이 하나씩 있는데, 개들은 아직 어리거던. 혼사말이 나온 건 작년부터다. 실토하건대 내 나이가 너희들보다는 한 둘 많기는 해도, 결혼이라니 웃기는 소리지. 싫다고 바둥거리고 나대로 거역할 만큼 했다. 그런데도 아버지는 막무가내로 우기시는 거라. 더구나 부역하다 산으로 도망갔던 작은댁 형님이, 토벌대 총에 맞아 요전번에 시체로 돌아온 걸 보시고는 내 항변은 전혀 먹혀들지 않았어. 나중엔 당신 죽는 꼴 보고 말테냐면서, 실제로 며칠 동안 식음을 끊으시는 거라. 불효막심한 놈이라고 나를 면대하시려고도 하지 않으니까. 더욱 기가 막힌건, 내가 장가가서 아들을 여럿 낳아 외아들만 둔 작은댁에 양자까지 들여보내라는 거야. 빌어먹을, 내가 종마(種馬) 신세가 되었구나. 너 같으면 이런 때 어떡할래."

"글쎄."

"울며 겨자먹기지."

"이해할 만하다. 그분들은 전쟁도 한 집안의 내림을 끊을 수는 없을 뿐더러 후사가 더 중요하다는 생각으로 살아오셨을 테니까. 그건 그렇고 구식 결혼식에 축사는 무슨 축사야. 덕남이더러 축시를 읽어달란다면 모를까."

"도포 입고 자전거 타는 격이겠지만, 요새 그렇게들 많이 하더라. 처가쪽에 조금은 신식 신랑티를 내고도 싶고. 흐흐."

"신부는 어떤 처녀냐."

"우리 집이나 그 집이나 농사꾼인데 별 수 있겠니. 집안은 괜찮은가 보던데, 공부를 많이 못 시켰어. 겨우 국민학교만 나왔대."

"이쁘디?"

창섭이가 얼렀다.

"반반하지는 않아도 그저 그만해."

말과는 생판 달리 권호의 입가에 웃음기가 머물고 얼굴이 넉넉하게 허물어지는 것을 보고 창섭이는 기묘하게도 아랫도리가 뻐근해오는 것을 느꼈다. 겉으로는 손을 내젓는 권호가 돌아서서는 낼름 혀를 빼무는 것 같은 상상도 이때 해보았다.

권호가 혼례식을 치르러 신부집으로 떠나는 날 아침은, 선들선들한 바람이 조금 춥다는 감촉으로 와닿기는 해도 그때문에 오히려 더러움을 타지 않은 빈 하늘이 더 높아보이고 산과 들도 땟물을 벗고 짱짱하게 널려 있는 인상을 주었다. 창섭이를 비롯하여 대여섯 명의 교실친구이자 하객이기도 한 아이들이 이미 하루 전에 와서 신랑집에 묵었던 까닭에, 나이든 신랑측 상객들이 화물 트럭에 오르는 일 등을 부지런히 도왔다. 많지 않은 짐 중에는, 반 아이들이 거둔 돈으로 산, 기다란 거울도 포함되어 있었다. 밑둥아리 쪽에는 물론 '우인일동'(友人一同)이라는 금박글씨를 새긴 것이었다. 신랑집에서 하룻동안만 쓰기로 전세낸 트럭은 어떤 관청 것이라고 했거니와, 간밤이 사랑방 술자리에서 털어놓은 권호의 말로는 그걸 얻는 데도 여간 힘이 들지 않았다는 것이었다. 그는 고개를 살래살래 흔들기까지 했었다.

"하마터면 백 리 길을 걸어가거나 결혼식 날짜를 연기해야 할 판이었다. 노는 차가 도무지 없다는 거라. 마침 친척 가운데 그쪽과 다소 알 만한 사람이 있길래, 빽도 쓰고 사정사정해서 간신히 얻었다. 신부가 사는 동네는 공비 출몰이 잦은 지역이라 신방도 우리 집에서 차리기로 했거던. 그나저나 나는 화물 자동차와 인연이 깊은가봐. 방학이 시작되고 끝날 때나 집에 갈 때마다, 그놈의 트럭 신세 지지 않고는 꼼짝도 못 했으니까. 너희들이 아는 대로 나는 행동이 느린 놈 아니니. 그런데도 화목 등을 실어나르는 트럭이 지나다니는 목을 지키고 있다가 날쌔게 올라타는 재주 하나는 비상하다고 사람들이 놀래. 하지만 실패담도 많지. 한 번은 하숙비로 낼 쌀 닷 말을 지고 나왔다가 먼저 트럭 짐칸에 던지는데까지는 성공했으나 그대로 자동차가 내빼는 바람에 한 달치 하숙비를 고스란히 날렸을 땐 피눈물이 나더라. 용돈이 아쉬운 운전사라면 몰라도 귀찮아서 잘 안 태워주거던. 검문소에서의 시비도 그렇고 짐도 어지간히 많이 싣고 다니니까 무리도 아냐. 하여튼 너희들이 결혼할 때쯤 되면 버스도 다니고 하는 그런 시대가 되겠지. 선구자의 어려움은 이런 데에서 있다는 걸 알아둬라.”

권호가 어렵사리 구했다는 트럭 운전석에는 신랑과 신랑 아버지가 타고 그외의 결혼식 손님들은 짐칸에 서고 앉아 먼지가 풀풀 이는 신작로를 달렸다. 그리고 예정된 혼례 시산에 얼추 대어갔을 때, 사오십 가구가량 사는 신부 동네는 생각보다 훨씬 조용했다. 시계(視界)를 넓히기 위해 주변의 나무를 벤 탓에, 동네 앞쪽의 그리 높지 않은 산꼭대기에는 경계근무를 서고 있는 경찰들의 서성거리는 모습이 보였으며 어젯밤에도 가물가물 멀리 떨어진 산에서는 빨치산들의 봉화불이 올랐다는 얘기가 신랑쪽 사람들의 들뜬 기분을 으스스 꺾어놓았다. 그래도 차일을 친 신부집에서는 기름진 냄새가 떠돌고 있었으며 시끌짝한 사람의 왕래로 몹시 붐볐다. 죽은 듯이 엎어져 있던 사람이 반가운 사람의 출현으로 벌떡 일어서서 되찾은 활기로 쉴새없이 주절대는 장면과도 근사했다. 슬픈 일만 반복되던 상황을 뚫고, 모처럼 맞이하는 경사에서 위안과 희망의 단서(端緒)를 붙잡으려는 안감힘과 기지개켜기를, 거기에서 발견할 수도 있었다. 그렇게 보면 초례청의 신부가 몸에 두른 원색의 자극적인 색깔들과 꾸미고 보니 의젓한 신랑의 사모관대에서 반사되는 차분하게 화려한 빛깔이, 신랑집을 떠나올 때와는 다른 주변의 음산하게 죽어 있는 경치와 공기를 부분적으로나마 압도하고 신명나게 하는 것 같기도 했다.

창섭이가 혼례의 끝머리에 가서 축사를 읽어내려갈 때는, 키 작은 토담위로 아낙네들의 얼굴이 보였다. 한동안 깊이 숨어 살았을 게 분명한 동네 처녀들의 길게 뽑은 모가지도, 비주룩이 솟아 있었다.

"오늘같이 화창한 만추의 가일(佳日)을 택하여, 여러 어른과 친지들을 모시고 한 쌍의 배필이 새로운 출발을 기약하게 된 것은……."

생각하기에 따라 떨리는 듯하기도 하고 음색을 가다듬느라 일부러 그러는 것 같기도 한 창섭이의 카랑카랑한 목소리는, 시간이 갈수록 축사를 붓으로 베껴 쓴 두루마리가 길게 땅으로 늘어지고 떨어져 제물에 접히면서 스스로의 감동으로 함빡 젖었다. 아무도 그의 검은 학생복차림을 탓하는 눈길을 보내지 않았다. 되레 학생이라는 신분이 풍기는 신선함을 탐내고 있는 게 아닌가 짐작되기도 했다.

이때였을 것이다. 앞산의 경비초소에서 느닷없이 서너 방의 총소리가 터졌다. 사람들은 일제히 그쪽을 바라보며 두려운 눈초리를 주고 받았다. 그러나 신부측으로 보이는 중년 남자가 큰소리로 외쳤다.

"염려들 마십쇼. 놀라실 것 없습니다. 축포입니다. 축포. 초소에 계신 분들이 공포(空砲)를 쏘아, 오늘의 경사를 축하해주기로 미리 약조가 되어 있었습니다. 그쪽으로는 이미 약간의 주효(酒肴)도 올라가 있어요. 사전에 주의말씀 드리지 못한 점 사과합니다."

예정했던 대로 혼례식이 끝나자 오랜만에 이것 저것 포식한 신랑쪽 하객들은, 신랑 신부와 두어 명의 신부측 손님을 태우고 다시 트럭에 올랐다. 올 때보다는 신부의 짐 때문에 자리는 더 비좁았으나, 아이들의 마음은 마냥 홍겨웠다. 어머니 아버지 동생들과 이별하는 대목에서 마침내 흑흑 흐느끼는 신부와, 자신도 연거푸 눈물 콧물을 흘리면서 딸의 두 손을 모아쥐고 신부가 너무 울면 못 쓴다고 달래는 광경은, 더불어 눈물을 쏟게 만들면서도 산다는 것의 아름다운 마디로만 인식되는 게 이상하다면 이상했다. 술기운으로 따근따근하게 달아오른 두 볼을 자동차의 속도감에 비례해서 몰아치는 역풍에 내맡긴 채 달리는 맛은, 이게 대체 얼마만에 마시는 삽상한 해방감이냐는 너끈한 감동을 일으켜 세우면서, 밀봉해두었던 희망의 뚜껑을 차츰 열어도 되겠다는 조심스런 예상으로도 이어졌다. 항용 그렇듯, 세상을 얼마 살아보지 못한 그들도 남의 경사에 빗대어 자신의 비관과 낙관 사이를 헤매다가 사소한 실마리를 잡으면 스스로의 이문을 챙기는 방향으로 나꿔채는 습관에 익숙했던 것이다.

"어쩐지 우리가 신부를 납치해 가는 기분이다. 권호녀석이 주범이고 우리들은 종범(從犯)인 처지에서."

"사실이지 뭐야. 신랑을 색시 도둑으로 보는 견해도 있잖니. 신랑을 심하게 다루는 처가쪽 청년들에게도, 그와 같은 의식이 전혀 없다고는 할 수 없을걸."

"그럴법해. 나는 아까 초소에서 축포를 쏘았다지만, 그들의 심리 속에는 지금 대식이가 말한 것 같은 심리가 깔려있는 것이 아닐까. 누구는 목숨 걸고 동네를 지키는데, 어느 놈은 팔자 좋아 색시를 차고 달아나느냐는."

창섭이는 찬비라도 내릴 듯 그렇게도 해맑았던 하늘이 부옇게 잿빛을 띠며 낮게 가라앉는 걸, 미심쩍게 바라보고 있었다. 그러면서도 진작부터 불어오는 비를 잉태한 바람을 싫지 않게 받으며 떠드는 아이들의 말에, 귀를 갖다대었다.

"낳고, 짝 짓고, 죽는 것을 인생의 삼대 사건으로 친 게 누구였더라."

"것도 모르냐. 나지 누구야."

"웃기는 소리 그만하고. 이렇게 경황이 없는 속에서도 결혼을 하고 섹스를 즐기고 한다는 것은, 인간만의 특성일까. 미래를 열기 위해 오늘을 열심히 산다는 증거일까."

"너야말로 웃기고 있다 새꺄. 너도 흘레붙고 있는 용잠자리를 일망타진으로 잡아본 적이 있지? 고것들이 일분이나 이분 후의 자기 운명을 알고도 그런 짓을 했을까. 인간도 어떤 점에서는 그와 같다고 볼 수 있어."

"야 임마. 하필이면 잠자리와 인간이냐. 권호가 엿들었다면 너 같은 놈은 재수없어서도 자동차에서 내리라고 그랬겠다. 차원이 낮은 놈은 차원 낮은 소리만 지껄인다니까."

권호의 결혼식이 끝나고 일주일 가량 지났을 즈음 교실에는 또 하나의 경사가 벌어졌다. 드디어 학급일기가 책으로 꾸며져 나온 것이다. 백 페이지가 조금 넘는 프린트본이었으나, 그런대로 아이들의 화제를 충족시킬 만은 했다. 그중에서도 덕화가 만화식으로 그린 반아이들의 얼굴 소묘(素描)와, 특징을 꼬집고 살린 촌평은 대단한 인기였다. 개중은 자기 얼굴을 쪼그랑할멈의 그것처럼 또는 짠지모양 우그려뜨렸다는 항의도 없지는 않았다. 그림 그린다는 작자가 미남과 추남도 구별 못 하다니, 그림쟁이로서의 네 앞날이 걱정스럽다는 험담도 들어왔으나, 장난기를 벗어나는 것은 아니었으며 글 한 줄도 안 쓴 아이들은 은근히 자기 이름 석자 빠진 걸 후회하는 눈치도 보였다. 그랬을망정 모두들 학급일기를 만든 편집자들을 칭찬하는 데 인색하지도 않았다.

"삼총사 수고했다. 쬐깨 애썼어. 네돈 갖고 막걸리나 한 사발 사 마셔라."

수곤이는 더욱 기쁨을 감추지 못했다. 사양하는 덕남이를 붙들고 며칠 후에 꼭 한턱 내겠으니 종렬이와 창섭이도 참석시키라고 졸랐다.

짧고도 길었던 마지막 학기도 내일 모레로 마감하고, 남은 것은 졸업식뿐이라는 홀가분함과 미련으로 교실은 여느 때없이 흐느적거렸다. 학교에 나오는 아이도 드물어 솎아낸 배추밭처럼 듬성듬성 자리가 빈 교실은, 그러나 다시 그 엄청난 소식이 날아들면서 막판까지 들끓고 졸아붙었다. 침통한 낯빛으로 교실에 들어선 담임 선생님은 이날 아침, 한참 동안 입을 열지 못하다가 잦아드는 목소리로 창밖으로 고개를 돌리며 말했다.

"이 교실에 일어난 여러 가지 비극과 희극도 이제 다 끝났나 했더니, 신은 또 한 번 우리에게 시련을 안기나보다. 오늘 새벽 덕남이가 죽었다."

교회 장로이기도 한 담임 선생님의 평소의 과묵한 성격과는 어긋나게도 꽤 긴 수식어를 달아, 힘겹게 말을 끝냈다.

"넷? 왜요 왜요? 왜 죽었어요. 그럴 리가 없습니다, 절대로."

어지럽게 술렁대는 아이들의 크나큰 놀라움을 덮어누르듯 벌떡 일어선 종렬이가 담임 선생님에게 대들었다.

"조금 전에 연락을 받았다. 소식을 전해준 가족도, 그 이상은 말을 하지 않아서 나도 모른다. 나는 곧 덕남이 집으로 가봐야겠다. 집을 아는 사람이 있으면 나하고 같이 갔으면 하는데."

"제가 모시고 가겠습니다."

창섭이가 멍청한 표정으로 선생님을 쳐다보았다.

"그래주렴."

선생님은 시적시적 교실을 나갔다.

덕남이의 시신은 그의 집이 아닌, 이 도시의 중심가에 있는 병원에 있었다. 창섭이와 종렬이의 안내로 선생님과 함께 아이들이 그의 집으로 갔을 때는 벌써 병원으로 옮긴 뒤였는데 가족들이 학교로 연락한 장소도 병원이었으면서 미처 그걸 전하지 못하고 급한 김에 죽었다는 사실만 알린 모양이었다.

"오셨습니까."

하얀 시트가 아니라, 국방색 군용담요로 덮인 덕남이의 시신 곁에 앉아 있던 그의 어머니가 벌겋게 충혈된 눈에서 눈물을 펑펑 쏟는 간으로는 퍽 또렷한 어조로, 천천히 일어서서 담임 선생님에게 인사를 했다. 옆에 있던 네댓 명의 가족들도 가벼운 목례로 어머니의 뒤를 따랐다.

"이게 어찌된 일입니까."

"……."

어머니도 가족들도 선생님의 물음에 묵묵부답이었다. 혼자 시골에서 국민학교 교장 선생님을 하고 있는 덕남이 아버지는 아직 당도하지 않았는지 눈에 띄지 않았다. 아이들의 맨 앞에 서서 주먹으로 눈물을 훔치고 있던 창섭이와 종렬이는, 차마 덕남이네 식구들을 바로 볼 수가 없어 눈을 아래로 깔았다. 이런 때 어머니가 차라리 몸부림치며 통곡했으면 처신하기가 수월할 것 같다는 느낌도 들었다. 창섭이는 덕남이 어머니 쪽으로 다가가서 왜소하면서도 까칠한 덕남이 어머니의 어깨를 껴안고 소리죽여 울었다.

덕남이는 자살이었다. 스스로 팔 동맥을 잘랐다는 것이었다. 시간이 많이 지나 출혈이 너무 심했으므로, 병원에 당도했을 때는 이미 절명한 후였다는 게 의사의 설명이었다. 유서도 없었다. 반아이들은 너희들은 죽은 이유를 알게 아니냐며 창섭이와 종렬이를 다그쳤으나, 그들도 별로 짚이는 데가 없었다. 그런 냄새조차 풍기지 않던 독한 녀석이라는 느낌을 새삼스레 들추어내게 하면서, 속으로는 무서움에 떨게 할 뿐이었다. 그렇다. 그건 분명 무서움이었다. 우선 원통하고 슬픈 감정으로 앞뒤를 잴 수 없었으나, 그 순간이 지나자 노상 숨결을 같이 나누고 함께 뒹굴던 친구는 실상 허깨비에 지나지 않았으며, 그는 더 깊은 곳에 틀어박혀 이쪽을 차디찬 눈으로 응시하고 있었을지도 모른다는 가혹한 짐작은, 우습게도 배신의 무서움까지 깨닫게 하였다. 아닐 수도 있었다. 남모를 비극의 골짜기에서 허위적거리며 혼자 처리해야 할 비밀스런 음모를 꾸며갈 때의 아픔이 오죽했으랴는 무관심의 후회는, 사람과 사람과의 어울림에 대한 한계가 어디서 맺고 끊어지는가를 더듬는 의문으로도 뻗쳐, 더욱 가닥을 잡기 힘들었다.

"왜 죽었을까."

병원에서 돌아오는 길바닥에서, 종렬이는 줄창 입을 다물고 있는 창섭이를 힐난하듯 신경질적으로 물었다.

"지난번의 최학필 선생님 말씀 기억나니?"

창섭이는 그럴 수 없이 침착하게 받았다.

"무슨 말."

"자살에 두 가지 스타일이 있다는 거. 수없이 많은 죽음을 지켜보면서 갈수록 자기 생명에 집착하는 전시(戰時)에는 자살하는 사람이 드문데, 정신이 헐렁하게 풀어지는 평화 속에서는 그게 늘어난다는 논리 말이다."

"그것이 덕남이의 죽음과 무슨 상관이냐."

"내 생각엔 상관이 있어. 그녀석이 서울서 피난 오다가 폭격 맞아 죽은 제 외삼촌 얘기를 여러 번 되풀이하는 것 너도 들었을 거다. 대학에서 철학을 공부하던 외삼촌은 그녀석의 우상이었어. 외삼촌은 쇼펜하워 전공이었다지 아마."

"되잖은 상상으로 덕남이의 죽음을 몰아붙이지 마. 알량한 염세철학과 결부시키려고?"

"들어봐. 덕남이는 외삼촌의 일기도 갖고 있는 눈치였어. 그 나이에 염세를 들먹이기에는 네 말대로 어림없는 수작인지 몰라도, 최 선생님의 말씀으로 돌아가면 어렴풋이 어림하지 못할 것도 없어. 아무튼 지금은 포성이 멀어졌고, 외삼촌의 죽음이 안겨준 충격을 긴장으로 겨우겨우 버텨내다가 이제는 무너져 내렸다는……."

"시끄럽다. 고작 그 정도냐. 제 목숨을 제가 꺾은 사람의 마음은 아무도 알 수 없는 거야. 섣불리 단정하고 추리하는 것은, 산 사람의 오만이며 고인

에 대한 결례라는 것 몰라? 우리는 다만 그의 죽음을 죽음으로만 받아들이면
돼. 더 이상 아무 소리 마라. 여러 가지 이유가 포괄적으로 엉겨 붙을 수도
있고."

무안당한 창섭이를 위로하듯 종렬이는 이내 화제를 바꿨다.

"학급일기가 그 녀석의 유작(遺作)이 됐구나. 녀석이 택한 시기도 바로 책
이 나올 무렵 아니냐."

"그렇게 됐구나."

"화장 시간이 내일 몇 시랬지?"

"오전 열시."

"어른도 되기 전에 화장터를 두 번씩이나 가다니."

"어른 흉내 낼려고 기를 쓰던 건 언제고."

"우리도 졸업하면 어른대접 받을까?"

"전쟁 덕분에 어른 연습 숱하게 했으니."

"곧 겨울이구나."

"겨울이 지나면 봄이 오겠지."

"너답잖게 오늘은 유치하게 논다, 너."

"가능하다면 모든 걸 물리고 다시 시작하고 싶어서 그런다. 철저히 유치
해졌으면 해."

"엿장사 맘대로. 자식 그런데 왜 눈물을 흘리니. 볼썽사납게시리."

종렬이는 창섭이를 흘겼다.

"홍. 누가 쳐다볼 테면 보라지. 눈물 샘이 아직 마르지 않은 것만도 나는
고맙다."

그들은 어느새 종렬이 누나집 가까이 와 있었다.

"너는 두렵지 않으냐."

"뭐가."

종렬이는 창섭이의 엉뚱깽뚱한 질문에 주춤거렸다.

"얼치기로 다닌 학교나마 떠난다는 게 그렇고 불길한 예감을 지닌 채 또
하나의 세계로 떠밀려가는 것도 그렇고."

"어쩌겠니. 여기꺼정 왔는데. 또 무언가를 껄떡거리며 살아가야지."

“너 십 년은 더 늙은 것 같다. 그 말을 들으니까.”

“으흐흐흐.”

종렬이가 웃었다. 창섭이도 이제는 눈곱마저 데레데레 낀 눈을 어울리지 않게 찡긋거렸다. 바람이 의당 차게, 그들의 버쩍 마른 얼굴을 잽싸게 훑고 달아났다.

崔一男의 문학세계

―文學評論家―　　崔　貞　淑

최일남은 1953년 《쑥 이야기》를 〈문예〉지에 발표하고 이어서 《파양(爬痒)》을 〈현대문학〉지에 발표하면서 문단에 등단했다. 1932년생이니 이때는 만 21세가 되지만 그는 이보다 먼저인 1950년에 전북일보 현상문예 당선작가가 되어 있었으니 나이에 비해 등단이 빠른 꽤 특출한 작가인 셈이다.

그 후 창작생활을 하면서, 〈여원〉 편집장, 〈민국일보〉〈경향신문〉〈동아일보〉 문화부장 등 언론사의 중책을 맡은 경력도 나이에 비해 꽤 빠른 셈이다. 그러던 최일남은 70년대 유신독재 정권시 잠시 동아일보 문화부장직에서 해임된다. 소문에 의하면 박정권의 압력에 의해 일부 부하 직원을 해임시키도록 종용받았을 때 부하 직원의 사표를 받는 대신 자기 자신이 사표를 내고 물러났다고 한다.

그 후 복직되었었지만 80년대초 신군부에 의한 탄압이 다시 시작될 때 그는 해외출장 중에 해임 소식을 듣는다.

남달리 일찍부터 두각을 나타냈던 작가적 재능과 언론계에서의 중책, 그리고 군사정권의 탄압에 의한 두 번에 걸친 해임, 다른 사람들처럼 복직운동에도 나서지 않고 그렇다고 상업적인 소설이나 써가며 어느 정도 세상 물정과 어울린 적도 없이 오늘에 이른 것 등을 보면 그는 저항성이 매우 강한, 즉 고골리나 솔제니친 같은 작가를 연상시키게 한다. 더구나 여느 문인들에게서는 거의 찾아볼 수 없는 소박한 옷차림, 투박한 구두에 부수수한 머리 모습과 지나온 그의 경력을 비교해 보면 그같은 반독재의 투사 같은 인상은 더욱 굳어진다.

그런데 사실상 그는 민족·민주언론지였던 동아일보에서 누구보다도 반독재의 목소리를 높였던 투사도 아니고 문학 역시 그런 의미의 투쟁적 참여문학, 민중문학의 작가도 아니다.

그는 자신의 문학에 대해 이렇게 말한 적이 있다.

내가 지금까지 써 온 작품의 밑바닥을 구태여 들추어보면 그것은 모두 소시민, 그 중에서도 가난하고 못난 사람들의 세계이다. 나는 아직도 이들에 대한 미련을 버리지 못한다. 꾀죄죄하고 각박한 세상에서 늘 한 옆으로 돌려지기만 하는…… 그러나 남을 해칠 줄 모르는 선의의 인간들, 나는 이들이 좋다. 나 자신의 출신이 그래서 그런지는 몰라도 붓을 들면 그쪽으로 관심이 쏠린다.

누구는 그래서 작품세계가 항상 옹졸하고 구질구질하게 느껴진다고도 하지만 그것은 부끄러운 얘기로 소설을 꾸려나가는 솜씨탓이지 소재 자체의 문제는 아닌 것이다.

《객적은 소리》, 《현대한국문학전집》 제10권, 신구문화사, 1971년)

이런 고백대로 그의 작중인물들은 소시민, 특히 가난하고 못난 사람들이 대부분이다. 그런 면에서 이들은 황석영의 《삼포가는 길》 《객지》 등의 인물들처럼, 특히 80년대 민중문학의 중심인물이었던 민중에 속한다고 볼 수 있을 것이다. 그러나 이 작가가 앞의 《객적은 소리》를 쓸 때까지 그 민중들은 80년대에 있어서 우리 사회의 구조적 모순 속에서 파악

되는 의미의 민중은 아니다. 최일남은 다만 선량한 소시민들의 서글픔을 묘사하고 있을 뿐이지 가난한 자 힘없는 자들의 분노나 또 누가 그들을 그렇게 만들었느냐 하는 저항적 자세는 작품 속에서 발견하기 어렵다. 그러므로 이런 작품세계에 대해서는 '옹졸'이라는 수식어가 붙을 수도 있었을 것이다.

그런데 그 후 독재정권의 탄압을 두 차례나 겪고 '실직자'가 된 이후의 문학 역시 그같은 소외계층의 인물이 중심이 되기는 마찬가지지만 군부독재의 민중 억압에 대한 저항적 성격은 충족되지 못하고 있다. 때문에 독자들의 불만을 사온 경향이 짙다. 가령 권영민의 평을 보면,

그런데, 지금은 그 시대의 '닫힘'을 청산하는 과정에 서 있습니다. 관점에 따라 얼마든지 다른 의견을 내세울 수도 있겠지만, 귀가 따갑게 들어오고 있는 '민주화'의 과정을 우리는 숨 죽이고 지켜보고 있습니다. 아무리 오늘의 상황을 부정적으로 생각한다 하더라도, 70년대 말기에서 80년대 초기까지의 '닫힘'을 극복해가는 과정이라는 점을 부인할 사람은 없을 것입니다. 그러나 선생님의 소설은 '닫힘'의 시대에 탄력적으로 대응했던 '열림'의 정신 대신에 한 걸음 물러서서 '사시적'으로, 그 돌아가는 국면을 꼬집어 보고 있습니다. 풍자 속에는 인간미가 있지만, 냉소 속에는 비정한 질책만이 담겨 있게 마련입니다.

(권영민, 《正視의 小說을 위해》, 최일남 창작집 《그때 말이 있었네》)

권영민이 여기서 언급한 작품들은 《힘을 먹는 다슬기》《희망은 묘지 위에》《철갑을 두른 듯》 등이다. 그리고 권영민이 말하는 '닫힘'과 '열림'은 '폐쇄적 독재사회'에서 '개방적 민주사회'로 전환하는 역사적 변화 또는 그같은 시대적 욕구를 의미한다. 그렇다면 최일남이야말로 '닫

힘'시대의 희생자일 뿐만 아니라 작가적 사명으로 보더라도 누구보다 먼저 '열림'으로의 변화에 적극적이고 선구적이어야 하거늘, 왜 오히려 거기서 '한걸음 물러서' 있느냐는 질책이다. 그리고 또 권영민은 그같은 문학에는 '우리시대 삶에 대한 어떤 전망도 발견할 수가 없으며' 그의 문학세계는 '달관이라기보다는 허망함'이라고 지적하고 있다.

이같은 평가는 최일남이 일찍부터 '천재성'을 인정받고 항일과 반독재의 대표적 언론지였던 동아일보의 간부직에서 두 번이나 된서리를 맞은 작가인데서 우리가 의당 기대하고 있었던 투사의 모습이 전연 보이지 않았던 데에 대한 실망으로 해석될 수도 있을 것이다.

그러나 최일남은 이에 대해 이미 20여년 전 전술한 《객적은 소리》에서 반론을 제기해 놓은 셈이다.

> 다시 말해서 작품의 양(良)·불량(不良)을 따질 때는 그 규모나 특이성을 중시할 게 아니라 그것이 지니고 있는 제나름의 가치를 알아줘야 할 것이다.

즉 80년대 민주화 열기 속에서의 일반적인 독자나 비평가의 작품평가 기준에 의하면 그는 기대에 미치지 못하는 작가로 볼 수 있을지 모른다. 하지만 문학은 결코 어떤 몇 개의 정해진 틀에 의해 평가될 것이 아니라고 볼 때 우리는 그의 작품에 대해 다른 평가를 내릴 수 있을 것이다.

그런데 굳이 이런 의미가 아니라도 그의 문학은 모든 작가가 지녀야 할 독보적 세계를 지니고 있다. 쉽게 찾아질 수 있는 풍자적 세태 묘사나 채만식류의 해학성, 또는 가난하고 힘없는 사람들의 삶의 애환, 그리고 권영민이 지적한 대로 현실에 대한 '사시적' 관망 태도 등만이 그의 문학의 전부가 아니다. 그의 작품에는 다른 작가에게서 쉽게 볼 수 없는, 강도있게 가슴을 짓눌러 오는 아픔의 무게와 엄숙성이 있는 것이다. 그

리고 그것이 농밀한 예술적 감동을 주고 있음에 우리는 주목해야 하고
또 그같은 감동의 진원지를 찾아낼 필요가 있다.

가난한 초식동물

　1953년의 《쑥 이야기》는 60년대 말까지도 흔했던 절량농가(絶糧農家)
의 이야기다. 그러므로 오늘의 경제수준에서 보면 그것은 아득한 과거의
신화나 전설 같기도 하다. 그런데 그같은 과거의 풍경화를 최일남은 20
년 30년이 지나면서 발표해온 여러 작품들 속에 항상 밑그림으로써 그
자취를 남기고 있다. 그리고 작중 인물들의 의식의 저변에 짙게 깔려 있
는 그것은 수면하에 가려져 있어 다만 잠재의식처럼 얼핏얼핏 재생되는
역할을 하고 있을 뿐이다. 다시 말하면 70년대나 80년대의 작품들 속에
는 쑥이나 진달래로 허기를 때우는 '초식동물'은 등장하지 않지만 여전
히 배고픈 사람들이다. 이는 그의 작품세계가 힘없는 약자이며 피해자로
서 겪는 뼈아픈 통증의 농도에 있어서는 거의 아무것도 변한 것이 없음
을 의미한다고 볼 수 있다. 때문에 그 밑바닥에는 쑥이나 진달래, 칡뿌
리나 먹으면서 연명하던 인물들의 영상이 그대로 깔려 있는 것이다.
　이렇게 볼 때 그의 문학은 다분히 과거 회상적인 장치를 지니고 있다
고 할 수 있겠다. 즉 오늘의 현실을 얘기하면서도 먼 과거와 닿고 있는
시간의 깊이를 지닌 셈이다.
　그런데 중요한 것은 그렇게 잠재의식처럼 회상되는 과거의 이야기는
그냥 가난했던 시절에 대한 감상적 회고주의에 머물고 있는 것이 아니라
는 점이다.
　《쑥 이야기》에서 인순이는 임신한 몸에 시퍼런 쑥만 먹고 있는 어머니
생각을 하며 자기도 모르게 쌀을 훔치다가 주인에게 발각된다. 그때 주

인은 어린 인순이의 머리채를 틀어쥐고 뱅뱅 돌리다가 담벼락에 내동댕이 쳐 뇌진탕을 일으키게 만든다.

가난한 자에 대한 이웃의 이같은 무관심과 비정함은 《진달래》에서 정치적 권력이 힘없는 백성에게 보이는 무관심과 냉혹성으로 묘사됨으로써 치열한 비판적 작가 정신을 형상화하고 있다.

《진달래》 속의 학생들은 참진달래를 따먹고 허기를 채우고 가끔 우유가루 배급을 받는 것이 고작이다. 주인공 동수 역시 허기진 배에 진달래나 따먹는 형편이다. 그는 산에서 캔 칡뿌리를 술재강과 바꾸어 집으로 가다가 땅바닥에 엎어버리게 된다. 스피커를 달고 절망 속의 농민들을 구제하겠다며 떠들고 지나가던 국회의원 선거운동차가 갑자기 길 한복판으로 달려드는 바람에 이를 피하려다가 술재강을 담은 도시락을 떨어뜨린 것이다.

정치가 또는 정치적 권력과 힘없는 백성 사이의 절대적 단절이나 모순의 역학 관계가 여기서 극명하게 드러나고 있다.

그런데 이것이 1950년대 초 이 작가의 초기 작품임에도 불구하고 그같은 힘없는 백성과 힘있는 정치적 권력과의 역학 관계는 그로부터 30~40년이 지난 세월 속에서도 여전히 변함없는 한국 사회의 모순으로 그의 작품 속에서 묘사되고 있음이 주목된다.

《누님의 겨울》(1982)은 《쑥 이야기》나 《진달래》가 그렇듯이 먼 과거의 회상 속에 나타나는 풍경화다.

화자인 '나'를 통해서 서술되고 있는 누님은 두 번 결혼에 두 번 소박맞고 친정에 쫓겨와 어머니한테도 구박만 받고 사는 여인으로 묘사되고 있다. 누님을 구박할 때마다 "아이고 내 팔자, 내 팔자" 하던 어머니는 어느 날 바느질하다 말고 홧김에 누님의 손등을 인두로 지지는 소동까지 피운다. 그러나 누님은 항의 한번 하지 못한다. '나'는 이렇게 못나고 불쌍한 누님에게 깊은 정을 갖고 있다. 해방 후 누님은 세 번째로 시집을 가게 된다. 누님의 의사따위는 묻지도 않고 일방적으로 결정된 혼사였고 누님은 그 결정에 그냥 따를 뿐이다. 그런데 자식이 셋이나 딸린 누님의 남편이 된 그 남자는 누님을 내쫓지 않는다. 누님은 처음으로 아내로서 인간으로서의 대접을 받게 된 것이다. 그러던 어느 날 누님은 남편과 함께 친정으로 와 여러 날 머물게 된다. 남편이 좌익운동에 가담하여 은신하러 온 것이다. 남편은 처가에서 은신 중이면서도 등사판을 밀어 삐라를 만드는 등 활동을 계속한다. 누님도 열성적으로 삐라붙이기와 신탁통치 찬성 데모와 비밀연락 임무 등에 가담한다. 뿐만 아니라 어머니까지도 이젠 딸의 일을 돕게 된다. 그토록 서럽기만 하던 딸이 처음으로 사람답게 사는 보람을 갖게 되었기 때문이다. 그러나 어느 날 갑자기 남편은 사라지고 누님은 체포되어 고생하다 나온 얼마 후 죽고 만다.

이런 누님은 '나'에게 절실한 그리움으로서 과거의 기억 속에 남아 있다.

누님은 특히 소박맞은 후 나를 더욱 물고 떨었다. 나를 자기 가슴에 안고 토닥거리며 중얼거릴 때도 있었다.

"너는 누구한테 장가갈래?"

"안 가."

"그럼 못써"

"누님하고 살 거야."

빈곤과 무지 속에서 멍들었던 누님이지만 그래도 '나'의 기억 속에는 이렇게 그리움으로만 남아 있다. 그런 누님이 해방 후 잠시나마 얻었던 행복을 박살내버린 것은 이 땅의 분단 현실이다. 그녀가 삐라를 붙이고 돌아다니는 것은 사실이지만 공산주의라는 이념적 의미는 그녀와는 애초부터 상관이 없는 것이다. 그것은 다만 자신을 평생 처음으로 사람답게 대해준 사람에 대한 믿음이며 감사의 표시일 뿐이었다. 그런 의미에서 그녀는 착하고 못난 백성일 뿐이며 어느 누구에게도 가해자일 수가 없다. 하지만 그녀는 이렇듯 가혹하게 파멸되고 마는 것이다.

이렇게 어느 누구에게도 가해자가 될 수 없고 오로지 자기 것만 간신히 챙기게 되어도 고마워하는 못나고 소박한 인간에 대한 정치권력의 횡포는 《졸아붙은 가을》에서도 마찬가지이다.

이 작품은 지방 소도시의 고교 졸업반의 교실을 배경으로, 그 속에서 일어나고 있는 사건들을 통해 6·25의 소용돌이를 묘사하고 있다. 이 교실 안에는 의용경찰로 빨치산 토벌에 참가한 적이 있는 경수, 전쟁 전 월남하여 편입한 극우 청년단체 계열의 수곤, 전쟁 후 서울서 피난와 편입한 철기, 토박이인 석표, 덕호, 덕남, 종열 등 다양한 색깔의 학생들로 구성되어 있으며 이들은 서로 갈등의 양상을 보인다. 교사들 역시 사상적으로 미묘한 갈등과 신경전을 벌이고 있다.

좌우익의 편가름은 이미 전쟁 전 해방직후부터 시작된 것이지만 전쟁이 터지고 9·28 수복이 되는 사이에 벌어진 일들은 너무도 가혹했다.

호국단 간부이던 석표와 피난을 가지 못해서 세칭 '잔류파'로 몰린 덕호와의 싸움은 사실상 그들의 형이었던 학도연맹 간부와 민애청(민족애국청년)의 우두머리 사이의 싸움의 연장선상에 있는 것이다.

"이 빨갱이 놈의 새끼. 너 오늘 죽어봐라! 사선을 넘나들다 온 나야. 네까짓것 때려 눕히는 건 아침 해장꺼리도 안 돼."
······ (중략)
"이 새끼. 사람 잘못 봤다. 보자보자하니께 이게 갈수록 안하무인이야. 학도병에만 갔다오면 다냐? 깝신거리고 나대다간, 어느 귀신이 채갈지도 모르게 나가떨어진다. 이 새꺄. 내가 빨갱이라는 증거가 있어? 있니?"

이것은 적치하 3개월을 겪은 뒤 석표와 덕호가 교실 안에서 주고받는 말이다. 매일 계속되는 이런 살벌한 풍경 속에서 수곤이가 미술 선생 앞에서 칼을 내보이는 일이 벌어지고 서울서 전학온 철기와 토박이 경수가 격투를 벌이는 등 크고 작은 사건들이 계속된다. 이런 와중에서도 소풍 때 석표와 덕호의 격투로 인해 석표가 죽게 된 것과 유서 한 장 남기지 않은 덕남의 자살은 전쟁이 초래한 상처로 치부해버리기에는 너무도 큰 아픔을 지닌 사건이다.

"우리도 졸업하면 어른 대접 받을까?"
"전쟁 덕분에 어른 연습 숱하게 했으니."
"곧 겨울이구나."
"겨울이 지나면 봄이 오겠지."
"너답잖게 오늘은 유치하게 논다, 너."
"가능하면 모든 걸 물리고 다시 시작하고 싶어서 그런다."

이것은 덕남의 친구였던 창섭과 종열의 대화다.
순수하고 착하기만 한 이들에게 증오와 보복으로 서로에게 상처를 주게 하고 또 스스로 자살까지 하게 만든 가해자는 어디에 있을까? 그것은 기성사회이며 그 사회에서 힘겨루기를 하는 정치권력이고 그 배후세력인 강대국이고 그들이 만든 분단 현실임에 틀림없다.

빼앗긴 도시락과 정치권력

정치권력은 필요에 따라서는 언제라도 힘없는 백성에 대한 마구잡이 체포와 고문으로 공포시대를 만들어내기도 한다.

　그들이 굴리는 수레바퀴에 조금이라도 방해가 된다고 여기는 장애물은 십 리 밖에 있는 것까지도 걷어내고, 그것이 또 그들의 '사업' 추진에 좋은 빌미를 제공해준다는 의미에서도 때들어가는 사람은 많았다.

　이상은 《힘을 먹는 다슬기》에서 한 작자의 말이다.
　수레바퀴에 치인 사람들은 이 작품에서 우선 〈마당놀이극단〉의 간부들이며 그 다음으로는 이들을 좀 도와준 일밖에 없는 대학강사 덕구다. 덕구는 사실상 정치권력의 수레바퀴에 장애가 될 만한 역할을 한 것은 아니었다. 때문에 굳이 피신할 이유는 없었던 것이다. 그러나 주변의 성화는 그로 하여금 피신하도록 만들었고 그는 피신한 지 단 하루를 넘기지 못하고 체포되고 만다.
　이렇게 무모하게 굴러가는 수레바퀴에 치이는 힘없는 백성은 이 작가가 80년대에 발표한 여러 작품에서 실직자의 모습으로 자주 나타나고 있다.
　《깊은 밤 길의 끝》(1986)의 주인공은 뚜렷한 실직 이유는 밝혀지고 있지 않지만 다른 작품들과 함께 그같은 피해자임을 암시하고 있다.

　"나 나쁜 계집애죠?"
　"아니."
　…… (중략)
　"아저씨는 좋으신 분 같애요."
　…… (중략)
　"어딘지 허한 구석이 있어 보여요. 힘도 없어 뵈구."

…… (중략)

"힘내세요. 서울 가시거든 더러는 연기를 잘 하도록 힘쓰시구요."

주인공 경호가 실직 후 기분이나 풀어보기 위해 무작정 나선 여행길에서 만난 시골의 다방 레지와 벌였던 해프닝 끝에 그녀와 마지막으로 나눈 대화이다. 이 작품에서는 서울에서의 대학생들 시위와 체포 등이 언급되면서, 실직자 경호의 모습이 이렇게 착한 사람, 힘없는 사람으로 나타나고 있는 것은 그 실직의 가해자가 누구인지를 충분히 암시하고 있는 셈이다. 그리고 《장씨의 수염》(1984) 《때까치》(1988) 《희망은 묘지 위에》(1989) 등 역시 모두 그같은 실직자를 주인공으로 삼고 있다.

그런데 최일남의 작품에서 힘없는 자에 대한 가해자는 꼭 정치권력만은 아니다.

《힘을 먹는 다슬기》에는 시국사범을 쫓는 경찰이 나오고 군인도 나온다. 그리고 경찰에게 정보를 제공해주는 술집 부부도 등장한다. 술집 부부의 경찰정보원 노릇은 술집 운영을 위한 부득이한 타협으로 간주할 수 있겠지만 그들 역시 어떤 회사나 단체나 개인으로서 자신들의 이익을 위해 부당한 지배계층과 야합하고 공모해서 동료들까지도 희생시키는 부류와 마찬가지의 유형이라고 볼 수 있다.

70년대나 80년대 군부독재 시대의 많은 정치적 해임 사태의 본질적 책임도 이같은 정치권력과 함께 이에 야합한 자들한테도 있다고 본다면 《힘을 먹는 다슬기》는 그같은 세태를 날카롭게 꼬집고 있는 것이라고 할 수 있다.

고독한 거인

이렇게 본다면 최일남 문학에 나타나는 고발성은 80년대 민중문학이 드러내고 있는 저항적 성격의 그것과는 매우 다르다고 할 것이다. 광주 사태에 대한 증언과 함께 4·3 사태, 여순사건 등 해방 후의 분단사를 배경으로 하는 많은 작품들 속에는 지배 계층과 피지배 계층간의 첨예한 대립적 양상이 나타난다. 그런데 최일남의 작품 속의 피해자는 그냥 피해자일 뿐 저항을 시도하지 않는다. 술재강 도시락을 땅바닥에 엎어버리게 한 지프에 대해 흔히 볼 수 있는 삿대질도 없었으며, 배고픈 어린애의 머리채를 틀어쥐고 바람벽에 태질을 한 자에 대해서도 한 마디 욕지거리도 없었던 최일남은 그 이후에도 그러한 작가적 태도에 변함이 없다.

직장에서 쫓겨나야 할 아무런 잘못도 없으면서 쫓겨난 그들은 그냥 그 슬픔을 안으로만 삭이면서 술잔을 기울이거나 먼 하늘이나 쳐다보면서 견디는 것이다.

그렇지만 그의 문학이 그런 이유로 인해서 미래에 대한 비전이 없고 '열림'의 시대에 대한 동참의 의지가 없다고 볼 수는 없다.

최일남이 그리는 세계는 그처럼 한 마디 화풀이조차 하지 않을 만큼 선량하고 전연 누구에게도 가해자가 될 수 없는 사람들에 대한 가혹한 탄압의 세계이다. 작가의 역할은 그것만으로도 충분하다고 본다. 왜냐하면 우리는 그같은 사실의 증언만으로서도 충분히 분노하지 않을 수 없으며, 결코 작자가 선동적인 항의구호를 선창할 때까지 기다릴 필요가 없기 때문이다. 그리고 그같은 사회적 모순이 비록 지나간 70년대나 80년대의 것이라고 하더라도 그에 대한 증언과 비판이 과거지향적 문학에 머무른다고 볼 수는 없다. 과거에서 가져온 소재는 미래에도 항상 있을 수 있는 영원한 현실이기 때문이다.

그뿐만 아니라 그의 문학은 사시적(斜視的) 관망일 수 없는 문학으로서의 또 다른 특징이 있다. 즉 과거에의 회상 형태로서 감상주의적 채색이 짙은 것이 그것이다. 이같은 감상주의는 자칫 대중가요에 흔한, 눈물 같은 것으로 오해되기 쉽다. 그러나 그의 작품에서 보여주고 있는 감상은 먼 과거로부터 축적되어 온 슬픔이며 생생한 역사적 체험의 바탕 위에서 형성된 것이기 때문에 결코 얄팍한 것이 아니다. 다시 말하면 그의 감상은 우리 민족의 전통적 정서인 한(恨)을 의미한다. 고향의 묘지에 찾아와 어린 시절을 회고하고 지나온 세월을 더듬는 《희망은 묘지 위에》에서는 더욱 그같은 한의 정서를 짙게 풍기고 있다. 《누님의 거울》에서 "이래저래 나는 그 해 겨울을 생각하면…" 하는 말미의 몇 귀절 역시 특히 그같은 한의 의미를 되새기게 한다. 그러므로 그의 문학은 얄팍한 센티멘탈리즘이 아니라 힘없고 착하기만 한 민초(民草)들의 가슴 밑바닥에 오래오래 고여온 슬픔을 울컥울컥 되새기게 하는 것이다.

이같은 한이 지닌 문학적 의미는 무엇일까?

그것은 안으로만 삼키고 삭이는 소극적인 것일 수도 있지만 때로는 짓밟힌 자들이 어느 날 갑자기 무섭게 분출하는 저항력의 근원으로서의 한으로 해석될 수 있을 것이다.

감상주의는 패배주의인 듯하면서도 그 문학적 효과는 때때로 저항을 절규하는 형태의 어떤 문학보다 더욱 저항적일 수 있다. 감상주의적 경향으로 인해서 비판받았던 일화의 시들이 다른 혁명적 낙관주의 시보다도 오히려 젊은이들을 더욱 맹목적으로 사회주의의 붉은 깃발 아래 전사하도록 선동한 효과가 더 컸으리라고 믿는 이유도 여기에 있다고 본다. 이것은 인간이 기쁘고 희망적일 때보다 철저히 절망적일 때 오히려 광적으로 격돌할 수도 있고, 또 그만큼 더 강해질 수도 있다는 논리와도 같은 것일 것이다.

최일남의 문학은 이런 의미에서 다른 어떤 문학보다 더 강하게 우리를 절규하도록 만드는 문학이라고 한다면 필자의 지나친 확대 해석일까?

　　"심각하게 생각할 것 없어. 정신을 가매장해 둠으로써 사그라드는 나와 당신의 희망을 되살리자는 뜻밖엔 없었어. 내가 처음에도 말했듯이, 나는 좌절을 딛고 희망을 얻은 사람이란 말야. 따라서 좌절과 침묵의 극치인 무덤에서 희망을 소생시키지 말라는 법도 없잖아! 내 말 알아들어?"

　　"기가 막혀! 어처구니없군. 홍, 이건 억지 동반자살이네. 저승에 가서도 함께 살자 이건가? 그런 독선이 어딨어요? 누굴 시험하자는 건가."

　　"같이 가볼까? 그쪽으로."

　　"그럽시다. 요즘은 묘지도 만원사례라니까 장소가 그럴 듯하면 프리미엄 붙여서 팔게."

　　"어? 이 사람 보게나. 농담인 줄 아나봐."

　《희망은 묘지 위에》에서 실직자가 된 화자인 남편이 고향의 묘지에서 아내에게 하는 말이다. 여기서 말하는 '가매장'은 자신들을 절망의 끝까지 끌어내리는 가상적 행위를 의미하며 그 좌절과 침묵의 극치인 무덤에 이르면 오히려 희망이 소생한다는 얘기다. 그러면서도 이 작품은 한편으로 해학과 웃음이 넘치는 여유까지 보이고 있다.

　최일남 문학에 전체적으로 많은 수식어와 함께 나타나는 해학성은 《춘향전》《홍부전》의 경우처럼 한을 저변에 깔고 있으면서도 호남지방 특유의 언어예술의 묘미를 한껏 높이 살리는 문학적 장치로서의 효과와 또 슬픔의 농도를 더욱 짙게 하는 효과를 거두고 있다.

　이런 웃음으로 얼버무리면서 그가 말하는 무덤 —— 차라리 아내와 함께 일찍이 죽은 것으로 간주해버리고 싶은 무덤의 의미는 얼마나 처절한 것인가?

그의 문학은 이처럼 때때로 웃음으로 위장해버린 통한(痛恨)의 문학이며 보통의 평균적인 시민들의 삶을 그려나간 리얼리즘의 문학으로서 단연코 우리 문학사에 우뚝 서 있는 귀중한 것이다.

우리는 술재강 도시락을 정치가의 지프 때문에 떨어뜨린 채 길가에서 울고 서 있는 '동수'를 기억할 필요가 있다. 동수는 누구인가?

지금도 저 길가에는 힘있는 자들에 의해서 부당하게 그 잘난 '도시락 그릇'마저 빼앗긴 모습으로 서 있는 '키작고 외로운 사람'이 있다. 혹자는 문민시대가 열리자 한때 빼앗겼던 도시락을 되찾고 더러는 권력자의 언저리에 가서 얼쩡거리기도 한다. 그런데 아직도 도시락을 빼앗긴 예전의 모습 그대로 외롭게 그 자리에 서 있는 사람이 있다. 그가 다름 아닌 작가 최일남이다.

그러나 그가 외롭다는 것은 우리의 오해일 뿐일 것이다. 왜냐하면 그것이 그가 어떤 세속적 이익도 거부하고 강인한 작가적 신념으로 스스로 선택한 길이라면 그것은 외로움이기보다는 의연함이며 당당함이기 때문이다. 그리고 이런 인물은 오늘의 문단에서도 달리 찾아보기가 어렵다. 그런 의미에서 그는 겉모습과는 달리 누구보다도 당당하게 서 있는 우리 문학사의 거인이며, 오염되어가는 우리 문단을 지키는 양심의 파수꾼임에 틀림없을 것이다.

▨ 최일남(崔一男) 연보 ▨

1932년 전북 전주시 완산동에서 출생.

1952년 전주사범학교를 거쳐 서울대 문리대 국문과 입학.

1956년 〈문예〉지에 추천된 《쑥 이야기》(53년)에 이어 《파양(爬痒)》이 〈현대문학〉지에 추천 완료됨으로써 등단, 《장장하일(長長夏日)》 발표.

1957년 서울대 졸업. 《진달래》《감나무골 낙수(落穗)》《탄생》 발표. 〈여원〉 편집장.

1958년 《노기 띤 얼굴》 발표. 고려대 대학원 국문과 입학.

1959년 《동행》 발행. 민국일보 문화부장.

1960년 《보류》《경련》《여행》《성적》 발표. 고려대 국문과 수료.

1962년 경향신문 문화부장.

1963년 동아일보 문화부장.

1964년 《참패》 발표.

1965년 《갈구》 발표.

1966년 《두 여인》《하일촉(夏日抄)》 발표.

1967년 《축축한 오후》《골목길》 발표.

1972년 《가을나들이》 발표.

1973년 《빼앗긴 자리》《노란 봉투》《이런 해후》 발표.

1974년 《장미 다방》《노새 두 마리》 발표.

1975년 《서울 사람들》《순결 학교》《어디로 가시나요》《흔들리는 성(城)》《우리 아버지》《둘째 사위》《점순이》《그날 밤》 발표. 월탄문학상 수상. 창작집 《서울 사람들》 출간.

1976년 《타령》《비틀거리는 34세》《아라비안 나이트》《열등사회》《살아남은 자》《내 친구 난 놈》《홍소(哄笑)》《미스터 송(宋)》《디오게네스의 계절》《바랜 세월》 발표.

344

1977년 《너무 큰 나무》《생활 속으로》《빠스깐》《아내의 인사》《자리 찾
　　기》《곰》 발표. 창작집 《타령》 출간. 에세이집 《O씨(氏)의 이야기》 출
　　간. 창작집 《흔들리는 성》 출간.
1978년 《다(茶)마시는 소리》《우화》《가난을 이기는 법》《철호 선배》
　　《하나꼬》 발표. 콩트집 《생활 속으로》 출간. 동아일보 편집부국장.
1979년 《가위》《손꼽아 헤어보니》《우리들의 넝쿨》(중편)《춘자의 사
　　계》(중편)《춤추는 버마재비》(중편)《떫은 여름》 발표. 중편집 《춘자
　　의 사계》 출간. 창작집 《손꼽아 헤어보니》 출간. 소설 문학상(한국 소
　　설가협회 제정) 수상.
1980년 《혼자 부는 바람》《두 고향》《편지》《세 고향》(중편)《달리는 거
　　위들》 발표. 동아일보 해직.
1981년 《홰치는 소리》《마(馬)》《골방》《냄새》 발표. 중편 《이유기(離
　　乳期)》《50년대 안개》《숙부는 늑대》 발표. 창작집 《너무 큰 나무》 출
　　간. 창작집 《홰치는 소리》 출간. 한국창작문학상(한국일보사 제정) 수
　　상.
1982년 《읍내 사람들》《고향에 갔더란다》《부끄러움》《탱자》《증인》
　　《끈》《어머니의 냄새》《길동무》《누님의 겨울》 발표. 중편 《삐걱거리
　　는 석양》 발표. 장편소설 《거룩한 응달》 출간. 단국대 시간 강사.
1983년 《영웅들》《이야기》《서울의 초상》《노래》《그늘》 발표. 중편 《출
　　렁이는 마당》 발표. 대담집 《그 말 정말입니까》 출간.
1984년 《장씨의 수염》《놀이》 발표. 창작집 《누님의 겨울》 출간. 장편
　　소설 《그리고 흔들리는 배》 출간. 대담집 《우리 시대의 말들》 출간. 동
　　아일보 논설위원으로 복직. 단국대 시간 강사 퇴임.
1985년 《무화과는 언제 피는가》 발표. 3인 연작 소설집(이문구, 최일
　　남, 송기숙)《그리고 기타 여러분》 출간. 에세이집 《기쁨과 우수를 찾
　　아서》 출간. 에세이집 《이 풍진 세상에서》 출간.
1986년 《깊은 밤 길의 끝》《헛기침 소리》《흐르는 북》 발표. 대담집 《오
　　늘을 살며 내일을 바라보며》 출간. 에세이집 《함께 걸으며 홀로 생각
　　하며》 출간. 《흐르는 북》으로 제10회 이상문학상(문학사상사 제정) 수
　　상.

1987년　《덫 그리고 더께》《죽어 있는 소리》《햇살 밑에서》《동강난 여름》《젖어드는 땅》 발표. 동아일보 퇴직. 〈이상문학상 수상작가 대표작품선〉《젖어드는 땅》 출간.

1988년　《좁아붙은 가을》《빈 자리》《때까치》《사람들의 골목》《환멸의 끄트머리》《메마른 손》《힘을 먹는 다슬기》 발표. 가톨릭 언론문학상 수상. 칼럼집《말의 뜻 사람의 뜻》 출간. 에세이집《바람이여 풍경이여》 출간. 한겨레신문 논설고문 취임.

1989년　《물결무늬 물방개》《철갑을 두른 듯》《희망은 묘지 위에》 발표. 장편소설《숨통》 출간. 창작집《그때 말이 있었네》 출간.

1990년　칼럼집《질라래비 훨훨》 출간.

1991년　한겨레신문 논설고문 퇴임. 시사평론집《왜소한 인간의 위대함, 위대한 인간의 왜소함》 출간. 중편 소설집《히틀러나 진달래》 출간.

1993년　산문집《정직한 사람에게 꽃다발은 없어도》 출간.

東洋 古典 百選

① 菜根譚 洪自誠 / 趙洙翼 譯解		⑪ 栗谷의 思想 金榮洙 譯解	
② 論 語 金榮洙 譯解		⑫ 內 訓 昭惠王后 / 李民樹 譯解	
③ 大學·中庸 朱熹 / 金榮洙 譯解		⑬ 千字文 周興祠 / 朴晛大 譯解	
④ 孟 子 金文海 譯解		⑭ 孫子兵法 孫 武 / 孟恩彬 譯解	
⑤ 老 子 權五鉉 譯解		⑮ 明心寶鑑 365日 秋 適 / 趙洙翼 譯解	
⑥ 莊 子 石仁海 譯解		⑯ 漢文總論 朴晛大 編著	
⑦ 韓非子 許文純 譯解		⑰ 小 學 朱熹 / 朴晛大 譯解	
⑧ 諸子百家 金榮洙 譯解		⑱ 牧民心書 丁若鏞 / 趙洙翼 譯解	
⑨ 史記列傳 I 司馬遷 / 權五鉉 譯解		⑲ 孝 經 朴晛大 譯解	
⑩ 史記列傳 II 司馬遷 / 權五鉉 譯解		⑳ 周 易 朴晛大 譯解	

*계속 간행합니다.

일신서적출판사　121-110 서울시 마포구 신수동 177-3
영업부 : 703-3001～6　　FAX : 703-3009

世界教養思想100選

~ 계속 간행합니다.

🙂 일신서적출판사　121-110 서울시 마포구 신수동 177-3
TEL : 703-3001~6　　FAX : 703-3009

때 까 치

초판 • 발행　2001년 4월 20일　값 9,000원

■ 저　자 / 최　　일　　남
■ 발행자 / 남　　　　용
■ 발행소 / 一信書籍出版社

인지 생략

주 소 : ①②①－①①⓪ 서울 마포구 신수동 177－3
등 록 : 1969. 9. 12. No. 10－70
전 화 : 703－3001～6
FAX : 703－3009
대체구좌 / 012245－31－2133577